源氏物語の人物と表現

その両義的展開

原岡文子

Haraoka Fumiko

翰林書房

源氏物語の人物と表現——その両義的展開　◎　目次

源氏物語の人物と表現

――その両義的展開

本文中の『源氏物語』の引用は、『日本古典文学全集』（小学館、昭四五～五一）の巻名、頁数、表記によった。また『紫式部日記』『更級日記』の引用については、ともに『新潮日本古典集成』によったが、表記について私に改めた箇所もある。それ以外の作品、注釈書などからの引用は、原則としてそのつど注に明記した。特に注記しないものは、通行の本文によっている。

はじめに

本書は、さまざまな登場人物たち、そして表現をめぐって、とりわけその両義的展開に着目する『源氏物語』論の試みである。『源氏物語』には、引き裂かれ、相反しながら、にもかかわらず重なり、或いは、ずれ、幾重にも意味を響かせる言葉、人物、また関係が至る所に煌めいている。「両義的展開」とは、その動的な機構（メカニズム）を意味する語として用いられるものである。たとえば『源氏物語』正篇のおおよその骨格を大きく支えるものとして、光源氏と藤壺との密事を認めることに異論はあるまいが、既にここに「栄華」と「罪」という、引き裂かれ相反するものが、にもかかわらず一つに綯い合わされる機構を見取ることができよう。夕顔という女君の中には、「聖」なる「性」、即ち「巫女性」と「遊女性」という二つのものが逆説的に綯い合わされており（⑴ 4「遊女・巫女・夕顔―夕顔の巻をめぐって―」）、『源氏物語』に華麗な陰翳を滲ませる桜は、類い稀な美しさの一方で、滅びや死のイメージに通底する禁忌の恋に結ぶものとして姿を現す（⑵ 5「『源氏物語』の「桜」考」）。

「両義的」という言葉を、もう少し明確にしておかねばなるまい。小学館『日本国語大辞典』第二版によれば、「両義性を有するさま」とあり、さらに「両義性」の項には、「（フランス ambiguïté の訳語）一つの事柄が相反する二つの意味を持っていること。対立する二つの解釈が、その事柄についてともに成り立つこと」と、説明されている。「ambiguïté」の訳語であることが示されることに窺われるように、「両義性」とは、もともととりわけフランス哲学の中で、メルロ＝ポンティによって提示された現象の捉え方を指す言葉である。「Aでもあり非Aでもある、Aでもなく非Aでもないという、二面を包含し交融させている現象構造の両義性」（『岩波 哲学・思想事典』）を説くことによって、彼の考え方は、両義性の哲学と呼ばれる。

彼の両義性という概念は、おおよそそれまでの西欧思想の二元論の超克を図るものであったという。たとえば『知覚の現象学』（M・メルロ＝ポンティ　竹内芳郎・小木貞孝訳（昭42　みすず書房））の一節に、「知の両義性［逆説性］（一四八頁）という表現が見出されるように、両義性とは、二つの概念の対立を超えて、その逆説的な構造や、むしろ曖昧（ambiguïté）で多義的な現実の本質を解き明かすものと言える。「曖昧」とは、「両義的な調和の状態をさす」（山口昌男『文化と両義性』（昭50　岩波書店）一九六頁）とも述べられている。つまり「両義性」、「両義的」とは、二項対立もしくは二分法を意味するものではなく、むしろそれを無化する逆説の機構を本来意味するものであった。本書の「両義的展開」とは、このような言葉の成り立ちを踏まえ、相反する二つのものをめぐる二項対立ではなく、むしろ対立を超え、それをつき崩す逆説の機構を指す概念として用いられたものである。

「Fair is foul, and foul is fair.（きれいは穢い、穢いはきれい）」（『マクベス』福田恆存訳シェイクスピア全集13（昭36　新潮社））という、霧の中の魔女たちの呟き、「魔女の言葉の両義性」（高橋康也「言語」『シェイクスピア・ハンドブック』（平6　新書館））に導かれて始まる『マクベス』は、「こんないやな、めでたい日もない」「それほどの運もないがずっと幸運なおひとだぞ」など、逆説、そして両義性を湛える言葉をちりばめることが、さまざまに注目され、『シェイクスピアのことば遊び』（梅田倍男　平元　英宝社）などに詳細に読み解かれている。人の生の不思議な奥行が、幾重にも重なるように暗い霧の向こうに浮かび上がる『マクベス』の魅力は、一つにはこうした仕掛けに因っていようが、『源氏物語』もまたその意味での逆説や両義性、流れる霧にも似た曖昧を湛えることで、まさに現実を撃つ豊饒を持ち続けるのではなかったか。『マクベス』に倣うなら、それは「遊女は巫女で、巫女は遊女」ということであって、二項対立の妙味の煌めきということとは遠い。

本書の構成の概要に立ち戻ろう。(1)「『源氏物語』正篇の人物たち」は、主人公光源氏に焦点を当てる論三編に始まり、正篇に登場する夕顔、六条御息所、そして藤壺、朝顔の姫君をめぐる考察などの五編、さらに紫の上関係の論三編を含む。たとえば、超越的な美質の一方で、「あるがままの人間」としての悲しさを常に湛える、引き裂かれた像を光源氏に見取る１「「主人公」光源氏像をめぐる断章」、「心にたへぬもの嘆かしさ」こそが自らの生を支える「祈り」だったと語る、紫の上の言葉の逆説の機構に着目する11「紫の上の「祈り」をめぐって」、或いは先にも触れた夕顔をめぐる考察４「遊女・巫女・夕顔―夕顔の巻をめぐって―」を含め、濃淡の差はあるものの、いずれも両義的展開への関心は通底する。なお光源氏、そして紫の上をめぐる論のそれぞれが三編を有する結果となったのは、もとより個人的な興味、関心に因るものだが、この二人が共に最も大きな一対の主人公として、質量共に物語に重い位置を占める人物であることは言うまでもない。

II「『源氏物語』の表現」は、祭、桜、或いは子どもなど、物語に現れるさまざまな事象をめぐる表現の展開、そして「人笑へ」などの言葉に着目する論五編をまとめる。たとえば３「『源氏物語』の子ども・性・文化」においては、『源氏物語』に息衝く子どもたちが、神話的、反秩序的な在り方で姿を現すと同時に、他方で従属し依存する存在として現れる、という意味での両義的展開への考察を試みたが、子どもとはまた取りも直さず周縁的な存在と言いうるものであろう。両義的世界が、中心を活性化するものとして、周縁や境界と深く関わるものであることは、既に先に挙げた『文化と両義性』に説かれるところであった。

⑶「宇治十帖の人物と表現」には、宇治十帖、続篇に関わる考察をまとめたが、ここにおいても、たとえば3「幸い人中の君」の、幸福で不幸な「幸い人」の両義的な在り方の検証、といった両義的展開への関心が通底するが、また7「境界の女君—浮舟」など、境界への着目に、さらに両義性と密接に繋がる側面の掘り起こされることを付け加えたい。浮舟論が四編となったのは、もとより最後の女主人公として、物語の終焉に切り結ぶことへの興味に因る。

なお美意識の受容、対比、また愛読の始発など、いずれも『源氏物語』との関わりに浅からぬものがある『枕草子』、『更級日記』のそれぞれの論を、II・IIIに加え一書とした。

『源氏物語』は、なぜこうして現代に至るまで広く読み継がれ続けるのか、という問いかけはまことに難しい。往時、たとえ質量共に群を抜いた作品であったにしても、「女ノ御心ヲヤル物（『三宝絵詞』）」に過ぎなかった物語の一つにほかならない『源氏物語』が、にもかかわらずある種の厳かな規範として定着することとなったのは、「源氏見ざる歌よみは遺恨ノ事也」（『六百番歌合』判詞）などの言葉の端的に伝える、俊成、定家という歌の家の人々の権威付けに因るところがもとより大きかろう。歌と結ぶことで正典（カノン）化された『源氏物語』が、やがてさまざまな文化の規範として脈々と受け継がれ、時に極めて政治的な権威付けとも関わりながら今日に至る、というおおよその見取り図に異論のあろうはずもない。同時に、『源氏物語』は、まさにさまざまな細部に両義的な展開を溢れ湛えることで、常に混沌と曖昧の中に投げ出された生を生きるほかない、私どもを魅了し続ける。おそらくその側面を見逃すこともまた、穏当を欠くというものであろう。その意味で現実に向き合い続ける『源氏物語』の機構の一端を垣間見ることを目指しての、これはまことにささやかな試みにほかならない。

I 『源氏物語』の人物と表現——その両義的展開

(1) 『源氏物語』正篇の人物たち

1 「主人公」光源氏像をめぐる断章

はじめに

光源氏像を見取ろうとする時、私どもはまずその像の孕む巨大な複雑さの前で立ち竦む思いを禁じ得ない。「光源氏とは何かという問題は『源氏物語』とは何かという問題と密着する」(1)との言葉がある。『源氏物語』の本質を問うことに重く繋がる光源氏像への問いかけは、けれども——或いは、その重さの故にむしろ当然のことながら、と言うべきなのか——、決して容易ではない。「源氏は一つの人格として描かれていない。その心理の動き方は、何の連絡も必然性もない、荒唐無稽なものである」(2)とする和辻哲郎の言葉は、一方で成立論の沃野を大きく拓くものとなったが、同時に、藤壺に深く魅せられる傍ら、やすやすと空蟬と関わる源氏像への違和感を述べる谷崎潤一郎の見解(3)、また、源氏を「理想の男性というのは、後世の読み誤り」として、狂言廻しの役を当てられた身勝手な男性像を見取る瀬戸内寂聴氏の読み(4)に繋がる、負の光源氏観の核となるものを、端的に語るものと言えようか。

他方、主人公としての超越的な美質、その理想性が、さまざまに論究されていることは言を俟たない。輝くばかりの美貌と才能はもとより、桐壺帝鍾愛の皇子という貴種の血筋、政治家として[5]、また父親としてのスケールの大きさと識見の確かさなど、確かに物語のどの巻を繙いても、熱い讃美のまなざしの注がれる彼の美質に言及のない巻はない。「王統のひとり子[6]」という物語の主人公像の型を踏まえつつ、彼は輝く「光君」であり続ける。とりわけ負の源氏観を最も大きく支える、身勝手ともみえる女性遍歴の数々の問題も、折口信夫の「色好み」論を基軸に[7]、古代の帝王の理想たるべき色好みの具現者としての源氏を捉える、王権論への展望の視座から、一方むしろ「王者性」という積極的な意義付けが計られることとなった。王者光源氏、そして王権という切り口は、物語の表現、構造を動的に解明して鮮やかな輝きを放つが、光源氏像をめぐって、そこからこぼれ落ちる断片もまた見逃すわけにはいくまい。

ともあれ正と負との間に揺れる源氏観の有り様《よう》は、彼の担わされた余りに豊饒なものが霧のように立ち込めて、求める座標軸が定かに見えにくいというところからもたらされる事態なのでもあろうか。今改めてその大きな複雑さの前にたじろぎつつも、光源氏像の在り方とその意味とを顧みたいと思う。天与のさまざまな超越的美質の一方で、光源氏は言わば「あるがままの人間」としての哀しさを常に湛える、引き裂かれた像として刻まれているのではないか、との見通しをあらかじめ述べておくこととする。

一　色好み、理想像

折口信夫の色好み論は、西村亨氏により「古代日本の恋愛生活の理想はいろごのみの一語によって表わされる。

……いろごのみは古代の偉大な神々、帝王のもつべき徳であり、資格であった。その理想はほとんど王朝に終始し、以後の時代には失われてしまっている。いろごのみは古代生活を特色づける大切な要素であった」[8]というふうにまとめられているが、『源氏物語』の主人公光源氏が、このような意味での色好みの徳、倫理を大きく担って登場する人物であることは、おおむね認められよう。「時代がはるかに下って後にも、理想の男性を描こうとする女房の文学の潜在的な欲望は、主人公の男性をして多くの女性と交渉をもたしめ、多くの女性たちを妻として円満な愛の生活を完遂せしめようとする。折口信夫は『源氏物語』という大作品の背後にそのような史的な展望を懐いていたのであった」[9]とさらに、西村氏の説かれるところでもあった。

折口の色好み論が俎上に載せられる時、常に問題となるのは、平安朝を遡って古代帝王の徳を説く「色好み」の語例が皆無であること、またその平安朝の物語に散見される語例でさえもが、既に恋愛生活の理想を示すものと言うよりは、「かく、世のたとひに言ひ集めたる昔語どもにも、あだなる男、色好み、二心ある人にかかづらひたる女、かやうなる事を言ひ集めたるにも、つひによる方ありてこそあめれ、あやしく浮きても過ぐしつるありさまかな」(若菜下㈣二〇三頁)の如く、どちらかと言えば非難の対象となるような浮気、好色といった意味に覆われていることである。源氏を「色好み」と呼ぶ例ももとより皆無である。それ故、むしろ彼は「色好み」であるより「まめ」の精神を貫く主人公として形象されているという意味で、『源氏物語』を「色好み」忌避の文学と捉える今西祐一郎氏の見解が、[10]一方に示されることともなった。

けれども、色好みと名付けることをタブーとするという意味で、周縁に追われた色好みの核となるべき精神を、逆に大きく取り込むことにより光源氏が王権の主題を歩み得た、という事実は認める以外にない。[11]色好みは周縁に追われることによって、帝王、神々それ自体のエネルギーはもとより、現実に抗うという意味で逆に現実と関わる力をも併せ潜めることになった。『伊勢物語』の主人公も、光源氏もまさしくそのような意味での色好みにほかならない。

藤壺と結ばれることにより、王権から遠く押しやられていた源氏は、鮮やかな軌跡を描いて桐壺更衣の家の遺志を出現させるべく[12]、准太上天皇への道を歩むことになる。父の妻にさえ、と言うよりは父の妻であるが故に、とむしろ言うべきなのか、あやにくにも掻き立てられるまさしく色好みの心が、王権の物語の端緒を切り拓く。この意味において、彼の色好みは確かにその人に担われた卓越した理想性と深く関わっている。藤壺との密事こそが、新しい王の資格を得るための出発点としての「聖婚」[13]だったのであり、さらに六条院にこれまで関わった女君たちを集めて擬制的な後宮を領じることにより、「潜在王権」[14]の華麗な世界が拓かれてくる。上り詰めた准太上天皇の位の背後にはもとより、六条院造営の背後にも、「一人の女性を掌握することによって、その背後の宗教力、それによって立つ伊呂夫の邑落の統制権をも自由にし得る」[15]という色好みの様相が、大きく透き見られるのだった。

色好みの徳は、もとより何より際立ったその人の美貌に支えられている。

> 前の世にも、御契りや深かりけん、世になくきよらなる玉の男皇子さへ生まれたまひぬ。いつしかと心もとながらせたまひて、急ぎ参らせて御覧ずるに、めづらかなるちごの御容貌なり。（桐壺㈠　九四頁）

誕生の当初より「世になくきよらなる玉の男皇子」、「めづらかなるちごの御容貌」と、その美しさを讃えられていた源氏は、やがて「名高うおはする宮の御容貌にも、なほにほはしさはたとへむ方なく、うつくしげなるを、世の人光る君と聞こゆ」（桐壺一二〇頁）と、「光る君」の名を以て呼ばれるようになる。以降その比類ない美は、「顔の色あひまさりて、常よりも光ると見えたまふ」（紅葉賀㈠三八四頁）、「青海波のかかやき出でたるさま、いと恐ろしきまで見ゆ」（同三八七頁）等、王権と緊密に結びつく語、「光る」「かかやく」[16]を以て述べられるのでもあった。

この類い稀な彼の美しさは、当然のことながら関わる女君たちを深く魅了することになる。

霧のいと深き朝、いたくそそのかされたまひて、ねぶたげなる気色にうち嘆きつつ出でたまふを、中将のおもと、御格子一間上げて、見たてまつり送りたまへとおぼしく、御几帳ひきやりたれば、御髪もたげて見出したまへり。前栽の色々乱れたるを、過ぎがてにやすらひたまへるさま、げにたぐひなし。（夕顔㈠二二一頁）

「御髪もたげて見出だし」、別れの朝の哀婉な視線を送るのは六条御息所であるが、その目は「げにたぐひなし」と遠ざかりゆく源氏の姿を捉える。続く「おほかたにうち見たてまつる人だに、心とめたてまつらぬはなし。……」に始まる手放しの源氏讃もまた、魅了され執着する女君の視線の延長に定位されるものであろう。

或いはまた、源氏十八歳の紅葉賀の巻において、周知の行幸の試楽の折の青海波の舞の美しさはたとえようもなく、源氏その人の前では頭中将さえ「花のかたはらの深山木」さながらであるという。その姿を眼前にした藤壺は、「おほけなき心のなからましかば、ましてめでたく見えまし」と思すに、夢の心地なむしたまひける」（紅葉賀㈠三八四頁）と、その感懐を吐露している。さらに、

……目もあやなりし御さま容貌に、見たまひ忍ばれずやありけむ、

「から人の袖ふることは遠けれど立ちゐにつけてあはれとは見き

おほかたには」……（紅葉賀　三八五頁）

と、日頃の自制すら忘れる深い感嘆の中に、源氏に「あはれ」と、心を述べる返歌を示すこととなる。「目もあやな」美貌の前に、道ならぬ恋の苦さを一方に抱きつつも、深々と心を奪われる藤壺の胸の襞が一瞬浮刻される箇所である。

女三の宮ただ一人を除き(17)、関わる女君たちすべての心身を深く吸引することによって領じる色好みの徳を、こう

して光源氏はまぎれもなく体現する存在なのだと言える。もとよりそれは、美しさの背後に、豊かな才智と、細やかな心遣いとを併せ備える、彼の全人格的な理想性(18)の証にもほかならない。

七つになりたまへば、読書始などせさせたまひて、世に知らず聡うかしこくおはすれば、あまり恐ろしきまで御覧ず。（桐壺　一一四頁）

七歳の読書始に示された神童ぶりへの驚嘆に始まり、彼の音楽や絵画にまで及ぶ豊かな才能もまた、ことあるごとに讃えられ続けるものである。溢れるほどの才智を湛えつつ、なお惜しみなく示される細やかな心遣いもまた、女君たちの心をいかばかり魅了するものだったろうか。たとえば、先に掲げた夕顔の巻の一節には、「いたくそそのかされたまひて、ねぶたげなる気色にうち嘆きつつ出でたまふを、……」とあった。帰りを促す女君に対し、いかにも名残り惜しげに「ねぶたげなる気色にうち嘆」いてみせる源氏の在り方こそは、たとえば『枕草子』六〇「暁に帰らむ人は(19)」の述べる、理想的な後朝の男君の振舞にぴたりと照応する。おそらく促す女君の側に今、執着は深く、男君の「嘆き」は実体のない演技(20)にほかなるまい。にもかかわらず、演技と半ば知りつつも、そそくさと帰りを急ぐことなく、たゆたうように名残りの嘆きを漂わせる男君の風情に、なお女君の執着は深まるばかりである。相手の女の魂をゆさぶり、共感(21)を引き出す王者性こそ、光源氏に内在する最も深い資質にまぎれもない。

こうして、さまざまな卓越した美質を武器に、一旦臣籍降下によって王権の外側に追われた光源氏が、果敢な色好みにより限りなく王権に近付き、否、むしろ真正王権の聖性をさえ帯びて見事に蘇るという構図(22)は、実に魅力的に物語の骨格のおおよそを説き明かすものと言える。光源氏の輝く理想性は、こうして不逞な力を裏復にしながら、終始一貫して述べ讃えられるのだった。

二　好色、あるがままに

一方、「色好み」に対し、「すき」なる言葉がある。色好みが恋愛道徳の理想を言うのに対し、いわゆる好色の意味に当たるのが「すき」だという。[23]光源氏は、「すき」をも含めた好色の人として描かれているとおぼしいが、[24]王権と結ぶ卓越性の証としての色好みからはみ出す「すき」の部分を、どのように辿ることができるだろうか。ここにひとまず『無名草子』の光源氏批判を想起してみる。

源氏の大臣の御事は、よしあしなど定めむもいと事新しく、かたはらいたきことなれば、申すに及ばねども、さらでもとおぼゆるふしぶし多くぞ侍る。……

また、須磨へおはするほど、さばかり心苦しげに思ひ入り給へる紫の上も具し聞えず、せめて心澄まして一筋に行ひつとめ給ふべきかと思ふほどに、明石の入道が婿になりて、ひぐらし琵琶の法師と向ひ居て、琴弾きすましておはするほど、むげに思ひ所なし。（『無名草子』三五―三六頁）[25]

一方で「よしあしなど定めむもいと事新しく、かたはらいたきことなれば、申すに及ばねども」と源氏の卓越を自明のものとしつつ、「さらでもとおぼゆるふしぶし」をあえて挙げるのだが、その一つに好色の問題がある。「さまざまなりし御事静まりて、今はさるかたに定まり果て給ふかと思ふ世の末に、たちかへりて女三の宮まうけて若やぎ給ふ」ことへの違和感と共に、須磨・明石の地で勤行に日々を過ごし果てるかと思いきや、明石の君を得る彼の在り方を、「むげに思ひ所なし」と捉え示し、好色への共感し難さをまとめている。明石の君と結ばれることで、源氏は后がね明石の姫君を得た。そしてまた、女三の宮との結婚は、准太上天皇の北の方にふさわしい存在の欠落する六条院に、真正の王権のさらなる完結を求めて導かれるものでもあったろうか。そのように考えれば、彼の女性遍歴の諸々は、おおよそ源氏が稀有な超人間的な人生を歩ませられるべく、仕組まれた運命の枠組の中に必然的に呼び込まれたもの[26]として説明が可能になるわけで、まさしく「色好み」にほかならず、この遍歴によりもたらされる女君とまた彼自身との苦悩は、その稀有な人生にまつわる必然として取り押さえられることになる。

そしてまた、それはおおよその通りなのだと言うべきなのだが、『無名草子』の好色批判は別のかたちで蘇る可能性がありはするまいか。たとえば、ここに帚木の巻の次の一節を顧みたい。方違えに赴いた紀伊守の「風涼しくて、そこはかとなき虫の声々聞こえ、螢しげく飛びまが」う風情豊かな初夏の邸で、やがて空蟬への関心が呼び醒まされていく部分である。

あるじも肴求むと、こゆるぎのいそぎ歩くほど、君はのどやかにながめたまひて、かの中の品にとり出でて言ひし、このなみならむかしと思し出づ。

思ひあがれる気色に、聞きおきたまへるむすめなれば、ゆかしくて、耳とどめたまへるに、この西面にぞ、人のけはひする。衣の音なひはらはらとして、若き声ども憎からず。さすがに忍びて笑ひなどするけはひ、ことさらびたり。格子を上げたりけれど、守「心なし」とむつかりて、下しつれば、灯ともしたる透影、障子の上より漏りたるに、やをら寄りたまひて、見ゆやと思せど、隙もなければ、しばし聞きたまふに、この近き母屋に集ひゐたるなるべし、うちささめき言ふことどもを聞きたまへば、わが御上なるべし。「いといたうまめだちて、まだきにやむごとなきよすが定まりたまへるこそ、さうざうしかむめれ」「されど、さるべき隈にはよくこそ隠れ歩きたまふなれ」など言ふにも、思すことのみ心にかかりたまへば、まづ胸つぶれて、かやうのついでにも、人の言ひ漏らさむを聞きつけたらむ時など、おぼえたまふ。

（帚木㈠　一七〇―一七一頁）

涼しげな邸で、「あるじ」紀伊守がもてなしの用意に急ぐ間、ゆったりとその風情を味わう源氏の心に、滲むように改めて浮かび上がったのが、雨夜の品定めに説かれていた「かの中の品」への関心であった。「思ひあがれる気色に、聞きおきたまへるむすめ」、空蝉への好奇心が、彼の耳を欹てさせる。と、「うちささめ」く女房たちは、ほかならぬ源氏の噂をしていた。「さるべき隈にはよくこそ隠れ歩きたまふなれ」の言葉が、彼の胸を「つぶれ」させる。藤壺その人への密かな恋が、人に知られるところとなったら……、との戦慄が胸を過《よぎ》ったのである。「さるべき隈には……」の言葉が、藤壺との秘事漏洩への恐怖を惹起する機構を、語り手は「思すことのみ心にかかりたまへば」を間に置くことによって、繋ぎ明かす。つまり、ここで、先の品定めの左馬頭の理想の女性判定論を聞くにつけ「胸ふたが」り、「人ひとりの御ありさま」を思い続けていたことをも踏まえつつ、藤壺のことを片時も忘れ得ぬ思慕に重く囚われていることが、再びさりげなく確認されることになる表現の仕方に注目したいと思う。

　これは、雨夜の品定めに触発されて、中の品の女性への好奇の思いに充たされ、立ち聞く光源氏が、実は一方で常に藤壺への思いを抱き締め重く生き泥む存在であることを、わざわざ証し立て再確認する表現にほかならない。さらにこうしておいて、彼がまた、「御くだもの」などを献じる紀伊守に、次のように語りかける姿を、いくばくの間を置かずに物語ははっきりと記している。

「とばり帳もいかにぞは。さる方の心もなくては、めざましきあるじならむ」（帚木　一七一頁）

と。周知の催馬楽「我家《わいへん》」を踏まえて、一夜の宿りに「肴」[27]の性としての女性を求める気持をさりげなく示すものである。「何よけむともえうけたまはらず」と共々に「我家」を踏まえる紀伊守の応答にいなされて、この場はそのままに終わるのだが、ともあれ源氏が辺りの風情や女房たちのささめきに誘《いざな》われるかのように、中の品の女への好奇心をいっそう掻き立てられ、さらに紀伊守という相手の身分の気易さに、やすやすと乗ずるように気も軽くその好奇の思いを、「とばり帳も……」と、口にするという好色の雰囲気が色濃く流れる場面であることは認められよう。こうした流れのただ中に、物語はわざわざ藤壺その人への思慕の存在を提示するのである。

式部卿宮の姫君への朝顔をめぐる贈歌を話題にしていることをも併せ、物語はここで明らかに源氏が、脈絡もなくさまざまな女君にその場その場で思いを掻き立てられるという意味での、好色の人であることを、あえて記しているのではなかったか。やがて空蟬の寝所に忍び、ゆくりなく契りを交す場面が展開されるのだが、その直前とも言うべき文脈に、藤壺への思慕の重さや、式部卿宮の姫君への歌の贈答を、なぜあえて記さねばならなかったのであろうか。ここに、『無名草子』や、和辻哲郎説の問いかけが、大きく浮かび上がってくる必然があるように思われる。光源氏の好色を、いかにも脈絡なく導かれるもののように、また「さらでもとおぼゆる」疑問を誘発するもののように表現する仕組みを、物語はあえて背負い込んでいると言わねばならない。このことをどう考えたらよいのだろうか。

確かに、中の品という身分の隔たり、また人妻という立場、さらに拒むことによって自らを持することを求める空蟬の人となりの、いずれをとっても、男性側からみてこれは手軽な戯れの恋とはなり得ぬはずで、その意味において、「まれにはあながちにひき違へ、心づくしなることを御心に思しとどむる」（帚木一二九―一三〇頁）源氏の、「あやにく」な「癖[28]」故に、掻き立てられ進められた恋という側面を、空蟬の物語は持っている。そのことから、源氏の女性関係の基本的な性格は、「意に反して非日常的な世界へとさまよいいざなわれる方向[29]」にあるという枠に、空蟬物語もまた同様に整理される一面も見逃せまい。あるいはまた、空蟬は、その人との出逢いを露《あらわ》に描くことのためらわれる藤壺その人の代償[30]として与えられた、同様に夫ある身の女君なのだともいう。

けれども、これらの解答を得た上で、さらになお、なぜわざわざ藤壺への思慕を記す叙述がはさみ込まれる表現の構造が取られたのかという疑問をめぐっては、まだもどかしさが残るような気がする。物語は、あえて源氏の心の動きを、不透明な矛盾を孕むものとして刻み上げた、とむしろ読むべきではなかろうか。私どもは、人間というものを顧みる時、或いはまた、自分というものを顧みる時、一時一時――或いは一瞬一瞬とも言うべきなのか――、に万華鏡を覗くように、脈絡もなく変化する心の襞に驚きを感じることがなかっただろうか。現実の人間というものを、中から覗き見ると、決してそれは「まめ人」とか、「すき人」とかというふうに、すっきりと分り易く割り切ることのできる存在ではないことを、自身に目を向ける時、私どもは否応なく思い知らされる。

「矛盾自体が生きた姿である」(31)との、人というもののありのままの在り方を、その人の側に身を置くことによって、もっともよく証し立てることになった、という意味での光源氏の主人公性は、もう少し積極的に評価し得るのではあるまいか。分り易く透明な女君の存在にもまして、光源氏の生は人生そのものの不透明を担うものであるが故に、折々の読者の心の襞の、光と影とに豊かに共鳴し合う可能性を秘めているのである。

光源氏は、藤壺に重く囚われつつ、同時に空蟬に向かい、夕顔に誘われていく。また、紫の上を思いながらも、明石の君と逢い初め、女三の宮と結ばれる。そのとめどもなくうねるような好色、矛盾に充ちた情動は、何よりも「整理のつかない」「自然」(32)そのものの猛威の顕現でもあり、また折々に煌めき変わる人間の心情と響き合うものである。その意味で光源氏は、一方で天与の美質に輝く超越的存在であると同時に、自然そのもの、ありのままの人間そのものの矛盾と不透明とを併せ担う、両義的存在であると述べることが許されるであろう。

さて、螢の巻の物語論の一節に、「よきさまに言ふとては、よき事のかぎり選り出でて、人に従はむとては、またあしきさまのめづらしき事をとり集めたる、みなかたがたにつけたるこの世の外の事ならずかし」(螢㈢二〇四頁)とある。物語論は、あくまでも物語の登場人物の一人である源氏が、しかも玉鬘の、物語への熱中ぶりを揶揄しつつ戯れの中に示すものであって、作者の物語観と重く直結させることは避けねばなるまいが、にもかかわらずこの物語観の中に『源氏物語』を支える大きなものが滲んでいることもまた否定できまい。「みなかたがたにつけたるこの世の外の事ならずかし」について、小学館日本古典文学全集本頭注に「現実性をいう」との指摘があり、また『岷江入楚』秘説は、「されは人をほめていはんとてはさま〳〵にとりつけていへる也　されと世間になきことをは一もいはさる也(33)」と注記する。「後の世にも言ひ伝へさせまほしき節ぶしを、心に籠めがたい思いに駆られ、物語を創る時、自ずから修飾や誇張はさまざまに働くとしても、結局すべては「この世の外の事」でない、現実そのものに根差しているのだという。

直接には『源氏物語』以前の物語を指して、「この世の外の事」ならぬ現実が、その根を深く支えるという物語の基本的な在り方が定位されたことになるが、『源氏物語』の場合はどうであろうか。竹の中から誕生したかぐや姫を始め俊蔭、仲忠などの美質が超自然的な要素を大きく孕むのに対し、光源氏の場合は、そうした超自然はその卓越した美質の中に原則として見当たらない。光源氏は、この意味でいっそう徹底した「この世の外の」ものではない主人公になり得たと同時に、今一方その心の揺れや嘆きを、いかにも人間的に象られることでさらなる現実性を獲得した、ということではなかったか。

まぎれもなく輝くばかりに卓越した美質を具備した主人公の、揺れ動き、また痛む心の問題を、一方でいかにも人間的に描くことで現実性を取り戻すという機構に、私どもは既に『伊勢物語』で出会っている。

　むかしをとこわつらひて心ちしぬへくおほえけれは　　〔一二五〕
　終にゆくみちとはかねて聞しかときのふけふとは思はさりしを
　　しぬる事のがれぬ習とはかねて聞おきたれど、きのふけふならんとは思はざりしをとは、たれ〳〵も時にあたりて思ふへき事なり。これまことありて人のをしへにもよき哥なり。後〻の人、しなんとするにいたりて、こと〳〵しき哥をよみ、あるひは道をさとれるよしなとをよめる、まことしからずしていとにくし。

（『勢語臆断』二一五頁）[34]

……

右の契沖の一二五段に対する読みは、まことに示唆深く『伊勢物語』の主人公の内面叙述の方法を証し立てるものと言える。『伊勢物語』の主人公は、一方で「みやび」という理想的理念を具現する存在でありながら、他方その内的心情は「あるべき」理想の人間のそれとしてではなく、いかにもあるがままの人間の弱さをさながらに負ったものとして、折にふれ描かれる展開となる。『伊勢物語』から多くのものが『源氏物語』に流れ込んでいるのは周知のところだが、このような主人公像の形象の方法もまた、はっきりと受け継がれたと述べることが許されるであろう。

こうした『源氏物語』の主人公の内面の形象について、本居宣長の言及を顧みよう。

○《或人》問云、源氏君をはしめ〔とし〕て、基外〔の〕よき人と〔ても、みな其心はへ女童のことくにて、何事にも心よはくみれんにして、男らしくきつとしたる事はなく、たゝ〕○物はかなくしとけなく〔おろか〕なる事おほ『〔し〕、いかて〔かそれを〕よ〔し〕とはする〔や〕、』答云、おほかた人のまことの情といふ物は、女童のことくみれんにおろかなる物也、男らしくきつとしてかしこきは、實の情にはあらす、それはうはへをつくろひかさりたる物也、實の心のそこをさぐりてみれば、いかほとかしこき人もみな女童にかはる事なし、それをはちてつゝむとつゝまぬとのたかひめ計也、〕……

（『紫文要領』九四頁）[35]

「よき人」として理想化される一方、その内的心情において「女童のことくにて、何事にも心よはくみれん」であり続けるのは、取りも直さず「おほかた人のまことの情といふ物は、女童のことくみれんにおろかなる物」である現実を、「つくろひかさ」ることなく示しているためであるという。ありのままの、あるがままの、極めて心弱く、揺れ動く人間的な心情を常に担う主人公としての光源氏像の認識が既にここにみられる。さらに萩原広道もまた、宣長を踏まえて、「すべて人の心といふものは。からぶみに書るごと。一かたにつきゞりなる物にはあらず。深く思ひしめる事にあたりては。とやかくと。くだくしくめゝしくみだれあひて。さだまりがたく。さまぐのくまおほかる物なるを。此物語には。さるくだくしきくまぐまで。のこるかたなく。いともくはしくこまかに書あらはしたる事。……まことに此ノ説のごとき書になん有ける。その中にもげにいはれたるやうに。人の心のうちに思ふことのくまぐを書あらはしたるは。いみじくいふなる漢文にも。こよなくまさりておぼえたり」(36)と、それに賛同の意を表明するのであった。

先に触れた、帚木の巻で空蟬との契りが結ばれた後、源氏の心情はどう語られていただろうか。

……あながちなる御心ばへを、言ふかたなしと思ひて、泣くさまなどいとあはれなり。心苦しくはあれど、見ざらましかば口惜しからましと思す。……君は、またかやうのついであらむこともいとかたく、さしはへてはいかでか、御文なども通はんことの、いとわりなきを思すに、いと胸いたし。（帚木　一七八—一七九頁）

思いよらぬ事態に泣くほかない空蟬を、「あはれ」「心苦し」と胸痛く見つめつつもいとしさを深め、それにつけても文を通わすことさえ困難であることを予想して切ない思いが込み上げる。藤壺を思いつつ、一方で空蟬を口説くという好色の在り方が、いかにも「心よはくみれん」な感情の揺れを示していることと同時に、空蟬と結ばれた後も、心を過る思いが恋の充足感であるよりは、「あはれ」「心苦し」「胸いたし」であることによって、なお「心よは」さを明かしていることを併せ述べておく。

三　苦悩と罪と

明かるい希望や笑いに溢れる源氏の恋は殆ど皆無であると言ってよく、光源氏の生は、常に憂愁と苦悩とに覆われている。光源氏の像はまた、苦悩の人間像でもあった。元服前の源氏の藤壺への幼い思慕は、母更衣の面影をその人に求め、「いとあはれと思ひきこえたまひて、常に参らまほしく、なづさひ見たてまつらばや」（桐壺一二〇頁）と念じ、その心を「はかなき花紅葉」につけて表すという素直な明かるさに彩られていたものの、元服し葵の上という妻さえ得た男君として、本格的にその思慕が語られ出すや否や、苦渋に充ちたその内面が浮刻される。

心のうちには、ただ藤壺の御ありさまを、たぐひなしと思ひきこえて、さやうならむ人をこそ見め、似る人なくもおはしけるかな、大殿の君、いとをかしげにかしづかれたる人とは見ゆれど、心にもつかずおぼえたまひて、幼きほどの心ひとつにかかりて、いと苦しきまでぞおはしける。（桐壺　一二五頁）

「さやうならむ人をこそ見め」と、その人の面影を求める藤壺への絶えざる思いは、「苦しきまで」のものと重く定位されるが故にも、また、更衣の里邸が二条院として新装成った時源氏の心を過るのは、「かかる所に、思ふやうならむ人を据ゑて住まばやとのみ、嘆かしう思しわたる」（桐壺一二六頁）苦渋となった。手の届きかねる存在に向けて、苦しみ、嘆き、にもかかわらず決して諦めることをしない主人公の在り方が、物語の冒頭より既に画定される。

さて、藤壺への恋の嘆きが、いわゆる「罪」として思い深められるに至ったのは、若紫の巻であった。

僧都、世の常なき御物語、後の世のことなど聞こえ知らせたまふ。わが罪のほど恐ろしう、あぢきなきことに心をしめて、生けるかぎりこれを思ひなやむべきなめり、まして後の世のいみじかるべき、思しつづけて、かうやうなる住まひもせまほしうおぼえたまふものから、昼の面影心にかかりて恋しければ、……

（若紫㈠　二八六頁）

周知の若紫垣間見後、北山僧都から法話を説き聞かされた時、源氏の心に嚙み締められたのが、「わが罪のほど恐ろしう、……」との感慨である。瘧病の平癒を求めてのことではあったが、源氏がはじめて自らの心身のために「行ひ」に取り組み、さらに垣間見場面に登場する病める尼君が、「おのがかく今日明日におぼゆる命をば、何とも思したらで、雀慕ひたまふほどよ。罪得ることぞと常に聞こゆるを、心憂く」（若紫二八一頁）と、命のはかなさに思いを致す言葉を呟くなど、源氏が自身の情念を、仏教の側から照らし見るための下地は、これまでの部分に周倒に用意されているとみられる以上、この「罪」は、藤壺への愛執を本格的に仏教の側から顧みた時の意識として捉え得るものであろう。おそらく、ここで藤壺との間には既に一度逢瀬の時が持たれていたものと考えるほかあるまいが、古代的な、色好みの大きな冥いエネルギーと、仏道とがぶつかり合う時、はじめて「罪」が生まれる。それ故、彼は、「かうやうなる住まひもせまほしう……」と、一瞬罪の深さに戦きながら、出家に思いを馳せるのであった。

ところで、その出家願望は突き詰められることなく「昼の面影心にかかりて恋しければ、……」と、昼間垣間見た紫の姫君に関心がすぐさま滑り移る。それ故、この部分を光源氏の道心の原点とみるのは、いかにもおぼつかぬ感もあるのだが、実は、出家願望からすぐさま姫君に関心の移る源氏の思考の在り方こそ、出家を一方に念じつつも、「ほだし」があって遂げられぬとする、生涯を貫く思考方法に、そのまま繋がるものであった。

「鏡に見ゆる影をはじめて、人には異なりける身ながら、いはけなきほどより、悲しく常なき世を思ひ知るべく仏などのすすめたまひける身を、心強く過ぐして、つひに来し方行く先も例あらじとおぼゆる悲しさを見つるかな。今は、この世にうしろめたきこと残らずなりぬ。ひたみちに行ひにおもむきなんに障りどころあるまじきを、いとかくをさめん方なき心まどひにては、願はん道にも入りがたくや」とややましきを、……

（御法㈣　四九九頁）

最晩年に至ってなお、この世に心残りは何一つないが、紫の上と死別した悲しみ故の心惑いが、出家生活に入る妨げとなっていると自ら述べる。さらに、同様の論理構造を持つ幻の巻の源氏の述懐は、「宿世のほども、みづからの心の際も残りなく見はてて心やすきに、今なんつゆの絆《ほだし》なくなりにたるを、これかれ、かくて、ありしよりけに目馴らす人々の今はとて行き別れんほどこそ、いま一際の心乱れぬべけれ」（幻㈣五一一―五一二頁）と記されている。「まどひ」「ほだし」こそが、一方の出家願望の完遂を最後まで妨げ続ける。若紫の当該箇所に、道心の原点を見、さらに「ほだし」故に遂げられぬとする思考の型《パターン》の始発をみる所以である。

それにしても光源氏はなぜ藤壺に恋着するのであろうか。亡母桐壺更衣との相似、父桐壺帝の愛子として父自らの勧めた幼い日よりの藤壺への親近、藤壺の類い稀な美しさ、いずれをとっても自明のことのようでありながら、結局事実として在るのは、「苦しきまでぞおはしける」という恋着の実態だけである。やまれぬ冥い力が、光源氏を藤壺に吸引する。そしてその人を得る時、それは「罪」として自覚されるほかないものであった。光源氏はこのようにして、原罪とも言うべきものを抱え込まされた人間として始発した。原罪とは、むしろ宿世の罪と呼び換えるべきものであろうか。須磨の流謫生活の中で、「かく、うき世に罪をだに失はむと思せば、やがて御精進にて、明け暮れ行ひておはす」（須磨㈡一八五頁）と、仏道修行に専念する日々が象られ、また栄華のただ中にあって、「なほ常なきものに世を思して、今すこしおとなびおはしますと見たてまつりて、なほ世を背きなんと、深く思ほすべかめる」(絵合㈡三八二頁)など、出家を念じ続ける姿が示されることの根底に、藤壺をめぐる宿世の罪が横たわっていることを認めるのに異論はあるまい。源氏の異数の栄華が、藤壺との密事に発するものであるからこそ、深沢三千男氏の説かれるように、「栄華の基盤から内発的に供給される不断の危惧感」[37]が、仏道修行へ、出家願望へと、源氏を誘うことになるのである。

このような光源氏の原罪、宿世の定位は、彼の比類ない栄華に裏腹に構造化されているものにほかならず、その意味でもとより際やかな卓越、王者性を一方で証し立てることになる。けれども、この比類ない設定の中に、逆説的に人間というもののおおよそ負わざるをえない、存在そのものの罪とでも呼ぶほかないものが、典型化されているのではなかったか。心弱くもさまざまに揺れ動き、故知らぬ宿世の罪というものを抱えながら、苦悩しつつ生きていく存在という、人間のありのままの姿、担わされた問題が、比類ない典型の中に改めて大きく蘇る。光源氏像の基層に、こうした一面の潜められていることもまた見逃してはなるまい。

四　「いとほし」をめぐって

罪や、うしろめたさ、或いは嘆きにめんめんと捉われつつ、にもかかわらず自然のエネルギーとでも呼ぶべき大きなものに衝き動かされるように、新たな悲しみの中に生き続ける源氏像は、たとえば「いとほし」という言葉の用いられ方によっても跡付けることができるのではあるまいか。

「いとほし」「心苦し」が、『源氏物語』に際立って多用される語であることは、既に中川正美氏によって調査されている。[38]『源氏物語』の「いとほし」(「いとほしげなり」「いとほしがる」等を含む)は三八二例、形容詞中の使用率一・四九%は、『紫式部日記』の二・三倍、『枕草子』の二・六倍に上る数値であるという。また「心苦し」(「心苦しげなり」「心苦しがる」等を含む)は三二〇例、『枕草子』五例、『蜻蛉日記』一例に比べて圧倒的な数値であることは言うまでもあるまい。『宇津保物語』の「いとほし」八七例はもとより、『落窪物語』の場合は「いとほし」の方こそ五九例と、作品の分量からみて多出するものの、「心苦し」の方は僅かに六例に過ぎず、これらの現象からみて、「いとほし」「心苦し」が『源氏物語』固有の世界観と繋がる言葉であることは、ほぼ認められよう。

「心苦し」は、「他人の苦痛・不幸を思いやって切なく心が痛む、或いはこちらが心が痛むような状態に他人がある、という場合に多く用いられる。それが平安時代人らしい感じ方である。切ない程気の毒だ、いたわしい、見るに見かねるほどだ、などに当たる」と説明される。一方、「いとほし」は、解釈がやや揺れをみせる語である。(A)(39)「気の毒だ、ふびんだ」、(B)「いじらしい、かわいい」の二つの意味の他に、(C)(自分が気の毒だという意味で)「つらい、困る」という三番目の意味を認めるかどうかをめぐって見解が割れている。後藤貞夫、木之下正雄、中川正美の諸氏は、一見(C)の意とみえる、たとえば「院に聞こしめさんこともいとほし。このころばかりつくろはん」(若菜上(四)六三頁)の用例なども、むしろ相手(院)に対して気の毒であるという他者に対する思いやりの言葉としてみるべきであるとされる。(40)(C)の意の用例が皆無かどうかはさて措くとしても、「いとほし」がもともと「いたはし」の母音交替形とみられるのだとすれば、(41)「労はし」、即ち「いたわりたいという気持」が語の主要な意味であることはまぎれもなく、「いとほし」もまた、「心苦し」と同様、他者の痛みを思いやる気持をおおむね表す語であることに違いはない。二つの語の差異は、「心苦し」が、「自他の区別がなくなって他者の苦痛・不幸で心が痛むさま」を示すのに対し、「いとほし」が、「自己に対立する他者に対する同情」を表す点にあるとさらに説かれている。(42)

「いとほし」「心苦し」のいずれにもせよ、他を思いやって心を痛める、悲しむという語が、際立って頻出するという固有の現象は、深い心の襞の隈々を濃やかに捉える『源氏物語』の世界の鍵語《キーワード》としての機能を、これらの語が負っていることを語るものではあろう。今、試みに「いとほし」の語を顧みる時、正篇において「いとほし」と感じ、語る人物として光源氏が他を圧して目に付くという現象を、どう読み解くことができようか。

たとえば末摘花の巻において、「花の咎めを、なほあるやうあらむと、思ひあはするをりをりの月影などを、いとほしきものから、をかしう思ひなりぬ」(三七四頁)の如く、大輔命婦が末摘花を、或いは源氏を「いとほし」と感じるという用例が、源氏その人の感じる「いとほし」七例(「なまいとほし」一例を含む)に次ぐ六例であることを顧みれば、「いとほし」が極端に男性の側に偏る感情であるとは言えそうにない。当該巻においては紫の上もまた、鼻に紅粉をつけ、そら拭いしつつ困惑してみせる源氏を、「いといとほしと思して、寄りて拭」う姿を象られている。「気の毒」「いじらしい」との感情が、どちらかと言えば男性側に抱かれ易いものであることはある程度認められるにもせよ、女性の感情語としても物語に示される以上、光源氏の「いとほし」の頻用をそうした点からのみ説明することはできない。

一方、『源氏物語』が取りも直さず光源氏の物語である以上、登場場面が圧倒的に多いという点はどうだろうか。しかし、各々の女君の登場する部分部分で物語世界を区切ってみても、個々の部分で光源氏の側の「いとほし」に対応するだけの女君側の「いとほし」の感情が示されるわけでもない。とすれば、「いとほし」は、光源氏その人に際立って固有の関わりを持つ語とみざるを得まい。

具体的に帚木・空蟬の巻を辿ってみよう。帚木の「いとほし」一二例のうち、源氏の感情を示すものは七例、他にその感情の示されるのは、左馬頭・小君の各二例、語り手の一例である。空蟬の巻の「いとほし」七例のうち、小君・空蟬の各一例を除き、五例は源氏の感情としての用例である。数の上で源氏の「いとほし」が他を圧しているのは確かだが、彼は何を「いとほし」く思っているのであろうか。

a かくのみ籠りさぶらひたまふも、大殿の御心いとほしければ、まかでたまへり。（帚木 一六七頁）

b 忍び忍びの御方違へ所はあまたありぬべけれど、久しくほど経て渡りたまへるに、方塞げてひき違へ外ざまへと思さんはいとほしきなるべし。（同 一六八頁）

a・b いずれも「大殿」への「いとほし」さを示すものである。aには、宮中にばかり籠っていて葵の上の許を訪れないのも「いとほし」く思われるので退出したとあり、bにおいてはたまに訪れた大殿から、すぐさま方違えのため他の通い所に赴くのも「いとほし」いので、と紀伊守邸への方違えの成り行きを説明する。共々、ここでの「いとほし」は、「あまりうるはしき御ありさま」にとり澄ました葵の上その人に対するより、むしろ直接には、しきりに婿を心遣う左大臣に対し向けられた感情と言えよう。いずれにもせよ、彼は、主として藤壺への恋着故にも、もたらされる、その意味で、「人やりならぬ」不誠実や熱意のなさの相手に与える傷を、「いとほし」と思いやり、心を痛めているということになる。

c 女はこの人の思ふらむことさへ死ぬばかりわりなきに、流るるまで汗になりて、いとなやましげなる、いとほしけれど、例のいづこより取う出たまふ言の葉にかあらむ、……（同 一七六頁）

d かくおし立ちたまへるを深く情なくうしと思ひ入りたるさまも、げにいとほしく心恥づかしきけはひなれば、「その際々をまだ知らぬ初事ぞや。……」（同 一七七頁）

e なほ、いと、かき絶えて、思ふらむことの、いとほしく御心にかかりて、苦しく思しわびて、紀伊守を召したり。（同 一八一頁）

f 君は思しおこたる時の間もなく、心苦しくも恋しくも思し出づ。思へりし気色などのいとほしさも、晴るけん方なく思しわたる。かろがろしく這ひ紛れ立ち寄りたまはんも、人目しげからむ所に、便なきふるまひやあらはれん、人のためもいとほしくと、思しわづらふ。（同　一八五頁）

gあのつらき人のあながちに名をつつむも、さすがにいとほしければ、たびたびの御方違へにことつけたまひしさまを、いとよう言ひなしたまふ。（空蟬　一九九～二〇〇頁）

c～gは、すべて空蟬に対し「いとほし」と感じる用例である。c・dでは、中の品の女への好奇の思いに駆られ無体にも忍び入った源氏に、女君が汗もしとどに驚き嘆く姿が、「いとほし」とみられている。さらにeにおいては、契りを結んだものの、文さえ通わすことのできぬありさまをどんなに嘆いていることかと、源氏は空蟬を思いやり心を痛める。fもまた、動顚し嘆く空蟬の「思へりし気色」を胸に浮かべ切ない思いに沈み、或いはまた軽率に振舞って事が露顕するようなことがあったら、空蟬には「いとほし」いことと胸を痛めている。それ故gでは、つれない空蟬の、世間をはばかるのも、さすがに「いとほしく」思われる、という展開にもなる。ここにおいて事情はいっそう明確であろう。光源氏は、自ら求めての好色のもたらす、相手の悲しみ、嘆きに思いを致し、それ故に心を痛めるという思考のパターンを繰り返し示すのである。

hさかし、されどもと、をかしく思せど、見つとは知らせじ、いとほし、と思して、夜更くることの心もとなさをのたまふ。（空蟬　一九七頁）

iやうやう目さめて、いとおぼえずあさましきに、あきれたる気色にて、何の心深くいとほしき用意もなし。（同　一九九頁）

jかの人もいかに思ふらんといとほしけれど、かたがた思ほしかへして、御ことつけもなし。（同　二〇三―二〇四頁）

h〜jにみられる軒端荻への「いとほし」の思いもまた、自らの好色故の対象の嘆きへの痛み、というほぼ同様の構造を持つとみてよかろう。もっとも i の用例など、「いとほしき用意もなし」の否定形の用いられるところに、逆に源氏の軒端荻へのまなざしの軽さが窺われるのではあるが。なお、空蟬の巻には、この他に、露に垣間見た空蟬、軒端荻の碁を打つ姿を前にした源氏が、「何心もなうさやかなるはいとほしながら、……」（一九六頁）と、それと気付かぬ二人を気の毒に思うとの用例が、一例示される。

葵、賢木の巻を中心に、六条御息所への「いとほし」が頻出するのも、好色、恋の遍歴故の対象の傷に心を痛めるという、思考構造のパターンからすれば、当然のことでもあろうか。

また、かく院にも聞こしめしのたまはするに、人の御名もわがためも、すきがましう、いとほしきに、いとどやむごとなく心苦しき筋には思ひきこえたまへど、まだあらはれてはわざともてなしきこえたまはず。（葵(二)　一三頁）

数多《あまた》の恋人の中での六条御息所の、その人にふさわしからぬ軽い扱いを、桐壺帝からさえ咎められ、「すきがましういとほし」と源氏が心を痛めるところから、葵の巻は始発する。さらに、葵の上との車争いに大きな傷を負った後の六条御息所を思いやる、「大将の君、かの御車の所争ひをまねびきこゆる人ありければ、いといとほしう、うしと思して、……」（葵二〇頁）、「『……御息所は、心ばせのいと恥づかしく、よしありておはするものを、いかに思しうむじにけん』といとほしくて、参うでたまへりけれど、……」（同二一頁）等の、「いとほし」の数々こそは、『源氏物語』の中に最も重く抱え込まれた、好色故の心の痛みを象るものであろう。光源氏のその心の痛みこそが、六条御息所のもののけをまざまざと眼前に実感させる所以だったのかもしれない。六条御息所のもののけを、最終的にありありと見届けるのは、源氏その人のみであるというかたちが物語には一貫して取られていた。

先に顧みた罪と道心との定位を思い起こしたい。故知らぬ大きな力に衝き動かされ、身に背負った罪を起点に、苦渋に充ちた思考の中から道心が始発した。我知らぬ力に好色の遍歴を重ねつつ、それ故にもたらされた傷（罪と言い換えてもよかろうか）を思いやって、心を痛め、苦しむという在り方と、藤壺故の罪をめぐる構図とは、ほぼ重なってみえる。どうにもならない心の揺れ、執着を抱え、にもかかわらずそれ故の罪を思い、嘆き、心を痛め続けるという意味において、光源氏は最も人間的な悲哀を、その像の中に典型化したと述べることが許されるであろう。

真木柱の巻での「いとほし」の語の使われ方が、心を痛める存在としての光源氏像を明瞭に照らし出していることをさらに付け加えておこう。当該巻において、「いとほし」の感情を抱く人物の内訳は、源氏（六例）、鬚黒（五例）、鬚黒の北の方、玉鬘、侍女（各一例）であって、この他に「おのれ古したまへるいとほしみに……」（三六七頁）と、式部卿宮の北の方の会話の中に、光源氏の「いとほしみ」、という間接話法的に用いられたものが一例みえる。もとより真木柱の巻は、鬚黒が強引に玉鬘を得たことにより、引き起こされる家庭悲劇がややアイロニカルに展開される部分である。鬚黒の北の方は、もののけに取り憑かれて発作を起こすという点では、六条御息所に、一方新しい妻を迎える夫の許での古妻という点では、紫の上に、各々繋がるような問題を負っている。このようにして、彼自ら玉鬘を得たことで、まざまざと嘆きを抱え込んでしまった北の方に対して、鬚黒はどのように心を痛めるのだろうか。

k心恥づかしういたり深うおはすめる御あたりに、憎げなること漏り聞こえば、いとなんいとほしうかたじけなかるべき。（真木柱㊂　三五三頁）

lかかる空にふり出でむも、人目いとほしう、この御気色も、憎げにふすべ恨みなどしたまはば、なかなかことつけて、我もむかひ火つくりてあるべきを、……（同　三五四頁）

m君達もあり、人目もいとほしきに思ひ乱れて、……　（同　三六八頁）

北の方への「いとほし」の思いを表すものは、右の三例のみである。kは、北の方が玉鬘を嫉妬しているなどという噂が六条院の耳に入ったら、北の方にとっても気の毒なことであると鬚黒自らの語る箇所である。l・mの二例は、いずれも「人目（も）いとほし」のかたちで示され、体裁・外聞を気に病む鬚黒らしさが窺われるところではある。中で、lは、わざわざ悪天候の中出かけるというのも、人目に立っては北の方が気の毒である、との文脈で、自らの好色故の傷をめぐり対象を思いやる、との構図をみせる。mの場合は、宮家に戻ってしまった北の方への心の痛み(43)と取れないこともないが、単純に「世間体が悪い」の意で取っておいて差し支えない気もする。いずれにせよ、北の方の痛みのみを思いやる「いとほし」は、極めて乏しいと言わざるを得ない。それかあらぬか彼は、「うち絶えて訪れもせず」（真木柱三七一頁）との、突き放した冷たさをやがて示す展開ともなっていく。

心ならずも鬚黒との結婚を余儀無くされた玉鬘に対する「いとほし」も、僅か二例である。たとえば強引に契りを交してしまった空蟬への源氏の心の痛み、或いは六条御息所、また紫の上への痛みの様相と、これは明らかに異質であろう。真木柱の巻においてさえ、かえって玉鬘を、或いは紫の上等を、「いとほし」とみる源氏の思いが六例と、鬚黒のそれ以上に現れていることも、示唆的である。

光源氏は、誰にもまして、人の心の痛みを思いやり得る、つまり「もののあはれ」知る人物であるという意味において、取りも直さず理想的存在であるとは言える。たとえば『蜻蛉日記』の兼家をめぐる叙述を顧みる時、現実の平安朝の男性の心の動きが、むしろ鬚黒のそれに近いものであったことは自明であろう。心の痛みを限なく感受するという能力の理想性は、但し、とりわけ好色であることによって誰にもまして心が揺れ動き、人に傷を与えてしまうという、誰よりも人間的な思念の在り方を裏腹にするものでもある。光源氏は、まさに比類なく心を痛めることにおいて、人間の普遍的な心弱さ、心の揺れ、限界を大きく証し立てているという意味での、逆説的主人公《ヒーロー》なのでもあった。以上、いわゆる玉鬘系の巻々の光源氏像を、紫の上系のそれとあえてひとしなみにみてきたことを最後にことわっておきたい。二系列が合体されて現存の『源氏物語』がある以上、その全体の中から浮上する源氏像の意味を、あえてもう一度問いたいと思ったからである。

五　第二部の光源氏の悲哀

六条院の崩壊、光源氏像の相対化など、第二部若菜の巻の始発と共に、これまでの主人公の理想的な在り方が、異なる座標軸の上に据えられ始めることは、さまざまに説かれてきた。(44) その中で、これまで述べてきた光源氏像の中の、極めて人間的な弱さと痛みとに彩られていた一面が、いっそう大きく露な姿をみせることは言を俟つまい。ありのままの、否、あるがままの人間としての弱さ、その悲哀を、第二部の源氏像をめぐってさらに垣間見たい。

六条の大殿は、あはれに飽かずのみ思してやみにし御あたりなれば、年ごろも忘れがたく、いかならむをりに対面あらむ、いま一たびあひ見て、その世のことも聞こえまほしくのみ思しわたるを、かたみに世の聞き耳も憚りたまふべき身のほどに、いとほしげなりし世の騒ぎなども思し出でらるれば、よろづにつつみ過ぐしたまひけるを、かうのどやかになりたまひて、世の中を思ひしづまりたまふらむころほひの御ありさまいよいよゆかしく心もとなければ、あるまじきこととは思しながら、おほかたの御とぶらひにことつけて、あはれなるさまに常に聞こえたまふ。(若菜上㈣　七〇頁)

女三の宮降嫁を見届けた上で朱雀院が山寺に移り住むのを機に、源氏の朧月夜への恋が再燃する。それは、六条院に迎え取った女三の宮の「あまりにもののはえなき」幼さに失望しつつも、院の思惑をはばかって誠意を尽さざるを得ず、一方その美質を改めて再確認させられた紫の上の苦悩を前に「思ひ乱れ」る源氏の、二人の女君を中にしての、息詰まる緊張の日々に隣り合ってのことだった。朱雀院出家後間もない日に朧月夜に消息するのは「あるまじきこと」とは知りつつ、「あはれに飽かずのみ思してやみにし」その人への思いが、改めてゆらめくのを抑えることができない。女三の宮のことだけで充分傷ついているはずの紫の上を、さらに傷つける結果になるのは百も承知でいながら、やがて彼は末摘花の見舞と偽って朧月夜の許に赴き、契りを交す展開となる。

「いみじく忍び入りたまへる御寝くたれのさまを待ちうけて」(七七頁)、すべてを察しつつ黙す紫の上が「心苦しく」、終日機嫌取りに終始する源氏の姿は、やや滑稽にさえみえる。しかもなお、朧月夜との逢瀬は、これに留まるものではなかった。

今宵は、いづ方にも御暇ありぬべければ、かの忍び所に、いとわりなくて出でたまひにけり。いとあるまじきことと、いみじく思し返すにもかなはざりけり。(若菜上　八三頁)

再び、「あるまじきこと」とある。この逢瀬は、「我より上の人やはあるべき」との自負を抑えかねつつも自ら挨拶に赴くことを願い出た紫の上の、女三の宮との対面に向けて、双方の女君の忙しさのもたらす「御暇」の狭間に、さりげなく置かれた。「去年より今年はまさり、昨日より今日はめづらしく」みえる、その類いない美しさの中にも、「身にちかく秋や来ぬらん見るままに青葉の山もうつろひにけり」(若菜上八二頁)と詠む紫の上の心情の「あはれ」に打たれ、一方女三の宮の「何心もなき」たわいなさを気楽に思いながら、余りの未熟ぶりを紫の上に残らず見取られることへの恥ずかしさにも心惑わずにはいられない。共々の女君を心遣う緊張のただ中に、またしても置かれたのが、朧月夜との逢瀬なのであった。二つのものの間を揺れ動き、その狭間で息詰まるような緊張を強いられる時、ゆらめく思いがそれ以外のものの中に不意に生命を求めて流れ出すという、あるがままの人間の心情の哀しさというものを見事に浮刻する構造であることを確認したい。(45) もとよりそれは「あるべき」人間の姿からは遠い。それ故にも、源氏は繰り返し「あるまじきこと」と思いを嚙み締めるのである。

一方、限りない自己抑制によって、やがて見事に六条院に新たな秩序を回復した紫の上が、はじめて出家の願いを洩らしたのは、若菜下の巻に至ってのことであった。

「今は、かうおほぞうの住まひならで、のどやかに行ひをも、となむ思ふ。この世はかばかりと、見はてつる心地する齢にもなりにけり。さりぬべきさまに思しゆるしてよ」と、まめやかに聞こえたまふをりをりあるを、「あるまじくつらき御事なり。みづから深き本意ある事なれど、とまりてさうざうしくおぼえたまひ、ある世に変らむ御ありさまのうしろめたさによりこそ、ながらふれ。つひにその事遂げなむ後に、ともかくも思しなれ」などのみさまたげきこえたまふ。（若菜下㈣　一五九頁）

「この世はかばかりと、見はてつる心地する齢にもなりにけり」と語り、「のどやかに行ひを」と求める言葉には、とりわけ女三の宮降嫁後の辛い体験の中で、人の心の頼み難さを実感させられたものの深切な思いが込められている。にもかかわらず源氏は、「あるまじくつらき事なり」と、これを退けるのであった。「つらき」の語が、重く紫の上その人への愛執を響かせる。「ほだし」故、「深き本意」も成就し得ぬという思考がここでも繰り返され、せめて「つひにその事遂げなむ後に」改めて考えてほしいと語りかける源氏の姿には、自ずから紫の上への執着が滲んでいる。自らの不出家も、また紫の上に対する出家不許可も、煎じ詰めれば紫の上と離れたくないという、最も人間的な愛執の深さから生じる感情なのである。

或いはまた、比類ない栄華と憂愁とを抱え込むものとして捉えられる自身の生に比べて、と前置きした上で、源氏は、「親の窓の内ながら過ぐしたまへるやう」（若菜下一九八頁）な、安穏な紫の上の生の在り方を指摘する。確かに源氏の許に幼い日から慈まれた紫の上の生の充足に一面重なるものの、降嫁を契機に掘り起こされた問題の重さを顧みる時、源氏の言葉はいかにも皮相であるというよりない。「のたまふやうに、ものはかなき身には過ぎにたるよそのおぼえはあらめど、心にたへぬもの嘆かしさのみうち添ふや、さはみづからの祈りなりける」との、紫の上の応答は、その一面の言い当てを素直に受け止める謙虚さを失うことなく、しかも自身の問題の重さをさりげなく語って深い。「さきざきも聞こゆること、いかで御ゆるしあらば」と再度の出家の願いが示されたのは、これに続く場面であった。

「それはしも、あるまじきことになん。さてかけ離れたまひなむ世に残りては、何のかひかあらむ。ただかく何となくて過ぐる年月なれど、明け暮れの隔てなきうれしさのみこそ、ますことなくおぼゆれ。……」（若菜下　一九九頁）

紫の上に対する源氏の出家不許可の理由は、ここにおいていっそう際やかだ。「明け暮れの隔てなく」共に生きる喜びだけが自分を支えている、あなたの出家後一人残されたのでは「何のかひかあらむ」と、愛執の深さが語られる。愛執の深さの故に、その愛する紫の上の望みを適えることができないという、愛情なるもののただ中に孕まれる自己矛盾の悲哀が、浮刻され、人間存在の核に潜むエゴの矛盾と哀しさとを語りかける。

紫の上の発病はどれほど源氏を心痛させたろうか。「この人亡せたまはば、院も必ず世を背く御本意遂げたまひてむ」（若菜下二〇五頁）とは、それを見ての夕霧の結論だった。病の中での紫の上の出家の願いは、しかしまたしても拒まれる。「限りありて別れはてたまはむよりも、目の前にわが心とやつし棄てたまはむ御ありさまを見ては、さらに片時たふまじくのみ、惜しく悲し」（同二〇五―二〇六頁）く思われるに相違なく、その別れの辛さに源氏は耐えられぬのである。重病の中での切なる出家の願いに対しても、源氏が許したのは「五戒ばかり受けさせ」ることに過ぎなかった。

こうして最後まで出家発願を退けられる紫の上は、一方源氏にどう対応しているだろうか。

しばしにても後れきこえたまはむことをばいみじかるべく思し、みづからの御心地には、この世に飽かぬことなく、うしろめたき絆だにまじらぬ御身なれば、あながちにかけとどめまほしき御命とも思されぬを、年ごろの御契りかけ離れ、思ひ嘆かせたてまつらむことのみぞ、人知れぬ御心の中にもものあはれに思されける。

（御法四　四七九頁）

もとより出家の願いの許されぬことは「恨めし」いが、結局は「罪軽かるまじき」宿世の拙さ故のことと思念を転じつつ思い諦める。その諦念の背後にあるものを大きく語るのが右の箇所ではなかったか。紫の上は何よりも、源氏に対し「年ごろの御契りかけ離れ、思ひ嘆かせ」る悲しみを思っている。我が生命のことはさて措き、源氏を嘆かせることのみが心残りであるとする紫の上の思惟は、源氏の愛執の深さをさながらに受け止め、また愛執故のその人の悲しみを思いやる豊かさに溢れている。紫の上はもとより女三の宮降嫁後源氏の愛情の頼み難さを実感したことを契機に、発願したとおぼしく、それ故にも「愛欲と仏法との間を彷徨していた」(46)のでもあったろう。但し、それらを越えて今、この紫の上のまさしく理想的(47)な心情の静かな輝きを対置する時、一方の光源氏の、自らの執着にただ身も世もない悲哀が、いっそう強く浮かび上がる。一たび出家したら「峰を隔ててあひ見たてまつらぬ住み処」での厳しい生活をきっぱりと求めるが故に、病中の紫の上が気がかりで共々出家し得ないでいる、と語り手によりなお源氏不出家の理由付けが加えられるものの、源氏のどこまでも人間的な紫の上への愛執の哀しさは覆うべくもない。

おわりに

紫の上の出家を許そうとせぬ源氏の姿をめぐって阿部秋生氏が、「そこには、最も平凡な貴族的心情以上のものはみられなかった。だから光源氏が超人的であったというのは、その先天的身体的資質と幸運とに恵まれていたということであって、人間的に超越的な存在であったというのではなかった[48]」と述べられているのはまことに示唆深い。第二部における朧月夜との逢瀬、紫の上に対する出家不許可のいずれもが、第一部以上に、光源氏の、あるがままの凡庸さ、人間としての限界と悲哀とを証し立てていよう。また、女三の宮と柏木との密事を知って後、たとえば「誰が世にかたねはまきしと人問はばいかが岩根の松はこたへん」（柏木㈣三二四頁）などと、薫の五十日の祝いの折女三の宮をいたぶる酷薄さは、密通を心を合わせてのものと誤解した痛ましさを差し引いても、既に相対化され、輝きを失った人間の在り方を露にするものと言わざるを得まい。女三の宮の密事への対応をめぐり、源氏像の凋落が露になっていることは、これまでさまざまに説かれてきた通り、自明であろう。

「かくいまはの夕近き末にいみじき事のとぢめを見つるに、宿世のほども、みづからの心の際も残りなく見はてて心やすきに、今なんつゆの絆なくなりにたるを、これかれ、かくて、ありしよりけに目馴らす人々の今はとて行き別れんほどこそ、いま一際の心乱れぬべけれ。いとはかなしかし。わろかりける心のほどかな」（幻五一一—五一二頁）と、最後の述懐にまでぎりぎり惑いの中に生き泥む姿を晒す源氏像が、『紫式部日記』の「世のいとはしきことは、すべて露ばかり心もとまらずなりにてはべれば、聖にならむに、懈怠すべうもはべらず。ただひたみちにそむきても、雲に乗らぬほどのたゆたふべきやうなむはべるべかなる。それにやすらひはべるなり」（九八—九九頁）

の、たゆたいと苦悩とにほぼ重なろうとするのは偶然ではあるまい。物語の作者は、人間というものの抱え込む始原的なエゴそのもの、それ故の限界と悲哀とを、卓越した天与の美質を備える主人公の中に、典型として見事に定位した。藤壺との密事によりもたらされた罪は、一方で主人公のただならぬ卓越性を証し立てるものであると同時に、人間存在の始原に潜められた原罪とも呼ぶべきものの典型としての表現でもある。故知らぬ大きな力に衝き動かされるように、さまざまに恋の遍歴を重ね、心揺れ動き、また執着を深め、相手を傷つけることで心を痛め続けながらも、そこから逃れ得ぬ惑いの中に生き続ける。その人間そのものの哀しさは、片方で卓越した美質が強調されればされるほど、深く迫ってくる。卓越と、あるがままの人間の悲哀と、二つに引き裂かれた両義的存在の中に、物語の作者は、最も深く人間の本質的な問題を描き得たと言えるであろう。「主人公」光源氏の所以である。

注

（1）武者小路辰子『源氏物語　生と死と』（昭63　武蔵野書院）一頁。
（2）「源氏物語について」『日本精神史研究』（改版　昭45　岩波書店）
（3）「にくまれ口」『婦人公論』（昭40・9）
（4）『わたしの源氏物語』（平元　小学館）四一五頁。
（5）日向一雅「太政大臣光源氏の造型」「光源氏家の成立について」『源氏物語の王権と流離』（平元　新典社）等参照。
（6）高橋亨「可能態の物語の構造」『源氏物語の対位法』（昭57　東京大学出版会）
（7）「源氏物語」『折口信夫全集』㈣（昭41　中央公論社）、高崎正秀「源氏物語における倫理観」『高崎正秀著作集』六（昭46　桜楓社）など。

(8) 「いろごのみ」『王朝恋詞の研究』(昭47　慶応義塾大学言語文化研究所)
(9) (8)に同じ。
(10) 「『色好み』試論」『静岡女子大学研究紀要』(昭50・2)
(11) 高橋亨「色ごのみの文学」『源氏物語とその周辺の文学　研究と資料　古代文学論叢第十輯』(昭61　武蔵野書院)
(12) 藤井貞和「神話の論理と物語の論理」『源氏物語の始原と現在』―定本(昭55　冬樹社)
(13) 日向一雅「光源氏の王権をめぐって」(5)の書に同じ。
(14) 深沢三千男「光源氏像の形成　序説」『源氏物語の形成』(昭47　桜楓社)
(15) (7)の高崎論文による。
(16) 河添房江「『源氏物語』の『ひかり』『ひかる』『かかやく』」『国語語彙史の研究』(六)(昭60　和泉書院)、「光る君の命名伝承をめぐって」『中古文学』(昭62・11)、のち『源氏物語表現史　喩と王権の位相』(平10　翰林書房)所収。など。
(17) 武者小路辰子「女三の宮像―稚さへの設問―」(1)の書に同じ。
(18) 阿部秋生氏は光源氏の美質を、(一)容貌、風采(二)心ばへ(三)学才(四)技芸上の才能(五)恋愛の五項に分けて説かれる。(「光源氏の容姿」『光源氏論　発心と出家』(平元　岩波書店))
(19) II 2「枕草子の美意識」参照。
(20) 小学館日本古典文学全集本頭注。
(21) 鈴木日出男「共感の情理」『人物造型からみた『源氏物語』』(平10　至文堂)、のち『源氏物語虚構論』(平15　東京大学出版会)所収。
(22) (14)など。
(23) 西村亨「すき」(8)の書に同じ。

(24) 秋山虔「光源氏論」『王朝女流文学の世界』(昭47 東京大学出版会)
(25) 本文は、新潮日本古典集成に拠る。
(26) (24)に同じ。
(27) 小嶋菜温子「空白の身体」『人物造型からみた『源氏物語』』(平10 至文堂)
(28) 秋山虔「好色人と生活者—光源氏の『癖』」『王朝の文学空間』(昭59 東京大学出版会)
(29) (24)に同じ。
(30) 岡一男「『源氏物語』のテーマ・構想・構成」『源氏物語の基礎的研究』(昭41 東京堂出版)
(31) 柄谷行人「歴史と自然—鷗外の歴史小説」『意味という病』(昭50 河出書房新社)
(32) (31)に同じ。
(33) 中野幸一編『岷江入楚』(昭61 武蔵野書院) 螢の巻。
(34) 本文は、契沖全集(岩波書店)㈨に拠る。
(35) 本文は、本居宣長全集(筑摩書房)㈣に拠る。
(36) 『源氏物語評釈』(国文註釈全書㈢) 一三頁。
(37) (14)の書に同じ。なお光源氏の罪障意識、道心の始発の問題については、(1)5「若紫の巻をめぐって—藤壺の影—」参照。
(38) 「源氏物語における『いとほし』と『心苦し』」『国語語彙史の研究』㈠(昭55 和泉書院)
(39) 木之下正雄『平安女流文学のことば』(昭48 至文堂) 四一頁。
(40) (38)の論に諸論の整理がある。
(41) 小学館『古語大辞典』「いとほし」の項参照。
(42)・(43) (38)に同じ。
(44) 秋山虔「『若菜』の巻の一問題—源氏物語の方法に関する断章—」『日本文学』(昭35・7)、「『若菜』の巻の始発をめぐって」『源氏物語の世界』（昭39　東京大学出版会）をはじめとする一連の若菜の巻に関する論考等。

(45)　朧月夜との関係が若菜の巻に至り、なぜ復活せねばならなかったかについては、主情主義への逃避とみえる叙述が、紫の上、源氏、女三の宮の世界の内実をさらに明らかにし、また第一部以来の人生の流れの中にそれを相対的に位置づけるものとなっているという見解（(44)に同じ）があり、一方、浪漫的精神を証し立てる朧月夜との恋を通して、六条院をめぐる生活から飛躍遊離することによって、人生の積極的契機をつかみ直す必要が要請されていたとみる説（松田成穂「若菜巻に関する覚え書」『平安文学研究』（昭42・12））もある。また、朧月夜と源氏との関係が、対照的に秋好中宮と朱雀院との関係を浮かび上がらせ、さらに、朱雀―朧月夜―源氏の関係は、源氏―女三―柏木の関係ともはるかに重なる意味を負っているとも説かれている。（坂本曻「兄朱雀院」『源氏物語構想論』（昭56　明治書院））

いずれも朧月夜関係の叙述の復活の意味を重く問いかけて示唆深いが、本稿では、その逢瀬が一度ならず二度までも、ほかならぬ女三の宮、紫の上の狭間での緊張が最大の高まりをみせる時に、立ち現れてくることの意味を、もう一度基本的に確認したいと考えるものであった。

(46)　阿部秋生「紫の上の出家」(18)の書に同じ。

(47)　深沢三千男氏は、こうした紫の上の在り方について、「菩薩的理想像」と規定される。（「紫の上―悲劇的理想像の形成―」(14)の書に同じ）また丸山キヨ子氏も、「特に晩年は、紫の上の方がはるかに先導者的であったことは否めない」と述べられている。（「紫の上を考える」『源氏物語の仏教』（昭60　創文社））なおこの辺りの問題については、(1)11「紫の上の「祈り」をめぐって」参照。

(48)　「光源氏の出家」(18)の書に同じ。

2　光源氏の御祖母——二条院の出発——

光君や彼をめぐる女君たちの住む場所、邸というのは『源氏物語』において極めて意識的に選び取られているように思う。四季の町に各々の女君を擁する光君の壮年の日々の邸、六条院は、ほかならぬ六条御息所の邸跡にこそ構築されなければならなかった。言わば家霊となった御息所の霊のまつわるその地に光君の邸が築かれることによって、その壮大な繁栄と第二部における破綻とが、見えない大きな力で支えられている構造が示されるのだという。[1]

ここでは、光君の生涯において、大きな位置を占める今一つの邸、二条院について少し考えてみたい。桐壺の巻末尾に「里の殿は、修理職、内匠寮に宣旨下りて、二なう改め造らせたまふ。もとの木立、山のたたずまひおもしろき所なりけるを、池の心広くしなして、めでたく造りののしる」（桐壺㈠一二六頁）とあって、これが後に——帚木三帖、或いは若紫の巻から——二条院と呼ばれる邸になることは言うまでもない。母の里邸の伝領そのものは全く当然の事柄なのでもあろうが、光君がことに若い日のおおよそをそこに住み続ける二条院として、物語の中で大きく位置付けられる邸となることにつき、桐壺の巻の御祖母北の方をめぐっての記述からその意味を探ることはできないだろうか。以下、考察を試みたい。

一　いかまほしきは

光君の両親、桐壺帝と更衣との間柄を、物語はどう捉えているのであろうか。

唐土にも、かかる事の起りにこそ、世も乱れあしかりけれと、やうやう、天の下にも、あぢきなう人のもてなやみぐさになりて、楊貴妃の例も引き出でつべくなりゆくに、いとはしたなきこと多かれど、かたじけなき御心ばへのたぐひなきを頼みにて交らひたまふ。（桐壺㈠　九三―九四頁）

さまざまな迫害や困難の中にあってなお、と言うよりもその中にあるが故にかえって、二人の間には心が通い合っている、というふうに読み取るべきだろう。帝王の、上から与える寵愛を有難く頂戴するという受身的なあり方に留まらない、更衣の、帝に応えようとする心の懸命さを「いとはしたなきこと多かれど、かたじけなき御心ばへのたぐひなきを頼みにて……」の辺りに、確かに窺うことができる。

「限りあらむ道にも、後れ先立たじと、契らせたまひけるを。さりともうち棄てては、え行きやらじ」とのたまはするを、女もいといみじと見たてまつりて、

「かぎりとて別るる道の悲しきにいかまほしきは命なりけり

いとかく思ひたまへましかば」と息も絶えつつ、聞こえまほしげなることはありげなれど、いと苦しげにたゆげなれば、かくながら、ともかくもならむを御覧じはてむ、と思しめすに、「今日はじむべき祈禱ども、さるべき人々うけたまはれる、今宵より」と、聞こえ急がせば、わりなく思ほしながら、まかでさせたまふ。

（桐壺　九八―九九頁）

周知の帝と更衣との別れの場面である。この箇所に関して、「苦しい息の下から帝の顔を見上げて、『もっと生きていたい』と、うたう女の姿は、当時の宮廷における愛の極致を描き出したもの(2)」と今井源衛氏は言われる。「親子の情よりも、恋愛感情の強さを強調(3)」した場面として捉える円地文子氏の見方にも繋がるものであろう。

一方、桐壺更衣の物語の背後に李夫人の像を読み取られる藤井貞和氏は、「聞こえまほしげなること(4)」とは春宮の位を光君のために希望したものであり、子の栄達を見届けるべく生きのびたいという歌を詠むのだと言われる。

大きく二つの方向に対立する考え方を踏まえながら、もう一度この部分を読んでみたいと思う。

「かぎりとて別るる道の悲しきに」という更衣の歌の前半部分が、「限りあらむ道にも、後れ先立たじと、契らせたまひけるを」との帝の言葉を受けて発せられていることは、「女もいといみじと見たてまつりて」との更衣の瀕死の状態の中での切情の表現に助けられるまでもあるまい。かつての誓いを踏まえ、帝と別れることの悲しさを訴え、それ故「いかまほし」と願うのだと考えることができるであろう。

さらにこの歌に関して『源註拾遺』に示された引歌に目を向けてみよう。

①　みちのくにのかみこれともがまかりくだりけるに、弾正のみこのかうやくつかはしけるに

戒秀法師

331かめやまにいくくすりのみ有りければとどむる方もなき別かな

（『拾遺集(5)』巻六　別）

②　女をうらみて、さらにまうでこじとちかひてのちにつかはしける

実方朝臣

871何せむに命をかけてちかひけんいかばやと思ふをりも有りけり

（『拾遺集』巻一四　恋四）

③　ちちのともにこしのくににはべりけるとき、おもくわづらひて京にはべりける斎院の中将が許につかはしける

此集作者 藤原惟規

764みやこにもこひしき人のおほかればなほこのたびはいかむぞとおもふ

（『後拾遺集』巻一三　恋三）

④　しねとてやとりもあへずはやらはるゝいといきがたきこゝちこそすれ

（『大和物語』[6] 六五段）

①を除く残り三首はすべて恋の歌とみられる。「いかばや」「いかん」「いき」の各々が、「生く」「行（往）く」の掛けられるかたちで置かれている。言うまでもなく、桐壺更衣の歌の「いかまほしき」が「道」の縁語として「行か」をも併せ持っているのと同様の修辞である。②の歌では、「たとひ死すとも来じ」などと誓って恨んでみたものの、今更それも悔やまれるという女に対してのやまれぬ未練が、「いかばや」との言葉の中に込められている。④もまた、南院の五郎なる男性が思いかなってようやく近付くことができた恋人から、「いまはかへりね」と追い払われ、その悲しみを「いきがた」しと訴えたものである。③においては、遠国に病む惟規の都の恋人への悲痛な思慕が、「いかむ」――病に打ち勝って都に戻りたい――との言葉によって表される。寛弘八年越後の守となった老父為時を追って任国に下った惟規の臨終の歌と考えられる[7]ので、桐壺の巻執筆の時期より多少下る用例ともみられるが、これをも含めてとも角、ほぼ同時代の「いかばや」等が、恋をめぐる切情の修辞の中にしばしば現れることを認めてよかろう。「いかまほしき」との更衣の歌の言葉は、こうした恋する相手への思慕を踏まえた「いかばや」「いかむ」などと同様の系譜にあるものにほかなるまい。即ち、更衣の「いかまほし」さとは、「いみじ」と見上げる桐壺帝への熱い思いに支えられた切ない願いの表明なのである。

後宮に蠢くさまざまの恨みの中にあって、更衣は今、その若い命を終えようとしている。「いかまほしき」とは、

その若さを思う時、まことに悲痛な叫びとして押さえることができる。けれども、帝の愛に支えられて生き、切実な帝の悲しみと求める心とを前に、それに応えようとする更衣の命はそれなりに充足していると言うべきだろう。

一方、「聞こえまほしげなることはありげなれど」とは、いったい何を表す言葉であろうか。さまざまな思いが瀕死の更衣の胸には去来し、それを訴える力さえ失われてしまった。そのさまざまな思いの一つに、と言うよりはその中で最も強い思いとして、一子、光君への心掛かりがあったとみることは極めて自然である。それは、吐息と共に洩らされる、「いとかく思ひたまへましかば」との過去のあり方を後悔する言葉にも支えられる構造であろう。しかし、注意しておかなければならないのは、更衣が我が子への心掛かりを実際に切々と帝に訴えかける別離の場面を物語作者は拵えていない、ということである。心残りは、「聞こえまほしげなることはありげなれど」という表現の中に僅かに暗示されるに留まる。この暗示の内容が詳らかにされるのは、実は更衣の母、光源氏の祖母君の口を通してなのであった。李夫人の物語の、一子と兄弟との将来を帝に懇請する夫人自らの言葉が、『源氏物語』においては祖母君に委ねられている、と述べることが許されようか。

二 「野分」をめぐって

桐壺の巻は、成立の問題に絡んだかたちで、三段に分けて論じられることが多い。(8) 即ち、(1)桐壺更衣寵愛と死、(2)帝の哀傷と里邸弔問、(3)源氏の生い立ちと藤壺の登場、の三段である。ここでは、成立論はひとまず措くが、(2)の部分での光君の御祖母をめぐっての新たな展開に目を向けてみることにする。

野分だちて、にはかに肌寒き夕暮のほど、常よりも思し出づること多くて、靫負命婦といふを遣はす。

夕月夜のをかしきほどに、出だし立てさせたまひて、やがてながめおはします。かうやうのをりは、御遊びなどせさせたまひしに、心ことなる物の音を搔き鳴らし、はかなく聞こえ出づる言の葉も、人よりはことなりしけはひ容貌の、面影につと添ひて思さるるにも、闇の現にはなほ劣りけり。

命婦かしこにまで着きて、門引き入るるより、けはひあはれなり。やもめ住みなれど、人ひとりの御かしづきに、とかくつくろひ立てて、めやすきほどにて過ぐしたまへる、闇にくれて臥ししづみたまへるほどに、草も高くなり、野分にいとど荒れたる心地して、月影ばかりぞ、八重葎にもさはらずさし入りたる。

（桐壺　一〇二―一〇三頁）

更衣の死は、「その年の夏、御息所、はかなき心地にわづらひて、……」（桐壺九七頁）とある、都の暑熱の中での出来事だった。今季節は移り、秋となった。帝の、更衣への尽きない哀傷の思いにまことにふさわしい季節がめぐってきたと言えるだろう。追慕に沈む「露けき秋」のある日の夕暮、帝は命婦を更衣の母北の方の許へ弔問に派遣する。「野分だちて」「野分にいとど荒れたる心地して」と、この部分で「野分」という語が二回使われていることに注目したいと思う。

「常よりも思し出づること多くて」とあるように、「野分」の風は、帝のもの思いを触発するしめやかな秋の情趣豊かな風物としてここに機能する一面を持とう。「闇の現」「闇にくれて」「八重葎にもさはらず」と、各々引歌を指摘し得る和歌的抒情豊かなこの箇所である。その文脈の中で野分もまた、しめやかな哀傷の思いを盛り上げるために用いられた和歌的な言葉であるとのみ片付けきれない問題が、しかし一方で残りはしないか。(9)『六百番歌合』など平安後期の和歌には「野分」の用例を数多《あまた》検証することができるが、前期のそれは用例も極めて少なく、しかもそれらは殆ど男性の贈答歌の中に見出される。平安初期における「野分」という言葉は、私的な日常平俗の口頭語彙の範疇であった(10)と神尾暢子氏の既に説かれるところである。

言い換えれば、『源氏物語』以後の作品においては、「野分」とはそのまますぐに秋の情趣深い情景のイメージに繋がる言葉として和歌的抒情の世界に定着したと考えられるが、『源氏物語』が書かれる段階では極めて平俗な日常語に過ぎなかったということになる。「野分のまたの日こそ、いみじうあはれにをかしけれ。立蔀、透垣などの乱れたるに、前栽どもいと心苦しげなり。おほきなる木どもも倒れ、枝など吹き折られたるが、萩・女郎花などの上によころばひ臥せる、いと思はずなり。格子の壺などに木の葉をことさらにしたらむやうにこまごまと吹き入れたるこそ、荒かりつる風のしわざとはおぼえね」(古典全書『枕草子』一九一段)という、同時代の女流の「野分のまたの日」に向ける鋭い美意識をおそらくは意識しながら、『源氏物語』作者が物語の中に創った「野分」とはどのようなものであったか。

翻って『源氏物語』におけるその用例を検討してみよう。「野分」「野分だつ」の用例は合わせて七例ある。先の桐壺の用例二、そして蓬生一、野分二、藤袴一、御法一という内訳を辿ることができる。今、桐壺の二例をしばらく措き、残りの用例に目を向けてみる。蓬生の巻の末摘花邸の荒廃を強調する場面に見える一例を除けば、残りの四例はすべてあの野分の巻で吹き荒れた暴風——野分——に何らかのかたちで関わる用例と言える。

○これを御覧じつきて里居したまふほど、御遊びなどもあらまほしけれど、八月は故前坊の御忌月なれば、心もとなく思しつつ明け暮るるに、この花の色まさるけしきどもを御覧ずるに、野分例の年よりもおどろおどろしく、空の色変りて吹き出づ。(野分㈢ 二五五—二五六頁)

○宮いとうれしう頼もしと待ちうけたまひて、「ここらの齢に、まだかく騒がしき野分にこそあはざりつれ」と、ただわななきにわななきたまふ。(同 二六〇頁)

まず野分の巻では言葉として拾い得るものは以上二例であるが、巻全体に萩の露を吹き散らし、木の枝を手折る大風が吹き荒れ、やがて風も治まって迎えたその翌朝の情趣で巻が括られていることは言うまでもない。巻名の通り野分をめぐっての叙述に玉鬘十帖の中のこの一巻は終始している。

端近な所で野分吹き荒れる萩の庭を心配そうに見ていた紫の上を夕霧が垣間見ることができたのは、風が強いために屏風がたたみ寄せられていたためでもあり、咲き乱れる樺桜にも似た紫の上の姿が彼の目を射る時、さらにひときわ強い風が御簾を吹き上げる……。夕霧の心には、紫の上の姿が刻印された。「いりもみする風」に吹かれ吹かれしつつ、律義にも六条院から祖母の邸三条宮へと風見舞の訪問を繰り返す、いつもながらの「まめ人」の心には、けれども大きな嵐が吹き荒れている。「いりもみする風」は、そのまま夕霧の情念の嵐に繋がろう。さらに夜もすがら続く「荒き風の音」に、夕霧は紫の上の面影を忘れかね、叛乱する自らの情念を見つめている。やがて明け方のむら雨に「あくがれたる心地」のまま、六条院に赴いた彼は秋好中宮をはじめ女君達を次々に見舞う。中でことに野分の翌朝の日の光に八重山吹にも似た美しさで、光君に寄り添う玉鬘を垣間見たことは衝撃であった。父の態度を疎んじる一方で、「異腹ぞかしなど思はむは、などか心あやまりもせざらむ」と、自ら揺らめく心を抑えかねている。紫の上と、そして玉鬘と。父とその恋人たちの姿の前で、「青年の血はにわかに激しく猛り立って反乱を起こしつつある今、自らの『まめ』であることにもはやあきたらない」心境故に、「まめなれどよき名も立たず刈萱のいざ乱れなむしどろもどろに」等の歌を踏まえ「吹き乱れたる刈萱」につけて、夕霧は雲居雁に文を送るのだという。(11)

野分の巻における、こうした夕霧の目の存在は、既に説かれるように若菜以降の六条院世界を遙かに予見させるものであろう。「ある反乱的座標をすら抱えこんだ(12)」夕霧の目から、六条院の女君と光源氏との構築する秩序の世界が写し出されていく。野分吹きすさぶ六条院は、密かに叛乱する情念を抱えた夕霧の侵犯する六条院世界の秩序の動揺そのものと重なる。

当該巻における「野分」とは、こうして夕霧の心の密かに不逞な情念の叛乱と響き合って形象されたものであった。野分をめぐる叙述は但しまことに美しい。六条院の庭を吹き荒れる大風は、手を入れたばかりの小萩の露を吹き散らすものとして、たわわな萩の枝の、今にも折れそうに撓い、風の中で震える光景が生き生きと浮き彫りにされる。或いは、翌朝の庭は、霧が一面に立ち込めた中に「日のわづかにさし出でたるに、愁へ顔なる庭の露きらきら」と輝くしめやかな情趣を漂わせる。このように美しい野分をめぐる「あはれ」が、夕霧の心の密かな嵐に裏打ちされているという構造が、『枕草子』(13)の叙述との相違と言える。

御法の巻の用例は、紫の上の死後、夕霧がその面影を追慕し感慨に耽る場面にみえる。「風野分だちて吹く夕暮に、昔のこと思し出でて、ほのかに見たてまつりしものを、と恋しくおぼえたまふに、……」(御法(四)四九八頁)と、折からの野分こそが、かつて密かに垣間見た紫の上の面影を思い起こさせるよすがであった。昔日の野分は、追慕の中で夕霧の心に鮮やかに甦っている。

藤袴の巻の場合、「かの野分の朝の御朝顔」(藤袴(三)三二二頁)という言葉で意味されているのは玉鬘である。既にここでは頭中将の実子という玉鬘の素姓が明らかになっている。夕霧は、姉ではないことを知らされた今、源氏の命で帝の「仰せ言」を玉鬘に伝えに来たものの、その人への思慕を抑えかね、「うつたへに、思ひもよらで取りたまふ御袖をひき動かし」て思いを訴えかける。夕霧の心のどこかに息衝いていた玉鬘思慕の原点は、やはりあの野分の巻の惑乱に充ちた垣間見であった。「かの野分の朝の御朝顔」との表現は自ずからそのことを物語ろう。

即ち、二例ともに野分の巻で吹き荒れた風を意味する用例であると同時に、当該巻において、その垣間見により大きな衝撃と揺らめき叛乱する情念の嵐とを、夕霧にゆくりなくも与えた二人の女君――紫の上と玉鬘――をめぐっての思いが顧みられる時に示されるものであることが確認される。『源氏物語』における野分の用例のうち、五例まではこうして、野分の巻を吹き巡り、密かに六条院の美しい秩序と調和とにゆさぶりをかけ、さらにその宰領者である光源氏を深く脅かす可能性を孕む夕霧の情念の叛乱に結び付いたかたちで現れている。

改めて桐壺の巻に立ち戻ろう。『源氏物語』における「野分」が、これまでみてきたようにおおよそ夕霧の叛乱する情念と不可分なものとして形象されたものである時、桐壺の二例をめぐっても自ずから浮上する解釈がある。桐壺のこの場面において、何らかの情念の嵐の跡を考えてみることができるのではないか、ということである。夕霧の情念の嵐を踏まえた表現例を離れて、単なる秋の情趣深い景物としてのみ二例を捉えてしまうより、その可能性を探る方が妥当ではあるまいか。

なぜ靫負命婦派遣は、「野分だちて、にはかに肌寒き夕暮」という時を選んでなされたのか。それは、「闇にくれて臥ししづみたまへるほどに、草も高くなり、野分にいとど荒れたる心地」する里邸の様が描かれねばならなかったからである。娘である桐壺更衣を失った母君の迷妄の闇は深い。「常のあつしさになりたまへれば、御目馴れ」(桐壺九七頁)てしまっていたという帝とは違って、母君は此の度の娘の病気の重さを直感していた。「泣く泣く奏して」退出させたのだったが既に遅すぎた。「限りあれば、例の作法にをさめたてまつるを、母北の方、同じ煙にのぼりなむと、泣きこがれたまひて」(桐壺一〇〇頁)と、若い盛りの生命のまま逝った娘に対する母の思いは狂おしく悲痛である。先に私は、帝と共に在った更衣の生命の充足に触れた。母北の方には、今何もない。狂おしくも悲痛な母としての思いは、やや日を経て一応鎮められてはいるだろう。けれども、ふつふつと底深く滾る母としての迷妄の闇は、何ものかに向かって抗い叛乱する情念の嵐となって無気味に浮かび上がる。野分が吹き荒れ、そしてそのためにいっそう荒涼とした庭を月が照らし出している。母君の心象を負った里邸の描出と言えるであろう。

三　心の闇

「しばしは夢かとのみたどられしを、やうやう思ひしづまるにしも、さむべき方なくたへがたきは、いかにすべきわざにかとも、問ひあはすべき人だになきを、忍びては参りたまひなんや。若宮の、いとおぼつかなく、露けき中に過ぐしたまふも、心苦しう思さるるを、とく参りたまへ」（桐壺一〇四頁）との、命婦によって伝えられた帝の言葉に現れた、母君――若宮の御祖母――への志は篤い。「問ひあはすべき人だになきを」の部分について、次のような注記が『岷江入楚』に見られる。

或抄思ふ事いはてたゝにやゝみぬへき我とひとしき人しなければ　此哥を引　自余の女御更衣たちは桐壺更衣をそねみ給し人〳〵なれはかたりあはせ給はん人もなきと也（『岷江入楚』桐壺　四九頁）(15)

周知の『伊勢物語』一二四段の歌を踏まえての説明は、帝が更衣追慕の思いを共有し得る人を周囲に持たないこと、それ故「思ふ事」を語りその悲しみの遣り場を「問ひあはすべき」唯一の人として、母君を求めていることを明らかにする。更衣追慕を共にしたいと参内を勧める帝の願いは切ない。

「目も見えはべらぬに、かくかしこき仰せ言を光にてなん」と、母君は無論有難くその帝の言葉を受け、さらに「こまやかに」書かれた文を拝読する。「いはけなき人をいかにと思ひやりつつ、もろともにはぐくまぬおぼつかなさを。今はなほ、昔の形見になずらへてものしたまへ」（桐壺一〇四―一〇五頁）とあるように、帝が重ねて参内を勧めるのは、無論一つに大きく光君を早く手許に呼び寄せたいという気持ちに発していよう。但し、「昔の形見になずらへて(16)」との表現には、帝の祖母君その人に対する温かな親しみが仄見える。

ところが、こうした帝の呼びかけは実は全く空しいものに終わってしまった。「命長さの、いとつらう思ひたまへ知らるるに、松の思はむことだに、恥づかしう思ひたまへはべれば、ももしきに行きかひはべらむことは、ましていと憚り多くなん」（桐壺一〇五頁）との祖母君の応答は丁重で慎み深く、参内の拒絶とは言えもとより非礼でない。ただ、この応答の中に、「問ひあはすべき人だになきを」という訴えを受け止めるものが何もないことが気に掛かる。母君は、共に悲しみを語り合う人を求めていないわけではなかった。派遣されてきた命婦に対してはたとえばこのような言い方をしている。

くれまどふ心の闇もたへがたき片はしをだに、はるくばかりに聞こえまほしうはべるを、私にも、心のどかにまかでたまへ。（桐壺　一〇六頁）

そうしてみれば帝というやんごとない存在への遠慮を差し引いても、帝の親しい呼びかけに対しては、娘――桐壺更衣――を共に追慕するのに最もふさわしい人への、しかるべき応答があっても良くはないか。葵の上の服喪の折の左大臣のよりいっそうの光源氏への親近を軽々に比べることは慎まなければならないにしても。帝に応えず、かえって命婦に悲しい心の闇を聞いてほしいと訴える母君には、何か帝に対するこだわり、蟠りのあることを窺い得るのではないか。

生まれし時より、思ふ心ありし人にて、故大納言、いまはとなるまで、ただ、『この人の宮仕の本意、かならず遂げさせたてまつれ。我亡くなりぬとて、口惜しう思ひくづほるな』と、かへすがへす諫めおかれはべりしかば、はかばかしう後見思ふ人もなき交らひは、なかなかなるべきことと思ひたまへながら、ただかの遺言を違へじとばかりに、出だし立てはべりしを、身にあまるまでの御心ざしの、よろづにかたじけなきに、人げなき恥を隠しつつ、交らひたまふめりつるを、人のそねみ深くつもり、やすからぬこと多くなり添ひはべりつるに、よこさまなるやうにて、つひにかくなりはべりぬれば、かへりてはつらくなむ、かしこき御心ざしを思ひたまへられはべる。これもわりなき心の闇になむ。（桐壺　一〇六―一〇七頁）

はかばかしい後見役もない故大納言風情の娘がなぜ入内したのか、その理由がはじめて細々と母北の方の口から明かされた。父大納言の、今はの際までの強い願いに支えられた宮仕えだったのである。一筋の可能性に大納言は賭けたのだと思われる。大納言家の繁栄への期待[17]と祈りとが娘の入内にすべて負わされた。「はかばかしう後見思ふ人もなき交らひは、なかなかなるべきこと」と危惧を抱きながらも母北の方が娘を入内させたのは、この大納言の、明石の入道のそれにも似たかたくななまでの、家をめぐっての強い信念と祈りとに支えられてのことである。大納言家の論理、大納言の「家の論理」が更衣入内の背後に厳かに存在したと言い得よう。

そのような祈りを担っていた更衣の亡くなった今、「かへりてはつらくなむ」と、母君には帝寵の厚さが逆に怨めしくさえある。「これもわりなき心の闇になむ」と、すぐに怨めしい気持も子故の闇との弁解が続くことにより婉曲化されてはいるけれども、既に諸氏の指摘されるように帝を暗に非難し告発する表現であることに[18]、これは変わりあるまい。帝の「問ひあはすべき人だになきを、……」という親しい呼びかけに応えようとしなかった母君のこだわりが、ここに至ってその質を露にする。母としての迷妄は、今、「野分にいとど荒れたる」邸にあって救われるすべなく暗く深い。母としての迷妄の闇は、家の期待を担って入内した娘の死の背後にあった厚い帝寵に向かって広がる。微かな表現であり、決して強い語調で怨みが述べられるわけではない。そしてまた、身分と掟とに雁字搦めになった後宮の政治的秩序の無情が直接に告発されているのでもない。表現されるのは母としての「心の闇」であり、それ故にも生半《なまなか》の論理を越えて帝に向かうのである。

帝に向かう母の「心の闇」、母としての迷妄の嵐は、「いとどしく虫の音しげき浅茅生に露おきそふる雲の上人かごとも聞こえつべくなむ」（桐壺一〇八頁）という命婦への言伝の中にも跡付けることができる。或いは、帝への返書にある「あらき風ふせぎしかげの枯れしより小萩がうへぞしづごころなき」との歌も、孫、光君の身を案じる余りか、帝に対しては穏当を欠く表現を抱えることになった。「などやうに乱りがはしきを、心をさめざりけるほどと、御覧じゆるすべし」と地の文が続いている。

四　よこさまなるやうにて

翻って、母北の方が娘の死をどのように捉えていたのか、「よこさまなるやうにて」との表現をめぐって少し考えてみたい。この部分について『河海抄』には次のような注記がある。

経文ニ九横死あり其中ニ八者横為毒薬厭禱咒咀之所中害ト云リ　薬師経　（『紫明抄　河海抄[19]』二〇〇頁）

「よこさまなるやうにて」を『河海抄』にあるように「横死」とみることができるなら、薬師本願経をはじめ、九横経、灌頂経など幾つかの経典にその言葉をめぐって記述がある。九横経には、「一者為不応飯為飯[20]」に始まる九種の横死が説かれるが、この経文中の「命未尽便横死」から、横死とは「寿命が尽きないのに死ぬこと[21]」を意味する言葉であることが認められる。

或いは『河海抄』の掲げる薬師経に目を向けてみよう。

爾時阿難問二救脱菩薩一言。善男子。云何已尽之命而可二増益一。救脱菩薩言。大徳。汝豈不レ聞下如来説上レ有二九横死一耶。是故勧下造二続命幡燈一修中諸福徳上。以レ修レ福故盡二其寿命一不レ経二苦患一。……

（『大正新脩大蔵経』十四巻薬師琉璃光如来本願功徳経　四〇七—四〇八頁）

九種の横死はすべて供仏——続命の幡燈を造って諸の福徳を修すること——によって逃れ得るものとされる。言い換えれば、横死とは、そうなるべく前世から定まった寿命が尽きて死ぬことではなく、本来なら仏の力によって救い取られるはずのものが不幸にも死んでしまうことを意味することになる。「前世の業果にあらずして命終するをいふ(22)」と述べられる所以である。

手習の巻には、はっきりと「横さまの死」の語がみえる。

人の命久しかるまじきものなれど、残りの命一二日をも惜しまずはあるべからず。鬼にも神にも領ぜられ、人に追はれ、人にはかりごたれても、これ横さまの死をすべきものにこそはあんめれ、仏の必ず救ひたまふべき際なり。

（手習㈥　二七三頁）

木の下の浮舟を発見した横川の僧都の、周知の人間愛に充ちた言葉の一節である。「仏の必ず救ひたまふべき際なり」と、放っておけば「横さまの死」が待つほかない人に対して僧都が述べるのは、薬師経の横死の考え方とぴたりと照応する。桐壺の「よこさまなるやうにて」の背後に横死を読み取ることはこの意味からも妥当である。

母北の方は娘の死を、横死、即ち前世の業果によるものでない死として捉えていた。帝寵の厚さ、そしてそれ故に募る後宮の女性達の怨みと更衣への迫害と。それらが、更衣の若い命をよこしまにも奪ったのである。そのように思えばこそ、いっそう母としての心の闇に深く閉ざされるばかりなのだった。葵の上死去の折の父左大臣の言葉には、「言ふかひなきことをばさるものにて、かかる悲しきたぐひ世になくやは、と思ひなしつつ、契り長からでかく心をまどはすべくてこそはありけめと、かへりてはつらく前の世を思ひやりつつなむ覚ましはべるを、……」（葵㈡五八—五九頁）とあった。「覚ましはべるを」との逆接で結局は父親の惑乱に繋がってはいくのだが、無常観、或いはまた「前の世」をめぐる因縁観を、その理性は何とか受け止めようとしていたことが窺われる。男親と女親の違いもあろうけれど、こうした整理を決してなし得ぬところに更衣の母北の方の心の執が在った。

こうした母北の方の、桐壺更衣の死をめぐる考え方に対置するものとして帝の思いを挙げる(23)ことができよう。

「上もしかなん。『わが御心ながら、あながちに人目驚くばかり思されしも、長かるまじきなりけりと、今はつらかりける人の契りになん。世に、いささかも人の心をまげたることはあらじと思ふを、ただこの人のゆゑにて、あまたさるまじき人の恨みを負ひしはてはては、かううち棄てられて、心をさめむ方なきに、いとど人わろうかたくなになりはつるも、前の世ゆかしうなむ』と、うち返しつつ、御しほたれがちにのみおはします」と語りて尽きせず。　（桐壺　一〇七頁）

命婦の伝える帝の言葉の中に、「人の契り」「前の世」、との前世からの定められた因縁を意味する語が辿られる。帝は、更衣の死によって終わった二人の悲劇的な関係を宿世意識によって把握していると考えることが許されるだろう。どうしようもなく愛情が募ったのも、二人の関係がはかなく終わらねばならない宿命と裏腹のことであったのかと帝はその契りを思い、前世からの因縁の糸に思いを馳せている。更衣の死をも含めて、宿命的なものとして二人の関係の濃やかさとはかなさとを捉えているとみることができる。

その意味からも、「上もしかなん」という表現で、先に触れた母北の方の「……これもわりなき心の闇になむ」までの言葉を受けるこの箇所が、実は母君の思念とは全く異質な視座に立つ(24)ものであることが押さえられよう。命婦は巧妙に母の心の揺らめく闇の深さを躱し、それ故場面は、「月は入り方の、空清う澄みわたれるに、風いと涼しくなりて、草むらの虫の声々もよほし顔なるも、いと立ち離れにくき草のもとなり」と、しめやかな抒情の中に美しく語り納められる。

一方、帝と更衣との関係を宿世意識によって捉えているのは当の帝ばかりではない。

①前の世にも、御契りや深かりけん、世になくきよらなる玉の男皇子さへ生まれたまひぬ。（桐壺　九四頁）

②さるべき契りこそはおはしましけめ、そこらの人のそしり、恨みをも憚らせたまはず、この御ことにふれたることをば、道理をも失はせたまひ、今はた、かく世の中の事をも思ほし棄てたるやうになりゆくは、いとたいだいしきわざなりと、他の朝廷の例まで引き出で、ささめき嘆きけり。（同　一一三頁）

①は語り手の把握であり、②は宮中の人々の思いである。語り手も、或いは周囲の人々も二人の関係に「宿世」を思わざるを得ない。それほどに数多《あまた》の障害を越え、また掟に背く稀有な愛情の関係であったと考えられる。このように物語のそこここに二人の関係をめぐっての宿世意識による把握をみる時、母北の方の決して短くない言葉の中にそれが全く見られないこと、加えて宿縁によらぬ横死と娘の死を捉える考え方が際立つのである。

五　「怨み」と「祈り」と

野分が吹きすさび、いっそう荒れた邸に、母としての迷妄の闇が広がっている。娘の若い命が無慙にも奪われ、悲しみと怨みとは遣り場もない。けれども、この心の闇を僅かに晴らす手立ては果たして皆無であろうか。ここに、先に述べた大納言家の繁栄への祈りという視点を思い起こしたい。家の祈りを負って入内した更衣の死は、その意味でも大きな痛手だが、残された皇子、光君の存在に再びいっそうの祈りと期待とを繋ぐことができるのではないか。そしてまた、遣り場もなくふすぶる母の迷妄を僅かに慰めるものがあるとすれば、それは光君をめぐっての輝かしい可能性にほかならない。帝自身、そのことを鋭く認めている。

「故大納言の遺言あやまたず、宮仕の本意深くものしたりしよろこびは、かひあるさまにとこそ思ひわたりつれ、言ふかひなしや」とうちのたまはせて、いとあはれに思しやる。「かくても、おのづから、若宮など生ひ出でたまはば、さるべきついでもありなむ。命長くとこそ思ひ念ぜめ」などのたまはす。

（桐壺　一一〇―一一一頁）

光君をしかるべき地位に……、との帝の考えは、非業の死を遂げた更衣への鎮魂[25]をも意味していようが、具体的な言葉、或いは表現としてこの若宮庇護の姿勢を固める文脈が、母北の方の悲しみと怨みとに充ちた野分の邸への命婦派遣をきっかけに現われていることを確認しておきたい。

更衣自身に、家の祈りを担っての自負と、それを全うせず死にゆくことへの怨みがなかったということではない。しかし、更衣には、帝との愛における充足があったと繰り返し述べたい。「家」[26]の論理がわけて直接に働くのは、明石の入道をめぐる記述を顧みるまでもなく、当の女君であるより、その親であるのは自明である。大納言の遺言を背負って、ただ一人「さしあたりて世のおぼえはなやかなる御方々に」さえさして劣らぬ様に精一杯娘を「かしづき」守っていた母北の方の怨みと、それを裏腹にする繁栄への祈りとは深い、と言わねばなるまい。

明くる年の春、坊定まりたまふにも、いとひき越さまほしう思せど、御後見すべき人もなく、また世のうけひくまじきことなりければ、なかなかあやふく思しはばかりて、色にも出ださせたまはずなりぬるを、さばかり思したれど、限りこそありけれ、と世人も聞こえ、女御も御心落ちゐたまひぬ。

かの御祖母北の方、慰む方なく思ししづみて、おはすらむ所にだに尋ね行かむ、と願ひたまひししるしにや、つひに亡せたまひぬれば、またこれを悲しび思すこと限りなし。

（桐壺　一一三―一一四頁）

「慰む方なく」について『岷江入楚』は、「源氏君の春宮にも立給はぬ事故に思ひのそひて也云々　此義用かたし」と記し、単に「更衣の事を思ひなけきしなるへし」と読むべきことを指摘する。しかし、世人でさえひょっとしたら……、という疑いを抱いていたことは「さばかり思したれど、限りこそありけれ」の記述の裏に窺える。まして「かくても、おのづから、若宮など生ひ出でたまはば、さるべきついでもありなむ」といった言葉さえ得ていた祖母君が、光君を春宮にとの期待を全く持っていなかったとは思われない。そのことからすれば、光君四歳の春、第一皇子が春宮になったことが、「慰む方なく」に何らかの形で関わってくるとみる方が自然なのではないか。母としての迷妄の闇、噴き出す怨みの中にあって、光君を春宮に……と祈念したことも適えられず、その願いに支えられていた生もくずおれていく。光君の御祖母の死をそのようにみておきたい。

かの贈り物御覧ぜさす。亡き人の住みか尋ね出でたりけん、しるしの釵ならましかば、と思ほすも、いとかひなし。

たづねゆくまぼろしもがなつてにても魂のありかをそこと知るべく（桐壺　一一二頁）

里邸からの贈り物を御覧に入れる命婦を前に帝の洩らしたこの吐息は、癒し難い彼の淋しさを語っている。改めて言うまでもなく桐壺の巻には「長恨歌」の影響の跡が著しい。この箇所も、命婦を道士に見立てての表現と考えることができる。しかしこの部分で注意しておきたいのは、「しるしの釵ならましかば、と思ほすも、いとかひなし」と、母北の方の託した贈り物が、「長恨歌」を媒介に否定的に位置付けられていることである。それ故、「たづねゆく……」の歌がくる。命婦は当然のことながらまことの道士ではあり得なかった。帝の「さむべき方なくたへがたき」嘆きと、またほかならぬその人の里邸、母北の方に故人を共に偲び傷むよすがを求める心とを負って、命婦は派遣された。けれども、その帝の嘆きと願いとを受け止めるものは見出されず、返ってきたものはその人の亡きことを厳然と伝える形見の品と、どこかしらに蠢く母君の「家」の祈りを裏腹にする怨みに過ぎなかった。更衣の魂を共に偲ぶよすがを見出し得なかったことを知った時の帝の深い悲しみが、「たづねゆくまぼろし」を求める歌を詠ませることになる。「長恨歌」の受容は、それを踏まえることにより、外的状況の相似にもかかわらず内的なあり方が全く違っていることを示し、いっそう深い喪失の思いを描出することに、ここでは意味付けることができるだろう。

六　二条院の出発——結びに代えて——

里の殿は、修理職、内匠寮に宣旨下りて、二なう改め造らせたまふ。もとの木立、山のたたずまひおもしろき所なりけるを、池の心広くしなして、めでたく造りののしる。かかる所に、思ふやうならむ人を据ゑて住まばやとのみ、嘆かしう思しわたる。（桐壺　一二六頁）

二条院は、桐壺更衣の里邸に成った。母方の邸の伝領はごく当然のことではあろう。けれども、桐壺帝の鍾愛の皇子として帝の所領に光君の邸が、後に大きく築かれても不思議はない。若い日のおおよそをそこに住んだ二条院は、更衣の里邸であり、後の六条院は御息所の邸跡に築かれた。僅かに二条東院は、「院の御処分」（澪標㈡二七四頁）とされる。明石の君が結局そこに入らなかったという意味での二条東院計画の挫折は、それが「院の御処分」と規定された時点で既に定められていたとみるべきではないか、と考えるものであるが、それについては、次章3「光源氏の邸——二条東院から六条院へ——」に述べることになろう。

さて、「思ふやうならむ人」とは古注の指摘のように、藤壺のことが何らかのかたちで意識された表現と考えられよう。藤壺のような人をここに住まわせたい、……という言い方で、藤壺その人への熱い思慕が語られる。そして、面影の通う人、似ている女性を住まわせたいとの明かるい願望ではなく、「嘆かしう思しわたる」という、不逞な情念の仄めかしは無気味である。

不逞な思いを抱く光君の邸として、祖母君の怨みと祈りとが込められた、あの野分の邸が選び取られた。密通によって栄華を切り開くものの住処という言い方も許されようか。祖母君の恨みと祈り、そして母系の血筋の繁栄は、光君の運命に藤壺が引き込まれることによって達成されたと言える。ほかならぬ冷泉帝誕生である。

藤壺との密通をめぐって、源氏は自ら父帝に対する「いと恐ろしくあるまじき過ち」（若菜下㈣二四五頁）と、回顧している。「過ち」「罪」を畏れる気持は、光源氏の側から折にふれ描かれることもあった。しかし、桐壺帝の側の疑い或いは怒りというものは物語においては徹底的に欠落[27]している。これを但し、超自然的な美質を持つ光源氏という主人公の特権であり、また物語の主題が不倫物語を抉るところにはなかったためであるとのみ整理するのにはややためらいが残る。物語は決して光源氏を荒唐無稽な英雄として描くことをしていない。必ずその美質や特権を裏から支える操作がなされていると思われる。桐壺帝の疑いを欠落させ、光君を保護するものとしての在り方を徹底させたものは、この物語の始発に置かれた祖母君の怨みと裏腹の祈りであった。桐壺帝の光君への愛情と亡き更衣への鎮魂の意思とが、光源氏の輝かしい生を切り開く一面は無論首肯できる。しかし藤壺を引き込んでくる不逞な情熱、そして徹底的に「知らない」立場にしか立ち得ない桐壺帝の在り方の背後には、祖母君の――帝との愛に充足の時を得た母更衣ではない――怨みを込めた母系の血筋の祈りが深々と浮かび上がってくる。桐壺の巻の野分の章段は、それ故、「長恨歌」を踏まえた美しい鎮魂曲としてのみ物語に位置するのではない。しめやかな美しさの中に、周到に光君の並ならぬ生の在り方を規定するものが無気味に潜められている。この地にこそ「殿におはして、泣き寝に臥し暮らしたまひつ」（若紫㈠三〇六頁）と、藤壺への悶々とした思いを抱いて暮らす光源氏の住処、二条院は築かれねばならなかったのである。

注

(1) 藤井貞和「光源氏物語主題論」『源氏物語の始原と現在』―定本（昭55　冬樹社）
(2) 「源氏物語の文学史的位置」『王朝文学の研究』（昭45　角川書店）
(3) 『源氏物語私見』（昭49　新潮社）一四頁。
(4) 『桐壺の巻問題ふたたび――源氏物語の構想をめぐって」『国語通信』（昭47・9）
(5) 『拾遺集』、『後拾遺集』本文は、新編国歌大観に拠る。
(6) 本文は、岩波日本古典文学大系に拠る。
(7) 岡一男氏の指摘がある。（『増訂源氏物語の基礎的研究』昭41　東京堂）五六頁。
(8) 後藤祥子「桐壺」別冊国文学『源氏物語必携』（昭53　学燈社）
(9) 同様の疑問が村井利彦氏によって出されている。（「母北の方の熱望――源氏物語の出発――」『文芸と批評』昭45・1）
(10) 「王朝語『野分』の多元的考察」『王朝』（昭47・5）
(11) 今井源衛「伏せられた引歌」『紫林照径』（昭54　角川書店）
(12) 伊藤博「『野分』の後――源氏物語第二部への胎動――」『文学』（昭42・8）、のち『源氏物語の原点』（昭55　明治書院）所収。
(13) II『枕草子』の展開2「『枕草子』の美意識」参照。
(14) 残る蓬生の一例も、末摘花の俗に抗っての孤高の姿勢と結び付けられなくもない。
(15) 本文は、中野幸一編『岷江入楚』（昭59　武蔵野書院）に拠る。

(16) 帝を更衣の形見の列に加えて、の意。（小学館日本古典文学全集頭注）
(17) 日向一雅「怨みと鎮魂——源氏物語への一視点——」東京女子大学『論集』（昭53・9）、のち『源氏物語の主題 「家」の遺志と宿世の物語の構造』（昭58　桜楓社）所収。
(18) 野村精一『源氏物語文体論序説』（昭45　有精堂）一五六頁。
(19) 本文は、玉上琢弥編『紫明抄　河海抄』（昭43　角川書店）に拠る。
(20) 『大正新脩大蔵経』二巻（昭44　大正新脩大蔵経刊行会）八八三頁。
(21) 中村元『仏教語大辞典』（昭50　東京書籍）
(22) 宇井伯寿『仏教辞典』（昭28　大東出版社）
(23) 帝と母北の方との二つの理解の型と村井利彦氏は説かれる。（(9)参照）
(24) (18)参照。
(25) (17)に同じ。
(26) たとえば「ただかの遺言を違へじとばかりに、出だし立てはべりしを」について、小学館本頭注は、「促して外に出す（ここでは出仕させる）。本人の気持はどうであろうと、の意がある」と説く。
(27) 清水好子「光源氏論」『国語と国文学』（昭54・8）

3　光源氏の邸——二条東院から六条院へ——

　壮年期に入った光源氏が、「花散里などやうの心苦しき人々」を集えての邸の造営に取り掛かったのは、澪標の巻であった。周知の二条東院の造営である。ところが、二年半後落成した東院に、花散里その人は移り住んだものの、今一人の主要な入居予定の女君、明石の君は大堰の山荘に留まり続け、やがて少女の巻で造営された六条院に直接移転する。この間、二条東院構想を拡大発展させた六条院構想が、作者の創作意図の変化に見合うかたちで新しく浮上したとする高橋和夫氏の指摘(1)に始まって、二条東院から六条院造営の展開をめぐっては、さまざまの論(2)が作者の「構想」を見取ろうとする立場から出され、既に議論は尽くされたかにも見える。

　六条院「構想」は、最初から用意されていたものなのか、それとも二条東院「構想」の変更によりもたらされたものなのか。けれども、おそらく作者の胸を去来した殆ど限りもない「構想」の挫折の果てに、「物語」が在ることを思う時、構想論を少し離れた所から、今一度二条東院から六条院への物語の読みをも試みることができまいか、という思いを禁じ得ない。光源氏が明石の君を入居させようと計画し造営した二条東院は、明石の君その人に移り住むことを拒まれることによって、当初の機能を果たすことができなかった。光源氏の意志というものが、言ってみれば明石の君が如何にもその人らしく在ることによって挫折させられ、しかしその結果、「后がね」明石の姫君は、二条院の紫の上の許に引き取られ、やがて六条院に、姫君、明石の君共々に各々の場を占めるという理想的な状況が導かれている。緻密に整えられた物語の各々の心情表現の絡み合いの構造は、裏側からそれを支える物語の「血筋の論理」とも言うべきものに、衝き動かされ自ずから形作られたものとして捉えることができるのではないか。桐壺更衣一族の血筋を受け継ぐ明石一族の栄華は、結局六条院に花開かざるを得なかった。明石の君に焦点を当て、二条東院から六条院への展開をめぐる物語の論理を読み解くことを目指しての、これはささやかな試論である。

一　二条東院をめぐって

二条院にも同じごと待ちきこえける人を、あはれなるものに思して、年ごろの胸あくばかりと思せば、中将中務やうの人々には、ほどほどにつけつつ情を見えたまふに、御暇なくて、外歩きもしたまはず。二条院の東なる宮、院の御処分なりしを、二なく改め造らせたまふ。花散里などやうの心苦しき人々住ませむなど、思しあててつくろはせたまふ。（澪標(二)　二七四―二七五頁）

二条東院造営の始発記事である。かつて交渉を持った「花散里などやう」の女君たちを、一堂に集めることを目論んでの造営であるという。四季の町に各々の女君を配した六条院と一見同質のように見えるが、集められるのが「心苦しき人々」のみと規定される点に、一段低いものを感じさせる。王者のみやびを具現した理想郷、六条院と、

「零落の女たちを引き取る単なる救済施設[3]」に近い二条東院との位相の差は自ずから明らかである。

二条東院は、これ以後明石母子を「このほど過ぐして迎へ」（澪標二七六頁）取るために用意されるもの、或いは五節などの人々を集めるためのもの（同二八九頁）と述べられ、また実際末摘花や空蟬等の人々の住居として初音の巻等に姿を見せるのだが、結局、第三部に至って最終的にこの邸を受け継いだものが花散里その人にほかならなかったことが示されている。

さまざま集ひたまへりし御方々、泣く泣くつひにおはすべき住み処どもに、みなおのおの移ろひたまひしに、花散里と聞こえしは、東の院をぞ、御処分所にて渡りたまひにける。（匂宮五　一三頁）

若菜上巻には、「東の院にものする常陸の君の、日ごろわづらひて久しくなりにけるを、……」（七二頁）とあって、東院に相変わらず住み続けていたのが末摘花であることが示されるので、第三部に至り、光源氏没後花散里がそこを相続したのは、或いは末摘花の死去故[4]と考えるべきなのかもしれない。そしてまた、匂宮の巻は正篇と同筆か否か問題の残る巻でもあるのだが、ともあれ現存の物語に従って読む限り、さまざまな経緯をへて結局東院が花散里の手に帰したことを跡付けることができるということになる。

即ち、花散里と二条東院の結び付き、因縁の深さに思いを致さざるを得ない。ここに東院造営の始発記事に、「院の御処分」の改装とあったことが思い合わされる。坂本昇（共展）氏は、故桐壺院の女御であった麗景殿女御と花散里姉妹を入居予定者と見、「故院の女御であった人は、故院の処分の宮に迎えるのに最も相応しい人である[5]」と説かれている。麗景殿女御その人までも含めること[6]は解釈上問題が残るとしても、少なくとも故桐壺院の女御の妹という意味で院ゆかりの人、花散里が、院の処分に迎え取られることとなり、また、最終的にそれを受け継ぐ人として物語に位置付けられていることは興味深い。血筋からいって、最もふさわしい人に、その邸は受け継がれていくほかなかった、という言い方が許されようか。

光源氏の邸宅が、その相続までを含めて恣意的に形象されたものではないらしいことを予測する時、そもそも「心苦しき人々」のための邸にしか、「院の御処分」の活用が計られなかったことの意味の重さが浮かび上がってくる。史実を顧みれば、たとえば嵯峨源氏成立の背景にあった事情が、国家財政の逼迫というものであり、国費軽減を目論んでの賜姓であったにもせよ、一世源氏の経済的賜与はすこぶる豊かなものであったという。[7]信、常、融らの一世源氏は、地を賜り、また親王と共に新銭三千七百貫を与えられ居を購うといった他の貴族にはない恩典[8]があって、豊かで風雅な生活を送り得たことは、融の河原院造営等の事実にも明らかだろう。光君は、言うまでもなく桐壺院鍾愛の一世源氏であった。その元服の儀式は、「内蔵寮穀倉院など、おほやけごとに仕うまつれる、おろそかなることもぞと、とりわき仰せ言ありて、きよらを尽くして」(桐壺㈠一二二頁)なされたもので、東宮のそれにも劣らぬ盛大なものであったという。それほどの鍾愛の皇子故にも、贈られた「処分」がかなり大きなものであっても不思議はない。そしてまた、その桐壺院ゆかりの地に、大きな財力を背景に広大な邸宅が計画されても当然というものであろう。しかし、実際に光源氏の生涯に亙る重立った邸として挙げられる二条院、六条院は各々、桐壺更衣の里邸、六条御息所の邸跡に造営されたものであった。もともと「心苦しき人々」のためのものであり、また、明石母子を迎えて大きく充実することが計られつつも実現することなく、最終的に花散里の手に帰することになったもの、それが「院の御処分」を改装して成った二条東院であったことを、ここではひとまず確認しておく。

さて、先に記した二条東院始発記事に引き続いて、明石の姫君誕生、さらに予言についての記事が展開される。

まことや、かの明石に心苦しげなりしことはいかに、と思し忘るる時なければ、公私いそがしき紛れに、え思すままにもとぶらひたまはざりけるを、三月朔日のほど、このころやと思しやるに、人知れずあはれにて、御使ありけり。とく帰り参りて、「十六日になむ。女にてたひらかにものしたまふ」と告げきこゆ。めづらしきさまにてさへあなるを思すに、おろかならず。などて、京に迎へてかかる事をもせさせざりけむ、と口惜しう思さる。

宿曜に「御子三人、帝、后必ず並びて生まれたまふべし。中の劣りは、太政大臣にて位を極むべし」と、勘へ申したりしこと、さしてかなふなめり。おほかた上なき位にのぼり、世をまつりごちたまふべきこと、さばかり賢かりしあまたの相人どもの聞こえ集めたるを、年ごろは世のわづらはしさにみな思し消ちつるを、当帝のかく位にかなひたまひぬることを、思ひのごとうれしと思す。みづからも、もて離れたまへる筋は、さらにあるまじきこと、と思す。「あまたの皇子たちの中に、すぐれてらうたきものに思したりしかど、ただ人に思しおきてける御心を思ふに、宿世遠かりけり。内裏のかくておはしますを、あらはに人の知ることならねど、相人の言空しからず」と御心の中に思しけり。いま行く末のあらましごとを思すに、「住吉の神のしるべ、まことにかの人も世になべてならぬ宿世にて、ひがひがしき親も及びなき心をつかふにやありけむ。さるにては、かしこき筋にもなるべき人の、あやしき世界にて生まれたらむは、いとほしうかたじけなくもあるべきかな。このほど過ぐして迎へてん」と思して、東の院急ぎ造らすべきよし、もよほし仰せたまふ。（澪標　二七五―二七六頁）

折からの東院造営計画にほぼ時を重ねるようにして、姫君が遠く明石の地に生を受けた。この時、源氏が「などて、京に迎へて」誕生をみなかったかと悔やむのは、続けて語られる宿曜の予言を踏まえてのことである。誕生したのが女児であったことを思い合わせれば、これはまさしく「御子三人、帝、后必ず並びて生まれたまふべし」との予言の中の「后がね」にほかなるまい。明石の地での明石の君との離別場面等に、既に「さるべきさまにして迎へむと思しなりぬ」（明石㈡二五三頁）と述べられたりするものの、どれほどの真剣さがあったのかは疑わしく、[9]本気になって迎え取ることを考え始めその具体化を計ったのは、この時点で姫君を「后がね」と判断したところから発したことと言える。そしてこの時、源氏は明石母子の京における住居として東院を考え、「急ぎ造らすべ」く計画を進めたのであった。既に森藤侃子氏が「東院の造営と明石君の進退は、双方関連して登場、退場をくり返している」と述べられる[10]ように、東院は、その当初からこうして花散里と共に、明石の君と深く結び付いて形象されていると考えられる。

一方、予言を含めてのこの引用箇所に「思さる」「思す」「思しけり」等、源氏がそのように思惟したことを示す言葉が繰り返されるという現象が浮かび上がってくる。源氏はここで繰り返し考え、また思い巡らしているのである。周知の如く『源氏物語』には、桐壺、若紫、そして当該の巻の三箇所、源氏の運命に関する予言が示される。桐壺の巻では「国の親となりて、帝王の上なき位にのぼるべき相おはします人の、そなたにて見れば、乱れ憂ふることやあらむ。おほやけのかためとなりて、天の下を輔弼くる方にて見れば、またその相違ふべし」（㈠一一六頁）と、必ずしも具体的に何を意味するものか明らかでない漠然とした文脈に示されていたのだったが、[11]若紫の巻の藤壺懐妊に符合する、「及びなう思しもかけぬ筋のことを合はせけり」（㈠三〇八頁）との夢占いを経て、源氏の運命を枠取る予言は、次第にその全貌を具象化するものとして立ち現れてくる。澪標の巻では、既に冷泉帝即位が叶えられているのだから、予言はその半ばは実現したものとして受け取られ、その上で、二人の子の、后と太政大臣という将来が極めて明確に示される。

先の二つのそれの場合と異なって、この澪標の巻の予言をめぐって、光源氏ははじめて深く自覚をもって自らの運命、宿世というものに対峙しようとする姿を見せているという言い方が許されようか。桐壺の巻ではもとより幼い光君に弁えのあるはずもなく、むしろ予言は父桐壺帝の判断材料として取り上げられるものであったし、若紫の巻のそれとても、藤壺への恋の惑乱と思い寄らぬ事実への惑いの中に、むしろ少なくとも当座の源氏の受け取めかねるもののようではあった。冷泉帝実現を計るべく当初より意識的に振舞ったのはむしろ藤壺の方で、そのため源氏の恋を退けようと賢木の巻で出家さえ敢行されたのである。源氏がようやく「世の中厭はしう思さるるにも、春宮の御事のみぞ心苦しき」（賢木(二)一二六頁）と、東宮後見の自覚を嚙み締める心境に至ったのは、藤壺出家後のことであった。澪標の巻の源氏は、予言をめぐって自らの過去を顧み、「ただ人に思しおきてける御心を思ふに、宿世遠かりけり」と臣下としての自己の現在を納得し、加えて将来のその予言の実現、つまり立后実現を目指しての対応に思いを馳せている。「思さる」等の語の頻出は、この予言を得た時、源氏自らおのが宿世を確認し、またその運命を拓いていこうとするための思惟の示されることを意味するものにほかならない。

后となるべき宿世を、どのように現実化していくか。遙かな畿外[12]、明石の地での成長は、必ずや入内立后を実現する際の大きな障害となるものであろう。それ故、とりあえず二条東院への迎え取りが計られるのである。ここでは、源氏はあくまでも高い宿世を持った人の辺境での誕生を「いとほしうかたじけな」きものと述べるに留まるが、姫君の明石での成長を「後の世に人の言ひ伝へん、いま一際人わろき瑕にや」（松風(二)三九〇頁）と憚る彼の思いが、迎え取りを促すものとして機能することを後に物語は示している。もとより、宮内卿の宰相の女という歴とした身分の女性が乳母として明石に派遣されるのも、その宿世を慮っての結果だった。そしてまた、紫の上の顔色を窺いつつ姫君誕生を打ち明ける際、はからずも「さもおはせなんと思ふあたりには心もとなくて、思ひの外に口惜しくなん」「呼びにやりて見せたてまつらむ」（澪標二八一頁）などと語るのは、愛妻への御機嫌取りの言葉であると共に、その中に源氏の心を底流する本音を仄見せているというものではなかろうか。源氏は高い宿世を持つ姫君の負う、身分低い実母の存在という瑕を思っている。この人の高い宿世の実現のためには、なおさまざまな道筋が必要であること、そしてまた、何らかのかたちでこの姫君の瑕を覆うべく、紫の上との関わりが要請されるということが、源氏の意識下を流れる思考であることを、これらの言葉は仄見せるものとして捉え得るのである。

心やすき殿造りしては、かやうの人集へても、思ふさまにかしづきたまふべき人も出でものしたまはば、さる人の後見にも、と思す。かの院の造りざま、なかなか見どころ多く、今めいたり。よしある受領などを選りて、あてあてにもよほしたまふ。（澪標　二八九頁）

二条東院造営計画は、五節について触れる記事に引き続き再確認され、その折源氏は、東院入居予定の女性たちを「思ふさまにかしづきたまふべき人」の後見役にもと考えている。この「思ふさまにかしづきたまふべき人」については、紫の上の子、或いは明石の姫君といった「実子説」[13]、また玉鬘等の「養女説」[14]、そして秋好中宮の子と取る説[15]など、古注以来さまざまに指摘の分かれるところである。けれども鷲山茂雄氏等も既に説かれるように[16]、「出でものしたまはば」という言い方は養女の場合適当ではあるまい。また、澪標巻頭近く、源氏は頭中将の子沢山を「うらやみたまふ」（二七四頁）とあるように、この辺り子供の誕生を願う気持ちが底流しているかにみえる。ここで源氏は、既に誕生した明石の姫君以外の実子、即ち紫の上などの腹に将来生まれるかもしれない子供について思いを馳せていると考える以外になかろう。確かに既に「御子三人」なる予言は与えられた。けれども物語は、ただ予言を鵜呑みにして、受身でのみ生きる人間を描くものではない。また、『源氏物語』の「宿世」が業感縁起説[17]の「縁起」とほぼ同じものと認められるにしても、物語は与えられた宿世を、それ故になすすべなく思い諦め、いわゆる「宿命外道」[18]を生きる人間を描くものでもない。予言を一方に与えられつつも、与えられた状況の中でさまざま思い惑い、そして極めて人間らしく希望し、また挫折し、結果として気が付いてみると予言の通りになっていたという構造が取られようとしていることを、「思ふさまにかしづきたまふべき人も出でものしたまはば、……」は予測させる記述とみるべきではないだろうか。

澪標の巻以前、光源氏は奔放な恋を生き、そして自ら須磨に退き、そのことが結果として高い宿命をもたらすものとなる生の軌跡を描いた。澪標の巻以降、言われるように政治的人間として変貌[19]した源氏は、自らの宿世、栄華を実現するために極めて自覚的で、意識的である。それ故、持ち駒としての今一人の子の誕生を、「思ふさまにかしづきたまふべき人も出でものしたまはば」と願い後見役を配慮したり、また東院に明石の姫君を迎えることを計ったりすることになる。しかしさまざまに思い考えたことが、そのまま実現するのではない。源氏の意志や希望が拒まれたかにみえる、かえってその中に大きな運命の力が働いて宿世が実現されていくという仕組みを、ここでは予測的に述べておく。

二　明石の姫君、二条院へ

松風の巻冒頭「東の院造りたてて、花散里と聞こえし、移ろはしたまふ」（三八七頁）とあって、花散里の新装成った東院への移転が記される。

東の院の対の御方も、ありさまは好ましう、あらまほしきさまに、さぶらふ人々、童べの姿などうちとけず、心づかひしつつ過ぐしたまふに、近きしるしはこよなくて、のどかなる御暇のひまなどには、ふと這ひ渡りなどしたまへど、夜たちとまりなどやうにわざとは見えたまはず。ただ御心ざまのおいらかにこめきて、かばかりの宿世なりける身にこそあらめと思ひなしつつ、あり難きまでうしろやすくのどかにものしたまへば、をりふしの御心おきてなども、こなたの御ありさまに劣るけぢめこよなからずもてなしたまひて、侮づりきこゆべうはあらねば、同じごと、人参り仕うまつりて、別当どもも事怠らず、なかなか乱れたるところなくめやすき御ありさまなり。（薄雲(二)　四二七―四二八頁）

「かばかりの宿世」への静かな諦めの中に、おっとりと穏やかに生きる花散里像は、源氏の意向のままに二条東院に移り住むことによって次第に明確に象られるもののようである。花散里の巻、或いは須磨の巻の別離の場面では常に麗景殿女御と共に在って、逆境の光君になお変わらぬ心を寄せる淋しい日常を語られるばかりだったし、その後の花散里その人の点描（須磨・明石）も僅かに消息を伝えるものに過ぎず、東院造営計画後の五月雨の夜の源氏の訪れ（澪標二八八頁）に、その人の「おいらか」な態度がはじめて強く印象付けられることになる。移ることを拒む明石の君を一方に対比しつつ、移ることによって象られるのが花散里であった。「ただのたまふままの御心」（少女(三)六二頁）で、源氏の「後見思せ」との言葉に従い、夕霧の良き後見役として心を尽くし、また、後の六条院移転に際しても、「一たびに」（少女七四頁）との源氏の意向に従った「例のおいらかに気色ばまぬ花散里」は、紫の上の移転に付き添うかたちで引き移っている。明石の君が遅れて移るのはもとより、秋好中宮もまた「騒がしきやうなり」と日延べするのを顧みる時、花散里の心ばえの素直なのどかさというものが際立って感じられる。こうした花散里の一貫した心ばえの在り方は、まず移ることを拒む明石像と対比的に二条東院に「移る」ことによって象られるものであった。

受領の娘故に、矜恃を護るために山里に留まり続けざるを得なかった明石の君に対して、我が宿世を思い諦め、「近きしるし」故の源氏の折にふれての訪れにのみ満足する花散里の、この「おいらか」な在り方を支えるものは、或いはかえって麗景殿「女御」の妹という、高い出自故の誇りある自信でもあるのだろうか。ともあれ、その心ばえと、しかるべき出自の故にも、花散里は夕霧の後見役とされるのだし、そのことにより既に「さだ過ぎ」、容貌もいっそう衰えたものはかなげなこの女君が、六条院の一員として確固たる位置を占める結果が導かれてくる。[20]一方、夕霧の「字つくる」儀式（少女一七頁）は東院で行われ、さらに源氏の厳格な教育方針の下夕霧が勉学に勤しむのは「この院の内」の「御曹司」である。雲居雁への初恋の思いを遂げ得ぬ傷心に、夕霧が再び東院に籠もりがちになった時、その西の対に住む花散里が後見役として呼び起こされてくるのであった。当初源氏が二条院でと考えた元服の儀式すら、祖母大宮の意を汲み、「かの殿」即ち三条邸で結局行われることになったというふうに決着をつけ、物語は夕霧が二条院に近付くことを注意深く避けているようだから、紫の上の住む二条院に源氏が夕霧の御曹司を用意するとは考えられない。若い日の夕霧と、花散里とが結び付けられる場として、紫の上の住む二条院でも六条院でもない、この二条東院が準備されている。花散里が東院を受け継ぐことになったのは、そこを舞台に夕霧との関わりが強められたという意味でも、その人の存在に深く結び付くものであるからにほかなるまい。

一方、明石の君は、移転を拒むことによって、より深くその像を完結しているという述べ方が許されようか。明石の地で、もともと源氏は、その人について「とかく紛らはして、こち参らせよ」（明石(二)二四二―二四三頁）と自邸に呼び寄せての、いわゆる召人[21]程度の扱いしか考えていなかったという。けれども、源氏の許を自ら訪れることなど、「さらに思ひ立つべくも」なかった明石の君の際立って誇り高い態度が、結局入道のお膳立てにしぶしぶ乗ったかたちでの源氏の訪問をもたらしている。源氏の思惑を拒むもの、という明石の君をめぐる図式は既に仄見えている。そして、まぎれもなく誇り高く拒むことを裏側から支える力が、住吉の神の霊験を負った明石の宿世であるという以外にない。「后がね」の母とは、ともあれそれにふさわしい逢い方が用意されるべきであろう。

同時に、明石の君が源氏の許に赴くことを含めて、源氏との結婚を拒もうとするのは、決して源氏に心惹かれなかったからではなく、交渉の当初より「いと恥づかしげなる御文のさま」(明石二三八頁)のめでたさに心を奪われれば奪われるほど、かえって「わが身のほど」の拙さを噛み締め、「ただこの浦におはせんほど、かかる御文ばかりを聞こえかはさむ」(同二四三頁)ばかりの幸福に満足すべきであるという判断に基づくものであったことは周知の通りである。源氏に心惹かれるほどに、「なずらひならぬ身のほど」の痛みは、明石の君を引き裂くことになる。二条東院迎え取りが物語に仕掛けられた後、明石の巻で既にこうして描かれていた「身のほど」[22]をめぐる嘆きの延長に、それをいっそう具象的に深める明石の君の懊悩が辿られ始める。

このごろのほどに迎へむことをぞのたまへる、「いと頼もしげに、数まへのたまふめれど、いさや、また、島漕ぎ離れ、中空に心細き事やあらむ」と思ひわづらふ。(澪標　二九八頁)

折から赴いた住吉で、ゆくりなく巡り合った源氏一行の参詣の威勢を遙かに拝した明石の君は、これに先立って姫君五十日の祝いの際の「なほかくてはえ過ぐすまじきを、思ひ立ちたまひね」(二八四頁)との言葉を含めての、再三の上京の勧めに素直に応じることができない。「身のほど」の隔たりを思う時、父の庇護を離れ上京することにより、かえって「中空」のみじめさや心細さを味わうだけではないか、という不安を拭い得ないのである。こうして二年半の歳月が流れてしまった。既に東院は完成し、花散里は移り住んだ。この間、絵合の巻には「かの明石の家ゐぞ、まづいかにと思しやらぬ時の間なき」(三六八―三六九頁)とある。さらに松風の巻に「明石には御消息絶えず、今はなほ上りぬべきことをばのたまへど、女はなほわが身のほどを思ひ知るに」(三八七頁)とあるのだから、二年半の月日の中で、源氏は繰り返し上京を勧め続け、それをきっぱりと撥ね付けるわけではなく、けれど従い得ず拒み続けた明石の君の姿が浮かび上がってくる。

その間の明石の君の懊悩の構造は、たとえば次のように松風の巻に細やかに明かされる。

「こよなくやむごとなき際の人々だに、なかなかさてかけ離れぬ御ありさまのつれなきを見つつ、もの思ひまさりぬべく聞くを、まして何ばかりのおぼえなりとてかさし出でまじらはむ。この若君の御面伏せに、数ならぬ身のほどこそあらはれめ。たまさかに這ひ渡りたまふついでを待つことにて、人わらへにはしたなきこといかにあらむ」と思ひ乱れても、また、さりとて、かかる所に生ひ出で、数まへられたまはざらむも、いとあはれなれば、ひたすらにもえ恨み背かず。

（三八七―三八八頁）

「数ならぬ身のほど」を思うが故に、まばゆいばかりの源氏の生活圏に近付いていくことはためらわれる。自分自身が傷付くことはもとより、姫君の「御面伏せ」にもなりかねない。と言って姫君をこのまま明石の地に埋もれさせてしまうことの「あはれ」は禁じ得ない。それ故上京を決意することができぬまま、けれども「ひたすらにもえ恨み背く」こともできぬ状態が、とうとう極限まで来てしまったのである。この懊悩の構造は、結局矜恃と裏腹な「身のほど」故の嘆きという意味で、明石の巻における結婚前後のそれと基本的に同質である。同時に、姫君の存在がそこに加わることによって、いっそう具象化され深められたものとなった、と述べることができるだろう。言い換えれば、明石の君は与えられた状況の中で、如何にもその人らしく思い、また悩んでいるというほかない。

「身のほど」の嘆きと、姫君の将来への慮りとの狭間で懊悩が極限まで来た時、大堰の山荘への移転計画が浮上する。明石の入道の受領としての豊かな財力を背景に、「母君の御祖父、中務宮と聞こえけるが領じたま」うた大堰の山荘を改装し、ひとまずそこに上京し様子をみるというのである。まさしく阿部秋生氏の説かれる「怜悧な野獣のやうな用心深さ[23]」を意味する行為にほかなるまい。「后がね」の瑕を思うにつけ、上京を諾わぬ明石の君の在り方を「心得」ぬことと思い続けてきた源氏は、この計画に一応満足させられ、さらに山荘に落ち着いた明石母子を訪れ、姫君の理想的な愛らしさに一入の情をそそられる。

嵯峨の御堂、桂の院に程近く建てられたこの大堰の住居は「山里」と呼ばれ、それ故明石の君は「山里の人」(薄雲四五五頁)、「山里に籠めおきたまへる人」(少女二八頁)などと称される。『源氏物語』に最も多く「山里」の名で登場するのは、もとより宇治八の宮の山荘であるが、少なくとも正篇においてそれをめぐって七例もの「山里」の語の用例を見出すことができるものは、大堰の邸以外にない。さらに、そこに住む女君を「山里の人」と称するのも独特の現象で、明石の君以外は宇治中の君の「山里人」の一例の示されるのみであって、たとえば小野の山荘に暮らす落葉の宮を、「山里の人」と呼ぶといった用例は見出し得ない。

また、この大堰の「山里」は、「家のさまもおもしろうて、年ごろ経つる海づらにおぼえたれば、所かへたる心地もせず」(松風三九七頁)など、明石の邸に似ていることが繰り返し述べられるものであると、既に玉上琢弥氏は指摘される。(24) 大堰の山荘の、明石の風情さながらであることがしばしば強調されるのは、その山里が如何にも都から遠く離れたもの淋しげな空間であることを、いっそう印象付けるのに一役買っているというものではなかろうか。果たして、明石の君の侍女の言葉にも「八重たつ山は、さらに島がくれにも劣らざりけるを」(松風四〇七頁)と山荘を語る表現が見える。実際には「白雲が八重立つ」との表現は、大堰の地ではややおおげさ過ぎるというものであろう。(25) 姫君への配慮と、自身の「身のほど」との狭間での窮余の策である大堰の山荘移転に、「口惜しからぬ心の用意」をひとまず感嘆するほかなかった源氏の心に、「いかにせまし。隠ろへたるさまにて生ひ出でむが、心苦しう口惜しきを、二条院に渡して、心のゆく限りもてなさば、後のおぼえも罪免れなむかし」(松風四〇四頁)との思いが兆すのは、大堰が如何にも草深い山里なるが故の姫君の将来の瑕を憚ってのことであり、同時に一方で明石の君の淋しさを思い、姫君引き取りを口に出せぬままにも、「見ではいと苦しかりぬべきこそいとうちつけなれ。いかがすべき。いと里遠しや」(同四〇五頁)、「あやしう、もの思ひ絶えぬ身にこそありけれ。しばしにても苦しや」（四〇六頁）などと、我が邸と、遙かに隔たる人里遠く離れた場所に暮らす姫君への愛着が次第に募ることになるのは、極めて自然な成り行きである。「山里」の語を繰り返し、さらにその里離れた淋しさを明石と重ねることによって強調し、またそれ故如何にも遠い姫君との距離を縮めたいとの思いが示される時、はじめて「ここにてはぐくみたまひてんや。蛭の子が齢にもなりにけるを」（同四一三頁）と、紫の上にはっきりと姫君迎え取りを促す源氏の言葉が示されることになる。実際に、雪の晴れ間の寒気の中、源氏自らの手で姫君迎え取りが敢行された時、源氏は「道すがら、とまりつる人の心苦しさを、いかに罪や得らむ」（薄雲四二四頁）と考えさせられている。分かち難く結び付いているはずの母子の、「別れ」を、父自ら計るのは所詮残酷という以外にない。もし、明石の君が二条東院に移り住んでいたらどうであろうか。結局「母方からこそ、帝の御子もきはぎはにおはすめれ」（薄雲四一九頁）という明石の尼君の言葉を待つまでもなく、「立后」を障りなく実現するためには、身分ある母の存在が必須なのである。二条東院から二条院へ、或いは六条院への姫君の移転には、もはや人里遠い場所故距離を縮めたいとか、「深山隠れ」（同四二〇頁）での袴着は意味がないとかという理由付けもされにくい。源氏の酷薄さがやや際立つほかないと思われるこの種の行為は、物語の文脈の許すところではあるまい。

明石の君が、二条東院に移ることを拒み、もの淋しさを深く印象付けられる大堰の山里に住み続けることによって、はじめて明石の姫君が、二条院に招き寄せられることになるという言い方が許されようか。しかし一挙に事の成るわけではない。紫の上に事を計りつつも、「いかにせまし、迎へやせまし」（松風四一四頁）と、さらに姫君のみの迎え取りを思い迷い、「かの近き所に思ひ立ちね」（薄雲四一七頁）となお明石の君に東院転居を勧める。対する明石の君の拒否の論理は、「つらきところ多く試みはてむも残りなき心地すべきを、いかに言ひてか」（同四一七頁）と、近付くことによって、矜恃と裏腹な「身のほど」の嘆きをこれ以上深めることを避けたいと念じる、例の一貫したものであり続ける。源氏が「后がね」の養育を思い惑い、明石の君が如何にもその人らしい言葉によってそれを拒み続けるという状況の中から、終に「さらばこの若君を。かくてのみは便なきことなり。思ふ心あればかたじけなし」(同四一七頁)、との源氏の決断の言葉が導かれることになるのであった。心と心との必然的な対応の中から、これ以外にないと思われる言葉[26]が導き出された。

大堰の「山里」の強調は、源氏の姫君迎え取りの論理を支えるものであると同時に、もとより母子の別れの哀切さを深く浮き彫りにするためのものとしても機能する。「雪霰がち」(薄雲四二二頁)にいっそうの心細さまさる山里に、これしか取るべき道はないのだと納得しつつも、近く予定された姫君との別れを思って涙する明石の君の姿が重く刻まれる。それ故にも明石の君は「山里の人」なのであり、一方源氏は、姫君迎え取りの後のいっそうの「山里のつれづれ」(薄雲四二五・四二八頁)を思い、明石の君に対し極めて思いやり深く振舞う人間的な心情を強調されることになる。大堰の山荘は、こうして姫君を二条院に招き寄せるために機能し、その上で景情一致とも言うべき哀切な別れの場面の魅力を形象することに与った。そしてもともとその哀切な子別れをもたらしたのは、直接には源氏の決断だったはずなのだが、そのマイナスイメージを山里の淋しさを思いやる源氏というかたちで逆転させようとしている。

三　二条東院から六条院へ

明石の姫君は、さまざまの経緯をへて結局二条院に迎え取られ、周知の理想的な継母子関係で結ばれた紫の上と共に、やがて六条院春の町に移り住む。六条院は、僅か一年の間に完成してしまったという。東院完成後僅かに三年置いての造営計画であること、そしてまた花散里などが慌しく二度移り住むことになったこと等を不自然とみて構想の変化が指摘されるのだが、(27)新邸の次々の造営は、むしろ源氏の勢力の誇示(28)とみるべきところであろう。明石の君もまた、終に「かう方々の御うつろひ定まりて、数ならぬ人は、いつとなく紛らはさむと思して、神無月になん渡りたまひける」(少女七七頁)と、六条院冬の町の住人となるのだった。六条御息所の邸跡に造営された六条院に、光源氏の大きな栄華の日々が刻まれていく。明石の姫君は、やがて東宮に入内し(藤裏葉)、立后も間近く(若菜下)、予言は成就する。

ところで、光源氏亡き後、二条院、六条院を各々受け継いだものは誰であったか。

二条院とて造り磨き、六条院の春の殿とて世にののしりし玉の台も、ただ一人の末のためなりけりと見えて、明石の御方は、あまたの宮たちの御後見をしつつ、あつかひきこえたまへり。　(匂宮㈤　一四頁)

二条院も六条院も、共に「ただ一人の末のため」、つまり明石の君の子孫のためのもののようにみえるとある。即ち明石の中宮腹の三の宮(匂宮)は、紫の上鍾愛の孫として、紫の上の「わが御わたくしの殿」(若菜上八六頁)であった二条院を受け継ぎ、やがて中の君をそこに迎えている。また、六条院南の町東の対には女一の宮、寝殿には二の宮が住んでいる。そしてまた、明石の中宮が時折六条院に退出したことは浮舟、蜻蛉の両巻に見える。もとより夕霧も、六条院丑寅の町に落葉の宮を住まわせ、折にふれて「この院あらさ」ぬ(匂宮一四頁)ようにとの配慮を怠らぬものではあるが、その本邸は、むしろもともと夫妻共々の祖母の邸であった雲居雁の住む三条殿(29)と見られよう。匂宮の巻以降女三の宮は、薫と共に父朱雀院から伝領した三条の宮に引き移っている。結局、六条院の多くの部分が明石一族に受け継がれていることが確認されると言うべきだろう。二条院も、六条院も共々、明石一族の栄華が花開き、実り続けていった場所として押さえることができるのである。

二条院とは、そもそも桐壺の巻に「里の殿は、修理職、内匠寮に宣旨下りて、二なう改め造らせたまふ」（一二六頁）と、その始発を記す叙述が見えるように、靫負命婦の母君弔問の舞台となった、野分の風に荒れた桐壺更衣の里邸跡に成ったものであった。母方の邸の伝領というかたちで二条院は出発した。桐壺の巻の「野分」には、更衣を入内させ、その死でしか報われることのなかった更衣の母君の心の、帝に向かっての迷妄の嵐が託されていること、また、一族の更衣入内に賭けた祈りを裏腹にした怨みを、その背後に読み取ることができることなどについては、既に2「光源氏の御祖母——二条院の出発——」の章に述べた。桐壺一族、即ち光源氏の母系の血筋の家の繁栄をめぐっての祈りは、一方で物語に藤壺を呼び込み冷泉帝を誕生させることで達成されていくと考えられるのだが、今一方、ここ二条院に明石一族の繁栄が拓かれることで、さらに継がれていくという一面が浮かび上がってくるはずである。

翻って、桐壺更衣一族と明石一族との血縁関係は、「故母御息所は、おのがをぢにものしたまひし按察大納言のむすめなり」（須磨(二)二〇二頁）と、明石の入道自らの言葉に示されるものであった[30]。一見不自然に見える源氏と明石の君との結婚は、その血縁関係から言えば至極当然のものであるという。また、入道が桐壺一族（按察大納言の甥）であるとの設定の中に、桐壺の巻から明石物語に流れ込むエネルギーを見取ることができること、それ故に明石一族の栄華は、壺更衣とその一族への鎮魂となっているという構図の読み取りが、既に阿部好臣氏によってなされている[31]。野分の邸、即ち桐壺一族の怨みと祈りとの渦巻く邸の跡に成った二条院に、明石の姫君が招き寄せられることになるのは、その意味で必然であろう。そして一方で、二条東院が「院の御処分」と規定された時、それは既に二条院とは裏腹に、姫君を呼び込んでくるエネルギーを持ち得ないものとなっていたように思われる。桐壺更衣一族、就中桐壺の巻で具体的に大きく姿を現す更衣の母君の怨みは、娘の死を帝寵の深さのもたらしたものと捉えるが故に、「かへりてはつらくなむ、かしこき御心ざしを思ひたまへられはべる。これもわりなき心の闇になむ」（二〇七頁）と、帝に向かっていかざるを得ない、母としての「心の闇」とされるものであった[32]。その一族を血筋の上から受け継ぐ明石一族が、「院の御処分」で花開くのにふさわしいものとは思われない。そしてまた、先に触れたように二条東院が、「心苦しき人々」のためのものと想定されたということも、自ずから東院、「院の御処分」の担うエネルギーの低さを証し立てるもののようである。史実に照らせば、もっと大きく発展しても不思議はない「院の御処分」が、そうならなかったということは、物語における父系の血筋の力の、ある種の軽さを意味するものであろう。もとより父、桐壺院は、密事についても徹底的に知らされぬ立場にしか立ち得なかった。母系の血筋の深い力は、物語の大きな栄華に密接に結びつく。桐壺一族の怨みと祈りとの籠もる二条院の重いエネルギーこそが、明石の姫君を招くのである。

先に見たように、光源氏は予言を踏まえて明石の姫君を后にと願い、その実現の道筋に二条東院造営、母子の移転を計画する。ところが源氏の目論見は、明石の君が「身のほど」の苦悩を背後にそれを拒み続けることによって潰えたのだった。緊密に組み立てられた心理の必然の中から、大堰の山荘へ、やがて姫君一人が二条院の紫の上の許へ、という動きが次々展開される。その展開を裏側から支えたエネルギーが、二条院の担う桐壺一族の怨みと祈りなのではなかったか。姫君は、かくして二条院に導かれ、紫の上と結ぶことにより、遙かに「后がね」としての一歩を踏み出す。そしてまた二条院は、明石一族のものとして長く伝領されることになる。二条東院は、花散里に受け継がれたと記されるのみで、終に子孫の広がった明石一族の誰彼の影を留めることをしない。その意味でも、物語の血筋の論理、系譜の論理はまことに厳密に貫かれていると言えよう。

一方、明石の姫君入内が準備されたのも、また明石の君が最終的に移り住んだのも六条院であった。六条院と明石一族との結び付きの必然はどう証し立てられるだろうか。六条院は、「中宮の御旧き宮のほとりを、四町を占めて造らせたまふ」（少女七〇頁）とあって、もとより六条御息所の邸跡に成ったものである。御息所の邸跡に六条院が造営されたことについては、直接に養女斎宮女御の里邸が求められたことに発するものと考えられようが、より深く「もののけ」の人御息所の鎮魂と関わって説かれる[33]ことは周知の通りである。故御息所は、六条院を天翔り、斎宮女御を、そしてさらに光源氏の繁栄を見守り続けている。それ故、秋好中宮に子のないまま冷泉帝が退位し、また、六条院が瓦解し始めた時、死霊として立ち現れるのであった。

　ところが、既に坂本和子氏の説かれる[34]ように、紫の上、女三の宮の二人に取り憑いた死霊は、御息所と明石の君との関係が、他の人とは違ったものであることを示すかのように、今一人の重立った光源氏の妻妾、明石の君とその一族には一度も祟りをなしていない。明石の君と六条御息所とは、果たして物語の中でかなり意図的に重ねられようとするかに見える。たとえばこのような記事がある。

　正身は、おしなべての人だにめやすきは見えぬ世界に、世にはかかる人もおはしけりと見たてまつりしにつけて、身のほど知られて、いとはるかにぞ思ひきこえける。（明石　二二八―二二九頁）

「見たてまつりしにつけて」について、小学館日本古典文学全集本は「娘は、現在岡辺の宿におり、源氏は、海辺の邸にいるので、娘が源氏を見る機会はないはずである。作者の不注意か」と注記する。六条御息所が、源氏の輝く風姿を見、感嘆の視線を送り続ける女君であったことは(1)6「六条御息所考――「見る」ことを起点として――」に詳述するが、その見、賛嘆する女君という属性は、明石の君に受け継がれようとしている。それ故、現実にはあり得ぬはずの源氏を見る機会が、物語の中で既存のものとなってしまったというふうに、これを読み解くことができるのではあるまいか。さらに、「まほならねど、ほのかにも見たてまつり、世になきものと聞き伝へし御琴の音

をも風につけて聞き、……」（明石二四三頁）と源氏を見、心を動かされた明石の君の心情が刻まれた上で、

ほのかなるけはひ、伊勢の御息所にいとようおぼえたり。（明石　二四七頁）

との叙述がくるのである。明石の君がまぎれもない六条御息所型らしいことを伏線的に記しておいて、やがて「いとようおぼえたり」と種明かしするという構造を見取り得る時、或いは明石一族と御息所一族との間に血縁を想定できるのではないか、という見方がいっそう大きく浮かび上がってくる。(35)

死霊の祟り方、秋好中宮が明石の姫君の腰結をつとめていること、さらに「見る」ことをめぐって御息所と明石とを重ねる構図を顧みる時、両一族の間の血縁を含めた強い関係を認めざるを得まいと考える。御息所の父大臣と、明石の入道の父大臣とは、或いは共通の野望を担い、そして挫折した共同勢力でもあったのだろうか。六条院もまた明石一族の子孫の繁栄の場となるものであった。二条東院ではない、故御息所の霊の天翔る六条院へ、明石一族は招き寄せられ、花開くことになる。(36)

物語の背後には、血筋の論理、系譜の論理とでも呼ぶべきものが大きく存在している。その見えない力に衝き動かされ、光源氏の意志や計画というものが挫折させられ変転していく、というほかない。その中に、予言によって示された宿世というものが、自ずから実現されていくことになる。表層の、如何にも必然的な心情の絡み合いの背後に、見えない大きなエネルギーが存在する。宿世、運命なるものが、人間的心情、意志の絡み合いの中で、見えない大きな力に導かれて形象されていくという、いわば人生の相、仕組みを、二条東院から六条院への展開の中で、物語は垣間見せてくれるように思うのである。

注

（1）「二条院と六条院」『源氏物語の主題と構想』（昭41　桜楓社）
（2）高橋和夫氏が構想の変更を指摘されたのに対し、最初から六条院構想が用意されていたと説かれたのが池田義孝氏の「源氏物語の方法」『国語と国文学』（昭和44・6）である。「変更」を問題にする立場の論として、森一郎「二条東院造営」『源氏物語の方法』（昭44　桜楓社）、深沢三千男「王者のみやび」『源氏物語の形成』（昭47　桜楓社）、大朝雄二「六条院物語の成立をめぐって」『源氏物語正篇の研究』（昭50　桜楓社）、他多くの考察がみられる。また、池田説の系譜にあるものとして中村文美「源氏物語の研究——二条東院から六条院へ——」『東京女子大学日本文学』（昭53・9）、坂本曻（共展）「二条東院造営の意義」『源氏物語構想論』（昭56　明治書院）などの論がある。なお新しく、テクスト論の立場からの読みとして、東原伸明「源氏物語の表現と深層テクスト——二条の東院から六条院へ——」『物語文学史の論理』（平12　和泉書院）を付け加えておく。
（3）鈴木日出男「六条院創設」『中古文学』（昭49・10）、のち『源氏物語虚構論』（平15　東京大学出版会）所収。
（4）田坂憲二「二条東院構想の変遷」『語文研究』（昭52・6）、のち『源氏物語の人物と構想』（平5　和泉書院）所収。
（5）（2）参照。
（6）坂本氏は、「心苦しき人々」について通説「いたいたしく思う人々」等の解釈を廃し、「身分が高い人々」との解釈を取られている。
（7）・（8）赤木志津子「賜姓源氏考」『平安貴族の生活と文化』（昭39　講談社）
（9）阿部秋生「明石の君の物語の構造」『源氏物語研究序説』（昭34　東京大学出版会）
（10）「二条東院と明石君」『人文学報』（昭46・3）、のち『源氏物語——女たちの宿世——』（昭59　桜楓社）所収。
（11）「くにのおやとなるとは六条院の太上天皇の尊号をえ給へる事をいへり」との『花鳥余情』の指摘に従いたい。
（12）須磨が畿内であるのに対し、明石が畿外であることの重要性が藤井貞和氏によって説かれている。（「うたの挫

折」『源氏物語及び以後の物語　研究と資料古代文学論叢第七輯』（昭54　武蔵野書院））

(13) 或紫上などに御子もいてきたらは五節なとのたくひの人〳〵つとへて御子のうしろみにもといふ心也　私聞書には明石姫君の事云々　只御子もいてきたらはとの義然るへし（『岷江入楚』澪標（昭61　武蔵野書院））

(14) 森一郎氏、深沢三千男氏前掲論文。（(2)参照）

(15) 大朝雄二氏前掲論文。（(2)参照）

(16) 「六条院物語の発端」『岡一男博士頌寿記念論集　平安朝文学研究――作家と作品――』（昭46　有精堂）

(17) 井上光貞「天台浄土教と貴族社会」『日本浄土教成立史の研究』（昭31　山川出版社）

(18) 多屋頼俊「源氏物語の宿世観」『源氏物語の思想』（昭27　法蔵館）

(19) 伊藤博「澪標以後――光源氏の変貌――」『日本文学』（昭40・6）、のち『源氏物語の基底と創造』（平6　武蔵野書院）所収。

(20) 中村文美氏前掲論文。（(2)参照）

(21)・(22)・(23)（9）に同じ。

(24)『源氏物語評釈』㈣（昭40　角川書店）一二六頁。

(25) 前掲『源氏物語評釈』一一九頁。

(26) 言い換えれば「ことばの生む情況があらたな情況を掘りおこし構想をつき動かしている」（神野藤昭夫「松風」『国文学』（昭和49・9））ということであろうか。

(27)（1）（2）参照。

(28) 前掲『源氏物語評釈』四五三頁。

(29)「御勢まさりて、かかる御住まひもところせければ、三条殿に渡りたまひぬ」（藤裏葉㈢四四七頁）とある。

(30) 坂本和子「光源氏の系譜」『国学院雑誌』（昭50・12）

(31)「明石物語の位置――桐壺との関わりにおいて――」『語文』（昭51・7）

（32）　2「光源氏の御祖母——二条院の出発——」参照。
（33）　藤井貞和「光源氏物語主題論」『源氏物語の始原と現在』—定本（昭55　冬樹社）
（34）　（30）に同じ。
（35）　坂本和子氏は、「いとようおぼえたり」の記述から、「入道の父大臣と御息所の父大臣との間に、又中務宮をも含めて血縁につながる関係」を想定することが可能なのではないかと説かれる。（（30）参照）
（36）　（30）に同じ。

4 遊女・巫女・夕顔
——夕顔の巻をめぐって——

ものはかなげに夕暮れの光の中に浮かび上がる白い花さながらに、「夕顔」と呼ばれる女君をヒロインとする夕顔の巻は、三輪山伝説を踏まえつつ、世俗的な日常を遙かに越えて煌めく一時の恋を語る短篇物語として、読者を魅了し続けてきた。と同時に、当該巻が、内気なはずの夕顔がなぜ自ら一目見ただけの相手に歌を詠みかけるのか、という問いに始まり、その人を取り殺すもののけの正体の問題に至るまで、多くの謎や疑問を孕むものであることもさまざまに指摘され続けている。

本稿は、その積極的に歌を贈る行為と、彼女のあえかさとの間に在る矛盾をどう読み解くか、との疑問にひとまず発しつつ、夕顔を、「遊女」そして「巫女」という視座からもう一度捉え直すことができまいか、という見通しに立って、当該巻を辿り顧みることを目指すものである。これまで断片的に幾つか指摘されることのあった夕顔の遊女性の問題は、もう少し根深く巻の本質に関わるものとして、総合的に捉え直されるべきなのではなかろうか。夕顔は、その像の襞の中に、「遊女」「巫女」の面影を色濃く織り込めることによって、世俗を越えた不可思議に美しい恋の物語の主人公としての輝きを獲得した。それは取りも直さず、性の回路を通して聖なるものを見取った古代的感性の上に花開いた、あえかな一輪の輝きではなかったか。あらあら先取りめいた見通しを述べたが、以下考察を試みたい。

一 「歌」を詠みかける女君

げにいと小家がちに、むつかしげなるわたりの、この面かの面あやしくうちよろぼひて、むねむねしからぬ軒のつまなどに這ひまつはれたるを、「口惜しの花の契や、一房折りてまゐれ」と、のたまへば、この押し上げたる門に入りて折る。

さすがにされたる遣り戸口に、黄なる生絹の単袴長く着なしたる童のをかしげなる、出て来てうち招く。白き扇のいたうこがしたるを、「これに置きて参らせよ、枝も情なげなめる花を」とて、取らせたれば、門あけて惟光朝臣出で来たるして奉らす。（夕顔㈠ 二一〇―二一一頁）

乳母の病気見舞のため訪れた五条の、「むつかしげなる」小家の立ち並ぶ辺りで、ふと目を止めた白い花の名を尋ねるついでに、その一房を手折ることを源氏に命じられた随身は、門内で童に手招きされた。手渡されたのは、夕顔の花を載せた香の深く染みる白い扇である。見舞を済ませた後、おもむろに「ありつる扇」を御覧になったところ、

心あてにそれかとぞ見る白露の光そへたる夕顔の花（二一四頁）

と、筆跡さえゆかしく詠まれているのが、男君の心をはかとなく掻き立てるのだった。

この件《くだり》に関して、かの女君の内気さとの間の矛盾を解消すべく、黒須重彦氏が、かつての夫頭中将と誤認したとする説(1)を打ち出され、大きな論議を呼ぶことになったのは記憶に新しい。その論考の意義は、夕顔の巻の孕む謎を新たに解明しようとする試みを、さまざまに促した点にまことに大きいが、現在この説自体は、車を一目見ただけで夫でないことなど分かりはしないか(2)、或いは後の夕顔詠「光ありと見し夕顔の上露はたそかれ時の空目なりけり」（二三六頁）がその勘違いを明かすものだとすると、夫と見間違えた源氏を「光なし」と述べることになりはしないか(3)、等々の批判が種々の角度から出され、おおむね否定的な方向に決着をみているようである(4)。ともあれ黒須説を含め、この件をめぐる諸説を改めて整理してみよう。

① 頭中将と誤認した。

② 「心あてに……」の歌は、女主人その人ではなく、侍女が詠んだものである。

③ 高貴な花盗人への挨拶の歌であって、恋、好色の歌ではない。

④ 夕顔の一面の「遊女性」を語るものである。

①②は実は既に古注(5)の段階で指摘がある。③は黒須説批判を踏まえつつ、藤井貞和氏(6)の新しく提示された読みであり、さらにこれを継承発展させ、花をめぐり身分の低い女の側から男の贈歌の要求に応じる型《パターン》をここに見取る石井正己氏(7)の解釈がある。④の『源氏物語私見』(8)の中にみえる円地文子氏の見解は、エッセイ風の文章であることもあって黒須説以降必ずしも正面から問題にされているとは言えない面もあるが、たとえば秋山虔氏の近著『源氏物語の女性たち』の中にも、円地説を踏まえての「相手が遊女なればこそ日常世俗とは別世界に浮遊することができたのである」(9)との一節を見出すことができる。

本文に添う限り、①②説は退けられよう。誤認も、代詠も後からそのことに関わって説明の充分なされないことは、いかにも不自然というほかあるまい。となると、③、④説のいずれを取るべきか。差し当たって本稿の目的は、このいずれかに決着を付けること自体にあるのではないが、文脈に添ってしばらく贈歌の前後を顧みたい。

ひっそりと咲く「白き花」を前に源氏が口ずさんだのは、「をちかた人にもの申す」（二二〇頁）という言葉だった。周知の通り「1007うちわたす遠方人にもの申すわれ　そのそこに白く咲けるは何の花ぞも」という、『古今集』旋頭歌を踏まえての呟きである。もとより随身の「かの白く咲けるをなむ、夕顔と申しはべる。花の名は人めきて、かうあやしき垣根になん咲きはべりける」と応じるのも、引歌中の「何の花ぞも」との問いかけを了解してのことであって、歌を下敷きにした主従の会話の中には仄かにしゃれた雰囲気が流れている。

ところで、『古今集』においてこの1007番歌は次の歌に続き、二首で贈答の体をなしている。

返し

1008春されば野辺にまづ咲く見れど飽かぬ花　幣なしにただ名告るべき花の名なれや

「幣（まひ）」とは、「謝礼、チップ。ここではまさに『花代』というのが相当するところ」と説く竹岡正夫氏は、贈歌の呼びかけ「何の花ぞも」の「花」を、「遊女のたぐい」と述べられる。(10)（白）梅という花の名そのものを問う歌とみるには、「幣なしに」名乗るべき花の名ではない、との応じ様は念が入り過ぎていよう。少なくともこの贈答は、白梅の背後に女性を見取り、求める呼びかけと、易々名乗ることを拒む女の対応を二重写しするものとみるべきである。さらに「幣」なる語、「神や人に捧げるお礼の品物」から、遊女、そして巫女の面影にこれを繋げ得る可能性も浮上する。

右の引歌の内容と、「一房折りて」の表現——「花を折る」とは女性を手に入れる意を含み持つ——とを合わせて、風流な花盗人と好色人とのイメージを兼ね備える源氏像を、巻冒頭部に読み取る指摘(11)が既にある。「をかしき額つきの透影あまた見えてのぞく」（二〇九頁）とあって、源氏側からの垣間見に先立って女たちの側の源氏への視線が導入されている以上、この古今歌を敷く主従の会話に仄めく好色の気配を、女たちが察知しなかったわけはあるまい。にもかかわらず夕顔は、「心あてに……」と詠みかけたのであった。

たとえ花盗人への許可、挨拶の風流の贈歌との意図が表向き認められるとしても、相手の男君の側に漂う好色の気配を知りつつ、なお呼びかけたという意味での積極性を、ここに見取るのに差し支えはあるまい。それはまた、当該巻に描かれる、朝顔の花をめぐっての源氏の好色の呼びかけを、「朝霧の晴れ間も待たぬけしきにて花に心をとめぬとぞ見る」（二二二頁）と、女主人その人の問題に代え、拒みいなす中将のおもとの行為と対偶構造をなす(12)ものではなかったか。つまり③説に拠ったとしても、何程かざわめく好色の雰囲気に自ら乗ってみせる夕顔の積極性は認めてよかろう。

さらに、『紫式部日記』『和泉式部日記』の例の如く、男の贈歌の要求に応じる身分卑しい女の詠歌とみるには、夕顔の場合「これ（橘の花）もて参りて、いかが見たまふとてたてまつらせよ」（『和泉式部日記』）等の、要求の直接表現が見当たらないことを付け加えたい。或いは、風流の意図のみで贈った歌を、源氏が好色のそれに摩り替えて「寄りてこそそれかとも見めたそがれにほのぼの見つる花の夕顔」（二一五頁）(13)と応じたのだとすると、それを返された女君方には何程かの違和感はなかったのか。受け止める女の側は、贈歌を無視されたかにみえたきまり悪さを拭われ、「あまえて『いかに聞こえむ』など、言ひしろふ」（二一五頁）とのしどけない(14)状態でざわめくばかり、と少なくとも随身の目には映り、それ故「めざまし」と苦々しげな感慨が付加されるのだった。

「心あてに……」の歌は、ほぼ通説と思われる「当て推量であの方――源氏の君かとお見受けします。白露がその輝きを増している夕顔の花――夕影の中の美しい顔を」(15)の解に従うこと、そしてともあれ、恋の情趣が色濃く相手方から伝わる中で自ら歌を詠みかける積極性、という意味においても、④の遊女性説は有効であることを確認しておく。

二　遊女の糸

夕顔と遊女との結び付きは、当該巻に実は密かな糸で張り巡らされ、さまざまに沈められているようである。

「尽きせず隔てたまへるつらさに、あらはさじと思ひつるものを。今だに名のりしたまへ。いとむくつけし」と、のたまへど、「海人の子なれば」とて、さすがにうちとけぬさま、いとあいだれたり。「よし、これもわれからなめり」と、恨み、かつは語らひ暮したまふ。（夕顔　二三六頁）

「なにがしの院」での一夜明けて、親密の色合はより深く、かつては「常夏の女」かと疑いつつも、「忍ぶるやうこそは」（二二九頁）と慮って尋ねなかった男君も、「今だに名のりしたまへ」と促す。夕顔は「海人の子なれば」と応じた。周知の引歌「1701白波の寄する渚に世をつくす海人の子なれば宿も定めず」（『新古今集』雑下　読人しらず）が浮上し、「渚の海人」の連想で「807海人の刈る藻に住む虫のわれからと音をこそ泣かめ世をば恨みじ」（『古今集』恋五　典侍藤原直子朝臣）を踏まえる「われからなめり」の源氏の言葉が導き出されるところである。渚の海人の子のように、名乗るまでもない身分卑しい私故と、問いかけを躱す女君は、実のところ源氏の目からそう見えたひたすらな「らうた」さ、「おいらか」さにのみ覆われた人柄なのではなく、行きずりの男の気持を警戒し続ける強さを併せ持つ人(16)として捉え直し得るのかもしれない。その強さはまた、相当な才気と機智とに支えられるものでもあった。「あいだれたり（愛垂れたり）」つまり「甘えている」と、源氏の目に映る「鼻にかかったコケティッシュな甘さ(17)」を湛えつつ、「海人の子なれば」と歌を踏まえ躱し、或いは、「光ありと見し夕顔の上露は……（もっと輝くように素敵な方と拝したのは、夕暮れの時の私の見間違いでした）」と応ずる夕顔の女君に揺曳するしたたかな才気を見逃してはなるまい。

さて、「海人の子」とは何か。宿も定めぬ漂泊の中に世（夜）を過ごすものとしての遊女のイメージが浮かび上がるのは偶然でない。「白波の寄する渚に……」の歌は、『和漢朗詠集』「遊女」の項に収められたものだった。後に触れるが、「定まれる居なく、当る家なし(18)」と述べられる漂泊者としての遊女は、同じくさすらいの巫女の後裔であるという。それ故、この件をめぐって既に鈴木日出男氏が、「自らの素性をけっして明かすまいとする女の表現類型に生かされているのであり、その限りで神女か遊女かの存在に近く、源氏を恋の幻想的で非日常的な空間へ誘い出す存在(19)」と説かれているところでもあった。

再び思い起こされるのが、冒頭部「をちかた人にもの申す」の引歌表現にほかならない。遊女の名を問い、名乗らぬ美しい女を白い花に重ね見るという『古今集』の一組の贈答の底流は、「海人の子なれば」とも響き合って遊女の面影を、夕顔の中にくっきりと刻み上げたのではなかったか。また、夕顔の死後右近に向かって、「まことに海人の子なりとも、さばかりに思ふを知らで隔てたまひしかばなむつらかりし」（二五七―二五八頁）と、名を秘し続けたままに死んだことを悔やむ源氏の発言も想起される。かつての夕顔の応じ様をそのまま引くものとは言え、同じ表現を繰り返すことにより、遊女のイメージの糸を一筋より強固に結び上げているとみられよう。

一方、遊女が漂泊の生を負うものだとすれば、夕顔をめぐるさすらいのイメージもなお再確認されねばなるまい。とりあえずは、いかにもささやかな夕顔の宿を五条に見出した時の源氏の感慨、「門は蔀のやうなる押し上げたる、見入れのほどなくものはかなき住まひを、あはれに、いづこかさしてと思ほしなせば、玉の台も同じことなり」

（二一〇頁）を顧みたい。「いづこかさして」の引歌、「987世の中はいづれかさしてわがならむ行きとまるをぞ宿とさだむる」（『古今集』雑下　読人しらず）自体は、おそらく僧侶らしき人の閑適の境地を詠むものだろうが、「をかしき額つきの透影」があまたちらつく陋屋に、源氏のこうした感慨を絡ませることにより、中の住人の「行きとまるをぞ宿とさだむる」さすらいの境涯に、連想の糸を結んだのではあるまいか。読者の側に、こうして夕顔の宿は、あらかじめさすらいのイメージを負って提示された。

やがてこの「ものはかなき住まひ」の事情が、宿守から伝えられる。

揚名介なる人の家になんはべりける。男は田舎にまかりて、妻なん若く事好みて、はらからなど宮仕人にて来通ふ、と申す。（夕顔　二一四頁）

伝え聞いた源氏が、贈歌の主を「さらば、その宮仕人ななり」と推測する時、「来通ふ」宮仕人、即ちその宿を終の住処とするのでなく、あちこち居処定まらぬ人の面影が浮上する。もとより宮仕人なる情報は正確さを欠いていたのだが、さすらいのイメージは宿守の視線を通して、一歩具象化された。

やがて数日を経、惟光は次のような情報をもたらす。

いと忍びて、五月のころほひよりものしたまふ人なんあるべけれど、その人とは、さらに家の内の人にだに知らせず、となん申す。（夕顔　二一七頁）

歌と扇の主は、やはりどうやら夕顔の宿の定住者ではないらしい。「五月のころほひ」よりひっそりとそこに身を隠すかのように移り住んだ人だという。「人にいみじく隠れ忍ぶる気色」（二二三頁）故、はっきり誰と知られぬものの、前を通る頭中将の車に人々は大騒ぎだと惟光から再度の報告を受けた源氏は、「もしかのあはれに忘れざりし人にや」（二二四頁）と、あの常夏の女を疑っている。帚木の巻に語られたその人こそは、「跡もなくこそかき消ちて失せにし」（帚木㈠一五九頁）人であって、「まだ世にあらば、はかなき世にぞさすらふらん」と頭中将から哀惜を込めて回顧されたのではなかったか。かつての頭中将の、常夏の女をめぐるさすらいの予測は、巻を隔てて「五月のころほひ」より、どこからともなく立ち現れ、五条の宿に密かに身を寄せる女の姿となって現実化したと述べることが許されよう。

夕顔の死後、右近の口から明かされた実情は、次のようなものだった。

……頭中将なんまだ少将にものしたまひし時、見そめたてまつらせたまひて、三年ばかりは心ざしあるさまに通ひたまひしを、去年の秋ごろ、かの右の大殿よりいと恐ろしきことの聞こえまで来しに、もの怖ぢをわりなくしたまひし御心に、せん方なく思し怖ぢて、西の京に御乳母の住みはべる所になむ、這ひ隠れたまへりし。それもいと見苦しきに住みわびたまひて、山里に移ろひなんと思したりしを、今年よりは塞りける方にはべりければ、違ふとて、あやしき所にものしたまひしを見あらはされたてまつりぬることと、思し嘆くめりし。

（夕顔　二五九―二六〇頁）

三位中将の女、夕顔の女君の、親亡き後のさすらいの生がくっきりと浮かび上がる。三年の間の頭中将との幸福な時は、やがて北の方からの圧力で潰え、「西の京」に一旦身を隠したものの、それも長続きしなかった。「西の京」から「山里」へ逃れることを願いつつ、方違えのために一時移り住んだところが、ほかならぬ五条の陋屋だったと明かされる。単にその住処が仮初のものだったということに留まらず、元の住処から「西の京」へ、さらに「五条」から「山里」へと、さすらう女君の薄幸の生の軌跡が述べられたのであった。かつての源氏の「かりそめの隠れ処とはた見ゆめれば、いづ方にも、いづ方にも、移ろひゆかむ日を何時とも知らじ」（二一八頁）との危惧は、ほかならぬこの漂泊の生を漠然と観取してのものだったと言える。

夕顔の死が「なにがしの院」に用意されたのも、その人をめぐるさすらいのイメージを今一方から支えるものでもあろう。五条の家から連れ出そうとする源氏の意向を前に、ためらう女君の姿を物語は「いさよふ月にゆくりなくあくがれんことを、女は思ひやすらひ、……」（二三三頁）と刻んでいる。「なにがしの院」行きは、月影の下ゆくりなくもさまよい出るような、あてどないさすらいのイメージの中にまず捉えられていた。こうして、夕顔はその死まで一貫してさすらいのイメージに濃く彩られていることが跡付けられるのだが、或いは、その遺児玉鬘の九州流離もまた、母のさすらいの糸を継ぐものとして読み取ることが可能なのかもしれない。

さて、漂泊者としての遊女は、単独ではなく集団で立ち現れるという現象がある。

摂津国に到りて、神崎・蟹島等の地あり。門を比べ戸を連ねて、人家絶ゆることなし。倡女《うため》群を成して、扁舟に棹さして旅舶に着き、もて枕席を薦む。声は渓雲を遏め、韻は水風に飄へり。（『遊女記』一五四頁）(20)

遊女は「群を成し」複数で行動するものなればこそ、『更級日記』の足柄山中のそれも「三人」で立ち現れているのだろうか。ともあれ、夕顔の宿の在り様《よう》を顧みたい。

御車入るべき門は鎖したりければ、人して惟光召させて、待たせたまひけるほど、むつかしげなる大路のさまを見わたしたまへるに、この家のかたはらに、檜垣といふもの新しうして、上は半部四五間ばかり上げわたして、簾などもいと白う涼しげなるに、をかしき額つきの透影あまた見えてのぞく。立ちさまよふらむ下つ方思ひやるに、あながちに丈高き心地ぞする。いかなる者の集へるならむと、様変りて思さる。（夕顔　二〇九頁）

たとえば若紫の巻の周知の垣間見場面と当該箇所とはどう異なるのか。自明のことながら若紫の垣間見の対象となった尼君をはじめとする複数の人々が、源氏の目に個別に確認されたのに対し、この条の人々は源氏の目に「透影」のみ見取られている故に、「あまた」と言うよりほかない漠然とした美しい女たちの集団として姿を現した。あたかも遊女の群れを思わせて、という述べ方が許されようか。「いかなる者の集へる」家なのかと好奇心をそそられて、源氏は目を放ち得ない。

一方注目されるのが、「のぞく」という表現である。この集団は男君から一方的に見られる存在であることに留まらず、まさしく「のぞ」き見る集団なのでもあった。群れを成して、男たちの舟を探し近付く遊女のイメージをここに透き見ることができまいか。円地説に「あの夕顔の宿の半蔀から額を透かせている女たちの姿まで、少し後の遊女の宿を写した絵巻の風情にどこか似ているように思われる[21]」とあるのは、その意味で再度顧みられるべき指摘と言える。「女、さしてその人と尋ね出でたまはねば、我も名のりをしたまはで、いとわりなくやつれたまひつつ、例ならず下り立ち歩きたまふは、……」（二二五頁）と、夕顔その人の姿がくっきり浮上し、濃やかな関係が語られ出すまで、五条の宿にまつわる集団的な性格は、繰り返し述べられる。「寄りてこそ……」の源氏の返歌を受け止めた反応は、「『いかに聞こえむ』など、言ひしろふ」人々の甘えぶりと捉えられていたし、惟光の偵察は、まず「時々中垣のかいま見しはべるに、げに若き女どもの透影見えはべり」（二一七頁）との報告に始まっている。また、頭中将の車を垣間見ての大騒ぎも、惟光の目を通し「若き者ども」（二二三頁）のあわてぶりとして見取られている。おそらく「寄りてこそ……」の歌が女君自身の詠歌ではなく侍女のそれとする説も、こうして繰り返される五条の宿の若い女たちの集団のイメージ故に出てきたものであろうが、ともあれざわめき浮き立つ若い女たちの「群れ」という彩が、今一方の側から夕顔の遊女性を証し立てていることを確認したい。

三　扇をめぐって

夕顔をめぐる遊女の糸が、「をちかた人にもの申す」の条に始まり、「海人の子なれば」と響き合い、また、群れをなしてのさすらいのイメージの中に継がれるという具合に、さまざまに張り巡らされていることを前節に述べた。ここで、夕顔の持つ重要な小道具、扇についてしばらく考えたいと思う。もとより夕顔の花を載せ、「心あてに……」の歌を記した「いたうこがしたる」白扇こそは、恋の物語の展開の大きな原動力として機能するものではあった。扇とは何か。それはおそらく遊女、さらに遡って巫女と夕顔とを結ぶ小道具として捉えられるはずである。「性と古代信仰」という視点から扇の起源を説かれる吉野裕子氏によれば、男性を象徴する蒲葵に準えた扇こそは、男女両性の営みと子の誕生に重ね得る、神霊の憑依の場、神のみあれの場にほかならぬものであるという。(22)欠かすことのできない祭具として、扇が特に巫女によって常に用いられるようになったことの根源には、こうした性と聖との一体の相が横たわっているのだった。和泉式部の「うかれ女の扇」(23)のエピソード、そして今問題の夕顔の例などを踏まえて、佐伯順子氏(24)が古代人の心性を受け継いでの、扇と恋のイメージとの結び付きを既に説かれている。

一方、ここに思い起こされるのが、巫女と遊女とを重ねて捉える折口信夫の説(25)である。巫娼が売笑の先駆者だったとする見方は、たとえば『和名抄』乞盗部に、「巫覡」と「遊女」とが同列に載せられているといった根拠を挙げつつ、中山太郎(26)、さらに遡って柳田国男(27)等の諸氏により出されており、また、漂泊の巫女がそのまま遊女に転じる可能性の大きさも想像に難くないが、折口説の独自性は、より根源的な聖と性との関わりを見据える点に大きい。

即ち、「とつぎの教へ」を授ける聖なる役割を巫女の負うことが、取りも直さず巫女と遊女とを繋ぐ回路であるという。もっとも近時、たとえば服藤早苗氏(28)など、歴史学の立場から、むしろ女性官人を遊女の起源とする見解が出されており、なお検討を要するものの、少なくとも芸能・歌舞に関わる巫女との繋がりには打ち消し難いものがあろう。

扇もまた、その根源に聖と性とのイメージを潜めつつ、神事に関わる巫女の手から、やがて遊女の手へと継がれていったものなのではなかったか。もとより遊女とは、「声は渓雲を遏め、韻は水風に飄へり」(『遊女記』)とある如く、歌舞をその身の芸とする人々なのだから、その芸に密接に関わる小道具として扇が大きな役割を果たしていたことも容易に想像される。

夕顔の白い花を載せた扇は、こうして夕顔その人と遊女、巫女とを繋ぐ連想の糸を大きく繰り出すものとして捉えることができそうだが、しばらく目を転じて『源氏物語』に立ち現れる扇について、おおよそ辿り見ておきたい。「扇」「御扇」「かはほり」等を合わせて三八例の中で、まず目に付くのは、「外に立てわたしたる屛風の中をすこしひきあけて、(源氏が)扇を鳴らしたまへば……」(若紫(一)二八九—二九〇頁)、「まばゆげにわざとなく扇をさし隠したまへる(夕霧の)手つき」(夕霧(四)四三四頁)などの場合のように、明確に源氏、夕霧等の男性の手にする扇の用例が約一〇例と案外多いことである。これは但し『源氏物語』に固有の現象であるのではなく、『宇津保物語』においても男性、或いは童が扇を手にする場面が一六例中の一三例と、意外に多いことに気付かされる。当時の宮廷貴紳が扇を日常手にしていたことからすれば、何の不思議もない現象にしろ、とりどりの趣向を凝らした美しい扇の意匠と、美しい女君との組み合わせの描写に、もう少し重点があってもよさそうな気がする。けれども実は、扇を持って登場する女性は、かなり限られているのであった。

○……かはほりのえならずゑがきたるを、さし隠して見かへりたるまみ、いたう見延べたれど、目皮らいたく黒み落ち入りて、いみじうはづれそそけたり。似つかはしからぬ扇のさまかな、と見たまひて、わが持たまへるに、さしかへて見たまへば、赤き紙の、映るばかり色深きに、木高き森のかたを塗り隠したり。
（紅葉賀㈠　四〇九頁）

年齢に似つかはしからぬ派手な扇を手に、光君に秋波を送るのは、源典侍である。扇を交換し、やがて歌を交し戯れる二人の仲は帝以下宮中の人々の知るところとなり、源氏への対抗心から頭中将もまた、その人とわりない仲となるのであった。この好色な老女源典侍の挿話が再度描かれる葵の巻において、彼女は「よろしき女車のいたう乗りこぼれたるより、扇をさし出でて人を招き寄せ」（葵㈡二三頁）る姿で、源氏の前に登場している。さらに、「よしある扇の端を折」って「はかなしや人のかざせるあふひゆゑ神のゆるしのけふを待ちける」と歌を詠み記す筆跡に、源氏は典侍その人と知り驚く、という具合に、源典侍挿話には繰り返し扇がまつわり付き、その結び付きの深さが実感されるのである。

○……人々起き騒ぎ、上の御局に参りちがふ気色どもしげく迷へば、いとわりなくて、扇ばかりを、しるしに取りかへて出でたまひぬ。
（花宴㈠　四二八頁）

南殿の花の宴果てての後、ゆくりなく出会い結ばれた朧月夜の女君の名をさえ知ることができず、交した扇のみをその人を尋ねる唯一のよすがとして、源氏はそのまま立ち去った。その扇こそは、「かのしるしの扇は、桜がさねにて、濃きかたに霞める月を描きて、水にうつしたる心ばへ、目なれたることなれど、ゆゑなつかしうもてならしたり」（花宴四三〇頁）と記されるものであって、さらに後日「しるしの扇」の主を求めて、右大臣家ゆかりの姫君たちの御簾の前に源氏が、「扇を取られて、からきめを見る」（四三六頁）と謎をかけることにもなるのだった。

朧月夜との恋もまた、扇が重要な小道具として機能する物語と捉え得よう。

たとえば、葵の上、また紫の上、明石の君といった、光源氏の生と根深く関わるはずの女君たちの扇は、物語の中にまともに姿を現すことがない。但し、晩年に迎えた若い妻、女三の宮と源氏との間には扇をめぐる歌の贈答がある。

○　はちす葉をおなじ台と契りおきて露のわかるるけふぞ悲しき
と御硯にさし濡らして、香染なる御扇に書きつけたまへり。宮、
へだてなくはちすの宿を契りても君がこころやすまじとすらむ
（鈴虫(四)　三六四頁）

密通の結実としての薫誕生後出家を遂げた女三の宮その人の持仏開眼供養が行われ、源氏は妻への執着に涙しつつ歌を詠み、彼女の扇にそれを書き付ける。応じる女三の宮の、同じ蓮との約束をなさっても「君がこころやすまじとすらむ」との言い方には、密事露顕後の源氏の冷たい処遇への複雑な思いがそれなりに漂っている。扇をめぐる右の条には、密事に関わる複雑な感情が揺曳していることを見逃してはなるまい。

述べ来った用例から浮かび上がるのは、複数の男性と関わりを持つ女性たちをめぐって、なぜか扇がしばしば立ち現れるという事実ではなかろうか。好色の老女源典侍、花宴の巻において既に春宮への入内予定であって、やがて尚侍となった後も源氏と関わりを持ち続ける朧月夜、柏木と結ばれた女三の宮、そしてもとより夕顔を含め、扇が相当に重くまつわる女たちには、複数の男性と関わるという共通の事情がみえるのは偶然ではあるまい。勿論例外もなくはない。

○にはかにかく掲焉に光れるに、あさましくて、扇をさし隠したまへるかたはら目いとをかしげなり。
（螢(三)　一九二頁）

○「……わが身ひとつの」とて涙ぐまるるが、さすがに恥づかしければ、扇を紛らはしておはする心の中も、らうたく推しはからるれど、かかるにこそ人もえ思ひ放たざらめ、と疑はしき方ただならで恨めしきなめり。（宿木(五)　四五四頁）

試みに掲げた二例は、各々玉鬘、宇治の中の君にまつわる扇を刻む場面で、いずれも先の事情には当て嵌まらない。但し、螢の巻の場合、光源氏の螢を放つ巧みな演出の下での兵部卿宮垣間見の視線から玉鬘が顔を隠すという事情、或いは、宿木の巻では、薫との仲を疑う夫匂宮を前にしての涙を、扇で隠すという状況にあることを顧みるなら、扇登場場面に漂う複数の男性の視線、または好色の雰囲気などを、あえて押さえることが許されようか。

さて、扇がその人にまつわって繰り返し登場する女君が、宇治十帖に現れることを見逃してはならない。もとより浮舟である。

①扇をつとさし隠したれば、顔は見えぬほど心もとなくて、胸うちつぶれつつ見たまふ。（宿木　四七七頁）
②あやし、と思ひて、扇をさし隠して、見かへりたるさまいとをかし。扇を持たせながらとらへたまひて、「誰ぞ。名のりこそゆかしけれ」とのたまふに、むくつけくなりぬ。（東屋(六)　五五頁）
③……いと恥づかしくて、白き扇をまさぐりつつ添ひ臥したるかたはらめ、いと隈なう白うて、なまめいたる額髪の隙など、いとよく思ひ出でられてあはれなり。（東屋　九二頁）
④琴は押しやりて、「楚王の台の上の夜の琴の声」と誦じたまへるも、かの弓をのみ引くあたりにならひて、いとめでたく思ふやうなりと、侍従も聞きゐたりけり。さるは、扇の色も心おきつべき閨のいにしへをば知らねば、ひとへにめできこゆるぞ、おくれたるなめりかし。（東屋　九三頁）

①は、薫が扇で顔を隠した浮舟を垣間見、大君の面影を認めて胸をときめかす場面であり、②の場合は、匂宮が扇

に隠れた浮舟の美しい姿に心を動かされ、それを持ったままの手を捉え迫る場面である。各々の男君の浮舟とのはじめての出会いとも言うべき場面に、共々に扇が見えるのも興味深い。さて、③④は宇治に浮舟を伴った薫が彼女に琴を教える場面の用例であって、いずれも班婕妤の、寵を失ってその身を秋扇に比し嘆くという故事を踏まえ、響き合うものであることは周知のところである。もとより薫の口にした「楚王の台の……」とは、『和漢朗詠集』「雪」において「班女が閨の上の秋の扇の色」に続く一節だった。この扇が、後の浮舟の生の不吉な展開の予感の役割を果たしていることは言うまでもない。夕顔の扇もまた、「白き扇」なるが故に、浮舟のそれと響き合いつつ、班女の秋扇を意味するものであると説かれることもある。[29] いずれにせよ班女の故事がかなり一般的に馴染深いものであって、それ故にもとりわけ男女の間で扇を贈ることを忌む慣わしがあったとするなら、[30] 物語の中で限られた女君にのみ扇の用例が集中するのも、いっそう頷ける現象ということになろうか。

扇が、班女の故事故の不吉さを一面においては孕みながら、ある固有の意識を負わされつつ、『源氏物語』の中に鏤められていることを、ほぼ認めてよかろう。複数の男性の視線に晒され、また複数の男性と結ばれる生を辿る女性たちに限って、扇は繰り返しその小道具として姿を見せるのであった。[31] 不吉さということも、複雑な運命の展開の上の必然として関わってもこよう。ともあれ『源氏物語』の扇は、複数の男性との関わりという意味において、まさしく遊女性を象る記号としての意味を担っている。そして、そのことは『源氏物語』がその底深い部分に、扇をめぐる性と聖との一体の相という、古代心性を潜めていることを語るものにほかなるまい。[32]

「白き扇のいたうこがしたるを、……」（二一一頁）、「ありつる扇」（二一三頁）、「この扇の尋ぬべきゆゑありて見ゆるを、……」（二一四頁）と三度繰り返して夕顔その人の扇を問題にすることにより、夕顔の遊女、巫女性はさらなる糸を強固に結び上げたと言い得よう。けだしその扇には歌が書き留められていた。夕顔はこの一首を含め四首の歌を当該巻に残すが、巻の分量を考え合わせると彼女の歌の現れる頻度は比較的高いということなのだろうか。そして歌もまた、色好みの徳、或いは遊女と深く関わるものだという指摘[33]も多いが、たとえば明石の君、六条御息所など夕顔以上に質量共に歌と結び付きの深い女君がある以上、夕顔の歌をめぐってとりわけ遊女性を言及するのはややためらわれることを一応付け加えておく。

四　巫女へ

先の扇をめぐる考察の中で、夕顔の巫女性の一端を顧みた。巫女夕顔の糸はさらにどのように張り巡らされているのだろうか。思い起こされるのが当該巻の「基調的色彩[34]」とも言うべき「白」という色の頻用の問題である。扇がほかならぬ白のそれであったことは先に述べたが、他に夕顔の宿の簾が「いと白う涼しげなるに」（二〇九頁）とあるのに始まり、「白き花」「かの白く咲ける」（二一〇頁）夕顔と述べられ、やがて源氏の前の女君のあえかな姿が「白き袷、薄色のなよよかなるを重ね」（二三一頁）るものとして象られるのだった。その意味でもまさしく夕顔の白い花は、「嬋娟たる一輪の擬人花[35]」たる機能を果たしている。そしてまた、「白栲の衣うつ砧の音[36]」（二三〇頁）が二人の耳に仄かに届くのも忘れ難い。繰り返される白のイメージは、むなしくはかない清楚な基調を巻の中に取り込み、女君のはかなくあえかな姿とその死、恋の悲劇的結末の無常を見事に暗喩するものとなり得ているのだが、「白」という色の持つ属性は別の方向にもう一つ伸びているのではあるまいか。

「白」とは、実は聖なる色であった。宮田登氏[37]は、神祭りの際の巫女の白衣、山岳登拝の行者の白衣など、聖なる儀式に携わる者の着衣の「白」、或いは「白馬」への信仰、「白子」を人神とする習俗、遡って柳田国男[38]の「白」

を非日常的な忌みの色とする捉え方や、折口信夫の(39)「白山」を真床覆衾とする見方等をも踏まえて、「白」の聖性を説かれる。敦成親王誕生を前に、家具調度衣裳の一切が白に代えられるという『紫式部日記』の周知の記事に示される中古の出産の習俗もまた、白に忌みと清めの意味を見取る古代心性を証し立てるものではあろう。

或いは、『万葉集』(40)巻二199柿本人麿による高市皇子への挽歌の一節、「……皇子の御門を〈一に云ふ、「さす竹の皇子の御門を」〉神宮に　装ひまつりて　使はしし　御門の人も　白たへの　麻衣着て　埴安の　御門の原に　あかねさす　日のことごと　鹿じもの　い這ひ伏しつつ……」や、巻三475大伴家持の安積皇子への挽歌の一節、「……白たへに　舎人よそひて　和束山　御輿立たして　ひさかたの　天知らしぬれ　こいまろび　ひづち泣けども　せむすべもなし」などを見ると、白が喪服の色として用いられていることも浮かび上がる。倭人の感覚としては「白はむしろけがれを清める色」だった(41)という。『万葉集』巻七1377木綿かけて祭る三諸の神さびて斎ふにはあらず人目多みこそ」の「木綿」は、神霊のよりつく所として後の御幣に当たる意味を持つ(42)とされるが、これもまた楮の皮の繊維を晒した生なり、或いは白の布であった(43)とおぼしい。『遊女記』等にその名の現れる遊女「白女」の名も、遊女、そして巫女と、聖なる色、白との結び付きを思わせなくもない。或いは、巫女託宣に持ち出される「オシラサマ」が、「白神」であり、起源は「白山権現」に遡るとする柳田の指摘(44)もなお巫女と白との結び付きの深さを語るものとなり得ている。

『源氏物語』中の白の用例(45)の中にも、たとえば「白き大袿に御衣一くだり、例のことなり」(桐壺㈠一二三頁)の如き元服の儀式の禄の品の色としての例、「白き御衣に、色あひいと華やかにて、……」(葵㈡三二頁)、「白き御装束したまひて、人の親めきて若宮をつと抱きゐたまへるさまいとをかし」(若菜上㈣一〇一頁)などにみえる出産の折の衣裳の色としての例、また、「白き御衣に、髪は梳ることもしたまはでほど経ぬれど、……」(総角㈤三〇一頁)

「影のやうに弱げなるものから、色あひも変らず、白うつくしげになよなよとして、白き御衣どものなよびかなるに、……」（同三一六頁）等、病の床での衣の色を示す例など、日常を越えた清めを求める折の白衣が見出される。そしてまた先の総角の巻三一六頁の用例中の、「白ううつくしげに」とは、死の床にある大君の美しさを述べるものではあった。同じく死の床での柏木が、「痩せさらぼひたるしも、いよいよ白うあてはかなるさまして……」（柏木㈣三〇四頁）と写され、また紫の上の遺骸の美が、「御色はいと白く光るやうにて……」（幻㈣四九五頁）と象られていること、一方、赤子の薫の愛らしさが繰り返し「白くそびやかに」（横笛㈣三三七頁）「白くをかしげなるに」（同三四八頁）「いみじう白う光りうつくしきこと」（同三五二頁）と述べられることなどを顧みれば、死或いは誕生といった言わば日常を越える世界に限りなく近付いたものに関し、なにがしかの怖れを込めるかのように「白」を用いる現象も浮上する。『源氏物語』の中でも、「白」が忌みと清めとの思想を裏腹に背負った聖なる色としての側面を持つことが、おおよそ認められよう。

その「白」が夕顔をめぐって多出し、ほかならぬ白い花に準え女君が象られたことは、その人の聖性、巫女性に繋がる道筋を拓く現象であることを、ひとまず押さえたい。夕顔の白い花にも似て、「白き袷、薄色のなよよかなるを重ねて、はなやかならぬ」女君の風姿は、柔らかに清らかさを湛えて、源氏の憧れを掻き立てる。それはあたかも、人の心の「聖」なるものへの憧れを暗喩するかにもみえる。

扇と、白と、巫女夕顔への道筋を、今二つの方向から確かめたのだが、次に萩原広道の『源氏物語評釈』以来、しばしば言及される当該巻の「あやし」の語脈について、巫女との連関を考えたい。広道がまず注目するのは「花の名は人めきて、かうあやしき垣根になん咲きはべりける」（二一〇頁）の条だが、ここに次のように指摘する。

此巻は下の変化の段を主としてかける物なる故に上にいかなる物のつどへるならんとやうかはりておぼさると

いへるを初にてこゝにあやしきかきねといひ次にあやしう打よろぼひといへるすべてその脉にてあやしといふを眼目の語として畳みかけてつかひたる物也(46)

「卑しさ」から「神秘的な不可思議さ」まで幅のある広がりを見せる「あやし」を二七回繰り返し鏤めることにより、やがて怪死の場面が必然的に行く手に導かれるという表現構造の見事さは、今更言うまでもあるまい。

あやしく、夢語、巫女やうのものの問はず語りすらむやうにめづらかに思さるれど、あはれにおぼつかなく思しわたる事の筋を聞こゆれば、いと奥ゆかしけれど、……　（橋姫(五)　一三九頁）

右の一節は、実は『源氏物語』に唯一「巫女」の語の登場する条である。八の宮不在の宇治の山荘でゆくりなく大君と対面することになった薫は、その折、老女房弁からかねがね不信の念を拭い得なかった、自らの出生の秘密にまつわる話を聞かされた。思いがけない事の成り行きに深い衝撃を受けた薫の思いをめぐって、「あやしく、夢語、巫女やうのものの問はず語り」と、夢のように不可思議な感慨が強調されているのが注目される。唯一の「巫女」の語例が、「あやし」の語と共に立ち現れるのは偶然ではあるまい。「巫女やうの」の箇所に、たとえば『孟津抄』は、「神なとの付て物云に似たりと也(47)」と注記する。「あやし」「夢語」「巫女」は一体となって弁の問わず語りの思いよらぬ神秘を証し立てている。

巫女の語りこそが、「あやし」と捉えられるようなものであるとすれば、翻って夕顔の巻に「あやし」の語が頻出することの、もう一つの意味が解けてこよう。夕顔の物語は、巫女にまつわる物語なるが故に、「あやし」い基調を全体に潜めているのでもあった。

優婆塞が行ふ道をしるべにて来む世も深き契りたがふな
長生殿の古き例はゆゆしくて、翼をかはさむとはひきかへて、弥勒の世をかねたまふ。行く先の御頼めいとこちたし。

前の世の契り知らるる身のうさに行く末かねて頼みがたさよ

かやうの筋なども、さるは、こころもとなかめり。（夕顔　二三二―二三三頁）

夜明けも近く、夕顔の宿に耳近く聞こえる御嶽精進の声に、源氏は「来む世」の契りを「弥勒の世」までと約束する。女もまた、彼の仏教語彙を受け「前の世の契り知らるる」我が身の憂さ、と応じるのだが、語り手はここで、実のところ夕顔はこうした仏道の方面には「こころもとな」い様子、と注記する。彼女の一般的な教養の不足に、この草子地を解消すべきではなかろう。「光ありと……」の歌、「海人の子なれば」の対応ぶりなど、その資質の輝きを垣間見せる部分も種々刻まれ、「その才気を過小評価すべきであるまい(48)」と思われるのである。巫女故に、仏教的な知識には疎いのだと読むべきであるとみる所以である。

或いはまた、新間一美氏は夕顔形象の背後に「任氏伝」の色濃い影響の跡を辿られる(49)が、任氏もまた、神女賦や洛神賦の神女の系譜に在る美女であることが、「瞥然（ほのか）」に任氏を見た、という言葉の使い方に明かされるという。もとよりこの神女の霊魂出現の描写にしばしば用いられる「ほのか」こそは、「容貌なむ、ほのかなれど、いとらうたげにはべる」（二二三頁）など、夕顔をめぐってなお現れる語であった。「任氏伝」の取り込みもまた、その意味で夕顔の巫女性を支えるものとなり得ている。

さて、遊女、そして巫女の糸がその人をめぐりさまざまに張り巡らされた夕顔を、源氏の目は、「ひたぶるに従ふ心はいとあはれげなる人」（二二九頁）と捉えるのだが、その魅力は、どのように詳述されているのだろうか。

かかる筋は、まめ人の乱るるをりもあるを、いとめやすくしづめたまひて、人の咎めきこゆべきふるまひはしたまはざりつるを、あやしきまで、今朝のほど昼間の隔てもおぼつかなくなど、思ひわづらはれたまへば、かつはいともの狂ほしく、さまで心とどむべき事のさまにもあらずと、いみじく思ひさましたまふに、人のけはひ、いとあさましく柔らかに、おほどきて、もの深く重き方はおくれて、ひたぶるに若びたるものから、世をまだ知らぬにもあらず、いとやむごとなきにはあるまじ、いづくにいとかうしもとまる心ぞと、かへすがへす思す。　（夕顔　二二六―二二七頁）

一七歳の青年光源氏を「今朝のほど昼間の隔て」さえ惜しまれるほどの「あやしき」恋に駆り立てたものは、もの柔らかな若々しいおおどかさを湛える「人のけはひ」だったという。男を知らぬでもない若い女君の、底深い柔らかなあえかさが、「いとめやすくしづめ」過ごしてきた光源氏の日常を、根源から揺さぶり、魅了し、日頃の生の在り方を越える恋の情熱を定位する構造が見事に伝わる文脈と言える。源氏は、その限りもないあえかさの中に、たとえば「いとものをあまりなるまで思ししめたる」（二二二頁）人柄の、六条の貴婦人との感情の齟齬といった、さまざまの葛藤を解き放たれ、「息長川と契り」交すよりほかない一時に輝く充足を見出していた。

「はなやかならぬ」「細やか」に可憐な容姿も、戦きながら「うちとけゆく」（二三七頁）たおやかな素直さも、源氏の目に「心苦し」「らうたし」と繰り返し見取られている。少なくとも男君の目にそう映じるばかりだった可憐ないじらしさに、「なほうちとけて見まほし」（二三一頁）と心を惹きつけられ、我を忘れて「人の思はむところ」（二三二頁）への配慮ものかは、「なにがしの院」にその人を伴う行動に及ぶまで、源氏の恋の在り方には、あたかも一時の夢にも似た日常を遥かに越える美しさが潜められている。源氏の目に映る、限りもないあえかに柔らかな魅力は、まさしくその日常を越え、心身を解き放ち得るという意味において、「聖なるもの」と通底するのではなかったか。

夕顔とのこのような恋の在り方の中に、物語は、巫女の系譜に繋がる遊女の聖性を描き込めた、と述べることが許されようか。次に掲げる『源氏物語』中の唯一の「遊女」の語例が物語るように、遊女そのものについては、実は物語はかなり冷淡であると言ってよい。

遊女どもの集ひ参れる、上達部と聞こゆれど、若やかに事好ましげなるは、みな目とどめたまふべかめり。されど、いでや、をかしきことももののあはれも人柄こそあべけれ、なのめなることをだに、すこしあはき方に寄りぬるは、心とどむるたよりもなきものを、と思すに、おのが心をやりてよしめきあへるも、うとましう思しけり。（澪標(二)　二九七―二九八頁）

好き者の若い上達部が遊女に好奇心をそそられるのに対し、源氏その人は「よしめきあへる」一群れを「うとまし」と見取るのみだったという。むしろ物語は、既に聖性を失った風俗としての現実の遊女の描写にではなく、性の回路を通して聖なるものを幻視する古代心性を刻み上げるのに、夕顔というあえかな女君を選び取ったのだった。その意味で、折口の説く、遊女＝巫女説は、『源氏物語』の中に夢にも似た美しい言葉の結実を得ていると述べることが許されよう。

さらに時代の下る作品であるのにもかかわらず、『更級日記』があたかも遊女の聖性を掬い上げるかのような記述を残しているのは興味深い。

麓に宿りたるに、月もなく暗き夜の、闇にまどふやうなるに、遊女三人、いづくよりともなく出で来たり。五十ばかりなる一人、二十ばかりなる、十四五なるとあり。庵の前にからかさをささせて据ゑたり。をのこども、火をともして見れば、昔、こはたと言ひけむが孫といふ、髪いと長く、額いとよくかかりて、色白くきたなげなくて、「さてもありぬべき下仕へなどにてもありぬべし」など、人々あはれがるに、声すべて似るものなく、空に澄みのぼりてめでたく歌をうたふ。……見る目のいときたなげなきに、声さへ似るものなくうたひて、さばかりおそろしげなる山中に立ちてゆくを、人々あかず思ひてみな泣くを、幼き心地には、ましてこのやどりを立たむことさへあかずおぼゆ。

（『更級日記』[50]二二―二三頁）

孝標女が、「光の源氏の夕顔、宇治の大将の浮舟の女君のやうにこそあらめ」（三六頁）の記述をことさら残す夕顔贔屓であることを顧みる時、この闇の中からいづこともなく現れ、また消えていった足柄山中の三人の遊女の中に、この世ならぬ美しさを見出し得た少女の心象の底深く、聖なる遊女夕顔の面影が沈んでいたことを見取るのは、余りにも穿ち過ぎというものではあろうが。

五　三輪山伝説をめぐって

さて、源氏と夕顔との交渉は、「女、さしてその人と尋ね出でたまはねば、我も名のりをしたまはで、いとわりなくやつれたまひつつ、例ならず下り立ち歩きたまふ」（二二五頁）と、互に素姓を明かさぬままに始まった。不審に思う女が「暁の道をうかがはせ」ても、源氏は行方を晦ませ、さらに「いとことさらめきて、御装束をもやつれたる狩の御衣を奉り、さまを変へ、顔をもほの見せたまはず、夜深きほどに、人をしづめて出で入りなどしたまへば、……」（二二七頁）と記される通いぶりは、先学の説かれる[51]ように明らかに三輪山伝説、神婚譚の話型を踏まえてのものと言える。たとえば『古事記』崇神天皇の条には、「容姿端正《うるは》し」い活玉依毘売の許に、夜半人知れず通い続ける「壮夫」があってやがて懐妊、父母の教えのまま密かに前夜「衣の襴に刺」した針の跡を辿ったところ、三輪山の神、即ち大物主神が男の正体であることが解明されたという挿話がある。同じく『古事記』神武記の勢夜陀多羅比売との神婚、或いは『日本書紀』崇神天皇の条の倭迹迹日百襲姫命とのそれによれば、大物主神は蛇体であったという決着が付き、いわゆる蛇婿譚と呼ばれる話型ともなることは周知のところである。「昔ありけん物の変化めきて」（二二七頁）と自ら話型の在処を種明かししつつ、三輪山伝説をここに導入することによって、物語が二人の世俗的な身分の差異を越えての、幻想的とも言える恋の至上世界の展開を描き得たことは、またさまざまに指摘される通りである。(52)

と同時に、この三輪山伝説の導入こそは、最も端的に夕顔の巫女性を証し立てる機能を負っていたのではなかったか。巫女とは「神の嫁」(53)から出発したものにほかならない。三輪山の神が光源氏に当たるのだとすれば、神の嫁、活玉依毘売こそは夕顔に重ね得る。と柳田国男が「三輪の大物主神の御妻にして神職の祖神」(54)と述べるところでもあった。夕顔は、その意味で聖なる神の妻としての巫女に透き見られているのである。一方記紀共々の中に、崇神朝に災をもたらし祟りをなす神として立ち現れる大物主神が、光源氏その人に重ねられているのは偶然だろうか。東宮より天皇へという道筋から弾き出された外側に在って、にもかかわらず藤壺と繋がることにより、したたかに王権を絡め取っていく光源氏の不逞な力とも言うべきものを、祟りをなす神としての大物主神の一面との二重写しの中に読み取る可能性も、また否み難い。ともあれ、顔を隠したまま源氏が通い続けたという不自然さ、或いは夕顔の花の手引きをした随身を供にしつつ、なお素姓を隠していたとする無理も、三輪山伝説の話型導入が、神の嫁なる夕顔の巫女性をさらに強固にするためにも、どうしても必要だったことを自ずから証し立てるものとして読み解き得るのかもしれない。

そしてまた、「夕露に紐とく花は玉ぼこのたよりに見えしえにこそありけれ　露の光やいかに」（二三五頁）と、源氏がその存在を露にした直後、彼女の死が訪れるのも、あたかも大物主神の正体を櫛笥の中に見取った倭迹迹日百襲姫命の自死を重ねるかのようである。(55)男君を見あらわした時、巫女、夕顔の死は行く手に定められたものになったのだった。或いは、「『山の端の心もしらでゆく月はうはのそらにて影や絶えなむ　心細く』とて、もの恐ろしうすごげに思ひたれば、……」（二三四頁）、「物をいと恐ろしと思ひたるさま」（二三七頁）など畳みかけるように記される、異様な怯え様に誘われるかのように、もののけが立ち現れるのは、巫病の発生とも関わる問題なのだろうか。巫病の発生と成巫による本復という巫者の成立過程に、「物の怪にとりつかれやすい憑霊タイプの女君」夕顔と浮舟とを置く関根賢司氏の指摘[56]も思い起こされる。三輪山伝説を負いつつ、死を招き寄せた夕顔は、さらにその死がもののけによる怪死であることによって、二重に巫女としての存在を主張している。

玉鬘が、母夕顔のさすらいを受け継ぐかたちで遙かに九州に流離し、立ち戻って六条院夏の殿に源氏と共に添い伏しつつ、庭の篝火を見る時、そこに去りやらぬ霊魂としての夕顔を招き寄せる結果になった[57]のは、さらに夕顔の巫女性、霊的な敏感さとも言うべき資質を、その死後なお裏付けたということではあるまいか。篝火の下、招き寄せられた夕顔の霊が、源氏の手から玉鬘を護り、幸福な結婚へと導いたのだとも言われる[58]。

夕顔は、遊女、そして巫女の彩糸をさまざまに負わされた存在として、古代の人々の心性に潜められた聖なる性の輝きを、あえかに放ち続ける。遊女、巫女性の証《あかし》としてこそ、とりあえず夕顔は自らの側から歌を詠みかけることによって物語を導かねばならなかった。夕顔の存在の背後には、性の回路を通して聖なるものを幻視した古代の人々の心性が深々と潜められているのであった。その意味での夕顔の存在の重さを確認しておきたいと思う。

注

（1）『夕顔という女』（笠間書院　昭50）

(2)　藤井貞和「三輪山神話式語りの方法そのほか——夕顔の巻——」『共立女子短期大学文科紀要』（昭54・2）、のち『源氏物語論』（平12　岩波書店）所収。

(3)　木村正中「夕顔の女」『講座源氏物語の世界』㈠（昭55　有斐閣）、のち中古文学論集㈤『源氏物語・枕草子他』（平14　おうふう）所収。

(4)　但し、最近の日向一雅氏の「夕顔巻の方法——『視点』を軸として——」『国語と国文学』（昭61・9）（のち『源氏物語の王権と流離』（平元　新典社）所収）は、「心あてに……」の歌の「夕顔の花」を夕顔の女をさすとみることなど、黒須説を受け継ぐ点が多い。

(5)　「聞書夕かほの上の哥也　但官女なとのよめるにても有へし……箋義曰木枯の女のことくならは此哥尤夕皃上の詠なるへし　夕皃上はさやうのかろ〳〵しき人にはあらす　自哥とは称しかたし　自然官女なとの私の義としてかくのことき時相かはりて詠する事も有へし……箋聞義は前同し　是は頭中将と見なしてしたなるへしと云々」（『岷江入楚』夕顔二三三頁、昭59　武蔵野書院）

(6)　(2)に同じ。

(7)　「『夕顔』巻の冒頭について」『太田善麿先生退官記念論文集』（昭55　表現社）

(8)　「夕顔と遊女性」『源氏物語私見』（昭49　新潮社）

(9)　『源氏物語の女性たち』（昭62　小学館）二一九頁。

(10)　『古今和歌集全評釈　下』（昭58　右文書院）九八九頁、なお(9)にも竹岡説が引かれる。

(11)　(7)に同じ。

(12)　高橋亨氏は、「朝顔の花を侍童が折って献上する情景なども、夕顔との出会いの場面と、映像のネガとポジのように照応する」と述べられている。（「夕顔の巻の表現——テクスト・語り・構造」『物語文芸の表現史』（昭62　名古屋大学出版会））

(13)　(2)に同じ。

(14)「あまゆ」とは、「ゆるんだ、鈍い、しどけない状態になる」意であるという。(尾崎知光『源氏物語私読抄』(昭53　笠間書院))一〇〇頁。
(15) 小学館日本古典文学全集に拠る。ただし最新の注釈書として、岩波新日本古典文学大系は同様の解釈を記すが、小学館新日本古典文学全集は、「当て推量にあのお方かしらと見当をつけております。白露の美しさで、こちらの夕顔の花もいっそう美しくなります」としている。
(16) 今井源衛「夕顔の性格」『平安時代の歴史と文学・文学編』(昭56　吉川弘文館)、のち『源氏物語の思念』(昭62　笠間書院)所収。
(17) (16)に同じ。
(18)『傀儡子記』岩波思想大系本、一五八頁。女の傀儡子の実体は、遊女と変わらぬものであったとされる。
(19)「和歌の対人性——求婚の歌と物語——」『国語と国文学』(昭58・5)、のち『古代和歌史論』(平2　東京大学出版会)所収。
(20) 本文は、岩波思想大系に拠る。
(21) (8)に同じ。
(22)『扇　性と古代信仰』(昭59　人文書院)
(23) ある人の扇をとりてもたまへけるを御覧じて、大殿誰がぞと問はせ給ひければ、それがと聞えたまひければ、とりて、うかれ女の扇と書きつけさせたまへるかたはらに
越えもせむ越さずもあらむ逢坂の関もりならぬ人なとがめそ(『和泉式部集』)
(24)『遊女の文化史』(昭62　中公新書)
(25)「巫女と遊女と」『折口信夫全集』㈦　芸能史篇1(昭31　中央公論社)
(26)『日本巫女史』(昭59　パルトス社)
(27)「巫女考」「妹の力」『定本柳田国男集』㈨(昭37　筑摩書房)

(28)「遊行女婦から遊女へ」『日本女性生活史』㈠（平2　東京大学出版会）
(29) 黒須重彦「班婕妤と夕顔」『文学』（昭57・2）
(30) 小学館日本古典文学全集「夕顔」二一一頁頭注。
(31) これまでの所で掲げた三八例中の二七例以外の、一一例の扇について簡単に触れておく。少女時代の紫の上の髪の比喩表現として「髪は扇をひろげたるやうにゆらゆらとして」（若紫）が一例、同じく髪の比喩として浮舟をめぐる「髪は五重の扇を広げたるやうに」（手習）がある。また、中の君の言葉、「扇ならで、これしても月はまねきつべかりけり」（橋姫）に、「入る日をかへす撥」の故事を誤解しての、「月をまねく扇」の表現がみえる。各々、比喩、または故事をめぐる表現ということで、女君自身の持つ扇というレベルとは別の位相を考えねばなるまい。
さらにいわゆる召人である中将の君（幻）、小宰相（蜻蛉）が各々扇と共に姿を現している。また、伊予に下向する空蟬への源氏からの贈り物（夕顔）、玉鬘の裳着のための女房たちへの祝儀の品（行幸）の中にも、各一例、扇の語例がみえる。童女の持つ扇は、朝顔の巻に一例示されるが、さらに「扇の風だにまゐれば、いみじきことに思いたるを、……」（扇の風が吹いてきても、明石姫君は、雛の殿が倒れはしないかと、御心配ですのに……）（野分）の扇も、童女（または女房）の扇の送る風と解してよいのかもしれない。残る一例は、父内大臣の目に晒される雲居雁のしどけない昼寝姿をめぐる用例（常夏）であって、或いはこれは論の中に既に掲げた螢の巻の玉鬘や、宿木の巻の中の君をめぐる、男性の好色の視線の下での扇という型と、ほぼ重なるものであろうか。いずれにせよ一一例の分布は、各々ばらばらで、少なくとも特定の女君に集中するものではないことが確認される。

なお、『源氏物語』の扇に言及する論考として、小林茂美「源典侍物語の伝承構造論」『源氏物語論序説』（昭53桜楓社）、小林正明「白い扇の女たち」『物語研究会会報』（昭62・8）などがある。
(32)『宇津保物語』に、「禊」と結び付く扇の例のあることを付け加えておく。
（尚侍のおとど、扇に書きて一の宮にたてまつれ給ふ、
木綿かけて禊をしつつ諸共に有明の月を幾夜待たまし　「国ゆづりの中」）

(33)　(24)の書に整理されている。
(34)　小学館日本古典文学全集「夕顔」二一〇頁頭注。
(35)　野口武彦『花の詩学』(昭53　朝日新聞社)二一九頁。
(36)　(34)に同じ。
(37)　「白のフォークロア」『原初的思考』(昭49　大和選書)
(38)　「遠野物語」『定本柳田国男集』㈣(昭38　筑摩書房)
(39)　「跋——一つの解説」『早川孝太郎全集』㈡(昭47　未来社)
(40)　本文は、小学館古典文学全集に拠る。
(41)　村上道太郎『色の語る日本の歴史』㈠(昭60　そしえて文庫)
(42)　柳田国男「巫女考」(27)に同じ。
(43)　村上道太郎『色の語る日本の歴史』㈡(昭60　そしえて文庫)
(44)　(42)に同じ。
(45)　用例の検討に当たっては、伊原昭『日本文学色彩用語集成——中古——』(昭52　笠間書院)を参照した。
(46)　国文注釈全書に拠る。
(47)　野村精一編『孟津抄』下巻(昭57　桜楓社)に拠る。
(48)　後藤祥子「三輪・葛城神話と『夕顔』『末摘花』」『源氏物語の史的空間』(昭61　東京大学出版会)
(49)　「もう一人の夕顔——帚木三帖と任氏の物語——」『源氏物語の人物と構造』(昭57　笠間書院)、「夕顔の誕生と漢詩文——「花の顔」をめぐって——」『源氏物語の探究』㈩(昭60　風間書房)
(50)　本文は、新潮日本古典集成に拠る。
(51)　高崎正秀「源氏物語『夕顔』巻の成立——三輪山式神婚譚の系譜」『源氏物語論』(昭46　桜楓社)、三谷栄一「夕顔物語と古伝承」((3)の書に同じ)、また(2)参照。

(52)(3)など。
(53)石上堅『日本民俗語大辞典』(昭58 桜楓社)二四八頁。
(54)「妹の力」
(55)(19)に同じ。
(56)「シャーマニズム」『物語空間』(昭63 桜楓社)
(57)藤井貞和「物語と祭祀——神話としての源氏物語」『悠久』(昭55・4)、のち(2)の書に所収。
(58)(57)に同じ。

5 若紫の巻をめぐって――藤壺の影――

若紫の巻は、『伊勢物語』初冠段を踏まえ、ゆくりなく垣間見た童女、若紫の養育譚として、ひとまず成立したと説かれている。阿部秋生氏、玉上琢弥氏などによって拓かれたこうした成立論の視座は、さらにこの短篇物語、童女養育譚こそが、『伊勢物語』を大きく取り込むことによって誕生した『源氏物語』の始発であることを明かすものであった。

『伊勢物語』の与えた影響の大きさが、さまざまの角度からなお確認される一方で、物語の最初の出発のかたちはともあれ、少なくとも現存の『源氏物語』という長篇作品の中に位置付けられた若紫の巻は、既にそこから大きく離脱するものを孕んでしまっているという方向から、大朝雄二氏(1)、伊藤博氏(2)などの論が展開されることとなり、当該巻は幾多の論の対象となっている。

本稿ではそれらの先学の論に導かれつつも、一見したところ紫の上発見、二条院引き取りの巻とみえる当該巻は、予想以上に藤壺の存在が重い巻なのではあるまいか、否、むしろあらゆる意味で藤壺の影に大きく覆われた巻と見得るのではないか、という見通しに立って、改めてその表現の構造を探ってみたい。藤壺の影の大きさと相俟って、光源氏の生の原点とも言うべきものが据えられる巻であり、その意味でほかならぬ長篇の骨格を見事に用意する巻として捉えられるものであることを予測的に述べておく。

一 「瘧病」、「なにがし寺」——藤壺ゆえに——

瘧病にわづらひたまひて、よろづにまじなひ、加持などまゐらせたまへど、しるしなくて、あまたたびおこりたまひければ、ある人、「北山になむ、なにがし寺といふ所に、かしこき行ひ人はべる。去年の夏も世におこりて、人々まじなひわづらひしを、やがてとどむるたぐひあまたはべりき。ししこらかしつる時はうたてはべるを、疾くこそこころみさせたまはめ」など聞こゆれば、召しに遣はしたるに、「老いかがまりて室の外にもまかでず」と申したれば、「いかがはせむ。いと忍びてものせん」とのたまひて、御供に睦ましき四五人ばかりして、まだ暁におはす。（若紫㈠　二七三頁）

若紫の巻冒頭、瘧病の発作に悩む源氏が、北山に赴くことが記される。周知の通り、春日の里に狩りに出掛ける「昔男」を下敷きにしての記述と説かれるところである。こうして「昔男」が「女はらから」を垣間見て心ときめいたように、北山の地での思いよらぬ美少女垣間見が導かれることになる。

一方、狩りに行く健康な若者と、病気に悩む貴人という対照が選び取られたのは、「春日の里」（都の南）に対する「北山」（都の北）といった、パロディとしての対応の妙味を単に狙ってのことなのではあるまい。「病」という設定には、それのみに覆い得ぬ根深い問題が潜められていることが既に説かれている。(3)即ち「藤壺との情事に憑かれた光源氏の精神状態それ自体が《病》という素材で先取りされ象徴されている」と、島内景二氏は述べられ(4)、さらに飯沼清子氏は、末摘花の巻に「瘧病にわづらひたまひ、人知れぬもの思ひのまぎれも、御心のいとまなきやうにて、春夏過ぎぬ」（三五〇頁）とある記述から、藤壺への恋の懊悩故に生じた病として「瘧病」を検証することができるとされる(5)。

或いはまた、「三位中将」が「瘧病」を患い北山（または東山）で加持を受けるという「宇治大納言物語」等の説話的素材が、若紫の巻冒頭に影を落としているのだとする指摘(6)をも合わせ、光君の「瘧病」なる設定を、極めて意識的に選び取られたものとして読み取ることが許されるであろう。そしてまた、藤壺への恋故の懊悩のもたらす病であることは、次の点からも確認される。

「暮れかかりぬれど、おこらせたまはずなりぬるにこそはあめれ。はや帰らせたまひなん」とあるを、大徳、御物の怪など加はれるさまにおはしましけるを、今宵はなほ静かに加持などまゐりて、出でさせたまへ」と申す。（二七九頁）

「御物の怪」について『岷江入楚』（秘箋）は、「御物のけなとゝかける前の夕㒵巻よりの心をおもはへてことにそのよせあるにや(7)」と記すが、時期的な隔たりからも、諸注の説くように若紫の巻の病と夕顔の巻のそれとは別種のものとみる方(8)が妥当である。とすれば、この「もののけ」は六条わたりの貴婦人や廃院の怪とは全く別のものである。瘧病に悩む光源氏には、実体の明確でない「もののけ」が取り憑いているらしいので、発作が治まっているからといって油断は禁物だと大徳は用心を勧める。

一方、

さても、いとうつくしかりつる児かな、何人ならむ、かの人の御かはりに、明け暮れの慰めにも見ばや、と思

ふ心深うつきぬ。　（二八三―二八四頁）

とは、少女若紫を垣間見ての、源氏の滾る思いを述べる一文であった。「思ふ心深うつきぬ」とある。何かわけの分からぬ正体不明の情動に衝き動かされて、という語感である。第二部柏木の巻「尼にもなりなばやの御心つきぬ」（四二九一頁）と記された女三の宮の思いが、六条御息所の死霊に取り憑かれてのそれであったことが既に検証されている。(9)

「御物の怪など加はれるさまにおはしましける」と大徳がいみじくも推測した光源氏の心身は、藤壺をめぐっての冥い情動に深く蝕まれていた。いとけない童女を、藤壺との面差しの相似故に、手許に引き取って心の慰めとしたいとの思いは、「もののけ」に憑かれたとでも言うよりほかない、異様な情動に衝き動かされてのものであった。「もののけ」の実体はあくまでも不明であり、まして藤壺その人とは無縁である。しかし、「思ふ心深うつきぬ」「御物の怪」「瘧病」は響き合って、何ものかに取り憑かれた光源氏の心身の不安定さを物語るものとして読み取り得るのである。

さて、病を癒すための加持祈禱は、言うまでもなく平安貴族の日常生活に密着した習俗としての仏事であった。藤壺をめぐる思いに根差した瘧病という設定は、その意味で当然仏教的な空間を日常習俗の中から自ずと導き出すものとして機能することとなる。北山の「なにがし寺」という空間がこうした用意された。「なにがし寺」については、古注以来の鞍馬寺説の他に、霊岩寺、高岑寺、岩倉大雲寺、神名寺等、諸説分かれるところであり、(10)(11)またさらに三田村雅子氏は、これらの寺々のすべてを、さまざまな層において充たし得る容器としての「なにがし寺」の表現性に、いっそう注目すべきことを指摘された。(12)王朝文学作品に登場する京都北方の遠郊地帯の寺院は、延暦寺と鞍馬寺が中心であって、(13)「やま」と称される延暦寺に対する「北山」が鞍馬寺であったことを顧みても、「なにがし寺」には、少なくとも「鞍馬寺＋アルファ」のイメージが結ばれるように思われる。

さらに、鞍馬とは「黒」あるいは「暗」の連想が、類音を契機として成立するだけでなく、鞍馬自体の状況にも、鞍馬往訪の人間にも存在したのではないか」と説明される、(14)密かに一人赴く場所というイメージを負うものであった。「いと忍びてものせん」（二七三頁）「いみじう忍びたまひければ」（二八三頁）「いたう忍びはべりつる」（二八四頁）等、源氏の北山行きはとりわけ人目を忍ぶものとして象られている。「832すみぞめのくらまの山にいる人はたどるたどるも帰りきななん」（『後撰集』）等のイメージに重ねられよう。

一方、「くらぶの山に宿も取らまほしげなれど、あやにくなる短夜にて、あさましうなかなかなり」（三〇五―三〇六頁）なる、藤壺との逢瀬を語る一節がここに想起される。「くらぶの山」→「暗闇」という連想によって、闇の夢の中に在り続けたいとする源氏の想いを浮き彫る周知の箇所である。「くらぶの山」「くらぶ山」は、『古今集』『後撰集』『金葉集』等の用例からみて、鞍馬山を包含するような根強い歌語であったのではないかと小町谷照彦氏は説かれている。(15)「くらぶの山」は鞍馬山である。「暗」「黒」、「鞍馬」という繋がりがここで結ばれ、冒頭の「なにがし寺」を自ずから種明かしするという構造が取られているのではなかろうか。

拓かれた仏教的空間が、北山、なにがし寺、即ち「鞍馬寺」に映像を結ぶものであることは、同時に「暗」「黒」というイメージを巻冒頭から底流させることになる。「山の桜はまださかりにて、入りもておはするままに、霞のたたずまひもをかしう見ゆれば、……」（二七四頁）と、分け入る山の風景は清らかに美しく、また、「明けゆく空は、いといたう霞みて、山の鳥ども、そこはかとなう囀りあひたり。……」（二九四頁）と、一夜明けての晩春の暁の山の風物の清澄さがあくまで強調されるが、一方で、瘧病を患い、「暗」にイメージを繋ぐことのできる北山、「なにがしの寺」に赴く主人公が、暗く滾る情念を潜めたものであることは、冒頭から確認される。藤壺との逢瀬が若紫の巻ではじめて具象化されるのは、この意味からも決して偶然ではない。

二　光源氏の罪をめぐって

暁方に北山に赴き、加持を受けるうちに「日高くさしあがりぬ」（二七四頁）と時が移る。さらに、その後「君は行ひしたまひつつ、日たくるままに、いかならんと思したるを」（二七五頁）とあるから、源氏自ら病気平癒を求めて「行ひ」をしていたことになる。亡き夕顔の供養のための「念誦」（夕顔(一)二六六頁）は措くとして、源氏自身が自らの心身のために、「行ひ」（『岷江入楚』によれば「念誦なとのさま也」とある）に取り組んだのはこれが最初である。病気平癒という端的な現世利益を求めての「行ひ」(16)にほかならぬものとは言え、源氏が自身の情念を、仏教の側から照らし見るための下地は周到に用意されているとみるべきではないか。

人なくて、つれづれなれば、夕暮のいたう霞みたるにまぎれて、かの小柴垣のほどに立ち出でたまふ。人々は帰したまひて、惟光朝臣とのぞきたまへば、ただこの西面にしも、持仏すゑたてまつりて行ふ、尼なりけり。簾すこし上げて、花奉るめり。中の柱に寄りゐて、脇息の上に経を置きて、いとなやましげに読みゐたる尼君、ただ人と見えず。（二七九—二八〇頁）

源氏の視線に寄り添った語り手によって、見下ろされた空間に繰り広げられる光景が示される、有名な垣間見の場面である。北山なにがし寺に場を設定しての垣間見なのだから、尼や僧侶が登場するのは当然とも言えようが、「ただ人と見え」ぬ尼姿の人が「なやましげに」経を読む、病篤い人として当初から姿を見せるものであることに注意したい。病篤い尼君故に、「雀の子を犬君が逃がしつる」（二八〇頁）と、べそをかいて駆け込んできた孫娘若紫に、「いで、あな幼や。言ふかひなうものしたまふかな。おのがかく今日明日におぼゆる命をば、何とも思したらで、雀慕ひたまふほどよ。罪得ることぞと常に聞こゆるを、心憂く」（二八一頁）という具合に、命のはかなさ、死、或いは生き物を捕えることの罪という仏教的思惟に発する言葉が、まことに自然に口を突いて出ることになる。眉さえけぶる可憐な童女に吸い寄せられるように、源氏の視線が引き付けられ、「さるは、限りなう心を尽くしきこゆる人に、いとよう似たてまつれるが、まもらるるなりけり、と思ふにも涙ぞ落つる」（二八一―二八二頁）状態であると同時に、光源氏はまた、童女と向き合う尼君その人をも見つめ続けている。死を間近く予感して泣く尼の姿に、「すずろに悲し」（二八二頁）と、わけもなく胸を締めつけられる思いを源氏は嚙み締めているのである。

北山の奥深く、ゆくりなく垣間見た稚純な若紫の姿に心奪われる貴公子の、若々しい恋の物語の背景は、しかし「名香の香など匂ひ満ちたる」（二八五頁）極めて仏教的な空間であり、その中に病める尼君が「若草をおくらす露ぞ消えんそらなき」（二八二頁）と、命のはかなさを嚙み締め呟くものであった。

僧都、世の常なき御物語、後の世のことなど聞こえ知らせたまふ。わが罪のほど恐ろしう、あぢきなきことに心をしめて、生けるかぎりこれを思ひなやむべきなめり、まして後の世のいみじかるべき、思しつづけて、かうやうなる住まひもせまほしうおぼえたまふものから、昼の面影心にかかりて恋しければ、……（二八六頁）

尼君の兄に当たる「心恥づかし」き（二七五頁）北山僧都が、庵室の南面に源氏を招じ、「無常の法理」（『岷江入楚』）を説き聞かせたのは、垣間見場面の後である。法話を説くことは僧侶の慣わしというものであろうが、それに対する源氏の感慨、「わが罪のほど恐ろしう、……」との思いは特異なものと言える。「あぢきなきこと」とは古注以来説かれてきたように、もとより藤壺への思いにほかならない。源氏は、ここでかつて一度逢瀬の時を持つに至った藤壺への愛執を、後の世までの罪として嚙み締めているのである。それ故「かうやうなる住まひ」、即ち出家生活への憧れが示されることになる。

一方、古代においては、人妻との道ならぬ恋も、庶母との結婚も、社会制度的な意味で必ずしもタブー視されるものではなかったと、藤壺との密通をめぐって検証されている。[19]「王権のタブー」、即ち「皇統を乱して冷泉院たるかれらの実子を帝位へつけてゆくということ」だけがそれをめぐって残るのだとすれば、当該箇所ではまだ懐妊さえ仄めかされていないのだから、「罪」の根拠は解消してしまうことになる。にもかかわらず〈罪〉を本文《テキスト》の中に創出すべく取り込まれたのが、近親相姦のイメージを負った『伊勢物語』四九段（初段の「女はらから」を結束させての）であった[20]という。

同時に、この「罪」は、古代的な、と言ってよい大きな冥いエネルギーと、仏道とがぶつかり合う時はじめて誕生するものであったことを示すべく、周到に用意されたのが、これまで顧みた瘧病を患うことによって自ずと開かれた仏教的空間の中で、「行い」に取り組み、また、病む尼君の命のはかなさを思いめぐらす言葉に出会った光源氏の在り方であることが確認されよう。

三　光源氏の生の原点

用意された場面がそんなにまで周到であったのにもかかわらず、「昼の面影心にかかりて恋しければ」という具合に、出家願望が突き詰められず、紫の姫君の方に関心が移っていってしまっているということから、阿部秋生氏は、ここでの光源氏の論理は、「当時の貴族社会の人々が極く普通に知つてゐるものであつて、それが僧都の話をきつかけにして源氏の頭の中で展開した、といふだけのもので、その思考が源氏のこれからの行動に大きな変革——

──出家をひきだすものになるとは考へられない」とされ、それ故、この箇所を源氏の初発心の時と読むことはできないと述べられる。[21] 一方で斎藤暁子氏によって「道心の原点」と押さえられる当該箇所は、どのように読むのが妥当なのであろうか。[22]

　これより前たとえば空蟬の巻に、「我はかく人に憎まれても習はぬを、今宵なむ初めてうしと世を思ひ知りぬれば、恥づかしくてながらふまじうこそ思ひなりぬれ」（一九一頁）などの言葉がある。意のままにならぬ空蟬に業を煮やしての、小君への言葉の中にみえる「ながらふまじう」との出家願望は、言わば言葉の綾、辞令としてみるべきものだろう。けれども、若紫の巻当該場面のそれは、空蟬の巻の場合と同様のものとみるには、余りにもそれまでの場面が周到に整えられすぎている。仏教的空間の中での尼君の言葉や僧都の法話、また病気平癒を願っての「行ひ」は、源氏の心をある方向に導いてきたはずである。とすれば、「わが罪のほど恐ろしう、……」を、源氏の道心の始発と考えるよりほかあるまい。

　一方出家願望から、すぐさま紫の君に関心が移る源氏の在り方をどう捉えるべきなのか。

(a)うしと思ひしみにし世もなべて厭はしうなりたまひて、かかる絆だに添はざらましかば、願はしきさまにもなりなまし、と思すには、まづ対の姫君のさうざうしくてものしたまふらむありさまぞ、ふと思しやらるる。（葵(二)　四四頁）

(b)鏡に見ゆる影をはじめて、人には異なりける身ながら、いはけなきほどより、悲しく常なき世を思ひ知るべく仏などのすすめたまひける身を、心強く過ぐして、つひに来し方行く先も例あらじとおぼゆる悲しさを見つるかな。今は、この世にうしろめたきこと残らずなりぬ。ひたみちに行ひにおもむきなんに障りどころあるまじきを、いとかくをさめん方なき心まどひにては、願はん道にも入りがたくや。（御法(四)　四九九頁）

(a)は阿部秋生氏によって、光源氏がはじめて真剣に出家に思いを致した時と認定される[23]箇所であり、(b)は周知の源氏最晩年の述懐[24]と呼ばれる部分である。(a)において、正妻葵の上の死という大きな衝撃を受けた源氏は、出家を念じるけれども、一方「対の姫君」のことが第一の気掛かりでそれを遂げ得ないと語られる。（「絆」はこの場合、小学館本頭注に従って「当面している事態にかかわる人間関係」とみておく。）(b)では、紫の上を失った今、この世に心残りは何一つないけれど、その死別の悲しみ故の心惑いが出家生活に入る妨げとなっていると説かれる。さらに(b)と同じ論理を持つとされる[25]幻の巻の源氏の述懐には、「今なんつゆのほだしなくなりにたるを」との言葉がみえる。源氏の「惑ひ」[26]は最後まで、出家を遂げ得た彼の姿を物語に具象化することを許さぬものの、宿木の巻の回想叙述からやがての出家と死とが示されるのである。その最晩年の心境を語る言葉において、結局源氏にとって最も本質的な「ほだし」が、紫の上であったことを生涯の回顧の中に示していること、紫の上死後やがて出家生活に赴いたという源氏の在り方を顧みる時、自ずから源氏にとっての紫の上の意味は明らかであろう。葵の巻で示された紫の姫君への心掛かり故の不出家という構造は、結局最晩年に至ってもう一度最も根深く生涯を貫くものであったことが確認されているのである。

若紫の巻当該場面に戻ろう。源氏の生涯を貫く、出家を念じつつも一方に「ほだし」があって遂げ得ないという構造こそが、見事にこの場面に始発しているという言い方が許されるであろう。そして、その「ほだし」が、ほかならぬ「昼の面影」、紫の上と規定されているのである。須磨の流謫生活の中で、「かく、うき世に罪をだに失はむと思せば、やがて御精進にて、明け暮れ行ひておはす」（一八五頁）と仏道修行に専念する日々が象られ、また、栄華のただ中にあって「なほ常なきものに世を思して、今すこしおとなびおはしますと見たてまつりて、なほ世を背きなんと、深く思ほすべかめる」（絵合㈡三八二頁）など、出家を念じ続ける姿が示されることの根源に、藤壺をめぐる宿世の罪が横たわっていることを認めるのに異論はあるまい。深沢三千男氏の説かれるように、源氏の栄華が藤壺との密通に発するものである故に、「栄華の基盤から内発的に供給される不断の危惧感」(27)が、仏教修行へ、出家願望へと源氏を誘《いざな》うことになるのである。

源氏にとっての原罪とも言うべきものが、藤壺との体験によってもたらされたものであり、その罪故に出家に心引かれながらも、俗世にその生を繋ぐ「ほだし」もまた、藤壺ゆかりの人、紫の上であるという光源氏の人生の構造が、若紫の巻の「わが罪のほど恐ろしう、あぢきなきことに心をしめて、生けるかぎりこれを思ひなやむべきなめり、まして後の世のいみじかるべき、思しつづけて、かうやうなる住まひもせまほしうおぼえたまふものから、昼の面影心にかかりて恋しければ、……」の一文によって示されていると述べることができる。紫の上発見と、藤壺をめぐる犯しに発する罪の意識の確認とが重なっているのは、その意味からも偶然ではない。源氏は藤壺故に罪を担い、またその人故に「ほだし」を負って生き続けるのである。最も本質的な道心の原点としてこの一文をみる所以である。

暁方になりにければ、法華三昧おこなふ堂の懺法の声、山おろしにつきて聞こえくる、いと尊く、滝の音に響きあひたり。

吹き迷ふ深山おろしに夢さめて涙もよほす滝の音かな

「さしぐみに袖ぬらしける山水にすめる心は騒ぎやはする

耳馴れはべりにけりや」と聞こえたまふ。

明けゆく空は、いといたう霞みて、山の鳥ども、そこはかとなう囀りあひたり。名も知らぬ木草の花どもも、いろいろに散りまじり、錦を敷けると見ゆるに、鹿のたたずみ歩くもめづらしく見たまふに、なやましさも紛

れはてぬ。　　　　（二九三―二九四頁）

「懺法は六根の罪を懺悔して清浄に帰するといふ義也」（『岷江入楚』）とある。滝の音と読経の声とが響き合う山の一夜、「思しめぐらすこと」（二八九頁）が後から後から胸を去来し、煩悩に捉われつつ眠られぬ時を過ごした源氏の耳に、暁方懺法の声が届いてきた。懺悔を意味するその尊い響きに、さまざまの煩悩の「夢」も覚めたと源氏は感涙を催す。あたかも心身の浄化が北山の一夜をへてもたらされたかのように、暁の光の中で源氏の目が捉えたとおぼしき辺りの風景は清々しく明かるい。

或いはまた、「優曇華の花待ち得たる心地して深山桜に目こそうつらね」（二九五頁）との、北山僧都の優曇華の花に喩えての源氏讃美の視点、聖の「奥山の松のとぼそをまれにあけてまだ見ぬ花のかほを見るかな」との感涙にむせぶ歌の詠みぶり、さらに「聖徳太子の百済より得たまへりける金剛子の数珠の玉の装束したる、やがてその国より入れたる筥の唐めいたるを、……」と、僧都の贈り物によって源氏に聖徳太子のイメージを繋ごうとする語り口など、光源氏頌はさまざまな人物の目から繰り返し述べられる。明かるく清澄な山の風景、雰囲気と相俟つ源氏頌の視点の著しさは何を物語るものであろうか。北山僧都が法話を説き、源氏がそれ故にもおのが罪を確認し、一夜煩悩のとりことなりつつも、夜明けと共に物語の「罪」が浄化されたことを示し、新たな展開をはかるためのものと一つには認められるとしても、同時に「罪」が根深く源氏の生涯に絡め取られ続けるものであることも後の叙述が証し立てる。むしろここではようやく一旦病怠った若い貴公子を、外側から「目もあやなる」（二九五頁）と仰ぎみる仏教者の視線を導入することによって、その貴公子の内面の冥さ、罪というものに、ほかならぬ仏教者でさえ関知し得ないという皮肉な状況を浮き彫りにしているとみるべきではないか。一方で、限りなく王権に近付くという意味において、確かに聖徳太子と重なりながら、まことに密かな「罪」を抱えつつ、光源氏は生き続ける。

以上、藤壺故の瘧病という状況、瘧病によって拓かれた北山という仏教的空間での罪と、出家願望との画定、その一方での「ほだし」の定位という源氏の生の原点が、ここにいずれも藤壺と相関わりつつ構造化されたことを、ひとまず見取っておきたい。

四　「桜」の影

若紫の巻を流れる時間は、源氏一八歳の春から夏である。「三月のつごもりなれば、京の花、さかりはみな過ぎにけり。山の桜はまださかりにて、入りもておはするままに、霞のたたずまひもをかしう見ゆれば、……」（二七三—二七四頁）と、冒頭、山深く桜咲き誇る晩春の空間が提示されるのに始まって、若紫の巻前半には桜のイメージが強く結び付いているようである。源氏が北山に別れを告げる場面の贈答歌に、「桜」は繰り返される。

(a)「山水に心とまりはべりぬれど、内裏よりおぼつかながらせたまへるもかしこければなむ。いまこの花のをり過ぐさず参り来む。

宮人に行きて語らむ山桜風よりさきに来ても見るべく」

とのたまふ御もてなし、声づかひさへ目もあやなるに、

優曇華の花待ち得たる心地して深山桜に目こそうつらね

（二九四—二九五頁）

(b)……紺瑠璃の壺どもに、御薬ども入れて、藤桜などにつけて、所につけたる御贈物ども捧げたてまつりたまふ。

（二九五—二九六頁）

(c)御消息、僧都のもとなる小さき童して、

夕まぐれほのかに花の色を見てけさは霞の立ちぞわづらふ

御返し、

まことにや花のあたりは立ちうきとかすむる空のけしきをも見む　（二九六頁）

(a)は、花盛りの北山の風景を愛でての「いまこの花のをり」を過ごさず都人と共に再びこの地を訪れよう、との源氏の歌に対し、「深山桜」など比べ物にならぬ光君の美しさを讃える僧都の詠が示され、また(b)、僧都から源氏への「桜」の枝につけての贈り物と述べられる。いずれも花に包まれた北山の空間を定位する表現と認めることができる。

(c)は、そういう自然を象る表現に重ねて、「花」が、紫の上を喩える言葉として使われていることに特色がある。紫の上と桜との結び付きは、これに留まらず、帰京翌日の源氏の消息、尼君の返歌にも影を落とすこととなる。

(d)○面影は身をも離れず山ざくら心のかぎりとめて来しかど　（三〇二頁）

○嵐吹く尾上の桜散らぬ間を心とめけるほどのはかなさ　（三〇三頁）

夕霧の視点から「春の曙の霞の間より、おもしろき樺桜の咲き乱れたるを見る心地す」（野分㊂二五七頁）と、紫の上が捉えられていることなどと合わせて、一見これは物語における紫の上と桜との強い結び付きを意味する表現とみえるのだが、ここに一つの疑問が浮かび上がる。幻の巻で「外の花は、一重散りて、八重咲く花桜盛り過ぎて、樺桜は開け、藤はおくれて色づきなどこそはすめるを、……」（五一五頁）と記されているのにもかかわらず、樺桜に託して紫の上追慕の歌が詠まれることはなかったという事実である。これについて上坂信男氏は、「紫上遺愛の桜をめぐって匂宮のかわいい姿が大きく描き出されることと関係があるのだろうか。あるいは、源氏自身によって紫上の人柄を表わすにふさわしいものとして考えられていなかったからであろうか」と述べられる(28)のだが、今少し別の観点から、この問題を考えることはできないだろうか。

「桜」「花」と呼ばれ王朝和歌の世界に最もポピュラーであったこの花の、『源氏物語』正篇における用例をおおよそ顧みると、いわゆる密事、禁忌の色合いを帯びた逢瀬、恋をめぐる場面に桜が大きく影を落としているかにみえることに気付かされる。（この問題に関しては、(2) 5「『源氏物語』の「桜」考」に詳述する。）その人への執着を異様に深めるきっかけとなった柏木の女三の宮垣間見は、若菜上の巻「三月ばかりの空うららかなる日」に催された六条院の蹴鞠の遊びの折の出来事だった。「鞠に身をなぐる若者達の、花の散るを惜しみもあへぬけしきどもを」（一三三頁）見るのに夢中だった女房達の気の弛みが、女三の宮の「夕影」を人目に晒す結果を導いたという。柏木は、一瞬垣間見たその人の姿が目の前を去らず、虚けたように「ややもすれば、花の木に目をつけてながめやる」と述べられる。密通へ、滅びへと大きく突き進むきっかけとなった垣間見は、桜花爛漫たる六条院の庭を背景としている。

また、東宮に入内予定の右大臣家の六の君、朧月夜と源氏とが逢ったのは、言うまでもなく「南殿の桜の宴」（花宴(一)四二三頁）の一夜であった。藤壺とのもののまぎれとは比ぶべくもない軽さではあるものの、政敵とおぼしき右大臣家の、しかも東宮に入内予定の姫君との契りには、禁じられた恋の匂いが強い。事実、須磨退居の直接の原因となったのは、入内後の朧月夜との密会であった。或いは、先の野分の巻の夕霧の目が捉えた紫の上をめぐる比喩表現、「樺桜」を顧みよう。「まめ人」夕霧は、ここでまことに明白にはじめて垣間見た父の妻、紫の上に心を奪われている。柏木ならぬ夕霧によってこそ、藤壺犯しの裏返しの陰画の完成は本来あり得たはずであるとの指摘(29)が既にある。後年、幻の巻において源氏が樺桜を前に、紫の上追懐の歌を詠んでいないのは、むしろ物語にあっては夕霧の紫の上犯しの可能性に結び付くイメージを樺桜が負っていたためではなかろうか。

再び、若紫の巻に立ち戻ろう。確かに、紫の姫君を桜花と結び付けての表現が繰り返され、それは或いは一つには、紫の上と春という季節を結ぶイメージとして、六条院春の御殿の女主人という在り方に引き継がれていくとみてよいのかもしれない。そしてまた、若菜下の巻、光源氏の目を通してその人の美しさが、「花といはば桜にたとへても」（二八四頁）と捉えられもする。（但しその後すぐ、「対の上の、見しをりよりも、ねびまさりたまへらむありさまゆかしきに、静心もなし」と、義母への夕霧の並ならぬ関心に筆が移るのは偶然だろうか。）しかし、その死を前にして示された最も崇高な、と言ってよいその人の美は「来し方あまりにほひ多くあざあざとおはせしさかりは、なかなかこの世の花のかをりにもよそへられたまひしを、限りもなくらうたげにをかしげなる御さまにて、……」（御法㈣四九〇頁）と、桜花のイメージをかえって打ち消すものではあった。若紫の巻の桜花のイメージは、それ故、単に紫の上との結び付き、その人を象る表現ということにどうやら留まるまい。「夕まぐれほのかに花の色を見て……」の歌にしても、北山の黄昏の桜咲き桜散る風景を彷彿とさせる歌であって、ここでの「花」は、言ってみればたまたま桜花爛漫の中で見初めた姫君の美しさを象る記号としての機能を負っているということにもなろうか。紫の姫君の愛らしい姿に重ねられるイメージとして、同時に「初草」「若草」の語が繰り返されている。北山の自然、桜咲き乱れる風景が、そこに垣間見た少女を取り込むかたちで、こうして定位され巻前半の主調となった。

物語における桜と密事との結び付きを顧みる時、若紫の巻前半に桜が繰り返し登場することの意味が別の角度から押さえられるであろう。桜咲き乱れる空間こそは、密事の暗示、予感を潜めたものであった。「見てもまたあふよまれなる夢の中に……」（三〇六頁）と詠まれた逢瀬を導くものであると共に、或いは、「わが罪のほど恐ろしう、……」と源氏の顧みた藤壺との最初の逢瀬の時が、この直前、「京の花」の盛りの季節に持たれたものであることを示すものとしても読むことができまいか。それ故にも、源氏帰京後の、初夏五月「藤壺の宮、なやみたまふことありて、まかでたまへり」（三〇五頁）と、藤壺の心痛故の病が描かれるのである。「桜」は藤壺犯しの主調音に繋がるイメージをも担って、若紫の巻に取り込まれたのであった。

五　「おくて」の少女

北山に若紫を垣間見て後、源氏はさまざまに手を尽くしてその藤壺ゆかりの人に近付くことを試みる。「ただ心やすく迎へ取りて、明け暮れの慰めに見ん」（三〇一頁）との思いからである。しかし、その執心ぶりは他の人々の目には異様なものと映るだけである。「あやしきことなれど、幼き御後見に」（二八八頁）との源氏の申し出に対して、「いとうれしかるべき仰せ言なるを、まだむげにいはけなきほどにはべるめれば、戯れにても御覧じがたくや」と僧都の応答はにべもなく、また姫君に思いを寄せる歌を送られた尼君は、「あな、今めかし。この君や世づいたるほどにおはする、とぞ思すらん」（二九〇―二九一頁）と戸惑うばかりで、源氏が一心に訴えれば訴えるほど、「いと似げなきことをさも知らでのたまふ、と思して、心とけたる御答へもなし」（二九三頁）と黙り込むほかない状態であった。

尼君や僧都の視点が、源氏の重ね重ねの申し出に対して「あなかたはらいたや、いかが聞こえん、と思しわづらふ」（三〇三頁）との困惑を極めるものであるのと軌を一にするかたちで、「さもかからぬ隈なき御心かな、さばかりいはけなげなりしけはひをと、まほならねども、見しほどを思ひやるもをかし」（三〇三頁）と惟光の目もまた、主人の物好きを半ば呆れて見取るばかりである。それでも惟光は、源氏の命に従って少納言の乳母に主人の意を詳細に伝えるのだが、姫君側の人々の反応はもとより「ゆゆしうなむ誰も誰も思しける」（三〇四頁）というものであった。光源氏の目から若紫が捉えられ、源氏の側からは藤壺との相似故の執心は誠に当然なのだが、一方若紫の巻には僧都、尼君をはじめとする源氏以外の人々の視点もさまざまに導入されていて、それらの目が源氏の執心の異様さを繰り返し証し立てるという構造が取られている。

もとよりそれが、いぶかしく異様なものと捉えられるのは、姫君のたわいない幼さの故である。顔を赤くして泣きながら駆け込んでくる垣間見の場面に始まって、いかにも生き生きとした若紫の無邪気な子どもらしさはまた繰り返し象られている。「宮の御ありさまよりも、まさりたまへるかな」（二九八頁）と源氏の美しさに感動している姫君に、女房が、「さらば、かの人の御子になりておはしませよ」と戯れれば、「うちうなづきて、いとようありなむ、と思し」、その後は「雛遊びにも、絵描いたまふにも」源氏の君をこしらえ、大切にするのだった。尼君の病気見舞にことよせ邸を訪れ、なお姫君への思いを尼君に訴える源氏の姿に、それとも知らず「上こそ。この寺にありし源氏の君こそおはしたなれ。など見たまはぬ」（三一二頁）と語る姫君の無邪気さには、源氏ならずとも微笑を誘われる。

こうした姫君の幼さは、しかし「十ばかり」（二八〇頁）（或いは一二歳との説もある[31]）という年齢を顧みる時、いかにもふさわしからぬ「おくて[32]」であるという以外ない。物語自体の中で既にそれは「かばかりになれば、いとかからぬ人もあるものを」（二八二頁）などの言葉で指摘されているし、或いは明石姫君の入内は一一歳というふうな物語内の設定もある。彰子入内一二歳というのは、道長の政治的意図を担っての強行策ではあったのだろうが、少なくとも一〇歳を過ぎた少女にとって結婚という事柄が、必ずしも掛け離れた問題ではなかったことは押さえられると思う。紫の君の場合、周囲の目は決してそう見ていない。それは姫君の無邪気な奥手ぶり（この問題については、(1)9「紫の上の登場」に詳述する）に因るものであった。

なぜ、こんなにまでその奥手ぶりが強調されなければならなかったのだろうか。ここに浮かび上がるのが、尼君死後の源氏の紫の上邸訪問の一夜の記述である。「少納言よ。直衣着たりつらむは、いづら。宮のおはするか」(三一七頁)と起き出してきた姫君を、源氏はすかさず捉えて御帳の中に入り臥してしまう。「あやしう思ひの外にも、とあきれて、誰も誰もゐたり」(三一九頁)という、「まことの懸想」ならぬ幼女相手の異様な源氏の振舞ではあった。おそらく当時の読者もまた、異様なものとしてその一夜を捉えたであろう。それ故にも定石通りの後朝[33]が、その翌朝帰途の「いと忍びて通ひたまふ所」(三二一頁)への呼びかけとして物語に据えられることにもなる。この一夜は、「霰降り荒れて、すごき夜のさまなり」(三一八頁)「夜ひと夜風吹き荒るるに」(三二〇頁)「風すこし吹きやみたるに、夜深う出でたまふも、……」(三二〇頁)などと述べられるように、荒涼たる冬の嵐の一夜であった。嵐は、邸内に住む人々の寂しさや心細さを強調するためのものであると共[34]に、源氏の心を吹きすさぶ異様な情念を証し立てるものとなっている。嵐の一夜の、いとけない童女とのかたちばかりの共寝という構図の一種の無気味さが浮かび上がってくる。

即ち、いとけなく無邪気な、まことに子ども子どもした紫の君への、周囲の人々の目にはすべて異様に映る源氏の思慕を強調することによって、藤壺への思いの深さ、ものに憑かれたような冥さを浮き彫りにしているとみられるのである。遠くない将来結婚が成立するためにも、実年齢はさほど下げられまい。それ故一〇歳というぎりぎりの年齢を出しておいて、一方年齢にしては奥手であることを繰り返し強調することで、言わば子どもへの源氏の異様なまでの執着ぶりが刻まれ、そのことによって逆に藤壺への思いの冥い深さが浮かび上がってくるという構造であるというほかない。この執着の果てに、やがて姫君は、二条院に奪い取られるようにして据えられる。

結びに代えて――藤壺の影――

若紫の巻は、童女養育譚に藤壺との密会の場面が付け加えられているというふうには読めない。むしろ、この巻は、あらゆる意味で藤壺を裏側に大きく想起させる巻であるからこそ、かの夢の如き逢瀬の場面が導かれることになったとみられるのである。ゆかりの少女の美しい無垢の中から大きな紫の上の物語が展開されることを予測させると共に、なおこの巻では藤壺こそが源氏にとってのすべての始発であることを、二重写しに常に浮かび上がらせている。もとよりこれまで述べ来ったように、北山での紫の上との出逢いがとりも直さず源氏の藤壺をめぐる罪障意識の誕生と重ねられているということ、或いは桜のイメージと密事との結び付き、また、紫の上の奥手ぶりの強調が結局藤壺への思いの深さを証し立てる構造になっていることなどからの帰納としての読み取りである。藤壺の影に大きく覆われた当該巻に、出家願望と、その一方での「ほだし」の定位という、源氏の生の原点が構造化されたことは、また、紫のゆかりの少女によって、源氏の藤壺をめぐる冥い情熱が、新たな再生の息吹きを与えられ、物語を紡ぎ出すエネルギーを獲得したという事実と表裏をなすものでもあろうか。若紫の巻は、『源氏物語』の始発としてのさまざまな美しさと恐ろしさとを潜めて刻まれたのであった。

注

（1）「藤壺」『源氏物語講座』㈢（昭46　有精堂）
（2）「若紫巻試論」『源氏物語の原点』（昭55　明治書院）

（3）玉上琢弥『源氏物語評釈』(二)（昭40　角川書店）三〇頁。
（4）「源氏物語における病とその機能」『むらさき』（昭56・7）
（5）「源氏物語における〈病〉描写の意味」『国学院雑誌』（昭57・2）
（6）今西祐一郎「若紫巻の背景――『源氏の中将わらはやみまじなひ給ひし北山』――」『国語国文』（昭59・5）、のち『源氏物語覚書』（平10　岩波書店）所収。
（7）本文は、『岷江入楚』（昭59　武蔵野書院）に拠る。
（8）たとえば小学館完訳日本の古典『源氏物語』(一)一六三頁脚注がこの見解を記している。
（9）藤井貞和「光源氏物語主題論」『源氏物語の始原と現在』――定本（昭55　冬樹社）
（10）霊岩寺以下大雲寺まで小学館日本古典文学全集本頭注にまとめて記される。
（11）（6）に同じ。
（12）「若紫巻『なにがし寺』比定の意味」『国文学』（昭61・11）、のち『源氏物語　感覚の論理』（平8　有精堂）所収。
（13）松田豊子「源語北山の表現映像――若紫登場の舞台設定――」『光華女子大学研究紀要』（昭57・12）、のち『源氏物語の地名映像』（平6　風間書房）所収。
（14）（13）に同じ。
（15）「北山の春」『講座源氏物語の世界』（昭55　有斐閣）
（16）重松信弘『源氏物語の仏教思想』（昭42　平楽寺書店）一七四頁。
（17）「物語の中で源氏が僧に法話を聞く場面はここしかない」と飯沼清子氏は説かれている。（「北山僧都の登場をめぐって」『王朝文学史稿』（昭58・3））
（18）清水好子「光源氏論」『国語と国文学』（昭54・8）
（19）藤井貞和「タブーと結婚」（9）の書に同じ。

(20)　三谷邦明「藤壺事件の表現構造——若紫巻の方法あるいは〈前本文〉としての伊勢物語——」『物語・日記文学とその周辺』（昭55　桜楓社）、のち『物語文学の方法II』（平元　有精堂）所収。
(21)　「光源氏の発心」『源氏物語研究と資料』（昭44　武蔵野書院）
(22)　「光源氏の道心の原点」『国語と国文学』（昭59・3）、のち『源氏物語の仏教と人間』（平元　桜楓社）所収。
(23)　(21)に同じ。
(24)　阿部秋生「六条院の述懐」一・二・三『東京大学教養学部人文科学科紀要』（昭41・12、44・12、47・5）。なお(21)「光源氏の発心」と「六条院の述懐」とは、『光源氏論　発心と出家』（平元　東京大学出版会）に収められた。
(25)　(24)に同じ。
(26)　(9)に同じ。
(27)　『源氏物語の形成』（昭47　桜楓社）六一頁。
(28)　『源氏物語——その心象序説——』（昭49　笠間書院）二一八頁。
(29)　高橋亨「可能態の物語の構造」『源氏物語の対位法』（昭57　東京大学出版会）
(30)　(28)参照。
(31)　(19)に同じ。
(32)　林田孝和「源氏物語主人公造型の方法——紫上を中心にして——」『王朝びとの精神史』（昭58　桜楓社）
(33)　(3)一三二頁。
(34)　(8)二〇〇頁脚注。

6　六条御息所考——「見る」ことを起点として——

夕顔の巻に「六条わたり」として登場し、葵の巻に至って物語世界の再編成に伴い、「六条御息所」と新たに据え直される[1]光源氏の高貴な年上の思い人が、第一部の葵の上をめぐる生霊事件はもとより、第二部における二度に亙る死霊としての登場を含め、『源氏物語』正篇を通じて「もののけ」となり続ける女君であることは言うまでもない。既に述べられるように葵、賢木両巻における、それまで源氏と深く繋がっていた人々を整理することで、源氏を孤立無援の立場に追い詰めていくという基本的な構想[2]の中で、六条御息所は葵の上の死を導き、諸刃の剣で自らも傷つき退場する人物として位置付けられるものであった。「もののけ」によって確かに物語は大きく展開していく。

一方、「はるけき野辺を分け入りたまふよりいとものあはれなり」に始まる賢木の巻、野宮の別れの場面等に、物語は明らかに六条御息所の比類ないゆかしさ、「ゆゑ」ある人柄を深く刻んでいる。「源氏物語では、ことに第一部において筋の上や場面の必要に応じて人物の性格の必然性、一貫性をためらいなく破ってゆくことがしばしばある」[3]ことが認められるにしても、なぜほかならぬ「もののけ」となって人を取り殺す無気味な妄執を負った御息所が、須磨流謫の日々に向かって次第に翳を濃くし始める賢木の巻冒頭を、しめやかに別離の情趣で染め上げなければならなかったのか。構想の展開に「もののけ」が必要とされたということに留まるなら、御息所の夫前坊をめぐる挫折した政治世界での夢と怨みとを背後に、恐ろしい嫉妬ですべてを壊していく「もののけ」が呼び込まれることでこと足りるというものではなかったか。風雅と、「もののけ」という、この一見相反する二つのものが御息所において結び付けられていることを、どう読み解くことができるか。

本稿では、六条御息所をめぐって「見る」ことを起点として、二つのものの結合の構造に探りを入れたいと考える。葵の巻における御息所登場以来の記述を追っていくと、その人が「徹底的に見られる存在」[4]であることが浮かび上がってくると言われる。同時に、御息所はまた、すぐれて「見る」女君として物語の中に息衝いているのではないか。光源氏の壮年の邸宅、六条院が、まぎれもなく「もののけ」の人六条御息所の邸跡に営まれ、そしてそれ故にも、[5]第二部（若菜下・柏木の巻）に至り再び死霊としてのその人に源氏は相見《まみ》えることとなった。「見る」女君、六条御息所と考える時、六条院造営の地としてその邸跡が選ばれ、さらに死霊が登場することの意味もまた、ほぐされてくるように思う。物語を貫く、六条御息所の視線、「見る」ことの意味をしばらく顧みたい。

一　「朝明の姿」、「見る」女君

御心ざしの所には、木立前栽など、なべての所に似ず、いとのどかに心にくく住みなしたまへり。うちとけぬ御ありさまなどの、気色ことなるに、ありつる垣根思ほし出でらるべくもあらずかし。つとめて、すこし寝過ぐしたまひて、日さし出づるほどに出でたまふ。朝明の姿は、げに人のめできこえんもことわりなる御さまなりけり。

（夕顔㈠　二一六頁）

「六条わたりの御忍び歩きのころ」と始まる夕顔の巻で、「御心ざし」の女君について触れる最初の部分である。「思ほし出でらるべくもあらずかし」と、夕顔のことなど思い起こす余裕もなく、六条の貴婦人を前に極度に張り詰めた「時」を過ごす光君の心中を推測する語り手の存在が薄く見え始め、さらに、「朝明の姿は、げに人のめできこえんもことわりなる御さまなりけり」と、男君の朝の風姿のめでたさに改めて打たれる語り手の目がいっそうはっきりと立ち現れてくる。「げに」とは、言うまでもなく古注の既に引く如く[6]「2841我が背子が朝明の姿よく見ずて今日の間を恋ひ暮らすかも」（『万葉集』[7]巻一二）「3095朝烏早くな鳴きそ我が背子が朝明の姿見れば悲しも」（同巻一二）等の古歌に詠まれた、男の朝明の姿を見送る情趣を踏まえての語り口であろう。古注の引く二首には、「見ずて」「見れば」と共々、「見る」という言葉が含まれていることに注意したい。

暁とは、男が女に別れを告げる時間[8]であった。離れ難い思いのたゆたう女の哀婉な視線は、男の後ろ姿に凝らされ、その姿を常にも増してかけがえなく匂い立つばかりに浮かび上がらせる。「朝明の姿」にまつわる情趣とは、そういう「見る」女、視線を凝らす女を前提として成り立つものであることが確認されることは言うまでもない。とすれば、「朝明の姿は、げに人のめできこえんもことわりなる御さまなりけり」における語り手の視線の背後に、光君を見送る女、光君に目を凝らす女君を重ね見る読みが浮かび上がる。語り手はこの場面において、「あらずかし」と僅かながら光君との間に距離を感じさせる位置に動き、さらに六条の女君の視線にぴたりと寄り添ったところに一瞬息衝く、という言い方ができるのではないか。即ち、「六条わたり」の貴婦人をめぐる恋の最初に記された場面にあっては、女君の側に語り手が近付き、また女君に語り手の視線が一体化し、男君を「見る」構図が取られているということになる。「日さし出づるほどに出でたまふ」とある。なぜわざわざ男君にいささかの恥とされるはずの朝寝をさせているのか。それほどの男君の思いの深さだったと強調する意図をみるよりは、小暗さの中ではなく朝の光の中に、いやまさる男君の風姿の輝きを女君の目に確認させる構図が求められていたのだとみるべきところであろう。もとよりそれは、玉上琢弥氏の言われるように、(9)ゆかしい女君の教養と人柄との前で、それに臆することのない若い男君の、「見られる」ことを意識しての容姿の誇示の好機として、源氏側からは一方押さえることができるのであるが。

たとえば若紫との出逢いを思い起こそう。また空蟬とのそれであってもよい。男君が女君を垣間見、或いはその様子を立ち聞くことによって恋は始まり物語は展開し始める。「六条わたり」をめぐる恋はその叙述の当初より、女を垣間見、また様子を立ち聞き我を忘れての恋を生きる男君の側に視点を置くというよりは、書かれた時点で既に成り立っている恋をめぐって、「見る」側を女君に定位していることにその特色を見出すことができる。六条の貴婦人はすぐれて「見る」女君であった。

このことは同じ夕顔の巻の次の「六条わたり」関係の叙述にいっそう際やかに再確認される。

秋にもなりぬ。人やりならず、心づくしに思し乱るる事どもありて、大殿には、絶え間おきつつ、うらめしくのみ思ひきこえたまへり。

六条わたりにも、とけがたかりし御気色を、おもむけきこえたまひて後、ひき返しなのめならんはいとほしかし。されど、よそなりし御心まどひのやうに、あながちなることはなきも、いかなることにかと見えたり。女は、いとものをあまりなるまで思ししめたる御心ざまにて、齢のほども似げなく、人の漏り聞かむに、いとどかくつらき御夜離れの寝ざめ寝ざめ、思ししをるること、いとさまざまなり。

霧のいと深き朝、いたくそそのかされたまひて、ねぶたげなる気色にうち嘆きつつ出でたまふを、中将のおもと、御格子一間上げて、見たてまつり送りたまへとおぼしく、御几帳ひきやりたれば、御髪もたげて見出したまへり。前栽の色々乱れたるを、過ぎがてにやすらひたまへるさま、げにたぐひなし。……

（夕顔　二二〇―二二一頁）

時移って既に秋、「心づくしに思し乱るる」藤壺への恋慕故に大殿へも途絶えがちの光君であってみれば、「六条わたり」への思いにももとより「秋」が訪れていた。夏の一夜、少なくとも男君には、女君のゆかしさを前に、「ありつる垣根思ほし出でらるべくも」なく心を張り詰める姿勢があった。しかし今は、夜離れがちな秋である。いったん我がものとするや急速に醒めた恋について、「あながちなることはなきも、いかなることにかと見えたり」と語り手が訝しむ。男君自身、相手に対し「いとほし」と自らを反省するような態度なのだから、深く思い詰める質の年上の女君が辛く沈んでいくのも当然のことだった。

霧の深く立ち籠める朝、人目を憚り男の帰りを促す女に対して、男君が「ねぶたげなる気色にうち嘆きつつ」出たのは、女の自尊心に添った思いやりの「演技」(10)というものだろう。『枕草子』六〇「暁に帰らむ人は」の段にも、女にとっての暁の男の理想的な振舞が「わりなくしぶしぶに起き難げなるを、強ひてそそのかし、『明け過ぎぬ。あな、見苦し』などいはれて、うち歎くけしきも、げにあかずもの憂くもあらむかしと見ゆ」(11)などと述べられている。促す女と、離れ難げに振舞う男の姿は、しかしここでは一皮剝けば逆の実体を孕んでいる。女君の側にこそ揺曳する離れ難い思いが、几帳を引きやる中将のおもとの目端のきいた行為に乗って、「御髪もたげて見出だ」す在り方をもたらすものにほかならない。「げにたぐひなし」と、花咲き乱れる前栽に目を留めやすらう源氏の姿を評するのは語り手だが、それはそのまま「御髪もたげて見出だし」た女君の目に映じたはずの源氏の姿への女君の嘆息そのものに重なろう。と言うより「げにたぐひなし」と読者に共感を促す言葉は、ゆかしい女君の離れ難げに哀婉な朝の視線を語り手のそれに二重写しすることによって、鮮やかな説得性を持ち始めるという述べ方が許されようか。

続いて展開されるのは古注以来評価の高い、源氏と中将の君との朝顔の花の贈答の場面である。季節にふさわしく装われた中将の君の姿のたおやかさに、思わず源氏はその人を高欄にひき据え、「折らで過ぎうきけさの朝顔」と詠みかける。露に濡れて朝顔の花を手折る侍童の姿、そしてまた源氏の歌に対して「朝霧の晴れ間も待たぬけしきにて花に心をとめぬとぞ見る」と、素早く女主人への思いに執り成して答える中将の君など、「絵に描かまほしげなり」と、大和絵の後朝の構図(12)を思い起こさせる各々の人物の姿が印象深く浮き彫られる。

この場面の背後に「見る」女君、「六条わたり」の女君の視線が沈んでいる。「御髪もたげて見出だし」た女君の現実の視線が、朝顔贈答場面の細部にまで届いたかどうかはさほど問題でない。男の「朝明の姿」に目を凝らし見送る女の視線をめぐって滲み漂う後朝の情趣を、女主人公の分身としての中将の君が一入鮮やかに伝える場面の形象化をこそ問題としなければならない。邸の奥深く外を見やりながら送るほかない高貴な女君に代わって、女主人の歌の教養やゆかしさを、そのまま分かち持つ中将の君が「御供」に出た。そのことによってはじめて、女君が中から目を凝らしまた想像した男君の比類ない美しさは、際やかな具象的イメージをもって場面に刻まれたのであった。「おほかたにうち見たてまつる人だに、心とめたてまつらぬはなし」に始まる手放しの源氏礼賛は、女君の視線を背後に、その女君の分身とも言うべき中将の君との、一幅の絵の如き場面が置かれることによって紡ぎ出されたものと言えるであろう。「見たてまつる」視線の裏側に、「明け暮れうちとけてしもおはせぬを、心もとなきことに思ふべかめり」と語り手に推測される中将の君の心情と女君自身のそれとをだぶらせつつ、光君の輝く風姿が象られ讃えられる。

夕顔の巻の「六条わたり」においては、その女君に「朝」という別れの時間が分かち難く結び付いていることが跡付けられた。そして、朝、帰っていく男の後ろ姿に凝らされた女君の目によって、男君の美しい風姿が物語に刻まれるのであった。和歌の世界に既に常套のものである別れの時間としての朝の情趣をめぐっては、先に「朝明の姿」に関して引いた万葉歌の如く、女の側に立って男への離れ難い思いを詠む型の他に、たとえば「754夜のほどろ我が出でて来れば我妹子が思へりしくし面影に見ゆ」(『万葉集』巻四)のように、男の側に立ち、残してきた女をほうふつと幻影に描きながら暁の道を帰る情趣を詠む型[13]を今一つ押さえることができる。僅かに述べられた「ねぶたげなる気色にうち嘆きつつ」を、男君の演技と取るほかないとしたら、「六条わたり」に分かち難く結び付いた朝の時間、朝の別れの情趣とは、専ら前者の型を踏まえて浮き彫られたということになる。「朝明の姿は、げに人のめできこえんもことわりなる御さまなりけり」と記した後、すぐさま物語は「今日もこの蔀の前渡りしたまふ」と転じ、源氏の「六条わたり」以外の女君、即ち夕顔への関心を躊躇いなく写し取る。二度目の場面においても、男君の側の去りかねる情趣を語ることなく、「まことや、かの惟光が預りのかいま見はいとよく案内見取りて申す」という具合に夕顔に話題を移す事情は共通である。

『源氏物語』は、他の女君についてどのような後朝を象っているであろうか。しばらく目を転じたい。

月は有明にて光をさまれるものから、影さやかに見えて、なかなかをかしきあけぼのなり。何心なき空の気色も、ただ見る人から、艶にもすごくも見ゆるなりけり。人知れぬ御心には、いと胸いたく、言つてやらんよすがだになきをと、かへりみがちにて出でたまひぬ。

殿に帰りたまひても、とみにもまどろまれたまはず。また、あひ見るべき方なきを、まして、かの人の思ふ

らん心の中いかならむと心苦しく思ひやりたまふ。……（帚木㈠ 一八〇—一八一頁）

方違えの家で思いよらぬ契りが慌しく密かに空蟬との間に結ばれた翌朝、「つれなきを恨みもはてぬしののめにとりあへぬまでおどろかすらむ」と、朝を告げる鳥の声を恨むのは源氏であって、その残る思い故に、有明の月の下「かへりみがち」に「殿」に帰り、なお眠れぬまま女君を心に浮かべ浮かべするのだった。あたかも「物におそはるる」かのように結ばれた契りであってみれば、空蟬としては夫、伊予介への戦きと「身のうさ」とに心惑い、帰っていく男君への感情など嚙み締める余裕もないことはむしろ当然ということなのかもしれない。ともあれ、空蟬との逢瀬をめぐって物語にしめやかに浮き彫られた後朝の情趣は、見送る女君の側に立ったものではなく専ら男君の側の未練執着をもとにしたものとなっていることが見取られる。

光源氏とは、方違え先での恋の冒険に身を投じるのもさることながら、藤壺、また朧月夜という禁忌の存在に向かって、あやにくな恋を生きる人物であることは言うまでもない。女の側の別れにゆらめく心情が語られにくいのは、その場合必然ということなのであろうか。藤壺との逢瀬が、まれまれ遂げられる時、「命婦の君ぞ、御直衣などは、かき集めもて来たる」（若紫㈠三〇六頁）に窺われる光源氏の自失と、それ故にも「殿におはして、泣き寝に臥し暮ら」す結果が語られ、或いはまた、秘密を分かつ唯二人の女房に帰宅を促され、「言ふよしなき心地すれど、人の思さむところもわが御ためも苦しければ、我にもあらで出でたまひぬ」（賢木㈡一〇四—一〇五頁）と悄然と帰路を辿る姿が留められるのだった。慌しく危険を孕んだ後朝に、語られるのは常に男君の側の、残してきた女君に対する執着の深さである。藤壺はむしろ「うき身」を思い深めている。

朧月夜との「夜深き暁月夜のえもいはず霧りわたれる」（賢木九八頁）中での後朝もまた、女君の「心からかたがた袖をぬらすかなあくとをしふる声につけても」との離れ難い思いを一方に象りつつも、「とのたまふさま、はかなだちて、いとをかし」と、その歌を詠みかける女君の気配の美しさを源氏の視線に重ね見ることによって、結局、後ろ髪を引かれる思いの中に、周囲を憚って「静心なくて出でたまひぬ」との源氏の心情をめぐる叙述に収束させている。霧の暁月夜の男君の「似るものなき御ありさま」は、女君の視線に捉えられたものではなく、「月のすこし限ある立蔀の下」に立った承香殿女御の兄の目に映じたものなのだった。右大臣方の勢力とおぼしい彼が、「もどきさこゆるやうもありなんかし」と、語り手はしめやかな情趣を、一転して不穏な可能性を予測させる状況に結んでいる。

二条院に引き取られて、やがて源氏の正妻格の女性となった紫の上の場合、当然のことながら原則的に男が邸に戻っていくという朝の別れの場面はない。例外的にそれに準ずる場面が、「夜深く」須磨に向けて出立する箇所に押さえられる。次第に追い詰められる状況の中で自ら須磨謫居を決意した源氏は、最愛の妻紫の上と一日語り暮らし都を去っていく。「月出でにけりな。なほすこし出でて見だに送りたまへかし」（須磨(二)一七七頁）と、戻る折のあるか否かさえおぼつかない長い別れを前に、せめて見送りを……と促す源氏の様は哀切である。「泣き沈み」みつつ端にいざり出た女君の姿を、源氏の視線が「月影に、いみじうをかしげにてゐたまへり」と捉えるが故に、

道すがら面影につとそひて、胸も塞がりながら、御舟に乗りたまひぬ。（須磨　一七八頁）

と、あくまで光源氏の側に立った別れの悲しみ、女君への執着の深さが語られるのであった。紫の上は確かに「惜しからぬ命にかへて目の前の別れをしばしとどめてしかな」の如く別離の嘆きを思い詰める姿を象られるのだが、叙述の視点はすぐさま「げにさぞ思さるらむ、といと見捨てがたけれど、……」という具合に紫の上を見る源氏側に移り、結局、ここでは別れた女君の面影をつと抱き締めながら道を行く、源氏側からの別れの情趣の確認が中心になっており、夜深さの中で見送る女君の思いはそれなり語られることがない。

以上顧みた三人の女君をめぐる朝の別れの情趣は、「六条わたり」の場合とは異なり、すべて男君の側からのそれを強調するものであった。さまざまな恋を語る『源氏物語』ではあるが、後朝の情趣の具象化場面はさほど多く見られるわけでもない。正妻格の女性に後朝をめぐる叙述が乏しいのは当然であるが、それ以外の場合も逢瀬と共に常に後朝を描くわけではない。「六条わたり」において二度に亙って、朝の別れの情趣が問題にされ、しかもその中で「見る」女、視線を凝らす女という後朝の型が繰り返されることを、それにまつわるほぼ固有の現象と考えざるを得ない。「六条わたり」の一見唐突な登場の仕方への疑問を、「輝く日の宮」等の、現存の物語には失われた巻を想定することで解決しようとする試み(14)がかつてさまざまになされた。しかし、むしろ光源氏との出逢いとその「蜜月を詳らかに描かぬ(15)」ことにこそ「六条わたり」の、物語における象徴的な意義が浮かび上がるということを予感的に述べておきたい。書かれた時には既成のものとなっている恋愛関係において、遠ざかろうとする男君の姿に目を凝らし、執着するという在り方を、後朝の叙述は見事に暗示している。

一方、男君の姿に目を留め見送る後朝の在り方は、明石の君に受け継がれていることに注意しておきたい。

なかなかもの思ひ乱れて臥したれば、とみにしも動かれず。あまり上衆めかしと思したり。人々もかたはらいたがれば、しぶしぶにゐざり出でて、几帳にはた隠れたるかたはら目、いみじうなまめいてよしあり。たをやぎたるけはひ、皇女たちと言はむにも足りぬべし。帷子ひきやりて、こまやかに語らひたまふとて、とばかりかへり見たまへるに、さこそしづめつれ、見送りきこゆ。言はむ方なき盛りの御容貌なり。いたうそびやぎたまへりしが、すこしなりあふほどになりたまひにける御姿など、かくてこそものものしかりけれと、御指貫の裾まで、なまめかしう愛敬のこぼれ出づるぞ、あながちなる見なしなるべき。（松風(二) 四〇六―四〇七頁）

前半、語り手の目は源氏の目と殆ど重なり、明石の君の振舞気配を伝える叙述が現れるのだが、後半「言はむ方なき盛りの御容貌なり。……」以下は語り手が明石の君の見送る目にぴたりと寄り添って、源氏の比類ない朝の風姿を象るものとなっている。その甚だしい賛美の視線の余りの様《さま》に、「あながちなる見なしなるべき」と語り手は素顔を覗かせ揶揄してみせずにはいられない。この後朝においては、一方的に女君が「見る」側に置かれているというわけではないが、切ない感情を込めて見蕩れつつ別れゆく男君の姿の美しさを捉える女君の在り方の強調には、「六条わたり」の場合に通じるものがある。明石の君はまた、初音の巻においても「まだ曙のほどに渡りたまひぬ。かくしもあるまじき夜深さぞかし、と思ふに、なごりもただならずあはれに思ふ」（三一四五頁）と、「六条わたり」型の心情を噛み締めている。源氏との初めての逢瀬の場面で、明石の君が「ほのかなるけはひ、伊勢の御息所にいとようおぼえたり」（明石二二四七頁）と記されたことの意味が、こうしたところにも響いているのだとすれば、物語における六条の女君と明石の君との繋がりは、案外根深いところにあるとみなければならないのかもしれないということを付け加えておく。

二　野宮の別れ

さて、前述の夕顔の巻、また若紫、末摘花の各巻に点描された「六条わたり」が、「六条御息所」と同一人物と認められるかどうかという問題については、無関係とみるには、年上で高貴、「ゆゑ」ある人柄でものを深く思い詰め、また人目を常に気にするなど、人物像がさまざまの共通点を持ち過ぎているのではないかということをまず述べておきたい。さらに、六条御息所の准拠とされる斎宮女御徽子（重明親王女）のゆかりの地六条——源融の六条院が重明親王に伝領された——を、「六条わたり」は既に踏まえる名称となっている。(16)「六条御息所」とは、「六条わたり」を踏まえつつ、新たに据え直された人物というふうに考えることが妥当とされよう。

「六条御息所」と朝という時間との結び付きの様相は、どのように辿られるであろうか。車争いをめぐる屈辱感でもの思い乱れる御息所を、源氏はようやく「思し起こし」て慰めに訪れる。

　うちとけぬ朝ぼらけに出でたまふ御さまのをかしきにも、なほふり離れなむことは思し返さる。
（葵(二)　二八頁）

「六条わたり」と朝の別れの時間との結び付きを継承しつつ、しかも男君の朝明の姿の美しさに凝らされた女君の視線の執着が、取りも直さず「ふり離れ」て伊勢へ向かうことを躊躇わせるという、新たな状況が据えられている。こうして次の歌が詠まれる。

　袖ぬるるこひぢとかつは知りながら下り立つ田子のみづからぞうき

二人の特異な恋の在り方を物語るべく、例のようにまず御息所（女）の側から、源氏（男）に対し詠み掛けられた[17]この歌は、御息所が自ら捉えたすべのない源氏への愛執の深さを象って余すところない。「袖ぬるるこひぢ」と知りつつも、離れることができず、泥まみれの田子さながらに源氏への執着、恋路にいき悩む様を、「うき」と自ら語るのであった。「物語中第一の歌」と『細流抄』の評する当該歌が、「朝ぼらけ」の愛執の視線の延長に、自らを噛み締めつつ紡ぎ出されていることが押さえられる。

また、葵の上の死後「ならはぬ御独り寝」（葵四四頁）の秋の一夜を明かしかねた源氏の許に、「朝ぼらけの霧りわたれる」折、青鈍の紙に筆跡さえ際やかにゆかしい御息所の歌が届けられたことも、御息所と朝という時間の結び付きの深さを語るものと言えよう。朝顔の姫君との歌の贈答が「わきてこの暮こそ袖は露けけれもの思ふ秋はあまたへぬれど」（葵五一頁）と、秋の夕べを選んでなされたのに対し、御息所の場合、選び取られた時間は「朝」なのであった。

今、葵の巻に、とりわけ「朝」と結び付き、御息所の「ゆゑ」を刻む場面を挙げたが、伊勢下向をついに決意した御息所と源氏との別離をしめやかに語って比類ない美しさを放つ賢木の巻、野宮の別れの場面が、「野宮のあはれなりし曙」（賢木(二)一一六頁）、「かの野宮に立ちわづらひし曙」（薄雲(二)四四九頁）と繰り返し回顧されていることは何を意味するものであろうか。御息所の担っていた朝という時間との結び付きの問題、別れをめぐる固有の視線の在り方が、晩秋の嵯峨野宮を背景に、裏側に「もののけ」事件という不幸を潜めた独自の歌物語世界に、最も際やかに高められ形象化されたことを物語るものにほかならないと、結論的に述べたい。葵の巻の「もののけ」叙述の考察に先立って、その意味で賢木の巻野宮の別れの場面を辿りみよう。

生霊事件後、「よろづのあはれを思し棄てて、ひたみちに」（賢木七五頁）伊勢下向を決意した御息所をさえ訪れないのは余りなことと、源氏が野宮訪問を「思しおこ」したのは九月七日の頃だった。

はるけき野辺を分け入りたまふよりいとものあはれなり。秋の花みなおとろへつつ、浅茅が原もかれがれなる虫の音に、松風すごく吹きあはせて、そのこととも聞きわかれぬほどに、物の音ども絶え絶え聞こえたる、いと艶なり。（賢木　七七頁）

御息所に対する時の源氏の如何にも気乗りのしない態度、「思しおこ」す姿勢は、ここでも相変わらずだったのだが、いったん道行きが語られ出すや、趣はがらりと変わる。源氏の目に添って語り手が、秋の花はみな衰え、虫の音も「かれがれ」た中に、絶え絶え響く琴の音を、「松風すごく吹きあはせて、そのこととも聞きわかれぬほどに」と、斎宮女御徽子の歌「琴の音に峰の松風かよふらしいづれのをより調べそめけむ」(18)を踏まえて表現し、「いと艶なり」と結ぶ時、引歌等の技巧を鏤め調子を高めた文章の緊張は、取りも直さず野宮の「艶」に吸い込まれていく如き源氏の心の傾斜を物語ろう。そして僅かな時の移ろいの後にも崩れようとする野宮の自然の「艶」とは、生霊事件をめぐって傷つき果てた御息所その人の心象と、分かち難く結び付いたものであることは言うまでもない。

別離の場面において、源氏のまなざしは、語り手の共感を込めての一体化の中に、「いといみじうあはれに心苦し」（七八頁）、「とかくうち嘆きやすらひて、ゐざり出でたまへる御けはひ、いと心にくし」（七九頁）などと、かつてない情熱をもって御息所に注がれる。その中で御息所は、「女は、さしも見えじと……」「女もえ心強からず、……」など、まつわるさまざまのものを切り捨て、この恋の終焉の瞬間を生きることを暗示する「女」という呼称で示され、既に指摘されるように歌物語[19]の世界の一場面が、華やかな夕月夜の下現出されるのだった。美しい歌物語と見える場面の底には、しかしおぞましい生霊事件が潜められている。

女は、さしも見えじと思しつつむめれど、え忍びたまはぬ御けしきを、……なほ思しとまるべきさまにぞ聞こえたまふめる。月も入りぬるにや、あはれなる空をながめつつ、恨みきこえたまふに、ここら思ひあつめたまへるつらさも消えぬべし。……

思ほし残すことなき御なからひに、聞こえかはしたまふことども、まねびやらむ方なし。

やうやう明けゆく空のけしき、ことさらに作り出でたらむやうなり。

あかつきの別れはいつも露けきをこは世に知らぬ秋の空かな

出でがてに、御手をとらへてやすらひたまへる、いみじうなつかし。風いと冷やかに吹きて、松虫の鳴きからしたる声も、をり知り顔なるを、さして思ふことなきだに、聞き過ぐしがたげなるに、ましてわりなき御心まどひどもに、なかなかこともゆかぬにや。

おほかたの秋の別れもかなしきに鳴く音な添へそ野辺の松虫

> 悔しきこと多かれど、かひなければ、明けゆく空もはしたなうて出でたまふ。道のほどいと露けし。
>
> 女もえ心強からず、なごりあはれにてながめたまふ。ほの見たてまつりたまへる月影の御容貌、なほとまれる匂ひなど、若き人々は身にしめて、過ちもしつべくめできこゆ。　（賢木　八〇―八二頁）

「思しつつむめれど」「月も入りぬるにや」「つらさも消えぬべし」など、推量する語り手の影が見え始め、さらに語り手自ら大きく姿を現し「まねびやらむ方なし」或いは「ことさらに作り出でたらむやうなり」などと、季節と時間と人の「なからひ」との相俟って創り上げられた場面の、類い稀な美を押さえていく語り口は、背後に横たわる生霊事件の重い無気味さを封じ込め、歌物語の世界を展げるために取られた作為と言えようか。生霊事件に共々傷つき、これよりどう展開していきようにない二人の恋の在り様《よう》、その複雑な心情は、こうして和歌的抒情の伝統を負った言葉に拠ってのみ、僅かに結び合うことのできる二人の「なからひ」を述べる行間に潜められた。

伊勢下向というかたちで御息所との別離をはっきりと前提にした時、光源氏の側にもはじめて後朝の別れをめぐる悲哀がしめやかに写し出される。これほどの悲愁に充ちた秋の「あかつきの別れ」はまだ経験したこともないと歌を詠み、また帰る「道のほど」は別離の涙に袖の濡れる「露けき」ものとなった。男の側からも、女の側からも、ここに至って物語は、理想の後朝、「別れの場の模範」[20]を創り上げようとするかのようである。

「ほの見たてまつりたまへる月影の御容貌、なほとまれる匂ひ」に去った男君を偲ぶのは、一見「若き人々」のようにみえるが、玉上琢弥氏の説かれるように[21]「女房たちの気持が実は御息所の心の反映なのだ」と、「かけ詞ふう」に読まねばならぬところであろう。夕顔の巻の中将の君をめぐってそうした読みに既に触れた。後朝の場面は、最終的に女君の側の「なごりあはれにてながめたまふ」視線に収束した。振り返って二人の対座場面が、「はなやかにさし出でたる夕月夜」（七九頁）に設定されたのも、九月七日頃の現実の月よりは作為的に強調された「はなやかさ」(22)と考えざるを得ず、それはそのはなやかさに煌めく月光の下、「にほひ似るものもなくめでたし」と浮かび上がる光源氏その人の姿を象るための道具立てだったと見なされる。そして、光の中で源氏を「めでたし」と捉える語り手の目の背後に、「とかくうち嘆きやすらひて、ゐざり出で」対座した、御息所の視線のあることは言うまでもない。

六条御息所にとりわけ強調された朝、帰っていく男君を見送る視線は、この野宮の別れの場面において最も美しく形象化され、それ故に物語は二度に亙って源氏に「あはれなりし曙」「立ちわづらひし曙」とそれを回顧させているのであった。御息所と朝という時間との結び付きの深さを語るものとしては、今一つ伊勢へ向かい逢坂の関を越えた所から、「鈴鹿川八十瀬の波にぬれぬれず伊勢まで誰か思ひおこせむ」(賢木八七頁)と情趣深い筆跡で源氏の許に歌が詠み返されたのが、ほかならぬ「霧いたう降りて、ただならぬ朝ぼらけ」という時間だったことを付け加えておく。

「中宮の御母御息所なん、さまことに心深くなまめかしき例にはまづ思ひ出でらるれど」(若菜下㈣二〇〇頁)と後に光源氏に回顧される如き御息所の、所謂風雅、心深さというものは、朝の別れの時間をめぐって、就中野宮の別れの場面において鮮やかな具象性をもって迫ってくる。六条御息所における風雅、心深さの強調は、それ故にこそ源氏の比類ない輝きを深く受け取める感性を担い得たということに繋がる命題である。葵の上や女三の宮のように、源氏の魅力が心に響いてこない女君であってはならない。「よし」あることにより、誰にも増して源氏の魅力に敏感にならざるを得ない女君が、しかもなぜか遠ざかりゆこうとする男君に対する時、自ずから愛執の深さの極まることは見えている。御息所と朝という別れの時間との結び付き、その中で遠ざかる男君に対して送り続ける哀婉な愛執の視線は、心深さと愛執という命題を見事に結び付けるものにほかならない。愛執から「もののけ」へという図式は、心深く艶な在り方の延長に仄見えてきたかのようである。

三 「もののけ」をめぐって

葵の巻を中心に、「もののけ」をめぐって考察を進めなければならない。「世の中変りて後」と、桐壺帝譲位に伴う政情の変化を述べる言葉で開始される葵の巻に、「まことや、かの六条御息所の御腹の前坊の姫宮斎宮にゐたまひにしかば、……」(葵一二頁)と、六条御息所が改めて引き出されてくるのは極めて暗示的であろう。六条御息所とは、社会的地位を表する呼称[23]にほかならず、一人の姫君と共に残された前坊妃ということになると自ずから政治的な色合いが漂い始める。加えて前坊妃たるものにふさわしく大臣の女という出自を持つことが明かされるのは、「この御生霊、故父大臣の御霊など言ふものありと……」(葵二九頁)という具合に、懐妊した葵の上を苦しめる「もののけ」の叙述に拠ってであった。前坊＝廃太子事件[24]の想定の是非はさておき、ともあれ前坊に賭けた思惑が挫折し失意の内に亡くなったであろう大臣の家の怨恨が、六条御息所という呼称の背後には重く横たわっていよう。「まことや」とは「反世界側の物語[25]」を取り込んでくる時の、語りの言葉だという。桐壺帝と光源氏、左右大臣家をも含めた華やかな栄華の世界を表の世界とすれば、前坊そして御息所、父大臣の世界は、その裏側に日の目を見ることなく沈められてしまった夢のそれである。「まことや、かの六条御息所の……」との語り口は、その分厚い闇の世界を、表側の物語世界に引き込むのにふさわしく選び取られた言葉と言い得る。

六条御息所は、葵の上を取り殺す「もののけ」という大きな不幸を負い、物語表面から退場するために改めて再登場せしめられたと言われる[26]のだが、斎宮の母として共に伊勢に下向しようかすまいかという悩みが、「御息所」

なる据え直しによりもたらされるのもさることながら、はっきりとその人の生霊が出現するためにもその据え直し、位置付けが必要だったと言えるのではないか。『栄花物語』において、道長家に執拗に取り憑く「もののけ」として示されるものの一つは、東宮を敦良親王に譲り自ら退位して小一条院となった敦明親王の女御延子、またその父顕光のそれであった。『栄花物語』や『大鏡』の世界の「もののけ」は、おおよそ家筋につく、社会的政治的な意味合いを持った(27)それとして考えることができる。また、紫式部自ら『日記』に書き留めた敦成親王御誕生等の際の「もののけ」にしても、その通念を出るものではない。

生霊を語る時、怨霊の家のイメージを定位する前坊妃、六条御息所という設定が必要だったのは、既に述べられるように(28)こうして当時の人々がおおよそ持っていた、「もののけ」に対する考え方に繋げるためでもあったとみられる。翻って、廃院の妖物か御息所の怨念かということで問題にされ続けてきた夕顔の巻の「もののけ」を顧みるならば、事情はいっそうはっきりする。夕顔の巻での詠歌「見し人の煙を雲とながむれば夕べの空もむつましきかな」は、『紫式部集』「世のはかなきことを嘆くころ、陸奥に名ある所々かいたる絵を見て、塩釜」と詞書を付す四八番歌「見し人のけぶりとなりし夕べより名ぞむつまじき塩釜の浦」(29)を踏まえて詠まれたものと考えられるが、三谷邦明氏の述べられるように(30)『集』の中ではほぼ同時期、同じように絵を見て詠んだものと思われる歌の中に次のものがあるのだった。

絵に、物の怪のつきたる女のみにくきかたかきたる後に、鬼になりたるもとの妻を、小法師のしばりたるかたかきて、男は経読みて物の怪せめたるところを見て

44亡き人にかごとをかけてわづらふもおのが心の鬼にやはあらぬ

「もののけ」＝男の「心の鬼」という図式は、後に述べるように六条御息所の「もののけ」に、第二部に至るま

で貫かれる原則である。四八番歌と四四番歌を一まとめのものとして、夕顔の巻に四四番歌の発想も同様反映しているとみる説[31]に拠って、夕顔の巻の「もののけ」を、「六条わたり」の貴婦人への光源氏の心やましさが結ばせた像と考えておきたい。にもかかわらず、物語は夕顔の巻においては究極のところ、「正体不明[32]」であり、「おのが、いとめでたしと見たてまつるをば、尋ね思ほさで、かくことなることなき人を率ておはして、時めかしたまふこそ、いとめざましくつらけれ」（夕顔二三八頁）と語る「もののけ」が、御息所の怨念そのものを意味するのか、またその人に同情する廃院の妖物を意味するのか不明の書き方をしているという以外にない。「六条わたり」のままでは、こういう書き方しかなかったのだという述べ方が許されようか。

と言うより、光源氏の心やましさを募らせるような状況が必然化され、まざまざと「心の鬼」が像を結ぶ時、それを背後から支える通念、怨霊の家のイメージが不可欠だったと述べておきたい。けれども、葵の巻の「もののけ」は、「この御生霊、故父大臣の御霊など言ふものあり」という具合に人々の噂の中に怨霊の家筋を仄めかすのみで、あくまでも女としての六条御息所の愛執、即ち源氏、御息所、葵の上という愛情をめぐっての人間関係の中で問題化され具象化されたものであることは言うまでもない。光源氏の〈王権〉成就が、藤壺への恋という回路を通していつか実現されていくことと、同質の物語の方法とみられよう。藤壺を〈王権〉にまつわる輝かしい光を引き受けた人物とすれば、六条御息所はその闇を分かち負った存在[33]として位置付けることができるという。

闇を負いつつ、物語の表現の世界、即ち恋の物語の構造の中に六条御息所の「もののけ」がどのように具象化されるか辿りみたい。生霊の発現する最大の契機[34]となった事件は、「まだあらはれてはわざともてなしきこえたまはず」（葵一三頁）との、かつての東宮妃の誇りを無慙にも踏みにじる源氏の扱いに心を痛め、伊勢下向を迷い「もの思し乱るる」（一六頁）日常の慰めにもと、御息所が密かに出掛けた斎院御禊の物見における、いわゆる車争いであった。葵の上一行の無体にもさし退けさせた車の中に、「網代のすこし馴れたるが、下簾のさまなどよしばめるに、いたうひき入りて、ほのかなる袖口、裳の裾、汗衫など、物の色いときよらにて、ことさらにやつれたるけはひしるく見ゆる車二つ」があったという表現により、御息所の物見を暗示するのは、もとより「心にくく」（夕顔二一六頁）風情を湛える、夕顔の巻の「六条わたり」形象の延長上に御息所を位置付けてのことである。身をやつしての物見を、それと知った葵の上の供人たちは、「さばかりにては、さな言はせそ。大将殿をぞ豪家には思ひきこゆむ」と、真っ向から前坊妃の矜恃を深く抉る言葉と共に、車を押し退けてしまった。

　つひに御車ども立てつづけつれば、副車の奥に押しやられてものも見えず。心やましきをばさるものにて、かかるやつれをそれと知られぬるが、いみじうねたきこと限りなし。榻などもみな押し折られて、すずろなる車の筒にうちかけたれば、またなう人わろく、悔しう何に来つらん、と思ふにかひなし。（葵　一七頁）

右の箇所について『岷江入楚』は、「心やましきとは車なとやりのけられて物もみえぬさま也　それよりもわさとやつし忍ひ給へるをはや御息所としりていよ〳〵さしのける所をねたう口おしう思ひ給ふと也　是物のけになるへきはしめ也」[35]と述べる。注意したいのは、「ものも見えず」以下、右の部分では御息所に関する敬語が全く消滅[36]していることである。これを、御息所と従者たちとの共通感情が、語り手の共感によって取り押さえられているとみる読みもあるのだが、人目に「それと知られ」たことを最大の恥とし、また車の榻を折られたことを「人わろく」思うという感情は、「六条わたり」の「人の漏り聞かむに、いとどかくつらき御夜離れ」（夕顔二二一頁）との、人目への顧慮に遡り、さらに伊勢下向をめぐり「世の人聞きも人わらへにならん」（葵二四頁）と惑う御息所その人の固有に貫かれる感覚、「人わらへ」とぴたりと符合する。あたかも御息所の心情に憑かれるが如く、語り手が生《なま》のままのかたちでその心情を表現するが故に、敬語が消滅しているとみるべきところではなかろうか。

御息所に関して以後明らかに敬語が消滅するのは「かの姫君と思しき人のいときよらにてある所に行きて、とかく引きまさぐり、現にも似ず、猛くいかきひたぶる心出で来て、うちかなぐる」（葵三〇頁）など、あくがれ出た魂、「もののけ」のなす行為の場合である。一方、若紫の巻の次の記述も思い起こされる。

○さるは、限りなう心を尽くしきこゆる人に、いとよう似たてまつれるが、まもらるるなりけり、と思ふにも涙ぞ落つる。（二八一―二八二頁）

○かの人の御かはりに、明け暮れの慰めにも見ばや、と思ふ心深うつきぬ。（二八四頁）

いずれも、源氏が若紫を垣間見、密かに思いを焦がす藤壺との相似に驚き、いとけない童女であるにもかかわらず、その形代として「見ばや」という気持に駆られる部分、敬語が消滅する。相手が「雀の子を犬君が逃がしつる」と駆け込んでくる童女であってみれば、異様な、としか言いようのない源氏の思いは、それ故にも藤壺へのもの狂おしい思慕を証し立てる。そのもの狂おしさに憑かれ、乗り移られたかのように、語り手は源氏の心情を生《なま》のまま語り出し投げ掛けるのだった。

御息所の場合も、その内面のもの狂おしさ、言い換えれば「もののけ」への可能性を孕む情動の故に、語り手は敬語を忘れ、その心情を我知らず憑かれるように伝えることになったとみておきたい。古注の「是物のけになるへきはしめ也」とは、その意味で極めて妥当な見解にほかならない。そのただならぬ思いが、煎じ詰めれば「それと知られ」たことに発していることは、葵の巻冒頭以来の桐壺院、朝顔の姫君をはじめとする人々に「見られ[37]」ており、また「見られること」に傷つく在り方に裏付けられる時、御息所の強い自尊心と裏腹な恥の感覚、屈辱感を証し立てるものとして重く機能する。「見られること」に傷つき、そして「人わらへ」に戦くこと、これを見られている自分を顧み、見られている自分を「見る」感覚と捉えることは穿ち過ぎというものではあろうか。ともあれ、御息所の「ねたきこと限りなし」という強い心情は、「人わらへ」の感覚から発するものではあった。

ものも見で帰らんとしたまへど、通り出でん隙もなきに、「事なりぬ」と言へば、さすがにつらき人の御前渡りの待たるるも心弱しや。笹の隈にだにあらねばにや、つれなく過ぎたまふにつけても、なかなか御心づくしなり。げに、常よりも好みととのへたる車どもの、我も我もと乗りこぼれたる下簾の隙間どもも、さらぬ顔なれど、ほほゑみつつ後目にとどめたまふもあり。大殿のはしるければ、まめだちて渡りたまふ。御供の人々うちかしこまり、心ばへありつつ渡るを、おし消たれたるありさまこよなう思さる。

影をのみみたらし川のつれなきに身のうきほどぞいとど知らるる

と、涙のこぼるるを人の見るもはしたなけれど、目もあやなる御さま、容貌のいとどしう、出でばえを見ざらましかば、と思さる。（葵　一七―一八頁）

続く場面では、「帰らんとしたまへど」「御心づくしなり」等々、敬語が復活する。六条御息所は、ここにおいて再び際やかに光君を「見る」存在として象られている。「見で」「見ざらましかば」の二つはもとより、「見る」の語は、「1080ささの隈檜隈川に駒とめてしばし水かへ影をだに見む」の『古今集』歌を踏まえる「笹の隈」なる引歌表現の背後にも潜められている。また、「みたらし川」に「見」るが掛けられていることは言うまでもない。先に辿った後朝という時間との結び付きを離れ、御息所の視線の問題が新たに浮上する。御息所の車のあることさえ知らずに、つれなく「御前渡り」する光源氏の姿が、専ら御息所の視線に添った語り手により浮き彫られていく。ほほ笑みながらさまざまに趣向を凝らした車に目をとどめ、また左大臣家の姫君葵の上の車の前を、「まめだち」通る源氏の、常にも増してのまぶしい輝かしさ。語り手は、押し退けられつつも源氏の姿を待たずにいられない御息所の在り方を、「心弱しや」と批評しつつ、御息所の目に添って光君のいやまさる風姿を刻むのであった。副車の奥、さりげなく風雅に装われた車の中で、つれない男の姿に人知れず凝らされた視線、その心象は、「笹の隈」との引歌表現を踏まえ語られ、さらに「影をのみ……」と自らの身の憂さというものを噛み締める歌によって哀婉に象られた。身を苛む屈辱感の一方で、「出でばえを見ざらましかば」と嘆息する御息所の愛執、源氏への執着はしめやかだが底深い。

この車争いをきっかけに、御息所の悩ましさは「ものを思し乱るること年ごろよりも多く添ひにけり」（葵二四頁）と募り、一方、葵の上方では「御物の怪めきていたうわづらひたま」うという状況が示され、何事かを暗示するかのような無気味さが浮かび上がる。二人の女君の様を交互にクローズ・アップしながら、御息所その人の「もののけ」発動の瞬間を盛り上げる物語の方法は見事と言うほかあるまい。御息所における心深さと「もののけ」との結び付きは、西丸妙子氏により斎宮女御徽子の准拠の問題、その投影が、伊勢下向のそれに留まらず、怨霊譚を持つ家筋の人であること、また怨情の色濃い家集の残されていることをも含めて、御息所の内面に及んでいるとする視点[38]からも解明されている。同時に、「見る」ことを媒介にその二つが結び合わされてくるという構造が、朝という時間との組み合わせを越えて、傷ついた誇りを抱き締め、朝の別れよりも遙かに哀切な車争いをめぐる状況の中で、鮮やかに示されていると言えるのではないか。心深くあることによって、誰よりも強く光源氏に魅きつけられ、その輝かしさを「見」つめ、魅力の隈々をその視線が食い入るように辿らざるを得ない女君の、第三者（葵の上）の力を加えて決定的なものとなった源氏との距離を前にした愛執の、如何ばかりの深さであろうか。「もののけ」と心深さとの結合は、まずこの点から押さえておくことができよう。

一方、御息所の「いみじうねたきこと限りなし」との激しい感情は、物語の中に敬語さえ伴われることなくはっきりと写し取られた。車争いの場面で既に明らかにされたことは、ほかならぬ心深い御息所その人の、屈辱感に発する激情であった。即ち、ここに御息所は、一人の人間の中に激しく矛盾する二つのものを、瞬間合わせ潜めた人として立ち現れたということになる。人間というものの不可思議な振幅の可能性の大きさを、(39)これは垣間見せるものであろうか。「よし」ある心深い人柄であればあるほど、いったん孕まれた今一つの激情は、一個の人間の中で矛盾葛藤をもたらし、大きな苦悩を引き起こすものとなることを予測させる。

「この御生霊、故父大臣の御霊」の噂を耳にするにつけても、御息所の意識の上では、「身ひとつのうき嘆きよりほかに人をあしかれなど思ふ心も」(葵二九頁)ないのだという。葵の上とおぼしき人の許に赴き「とかく引きまさぐり」「うちかなぐる」のは、「もの思ひにあくがるなる魂」の仕業なのだろうか。御息所はまどろむ夢に仄見せられた魂の行為の激しさに暗然とせざるを得ない。こうして自分の中の、もう一つの自分に気付かされる時、御息所は「現のわが身ながらさるうとましきことを言ひつけらるる、宿世のうきこと」(三〇―三一頁)と思いを嚙み締める。「言ひつけらるる」と、人の噂への憚りの中の思いであることを差し引いても、今一つの自分を「うとまし」と見、自らの宿世の憂さ、拙さと結ぶ言葉は重いと言わねばなるまい。この自分の中の今一つのものを見つめる苦悩の深さの故にも、「ただあやしうほけほけしうて、つくづくと臥し悩みたまふ」(三一頁)状態は募っていくのであった。

車争いをきっかけに孕まれた激情とは、当然のことながら源氏への愛執の故にも増幅される、葵の上へのただならぬ妬情である。その意味で一夫多妻制の下での女性の苦悩の問題が、『蜻蛉日記』を負うかたちで形象されているとみられることも今更言うまでもない。その上での御息所形象の独自性とは、御息所が「もののけ」となって発動する自らのただならぬ思いを、(40)一方で深くうとましく認めるが故の苦悩を抱き続けるという、二元的な在り方にある。『蜻蛉日記』にはみられなかった怨みと妬みとの一方で、その目がもう一度自分に回帰していくという構造は、「もののけ」を導入し、しかも「もののけ」の対極に御息所のしめやかな情感を強調すればするほど際やかなものとなるという言い方が許されようか。同時にこれを御息所の視線の問題に還元させるなら、自分の中の今一つの自分を「見る」女君、という捉え方が可能なのではないかということを申し添えておく。

さて、苦悩の果て「もののけ」が終に葵の上の産褥に姿を現す時、源氏の目がまずそれを次のように捉えるのに注意したい。

例はいとわづらはしう恥づかしげなる御まみを、いとたゆげに見上げてうちまもりきこえたまふに、涙のこぼるるさまを見たまふは、いかがあはれの浅からむ。（葵　三三頁）

源氏はまだ葵の上その人と思い込んで対しているのだが、それは実は既に御息所の「もののけ」が葵の上を領じた姿なのだった。そのことが、常の葵の上の端然としたまなざしとは異なる視線に暗示されている。光源氏を、「いとたゆげに見上げ」たままじっと見守り続ける。これは「見る」女君、六条御息所の在り方にほかならない。さらに、「なつかしげ」なもの言い、「なげきわび空に乱るるわが魂を結びとどめよしたがひのつま」と歌を詠み掛ける姿に、まぎれもない御息所を感じ取って、源氏は打ちのめされる思いであった。

まざまざ「もののけ」の正体を見届けたのが、煎じ詰めれば源氏ただ一人であるという物語の書き方は、先に触れた、『紫式部集』(41)四四番歌に示される如き、法相唯識の思想を基にする、男の「心の鬼」、との固有の「もののけ」観に拠るものと考えられる。と同時に、物語は、まぎれもない遊離魂のなした不可思議なうとましい行為を、髪を洗い着替えをしても染み付いたまま離れぬ、もののけ調伏のための「芥子の香」によって御息所に覚らせているる。男の心の鬼のように、また一方では確かに身を抜け出た魂の仕業であるかのように、「もののけ」をめぐる筆はまことに不可思議で一筋縄でない。

ともあれ、芥子の香をめぐる無気味な叙述は、御息所にただならぬ事態をはっきりと思い知らせるために機能する。この時、御息所は「わが身ながらだにうとまし」(葵三六頁)との思いを強め、「人の言ひ思はむこと」についての心労を募らせた挙句、「いとど御心変りもまさりゆく」状態がもたらされたのだった。人の噂や、また夢よりも一入の生々しさで、芥子の香は御息所を苛むことになったはずである。自らの中の今一つのもののうとましさに苦しみ、先の「あやしうほけほけしうて、……」(三二頁)という状態よりさらに進んだ「いとど御心変りもまさりゆく」状態に追い込まれたのだった。御息所側のその叙述の直後、葵の上側では「例の御胸をせき上げて」と、「もののけ」によって終に死が訪れたことを伝えている。孕まれた激情、もう一つの自分のうとましさをめぐって苦悩を極め尽くした果て、「もののけ」の力が肥大し、お産そのものは滞りなく済まされた故の周囲の安堵、隙に乗じるかたちで葵の上を取り殺すに至るという悪循環を、そこに読み取ることができるであろう。物語が、身から離れていく「もののけ」に、二元的に人間の内面を描こうとする時の効果的な方法を求めたのではないかとみえるほど、描かれた御息所の苦悩は深い。御息所の一方の心深さの強調とは、一人の人間の中の二つの矛盾を孕むものの対立のもたらす苦悩と、それ故あくがれ出る「もののけ」を必然化するために求められたものであったことを、さらに確認したい。

四　死霊へ

「十六にて故宮に参りたまひて、二十にて後れたてまつりたまふ。三十にてぞ、今日また九重を見たまひける」(賢木八五頁)と、『白氏文集』「上陽白髪人」(42)を踏まえてはじめて明かされた三〇歳という年齢の野宮の御息所は、源氏との恋の終焉の場面に女としての最後の光を放ちつつ姿を消していった。須磨の巻に、如何にも御息所らしい「いたり深」い文の、源氏の許に届けられた記事は仄見えるが、澪標の巻で病篤い尼姿のその人が大きくクローズ・アップされる時には、既に女であるよりも母として、残し置く斎宮を源氏に託す姿が刻まれる。それは、「うき身をつみはべるにも、女は思ひの外にてもの思ひを添ふるものになむはべりければ、いかでさる方をもて離れて見たてまつらむと思うたまふる」（澪標三〇一頁）と、ほかならぬ自らの女としての悲痛な体験を踏まえて、注がれるとおぼしき源氏の娘への好色の視線を塞き留め、「さる方をもて離れ」ての後見役を死を前に懇願する姿だった。御息所の末期の言葉に導かれるかのように、源氏の下燃える斎宮への関心は潜められたまま、六条院の栄華の大きな布石の一つとして、冷泉帝への斎宮女御入内の道筋が切り拓かれていく。

　と言って澪標の巻の御息所が、もはや「女」としての関心を源氏に対して持たなかったということではない。「女もよろづにあはれに思して、斎宮の御ことをぞ聞こえたまふ」（澪標三〇〇頁）とある。ほかならぬ女としての「源氏への感動[43]」こそが、斎宮遺託の意志を述べるための発条として機能していると考えねばならない。斎宮の母としての側面が大きく浮かび上がるのだが、その背後に今一方賢木の巻でしめやかに終焉を刻んだ女としての御息所の目もまた、潜め続けられていた。そして第二部の死霊は、こうした二重構造の上に発現するものにほかならない。

　澪標の巻でのやがての御息所の死の後、「雪霙かき乱れ荒るる」一日、源氏は次のように斎宮に消息している。

ただ今の空を、いかに御覧ずらむ。

降りみだれひまなき空に亡きひとの天かけるらむ宿ぞかなしき　（澪標　三〇五頁）

死霊が、祖霊即ち子孫にとっての守護霊として顕現するという考え方は、物語内部においてたとえば末摘花と契りを結んだ後、源氏が「故親王のうしろめたしとたぐへおきたまひけむ魂のしるべなめり」（末摘花㈠三六九頁）と感慨にふけったり、或いは明石の巻に桐壺院の霊が現れる時源氏が「助けに翔りたまへるとあはれに」（明石㈡二二〇頁）思ったりするという在り方に、既に跡付けることができる。それ故、澪標のこの叙述においてもまた、御息所の死霊が娘斎宮のことを心に掛け、天翔って守っているであろう宿、というふうな読み方が一方に浮上する。

と同時に、明石の巻の桐壺院の霊がそのことを垣間見せてくれるように、怨霊こそが一面祖霊として立ち現れることがしばしば示される[44]のだとしたら、源氏が、自身の感慨の中にそう述べるのでなく、斎宮への消息に、しかも歌で「天かけるらむ宿」と語り掛けるのは、かなり特異な現象と言わざるを得ない。即ち、子のことを思うが故にあなたの母が迷いつつ、「天かけるらむ」宿ということであれば、斎宮に対して失礼ということになりかねない。死後間もない日の弔問の歌とみられる故、四十九日までの中有にある死者の魂を指して「天かけるらむ」という言葉が使われている[45]とされる所以である。

『源氏物語』に見出される四例の「天かける」の内、これを除く三例は、しかし四十九日といった時間を越え、天翔り続けるものの存在を意味するものとなっている。薫は、阿闍梨の夢枕に立った妄執にさ迷う八の宮が、二人の姫君のことを「天翔りてもいかに見たまふらむ」（総角㈤三二二頁）と推測し、また、不安を孕む匂宮との生活を抱えた中の君のことを、亡き大君が「天翔りても、かやうなるにつけては、いとどつらしとや見たまふらむ」（宿木㈤三七八頁）と慮る（今一例（若菜下の巻）については、後に触れる）。共々、死後一年余の月日を経た人々についての用例である。『宇津保物語』の二例、「あまがけりてもいかにかひなく見給ふらむ」（俊蔭四二頁）、「天がけりても見給へ[46]」（国譲上四一頁）を顧みても事情は共通する。四十九日の範囲という逃げ道を用意しつつ、言葉そのものの負うイメージとしてはもっと大きな時間の広がりの中にさ迷う可能性を含み持つ表現を、源氏は我知らず自らの歌の中に取り込んでしまったという言い方が許されようか。

そして、「本来的に、非常に古代的なもの、魂を揺り動かす力をもったもの[47]」である歌の中に、源氏が「天かけるらむ宿」と規定したことは、御息所の天かける魂を呼び起こす作用をもたらす。加えて、先に顧みた用例を辿るなら、すべて「天翔りても……見たまふらむ」という具合に、「見る」という言葉を常に伴って「天かける」が用いられていることにも気付かされる。述べ来った御息所の「見る」女君という属性、「見る」ことによって深く象られてきた源氏への愛執の問題をこれに繋げてみれば、愛執の怨霊、同時に祖霊として斎宮を見守り続ける六条御息所の死霊の在り方が、ほぼ必然的に浮上する。「雪霙かき乱れ荒るる日[48]」に詠まれたこの歌は、「空色の紙の、くもらはしき」に書かれたものであった。流れるイメージの深い暗鬱が認められる。「怨霊の家」のイメージは確実に形象されつつある、とみなければなるまい。

源氏が六条院造営の地をほかならぬ御息所の邸跡に選び取ったということは、「亡き人の天かけるらむ宿」を我がものとすることにより、斎宮を見守る母としての視線（祖霊）はもとより、女として源氏を見続ける愛執の視線（怨霊）を抱え込んでしまったということにほかならない。第二部に至って御息所の死霊が登場するのは、「構想の失敗[49]」などということではさらになく、その意味で極めて必然的なことだったと考えられる。

中宮の御ことにても、いとうれしくかたじけなしとなん、天翔りても見たてまつれど、道異になりぬれば、子の上までも深くおぼえぬにやあらむ、なほみづからつらしと思ひきこえし心の執なむとまるものなりける。

（若菜下四　二二七頁）

紫の上の瀕死の床に姿を現した死霊は、果たして、澪標の巻の源氏の「天かけるらむ宿」との言葉に呼応すべく「天翔りても見たてまつれど」と語るのであった。六条院を遙かに天翔り中宮のこと、また源氏のことを見守り続けてきた目が在ったことが明かされて、澪標の巻の叙述の暗示は完結する。

人はみな去りね。院一ところの御耳に聞こえむ。おのれを、月ごろ、調じわびさせたまふが情けなくつらければ、同じくは思し知らせむと思ひつれど、さすがに命もたふまじく身をくだきて思しまどふを見たてまつれば、今こそ、かくいみじき身を受けたれ、いにしへの心の残りてこそかくまでも参り来たるなれば、ものの心苦しさをえ見過ぐさでつひに現はれぬること。さらに知られじ、と思ひつるものを。（若菜下　二二六頁）

死霊自らの言葉の中に、源氏を「見たてまつ」り続け、そして女楽の後の紫の上との物語の折、「心よからず憎かりしありさま」が語り出されたことへの怨めしさを契機に噴き出た「心の執」故に、紫の上に取り憑いたものの、病を嘆く源氏の姿を「見過」ごすことができず、姿を現したとある。まつわりつくように源氏をなお見続ける御息所の愛執のまなざしがありあり確認される。

女三の宮出家後、死霊は再登場する。「かうぞあるよ。いとかしこう取り返しつと、一人をば思したりしが、いと妬かりしかば、このわたりにさりげなくてなん日ごろさぶらひつる。今は帰りなん」（柏木㈣三〇〇頁）と、「うち笑」い、哄笑の中に遙かに去って再び姿をみせることのない死霊は、もはや源氏を「見る」という御息所固有の属性を伴わない。御息所の「もののけ」の終焉としてまことに象徴的と言うべきだろう。

そしてまた、紫の上に取り憑く死霊は、「同じくは思し知らせむ」と激情を語り、「髪を振りかけて泣くけはひ」さえうとましいが、一方に、「なほみづからつらしと思ひきこえし心の執なむとまるものなりける」と愛執の恐ろしさを自覚し、「今は、この罪軽むばかりのわざをせさせたまへ」と罪に思いを致し、切実に救いを求めて呟く在り方をみせていることが辿られる。怨みと妬みとの一方で、その目がもう一度自分に回帰するという固有の構造も、しかしもはや、女三の宮をめぐる死霊には見出し得ない。今一つの目を失った「もののけ」、また「見る」という属性を失った「もののけ」は、これ以上御息所と結び付く必然性を持たず、それ故この後の登場の可能性は断ち切られたと考えられる。

六条院が、秋好中宮を一つの基軸に繁栄を続けていく限り、母として「いとうれしくかたじけなし」とそれを見ることによって、「祝福」[50]を与え続ける御息所の霊は存続する。同時に、それは六条御息所の夫東宮を擁しながら、東宮その人、そして大臣の死等によって潰えた御息所一族の夢が、蘇り繋がれていくのを見守り続けることにほかならなかった。秋好には、けれども子の与えられぬまま冷泉帝は退位する。蘇り生き続けた夢の再度の挫折が明らかになったということが、母としての分別を越えて御息所の愛執の妄念の噴き出る破れ目になったという言い方が許されよう。文脈の奥に象られた、紫の上の病床に死霊の出現するきっかけは、後嗣のないままの冷泉帝退位と既に説かれるところである。[51]

一方、六条院に住む光源氏の妻たちの内、紫の上と女三の宮とが死霊に取り憑かれているのに対し、今一人の重立った妻、明石の君とその一族には一度もそのことがなかった[52]のは、明石一族の繁栄の場としての六条院もまた、御息所の霊の祝福しつつ見守り続けるものだったということを表すものなのかも知れない。桐壺更衣の家と血縁関係にあった明石一族、中でも入道の父大臣と御息所の父大臣とは、或いは一つの野望に向かっての共同勢力[53]であったのだろうか。ともあれ、桐壺一族の家をめぐる祈りを、その血縁故に受け継いだとおぼしき明石一族の輝かしい繁栄が、ほかならぬ六条院、御息所の邸跡にその霊に見守られつつ顕現されたとみられることは確認しておいてよいことであろう。

二度に亙る死霊出現が、女三の宮降嫁による苦悩を負った紫の上、またゆくりなく密通の子を産み源氏の冷たさに戦く女三の宮という具合に、共々「物思はしき」状態の女君の上になされたものであることは、「もののけ」が、取り憑かれる側の女の内面的な問題を激しく突き出す存在[54]であることを意味するという。と同時に、これらの死霊がとどのつまり、源氏の目にのみ映じるものであることは、源氏自身の各々の状況をめぐる心の痛みを揺曳させる表現[55]ともなり得ていることを思わせる。「見る」という属性をすぐれて担わされた六条御息所は、源氏の生涯を見続けることによって、彼の「負」の部分の隈々、心の痛みを自ずから照らし出す役割を果たすことになるのでもあった。六条御息所の視線は深々と晦い。

注

(1) 大朝雄二『源氏物語正篇の研究』(昭50 桜楓社)三七二頁。
(2) 池田勉『源氏物語試論』(昭49 古川書房)二一〇頁。
(3) 清水好子「源氏物語の女性——后たち——」『国語国文』(昭37・3)
(4) 鈴木日出男「車争い前後の六条御息所——『源氏物語』表現論覚書——」『成城文芸』(昭55・3)、のち『源氏物語虚構論』(平15 東京大学出版会)所収。
(5) 藤井貞和氏は、六条院の繁栄こそが御息所への鎮魂であり、一方御息所が家霊となって院の繁栄を見守るという関係が破れた時に怨霊としての死霊登場をみると説かれる。(『源氏物語の始原と現在』——定本(昭55 冬樹社)一六二頁)
(6) 『河海抄』『孟津抄』等に引く。
(7) 本文は小学館日本古典文学全集に拠る。
(8) 西村亨『王朝恋詞の研究』(昭47 慶応義塾大学言語文化研究所)三九二頁。
(9) 『源氏物語評釈』㈠(昭39 角川書店)三六一頁。
(10) 小学館日本古典文学全集『源氏物語』㈠ 二二一頁頭注。

(11) 本文は、朝日日本古典全書に拠る。
(12) 小学館日本古典文学全集『源氏物語』㈠　二二二頁頭注。
(13) (8)に同じ。
(14) 玉上琢弥「源語成立攷」『源氏物語研究』（昭41　角川書店）、高橋和夫「新手枕——六条御息所の物語——」『源氏物語の主題と構想』（昭41　桜楓社）など参照。
(15) 西井裕子「六条御息所私論」『東京女子大学日本文学』（昭56・9）
(16) 増田繁夫「六条御息所の准拠」『論集中古文学5・源氏物語の人物と構造』（昭57　笠間書院）
(17) 石埜敬子「六条御息所」『解釈と鑑賞』（昭46・5）
(18) 玉上琢弥氏は「御息所の現われる時は、いつも文章の調子が高くなるのだが、……」と説かれる。（『源氏物語評釈』㈡　四九五頁）
(19) 室伏信助「源氏物語の構造と表現」『源氏物語研究と資料　古代文学論叢第一輯』（昭44　武蔵野書院）、のち『王朝物語史の研究』（平7　角川書店）所収。
(20) 『源氏物語評釈』㈡　五〇七頁。
(21) (20)の書の五〇八頁。
(22) (20)の書の五〇二頁。
(23) 坂本曻（共展）「六条御息所」『源氏物語必携』II（昭57　学燈社）
(24) 金田元彦「六条御息所の原型——怨霊の系譜」（『古武士の知慧——古代文学史ノート』昭34・3）、川崎昇「六条御息所の信仰的背景」『国学院雑誌』（昭42・9）、但し川崎（坂本曻）氏の「廃太子」説は、後に氏自身によって否定され（『源氏物語構想論』昭56　明治書院）た。また否定説に増田繁夫「六条御息所の准拠」（(16)参照）がある。
(25) 小林美和子「複線型叙述の物語構造に於る効果」『国語と国文学』（昭50・12）、のち『王朝の表現と文化』（平11

笠間書院）所収。
(26) 大朝雄二「六条御息所の苦悩」『講座源氏物語の世界』㈢（昭56　有斐閣）
(27) 坂本曻（共展）「前坊の御息所論」（(26)の書に同じ）
(28) (26)に同じ。
(29) 本文は、新潮日本古典集成に拠る。
(30) 「源氏物語第三部の方法——中心の喪失あるいは不在の物語——」『文学』（昭57・8）、のち『物語文学の方法Ⅱ』（平元　有精堂）所収。
(31) (30)に同じ。
(32) 門前真一『源氏物語新見』（昭40　門前真一教授還暦記念会）二三九頁。
(33) 高橋亨「六条御息所」『国文学』（昭57・9臨時増刊号）
(34) 斎藤暁子『源氏物語の研究』（昭54　教育出版センター）七六頁。
(35) 『岷江入楚』葵四六二頁。（昭59　武蔵野書院）
(36) (37)　(4)に同じ。
(38) 「斎宮女御徽子の六条御息所への投影」『今井源衛教授退官記念文学論叢』（昭57　九州大学国語国文研究室）
(39) (15)に同じ。
(40) たとえば、町の小路の女をめぐる記述を思い起こしたい。
(41) 丸山キヨ子「源氏物語の仏教——その源泉の一部について——」『源氏物語の探究』㈣（昭54　風間書房）、のち『源氏物語の仏教』（昭60　創文社）所収。
(42) 丸山キヨ子『源氏物語と白氏文集』（昭39　東京女子大学学会）一一七頁。
(43) 小学館日本古典文学全集『源氏物語』㈡　三〇〇頁頭注。
(44) 柳井滋「源氏物語と霊験譚の交渉」『源氏物語研究と資料　古代文学論叢第一輯』（昭44　武蔵野書院）

(45)　小学館日本古典文学全集頭注、玉上評釈など。
(46)　本文は、角川書店に拠る。
(47)　座談会「表現としての『源氏物語』『文学』（昭57・7）における鈴木日出男氏の発言。
(48)　物語研究会昭57・10月例会における三谷邦明氏の発言をもとにした。
(49)　池田亀鑑「源氏物語の構成とその技法」『望郷』（昭24・6）
(50)　(5)に同じ。但し、こうした読みに対しては、藤本勝義「六条御息所の鎮魂」『源氏物語の人　ことば　文化』（平11　新典社）の異論もある。
(51)　武者小路辰子「若菜巻と六条御息所」『日本文学』（昭39・7）（のち『源氏物語生と死と』（昭63　武蔵野書院）所収）、日向一雅「怨みと鎮魂」『東京女子大学論集』（昭53・9）（のち『源氏物語の主題』（昭58　桜楓社）所収）
(52)　坂本和子「光源氏の系譜」『国学院雑誌』（昭50・12）
(53)　坂本和子氏は(52)の論において、「入道の父大臣と御息所の父大臣との間に、又中務宮も含めて血縁につながる関係を想定して」いたのかもしれないと説かれる。
(54)　深沢三千男「六条御息所悪霊事件の主題性について」『源氏物語とその影響　古代文学論叢第六輯』（昭53　武蔵野書院）
(55)　後藤祥子「六条御息所はなぜもののけになり続けるのか」『国文学』（昭55・5）

7 朝顔の巻の読みと「視点」

はじめに

語り手と、登場人物との視点のさまざまな距離、その位置を測定することによって、種々論の分かれる朝顔の巻の読みの方向を、今一度新しい角度から照らし出すことができないだろうか。本稿の試みは、「視点」を軸に、朝顔の巻の読みの方向を探ろうとするものである。

薄雲の巻に引き続き、源氏三二歳、秋から冬への時間を語る朝顔の巻は、長篇としての物語のプロットの上ではむしろ殆ど意味を持たぬものであるかにもみえるが、成立・構想論的に問題を孕む巻として早くから注目されるところであった。もとよりそれは、帚木等の巻々で僅かに点描されつつ、改めて当該巻に至り本格的に女主人公として描かれることになった朝顔の斎院の登場の唐突さに因っている。いわゆる「輝く日の宮」(1)の巻など、斎院を含めての上の品の女性との交渉の発端を語る巻の存在を想定すべきではないか、といった論の展開がはかられた。

さらに、成立・構想論上のそれと相俟つかたちで、主題論上の問題が浮上する。即ち、いわゆる紫の上系の巻々で、ついに源氏に靡くことのない女君は、朝顔の斎院ただ一人であって、或いはこれは玉鬘系の空蟬物語に先行する(2)と見得るものではないか、また、その結婚拒否のテーマは第三部大君物語に繋がれるとみられること(3)、一方、その斎院の存在は紫の上側からみれば、大きくその位置をゆさぶるものであり(4)、そうした紫の上の苦悩は第二部女三の宮降嫁をめぐる物語に繋がれていくと考えられる、などといったところに、問題はあらあら整理されるようである。

そしてまた、末尾源氏の夢枕に立つ藤壺の存在をどう考えるべきか。当該巻の読みは、朝顔の斎院その人に、また紫の上に焦点を合わせる方向、藤壺に究極の問題を求める方向(5)、また、光源氏を要《かなめ》に考える見方等に(6)、大別することができるように思われる。

一方、当該巻が、過去、時間の経過というものが大きく浮かび上がり問い直される、回想的雰囲気の濃い巻であることは、しばしば指摘される通りであろう(7)。『源氏物語』全体のおおむねの視点の傾向の中での朝顔の巻の位置付けを、併せ顧みながら、「視点」を軸に当該巻を辿る時、ほかならぬ光源氏の、過去を負う生の問い直しという方向へ、改めてその読みが導かれるのではないか、という見通しを持って解析を進めたい。

一　光源氏と語り手

おなじ蓮にとこそは、
なき人をしたふ心にまかせてもかげ見ぬみつの瀬にやまどはむ

と思すぞうかりけるとや。

（朝顔(二)　四八六頁）

周知の、朝顔の巻巻末の、光源氏の、藤壺鎮魂、追悼の独詠歌である。「みつの瀬」即ち三途の川を、女は初めて逢った男に背負われて渡るという俗信を踏まえての、この歌の詠みぶりは、相当の色合で藤壺との密事を露にする風情を湛えていると言ってよかろう。「おなじ蓮」、つまり夫婦としての一蓮托生の願いを抱きながら、三途の川に藤壺を追っても、既に桐壺帝により藤壺は背負われ渡ってしまって、影もなく行き暮れるほかあるまいという源氏の絶望は、逆に、三途の川で藤壺を負い一蓮托生を遂げるべき望みを抱き得るはずなのに……、といった思いを裏側に想起させ、その意味で並ならぬ二人の濃密な関係を証し立てるものにほかなるまい。

心中の歌を、そのまま「思す」と受けるかたちは、『源氏物語』において異例のことであると説かれるところだが、こうして藤壺との密事を露にする風情の独詠歌が、そのまま「と思すぞ」で引き受けられていることは、注目に値しよう。たとえば、

おほかたに花の姿をみましかば露も心のおかれましやは

御心の中なりけんこと、いかで漏りにけむ。

（花宴(一)　四二五頁）

右の、花宴の巻における藤壺の独詠歌をめぐる場合のように、とりわけ最高の禁忌に触れる恋にまつわり、漏らされる心中の歌であってみれば、「御心の中なりけんこと、いかで漏りにけむ」といった体の、何らかの語り手のコメントが付されるのがむしろ自然だろう。ところが、朝顔の巻末では、語り手はその種のコメントを一切加えない。むしろ、「うかりけるとや」と、源氏の心中深く呟かれた歌に、そのまま重く共感する姿勢を露にしつつ、「とや」と伝える姿を見せるだけである。

光源氏と語り手とは、朝顔の巻巻末において、無限に近い距離にいる、と述べることが許されようか。主人公の

心中、最も深く潜められた呟きを、無媒介に知り得、共感し得るという意味においてである。この巻末表現が、おおむね朝顔の巻全体の、語り手と主人公光源氏との視点の距離を示唆するものであることを、今ひとまず結論的に述べておく。以下、光源氏、朝顔斎院、紫の上等の人物と、語り手との距離を、箇々の場面に従って測定してみたい。

二　朝顔の斎院登場への過程

斎院は、御服にておりゐたまひにきかし。大臣、例の思しそめつること絶えぬ御癖にて、御とぶらひなどいとしげう聞こえたまふ。宮、わづらはしかりしことを思せば、御返りもうちとけて聞こえたまはず。いと口惜しと思しわたる。

長月になりて、桃園の宮に渡りたまひぬるを聞きて、女五の宮のそこにおはすれば、そなたの御とぶらひにことづけて参うでたまふ。故院の、この御子たちをば、心ことにやむごとなく思ひきこえたまへりしかば、今も親しく次々に聞こえかはしたまふめり。同じ寝殿の西東にぞ住みたまひける。ほどもなく荒れにける心地して、あはれにけはひしめやかなり。

宮、対面したまひて、御物語聞こえたまふ。いと古めきたる御けはひ、咳がちにおはす。このかみにおはすれど、故大殿の宮は、あらまほしく古りがたき御ありさまなるを、もて離れ、声ふつつかに、こちごちしくおぼえたまへるも、さる方なり。

（朝顔　四五九—四六〇頁）


朝顔の巻冒頭は、父式部卿宮薨去故の姫君の服喪、そして斎院辞任から説き起こされる。その情報を伝え、さらに源氏がその人への思いを忘れることなく、折からの「御とぶらひ」も頻繁であるという状況を説明する語り手の女房の存在が、「かし」「御癖」の語によって、やや意識的に浮かび上がる。「かし」と念を押し、或いは、光源氏の心長さを「御癖」と解釈し、説明する語り手の視線を意識させるという意味においてである。

さらに、語り手は、源氏の消息に対し昔の「わづらはしかりしこと」を思う故に、気を許した返事も出さないという朝顔の姫君の在り方を客観的に述べ、その姫君の態度を「口惜し」と思い続ける源氏の対応を語るのであった。続いて九月、姫君が「桃園の宮」に移られたことを「聞」いた源氏は、その邸に住む女五の宮の見舞にこと寄せ、姫君を尋ねることが記されるが、ここで注目したいのが「聞きて」の語である。

朝顔の姫君の斎院辞任の情報がもたらされるところから始まったこの巻が、朝顔側の情報を、源氏側から「聞く」、という視点で書き継がれようとしていることが確認される。本来、主人公の傍らに在って、見、出来事に耳を欹て、その結果としての情報をもたらすはずの語り手は、その意味で「聞く」源氏に近いところにいると述べることが許されるであろう。言い換えれば、「かし」「御癖」「めり」など、念を押したり、解釈したり、推量したりしている語り手の女房の視線は、この時不意に源氏側に近付いたということか。果たして、桃園の宮の在り様《よう》が、そこを訪れた光源氏の目を通して、「ほどもなく荒れにける心地して、あはれにけはひしめやかなり」と像を結ぶのであった。語り手の目と光源氏の目とは、ここではぴたりと重なっている。

以下、専らその源氏のまなざしが、年老いた女五の宮像を辿り刻むものであることは、「故大殿の宮」、即ち光源氏の姑女三の宮を引き合いに、それと比較するかたちで五の宮の老いが捉えられていることを述べるまでもなく自明であろう。引用箇所に引き続く、源氏の訪れへの女五の宮の謝辞は、「と聞こえたまふ」と敬語を付して伝えられるが、続く源氏のそれへの受け止め方は、「かしこくも古りたまへるかなと思へど、うちかしこまりて」と、敬語なしに記される。先の「聞きて」と合わせて、敬語が消滅するのは、語り手と登場人物源氏のまなざしとが、一体化する瞬間であるとすれば、「心ならずも無沙汰を重ねて……」との源氏の挨拶を「など聞こえたまふ」と記して敬語が復活するまで、語り手の視線は源氏に寄り添い、女五の宮の様子を、聞き、見、またそれを「かしこくも古りたまへるかな」と思う、というかたちで物語が進展していると考えられる。

『源氏物語』は、自明のことながらもとより源氏の物語である。とすれば、光源氏の視点、源氏の側から物語が語られるということもむしろ自明と言うべきなのだろうか。事実、既に「源氏物語の初めの部分は、女君達の視線を努めて抑制し、専ら光源氏の目に映るそれらの女君達の映像を問題にしていくかたちで語られる[9]」という指摘もある。物語全体を大きく見渡す時には確かにその通りなのだが、箇々の巻々、或いは人物、場面を微視すると、状況は必ずしも一律ではないように思う[10]。

今、当面の問題となっている朝顔の斎院その人をめぐる場面を例に取ってみる。

　式部卿宮、桟敷にてぞ見たまひける。「いとまばゆきまでねびゆく人の容貌かな。神などは目もこそとめたまへ」とゆゆしく思したり。姫君は、年ごろ聞こえわたりたまふ御心ばへの世の人に似ぬを、なのめならむにてだにあり、ましてかうしもいかで、と御心とまりけり。いとど近くて見えむまでは思し寄らず。

（葵(二)　二〇頁）

周知の車争いの一件の折、「副車の奥」から源氏の輝く美貌を見つめて涙する六条御息所を描いた後、式部卿宮、そして朝顔の姫君の見、賛嘆する視線を描き添える箇所である。賛嘆しつつ、しかも「いとど近くて見えむ」ことは思い寄らぬ朝顔の姿が、ここに点描された。朝顔の巻は、結婚拒否の物語として、既に物語に刻まれたこういう姫君の姿を冒頭に掘り起こし、女君の側から描くという途も可能だったはずである。けれども、実際の巻の展開はそうはならず、朝顔の姫君側の情報を、源氏が聞き、その周辺の女五の宮にまず接近していく、というところから始まったのである。

一方、女君との具体的な交渉の開始は、若紫の巻や夕顔の巻の場合のように、源氏側の視点から説き起こされることが確かに多いが、それとても源氏の物語故、自明であるというほどのものでもない。明石の君をめぐる物語の場合、若紫の巻の良清の噂話はそれとして、交渉が具体化される須磨、明石の巻において、まず説き起こされるのは、明石の入道側の思惑であった。もとよりこれには、明石の君が本来ならむしろ良清にふさわしい身分として設定されていること、それ故、源氏と共に須磨に下った彼の懸想ぶりがまず簡単に触れられ、それに応ぜぬ心高さという展開から、入道側の思惑が語られ出すという但し書きが必要ではあろう。

けれども、源氏と直接に関わる明石の君の物語もまた、まず明石側に視点を置いて語られ出すのであった。

世に知らず心高く思へるに、国の内は、守のゆかりのみこそは、かしこきことにすめれど、ひがめる心はさらにさも思はで年月を経けるに、この君かくておはすと聞きて、母君に語らふやう、「桐壺更衣の御腹の、源氏の光る君こそ、朝廷の御かしこまりにて、須磨の浦にものしたまふなれ。吾子の御宿世にて、おぼえぬことのあるなり。……」（須磨(二)　二〇一頁）

源氏の須磨流謫の情報を、入道が「聞」いて、愛嬢との結婚への思惑をその「御宿世」として語るところから、徐々に二人の交渉が紡ぎ出されていく。源氏はその意味では、明石の君との物語において、まず受け身の立場に在ったということができるだろう。

明石の君の物語は、一つには言われるように「身のほど」の嘆きの物語[11]である。こうして明石側の視点からまず説き起こされることになったその物語においては、その人の「身のほど」の嘆きもまた、源氏側からそれを痛々しく見る、という図柄よりも、女君側の視点に立ってその内面を深く刻み上げていくという構図が、しばしば取られていると言ってよい。その登場当初から「身のありさまを、口惜しきものに思ひ知りて、高き人は我を何の数にも思さじ、ほどにつけたる世をばさらに見じ、命長くて、思ふ人々におくれなば、尼にもなりなむ、海の底にも入りなむなどぞ思ひける」(須磨二〇三頁)と、人々の噂に「海龍王の后になるべきいつきむすめななり」(若紫(一)二七八頁)などと揶揄されていた女君の、その実の深切な嘆きが女君側から明かされたのだった。

以上、長々と回り道したが、朝顔の巻巻頭の、源氏の至近距離の視座から語り出すという展開は、たとえ源氏の物語であっても、さほどに自明でない、ということを確認しておく。

三　過去、回想

朝顔の巻では、先に触れた女五の宮と、また源典侍という二人の老女が登場する。朝顔の姫君の登場それ自体が、賢木の巻以来八年を隔ててのものであって、もとより過去の女君が蘇るといった趣があり、そのことからも当該巻の回想的傾向は自明なのだが、さらに二人の老女の登場が「この巻に回想的な雰囲気を色濃く漂わせるための道具立[12]」となっていると指摘されるところである。

ところで、この二人の老女が共に、桐壺帝の妹、或いはその宮廷で活躍していた典侍という意味で、桐壺帝ゆかりの人々であることは注目すべきだろう。永井和子氏の指摘されるように、単なる過去一般ではなくて、この巻の背後に「桐壺院の世界が濃厚に存在[13]」することを意味するものにほかならない。

「……おぼえぬ罪に当りはべりて、知らぬ世にまどひはべりしを、たまたま朝廷に数まへられたてまつりては、またとり乱り暇なくなどして、年ごろも、参りていにしへの御物語をだに聞こえ承らぬを、いぶせく思ひたまへわたりつつなむ」など聞こえたまふを、「いともいともあさましく、いづ方につけても定めなき世を、同じさまにて見たまへすぐす、命長さの恨めしきこと多くはべれど、かくて世にたち返りたまへる御よろこびになむ、ありし年ごろを見たてまつりさしてましかば、口惜しからまし、とおぼえはべり」と、うちわななきたまひて、「いときよらにねびまさりたまひにけるかな。童にものしたまへりしを見たてまつりそめし時、世にかかる光の出でおはしたることと驚かれはべりしを。時々見たてまつるごとに、ゆゆしくおぼえはべりてなむ。『内裏の上なむ、いとよく似たてまつらせたまへる』と、人々聞こゆるを、さりとも劣りたまへらむとこそ、推しはかりはべれ」

（朝顔　四六〇—四六一頁）

右の女五の宮と光源氏との対座場面で、まず源氏の無沙汰を詫びる言葉の中に「おぼえぬ罪に当りはべりて、知らぬ世にまどひはべりし」と、須磨流謫体験を再確認する箇所が含まれていることに注意したい。一方、いかにも老人らしく過去への感慨に、「うちわななき」涙しながら対する女五の宮の口から洩らされた言葉は、類い稀な源氏の美貌を面と向かって「ゆゆしくおぼえはべりてなむ」と、露に讃えるという滑稽味を漂わせながら、その美貌に「内裏の上」つまり冷泉帝が、まざまざ生き写しであるとの人々の噂を伝えるものであった。

光源氏の、朝顔の巻に至る半生、過去の最も大きな問題は、須磨流謫と冷泉帝誕生にほかなるまい。そしてこれらの二つの事柄の背後に、藤壺への恋が在ることは今更言うまでもない。女五の宮との会話は、あてどなく過往に目を向けるといった体のたわいない老女の昔語りを装いながら、実は充分周到に源氏の過去の最大の問題を剔出し整理するものとして置かれていると述べることが許されるであろう。「知らぬ世にまど」うた流謫体験と、「いとよく似」た我が実子が帝位に在ることと、二つながらに彼の生の根源の問題を刺し貫く事柄が、ここにさりげなく浮き彫られた。

もっとも源氏は、そういう女五の宮の言葉を、「内裏の御容貌は、いにしへの世にも並ぶ人なくやとこそ、ありがたく見たてまつりはべれ。あやしき御推しはかりになむ」（四六二頁）と軽々と躱し、ともあれ女五の宮の言葉は、その場においては表面をかいなでていった老女の無駄話以上の意味を持たない。但しこれが恣意的に置かれた昔話でないことは、末尾の藤壺の夢が証し立てる。冒頭さりげないかたちで触れられた過去の深い問題は、巻を底流し再び末尾に明らかに蘇るのである。

源典侍をめぐる場面の考察を付け加えておこう。女五の宮との二度目の対面の折、やがて「いびきとか、聞き知らぬ音」がして、どうやら宮は宵のうちから眠られた様子、ようやく解放された喜びに座を立とうとする時、「またいと古めかしき咳うちして、参りたる人あり」（四七二頁）と、源氏の目に添って捉えられるのが、源典侍の姿であった。

> 源典侍といひし人は、尼になりて、この宮の御弟子にてなむ行ふと聞きしかど、今まであらむとも尋ね知りたまはざりつるを、あさましうなりぬ。「その世のことは、みな昔語になりゆくを、遙かに思ひ出づるも心細きに、うれしき御声かな。親なしに臥せる旅人とはぐくみたまへかし」とて、寄りゐたまへる御けはひに、いとど昔思ひ出でつつ、古りがたくなまめかしきさまにもてなして、いたうすげみにたる口つき思ひやらるる声づかひの、さすがに、舌つきにてうちざれむとはなほ思へり。「言ひこしほどに」など聞こえかかるまばゆさよ。今しも来たる老のやうになど、ほほ笑まれたまふものから、ひきかへ、これもあはれなり。
>
> （朝顔　四七三頁）

「尋ね知りたまはざりつるを」と、外側から源氏の状況を述べていた語り手は、「あさましうなりぬ」の部分で、不意に源氏に接近する。再び、「寄りゐたまへる御けはひ」の箇所で敬語が戻り、離れるが、「いとど昔思ひ出でつつ……」の辺りから、源典侍の姿は光源氏の目と重なった語り手の視線を通して捉えられていると言ってよい。「ひきかへ、これもあはれなり」も、源氏と一体化した語り手によって洩らされた吐息にも似た呟きである。この部分について、小学館日本古典文学全集本頭注は、「主観的感情にとらわれない、包容力のある人生観照の態度というべきであろうが、中年に達した源氏の境地以上に、物語の作者の感情が露出した感がある」と述べているが、ともあれ、語り手が源氏と重なる視点を以て、源典侍の老いを捉え、それを解釈し感慨を述べていると考えることができよう。

女五の宮の「宵まどひ」の老醜も、源典侍の「古りがたくなまめかし」い滑稽も、語り手女房固有の視座から客観的に定位されるというよりは、共々に源氏の視点から刻まれたものであった。源氏が、老いた人々を視ている。源氏自身にとっての、老いや時間の経過、過往の意味を問う巻として、当該巻を読み得るのではないかという予感が、そういう源氏の視点の置かれ方から漂ってくる。「ひきかへ、これもあはれなり」の箇所のように、その語り手と源氏との接近は、或いは作者と源氏との接近という問題にも関わってくるのではないか、とこれもひとまず予感的に述べておきたい。

四　朝顔の斎院とその視点

源氏との対座場面で、女五の宮が、「亡せたまひぬる」式部卿宮も、源氏を婿にしておけば良かったのに……と「悔」いておられた折々もあったと、語り出すのに導かれるように、朝顔の斎院との対面へとことは運ばれていく。

あなたの御前を見やりたまへば、枯れ枯れなる前栽の心ばへもことに見わたされて、のどやかにながめたまふらむ御ありさま容貌もいとゆかしくあはれにて、え念じたまはで、「かくさぶらひたるついでを過ぐしはべらむは、心ざしなきやうなるを、あなたの御とぶらひ聞こゆべかりけり」とて、やがて簀子より渡りたまふ。暗うなりたるほどなれど、鈍色の御簾に、黒き御几帳の透影あはれに、追風なまめかしく吹きとほし、けはひあらまほし。簀子はかたはらいたければ、南の廂に入れたてまつる。（朝顔　四六三頁）

「見やりたまへば」「見わたされて」と二回続けて確認される源氏の視線を通して、「鈍色の御簾」越しに、朝顔の「透影」が浮かび上がってくる。（「透影あはれに」の箇所は、河内本では「透影あはれに見渡されて」とあって、源氏の視線を今一度明瞭にする表現が取られている。）やがて、宣旨が応対に出て、姫君の消息を伝えると、それに対し、飽かず「思」す源氏の姿が象られ、また「ありし世は、みな夢に見なして、……」との姫君の言葉に、「げにこそ」と世の無常、歳月の経過を「思しつづけ」る源氏の姿が定位される。

即ち、朝顔の姫君との対座場面は、「見る」の語を繰り返し、源氏の視線を押し出し、その視点から姫君の気配を浮かび上がらせ、さらにその人の前でさまざまに「思う」のは源氏である、という構造が取られていると言える。視点は源氏側にあり、過去と無常とに思いを致しながらも朝顔の姫君に向かう源氏の心と、語り手とは比較的近い距離にあり、姫君の内面を照らし出す視点は、ここでは取られていないとみられるであろう。

「人知れず神のゆるしを待ちし間にここらつれなき世を過ぐすかな

………」と、あながちに聞こえたまふ。御用意なども、昔よりもいますこしなまめかしき気さへ添ひたまひにけり。さるは、いといたう過ぐしたまへど、御位のほどにはあはざめり。

なべて世のあはればかりをとふからに誓ひしことと神やいさめむ

とあれば、「あな心憂。その世の罪はみな科戸の風にたぐへてき」とのたまふ愛敬もこよなし。「禊を神はいかがはべりけん」など、はかなきことを聞こゆるも、まめやかにはいとかたはらいたし。世づかぬ御ありさまは、年月にそへても、もの深くのみひき入りたまひて、え聞こえたまはぬを見たてまつりなやめり。「すきずきしやうになりぬるを」など、浅はかならずうち嘆きて立ちたまふ。「齢のつもりには、面なくこそなるわざなりけれ。世に知らぬやつれを、今ぞとだに聞こえさすべくやは、もてなしたまひける」とて出でたまふなごり、ところせきまで例の聞こえあへり。

おほかたの空もをかしきほどに、木の葉の音なひにつけても、過ぎにしもののあはれとり返しつつ、そのをりをり、をかしくもあはれにも、深く見えたまひし御心ばへなども、思ひ出できこえさす。

（朝顔　四六四―四六五頁）

引き続く箇所で、視点は姫君側に移動する。歌を詠む源氏の姿を、「御用意なども」昔よりなまめかしさが加わって……、と賛嘆する語り手の目は、自ずから源氏を見る朝顔の姫君側の視点と重なろう。但し、ここでさらに「愛敬もこよなし」とその魅力を手放しで仰ぎ続ける語り手の目が、姫君その人の目とぴたりと重なるとみてよいかどうか、やや疑問が生じる。賛仰し続けるのは、姫君その人と言うより、むしろ宣旨を含めて姫君の侍女たちではなかったか。無論姫君自身の思いと侍女のそれとは、重なる部分も大きい。姫君その人もまた、密かに思いを凝らしつつ御簾の奥より男君に視線を送り続けていたことではあろう。けれども、重なり合いつつ、両者の間に微妙なずれの生じていることが、宣旨の「禊を……」の応答に対する姫君の、「まめやかにはいとかたはらいたし」なる反応によって証し立てられる。

侍女と一体となって見つめていた姫君の目は、「のたまふ愛敬もこよなし」の辺りからややずれを生じ、「まめやかには……」の部分で、侍女との間にむしろ小さな対立を生じていると考えられる。それ故、以下「見たてまつりなやめり」「例の聞こえあへり」「思ひ出できこえさす」の箇所においては、視点はすべて侍女たちの側に移り、賛仰してやまぬ男君に容易に靡かぬ姫君の引っ込み思案を歯痒がる侍女の思惑が絡め取られることになる。「思ひ出できこえさす」については、姫君を主語とみる説[14]もあるが、「地の文における用法では、女房から貴人へ、あるいはそれに準ずるような、明瞭な身分関係の差に依るものが大部分[15]」という「聞こえさす」の用法からみて、やはり侍女の思惑と考えるべきところであることを付け加える。

結局、姫君その人の内面に語り手が近付き重なったのは、厳密には「まめやかにはいとかたはらいたし」の部分だけである。女君に近侍する女房の視点は、ここでは確かに一面女君の「代理的[16]」な視線として機能するものの、むしろやがて女君その人の視線から逸れ、女君を批判するまなざしを仄かに持ちかけている。大君物語の女房への継承[17]が指摘されるところだが、ここではひとまず第一回の対面においては朝顔の姫君自身の視点が極めて乏しいことを、確認しておきたい。対座場面の女君視点の乏しさは、或いは男君との最初の対面として設定されているのなら、むしろ当たり前とも言うべきだろうが、当該巻の、第一回目と呼んだそれは、少なくとも既知の間柄の男女[18]の対面というふうに設定されるものではあった。

さて、その翌朝、源氏が「見しをりのつゆわすられぬ朝顔の花のさかりは過ぎやしぬらん」の歌を贈ったのに対し、贈歌を踏まえつつ容色の衰えを秋の果ての朝顔に準える歌が返された。

「秋はてて霧のまがきにむすぼほれあるかなきかにうつる朝顔

似つかはしき御よそへにつけても、露けく」とのみあるは、何のをかしきふしもなきを、いかなるにか、置きがたく御覧ずめり。青鈍の紙の、なよびかなる墨つきはしも、をかしく見ゆめり。人の御ほど、書きざまなどにつくろはれつつ、そのをりは罪なきことも、つきづきしくまねびなすには、ほほゆがむこともあめればこそ、さかしらに書き紛らはしつつおぼつかなきことも多かりけり。

（朝顔　四六六―四六七頁）

「をかしく見ゆめり」につき、全集本頭注は、「源氏の様子について、その気持を推し量ったもの」と指摘するが、「御覧ずめり」を含め、語り手が顔を覗かせた部分と言い得るだろう。その気持を推量することができる近さで、源氏の傍らに在る語り手は、「人の御ほど……」以下の部分において、大きく前面に立ち現れ、自ら、やや嫌味な雰囲気の漂う源氏の歌の詠みぶりを陳弁することになる。源氏と語り手とは、ここでも至近距離にあると言わざるを得まい。

第二回目の源氏・朝顔対座場面も、源氏視点中心の状況は変わらない。既に季節は冬となり、姫君の西面の間から、「月さし出でて、薄らかに積れる雪の光りあひて、なかなかいとおもしろき夜のさまなり」（四七五頁）と風景を捉えるのが源氏の目であることは、『十列』などに冬の月と共に「冷物《すさましきもの》」とされていたらしい[19]老女の「仮借《けさう》」への連想から、今会ったばかりの源典侍を、「ありつる老いらくの心げさう」と呼び起こす言葉が引き続くことからも明らかであろう。或いは、心揺がぬもののさりとて無礼に過ぎることなく相手を慮る姫君の態度に、一入募る源氏の思いを、「さすがに、はしたなくさし放ちてなどはあらぬ、人づての御返りなどぞ心やましきや」と述べる部分、敬語は消滅し、語り手が源氏と重なって見ていると考えられる。

侍女たちが、「あながちに情おくれても、もてなしきこえたまふらん」（四七六―四七七頁）などと掻き口説く中で、源氏の魅力を「思し知らぬ」わけではないが、時折の文通のみに留め「おしなべての世の人」の如く軽々しく靡くまいと、結婚を拒み続ける姫君側の心情が確かに縷々述べられはするが、その場合も、語り手が姫君に近付いて敬語が消滅するというかたちはさして取られず、客観的に説明するかたちにまとめられるものであった。

朝顔の姫君の結婚拒否の物語が、主題的に深められたとみるには、視点は姫君側に余りにも乏しい。朝顔の姫君を見る源氏、そして姫君を通して何かを見ようとしている源氏の存在を確認せざるを得ないだろう。源氏は、姫君の背後に「昔」を見、そして桐壺帝の昔、そのゆかりの女君という方向から、藤壺が紡ぎ出されようとしている。

五　紫の上とその視点

源氏の朝顔の姫君への執心は、紫の上に深刻な動揺をもたらす。「同じ筋にはものしたまへど、おぼえことに、昔よりやむごとなく聞こえたまふを、御心など移りなば、はしたなくもあべいかな」（四六八頁）との心中思惟が、紫の上の不安を最も端的に物語っていよう。明石の君とは比較にならぬ朝顔の姫君の身分や声望の高さが、並び立つ者のない紫の上の妻の座をゆさぶるものとして、その不安を掻き立てるのである。

朝顔の巻は、第二部女三の宮の降嫁をめぐる問題にやがて深化されていくとみられる、この紫の上の苦悩が語られ、その位置の据え直しがはかられていると一つに読み解かれるところであるが、[20]紫の上の視点は、朝顔の姫君の場合よりもやや豊かに鏤められていると言ってよい。源氏の恋は、まず噂となって紫の上の耳に届き、紫の上側から次のように捉えられる。

……対の上は伝へ聞きたまひて、しばしは、「さりとも、さやうならむ事もあらば隔てては思したらじ」と思しけれど、うちつけに目とどめきこえたまふに、御気色なども、例ならずあくがれたるも心うく、……（朝顔　四六八頁）

噂に耳を澄ませ、源氏の動静に目を凝らし、そして「思」う紫の上の側から、「御気色なども、例ならずあくがれた」源氏の姿、或いは「端近うながめがちに、内裏住みしげくな」り「御文」ばかり書いている彼の姿が捉え刻まれる。「例ならずあくがれたるも心うく」の件《くだり》では、一瞬敬語が消滅し、語り手は紫の上にぴたりと身を寄せ、源氏を見つめていると述べることが許されよう。

　また、特に念入りに身繕いを整え、朝顔の姫君の許に赴こうとする源氏の姿は、「鈍びたる御衣どもなれど、色あひ重なり好ましくなかなか見えて、雪の光にいみじく艶なる御姿を見出だして、……」と、紫の上の視線の中に浮かび上がる。そのまなざしが捉える男君の姿が、雪の光の中に類いない美しさを放つほどに紫の上の哀切な心情が際やかであると言うべきところか。さらに、二条院に夜離れが重なると、女君が「たはぶれにくくのみ思す」のも当然だろう。その時語り手は、紫の上の傍らに近付いて、涙の「いかがうちこぼるるをりもなからむ」（四七八頁）と推し測るのであった。

　一方、雪の光の中に男君の艶姿を見送る紫の上の記述の直前には、「うち背きて臥したまへる」女君の嫉妬のいじらしさを、「見棄てて出でたまふ道ものうけれど」と捉える源氏のまなざしが対置されており、視点は相互に行き交いながら物語が進行する。

　「あやしく例ならぬ御気色こそ、心得がたけれ」とて、御髪をかきやりつつ、いとほしと思したるさまも、絵に描かまほしき御あはひなり。「宮亡せたまひて後、上のいとさうざうしげにのみ世を思したるも、心苦しう見たてまつり、太政大臣ものしたまはで、見譲る人なき事しげさになむ。このほどの絶え間などを、見ならはぬことに思すらむも、ことわりにあはれなれど、今はさりとも心のどかに思せ。……」など、まろがれたる御額髪ひきつくろひたまへど、いよいよ背きてものも聞こえたまはず。「いといたく若びたまへるは、誰がならはしきこえたるぞ」とて、常なき世にかくまで心おかるるもあぢきなのわざや、とかつはうちながめたまふ。

（朝顔　四七九頁）

右の箇所は、夜離れを重ねる源氏に、紫の上の涙が「いかがうちこぼるるをりもなか」ろうことかと記したのに続くものである。紫の上の嘆きを、その側に視点を置いて掘り下げる代わりに、ここで語り手は美的なまなざしを不意にはさみ込む。涙する紫の上のいじらしさに、その美しい髪を掻きやる源氏の光まさる美貌という、理想的な美を放つ一対を、「絵に描かまほしき御あはひ」と評するのであった。紫の上は深刻に悩んでいるはずだから、この美的視点は、どちらかと言えば源氏に近いところに在ると言うべきであろうか。涙に濡れた額髪を「ひきつくろ」う源氏の目に映じる、「いよいよ背きてものも」言わぬ紫の上の痛々しい可憐さを捉えるのも、同種の趣向であろう。深刻な苦悩を紫の上の視点から刻む代わりに、不安の頂点で、視点を源氏側に移動し、いじらしい美しさを見つめる源氏を据えることで、物語の破綻は回避される。美的視点が設置されることによって、物語の場面そのものが穏やかさを取り戻し、一方紫の上の美質を再確認する源氏の目が、やがてその人に「常なき世にかくまで心おかるる」ことの「あぢきな」さを導き、朝顔の姫君への執心の鎮静を予感させるという意味においてである。

月いよいよ澄みて、静かにおもしろし。女君、

こほりとぢ石間の水はゆきなやみそらすむ月のかげぞながるる

外を見出だして、すこしかたぶきたまへるほど、似るものなくうつくしげなり。髪ざし、面様の、恋ひきこゆる人の面影にふとおぼえて、めでたければ、いささか分くる御心もとりかさねつべし。鴛鴦のうち鳴きたるに、

かきつめてむかし恋しき雪もよにあはれを添ふる鴛鴦のうきねか

（朝顔　四八四頁）

凍てつく空に月が皓々と澄みわたる雪の夜、源氏は紫の上と、これまで関わりを持った女性についての評を交し合う。右の箇所は、その一夜の場面の末尾に置かれた歌の贈答である。女君の歌は、透徹した美を詠む単純な叙景

歌であるより、既に説かれる如く月影のように、一所に落ち着くことのない源氏との関係に「生き悩」み（「行きなやみ」と掛けられる）つつ、泣くほかない（「流るる」と「なかるる」が掛けられる）紫の上の凍った心象を重ね見るべき歌(21)ではあろう。紫の上が、斎院との関係など心配するのは、「もて離れたる事」と陳弁する源氏に、その不安をすっかり鎮められたとは考えにくい。「太政大臣ものしたまは」ぬ公務多忙で……、などという源氏の陳弁に漂うそこはかとない胡乱な雰囲気は、語れば語るほど紫の上の孤独を掻き立てていった部分があったはずで、「こほりとぢ……」の歌には、男君を眼前にしながら、にもかかわらず凍てつくような孤独を、心のある部分に嚙み締める気配が詠み込まれていると考えられる。

ところが、その苦しんでいる紫の上の傍らで、源氏は、女君の姿をただ美しいと見ているだけである。外側から、「外を見出だして、すこしかたぶきたまへる」女君の類い稀な美しさを見取るところから、「恋ひきこゆる」藤壺との相似が再確認されるのであった。「外を見出だして、……似るものなくうつくしげなり」の部分では、語り手と源氏との目は重なっていると言ってよい。そしてまた、「いささか分くる御心もとりかさねつべし」の箇所では、男君の心内を推量し得る近さに在るという意味において、語り手と源氏とが至近距離にあることが押さえられる。

入りたまひても、宮の御ことを思ひつつ大殿籠れるに、夢ともなくほのかに見たてまつるを、いみじく恨みたまへる御気色にて、「漏らさじとのたまひしかど、うき名の隠れなかりければ、恥づかしう。苦しき目を見るにつけても、つらくなむ」とのたまふ。御答へ聞こゆと思すに、おそはるる心地して、女君の「こは。などかくは」とのたまふに、おどろきて、いみじく口惜しく、胸のおきどころなく騒げば、おさへて、涙も流れ出でにけり。今もいみじく濡らし添へたまふ。女君、いかなる事にかと思すに、うちもみじろかで臥したまへり。

とけて寝ぬねざめさびしき冬の夜に結ぼほれつる夢のみじかさ

（朝顔　四八五頁）

紫の上と歌を交し合って後床につくと、藤壺が夢枕に立った。「おそはるる心地して、……涙も流れ出でにけり」の部分は、全く源氏に関する敬語が消滅し、語り手と源氏とが一体化して、源氏の驚きと悲しみとを突出させるかのようである。「うちもみじろかで臥したまへり」には、説かれるように全身を神経にして様子を窺いつつも、介抱などはしない女君のこだわりを読むべきであろう。そしてこのこだわりと「こほりとぢ……」の歌とは自ずから響き合うものと見なければなるまい。(22)

但し、この場合も語り手は、「うちもみじろかで」臥す紫の上の内面に向かう視点を持たない。女君側の視点の欠落により、女君の内面の重い問題が、これ以上物語に影を落とすことが避けられたということなのであって、これはあくまで女君が問題なく幸福な状態に置かれていることを意味するものではない。紫の上の内面の苦悩は、雪景色の中に塗り込められるように、語り手の巧みな操作によって繕われた。紫の上の際やかな孤絶は、紫の上側の視点の乏しさによって隠微に封じ込められ、それ以上に問題は展開しない。

紫の上をめぐる物語においても、結局物語の視点は、紫の上側ではなく源氏の側に収束していくという構造が再確認された。朝顔の巻においては、朝顔の姫君や紫の上側ではなく、源氏側の視点からおおむね物語が刻まれようとしている、という結果になる。紫の上や朝顔の姫君の問題は、底流化して第二部・三部に改めて蘇る。当該巻は、源氏の側から、源氏の視線に導かれたものを浮かび上がらせ、そのことにより自ずから源氏にとっての過往、半生が思い起こされ、整理されるという構造を取っている。、末尾の夢に藤壺の出現するのは、その意味ではまことに必然的である。老女たちを、朝顔の姫君を、そして紫の上を、源氏は視ることによって、時の経過、無常を噛み締め、そして過往の最大の問題である藤壺事件を導き出し、過往の静かな整理がはかられるのであった。

六　雪の夜の風景

「時時につけても、人の心をうつすめる花紅葉の盛りよりも、冬の夜の澄める月に雪の光りあひたる空こそ、あやしう色なきものの、身にしみて、この世の外のことまで思ひ流され、おもしろさもあはれさも残らぬをりなれ。すさまじき例に言ひおきけむ人の心浅さよ」とて、御簾巻き上げさせたまふ。（朝顔　四八〇頁）

先に触れた源氏と紫の上とが語り明かす夜の、雪と月との冴えかえる風景は、こうして色のない世界の醸し出す固有の美を主張する源氏の論をまず置き、その論と源氏の目から切り開かれるものにほかならない。凍てつく自然の透徹した美を、夕暮れから夜という時間、雪、月光の三つの組み合わせにより刻み上げる[23]この条は、古来名文の誉れ高いものであった。月光の中で、「雪まろばし」をする童女のとりどりの衵の色が散り乱れ、雪の中に一種夢幻的な世界が構築される。

作者がかなり熱を入れて刻み上げたとおぼしいこの風景は、実は『枕草子』の幾つかの箇所を意識的に汲み上げながら描かれたもののように思われる。「御簾巻き上げさせたまふ」は、周知の『白氏文集』「香炉峰ノ雪ハ簾ヲ撥テ看ル」を踏まえたものであると同時に、『枕草子』二八二段「雪のいと高う降りたるを」の「『少納言よ、香炉峰の雪いかならむ』とおほせらるれば、御格子あげさせて、御簾を高くあげたれば、笑はせたまふ」[24]の挿話を想起させる。或いは、「この世の外のことまで思ひ流され」は、同じように『文集』「三五夜中新月ノ色、二千里外故人ノ心」を踏まえる表現と考えられるが、[25]この一節を踏まえ既に『枕草子』は、「月の明かきはしも、過ぎにしかた、行末まで思ひ残さるることなく、……」「月の明かき見るばかり、ものの遠く思ひやられて、……」（二七六「成信の中将は」）などと述べている。雪まろばしの童女を前に、源氏が「ひと年、中宮の御前に雪の山作られたりし」事を思い起こし、自ずから中宮定子の御前での雪山作りの挿話（八三「職の御曹司におはしますころ」）への連想を可能にしているのは、『源氏物語』作者の一種の種明かしではあるまいか。併せ顧みる時、先の二箇所は、直接に『文集』を踏まえているというよりも、いっそう『枕草子』を意識しながら書かれたものであるように思われるのである。

一方、雪と月と、そしてさまざまな色合いの衣裳という組み合わせも、既に『枕草子』二八五「十二月二十四日、宮の御仏名の」の段にみえる。「日ごろ降りつる雪の今日はやみて、風などいたう吹きつれば、垂氷いみじうしだり、地などこそむらむら白きところがちなれ、屋の上はただおしなべて白きに、あやしき賤の屋も雪にみな面がくしして、ありあけの月のくまなきに、いみじうをかし」と述べられる、月と雪との世界の中に、「薄色、白き紅梅など、七つ八つばかり着たる上に、濃き衣のいとあざやかなるつやなど月にはえて、をかしう見ゆる」車の中の女君と、「葡萄染の固紋の指貫」姿の男君との鮮やかな色がくっきりと浮かび上がる。色のない風景の中に色鮮やかに散らばる童女の衵姿に重なろう。

作者は、こうして『枕草子』を汲み上げながら、紫の上の心象風景へ、また源氏の藤壺追慕の心象へと重ねられていく、固有の透徹した美を象った。それは、『十列』などの極めて通俗的な美意識に反発しての試みの、見事な成果であった。蛇足ながら付け加えておくと、現存『枕草子』本文に「すさましき物、しはすの月よ、おうなのけしやう」がないことはもとより、『枕草子』がたとえば先の二八五段のような描写を含み持つ以上、月と雪との組み合わせ等を「よからぬもの」に引くという箇所に関する、『紫明抄』などの「清少納言枕草子云」という注は成り立ち得まい。

同時代の作品を踏まえながら見事に刻み上げられたこの風景を顧みる時、こういう作者の意欲的な試みが、源氏の「すさまじき例に言ひおきけむ人の心浅さよ」との論によって導き出され、また源氏のまなざしから切り開かれるものであったことを今一度想起せざるを得ない。語り手と源氏と、そして作者と、朝顔の巻ではこの三者が極めて接近した距離にあるとみられるのである。

おわりに

「昨日今日と思すほどに、三十年のあなたにもなりにける世かな。かかるを見つつ、かりそめの宿をえ思ひ棄てず、木草の色にも心を移すよ」(朝顔四七一―四七二頁)とある源氏の言葉は、あくまでも「三年」でなく「三十年」と取りたいところである。朝顔の巻は、源氏が、自身の側から過去を振り返り、半生を見据える巻と言える。女五の宮も源典侍も、そして朝顔の姫君その人も、源氏側の視点から捉えられ、過去、時間の経過、無常といった問題を源氏に反芻させる機能を負って登場するかのようである。とは言え、なぜ朝顔の姫君が新たな登場人物として改めて選ばれたのか、という問題はここに残る。(26)

桐壺帝にゆかりの過去の女性であること、紫の上をゆさぶる身分の高さを備えていること、この二つがその理由と言うべきか。桐壺帝ゆかりの過去の女性という在り方は、必然的に藤壺と繋がることになり、また、ゆかりの人紫の上の苦悩は、それを見る人、源氏側からすれば藤壺の面影を想起させることになる。

源氏にとっての、これまでの半生の最大の問題は、取りも直さず藤壺との関わりである。その意味で、過往を整理するこの巻に、最も大きな意味を担って藤壺の幻が立ち現れるのでもあった。

源氏視点からの過往の整理がなされて、はじめて次の少女の巻において、源氏の子の世代、夕霧の恋の物語が描かれ得たと言えるのではないか。また、少女の巻以後、源氏の教育論、物語論など源氏による数多《あまた》の論が展開されることになるが、作者その人の意識を多分に反映するとおぼしいこうした光源氏の「論」の芽生えは、当該巻の「すさまじき例に言ひおきけむ人の心浅さよ」をめぐる部分に既に窺われるのではないかということを付け加えておく。

注

（1）武田宗俊・風巻景次郎、或いは高橋和夫氏の「欠巻X」説など。

（2）藤村潔「朝顔の姫君と空蟬物語との関係」『源氏物語の構造』（昭41　桜楓社）、田坂憲二「朝顔姫君の構想に関する試論——葵巻を中心として——」『文芸と思想』（昭58・1）、のち『源氏物語の人物と構想』（平5　和泉書院）所収など。

（3）篠原昭二「結婚拒否の物語序説——朝顔の姫君をめぐって——」『へいあんぶんがく』（昭43・9）、のち『源氏物語の論理』（平4　東京大学出版会）所収、武者小路辰子「朝顔斎院」『講座源氏物語の世界』㈣（昭55　有斐閣）、のち『源氏物語　生と死と』（昭63　武蔵野書院）所収など。

（4）森藤侃子「槿斎院をめぐって」都立大学『人文学報』（昭38・3）、のち『源氏物語』——女たちの宿世——』（昭59　桜楓社）所収、秋山虔「紫上の変貌」『源氏物語の世界』（昭39　東京大学出版会）

（5）清水好子「藤壺鎮魂歌」『源氏の女君』（昭42　塙新書）、永井和子「解説」『源氏物語朝顔』（昭45　笠間書院）

（6）吉岡曠「鴛鴦のうきね」上・下『中古文学』（昭49・5、10）、のち『作者のいる風景　古典文学論』（平14　笠間書院）所収。

（7）鈴木日出男「『朝顔』巻の構造と方法」『へいあんぶんがく』（昭42・1）及び（6）の論など。

（8）大森純子「源氏物語の内的表現の方法——薄雲・朝顔のころ——」『物語研究』（昭55・5）

(9) 三田村雅子「源氏物語の視線と構造――召人の眼差しから――」『今井卓爾博士喜寿記念　源氏物語とその前後』(昭61　桜楓社)、のち『源氏物語　感覚の論理』(平8　有精堂) 所収。

(10) たとえば日向一雅氏が「夕顔の巻の方法――「視点」を軸として――」『国語と国文学』(昭61・9) において「夕顔については夕顔の視点からかたることがきわめて少な」いという夕顔の巻の特色を、「空蟬物語と違って」と述べられるように、巻、部分の相違には小さからぬものもある。

(11) 阿部秋生「明石の君の物語の構造」『源氏物語研究序説』(昭34　東京大学出版会)

(12) (6)に同じ。

(13) (5)参照。

(14) 小学館日本古典文学全集本口語訳等に「姫君は、……お思い出し申しあげる」とある。一方、玉上琢弥『源氏物語評釈』は、姫君の心との重なり合いを重視しつつも「これらは、すべて侍女の心である」とする。

(15) 此島正年「「聞えさす」「聞えさせ給ふ」――源氏物語における用法――」『国学院雑誌』(昭60・12)

(16) (9)に同じ。

(17) 篠原昭二「大君の周辺――源氏物語女房論――」『国語と国文学』(昭40・9)、及び(3)の篠原論文参照。

(18) 鈴木日出男氏は、朝顔の姫君について、「『帚木』巻以前に源氏と一度だけ契り交したことがあった」とされる。(「朝顔・夕顔」『源氏物語歳時記』平元　筑摩書房)

(19) 「十列冷物　十二月々夜　十二月扇　十二月蓼水　老女仮借……」(『河海抄』)

(20) (4)参照。

(21) 今井源衛「紫上」『源氏物語講座』㈢(昭46　有精堂)、但し、今井久代「「隔て心なき」仲のかたち」『源氏物語構造論』(平13　風間書房) は、当該歌の読みを、むしろ「自然のなかに見いだした人の世に対する紫の上なりの感慨をよびかけた歌」と修正する。

(22) 小学館日本古典文学全集本頭注。

(23)　(7)参照。
(24)　本文は、朝日日本古典全書に拠る。
(25)　丸山キヨ子「源氏物語に与へた白氏文集の影響」『源氏物語と白氏文集』(昭39　東京女子大学学会)
(26)　小学館日本古典文学全集本は「三年」の本文を取る。「三十年」と私に校訂した。

8　朝顔の姫君とその系譜——歌語と心象風景——

王朝の物語や日記などの散文が、おおむね「和歌的な芸術言語」[1]である「歌語」を大きく取り込むことによって独自の展開を遂げたものであることは今更言うまでもない。『古今集』の成立によりもたらされた和歌的発想、類型の規範が散文そのものの中に浸透し、固有の物語言語とも言うべきものが練り上げられ、遙かな達成をみたのは、とりわけ『源氏物語』においてであった。和歌固有の類型に拠ることで、各々の文脈の中に刻み上げられる表現は、かえって個別の魅力溢れる奥行き[2]を獲得する。歌語が、表現の奥行きをどう支え、そのことが作品世界の成り立ち[3]とどう関わるのか、本章では「心象風景」というモチーフと結ぶ『源氏物語』の歌語を踏まえる表現の仕組みを問いたい。登場人物の心象風景の底に潜められた歌語のエネルギーについて、試みに「朝顔」の語を取り上げ、朝顔の姫君とその系譜をめぐって辿りみることとする。

一　歌語としての「朝顔」

三代集をはじめ『源氏物語』以前には、殆ど歌に詠まれることのなかった「夕顔」に対し、「朝顔」は、たとえば「1283あさがほを何はかなしと思ひけん人をも花はさこそ見るらめ」（藤原道信[4]）の『拾遺集』所載歌をはじめさまざまに詠まれ、『源氏物語』の時代には既に歌語としてイメージを定着させていた。『万葉集』にも「2108朝顔は朝露負ひて咲くといへど夕影にこそ咲き増さりけれ」等の歌があるが、この「朝顔」は「キキョウ」とも「ムクゲ」とも説かれている。平安時代の「朝顔」は、今の朝顔とほぼ同じものとされるが、ともあれ、平安期になると、実際の花そのものを離れて、「朝顔」の言葉自体の醸し出す一つのイメージが強く迫り出し、意味を持つようになったことの方にむしろ注目したい。

平安朝の「朝顔」の担うイメージは、大きく二つの方向に分かれる。もとより一つは、「朝の顔」すなわち寝起きの顔に連想の糸を結ぶものであり、今一つは、先の道信詠のように「はかな」さ、無常と繋ぐ方向であった。とりわけ、すぐに萎れるその花の属性により、無常を象るものとなった朝顔は、「露」と結び付き[5]、しばしば詠まれることとなる。

○120よのなかをなににたとへん夕露もまたできえぬるあさがほの花　（『順集』）

○343おきて見むとおもひしほどにかれにけり露よりけなるあさがほの花　（『新古今集』曾禰好忠）

　よの中はかなき事などいひて、槿花のあるをみて

○394はかなきは我が身なりけりあさがほのあしたの露もおきてみてまし　（『和泉式部続集』）

世中のさわがしきころ、あさがほを人のもとへやるとて

○52きえぬまの身をもしるしるあさがほのつゆとあらそふ世をなげくかな　（『紫式部集』）

試みに四首を挙げたが、はかなさと結ぶ今一つの歌語「露」との組み合わせにより、露よりもなおはかない花、或いは露と競う花のはかなさ、と繰り返し詠まれている。それ故にも、「317ありとてもたのむべきかはよのなかをしらする物はあさがほの花」（『後拾遺集』和泉式部）と、無常の世の喩としてのその花が端的に詠まれるのでもあった。

さて、先の歌の中で、好忠の歌が、朝顔と共に「かれにけり」と「枯る」の語を用いつつ、無常を詠んでいることに注目したい。この「朝顔」「枯る」の語の組み合わせは、往時の人々の生活に深く関わりを持っていたはずの歌集、『古今和歌六帖』にも立ち現れる。

女をはなれてよめる　きのとものり

○2194たきつせにうき草のねはとめつとも人のこころをいかがたのまん

○2195あさがほのきのふのはなはかれずとも

時を待たずに萎れる花の固有の属性故にも、「枯る」の語との組み合わせが浮上するのはいかにも自明のようだが、「露」との響き合いの中に無常を表現する歌に比べると限られたものであるのは、「枯る」が、たとえば「枯れゆく野辺」など、秋から冬への季節の万物の凋落と結び付きの深い語という色合いの濃さのせいか。ともあれ、「かれにけり」「かれずとも」の表現が、花のはかなさを象るものとして在ることが認められる。「朝顔」は、当然のことながら、はかなく、枯れる花であった。

ところで、『古今和歌六帖』の「あさがほ」の項に収められる四首の内三首までは、「3894かすが野ののべのあさが

ほおも影にみえつついもはわすれかねつも」をはじめ、「朝顔」の名から擬人的[6]にこの花を詠むもので、「4575しどけなきねくたれがみを見せじとやはたかくれたるけさのあさがほ」（『夫木和歌集』小野小町）のような、女の「朝の顔」系列の余情に繋がるものとおぼしい。けれども、その一方、実は「人しれぬ」の項において次の二首が現れる。

○2669ひとしれずこひはしぬともいちしろくいろにはいでじあさがほの花

○2670ことにいでていはばゆゆしみあさがほのほにはさきでてこひをするかな

「ひとしれず」「いろにはいでじ」、また「ことにいでていはばゆゆしみ」と、秘められた恋のイメージを朝顔に結ぶ歌が示されるのであった。先の「枯る」との響き合いを併せ顧みると、一つの像がおぼろげに浮上するのは偶然であろうか。密かな思い、「ことにいでて」示されることのない恋を心に封じ込めたまま恋に「しぬ」花、そしてまた枯れる花、「朝顔」である。もとよりそれは、露、はかなさ、無常と結ぶ花のイメージの延長にあるものだろう。寝起きの顔の連想の糸の中に、濃やかな官能の名残りを漂わせながら、一方に無常やはかなさと結びつつ、枯れる花、人知れぬ恋をも重層させる「朝顔」を、さまざまな歌の中からとりあえず掬い上げておく。

二　朝顔の姫君をめぐって

『源氏物語』に、「朝顔」の名で登場する姫君に目を向けてみよう。

式部卿宮の姫君に、朝顔奉りたまひし歌などを、すこし頬ゆがめて語るも聞こゆ。（帚木㈠　一七一頁）

とあるのが、この朝顔の姫君の物語への初登場であって、次に葵の巻で姿を現す時には、既にこの朝顔をめぐる贈歌の挿話の故にも、「かかることを聞きたまふにも、朝顔の姫君は、いかで人に似じ、と深う思せば、はかなきさまなりし御返りなどもをさをさなし」(二一三頁)と、既にゆかりの花の名を冠して呼ばれることとなっている。

もとより朝顔の呼称は、その高貴な姫君への源氏の朝顔の贈歌を踏まえるものであり、それが「朝の顔」の連想の中に恋の情趣の余韻を潜ませるものであることは言うまでもない。物語には、この姫君に「朝顔奉りたまひし」場面こそ置かれないが、その代替のようにも、夕顔の巻に六条御息所の侍女中将の君のたおやかな魅力に抗いかねての源氏の、「折らで過ぎうきけさの朝顔」の詠歌があり、花をめぐる恋の風情を存分に見取ることができる。ちなみに、この場面の朝顔が、必ずしも前夜の逢瀬の余韻を留める「朝の顔」を負ってのものではないこと、また『紫式部集』の「4おぼつかなそれかあらぬかあけぐれのそらおぼれするあさがほの花」の歌にしても、必ずしも[7]情交を前提として考える必要のないことなどを併せ顧みると、朝顔の姫君の場合も一度だけ契り交した過去を考えねばならぬものなのかどうか、やや疑問の残ることを付け加えたい。

一方、斎院の地位を退いてなお源氏を拒み続けて生涯を全うしたその人が、「朝顔」と呼ばれることを顧みる時、先の、恋を潜めたまま枯れる花、という歌語「朝顔」に重層するイメージが、はからずも浮上する。「朝顔」とは、「朝の顔」に官能の華やぎを一面想起させつつ、他方、無常やはかなさと結び付き、思いを底に潜めたまま、枯れる[8]女君の悲しみを、喩え滲ませるものなのではなかったか。朝顔の結婚拒否が、必ずしも源氏をうとましく思ってのことではなかったことは、既に葵の巻、例の車争いの折の御禊に、まばゆい源氏の美しさを前にした姫君の、「ましてかうしもいかで、と御心とまりけり」(二〇頁)との感慨にも明らかである。にもかかわらず関係を深めることを求めないのは、先の葵の巻の一節に、「かかることを聞きたまふにも、朝顔の姫君は、いかで人に似じ、と深う思せば」とあるように、六条御息所への源氏のつれない仕打ちを耳にするにつけ、その二の舞はすまいとの姫君の決意に因ろう。朝顔の姫君は、「常に他の女性と比較される」[9]描写にむしろその特色があるが、御息所の愛執の悲哀と対偶をなしての生の選択は、自ずから姫君の深奥の、源氏への思いを炙り出す構造となっている。

この姫君の大きく取り上げられるやがての朝顔の巻でも、その人の思いは変わることがない。「げに人のほどの、をかしきにも、あはれにも思し知らぬにはあらねど、『もの思ひ知るさまに見えたてまつるとて、おしなべての世の人の、めできこゆらむ列にや思ひなされむ。……』」(二四七七頁)と、「おしなべての世の人」と等し並の扱いに傷つけられることを退け、源氏への思いを、矜恃と引き換えに枯れさせるのであった。ところで、この、朝顔への恋の再燃を軸に源氏の過往を整理する巻と捉えられる朝顔の巻は、冒頭、父宮の服喪のため斎院を退いた姫君を、源氏が桃園の宮に訪う場面から始発する。(10)

桃園の宮は、主《あるじ》の式部卿宮を失って「ほどもなく荒れにける心地して、あはれにけはひしめやかなり」(四五九頁)との趣を湛えている。中に登場するのが、まず宮の妹、朝顔には叔母に当たる女五の宮であった。ひっそりとした長い独身生活のせいもあってか、「古めきたる様」は一入の老女、女五の宮が声を震わせて長々と源氏を讃えるのに、源氏は「かしこくも古りたまへる」人の滑稽を見取っている。荒涼たる「老いの邸」の趣は、続く「枯れなる前栽の心ばへ」(四六三頁)の晩秋の廃園の彩りとも相俟って姿を露《あらわ》にする。こうして姫君登場は、荒涼たる晩秋の老いの家に設定された。枯れゆく邸である。

やがて対面し、歌を交し合ったものの変わらぬ姫君の「世づかぬ」ありさまに、充たされぬ心のまま帰邸した源氏は、朝霧の中にほかならぬ朝顔の花を見出す展開となる。

枯れたる花どもの中に、朝顔のこれかれ這ひまつはれて、あるかなきかに咲きて、にほひもことに変れるを、折らせたまひて奉れたまふ。……

見しをりのつゆわすられぬ朝顔の花のさかりは過ぎやしぬらん　(四六六頁)

「枯れたる花どもの中に」とある。「枯る」「枯れゆく」等の語は『源氏物語』に合計一八例と、さほどに多くないが、中でたとえば、「あらき風ふせぎしかげの枯れしより小萩がうへぞしづごころなき」（桐壺㈠一一〇頁）のように、更衣の死の比喩として用いられたり、また「ものの枯れゆくやうにて、消えはてたまひぬるは……」（総角㈤三一八頁）と、大君の死をめぐる表現が現れたりするという具合に、死の叙述に関してその語の頻出することに気付かされる。秋と共に枯れる自然のすべてから、滅び、死への連想の画定を、『源氏物語』の「枯る」をめぐってほぼ認め得るのである。滅びの家、老いの家に、自らも「あるかなきかに」生きる姫君の生を象るものとして、「枯れたる花どもの中に、……」の条を捉えることができるのではなかろうか。「見しをりの」の源氏の贈歌は、若い日の恋の余情をみずみずしく「朝顔」に重ねながら、「花のさかりは過ぎやしぬらん」と、ややぶしつけにも移ろい易いその花のはかなさ、無常に繫げその変容を慮る。対する姫君は、「秋はてて霧のまがきにむすぼほれあるかなきかにうつる朝顔」と、自らを詠むのであった。「枯れたる花どもの中」の「あるかなきかに咲」く花を、姫君の生の喩と捉え得ることが確認される。

さらに、時移って既に冬、雪の桃園の宮に「宵まどひ」の女五の宮と共に、「いと古めかしき咳うちして」源典侍までもが立ち現れるのは、まさしく「枯れたる花ども」の中に生きる朝顔の姫君の位相を自ずから暗示する。過往を照らし出す機能のみに終わらぬ、老い、老醜の強調が、「いびきとか、聞き知らぬ音すれば」（朝顔㈡四七二頁）、「いたうすげみにたる口つき思ひやらるる声づかひ」（四七三頁）等、繰り返されることを併せ顧みる時、荒涼たる老いの家の、秋から冬への季節の中に、「あるかなきか」に咲く花をめぐる風景が、源氏への微かに密かな思いをさながらに枯れさせていく女君の心象と響き合うものとして浮上する。梅枝の巻で、明石の姫君入内に際し、朝顔の姫君から寄せられた薫物二種のうち「心にくく静やかなる匂ひ」と高く評価されるのが、冬の香「黒方」であることも思い起こされる。朝顔は、冬を象徴する女性であるともいう。[11]

その女君の枯れゆく心象風景は、歌語としての朝顔の喚起するものに大きく支えられていると言える。「朝の顔」の一方で、無常やはかなさと結びつつ、「いろにはいで」ぬ恋を潜め、そして「枯れ」る花、との歌の中から立ちのぼる「朝顔」と、秋から冬への枯れゆく老いの家の風景とが響き合い、自ずから姫君の、誇り高くも秘められた恋を枯れさせる悲哀を浮き彫ることになる。姫君にまつわる朝顔は、それ故単に「朝の顔」の思い出に拠るものに留まらず、「枯る」等の語との響き合いの中に、その人の生そのものの在り方を証し立てることとなる。もとより無常やはかなさと通底しつつ、姫君固有の、思いを枯れ死させる生が、まさしく「朝顔」によって示唆されたのである。

三　朝顔の系譜——大君へ——

愛しつつ結婚を拒む女君としての朝顔像は、既にさまざまに説かれるように大君に大きく受け継がれていく。この系譜を、継子譚の話型から説き明かそうとする試み[12]も出されたが、話型については、異族婚姻譚の養子型話型の支える朝顔物語、そして姉妹で結婚を譲り合う型の大君物語[13]と、二つの物語をめぐって「ずれ」を認めざるを得ない。但し、大君物語の系譜は、もとより朝顔のそれを繋ぐものと思われるが、そのことを物語の表現に即して改めて辿りみよう。

世の中をことさらに厭ひはなれねとすすめたまふ仏などの、いとかく、いみじきものは思はせたまふにやあらむ。見るままにものの枯れゆくやうにて、消えはてたまひぬるはいみじきわざかな。（総角(五)　三一八頁）

藤壺の「燈火などの消え入るやうにて」(薄雲(二)四三七頁)、紫の上の「消えゆく露の心地して限りに見えたまへば、……消えはてたまひぬ」(御法(四)四九二頁)など、物語が各々の女君の死を、最もふさわしい表現で描き分けてきたことは周知のところだが、大君の死は、「ものの枯れゆくやうにて」と表現された。枯れ枯れの花々の中に咲いていた朝顔が、「枯る」と結ぶ歌語としての在り方を負いつつ指し示していた朝顔の姫君の生との響き合いを、ここに見取ることができるのではあるまいか。

果たして、宿木の巻において大君追懐にまつわって、ほかならぬ朝顔の花が大きく姿を現す。

朝顔をひき寄せたまへる、露いたくこぼる。
「けさのまの色にやめでんおく露の消えぬにかかる花と見る見る
はかな」と独りごちて、折りて持たまへり。 (宿木(五) 三八〇頁)

霧の立ち込める秋の朝、露に濡れた朝顔を手折るのは薫であった。「かの人をむなしく見なしきこえたまうてし後思ふには、帝の御むすめを賜はんと思ほしおきつるもうれしくもあらず」(三七八頁)と、「人やりならぬ独り寝」の夜な夜なに一入募る亡き大君への思慕を記された直後、眠られぬ一夜を過ごした薫のまなざしは、「常ならぬ世」の表象とも言うべき朝顔に寄せられる。それ故にも、たとえば『岷江入楚』にも、「秘かくはかなくきえやすき物とみる／＼も猶めてつへきと也　大君の事をいへり[14]」とあるように、朝顔のはかなさに薫の透き見るのは大君の命のはかなさなのであった。

やがて、その朝顔を手に薫は中の君の許を訪う。大君ゆかりの女君として、今はその人への募る思いを抱えながら、同時に姉大君その人を共に追慕し得る人として、薫は誰よりも中の君を選ばずにはいられない。

……折りたまへる花を、扇にうち置きて見ゐたまへるに、やうやう赤みもて行くもなかなか色のあはひをかし

く見ゆれば、やをらさし入れて、
よそへてぞ見るべかりけるしら露のちぎりかおきしあさがほの花
ことさらびてしもてなさぬに、露を落さで持たまへりけるよ、とをかしく見ゆるに、置きながら枯るるけしきなれば
「消えぬまにかれぬる花のはかなさにおくるる露はなほぞまされる
何にかかれる」と、いと忍びて、言もつづかず。（宿木　三八四頁）

薫の歌においては、もとより「しら露」が大君を喩え、大君その人の私に約束しておいて下さった「あさがほの花」、即ち中の君、との構造になっている。但し、ここでの「あさがほ」中の君が、大君追慕を重く背後にしながら立ち現れるものであったことは言うまでもない。それ故にか、露を置いたままはや「枯るる」朝顔を前に、「かれぬる花」と中の君が詠む時、それは亡き姉、大君を指す言葉になるのであった。この「枯るる」、「かれぬる」に、その人の死をめぐる「ものの枯れゆくやうにて」が響き合うのは言うまでもない。

こうした大君追懐の場面の「朝顔」の取り込みは、もとよりなまめかしい魅力に溢れる「女郎花をば見過ぎて」（宿木三八一頁）立ち去る、(15)道心の人薫の、無常の花への思い入れを語るものにほかならない。と同時に、奇しくも中の君が「かれぬる花」と大君の生を捉えるのは、朝顔の花を媒体に、正篇の朝顔の姫君の枯れゆく生を遙かに呼び込むものだったのではないか。大君の、薫への密かな思慕は、「むなしくなりなむ後の思ひ出にも、心ごはく、思ひ隈なからじ、とつつみたまひて、……」（総角三〇九頁）等、随所に窺われる。にもかかわらぬ結婚拒否は、さまざまな理由の示されるものの、最も大きく「あはれと思ふ人の御心も、必ずつらしと思ひぬべきわざにこそあめれ。我も人も見おとさず、心違はでやみにしがな」（総角二七八頁）との、愛情の永続への不信感に因るものであろ

う。だから大君の生は、「限りない憧憬の対象」であることを求めて自己破壊していく自己愛《ナルシズム》(16)そのものなのだとも言われる。

一歩誤れば皮肉なまなざしに晒されかねないこうした自己愛を、物語は、朝顔の姫君において僅かに、また大君をめぐって大きく浮刻しながら、いかにも深い共感の中にその悲しみを語って、皮肉の入り込む隙をみせない。朝顔の姫君は、選び取った源氏との絶妙な距離の故にも、その悲しみと差し換えに、終生源氏から「深く思ふさまに、さすがになつかしきことの、かの人の御なずらひにだにもあらざりけるかな」(若菜下㈣二五四頁)等、理想の女君として見取られることとなった。大君が、薫にとって死後もなおいっそう大きな存在となったことはもとより言うまでもない。こうした生を皮肉なまなざしに晒すことなく、悲しみに深く思いを潜めて浮き彫ろうとした時、物語は、枯れゆく朝顔のイメージを、歌ことばの世界を背景に一筋導くことをも、一つの方法として顧みたのではなかったか。その意味で大君をめぐり、宿木の巻に朝顔の花の立ち現れることを、朝顔の姫君の生の系譜の中に押さえておきたいと思う。

蛇足ながら付け加えると、先にも触れた万葉歌「朝顔は朝露負ひて咲くといへど夕影にこそ咲き増さりけれ」、「1288ゆふぐれのさびしき物は槿の花をたのめるやどにぞ有りける」(『後撰集』)等、朝顔と「夕」の時間を結ぶ歌も意外に多い。しかも万葉歌「夕影にこそ」の一首は、実は『人麿集』書陵部蔵本では「96あさかほは朝露をきてさくといへとゆふかほにこそにほひましけれ」となっている。夕顔の巻の「夕顔」が、例の侍女との朝顔の贈答と対偶をなすかたちで描かれたことをも顧みると、『源氏物語』は、これまで「夕顔は花のかたちも朝顔に似て、いひつづけたるに、いとをかしかりぬべき花の姿に、實のありさまこそ、いとくちをしけれ」(17)(『枕草子』六四「草の花は」）などと言われ、歌に詠まれることも殆どなかった「夕顔」を、「夕」と結ぶ朝顔の歌(18)の中から新たに導き出し固有の美を刻んだのではなかったかとも思われる。『源氏物語』以後、夕顔の巻を踏まえ厖大なその花の歌が詠まれることとなり、新たな歌語が定着した。「朝顔」はこうして、自らの思いを実りもなく枯れさせる女君の心象風景の系譜に生き続けると共に、あえかなはかなさで人を誘《いざな》う夕暮れの薄明かりの中の白い花、「夕顔」の固有の美しさをも物語に導くことになったと言えるのではないか。

注

（1）『和歌大辞典』（昭61　明治書院）一六四頁。
（2）鈴木日出男「『源氏物語』の和歌的方法」『古代和歌史論』（平2　東京大学出版会）
（3）小町谷照彦「作品形成の方法としての和歌」『源氏物語の歌ことば表現』（昭59　東京大学出版会）
（4）以下、和歌の引用はおおむね『新編国歌大観』に拠る。
（5）鈴木日出男「朝顔・夕顔」『源氏物語歳時記』（平元　東京大学出版会）
（6）新間一美「夕顔の誕生と漢詩文」『源氏物語の探究』㈩（昭60　風間書房）
（7）（5）の書などの見解。
（8）秋山虔「朝顔の花」『源氏物語の女性たち』（昭62　小学館）には、「内に秘めた源氏への深いかけがえのない思いを自らあえなく枯死させたのである」と述べられる。
（9）青山一也「朝顔の姫君について」『国文学研究』（平2・3）
（10）(1)4「朝顔の巻の読みと『視点』」参照。
（11）松井健児「朝顔の斎院」『物語を織りなす人々　源氏物語講座2』（平3　勉誠社）、同「朝顔の姫君と歌ことば」『源氏物語の生活世界』（平12　翰林書房）

(12) 篠原昭二「結婚拒否の物語序説—朝顔の姫君をめぐって」『へいあんぶんがく』(昭43・9)、のち『源氏物語の論理』(平4　東京大学出版会) 所収。
(13) 三谷栄一「源氏物語における物語の型」『物語文学の世界』(昭50　有精堂)
(14) 『岷江入楚』寄生 (平12　武蔵野書院) 二五五頁。
(15) 久下晴康「朝顔と女郎花 (中)」『平安文学研究』(昭50・11)、小町谷照彦「うたと歌ことば」『国文学』(平3・9)
(16) 千原美沙子「大君・中君」『源氏物語講座』㈣ (昭46　有精堂)
(17) 本文は、朝日日本古典全書に拠る。
(18) (6) の論は、同様のことを『六帖』所載歌に関して指摘する。

9　紫の上の登場——少女の身体を担って——

光源氏の生涯の妻として生きたという意味で、紫の上が物語を貫く女主人公であることは、もとより言うまでもない。この、女主人公紫の上をめぐる厖大な論考は、但し第二部世界の考察の中でむしろ本格的に展開されるという偏りをみせている。第一部の紫の上造型は、案外に空疎なものが目に付き、その人が真の女主人公としての魅力を示すのは、若菜上巻女三の宮降嫁のもたらす苦悩を経てのことだったのではないか、とする松尾聡氏の問題提起(1)は、その後の紫の上論を大きく領導することとなり、朝顔の巻での斎院をめぐる悩みを一つの屈折点として、第二部に深まりをみせる紫の上像(2)という見取り図が画定された。この見取り図のおおむねは首肯されるにしても、今一度紫の上の鮮烈な登場、葵の巻での新枕への道筋をとりわけ顧みることで、照らし出される問題がありはすまいか。まぎれもない「童《わらは》べ」「女子《をんなご》」、少女の身体を担っての、紫の上登場の、その生における意味を改めて考えたい。

一　「眉のわたりうちけぶ」る「女子《をんなご》」

きよげなる大人二人ばかり、さては童べぞ出で入り遊ぶ。中に、十ばかりにやあらむと見えて、白き衣、山吹などのなえたる着て、走り来たる女子、あまた見えつる子どもに似るべうもあらず、いみじく生ひ先見えてうつくしげなる容貌なり。髪は扇をひろげたるやうにゆらゆらとして、顔はいと赤くすりなして立てり。「何ごとぞや。童べと腹だちたまへるか」とて、尼君の見上げたるに、すこしおぼえたるところあれば、子なめりと見たまふ。「雀の子を犬君が逃がしつる。伏籠の中に籠めたりつるものを」とて、いと口惜しと思へり。……

尼君、「いで、あな幼や。言ふかひなうものしたまふかな。おのがかく今日明日におぼゆる命をば、何とも思したらで、雀慕ひたまふほどよ。罪得ることぞと常に聞こゆるを、心憂く」とて、「こちや」と言へば、ついゐたり。

つらつきいとらうたげにて、眉のわたりうちけぶり、いはけなくかいやりたる額つき、髪ざし、いみじううつくし。ねびゆかむさまゆかしき人かな、と目とまりたまふ。

(若紫㈠　二八〇—二八一頁)

後に紫の上と呼ばれることとなる人の、可憐な姫君姿で初登場する名高い垣間見の場面を右に掲げた。天真爛漫、純潔無垢な姫の美質の描写(3)、或いはまた、髪のゆらめきに透き見られる「生ひ先」の美の幻の一瞬の浮刻等(4)、繰り返し愛で続けられた当該場面の魅力は、さまざまな表現で言い尽されたかにみえる。「十ばかり」の少女の無垢とは、続く箇所に尼君自身が「かばかりになれば、いとかからぬ人もあるものを」(二八二頁)と述べることに既に明らかなように、実際の年齢よりも幼い、いわゆる「おくて」の少女の汚れを知らぬ輝きとして象られるものなのだった。この、紫の上の成長の遅れ、「おくて」の在り方こそは、またその人が〈神の子〉であることを意味すると林田孝和氏は指摘された。(5)唯一の養育者老尼君さえもやがて失い孤児同然の身の上となることと併せ、幼く弱い劣った属性を担って立ち現れる〈神の子〉の固有の在り方を、紫の上は示すという。

神話の系譜に支えられた、童女紫の上の輝く無垢、との図式は、たとえばカール・ケレーニイ《カール・ケレーニイ》カール・グスタフ・ユング《カール・グスタフ・ユング》『神話学入門』(6)の叙述からも確認することができそうである。ギリシア神話をめぐる考察から浮上する、多くの場合母親に捨てられた孤独な童児神という構図は、幼時に母を失った孤独なみなし子紫の上の境涯に奇妙に符合する。生き生きと「走り来たる」姿で、光源氏の視界に飛び込んだ童女のもたらす、限りもない明かるさは、童児神の無垢の輝きであったのだ。

従って、子どもの無垢、就中一〇歳という微妙な年齢の輝く純潔、無辜を描く屈指の場面と、これはやはり読み解けばこと足りるのだろうか。神話の世界を再び顧みるなら、孤独の中に在る童児神は、一方で、たとえば伝説・民話の色彩を濃く湛えるフィンランドの叙事詩『カレワラ』のクッレルヴォのように、水攻めや火攻めにめげることなく、荒々しくも見事に復讎を遂げる怪童、途方もない荒ぶる魔力を備えるものとして立ち現れる。(7)孤独で、多くの困難に晒され弱々しくありながら、同時に魔力、荒々しい「無敵さ」を持つもの、との童児神像は、泣きわめき抗《あらが》う幼児、子どもそのものの属性を証し立てるものとも言える。この荒々しい力故に、「子どもとは、いまだ秩序の中に組み込まれていない者として、その存在自体から、そもそもが反秩序性をしるしづけられている」(8)と説かれることとなる。神の子の無垢と共に、その荒ぶる力、或いは秩序に組み込まれていない原初の力をも、この紫の姫君をめぐり今一度考える必要がありはすまいか。

本文に立ち戻ろう。登場した若紫は、「眉のわたりうちけぶ」る童女であった。「眉のわたりうちけぶり」について、たとえば最新の二つのテキストは次のように注記する。「「うちけぶる」は、まだ剃り落さぬ眉の周囲にかげるような美しさが漂う」（岩波新日本古典文学大系）、「眉墨でかいた引き眉ではなく、生えたままの眉のさまを言ったもの。眉の輪郭がうぶ毛と区別できず初々しい感じ」（小学館新編日本古典文学全集）と。『河海抄』[10]には、「うちけぶりはにほひやかなる心歟[9]」と注されるが、やはりこれは、眉毛を抜き眉墨を引く成人女性の化粧をまだ施さぬ童女の顔容を鮮やかに伝える叙述とみてよい。

紫の君の眉に関しては、実は末摘花の巻に今一度記述が現れる。

古代の祖母君の御なごりにて、歯ぐろめもまだしかりけるを、ひきつくろはせたまへれば、眉のけざやかになりたるもうつくしうきよらなり。（末摘花(一)　三七八―三七九頁）

「眉のけざやかになりたる」、即ち引き眉に整えられた二条院の紫の君は「うつくしうきよら」と評された。引き眉と歯黒めとは、成年に達した、または成年に近い女子の一種の容飾となっていたとされる。往時おそらく一〇歳程度から一般的には施される風習だったのを、古風な祖母の膝下に育まれた少女故に、若紫の巻では引き眉も歯黒めも整えられていなかったのだ。この箇所での紫の君の改めての引き眉の新鮮な愛らしさの指摘は、自ずから若紫の「眉のわたりうちけぶり」を対比的に想起させよう。この響き合いを顧みるとき、『河海抄』の注は無効と言わざるを得まい。

ところで、夕顔の巻に、「白き花ぞ、おのれひとり笑みの眉ひらけたる（いかにも一人楽しそうに咲いている）」（二一〇頁）と、白い夕顔の花の咲く様を比喩的に刻む箇所に現れる「眉」を除き、『源氏物語』において「眉」そのものが問題にされるのは、実は先の若紫・末摘花の二箇所である。身体、顔のごく目に付き易い部分でありながら、物語における用例が二・三例であるのも興味深い。『源氏物語』に現れることの極めて少ない語彙「眉」は、こうして紫の上をめぐり二例刻まれ、童女からやがて成年に向かおうとする身体の変容を、まぎれもなく鮮やかに象った、ということであろう。逆に言えば、「眉のわたりうちけぶり」とは、末摘花の巻の叙述と響き合いつつ、まだ成年に向かって秩序化されていない童女のけぶるような混沌を鮮烈に刻印する言葉なのであった。それは、『堤中納言物語』「虫めづる姫君」の、「眉さらに抜きたまはず」といった、意識的に貴族的な美の常識に抵抗する行為とは、もとより趣を異にするが、童女であることそれ自体の柔らかな反秩序とでも言うべきものを潜める身体の主張と言い得る。

*

一方、「出で入り遊ぶ」多くの童女の中で、一際目立つ「走り来たる」美少女は、「顔はいと赤くすりなし」た様であった。こすってひどく赤くなった顔は、その一瞬前の泣きじゃくった大声を証し立てるものにほかならない。「其の泣く状《さま》は、青山は枯山の如く泣き枯らし、河海は悉《ことごと》に泣き乾しき」(『古事記』上七三頁)との、須佐之男命の涕泣に端的に示されるように、「泣きわめく」行為とは、「秩序社会を攪乱し、挑発する行為として、極めて反秩序的である」のだった。さらに童女は、「口惜し」そうに、尼君に訴える。「雀の子を犬君が逃がしつる。伏籠の中に籠めたりつるものを」と。これは、しばしば指摘される通り倒置の表現を取ることにより、童女の身体に溢れるように湛えられた憤懣、抗議の思いを一入の力で伝えるものとなっている。しかも、実はその雀を飼うという行為自体、仏教的な「罪」として尼君が日頃たしなめていたものだった。それ故、紫の君のこの抗議は、憤懣自体のエネルギーと共に、大人の側の秩序の論理への抵抗のエネルギーをさえ担うと言えよう。

さて、少女の髪は、「扇をひろげたるやうにゆらゆらとして」とある。いわゆる髫髪と呼ばれる子どもの髪型をめぐっては、たとえば六歳の冷泉帝の「御髪はゆらゆらときようにて」(賢木(二)一〇八頁)、或いは三歳の明石の姫君の「この春より生ほす御髪、尼そぎのほどにてゆらゆらとめでたく」(薄雲(二)四二三頁)等、しばしば短さの故に揺れて愛らしさをそそる魅力が繰り返し語られている。紫の君の髪の魅力もまた、それともとより同質でもあるのだが、同時に「扇をひろげたるやうに」との比喩が使われることに注目したい。ゆらめくその髪の、豊かさが浮き彫られるのである。その豊かな御髪を、「梳ることをうるさがりたま」う紫の上の頑是なさなのだと、尼君は続く箇所で孫娘の髪を「かき撫でつつ」嘆息する。

本田和子氏の説かれるように[14]、たとえばミヒャエル・エンデの描く『モモ』のくしゃくしゃの髪、「もじゃもじゃ」が文化的秩序に挑む自然の生命力の証として捉えられるのだとすれば、紫の君の髪もまた、扇を広げたように豊かでありつつ、整えることを厭う個性の故にも、まさしくある種の「もじゃもじゃ」として、その力を誇らかに示しているのではなかったか。髫髪のゆらめきは物語に散見されるが、豊かさと梳ることを厭う属性とを併せて、そのゆらめきが語られるのは、紫の上をめぐって固有である。この固有の在り方の中に、秩序に抗ってはばたくまぎれもない生命の輝きが託されているのではなかろうか。

けぶる眉、泣きじゃくった後の赤い顔、尼君への訴え、そして豊かにゆらめく整えられていない髪、述べ来たったこれらの事柄は、極めて洗練された表現の中に、おおよそ荒ぶる力、秩序に組み込まれる以前の原初の力を、微かに、けれどもはっきりと滲ませるものとして括ることができる。無垢と、反秩序と、二つの属性をさながらに負った、その意味での〈神の子〉として立ち現れる故に、紫の上の登場は見事に鮮烈な印象を刻印するのであった。

二　「何心なし」、新枕へ

さて、このようにして若紫の巻に少女の身体をもって登場した紫の上には、実はそのことと深く関わる意味を持つとおぼしい「何心なし」との語が、繰り返しまつわっている。その語を軸に、とりわけ新枕への道筋を顧みることで、紫の上の無垢と反秩序の問題が、今一方の視座から照らし出されるのではあるまいか。それはまた、紫の上の生涯、その救済とも結ぶ命題のはずである。以下考察を進めたい。

「何心なし」「何心もなし」は、『源氏物語』に五五例示され、「なんの心もない。なにげない。無邪気だ。無心だ」（小学館『古語大辞典』）等の意味に括られる。「何心なき空の気色（無心の空の様子）」（帚木㈠一八〇頁）のように、風景の形容例もあるが、殆どは人事に関わるものである。三歳の明石の姫君をめぐる「うち笑みたる顔の何心なきが、愛敬づきにほひたるを、……」（松風㈡四〇〇頁）、「姫君は、何心もなく、御車に乗らむことを急ぎたまふ」（薄雲㈡四二三頁）等の例、また、「何心もなくうれしと思して、見たてまつりたまふ御気色いとあはれなり」（賢木㈡八九頁）の六歳の冷泉帝に関する用例など、当然のことながら、幼児のあどけない無心、頑是ない無邪気を表現する用例の多いことは言うまでもない。他に、今一つ目に付くのが、「ただにもあらで、衣の裾を引きならいたまふに、何心もなく、あやしと思ふに、……」（少女㈢五五頁）の、夕霧の近付いたことに何の心用意もなく無防備な惟光の娘、との例の如く、男君の接近に気付かぬ「なんの心もない」状態を示す一群である。こうした使われ方は、軒端荻、空蟬と軒端荻の二人（以下空蟬の巻）、明石の君（明石の巻）、女三の宮（若菜下の巻）の各々について、一例ずつ認めることができる。

これらを除いて『源氏物語』の「何心なし」を見渡すと、集中的にこの語が用いられる人物が二人浮上する。紫の上（二一例）と女三の宮（九例）とである。いずれも登場の年齢は一〇歳を越えており、しかもほぼ生涯に亙って共にこの語の繰り返されることを顧みれば、一般的な幼児のあどけなさを意味する語の使われ方でないことは明らかだろう。即ち、「何心なし」とは、紫の上、女三の宮各々の人物をめぐる一つの鍵語《キーワード》と捉えることができるのである。

何心もなくゐたまへるに、手をさし入れて探りたまへれば、なよよかなる御衣に、髪はつやつやとかかりて、末のふさやかに探りつけられたる、いとうつくしう思ひやらる。（若紫㈠三一七―三一八頁）

一〇歳の紫の上をめぐる「何心なし」の初出例は、尼君没後、源氏が紫の上の邸を訪れた一夜、遊び相手の童女たちの「直衣着たる人のおはする。宮のおはしますなめり」の言葉に乗せられて、父宮を求め起き出してきた紫の上のあどけない姿の描写に引き続くものである。「こち」と呼びかけるその人が、父兵部卿宮ではなく、かつて「幼心地に、めでたき人かなと見」た（若紫二九八頁）、あの光君その人であることに気付いて、乳母に身を寄せ「いざかし、ねぶたきに」とはにかむ姫君の無垢が、この「何心なし」を支えるものと言える。至近距離への男君の接近に気付きながらも、無心に乳母に寄り添う姿を刻むこの箇所について、たとえば全集本頭注は「一人前の女性であったら『何心もなく』いられるはずもない場面である」と述べる。

さらに手を捉えられ「寝なむといふものを」と逆らい、なお御帳台の中まで入り込んだ「例ならぬ人」への恐ろしさにわななきつつも、一方、「雛遊びなどする所」に共に赴こうと誘うその人の優しさに、「いといたう怖ぢ」ることもなく「身じろき臥」す紫の上の姿には、恋の情趣に目覚める以前の幼い無心が危うく湛えられている。美しい源氏を垣間見て以来、雛遊びにも、絵を描く折にも「源氏の君と作り出でて」（二九九頁）大切にしている様、或いは、尼君の病気見舞に訪れた源氏その人に具《つぶさ》に聞かれているとも知らず、「上こそ。この寺にありし源氏の君こそおはしたなれ。など見たまはぬ」（三一二頁）と声を弾ませる姿等、男君の執心とは無縁な紫の上の幼い無心の振舞は繰り返し語られる。紫の上の「何心なし」とは、こうした一〇歳の、「おくて」の少女の無心、無邪気なのであった。それは、赤子や幼児の無心とは異なる、「いとむげに児ならぬ齢」（三一五頁）の少女の、相応に発達[15]した活発な身体を持ちながら、恋の情趣や憧れに染め上げられる以前の、多様な方向に向け生き生きと働く好奇心と結ぶ無心である。雀、雛遊び、童女仲間……、少女の好奇心は躍動する。

○やうやう起きゐて見たまふに、にび色のこまやかなるが、うちなえたるどもを着て、何心なくうち笑みなどしてゐたまへるが、いとうつくしきに、我もうち笑まれて見たまふ。（若紫　三三二頁）

○「いで君も書いたまへ」とあれば、「まだようは書かず」とて、見上げたまへるが、何心なくうつくしげなれば、うちほほ笑みて、「よからねど、むげに書かぬこそわろけれ。教へきこえむかし」とのたまへば、うちそばみて書いたまふ手つき、筆とりたまへるさまの幼げなるも、らうたうのみおぼゆれば、心ながらあやしと思す。（同　三三三―三三四頁）

奪い取られるように二条院に迎えられた紫の上は、一夜明けて、源氏心尽くしの「絵」「遊び物」また、「童べ」に囲まれ、ようやく心も慰められ「何心なくうち笑」む落ち着きを取り戻す。さらに、手習いを教え、絵を描いて共に遊ぶ源氏に、習字を促され、「まだようは書かず」と答える紫の上のまなざしの無心が、「何心なく」と刻まれるのであった。少女のまなざしは、絵、手習、雛遊びに熱く注がれ、一方、源氏という男君を前に恋の恥じらいの情趣とは無縁の無心が湛えられる様を、物語は一貫して「何心なし」と記し続ける。

やがて一一歳となった紫の上は、「無紋の桜の細長なよらかに着なして、何心もなくてものしたまふさま、いみじうらうたし」（末摘花㈠三七八頁）と刻まれ、鼻に紅を付けた源氏の戯れに無邪気に笑ったり心配したりする様が述べられるが、中で「いとをかしき妹背と見えたまへり」とあるのは、遠からず結婚という秩序へと導かれる予感を滲ませていよう。さらに、手習い、箏の琴の稽古、そして何より雛遊びに、「御髪まゐるほどをだに、ものうく」（紅葉賀㈠三九四頁）余念のない紫の上は、「いとよき心ざま容貌にて、何心もなく睦れまとはしきこえたまふ」（三八九頁）と、源氏に無心に慕いまつわる。その無心のいじらしさ故にも、「さらば寝たまひねかし」（四〇六頁）との願いに抗いかねて、源氏は葵の上の許へも無沙汰を重ね、左大臣家の女房の間に良からぬ風評が立つことにもなる展開である。「何心なし」との輝く無垢が、実はそれ故にも社会的な秩序の側からみれば、それを侵す力を潜めるものであることを既に窺わせる構図と言えようか。一方で確実に「入りぬる磯の」（四〇三頁）と口ずさみ恨む無意識の媚態を持ち始めつつ、なお「儺やらふとて、犬君がこれをこぼちはべりにければ、つくろひはべるぞ」（三九三頁）と壊された人形の家の修復に懸命になり、整髪を煩わしがり、また源氏の外出を阻止するという具合に、紫の上は無心故にさまざまな事柄の前で奔放に抗う精神の自在さを垣間見せるのだった。時にそれは、正妻、左大臣家の姫君という権威さえ侵しかねない。

さらに一四歳の新枕に至る歳月、この危うい「何心なさ」は、そのまま引き継がれるのだが、ほぼ同年齢の少女の在り方という意味で、たとえば雲居雁の場合を顧みる時、紫の上の無心の固有の様相が自ずから際立とう。少女の巻に幼い恋の語られる時、夕霧は一二歳、雲居雁は一四歳である。但し、それ以前の事情について、「おのおの十にあまりたまひて後は」（二六頁）、父内大臣のはからいで起居の場さえ離されたものの、既に「おほけなくいかなる御仲らひにかありけん」との交情がほのめかされる。もとより、「女君こそ何心なくおはすれど」と、少年側の主導権は強調されるものの、「まだ片生ひなる手の、生ひ先うつくしきにて、書きかはしたまへる文ども」とあって、可憐な恋情が幼い二人の間に通うことは、はっきり認められる。即ち、雲居雁の場合、仲を裂かれての嘆きを「雲居の雁もわがごとや」（四二頁）とつぶやく様を語り手に、「あはれは知らぬにしもあらぬぞ憎きや」と評される一四歳の恋情は無論、それを遡る一〇代はじめの少女の仄かな胸のときめきをまぎれもなく見取り得るのであった。

紫の上の場合もまた、二条院での日々の生活の中でやがて源氏その人への微かにいじらしい憧憬が育まれ始める、といった書き方も可能だったはずである。物語はそのような憧憬を掠めることとさえしていない。もっぱら、自在な遊びの中に、恋という一つの生の深みに封じ込められていく以前の、混沌とした好奇心を解き放つ少女の姿を描くばかりである。

*

今日は、二条院に離れおはして、……姫君のいとうつくしげにつくろひたてておはするをうち笑みて見たてまつりたまふ。……いとらうたげなる髪どもの末はなやかに削ぎわたして、浮紋の表袴にかかれるほどけざやかに見ゆ。「君の御髪は我削がむ」とて、「うたて、ところせうもあるかな。いかに生ひやらむとすらむ」と削ぎわづらひたまふ。（葵㈡　二一―二二頁）

一方、新枕への道程において、葵の巻冒頭近く、祭の物見を前に源氏が紫の上の髪を削ぎ整えているのはまことに象徴的である[16]。天真爛漫な童女ぶりを発揮してやまない紫の上の髪の「もじゃもじゃ」を、ほかならぬ源氏その人の手で削ぎ整えることで、無心の童女が結婚という性をめぐる秩序の中に組み込まれていく過程が鮮やかに照らし出される。「梳ることをうるさがりたま」う若紫の童女、紅葉賀でなお「御髪まゐるほどをだに、ものうくせさせたま」うと刻まれたその人が、葵の巻では源氏の前に御髪を削ぐことを委ねて静かだ。髪をめぐる叙述は、極めて意識的に紫の上の位相を浮き彫るものと言える。

姫君の何ごともあらまほしうととのひはてて、いとめでたうのみ見えたまふを、似げなからぬほどにはた見なしたまへれば、けしきばみたることなど、をりをり聞こえ試みたまへど、見も知りたまはぬ気色なり。

つれづれなるままに、ただこなたにて碁打ち、偏つぎなどしつつ日を暮らしたまふに、心ばへのらうらうじく愛敬づき、はかなき戯れごとの中にもうつくしき筋をし出でたまへば、思し放ちたる年月こそ、たださる方のらうたさのみはありつれ、忍びがたくなりて、心苦しけれど、いかがありけむ、人のけぢめ見たてまつり分くべき御仲にもあらぬに、男君はとく起きたまひて、女君はさらに起きたまはぬあしたあり。

（葵　六二一―六二三頁）

葵の上の四十九日の喪も明け、二条院に戻った源氏は、美しく成長した紫の上とやがて新枕を交す。少女の無心は、直前まで揺ぎもない。「けしきばみたること」をほのめかす源氏に、「見も知りたまはぬ気色」で応ずるばかり、「碁打ち」や「偏つぎ」に共に興じる「姫君」が、ある日突然まぎれもない「女君」の身体を否応なく実感させられることとなった。

紫の上の衝撃は、「かかる御心おはすらむとはかけても思し寄らざりしかば、などてかう心うかりける御心をうらなく頼もしきものに思ひきこえけむ、とあさましう思さる」（六四頁）と述べられるように、もとより四年の歳月を共に過ごした父とも兄とも頼む人の突然の変貌への驚愕に因るところが大きい。成人、結婚への準備とされる裳着さえ、紫の上の場合新枕の後に執り行われている事態をも併せ、結婚への心用意を著しく欠く状態での大きな変化を受け止めかねての混乱が多くを占めていたことは間違いあるまい。

と同時に、結婚をほのめかす源氏の言動にもさらに気付かぬ一四歳の姫君の無心は、なお固有であろう。

人間に、からうじて頭もたげたまへるに、ひき結びたる文御枕のもとにあり。何心もなくひき開けて見たまへば、

あやなくも隔てけるかな夜を重ねさすがに馴れしよるの衣を

と書きすさびたまへるやうなり。（六三―六四頁）

今一つ、立ち現れる「何心もなく」に注目したい。大きな衝撃と変化であったとしても、結婚が成就したとあってみれば、「ひき結びたる文」に後朝のそれを予測するのは、むしろ一四歳の姫君としては当然ではあるまいか。にもかかわらず紫の上は「何心もなく」引き開け、源氏の「なぜ今まで契りを結ばずに夜を重ねてきたことか」との歌意に、一入の困惑を深めるばかりである。「おくて」ということなのか。否、それ以上にその人にまつわる透明な無垢が滲む。

無垢に輝き、さまざまなものへの混沌とした好奇のまなざしを湛えていた少女が、性にまつわる結婚という制度の中に据えられようとする時の、困惑とある種の悲しみとが、紫の上をめぐって極めて美しく描かれたというほかない。「額髪もいたう濡れ」、汗もしとどに一日中御帳台に引き籠り、やがて裳着の準備を進める源氏をさえ、「こよなう疎みきこえ」てふさぎ込む紫の上に漂う奇妙にいじらしいエロティシズムには、少女、子どもという混沌に充ちた存在が、静かな秩序に導かれる時の微かな悲しみが潜められて深い。それは固有の無垢の故にも際やかな煌めきを放つ。

＊

女三の宮の結婚は、同じく一三、四歳であり、父朱雀院も案じる「片生ひ」（二〇―二一頁）ぶりは、源氏に「かの紫のゆかり尋ねとりたまへりしをり」（若菜上㈣五六頁）を自ずと想起させ、同様の「おくて」の在り方が確認さ

れる。「おくて」ぶりの重なりを刻まれつつ、「かれはざれて言ふかひありしを、これは、いといはけなくのみ見えたまへば、……」（五六―五七頁）と、才気に溢れていた若紫に比べての張り合いのない幼稚さを、源氏自ら言及するが、今一つ女三の宮には特有の個性がある。結婚後はじめて昼の時間に女三の宮の許を訪れた源氏は、そこに、「何心もなくものはかなき御ほど」の、「ことに恥ぢなどもしたまはず、ただ児の面嫌ひせぬ心地して、心やすくうつくしきさましたまへ」る（六六頁）あえかな姫君を発見することとなる。あらかじめ降嫁という重々しい制度の中に引き据えられた高貴な少女の、むしろ人を人とも思わぬ態の、ある種の図太い無邪気さを、ここに見取るべきなのか。紫の上の無垢と困惑とは、ヴェクトルを逆にする無心と言わざるを得ない。

女三の宮もまた、紫の上と並んで「何心なし」の頻用される人物であることは先にも触れた。「姫君のいとうつくしげにて、若く何心なき御ありさまなるを」（若菜上二〇頁）と、父院は愛娘をいとおしく眺めるものの、たとえば源氏が紫の上に対し、女三の宮の「あまり何心もなき御ありさまを、見あらはされ」（八一頁）ることの恥を顧慮する条では、その無心はむしろマイナス評価の対象である。

A宮は、何心もなく、まだ大殿籠れり。「あないはけな。かかる物を散らしたまひて。我ならぬ人も見つけたらましかば」と思すも、心劣りして、……（若菜下㈣　二四一頁）

B御答へに、「谷には春も」と何心もなく聞こえたまふを、言しもこそあれ、心憂くも、と思さるるにつけても、……（幻㈣　五一八頁）

右の二例の女三の宮をめぐる「何心なし」は、さらにむしろ積極的に暴力的な機能を帯びる。周知の柏木との密事露顕を語るAにおいては、柏木よりの文を御褥の下にさし挟んだまま夫を迎え、それも忘れてなお夫の退出にさえ気付かず休んだままの女三の宮の姿が、「何心もなく」と捉えられる。このどこまでも呑気な子どもさながらの無心こそが、柏木、源氏を共々に深く傷付ける悲劇的な展開の始動力となるのであった。

一方、Bは紫の上亡き後、その人への追慕に明け暮れる源氏が、紫の上の住んだ対の前に植えられた山吹の美しさに、一入「植ゑし人」紫の上への思いを深めるのに対し、「谷には春も」と女三の宮の応じる場面である。「967光なき谷には春もよそなれば咲きてとく散るもの思ひもなし」（『古今集』巻一八　清原深養父）の古歌を踏まえ、「もの思ひもなし」の下の句を響かせる女三の宮にもとより悪意のあるはずもなく、ただ「何心もなく」との無心が湛えられているだけなのだが、そのたわいない無神経は源氏の心を逆撫でし、彼は、「言しもこそあれ、心憂くも」と呻く以外にない。共々に何の他意もない女三の宮の無心が、逆に暴力となって周囲を傷付ける例として括ることができる。

紫の上をめぐる「何心なし」は、こうした傷や痛みを炙り出す方向には無論向かわない。その意味で、どこまでも美しい無垢ではあるのだが、一方、女三の宮をめぐる用例に示されるような「何心なし」の語自体に潜められる暴力的な機能は、その語の頻用される紫の上にとっても全く無縁とは言えないはずである。紫の上の「何心なし」の荒ぶる力とは、左大臣家の姫君葵の上を訪れようとする源氏をいじらしく引き留め、或いは新枕や後朝の文に激しく困惑するといった具合に、とりわけ少女、子どもの反秩序とも言うべき、平安朝の結婚という制度の中にあらかじめ組み込まれることなく育まれた、固有の奔放な自在さなのであった。世俗や制度にまみれることなく、むしろ抗う自在な力を、紫の上は「もじゃもじゃ」の少女の身体を担って登場することによって発揮したのである。

源氏の明石の君との結婚報告に「何心なくらうたげ」（明石㈡二四九頁）に応じ、また女三の宮降嫁の噂を耳にしても「さることやある、とも問ひきこえたまはず、何心もなくておはするに」（若菜上㈣四四頁）と、心にわだかまるものを持たず……という具合に、紫の上に関しては生涯に亙りこの語が目に付くのだが、最も印象深いのが、終焉の場面のそれである。

灯のいと明かきに、御色はいと白く光るやうにて、とかくうち紛らはすことありし現の御もてなしよりも、言ふかひなきさまに何心なくて臥したまへる御ありさまの、飽かぬところなし、と言はんもさらなりや。

（御法㈣　四九五―四九六頁）

夕霧の目から捉えられた、この世ならぬ無垢を湛える紫の上の遺骸の様である。若紫の日々の「何心なし」と相応じつつ、「物語のなかのほとんど唯一の救済となっている」姿、との指摘が既にある。(17) この紫の上の遺骸の無垢と、秩序に組み込まれることのない荒ぶる無垢を湛える少女としての彼女の登場は、響き合ってその人の力と救済とを静かに証し立てていると述べてよかろう。

顧みれば、紫の上ほど平安朝の世俗の論理に侵されぬところで生き続けた女君はいなかったのではあるまいか。述べ来たった源氏との結婚の手続きはもとより、子を産むことが力にほかならなかった往時に「不生女」として生涯を終え、しかも終生彼女は深い情愛を込めて幼児を慈む気持を持ちながらも、将来の后や大臣となるべき我が子を願うといった望みとは無縁に生きた。固有の反世俗性(18)を言及される所以である。

さらに晩年、愛妻出家後の孤独に耐え得ぬ愛執を訴える源氏故に、出家を志しながらも紫の上はそれを諦める。不出家のまま死を迎えようとする時、彼女の心を横切るのは、源氏に「年ごろの御契りかけ離れ、思ひ嘆かせ」（御法四七九頁）る悲しみであった。我が生命のことはさて措き、源氏を嘆かせることのみが心残りだとする紫の上の思惟は、夫の愛執をさながらに受け止め、なお愛執故の悲しみを思いやる豊かさに溢れている。こうした世俗の論理と無縁なところでやがて獲得された静かな心情の輝きこそは、無垢の遺骸の救済の姿を裏から支えるものにほかならない。

世俗に侵されることのない力を湛える女君であるためにこそ、紫の上は荒ぶり、抗う力を負う身体を担った少女として登場し、さらに無垢と反秩序を意味する「何心なし」の語を刻印されたのである。物語は、最後にこの女君に無垢故の救済を見取った。その意味で、紫の上とは、言葉によって紡ぎ出された最も美しい人間の一つの可能性、と述べることができようか。

左衛門の督、「あなかしこ。このわたりに、わかむらさきやさぶらふ」とうかがひたまふ。源氏にかかるべき人も見えたまはぬに、かの上はまいていかでものしたまはむと、聞きゐたり。（『紫式部日記』五二頁）

作者自ら、紫の上の源氏を越える美質に言及する条である。この、最も美しい人間の一つの可能性が、男君ではなく女君、紫の上を通して刻み上げられたことを顧みる時、『源氏物語』は、虐げられた平安朝の女性の悲劇を描く物語とのみ括ることのできない視座が、今一つ辿られるように思うのである。

注

（1）「紫上――一つのやゝ奇矯なる試論――」『平安時代物語論考』（昭43　笠間書院）

（2）森藤（福田）侃子「槿斎院について」『東京都立大学人文学報』（昭38・3）、秋山虔「紫上の変貌」『源氏物語の世界』（昭39　東京大学出版会）など。なお、紫の上論の研究史の展望、整理として後藤祥子「紫上」『国文学』（平3・5）が有効である。

（3）藤井貞和「少女と結婚」『物語の結婚』（昭60　創樹社）

（4）本田和子「『振り分け髪』の章」『少女浮遊』（昭61　青土社）

（5）「源氏物語主人公造型の方法―紫上を中心にして―」『王朝びとの精神史』（昭58　桜楓社）・『源氏物語の精神史研

究』（平5　おうふう）
（6）杉浦忠夫訳（昭50　晶文社）
（7）（6）に同じ。
（8）本田和子『子どもの領野から』（昭58　人文書院）、九八頁。
（9）『河海抄』（昭43　角川書店）若紫二五六頁。
（10）池田亀鑑「整容の方法」『平安朝の生活と文学』（昭39　角川文庫）
（11）飯沼清子「童女から女君へ」『物語研究』（昭58・4）
（12）本文の引用は岩波日本古典文学大系に拠る。
（13）（8）に同じ。
（14）『もじゃもじゃ』の系譜」『異文化としての子ども』（昭57　紀伊国屋書店）。なお、『源氏物語』の髪を総合的に論じるものとして、吉井美弥子「源氏物語の「髪」へのまなざし」『源氏物語と源氏以前　古代文学論叢第十三輯』（平6　武蔵野書院）などがある。
（15）ちなみに清水好子氏は、同性の友との少女期の交渉などを詠む歌を載せる『紫式部集』について、「女よりはるかに可能性の多い娘の生き方を書き残させた」と述べられている。（『紫式部』昭48　岩波新書、三七頁）
（16）柳井滋氏は「新枕に先立つ行事」と述べられる。（「紫の上の結婚」『平安時代の歴史と文学』昭56　吉川弘文館）
（17）藤井貞和「光源氏物語主題論」『源氏物語の始原と現在』――定本（昭55　冬樹社）
（18）藤本勝義「〝不生女〟紫上の論」『文学』（昭60・3）のち、『源氏物語の想像力』（平6　笠間書院）所収。

10 紫の上への視角 片々

i 読みと視点——初音の巻冒頭部をめぐって——

物語において問題とされる「視点」が、多くの場合語りの視点、もしくは語り手の視点であることは今更言うまでもない。高橋亨氏が、「女房のまなざしから登場人物の心中へと一体化し、さらにそこから連続的にぬけ出て、全知の視点にまで昇華しうる〈作者〉を、もののけに喩えてよいであろう[1]」と述べられるように、『源氏物語』の語りの視点は、いわゆる限定視点とも全知視点とも括ることのできない不透明な自在さで物語を駆け巡り支えている。

こうした視点に支えられた物語の構造が、重層化され、不断に各々を対象化するさまざまな声を響かせるものであることは自明と言えよう。『源氏物語』の新たな読みは、視点を軸に登場人物の心中深く入り込んだかと思うと、女房の姿に立ち戻り自らの言葉を呟く語りの位相を腑分けし、さまざまな声に耳を澄ますところから始まるのではないか。今、試みに初音の巻冒頭部をめぐり、「視点」を軸としてどのような読みが得られるのか、しばらく考えてみたい。

A年たちかへる朝の空のけしき、なごりなく曇らぬうららかげさには、数ならぬ垣根の内だに、雪間の草若やかに色づきはじめ、いつしかとけしきだつ霞に、木の芽もうちけぶり、おのづから人の心ものびらかにぞ見ゆるかし。Bましていとど玉を敷ける御前は、庭よりはじめ見どころ多く、磨きましたまへる御方々のありさま、まねびたてむも言の葉足るまじくなむ。C春の殿の御前、とり分きて、梅の香も御簾の内の匂ひに吹き紛ひて、生ける仏の御国とおぼゆ。

（初音㈢　一三七頁）

六条院四季絵巻の開始である。初春の図がまことにはえばえしく語り出された。A世間一般の春から、B六条院のそれへ、そしてC紫の上の春の殿のめでたさへと収斂していくこの冒頭部は、女房としての語り手の視線をかなりはっきりと意識させる構造を取っている。B部、既に『紹巴抄』等に草子地の指摘があるように、「まねびたてむも言の葉足るまじくなむ」は語り手の賛嘆である。或いはA部「のびらかにぞ見ゆるかし」と、念を押すように自らの視線「見ゆる」を前面に押し出す語り手の姿が揺曳し、それ故さらに、C部紫の上の殿を「生ける仏の御国」と「おぼゆ」るのは、女房の目であることが確認される。

続く場面に春の殿の女房たちが、「年の内の祝ごとども」に興じる姿が描かれるのだが、その場をさしのぞく源氏の姿を新年の栄えの証《あかし》と仰ぎ見る紫の上方の女房たちの視線と重なるようにして、「げに見るかひあめれ」「げにめでたき御あはひどもなり」「げに千年の春をかけて祝はむに、ことわりなる日なり」といった源氏紫の上夫妻をめぐる賛嘆の評が述べられる。「げにめでたき御あはひどもなり」には『細流抄』『孟津抄』等の草子地の指摘があるところだが、これを含めて「げに」と三度繰り返すことによって、語り手の、六条院賛の姿勢を一つ一つ確認しつつ、いやが上にも盛り上げていこうとする意識が汲み取られる。

即ち、初音の巻冒頭部の「生ける仏の御国」という六条院の捉え方は、新年の祝いに興じる姿を仄見せた近侍する女房達の視線にほぼ重なるとみられる、語り手の女房の視点から、繰り返し見取られ構築されたものであることを、冒頭部の表現は意図的に浮かび上がらせる仕組みを持っていると言うべきではないか。明らかにこれは〈作者〉が、六条院を「生ける仏の御国」と仰ぎ讃えているということとは遠い。むしろ、「げに」と三度も繰り返し、就中「うす氷とけぬる池の鏡には世にたぐひなきかげぞならべる」と紫の上に詠みかける源氏という、夫妻の在り方を「げにめでたき御あはひどもなり」とくどいほど入念に外側から確認する語り口から、ある種の皮肉《アイロニー》が立ち上《のぼ》ろうとする気配がある。「くもりなき池の鏡によろず代をすむべきかげぞしるく見えける」と夫に唱和する紫の上の姿は、一見比類なく完璧な幸福に輝いてみえるが、語り手は紫の上の内面にこの場で立ち入ろうとはしていない。外側からその理想的な在り方を見取り、賛美する女房の視線が冒頭部には色濃い。そのことを明確にするためにも、「年の内の祝ごとども」にうち興じる女房の姿を、語り手は自らを実体化するものとしてこの場で機能させているということではないか。

やがて明石の姫君に始まって、花散里、玉鬘、明石の君と源氏は六条院の各々の人々を一巡する。各々の女性たちの姿は、ほぼ光源氏の目を通して語られることになると言ってよい。語り手の視点が源氏のそれに重なるように近付くのである。

花散里の夏の殿を、まず顧みよう。

夏の御住まひを見たまへば、時ならぬけにや、いと静かに見えて、わざと好ましきこともなく、あてやかに住みなしたまへるけはひ見えわたる。（初音　一四〇頁）

「見たまへば」と源氏の外側にいた語り手は、「見えて」「見えわたる」の箇所では源氏のまなざしと重なってしまっている。「縹はげににほひ多からぬあはひにて、御髪などもいたく盛り過ぎにけり」と、ぱっとしない花散里の容姿を捉えるのは源氏の視点であり、その衰えをさえ繕わぬおおどかな妻の姿を前に、源氏は「まづわが御心の長さも、人の御心の重きをも、うれしく思ふやうなりと思」すのだと、語り手によって述べられる。

紫の上の場合と同じように、花散里に関しても、語り手はその内面に立ち入ろうとしないし、その女君と一体化した視点を持とうとしていない。光源氏と同様花散里もまた、「うれしく思ふやうなり」と感じていたのかどうかはあくまでも不明というものだろう。「御心の隔てもなく、あはれなる御仲らひなり」と花散里をめぐって捉える視座は、こうして花散里その人から遠く、光源氏に添った語り手によってもたらされたものであった。「生ける仏の御国」「あはれなる御仲らひ」と讃えつつ、他方女君たちの側の視点の欠如を置くことによって、物語は自ずからその賛嘆の対象化を孕み込んでいると述べることが許されるであろう。

一方、明石の姫君の訪問はどうだったか。

姫君の御方に渡りたまへれば、童下仕など、御前の山の小松ひき遊ぶ。若き人々の心地ども、おき所なく見ゆ。北の殿よりわざとがましくし集めたる鬚籠ども、破子など奉れたまへり。（初音　一三九頁）

小松を引き遊ぶ女の童をはじめとして、若い女房たちの心ときめく様を「見」、また姫君の許に届けられた実母明石の君からの心尽しの新年の贈り物を一つ一つ辿るのは、訪れた源氏のまなざしであろう。それ故、「えならぬ五葉の枝にうつれる鶯も、思ふ心あらむかし」と徐々に明石の君への思い入れが兆し、やがて語り手は、「年月をまつにひかれて経る人にけふうぐひすの初音きかせよ」との明石の君の歌に涙する源氏の姿を、「げにあはれと思し知る」と共感を込めて記す。子と引き裂かれたまま年月を重ねる明石の君のいたわしさを、「罪得がましく心苦し」

と感じるほかない源氏の内面の重さをさえ、語り手は源氏に限りなく近付くことによって見取り得たのである。明石の君母娘をめぐる悲しみが、六条院に潜められていることが掘り起こされ、理想境のほころびを垣間見せる展開となる。

さまざまな視点、或いは視点の欠如によって、限りもなく美しい六条院世界そのものの暗い奥行きが自ずから浮かび上がってくる。初音の巻の「六条院世界の秩序の内包する矛盾[2]」の露呈の構造は、こうして語りの視点の分厚い層に支えられたものであった。「生ける仏の御国」を、女房とおぼしき語り手が外側から讃えれば讃えるほど、登場人物との距離の遠近によって据えられたさまざまな視点からの対象化、皮肉《アイロニー》は際やかであるという以外にない。

注

（1）『源氏物語の対位法』（昭57　東京大学出版会）二二六頁。

（2）秋山虔「源氏物語『初音』巻を読む——六条院の一断面図——」『平安時代の歴史と文学　文学編』（昭56　吉川弘文館）

ii　仏教をめぐって——紫の上・薫・浮舟——

紫の上は、その心からの願いにもかかわらず、出家を遂げることなく命を終える姿を美しくとどめ、光源氏もまた、その出家生活を物語に具象化されることのないままに、『源氏物語』正篇の世界は閉じられた。まず、主人公光源氏に関して述べるならば、源氏の出家が、薫の言葉を通してわずかに伝えられるだけで、実際の物語が、紫の上追慕に明け暮れる一年の四季の展開に終わっているのは、古代的な「色好み」の英雄として、光源氏を描き切るぎりぎりの方法なのでもあろう。また、作者の出家へのためらいが、その姿に仮託されているということなのでもあろう。ともあれ、出家と往生とがともかく語られている以上、一面確かに「光源氏の一生は、人間がどのようにして道心を得るかの経路を描いたものである」(1)ということになる。

では、紫の上の場合はどうなのか。紫の上が出家を遂げ得なかったのは、源氏への愛執故であるという。(2)或いは、彼女自身すでに愛執を超えているのだが、源氏側に愛執の存在するかぎり出家は許されないという、究極の救済をも諦めさせられた悲劇的理想像の顕現が第二部の紫の上なのだという。(3)いずれにせよ、出家＝救済という図式から離れたところに紫の上を位置付ける点において一致している。

ところで、紫の上は、その死を伝えられる御法の巻の冒頭近く、法華経供養としての八講を営む。

年ごろ、私の御願にて書かせたてまつりたまひける法華経千部、急ぎて供養じたまふ。わが御殿と思す二条院にてぞしたまひける。(御法四　四八一頁)

「私の」「わが」と畳みかける語り口を、鈴虫の巻の女三の宮の持仏開眼供養の場合のそれと比べてみると、紫の上の求める心の深さははっきりする。女三の宮のそれの場合、大方の事の準備は、源氏や紫の上に委ねられており、たとえば「経は、六道の衆生のために六部書かせたまひて、みづからの御持経は、院ぞ御手づから書かせたまひける」(鈴虫四三六二頁)という事態なのであった。「法華経千部」という数は、紫の上の道心故の営みの、長年にわたる重みを語っているとはいえ、寛弘六年の道長の法華経千部願経でさえ摺写供養であることを考えるとき、(4)尋常ではない。『二中暦』などによっても、法華経一部書写(一日)のためには、三〇人余りの書き手と多額の費用の要することが知られる。なぜ「法華経千部」なのであろうか。

越中前司藤原仲遠は、天性の催すところ、心に悪を好まず。壮なる年に及びて、常にこの念を作さく、命は薤露のごとく、身は秋の葉に似たり。消滅疑なきこと、風の中の燈のごとく、去留定まらざること、水の上の沫に似たり。頭を剃り除きて衣を染め、跡を深山に削りて、色を避け世を遁れ、心に戒律を譲らむとおもへり。然れども、妻妾側にありて、忽然として捨てがたく、子孫走り遊びて、憐愍自らに生ぜり。仍りて身は朝市に存して、王事に随ふといへども、心に厭離を生じて、永く仏法に帰せり。一寸の暇を惜みて、法華経を読誦し、須臾の陰を観じて、弥陀仏を称念す。……一生に読みたるところの法華経万部にして、念仏はその数を知らず。法華講に値遇すること一千余座、造仏・写経・檀施等の善は、その数甚だ多し。

（『大日本国法華経験記』[5] 巻下第一〇四）

仲遠は、妻子に執を残したために出家できなかったというよりも、「憐愍」といった表現の中に、たとえば紫の上の源氏に対する「年ごろの御契りかけ離れ、思ひ嘆かせたてまつらむことのみぞ、人知れぬ御心の中にもものあはれに思されける」（御法四七九頁）などに似た深い思いを窺うことができそうな気がする。ともかく、在俗のまま法華経読誦、写経に勤めた仲遠は、そのまま出家することなく、兜率天に生まれることを告げられ亡くなるというところで一話は終わる。平安時代における『法華経』が、その読誦写経により、在家の人をも救うものと考えられていたことが一話に明らかに知られる。

翻って物語の「法華経千部」とは、そうした平安期の法華信仰を踏まえての表現と考えて差し支えあるまい。まして営まれる法華八講は、その中心である五巻の日に女人成仏を説く提婆品を講ずるものとして知られる。『岷江入楚』の箋にあるように、紫の上のこの仏事は、「逆修」のためのものであると規定しておいてよいだろう。一方において、紫の上の死を予感しての「心細さ」が繰り返し述べられ、「行く方知らず」という死の規定に、底知れないその絶望を読み取ることができるとはいえ、そのことと紫の上の非救済とを結び付けることは正しくあるまい。(6)むしろ仏道に寄せる心が生半《なまなか》の深さでない故に、かえって救われることの困難を知っての、それは「心細さ」であり、そのような紫の上を救い取るものとして、物語はその最晩年に法華経千部の供養・法華八講を用意したと言えるのではないか。源氏不出家という物語の文脈から必然的に導かれた紫の上の在り方を、(7)こうしたかたちで一方、物語は救い取ろうと試みている、と言い直すこともできそうである。「言ふかひなきさまに何心なくて臥したまへる御ありさま」(御法四九五—四九六頁)と夕霧の目を通して語られる死後の紫の上の姿は、若紫の日の彼女の「何心なさ」と響き合いつつ、静かに在る。確かに、物語は紫の上の上に救済を見ていた。(8)

＊

第三部に至って、仏教色はいよいよ色濃く物語を染め上げるという。「世の中」のはかなさを生き切り、真摯に仏を求め、それを積極的な現実の営み——写経、八講営為という——に表すことによって、極めて人間らしい心細さに最後まで蝕まれながらも、ついに救いに辿りついた紫の上を第二部に描いた物語作者であるとみる時、第三部のいよいよ色濃い仏教的色彩が何を意味し、意図するのか、今一度顧みられる必要がある。

紫の上＝不出家＝非救済と位置付けるとき、紫の上—大君—浮舟というラインに救済の過程を読み取ることで、物語はすっきりと図式化される。だが、紫の上に救済をみる立場を取るとき、第三部は果たしてその意味でも物語の下降でしかないのだろうか。救済ということに関して第二部と第三部を繋ぐものは、「出家」の問題であると考えられまいか。第二部は、出家することなしに救われた紫の上を描き、第三部は出家しつつも救われない浮舟を最終的には描いたという意味においてである。が、浮舟に辿りつく前に顧みられねばならないのは、宇治の物語を導く軸として機能する、道心の人、薫の問題であろう。

光源氏に比して、「薫の一生は、道心のある者がどのようにしてそれを妨げられるかを描いたものである」[9]という。なるほど薫には、登場の当初より道心が付与され、それは強くその生を規定している。けれども、薫の生を、道心ある者のそれを妨げられる過程を描いたものと規定し、その中に第三部の新たなテーマを見取ることには、ためらいが残る。第三部の世界の開始に当たって、道心に関しての作者の目は、それとはややずれたところにあるのではなかったか。光源氏を描き終え、紫の上を描き終えた作者は、救済ということの意味、それと出家との関わりを今度は裏から問おうとする。仏道に関わり、道心を担う人間が、極限的に仏道・出家ということに近付きながら、しかも救いを得ることのできない無慙な姿を見据えることを決意したのであった。しかも、その無慙な姿こそが物語を切り開く原動力となって宇治の世界は築かれる。「源氏物語」第三部における仏道は、おおよそそのような人間の無慙を見つめることにおいてのみ位置を与えられるものなのであった。

＊

と、大上段に述べたことを実際に検証しなければならない。ひとまず、ここでは浮舟への道程として、薫の物語を取り上げたいと考える。出生の秘密を負って道心を育んだ薫は、求道の旅からゆくりなく姫君を見出す。道心と恋と、その二筋の糸は宇治という「場」を得ることによって、巧妙に綯い合わされつつ物語を導く。八の宮を中間の屈折点に置いて開始された薫と大君との物語は、たとえば燈明のゆらめく仏間を背にした恋の場面、或いは阿闍梨の寺の鐘の声が朝を告げる恋の場面など、仏教的イメージによって綴り合わされ繋ぎ合わされる。すべての構図は、道心を付与された薫の、ただ一度の恋のそれとしてのみその存在が可能なものなのであった。そして、そうした緊張関係のただ中にその恋が高められ、一方で女君の側から死を賭しての拒否に出会うならば、結果は一つしか

ないはずだった。総角の巻において、死か出家かと薫は自らその結論を明らかにしている。(10)

けれども、薫は、現実には死をも出家をも選び取ることなく、大君死後の世界を生き続け、なお新たな恋にさまよい続けた。薫の出家を阻むものは、母女三の宮と中の君との二人なのだと物語には一応記されて、さて、恋と道心の狭間を生きる、という薫の姿はその時から徐々に、よりいっそう露なものとなるのである。薫は、〈都〉と〈宇治〉を往復する中間的存在であるという。(11)大君死後、たとえば宿木の巻など、物語は宇治を離れることによって、一見非常に現世的な傾向を辿るかにみえるが、その中で薫はなお宇治と結び付くことによって、その道心を灯しつづける。同時に、そうした道心の側面としての宇治への傾斜のゆえに、中の君と薫との間に心は通い合い、懸想場面は描かれるのであった。

「この月は過ぎぬめれば、朔日のほどにも、とこそは思ひはべれ。ただ、いと忍びてこそよからめ。何か、世のゆるしなどことごとしく」とのたまふ声の、いみじくらうたげなるかなと、常よりも昔思ひ出でらるるに、えつつみあへで、寄りゐたまへる柱のもとの簾の下より、やをらおよびて御袖をとらへつ。

(宿木(五) 四一五頁)

こうして、当の中の君への思慕を訴える一方、薫は、かの宇治の山荘を寺として造営し、大君の「人形」を供養したいと語っている。そのほかでもない「人形」なる語によって、中の君の口を借りて登場させられるのが浮舟なのであった。

やがて、薫は、自ら宇治へ赴き阿闍梨に寺の造営のことを相談する。そのことは「いともかしこく尊き御心なり」との阿闍梨の称賛に窺われるように、稀有に尊い薫の道心の発露であるとともに、同じ時その地に弁の尼を訪ねるという事態を導くことによって、浮舟との恋物語の引き金としても機能するものである。浮舟の物語もまた、道心と恋との二筋の糸を綯い合わせる宇治をめぐって導き出されている。

＊

このような薫の、縷々と述べられる物語を切り開く原動力としての無慙な姿が、極限的に露になるのが、浮舟を も喪い、ふるさと宇治を喪失することによって、都に移された時点での女一の宮垣間見をめぐっての場面だと言えよう。いわゆる「中だるみ」(12)と呼ばれる蜻蛉の巻後半部の記述について、しばらくそのような観点から解析を試みたいと思う。道心と恋との物語は、宇治を喪失したとき、終焉を迎える。物語のそもそもの出発であるみやこに舞台は戻るほかなく、息もたえだえに縷述されてきた道心とともに、薫の、物語における生もまた、燃えつきようとしている。

五日といふ朝座にはてて、御堂の飾取りさけ、御しつらひ改むるに、北の廂も障子ども放ちたりしかば、みな入り立ちてつくろふほど、西の渡殿に姫宮おはしましけり、もの聞き困じて女房もおのおの局にありつつ、御前はいと人少ななる夕暮に、大将殿直衣着かへて、今日まかづる僧の中に必ずのたまふべきことあるにより、釣殿の方におはしたるに、……（蜻蛉㈥　二三七頁）

積もる年月、密かな憧れの対象であり続けたという女一の宮を、薫が垣間見たのは、蓮の花の盛りの日の、明石の中宮のとり行う御八講の日であった。垣間見が花の宴や紅葉の賀を背景にしてではなく、ほかでもない法華八講を背景になされていることは単なる偶然ではない。人々が折からの暑さの中での八講聴聞に疲れ、女房もおのおのの局にひきとって、女一の宮の前も人少なな夕暮れ時であった。薫はただ一人その辺りにさまよい出る。「今日まかづる僧の中に必ずのたまふべきことあるにより」と、作者は信仰篤い薫の行動を理由付ける。「もの聞き困じて」との対比と相俟ったとき、薫の姿勢の独自の在り方が際立ってみえる。

女一の宮とその女房たちとが、折からの暑さに困《こう》じて、薄物を着、その姿で一塊りの氷を前に興じる、生き生きと躍動する美しい光景を薫が垣間見たのは、その「まかづる僧」への用事のため、釣殿の辺りを通りかかったことをきっかけとしていた。その意味で、「道心」は、この場に及んでもなお物語展開の原動力であり続けると言うことができる。

○「……いかなる神仏のかかるをり見せたまへるならむ。例の、安からずもの思はせむとするにやあらむ」と、かつは静心なくてまもり立ちたるほどに、……　（蜻蛉　二三九頁）

○かの人は、「やうやう聖になりし心を、ひとふし違へそめて、さまざまなるもの思ふ人ともなるかな。その昔世を背きなましかば、今は深き山に住みはてて、かく心乱らましやは」など思しつづくるも、安からず、「などて、年ごろ、見たてまつらばや、と思ひつらん。なかなか苦しうかひなかるべきわざにこそ」と思ふ。　（同　二四〇頁）

姫君を垣間見た薫の思いは、ただし相も変わらぬ「聖ことば」に満ちている。「例の、安からずもの思はせむ」とする神仏の配慮であろうとか、或いはまた「やうやう聖になりし心」を、八の宮の許で姫君に心惹かれ「違へそめ」たのが、この深い惑いの始発であろうとか、内省は尽きない。薫は相変わらず、道心を負った人間、宗教人であり続ける。けれども、その受身的な弱々しさは、「その昔世を背きなましかば、……」と過去を辿らざるを得ないところに自ずから証し立てられる。

さて、女一の宮への思慕を、垣間見によって胸に焼き付けられた薫の、次に取った行動は、まずその翌朝の起きぬけの妻、女二の宮の美しい容貌に目を凝らすことであった。けれども、思いなしかその姉、女一の宮の匂やかな魅力にはかなわない気のする薫は、暑さにことよせ、例の「薄き御衣」を妻に勧める。「形代」を求めてさすらい続ける薫の在り方はなお際やかである。

例の、念誦したまふ。わが御方におはしましなどして、昼つ方渡りたまへれば、のたまひつる御衣御几帳にうち懸けたり。「何ぞ、こは奉らぬ。人多く見る時なむ、透きたるもの着るはばうぞくにおぼゆる。ただ今はあへはべりなん」とて、手づから着せたてまつりたまふ。御袴も昨日の同じく紅なり。（蜻蛉　二四一頁）

妻に手ずからその衣を着せかけた薫は、昨日と同じように氷まで取り寄せ、女房たちに割らせる。そして、なお似るべくもないという現実の前にそっと嘆息しながら、薫は、何も知らない女二の宮に、姉との文通を勧めている。女一の宮の筆跡なりとも見たい、という密かに切実な思いなのである。

恋人の筆跡を、その人と自分の妻との親しいやりとりに見て、深い感動を味わうという趣向は、『宇津保物語』の仲忠・女一の宮夫妻の間での、あて宮の文をめぐっての場面にもある。[13] それが下敷きになっていると言うよりは、筆跡を見るということが恋の第一歩であった時代における、物語の一類型の場面として処理できる部分ではあるのかもしれない。ただし、仲忠の開けっ広げな感動に比べてみても、薫の場合の、何も知らない女二の宮の前で「ただ人にならせたまひにたりとて、かれよりも聞こえさせたまはぬにこそは、心憂かなれ。……」というふうな、一応もっともらしい理屈を捏ねてみせる態度には独自なものがある。類型を踏まえながら、一々のやり口に確かな頽廃の匂いを潜ませ、物語は記し続けられている。

もはや若々しい情熱の影さえも見えずに、「形代」を求める薫の様相はひたすら無力感に満ちている。この頽廃の色濃い場面を引き出すものが「例の念誦したまふ。わが御方におはしましなどして、……」という一文であることは、偶然ではあり得ない。宗教に関わり、仏道に極限的に近付きながらも、救済にはほど遠く生きざるを得ない人間の無慙な頽廃を、このようなかたちにおいて見事に浮き彫りにしたと言うことができよう。女一の宮をめぐっての物語は、こうしてなお、薫の道心に緊密に結び付いたところでの展開を見せることによって、都の世界での薫の無慙を浮き彫りにする構図を担うものとして、物語の終末近く、位置付けることができるのである。

横川の僧都と繋がりながら物語に在る浮舟の問題にここでは触れないまま、薫に辿られる道心と恋との関わり方、その無慙なあり方、ということから、第三部における仏道の位置、その果たす役割を押さえてみた。僧都に関わる浮舟もまた、その延長線上にある救われない人間の一人であると考えられるものであるが、この点については、(3) 5「『あはれ』の世界の相対化と浮舟の物語」に述べることになろう。

いかに、いまは言忌みしはべらじ。人、といふともかくいふとも、ただ阿弥陀仏にたゆみなく経をならひはべらむ。世のいとはしきことは、すべて露ばかり心もとまらずなりにてはべれば、聖にならむに、懈怠すべうもはべらず。ただひたみちにそむきても、雲に乗らぬほどのたゆたふべきやうなむはべるべかなる。それにやすらひはべるなり。……

（『紫式部日記』九八―九九頁）

右の『紫式部日記』の一節を流れるものは、出家後の生活の姿勢に問題を認めての懐疑であると言われる(14)。求めながらかえってなおそれ故に救いから遠ざかる道を歩ませられる薫を描き、やがて浮舟の出家を描いた作者の嘆息として、見事に平仄が合ってくる。時代の仏道、時代の出家に関する一つの批判的な目を作者がもっていたとしか言いようがない。

注

（1） 岡崎義恵「光源氏の道心」『源氏物語の美』（昭35　宝文館）

（2） 阿部秋生「紫の上の出家」慶応義塾大学国文学研究会編『国文学論叢』㈢（昭34）、のち『光源氏論　発心と出家』（平元　東京大学出版会）所収。
（3）深沢三千男「紫の上――悲劇的理想像の形成――」『源氏物語の形成』（昭47　桜楓社）
（4）高木豊『平安時代法華仏教史研究』（昭48　平楽寺書店）一七四頁。
（5）本文は、岩波日本思想大系に拠る。
（6）鈴木日出男「紫上の絶望――『御法』巻の方法――」『文学・語学』（昭43・9）
（7）（3）などの論考参照。
（8）「物語のなかのほとんど唯一の救済になっているといった感じがする」という言い方で、幼い紫の上の「何心なさ」と呼応しての死後のその姿が評されている。（藤井貞和「光源氏物語主題論」『源氏物語の始原と現在』――定本（昭55　冬樹社））、なお(1) 11「紫の上の「祈り」をめぐって」参照。
（9）（1）に同じ。
（10）この辺りの問題に関しては、(3) 2「『道心』と『恋』との物語――宇治十帖の一方法――」参照。
（11）高橋亨「宇治物語時空論」『国語と国文学』（昭49・12）、のち『源氏物語の対位法』（昭57　東京大学出版会）所収。
（12）秋山虔「浮舟をめぐっての試論」『源氏物語の世界』（昭39　東京大学出版会）。蜻蛉の巻後半部をめぐってはいわゆる女一の宮物語構想の跡を認める立場から、藤村潔「源氏物語の挫折――女一宮物語の構想と宇治の物語との関係――」『国語と国文学』（昭37・3）（のち『源氏物語の構造』（昭41　桜楓社）所収）、小山敦子「女一宮物語と浮舟物語――源氏物語成立論序説――」『国語と国文学』（昭34・5）（のち『源氏物語の研究』（昭50　武蔵野書院）所収）等の諸論が出される一方、構想の上から、或いは薫の人間像の上からこの部分を合理化しようとする説も既に出されている。本稿の立場は自ずから後者に属することになろう。
（13）『宇津保物語』中巻第八おきつ白波（角川文庫）一八一頁。
（14）丸山キヨ子「浮舟について」『源氏物語の探究』（昭49　風間書房）、のち『源氏物語の仏教』（昭60　創文社）所収。

11　紫の上の「祈り」をめぐって

はじめに

六条院での女楽の果てた後、光源氏は紫の上と語り合い、自らの半生を回顧すると共に、紫の上の「人にすぐれたりける宿世」を指摘する。

「のたまふやうに、ものはかなき身には過ぎにたるよそのおぼえはあらめど、心にたへぬもの嘆かしさのみうち添ふや、さはみづからの祈りなりける」（若菜下㈣　一九八―一九九頁）

対する紫の上の答が、この一文であった。たとえば小学館新編日本古典文学全集本の頭注に、「「祈り」は「命」の誤写かと考えたいほど難解」(1)とあるように、この一文の意味するところは必ずしも分かりやすくない。本章では、この一文の置かれた文脈を検討すると共に、一文をめぐる考察から、『源氏物語』を貫く思想の一端に触れることを試みたいと思う。期せずしてここで極めて突出した意味を担わされるものとなった「祈り」は、『竹取物語』のかぐや姫の裔にほかならない紫の上の在り方を照らし出すものとして、その生の行方を画定することとなったのではあるまいか、との見通しに立って、以下辿りみることとする。

一　紫の上、「祈り」

まず問題の一文につき、先学の解釈(2)に導かれながら顧みたい。最新の二つの注釈書は次のように記す。

○源氏の言う「…それにかへてや、…」の、憂愁ゆえの存命という主張に応じて、憂愁こそが自分のための祈禱、人生の支えだったとする。「祈り」は……難解だが、源氏の言う「さるべき祈禱など…」を切り返した物言いとみたい。（小学館新編日本古典文学全集）

○…こらえきれない嘆きがついて離れない、その苦しみが、自分自身の祈りなのだった。嘆きがわが身をながらえさせる祈禱であった、と言う。源氏の「それにかへてや」、あるいは「さるべき御祈りなど」という言葉に対して軽く切り返し、それとなく心情を訴える。（岩波新日本古典文学大系）

「祈り」の語をめぐり、現存の諸本において「命」などの異文がみられぬ以上、「呑みこみにくい論理(3)」とみえても、この語によって考えるほかないのはもとより言うまでもない。解釈そのものはほぼ共通している。「この心にとても堪えきれない何か嘆かわしいことばかりが離れずにおりますのは、それが自分自身のための祈りのようになっているのでした」（新編全集）の口語訳に示されるように、「もの思い」「憂愁」「苦悩」「嘆き」こそが、わが人生を支え、生かすものとなっている、との生の認識である。「かかれば、この人々家に帰りて、物を思ひ、祈をし、願を立つ」（『竹取物語(4)』一六頁）など、「祈り」とは、「神仏に請い願う。ことばを口に出して神に福を求める行為」

（小学館日本国語大辞典）を意味する。その原義を顧みる時、この紫の上の「嘆き」「もの思ひ」こそが「祈り」となって生かされている、という認識は、いかにも突出した哲学的思惟を語るようでもあり、奇妙な違和感を拭い得ない、ということでもあろうか。

けれどもこの奇妙に突出してみえる物言いが、実は光源氏の言葉により導き出され、「それにかへてや」「さるべき御祈禱」などに対応するものであることも、諸注の既に指摘するところだった。

「みづからは、幼くより、人に異なるさまにて、ことごとしく生ひ出でて、今の世のおぼえありさま、来し方にたぐひ少なくなむありける。されど、また、世にすぐれて悲しき目を見る方も、人にはまさりけりかし。まづは、思ふ人にさまざま後れ、残りとまれる齢の末にも、飽かず悲しと思ふこと多く、あぢきなくさるまじきことにつけても、あやしくもの思はしく、心に飽かずおぼゆること添ひたる身にて過ぎぬれば、それにかへてや、思ひしほどよりは、今までも、ながらふるならむとなん、思ひ知らるる。……」（一九七―一九八頁）

ちなみに『岷江入楚』(5)は、「それにかへてや」に「秘福禄寿をそなふる事はかたきと也　私かなしきめともにあひぬるにかへてやらんおもひしよりもいのちながきとの給ふ也」と注する。比類ない栄華の一方で、「思ふ人」、つまり父母、祖母などの肉親や妻、恋人との死別、或いは「あぢきなくさるまじき」藤壺への恋など、大きな憂愁を抱え込む固有の在り方を述べた上で、それを代償として「ながらふる」命なのだと、光源氏は語る。御法、幻の巻でも繰り返されることとなる、なじみ深い固有の突出した「栄華と憂愁の人生」の述懐(6)である。この人生の構造の認識はまた、藤壺をはじめ光源氏の生と抜き差しならぬ関わりを持った女君たちのそれとしても姿を現すことが既に指摘(7)されている。さらに憂愁を代償とする命、という考え方は絵合の巻に「命幸ひと並びぬるは、いと難きものになん」(二)三七八頁）などと示されていた。光源氏の思いは、その意味で極めて自然に口を突いたものと言えよう。

紫の上の「さはみづからの祈りなりける」は、この憂愁を代償とする命、という考え方に呼応して発せられた。先の二つの注釈書と共に、『岷江入楚』に「前に源の物思ふ事のおほきにかへて今までもなからへたるかとの給ふにつきてかやうにたえぬ物なけかしさは紫の為の祈との給ふ也」とあるのが、明快な説明だろう。とすれば紫の上は、光源氏の自然と口を突いた言葉に導かれ、またごく自然に「憂愁と引き換えに、生かされて来た」と、この一文を口にしたことになる。「もの嘆かしさ」は、後述する源氏の語りかけに二度繰り返された「もの思ひ」に呼応、また「もの嘆かしさのみうち添ふや」が源氏の「心に飽かずおぼゆること添ひたる身にて」に響き合って示されたことも確認しておこう。また長らえる「命」ではなく、「祈り」の語が使われた理由は、「さるべき御祈禱」を三七歳という厄年に備えてさせるようにとの、光源氏の言葉を切り返すものだと既に指摘されている。『岷江入楚』が「これまては紫上源へたはふれのやうにいひなし給ふ也」と注記するのも思い合わせられる。「さるべき御祈禱」云々の心遣いを「たはふれ」に逆手に取り、嘆きこそが「さるべき御祈禱」ならぬ「みづからの祈り」なのだと才気煥発に切り返したという次第である。続いてふと真顔に帰った彼女は、「まめやかには、いと行く先少なき心地するを、……」と出家の願いを改めて訴える。言葉の遊び、戯れの中から「祈り」の語がふと口を突いたという趣である。

自らの人生の述懐に続き、源氏は紫の上のそれを総括してみせる。「さはみづからの祈りなりける」は、もとよりこれに直続するものであった。

「君の御身には、かの一ふしの別れより、あなたこなた、もの思ひとて心乱りたまふばかりのことあらじとなん思ふ。后といひ、ましてそれより次々は、やむごとなき人といへど、みな必ずやすからぬもの思ひ添ふわざなり。高きまじらひにつけても心乱れ、人に争ふ思ひの絶えぬもやすげなきを、親の窓の内ながら過ぐしたまへるやうなる心やすきことはなし。その方、人にすぐれたりける宿世とは思し知るや。思ひの外に、この宮のかく渡りものしたまへるこそは、なま苦しかるべけれど、それにつけては、いとど加ふる心ざしのほどを、御みづからの上なれば、思し知らずやあらむ。ものの心も深く知りたまふめれば、さりともとなむ思ふ」（一九八頁）

たとえば「自分の庇護のもとにある紫の上の幸運を、得々として語って聞かせ、いささか独りよがりで、紫の上の心の深層を余りにも察知し得ない言」(8)など、さまざまに述べられて来たように、こうした光源氏の、一貫した紫の上の比類ない幸福の主張は、妻の内面を素通りする饒舌というものであろう。ただしこの源氏の総括は、確かにこれまでの物語に刻まれた紫の上の生を、そのままになぞる側面のあることも見逃すわけにはいくまい。須磨流離の一件以外は、さしたる「もの思ひ」もない暮らしだったとあるが、第一部において少なくとも「もの思ひ」の語が紫の上に関して用いられるのは、「御もの思ひのほどに、ところせかりし御髪のすこしへがれたるしもいみじうめでたきを、……」（明石(二)二六一頁）の一例である。流謫故の嘆きに髪のやや少なくなった様を述べており、源氏の「かの一ふしの別れ」云々の主張とまさに重なる。たとえば朝顔の姫君への源氏の傾斜をめぐり、「かかりけることもありける世を、うらなくて過ぐしけるよと、思ひつづけて臥したまへり」「…忍びあへず思さる」（朝顔(二)四七〇頁）など、紫の上の懊悩はさまざまな表現で刻まれるのだから、「もの思ひ」の語の有無だけで計ることができないのはもとより当然である。しかし朝顔への恋が、姫君の強固な拒否により不発に終わり、明石の君への嫉妬も「今はことに怨じきこえたまはず、うつくしき人に罪ゆるしきこえたまへり」（薄雲(二)四二七頁）と、明石の姫君と引き換えに落着し、明石の君とは隔絶する身分の妻として、紫の上が長く六条院に第一の場を得ていたこともまた事実である。

もとよりさまざまな不安や嘆きがなかったわけではない。それなりの葛藤も浮き彫ることができたはずだが、物語は第一部では少なくとも紫の上の「もの思ひ」を、紫の上の内側から掘り下げる姿勢を持たなかった。光源氏の言葉は、このようにして外側[9]から紫の上の生を見取った時の輪郭を、それなりに写し出している。「生けるかひありつる幸ひ人の光うしなふ日にて、雨はそぼ降るなりけり」（若菜下二二九頁）とは、紫の上死去の報が一旦世に流れた折の、上達部の言葉であった。父の庇護を充分に受けることもなかった式部卿宮の女が、奪い取られるように二条院に据えられ、卓越した美質によって、栄華を極めた光源氏の第一の妻として長く君臨する、という在り方は、まさに「幸ひ人」と呼ぶほかなく、また「人にすぐれたりける宿世」の持ち主としか言いようがない。続けて上達部たちは、だからこそ「いとほしげにおされたりつる」女三の宮の本来の立場が、紫の上の死により取り戻される可能性を取り沙汰するのだった。少なくとも『源氏物語』において、外側から「本来そうなるはずがない[10]」女君の稀有な生の状態を表すものとしての「幸ひ人[11]」の評と、光源氏の言葉は基本的に同質である。

「のたまふやうに、ものはかなき身には過ぎにたるよそのおぼえはあらめど」の答は、「源氏の厚志に謝意を述べる[12]」謙辞ではあるものの、同時に用いられた「よそのおぼえ」の語によって、光源氏の目が今は紫の上の外側に置かれていること、そこから見取られる幸運は、身に過ぎた……と、言わざるを得ないものであることを証し立てる。一方紫の上は、「よそのおぼえ」とは逆に、その内面には「心にたへぬもの嘆かしさ」の沈むことを訴える。もとより女三の宮降嫁後の苦悩を直接には踏まえるが、それが「祈り」となって生かされている、ということになると、その後ろに第一部に見え隠れしていた明石の君や朝顔の姫君などに関わる嘆き、嫉妬が揺曳するようでもある。第二部において、とりわけ「のたまふやうに、…」の言葉以降、紫の上の内面に深く垂鉛することで、その苦悩、嘆きの問題が掘り下げられようとしていることが、改めて確認される。

源氏は但し紫の上の死後、幻の巻において気まぐれな浮気沙汰で紫の上の「心を乱りたまひけむこと」(四五〇九頁)を痛恨している。妻亡き後の後悔と言ってしまえばそれまでだが、彼もまた紫の上の嘆きをその内側から思いやるまなざしを持たぬわけではなかった。若菜下の巻の当該場面でのこの独り善がりな饒舌には、その意味で多少考慮すべき別の側面も見出せようか。実はこの直前、彼は女楽の折にも卓越した技量を発揮し、孫の養育にも過不足ない配慮で臨むその「あり難き人の御ありさま」に、ある深い危惧を抱かずにはいられなかった。「いとかく具しぬる人は世に久しからぬ例もあなる」と、理想の人の短命の予感に戦き、と三七歳の厄年の記述が差し挟まれ、だからこそ不安を払拭するための祈禱が促される展開となる。自らの生の述懐と紫の上のそれの総括とは、これに続くものであることを顧みる時、ある種不吉な予感に戦きながら妻に語りかける源氏の姿が浮かび上がる。「人にすぐれたりける宿世」の強調は、その恐れの中に、にもかかわらず不安の影さえ寄せ付けない完璧な幸福を口にすることで、自らを励まそうとする意思を滲ませるのではなかろうか。

ところが彼のこの語りかけは、期せずして逆の結果をもたらした。自身の生をめぐり憂愁を代償としての長命を主張するのに対して、紫の上には須磨の別れ以外に「もの思ひ」はないと断じるのである。短命が必然的に招き寄せられる展開というほかない。そしてまた紫の上は、「……さはみづからの祈りなりける」と一旦切り返すものの、「まめやかには、いと行く先少なき心地するを」と余命の迫る予感を胸に、出家の願いを訴える運びとなる。言葉が言葉を生み、意識せぬ方向に一つの動きが加速される仕組みを確認したい。短命、病、死という文脈と、その中で「もの嘆かしさ」、苦悩の問題が、紫の上の内側から、まともにそれと向き合うかたちで掘り下げられようとしている。

果たしてその「夕つ方」、源氏が女三の宮の許に赴いた後、宵居の徒然に女房たちに読ませた「物語」に導かれるように、「色好み」と関わった女も、「つひによる方ありて」落ち着くのが常なのに、今となって女三の宮の一件に遭遇した身の「あやしく浮」いた定めなさを噛み締め、「人の忍びがたく飽かぬことにするもの思ひ離れぬ身」のままに終わる悲哀を思い続けたあげく、紫の上は暁方に発病する。「もの思ひ」と病、そして死という文脈が、紫の上をめぐってここに引き絞られた。

ちなみにここで『源氏物語』における「もの思ひ」（「御もの思ひ」「もの思はし」等を含む）の語の分布を概観しておこう。全用例数は八九、第一部において当該語の最も多出するのは光源氏に関する用例である。「この月ごろは、ありしにまさるもの思ひに、ことごとなくて過ぎゆく」（若紫㈠三〇九頁）、「あさましきまで（紫の上に）おぼえたまへるかな、と見たまふままに、すこしもの思ひのはるけどころある心地したまふ」（賢木㈡一〇二頁）など、大きく姿を現す藤壺をめぐる苦悩のほか、「あやしう、もの思ひ絶えぬ身にこそありけれ。しばしにても苦しや」（松風㈡四〇六頁）の、明石の姫君の処遇をめぐるそれ、「身なり肌つきのこまやかにうつくしげなるに、なかなかなるもの思ひ添ふ心地したまて」（胡蝶㈢一七八頁）の、玉鬘への思慕をめぐるそれなど、光源氏に関わる多様な「もの思ひ」が一三例現れる。生霊となる凄絶な苦悩を味わった六条御息所の「もの思ひ」、「身のほど」の嘆きを深めた明石の君のそれの各五例、養父の懸想に悩まされた玉鬘のそれの三例、といったところが最も目に付くもので、ほかに桐壺更衣、藤壺、紫の上などのそれは各一例であることを顧みれば、第一部における人物の内面の懊悩の描出は、とりわけ光源氏に集中することを認めざるを得ない。なお「もとの北の方、やむごとなくなどして、安からぬこと多くて、明け暮れものを思ひてなん、亡くなりはべりにし。もの思ひに病づくものと、目に近く見たまへし」（若紫㈠八七頁）とは、紫の上の母の、高貴な正妻との葛藤による死を語る北山の僧都の言葉で、母・娘の「もの思ひ」を系譜づける結果になっているのも興味深い。

第二部では光源氏の「もの思ひ」は、一例に激減する。代わって迫り出すのが、紫の上をめぐるそれであった。「手習などするにも、おのづから、古言も、もの思はしき筋のみ書かるるを、さらばわが身には思ふことありけり、とみづからぞ思し知らるる」（若菜上㈣八一頁）と、懊悩を自制して自ら女三の宮との対面を願い出ながらも、紫の上はすさび書く「古言」に改めて深い「もの思はし」さを実感させられる。先に触れた光源氏の言葉の中の紫の上を射程とする二例[14]、続く紫の上自身の深々とした「もの思ひ離れぬ身」の確認を併せ、紫の上をめぐるそれは四例で、落葉宮二例、柏木、夕霧各一例に引き比べれば、目に立つものと言うほかない。男君の物語の中から、女君の苦悩の問題がやがて大きく迫り出そうとする兆しが、ここに見取られよう。やがて第三部では、「かかる事、世にまたあらむやと、心ひとつにいとどもの思はしさそひて」（橋姫㈤一五七頁）の出生の秘密をめぐる苦悩を含め、薫の「もの思ひ」も確かに三例辿られるものの、大君五例、中の君六例、浮舟四例には及ばない。女君の物語への転換がはしなくも浮かび上がる。

二　「もの思ひ」、『竹取物語』

さて「もの思ひ」、病、やがての終焉、という紫の上をめぐって引き絞られた文脈の中に、『竹取物語』が影のように躙り寄って来る様に目を転じたい。『竹取物語』において、かぐや姫の昇天を前に、目に立ち始めるのが、「もの思ひ」の語にほかならない。「かぐや姫、月のおもしろく出でたるを見て、常よりも物思ひたるさまなり」、「七月十五日の月に出でゐて、切に物思へる気色なり」（一二二頁）と、繰り返される、月を眺めての姫の「もの思へる気色」（一二四頁）を心配した翁は、「月な見給ひそ。これを見給へば、物思す気色はあるぞ」などと語りかけるが、姫の憂愁は変わらない。その姿を召し使いたちもまた「物思すことあるべし」（一二六頁）と推し量り、伝え聞く帝も「もの思ふなるは、まことか」（一三二頁）と消息を遣わさずにはいられない。かぐや姫昇天への道程でキーワード[15]のように用いられるのが、「もの思ひ」の語であった。

その「もの思ひ」の理由は、もとより次のように明かされる。

「……おのが身は、この国の人にもあらず、月の都の人なり。……今は帰るべきになりにければ、この月の十五日に、かのもとの国より、迎へに人々まうで来むず。さらずまかりぬべければ、思し嘆かむが悲しきことを、この春より、思ひ嘆き侍るなり」　（一二八頁）

やがての八月「十五日」、最後の別れを前に姫の語るのも、「親たち」の「御心をのみ惑はして」（一三八頁）去ることへの痛みであって、残される人々の嘆きを思いやってのかぐや姫の嘆き、という構造は通底する。取り残される人々への痛みが、かぐや姫の「もの思ひ」の源であった。

だからこそ、いよいよ天人の迎えが来た時、「我を、いかにせよとて、捨てては昇り給ふぞ。具して出でおはせね」（一四四頁）と泣き伏す翁に、かぐや姫もまた「心惑」い、手紙と「脱ぎおく衣」を「形見」として残す。やがてそれを身に着けると「心ことになる」という天の羽衣を着る直前、姫が帝に手紙を認める折、「おそし」と苛立つのは天人だった。かぐや姫はそれを「物しらぬこと、なのたまひそ」（一四八頁）とたしなめる。古本系統本には「物しらぬこと」の箇所に「かく物おもひしらぬ事」の異文があり、「物しらぬこと」・情理を弁えぬことが、「もの思ひ」を知らぬことにも繋がる可能性が示唆されようか。ともあれ、「今はとて天の羽衣きるをりぞ君をあはれと思ひいでける」（一五〇頁）の歌に、帝への限りないいとおしみを託し、羽衣を着せかけられた姫は去る。この時物語は、「ふと天の羽衣うち着せ奉りつれば、翁をいとほしく、かなしと思しつる事も失せぬ。この衣着つる人は、物思ひなくなりにければ、車に乗りて、百人ばかり天人具してのぼりぬ」（一五〇頁）と記した。「心ことになる」とは、人の心を失うこと、つまり翁への切ない温かな痛みを喪失することを意味する。「もの思ひ」を失うことは、確かに惑いを突き抜け、この世を超えた天上界に入ることであり、静謐な解脱、救済を意味しよう。けれどもそれは同時に、他者を「いとほしく、かなし」とみる、始原の温かな感情を喪失することでもあった。かつてかぐや姫が天人をたしなめる場面をめぐって、「人間的な価値をもって、作者自身あれほどまでに強調する天上界の純粋理性の上におく」物語の「矛盾」にこそ、人間存在の本質を捉えようとする痛切な営みの託されたことが指摘された[16]ことも、思い合わせられる。この世を超えた、天上界の絶対の力への限りない憧れに引き裂かれながら、にもかかわらず『竹取物語』は人間の「もの思ひ」「惑ひ」「あはれ」、そして「いとほしく、かなし」と感じる心の襞に深いいとおしみを寄せる。翁、嫗も「何せむにか、命も惜しからむ。誰が為にか」（一五二頁）と、残された不死の薬を放置したままに病み、帝さえそれを富士山頂で焼くように計らうのも[17]、その絶対の力の前に一旦敗北を喫しながら、天人の力に絡め取られることなく、悲しみの内に限られた命を生きる人間の「もの思ひ」への痛切な共感を語っていよう。「物語のいで来はじめの祖」である『竹取物語』は、このようにして「物語」というものの拓く世界を方向付けた。この世を超えるものへの限りない憧れに引き裂かれながら、「もの思ひ」に囚われ、「あはれ」と「惑ひ」に生き泥む人の姿を、留め刻むことにこそ「物語」の身上がある。

紫の上の物語に立ち戻ろう。迫り出す「もの思ひ」、そして病から終焉へ、その苦悩の浮刻の中に、かぐや姫の「もの思ひ」と昇天の物語が透き見えてくる。ほかならぬ「八月十五日」の葬送、「人知れぬ御心の中にもものあはれ」（御法四七九頁）に重なるかぐや姫詠の「あはれ」、幻の巻の紫の上の文殻を焼かせる行為と『竹取物語』末尾の帝詠と不死の薬の焚焼との照応など、『竹取物語』引用については死と昇天とを重ね見つつ既に詳細な検証[18]がある。

加えて今一つ、「もの思ひ」から終焉への物語の在り様《よう》を辿りみたいのである。

女三の宮の降嫁以来、「身にちかく秋や来ぬらん見るままに青葉の山もうつろひにけり」（若菜上八二頁）と、手すさびに書き付けずにはいられない衝撃を受けながら、静かに紫の上が自制したのは、「をこがましく思ひむすぼほるるさま、世人に漏りきこえじ」（四七頁）と、せめて惨めな姿を晒すまいとする、痛々しい矜持に因っていた。降嫁の報を耳にした時の継母、式部卿宮の北の方の思惑を憚って、心を痛めるその人を、いかに鷹揚な人柄とは言え「いかでかはかばかりの隈はなからむ」などと、語り手は評している。それなりに生々しい嫉妬、不信とまた誇りを保つことに囚われた、この時点での一人の女君像が鮮やかに浮かぶ。ところが、最晩年の病から御法の終焉に向けて、紫の上にはこれとは少し異質の面影が漂い出す。「限りもなくらうたげにをかしげなる御さまにて、いとかりそめに世を思ひたまへる気色、似るものなく心苦しく、すずろにもの悲し」（御法四九〇頁）などに揺曳する「この世のものならぬ浄福の雰囲気」[19]が、病を越えた紫の上に備わるものだった。

一旦危篤に陥ったものの、ようやく蘇生した紫の上の重ねての出家の切願を無下に退けかねて、源氏は紫の上に「五戒ばかり」を許す。その功徳で何とか延命を図ろうと祈る光源氏の切ない様を、物語は「世にかしこくおはする人も、いとかく御心まどふことに当りてはえしづめたまはぬわざなりけり。いかなるわざをして、これを救ひ、かけとどめたてまつらむとのみ夜昼思し嘆くに、……」（若菜下二三二頁）と刻む。「妄執」[20]さながら、紫の上に執着する光源氏の姿が、「嘆く」「惑ふ」に『竹取物語』の翁の影を滲ませながら浮かび上がる。

亡きやうなる御心地にも、かかる御気色を心苦しく見たてまつりたまひて、世の中に亡くなりなんも、わが身にはさらに口惜しきこと残るまじけれど、かく思しまどふめるに、むなしく見なされたてまつらむがいと思ひ隈なかるべければ、思ひ起こして御湯などいささかまゐるけにや、六月になりてぞ時々御ぐしもたげたまひけ

る。（若菜下　二三三頁）

ようやく紫の上が回復の兆しを見せ始めたのは、光源氏のこうした執着、「惑ひ」がいかにも痛ましく、自ら命を惜しむ気持ちはさらにないのに、彼を嘆かせるまいとする一心で、薬湯も口にするようになったからだという。自身の命のことはさて措き、残されるものの嘆きを思いやる紫の上の思惟が、ここにはじめてはっきりと示された。

……みづからの御心地には、この世に飽かぬことなく、うしろめたき絆だにまじらぬ御身なれば、あながちにかけとどめまほしき御命とも思されぬを、年ごろの御契りかけ離れ、思ひ嘆かせたてまつらむことのみぞ、人知れぬ御心の中にもものあはれに思されける。（御法　四七九頁）

若菜下の巻の発病、危篤と蘇生から四年の歳月の流れた御法の巻は、大病以来紫の上の健康状態が「そこはかとなく」思わしくないままに、時の重なったことを記して始まる。「しばしにても後れきこえたまはむこと」を痛切に戦く源氏と、それ故にも、惜しからぬわが命ながら、彼を「思ひ嘆かせ」る悲しみを憚り「ものあはれ」と嘆息する紫の上の姿が、直後に刻まれ、先の若菜下の巻と同一の思惟が確認される。

さらに臨終も間近に迫る夕暮れ、前栽の秋草を眺める紫の上の、尽きようとする命の最期のひとときの「はればれし」さを喜ぶ源氏の様に、「かばかりの隙あるをもいとうれしと思ひきこえたまへる御気色を見たまふも心苦しく、つひにいかに騒がんと思ふに、あはれなれば」（四九〇―四九一頁）と、自らの死が源氏にもたらす嘆きの大きさに思いを致す条を併せ、終焉を前に残されたものの悲哀に感慨を深める紫の上の記述は、その発病後に繰り返し現れる。改めて言うまでもあるまい。かぐや姫の月を眺めての「もの思ひ」は、やがて迫る別れの時を思い、残される翁の「思し嘆かむが悲しきこと」に深く囚われてのものだった。「思ひ嘆かせ」「まどふ」等の語の対応を述べるまでもなく、紫の上の、源氏の執心、嘆きを痛む思惟に符合する感情である。もとより「もの思ひ」の語の意味するところは、ずらされている。繰り返されるかぐや姫の「もの思ひ」が、昇天の日の迫ることを悲しんでの感情であるのに対し、紫の上のそれは男と女との関係の定めなさのもたらすものであった。けれどもその定めなさ、はかなさをめぐる感情を、ほかならぬ「もの思ひ」の語で括り、繰り返し、一方で光源氏の嘆きを思いやる紫の上の姿を重ねて浮き彫ることによって、ずらされ転位されながら、にもかかわらず立ち上《のぼ》る『竹取物語』の影が、はっきりと輪郭を現す。

一方、紫の上の終焉をめぐり、「あはれ」の語が頻出することは既にさまざまに説かれるところだった。(21)

①昨日今日かくものおぼえたまふ隙にて、心ことに繕はれたる遣水前栽の、うちつけに心地よげなるを見出したまひても、あはれに今まで経にけるを思ほす。（若菜下　二三五頁）

②薪こる讃嘆の声も、そこら集ひたる響き、おどろおどろしきを、うち休みて静まりたるほどだにあはれに思さるるを、まして、このころとなりては、何ごとにつけても心細くのみ思し知る。（御法　四八二―四八三頁）

③……残り少なしと身を思したる御心の中には、よろづの事あはれにおぼえたまふ。……さしも目とまるまじき人の顔どもも、あはれに見えわたされたまふ。……まづ我独り行く方知らずなりなむを思しつづくる、いみじうあはれなり。（御法　四八四―四八五頁）

紫の上をめぐる「あはれ」は、もとより多様である。蘇生の感慨を語る①、また②、自ら催した法華経千部供養の「讃嘆の声」の、ふと途切れた折の深い感慨と心細さは、終焉の迫ることを実感する者の胸に込み上げる固有の思いと言えようか。さらに③、死期を自覚した者が、「死にゆくもの」(22)の側に立って、まともに死に向き合おうとする時、見慣れたはずの人々の顔は「あはれ」と見取られ、まず「独り行く方知ら」ぬものとなる惻々とした淋しさが「いみじうあはれ」に胸に広がる。紫の上をめぐる末期の「あはれ」は、先の残される源氏への哀憐と共に、すべてのものへのいとおしみと、名残り惜しさ、悲しみを湛えて深い。かぐや姫もまた翁の嘆きを思いやって悲しむだけではない。「老い衰へ給へるさまを見たてまつらざらむこそ恋しからめ」（一三八頁）と、別離そのものの悲哀に胸を痛める。また帝への歌の「あはれ」に託されたものは、最期の時に当たってのその人への込み上げる切ないいとおしさであろう。まぎれもないこの『竹取物語』の「あはれ」と響き合いつつ、紫の上の終焉の「あはれ」は繰り返される。

今一つ、最後に顧みるべき問題が、紫の上の出家願望であろう。出家を願い続けるその人に、光源氏は結局許可を与えることなく終わり、紫の上は願いを叶えられぬままに死を迎えている。最期まで「愛欲と仏法との間を彷徨していた(23)」様をそこに見取るべきなのか、或いはまた源氏の愛執を晴らすために、究極の救済をも諦めねばならなかった徹底的忍従の理想像を(24)、むしろ見るべきなのか、その出家の問題に関しては、さまざまに見解が分かれる。

○「今は、かうおほぞうの住まひならで、のどやかに行ひをも、となむ思ふ。この世はかばかりと、見はてつる心地する齢にもなりにけり。さりぬべきさまに思しゆるしてよ」　（若菜下　一五九頁）

○　対の上、かく年月にそへて方々にまさりたまふ御おぼえに、わが身はただ一ところの御もてなしに人には劣らねど、あまり年つもりなば、その御心ばへもつひにおとろへなむ、さらむ世を見はてぬさきに心と背きにしがな、とたゆみなく思しわたれど、……　（若菜下　一六九頁）

最初の出家の願いは、女三の宮の降嫁の衝撃はそれとして、紫の上の思慮深い抑制によって、六条院には静かな落ち着きが戻り、紫の上が女三の宮にも勝《まさ》って、源氏との仲の「うるはし」さをいよいよ固める中で、やや唐突にも示される。落ち着きは取り戻したものの、降嫁によって知らされた、生の基盤であった源氏の愛情の定めなさは、深く紫の上の心を蝕んだのでもあろう。再度のそれは、住吉詣での後、源氏の「御心ばへ」への不信故のものとして刻まれる。色好みへの不信と絶望が、年月を経て無常観にまで昇華されたところに、彼女の出家志願があったと説かれる[25]ところである。

先に触れた「さはみづからの祈りなりける」に続く箇所の出家志願、或いはまた御法の巻に至ってなお示される「いかでなほ本意あるさまになりて、しばしもかかづらはむ命のほどは行ひを紛れなく」（四七九―四八〇頁）したい、との切願をも併せ、繰り返されるその願いが、一貫して退けられた紫の上の感慨は、次のように語られる。

　御ゆるしなくて、心ひとつに思し立たむも、さまあしく本意なきやうなれば、この事によりてぞ、女君は恨めしく思ひきこえたまひける。わが御身をも、罪軽かるまじきにやと、うしろめたく思されけり。

（御法　四八〇―四八一頁）

源氏の許しを得られない以上、出家を強行するのは、あくまでも「本意」でない。けれど許されないことは「恨めしく」、また一方出家の叶えられないわが身を、「罪軽かるまじき」ものと思い深めている。「切望する出家が拒まれたとき、紫の上はその拒否をこばむ人のせいにして、いつまでもそこに佇んではいなかった。むしろ、その背後にある自らの宿世とむき合った。そうして、それを罪障を負うている自己の存在そのものとして対峙した」と、述べられる[26]ところである。紫の上は、すべてをわが身に引き受け、引き据える。続く箇所の紫の上主催の供養が、年来の「私の御願」で書かせた膨大な「法華経千部」のそれであり、「わが御殿」二条院で、光源氏には「くはしき事どもも知らせ」ぬままに、自らの差配で「いたり深く」執り行われた、とあるのもこの姿勢と響き合おう。顧みれば鈴虫の巻の女三の宮の仏事の場合、大方の事の準備はむしろ源氏や紫の上に委ねられており、たとえば「経は、六道の衆生のために六部書かせたまひて、みづからの御持経は、院ぞ御手づから書かせたまひける」（四三六二頁）という事態なのだった。紫の上の法華経千部供養は、これと対比的にその人の主体性といったものが、いかにも力強く浮かび上がる仕組みを持つと言える。その人の出家の願いは、まことに真摯というほかなく、同時に「罪」をも自ら引き受けつつ、懸命に仏事に勤めようとする姿勢は、力に充ちている。

にもかかわらず、なぜ紫の上は「御ゆるしなくて、心ひとつに思し立たむも、さまあしく本意なきやう」と考え、出家を諦めるのか。光源氏が彼女に出家を許さない理由は、最初から一貫している。「さてかけ離れたまひなむ世に残りては、何のかひかあらむ」（若菜下一九九頁）という紫の上への執着であり、だからこそ自身も出家を願いながら、その厳しく俗縁を断とうとする出家生活への展望故にも、「ここながら勤めたまはんほどは、同じ山なりとも、峰を隔ててあひ見たてまつらぬ住み処」（御法四八〇頁）に離れる悲しみを思い、自他共々の出家を遂行できないままに終わる結果となる。必然的に思い起こされるのが、「かく思しまどふめるに、むなしく見なされたてまつらむがいと思ひ限なければ」の、自らの死による光源氏の悲哀を思いやる紫の上の心情である。紫の上は、その死のもたらす嘆きを思いやって、「あはれ」を噛み締めるように、自身の出家により残される源氏の心中を思う時、それを強行し得ない、と考えるほかあるまい。それは忍従であるより、むしろ主体的な判断を語るものではなかろうか。紫の上は、出家の許されぬことを「恨めしく」思いつつ、そしてまたその「罪」の深さに思いを致しつつ、「あはれ」の中に宙吊りになっている。こうしてこの女君は亡くなった。救済、往生が得られたのかどうか、物語は定かにそれを描かない。語るのはただ「いと白く光るやう」で「うつくしげ」な死に顔の静謐だけである。「もの思ひ」と「あはれ」とを生き貫いて、その人は今、静かな安穏を得た。[27]

幻の巻で、光源氏は一年間かけてその人を傷む。花の季節に女三の宮を訪れた彼は、勤行に励む宮の姿に、「何ばかり深う思しとれる御道心にもあらざりしかど、この世に恨めしく御心乱るることもおはせず、のどやかなるままに紛れなく行ひたまひて、一つ方に思ひ離れたまへるもいとうらやましく」（四五一七頁）と、羨望を禁じ得ない。

見事に俗世への関心を捨て去り、仏道に精進する宮の様に「一つの達成」を見て、羨望と一抹の後ろめたさを感じる光源氏、と説かれるところである。[28] ところが直後、「植ゑし人なき春」も知らぬ様子に咲き誇る対の庭の山吹への感慨を口にした彼に、女三の宮の返したのは「谷には春も」の言葉だった。もとより「967光なき谷には春もよそなれば咲きてとく散るもの思ひもなし」（『古今集』清原深養父）を踏まえ、宮は「光なき」と卑下したつもりだろう。しかし源氏は、こともあろうに今「もの思ひもなし」とは……、と鼻白む思いである。はしなくも女三の宮の口を突いた引歌と、直前の出家姿への光源氏の感慨を併せ見る時、引歌の響かせる「もの思ひもなし」[29] に、ある色合いのまつわり出すことに気付かされる。迷いを去った清澄な境涯、「もの思ひもな」い世界とは、女三の宮の出家の世界そのものに重なろう。光源氏のたじろぎは、その意味で出家そのものへの懐疑をも複雑に滲ませるかのようである。出家することのないままに終わった紫の上の生は、この対極の「もの思ひ」と「あはれ」とのあわいに刻まれた。かぐや姫の天の羽衣を着る直前までの、「もの思ひ」「あはれ」に寄せられた物語の切ない共感は、このようなかたちで紫の上をめぐって受肉されたと言えるであろう。

改めて「心にたへぬもの嘆かしさのみうち添ふや、さはみづからの祈りなりける」に立ち戻りたい。『源氏物語』における「祈り」「御祈り」「祈る」等の用例は五八、いわゆる加持・祈禱の意味で用いられるものが三一例と、過半数を占め、「ゆくさきをはるかに祈るわかれ路にたえぬは老のなみだなりけり」（松風(二)三九三頁）など明石の入道の、明石の君、或いは一族をめぐる願いを込めたもの、また「年を経ていのる心のたがひなばかがみの神をつらしとや見む」（玉鬘(三)九二頁）など乳母の玉鬘をめぐるそれ、といった「祈り」の用例はそれ以外ということになる。ほかの作品を顧みても『宇津保物語』の二二例が目に付くほかは、『竹取物語』『伊勢物語』『古今集』各一、『落窪物語』二、『蜻蛉日記』六、『紫式部日記』〇、『枕草子』四など、「祈り」の用例はさしたる数でもなく、『源氏物語』同様、加持・祈禱のそれを意味するもののほかに、若干の幸福を願う「祈り」の用例が加わるのが定型と言える。またたとえば『拾遺集』で一〇例の「祈り」の内、九例までが賀の歌や神楽歌に集中するのも、この語の位相を自ずから語っていよう。とすればいよいよ若菜下の巻の当該例は、異色の語の使い方と言うほかない。にもかかわらず紫の上の晩年の生を、「もの思ひ」と「あはれ」とのあわいの宙吊りのそれとして顧みた時、はしなくも「たはふれ」の中からこぼれ出た「祈り」に託された突出した意味の重さを実感せざるを得ない。「祈り」とは、ひたむきな心の願いをもってこの世を超えるものに謙虚に対峙することであろう。「もの嘆かしさ」の心に積もる時、その「祈り」さながら、むしろそれが心の支えとなって生かされているという。ひたむきに謙虚に、苦悩に対峙したのがまさに紫の上の最晩年の生だった。生きることは、「もの嘆かしさ」「もの思ひ」によって支えられるものにほかならず、人の生の真実は、救い取られた安穏に見出されるよりはむしろ、救済を求めつつ、「あはれ」に引き裂かれ、「もの思ひ」の限りを尽すことにある、と紫の上の人生そのものが語っている。嘆きが、「祈り」となって、それに支えられる生、という言葉がこぼれ出ることによって、紫の上の生は自ずから方向付けられた。行く手に見出されるのは、「もの思ひ」こそが生きる証《あかし》であるという、最も美しい逆説であって、それはまたかぐや姫をめぐる「もの思ひ」と「あはれ」の系譜を伝えるものでもあった。

終わりに

「もの思ひ」こそが生きること、苦悩が「祈り」となってそれに支えられる生、という捉え直しの図られた時、光源氏の生もまた「惑ひ」の中に閉ざされたままに終わり、さらに宇治の物語において女君たちの苦悩が刻み深められる展開の必然もまた予感されたと言うべきであろう。最後の女主人公浮舟は、薫と匂宮との狭間で苦悩を深め、「ながらへて人わらへにうきこともあらむは、いつかそのもの思ひの絶えむとする」（浮舟㈥一五九頁）と入水を決意する。後に出家を遂げるものの、「昔のことのかく思ひ忘れぬ」（夢浮橋㈥三六九頁）惑いはなお心を去らず、必ずしも救済の安らかさに憩う心境ではない。『竹取物語』引用のさまざまに指摘されることをも併せ、紫の上以来の女君の物語の系譜が確認されよう。

一方浮舟を直接に出家に追い詰める結果となったのは、中将の懸想[30]だったが、彼は「おほかたもの思はしきことのあるにや」（手習㈥三〇五頁）など、その憂愁の貴公子ぶりを揶揄される人物である。

山里の秋の夜ふかきあはれをもの思ふ人は思ひこそ知れ　（手習　三一六頁）

右の歌の彼の気取った呼びかけに、浮舟は「うきものと思ひも知らですぐす身をもの思ふ人と人は知りけり」と、突き放して老いた母尼の部屋に逃れた。痛切な浮舟の「もの思ひ」の体験を知ることなく、気取った物言いで「もの思ふ人」こそがわが同志、と語りかける中将を皮肉に退けることで、物語の「もの思ひ」はさらに屈折した。「もの思ひ」の極限を描きつつ、一方で「もの思ひ」を皮肉に相対化した時、物語の終焉は既に招き寄せられている。

注

（1）小学館新編日本古典文学全集『源氏物語』㈣二〇七頁。

（2）玉上琢弥『源氏物語評釈』、新潮日本古典集成『源氏物語』などの注釈書のほか、関根慶子「「若菜」より「御法」にいたる紫上」『源氏物語の探究』㈧（昭58　風間書房）、丸山キヨ子「紫の上を考える」『源氏物語の仏教』

（昭60　創文社）、倉田実「紫の上の述懐」『紫の上造型論』（昭63　新典社）、阿部秋生「六条院の述懐」『源氏物語論』（平元　東京大学出版会）などに考察がある。
（3）前掲（2）阿部論文参照。
（4）本文の引用は、旺文社文庫に拠る。
（5）本文の引用は、中野幸一編『岷江入楚』（武蔵野書院）に拠る。
（6）（3）に同じ。
（7）鈴木日出男「光源氏の女君たち」『源氏物語とその影響　研究と資料』（昭53　武蔵野書院）
（8）前掲関根論文参照。
（9）森一郎「若菜上・下巻の主題と方法」『源氏物語の主題下』（平11　風間書房）に「彼女の人生の外的真実と内的真実の相剋」との指摘がある。
（10）今西祐一郎「共同討議・源氏物語を読む」『国文学』（昭55・5）
（11）(3) 3「幸い人中の君」参照。
（12）全集本頭注。
（13）「あり難し」と発病との関わりについては、倉田実「紫の上と『…人』表現」『源氏物語の探究』㈡（昭51　風間書房）、松木典子「紫の上をめぐる「ありがたし」について」『平安朝文学研究』（平8・12）などが言及する。
（14）「やすからぬもの思ひ……」の一例は、後宮の女性たちのそれを指すが、紫の上の生と対比する意図で示されており、その意味で「射程」に入るものと判断した。
（15）小嶋菜温子「もたらされた罪」『かぐや姫幻想』（平7　森話社）
（16）野口元大「物語の出できはじめの祖」『古代物語の構造』（昭44　有精堂）
（17）不死薬の処理については、「タブーの排除」という魅力的な視点が、小嶋菜温子前掲書に出されているが、ここでは「皇権」の問題はひとまず措いて考えておく。なお小嶋氏は翁などが無用のものとして飲まなかった「薬」は、

(18) 河添房江「源氏物語の内なる竹取物語」『源氏物語表現史』(平10　翰林書房)
「不死の薬」とあり、今これに従っておく。

「不死の薬かどうかは不明」とする。ただしたとえば、ほるぷ出版『竹取物語　大和物語』の高橋亨氏の注記には
(19)(20) 全集本頭注。
(21) 小野村洋子「自然的な「あはれ」の反省」『源氏物語の精神的基底』(昭45　創文社)、池田和臣「紫の上の終焉の筆致」『むらさき』(昭50・6)、のち『源氏物語　表現構造と水脈』(平13　武蔵野書院) 所収など。
(22) 今西祐一郎「哀傷と死」『源氏物語覚書』(平11　岩波書店)
(23) 阿部秋生「紫の上の出家」前掲(2)の書に同じ。
(24) 深沢三千男「紫の上」『源氏物語の形成』(昭47　桜楓社)
(25) 武原弘「晩年の紫の上」『源氏物語の認識と求道』(平11　おうふう)
(26) 前掲(2)丸山論文参照。
(27) 藤原克己「源氏物語と浄土教」『国語と国文学』(平11・9) は、「往生の成否といったことは、この物語の真の関心事ではなかった」と述べる。また高木和子「光源氏の出家願望」『日本文芸研究』(平11・12)(のち『源氏物語の思考』(平14　風間書房) 所収) には、「俗世に生きる人間の姿にこそ、第二部における作者の関心があった」との指摘がある。
(28) 斎藤暁子「幻巻における出家観」『源氏物語の仏教と人間』(平元　桜楓社)
(29) 松岡智之「『観無量寿経』と女三の宮」『国語と国文学』(平8・7) は、「物思ひもなし」を、「もののあはれも知らぬもの」というところに逃げ込んだ女三の宮がたどり着き得た境地、とみる。
(30) (3) 5「「あはれ」の世界の相対化と浮舟の物語」参照。

I

『源氏物語』の人物と表現——その両義的展開

(2)『源氏物語』の表現

1　『源氏物語』の「人笑へ」をめぐって

「なにかを表現し伝達しようとする人間の活動」(1)の一つとして、最も始原的な媒体《メディア》である「笑い」は、集団と深く関わるものと言える。「笑いは、常に一つの集団の笑い(2)」なのであり、或いはまた「一つの攻撃方法(3)」としての「笑い」も、もとより集団の「笑い」が、ある対象に向けて引き絞られる場合の機能であることが多い。集団の中での位置付け、また人間関係と密接に結び現れる場合が多いという意味で、とりわけ人と人との間の伝達の媒体としての意味を重く担うはずの「笑い」をめぐって、「世間・人のもの笑いになること」との語義を持つ『源氏物語』の「人笑へ」「人笑はれ」の語に注目したいと思う。

『源氏物語』には、他の作品を圧して「人笑へ」「人笑はれ」の語が多出する。ちなみに『蜻蛉日記』三例、また『宇津保物語』五例、『落窪物語』二例、『枕草子』一例といった分布を顧みれば、『源氏物語』の「人笑へ」四二例、「人笑はれ」一六例の数は、作品自体の量の差を考慮に入れても際立つ頻用であることが明らかだろう。内話、地の文（移り詞(4)）、また会話という、さまざまな表現の位相に「人笑へ」「人笑はれ」が現れるのも、数の多さと響き合う『源氏物語』の固有の在り方だが、噂や笑いの網目に絡め取られた各々の登場人物の様相、物語世界の構造は、こうした当該語の立ち現れる文脈の位相の差から照らし出されてくる側面を持ちはすまいか。ひとまず考察を試みたい。

一 『源氏物語』以前――会話の中で――

『源氏物語』の中では、「人笑はれ」よりも「人笑へ」の語が圧倒的に多く、「人笑はれ」の方が時にやや軽く用いられているようにも思える(5)が、とりあえずこの二語を一まとめのものとして考えていくことにする。これらの語は、「こうなることが、その個人の社会的な運命を左右することになる(6)」との、平安朝の閉塞的な社会状況を背景に立ち現れるという。『源氏物語』の中で、藤壺、六条御息所、紫の上、明石の君等の主要な女君たちが、各々の運命の危機に、「人笑へ」の語によりその深刻な状況を受け止め、もの笑いの種となって身を破滅させることを避けるべく、自らの道を切り拓くという使われ方が鮮やかに指摘されている(7)が、わけても『源氏物語』にこうした重い用例のみえるのは、王朝一般の社会の閉塞状況を踏まえながらも、それだけに留まらぬ作品の表現自体の固有の仕組みの存在をも予感させる。

さて、『源氏物語』においてこうした極めて重い意味を担う語となった「人笑へ」の、それ以前の用例にしばらく目を転じよう。

おとど「我、女子多かる中に、この子、生まれしよりらうたげなりじかば、……しひて宮仕へにいだしたてたれば、安からずうらやまれいはれし人の、かく人笑へに辱を見むを見てやは世にもまじろふべき」とのたまふ

程に、……　（『宇津保物語[8]』下二〇二頁国ゆづり下）

右の箇所は、正頼の、娘あて宮の「人笑へ」を案じる会話文である。あて宮腹の皇子をさしおき、梨壺腹の皇子の立坊という事態を仮想しての心配である。娘のこうした恥をみすみす目の当りにするよりは出家をしてしまいたい、と述べる父の在り方はそれなりに深刻だが、自身の「人笑へ」の運命を顧みての生の行方の選択といった方向とは自ずから趣が異なる。むしろ王朝の社会状況を踏まえての慨嘆とも言うべき会話文中の「人笑へ」は、やや軽い。『宇津保』の他の三例は同じく会話文中に、また一例は会話文中に引く内話に現れており、『宇津保』の「人笑へ」は原則として会話文中のものと括ることができる。

さらに、『落窪物語』においてもまた、「『殿に申しつれば、しかじかなむのたまふ。いかなるべきことにか。こらの年ごろ、ひとへに造りて、人笑はれにやなりなむとすらむ』と嘆きたまふとは、世の常なり」（巻三・二八〇[9]頁）等、二例の「人笑はれ」は、三条邸修復が落窪姫君の持つ地券を楯にしての道頼の妨害に水泡に帰すという挿話をめぐる会話に示されている。即ち父中納言の空しい邸造営の努力の「人笑はれ」の嘆息である。二つの物語に共に会話文中に現れる事実は、当該語の話し言葉的な性格を証し立てていよう。同時に、もともと話し言葉に示される当該語は、心中深い恥の内省とは隔たるやや軽い様相を呈するものであったことも確認したい。

『蜻蛉日記』においても、「『……さりとも、今一度は、おはしなむ。それにさへ出で給はずはぞ、いと人笑はへにはなり果て給はむ』など、物ほこりかに、いひのゝしる程に」[10]（中・天禄二年六月）と、鳴滝籠りの折、作者に下山を勧める兼家の使いの会話に示される例のほか、同時期の人々の手紙の中の用例を含め、語りかける言葉に「人笑へ」の現れる状況は共通している。

但し、「帰りし時の　慰めに　今来むといひし　ことのはを　さもやとまつの　みどりごの　絶えず倣ぶも　聞

くごとに　人わらへなる　涙のみ　わが身をうみと　湛へども……」（上・天徳二年七月）の例のみは、兼家の夜離れを嘆く作者自らの長歌に現れる「人笑へ」であり、内面、心中を刻む文脈に置かれた当該語の初出例と言える。これは『源氏物語』における「女の内面思考の言語」としての「人笑へ」の機能の萌芽を意味するものでもあろうか。もっとも底本（桂宮本）には「人わろくなる」とあり、これを「人わらへ」と校訂する流れ(11)以外に、「人わろげ」の改訂本文の系譜もあり、問題が残るが、一応「人わらへ」の本文を、より蓋然性の高いものとみておく。

顧みた『源氏物語』以前の用例が圧倒的に会話文中に多出するのに対し、『源氏物語』の場合、内話にむしろより多く現れ、さらに地の文、移り詞にも示されるという際やかな対比現象がある。ちなみに表示を試みれば次の通りである。

	「人笑はれ」一六例		「人笑へ」四二例	
会話	五例	31%	一四例	33%
内話	八例	50%	一九例	45%
地・移り詞	三例	19%	九例	21%

『源氏物語』の「人笑はれ」「人笑へ」

内話の用例が半数近くを占める固有の現象は、もとより内省の文脈における当該語の画定を意味する。さらに二割前後の用例が、地或いは移り詞に出現する状況は、『源氏物語』の文体が語りの言葉を大きく取り込みつつ刻まれたものであることを示すものにほかならない。語り手の女房の躍動が、そのことにより自ずから伝わる構造なのである。ともあれ、次にまず『源氏物語』に固有の内話の用例に目を向けてみる。

二　『源氏物語』の内話における「人笑へ」

A命長くも、と思ほすは心うけれど、弘徽殿などの、うけはしげにのたまふと聞きしを、空しく聞きなしたまはましかば人笑はれにや、と思しつよりてなむ、やうやうすこしづつさはやいたまひける。
（紅葉賀㈠　三九七—三九八頁）

B「よろづのこと、ありしにもあらず変りゆく世にこそあめれ。戚夫人の見けむ目のやうにはあらずとも、必ず人笑へなる事はありぬべき身にこそあめれ」など、世のうとましく過ぐしがたう思さるれば、背きなむことを思しとるに、春宮見たてまつらで面変りせむことあはれに思さるれば、忍びやかにて参りたまへり。
（賢木㈡　一〇六頁）

A・B共に藤壺をめぐる用例である。Aは、冷泉院誕生直後、悩みを深める藤壺の、にもかかわらぬ一筋の強靱な生への選択を伝える文脈に示される「人笑はれ」であり、Bはやがての桐壺院崩御後、なおも続く源氏の執着を逃れ、東宮の将来のためにも出家を選び取ろうとする藤壺の顧みる「人笑へ」である。Aの場合、藤壺は「空しく聞きなしたまはましかば」の反実仮想を受けての予測として、「人笑はれ」を思う。「弘徽殿が自らの死を耳にされたとしたら、どんなにもの笑いの種となっていたことか」とは、藤壺その人が実際にはもとより起こり得なかった自身の死とそれをめぐる恥とを仮想し、逆にそうはなるまいと「思しつよ」ることによって、罪の子の誕生という深い衝撃から立ち直ろうとする営みを導く言葉なのであった。即ち、藤壺は、実際にもの笑いの種となった現実を嘆いているのではなく、悪い事態の予想、懸念を踏まえることをバネにして、極めて主体的に自らの生の今後を切り拓こうとしている。ここには「人笑へ」を裏付ける現実の事態は影もなく、逆に裏付けのないところで懸念を顧みる周到さが際立つ。

Bも、基本的に同様の構造である。このまま俗世にあれば戚夫人の憂き目ほどにはいかなくとも「必ず人笑へなる事」が起こるに違いないと、「ありぬべき」との懸念、予測により出家の意志が固められるのであって、もの笑いの種となった現実により、出家に追い込まれたということではない。もっともこの直前に、「大后のあるまじきことにのたまふなる位をも去りなん」とあり、弘徽殿が藤壺の立后を不快に思い続けている事態が反芻されている。紅葉賀の巻における藤壺立后に際しては、「弘徽殿、いとど御心動きたまふ、ことわりなり」（四一九頁）とあり、しかも「例の、安からず世人も聞こえけり」とは、東宮の母弘徽殿をさしおいての立后への、世間の非難さえ記すものであった。そうした恨みや批判の中で、院崩御、さらに源氏の執着の存続……となれば、「人笑へ」の事態の予想は必然でもあろう。その意味では、Bにはある程度既に現実の裏付けが存在することになるかもしれない。ともあれ、A・B共に「人笑へ」となったことへの慨嘆であるよりは、周到な予測、懸念の中でその後の生を選択する営みであることは、藤壺の稀有な精神の強靭な輝きを伝えている。

つらき方に思ひはてたまへど、今はとてふり離れ下りたまひなむはいと心細かりぬべく、世の人聞きも人わらへにならんことと思す。（葵(二)　二四―二五頁）

六条御息所の場合もまた、「人わらへにならん」との予測が行動を導くのであって、もの笑いとなった現実への嘆きを踏まえる展開ではない。娘と共に伊勢に下向することで、源氏への未練を断つ以外にないと思うものの、またそうすることで引き起こされる恥をも顧みずにはいられない。この記述に先立って、但し源氏のつれなさは噂の種となっていたとおぼしく、桐壺院による「軽々しうおしなべたるさまにもてなすなるがいとほしきこと」との、源氏の御息所への仕打ちに対するたしなめが記されている。それ故、御息所は、藤壺の場合よりは現実の裏付けのある位置で悩みを深め、行動を選んでいるということにもなろう。ともあれ、「人笑へ」の予測により、逆にそうはなるまいと決意する構図は、同様である。

この構図はさらに、明石の君、光源氏をめぐっても見出すことができる。明石の大堰の山荘移転は、上京しても「たまさか」の源氏の訪れを待つだけでは、どんなに「人笑へ」なことかと予測し思い乱れる中で、選び取られた方策であった。或いはまた、源氏の、須磨から明石への移動も、「人笑はれ」の語に導かれている。

「世の人の聞き伝へん後のそしりも安からざるべきを憚りて、まことの神の助けにもあらむを、背くものならば、またこれよりまさりて、人笑はれなる目をや見む。……」と思して、御返りのたまふ。

(明石(二)　二二二―二二三頁)

暴風雨も治まった須磨で、ゆくりない明石の入道の誘いに従って源氏は明石に赴く。「住吉の神の導きたまふままに、はや舟出してこの浦を去りね」との桐壺院の夢告があるとはいえ、見も知らぬ入道に導かれての、凪いだばかりの海への舟出は一見いかにも無謀だが、その折の超自然に対する不敵な挑戦とも言うべき判断を支えたのが、「まことの神の助け」に背くことになったとすれば、これ以上の「人笑はれ」を招くに違いないとの慮りであった。女君のみならず、光源氏もまた「人笑はれ」の予測をバネに、主体的に道を選び取った。しかも、何ら現実の裏付けのない「人笑はれ」であることが、源氏の周到、不敵な判断の輝きを際立たせる。内話の「人笑へ」をめぐっては、実際にもの笑いとなった状況を嘆くよりも、こうしてまず「人笑へ」の予測、危惧への深い慮りにより、主体的判断が導かれる、という構図の一群を画定することができる。

これに対し、式部卿宮が鬚黒北の方を(真木柱の巻)、内大臣が雲居雁を(藤裏葉の巻)、朱雀院が女三の宮を(柏木の巻）、また一条御息所が落葉の宮を（柏木の巻）といった具合に、親が我が子の「人笑へ」を案じる群が一方にあり、これらは自身の「人笑へ」の顧慮の場合とは異なって、むしろ『源氏物語』以前の作品に現れる会話文中の用例にも近い趣で、おおむね現実を踏まえる嘆きのかたちを取ることをさらに付け加える。ただ後にも触れるように、こうした用例は、鬚黒北の方や雲居雁をめぐる場合など、単独に内話のみに立ち現れるケースよりも、会話、地の文等にも併せて示されるものがむしろ目につき、となると内話のみに示される当該語をめぐる固有の在り方は、先の一群に強く立ち上《のぼ》るとみて差し支えあるまい。また、正篇のそれとちょうど逆のベクトルが働くとおぼしい「人笑へ」が続篇大君、浮舟をめぐり現れるが、これについても後(3) 4「浮舟物語と「人笑へ」」に触れることとする。

三　地、移り詞へ

地、或いは移り詞に現れる一二例の「人笑はれ」「人笑へ」の人物別の内訳を顧みるなら、朧月夜、玉鬘、式部卿宮の子息兵衛督、紫の上、螢兵部卿宮各一例、中の君二例が、各々自身の「人笑へ」の顧慮の文脈に示され、他に父が娘の「人笑へ」を嘆く型が、内大臣→雲居雁、朱雀院→落葉の宮、夕霧→六の君の各々の恥を案じる文脈に現れる。いずれも、先の内話の例とは異なり、実際にもの笑いになってしまった現実の状況が語り手により示されるという構図におおむね括られるようである。

尚侍の君は、人わらへにいみじう思しくづほるるを、大臣いとかなしうしたまふ君にて、切に宮にも内裏にも奏したまひければ、……赦されたまひて、参りたまふべきにつけても、なほ心にしみにし方ぞあはれにおぼえたまひける。（須磨(二)　一八八頁）

右の朧月夜をめぐる、地の文の「人笑へ」は、賢木の巻の密会露顕後の弘徽殿方の対応を踏まえつつ、語り手が女君の恥に思い屈する状況を述べる文脈に置かれている。源氏追放さえ画策される中で、白日の下に晒された朧月夜のつまずきは、まさしく噂ともの笑いの種になったと言うほかなく、その現実を踏まえての「人笑へ」がここに刻まれた。その「人笑へ」の状況の中での参内という道の選択も、内話の用例の場合の主体的選択に比べると、やむなく取られた方策との要素が強く、それ故にも「心にしみにし」源氏への未練が残らざるを得ないのである。

今はさりとも、とのみわが身を思ひあがり、うらなくて過ぐしける世の、人わらへならんことを下には思ひつづけたまへど、いとおいらかにのみもてなしたまへり。（若菜上㈣　四八頁）

紫の上をめぐる用例は、「おいらかなる人の御心といへど、いかでかはかばかりの隈はなからむ」の草子地に引き続くものの、隔てなく睦まじい暮しに代わる凋落の恥を語る紫の上の心内を刻む、とみえて、「人わらへならんこと」を、「を」で受けることにより、全体がいつの間にか地に流れる文脈に現れる。いわゆる「移り詞」と呼ばれる表現の方法である。女三の宮降嫁後の紫の上をめぐっては、自身「思はずなる世なりや」と嘆息し、また「ただならぬ事態と取り沙汰する女房達の声が渦巻き、或いは女三の宮に劣らぬ寵愛を保ち続けるその人を「生けるかひありつる幸ひ人」と見なす冷やかなまなざしが浮上する。その意味で紫の上の「人わらへ」は、現実、噂の裏付けを相応に踏まえるものと言える。言い換えると、紫の上は、藤壺の場合よりさらに追い詰められた動きのとれぬ状況に在って「人笑へ」を思い、行動を律しているということにもなろうか。「移り詞」に現れる当該語は他に、中の君をめぐる「やがて跡絶えなましよりは、山がつの待ち思はんも人わらへなりかし、かへすがへすも、宮ののたまひおきしことに違ひて草のもとを離れにける心軽さを、恥づかしくもつらくも思ひ知りたまふ」（宿木㈤三七三頁）など四例ほどだが、いずれも現実の裏付けを得ての状況を示す様相はおおむね共通する。会話文中に原則として用いられていた「人笑へ」は、「移り詞」に、そして地の文に、語り手の息遣いを肉体化させつつ取り込まれ、現実を踏まえる「人笑へ」を浮刻することになったのである。

一方、「人笑へ」の多出する鬚黒の北の方をめぐる真木柱の巻の挿話に目を転じたい。薫物の火取りの灰を夫に浴びせかける事件を軸とするこの挿話においては、六例の当該語が、会話、内話、地等のさまざまな位相に姿をみせる。「兵衛督は、いもうとの北の方の御ことをさへ人わらへに思ひ嘆きて……」（真木柱㈢三四四頁）の地の文の用例は、兵衛督が玉鬘を得られなかったばかりか、妹の鬚黒の北の方の身までもが「人笑へ」となったことへの嘆きを語る。また、「今さらに心ざしの隔たることはあるまじけれど、世の聞こえ人わらへに、まろがためにも軽々しうなむはべるべきを、……」と、鬚黒その人の、北の方を慰める会話文中の用例もみえる。父が娘の身を案じて、「……さて心強くものしたまふ、いと面なう人笑へなることなり」と語る言葉もある。「強ひて立ちとまりて、人の絶えはてんさまを見はてて思ひとぢめむもいますこし人笑へにこそあらめ」と「思し立」ったのは北の方自身であった。火取りの灰をめぐる北の方の錯乱はもとより、鬚黒や父式部卿宮の各々の対応は、ますますその傷を深める方向に作用するばかりで、この事件は大きな噂となってやがて紫の上の耳にも達することになるという具合に、この挿話の「人笑へ」はまさしく現実の裏付けに支えられるものにほかならない。即ち現実にもの笑いの種となっている状況が、さまざまな会話や内話、地の文の「人笑へ」の響き合いによって証し立てられる仕組みなのであった。「罪避りどころなう、世人にもことわらせてこそ、かやうにももてないたまはめ」（真木柱三七〇頁）とは、父宮邸に引き移った前妻との再縁を説得しようと試みる鬚黒の言葉だが、「世人」の思惑を憚る彼のもの言い[13]は何ら功を奏さず、前妻への配慮の乏しさと、別居をめぐる醜聞は、逆に世間の反発を招き寄せるものともなり、真木柱の姫君の入内の可能性は、この事件の経緯の中で失われる。「人笑へ」はまさに現実のものとなって、物語空間を浮遊していると言うべきであろう。

同様の、世語りに裏付けられた、現実を踏まえる「人笑へ」の構図は、雲居雁の結婚等をめぐる用例にも指摘される。地、内話、会話のすべてに現れる当該語が響き合いつつ、夕霧との関わり、その後の内大臣の対応によってもたらされた雲居雁の「人笑へ」が浮刻されるのであった。

ともあれ、地、移り詞の用例は、噂に上りもの笑いとなった現実、実体を踏まえるものであることがほぼ確認された。噂好きの口さがない女房が、自らささめき伝えた「世語り」を踏まえて、ちらりと横顔を見せ「人笑へ」の実状を明かしている、という態でもあろうか。これに対し、内話の用例は、各々の人物が、むしろ実体のないところで深く内省し、懸念することにより行動を選択するところに特色があった。懸念、予測がプラスに働く例として、先に正篇の女君たち、また光源氏の場合をみたが、マイナスに機能する、大君、浮舟をめぐる用例のあることもまた付け加えねばなるまい。詳述は(3)４「浮舟物語と「人笑へ」」に譲るが、匂宮と結ばれた妹中の君の行く末を案じ、妹同様の「人笑へ」の運命の甘受よりはむしろ死を願ったのが大君の在り方だった。妹自身の思惑や嘆きをさらに越えたところで、心痛のみが空転しつつ自己増殖する様が大君の心内に「人笑へ」の繰り返されることで際やかに浮かび上がる。浮舟もまた、二人の男君の間を揺れる「人笑へ」に戦きつつ入水に追い込まれていく。宇治の女君たちの内話における「人笑へ」は、むしろこうして否応なく運命を負の方向に導く構図に置かれたのだった。

四　『源氏物語』の笑いをめぐって

さて、『源氏物語』の笑いが、どのような場に現れるものかあらあら見通しておこう。六五例の「笑ふ」の用例の中には、たとえば「幼き心地に、すこし恥ぢらひたりしが、やうやううちとけて、もの言ひ笑ひなどして睦れたまふを見るままに、にほひまさりてうつくし」(松風㈡四〇四—四〇五頁)に示される明石の姫君のあどけない笑いや、「ちひさきは童げてよろこび走るに、……かたへは東のつまなどに出でゐて、心もとなげに笑ふ」(朝顔㈡四八一頁)童女たちの弾むような笑いなど、幼い子供たちの愛らしさを際立たせる温かな笑いも姿を見せるが、多くの場合、苦笑や嘲笑の要素、また相対化のまなざしが絡め取られていることは注目してよかろう。

試みに少女の巻を取り上げれば、「『この君の、昨日今日の児と思ひしを、かく大人びてとぶらひたまふこと。……』とほめきこえたまふを、若き人々は笑ひきこゆ」(㈢一二頁)とは、年老いた女五の宮の、源氏の見舞に対する度を越した喜びようをめぐる若い女房たちの笑いであり、また「『おほし垣下あるじ、はなはだ非常にはべりたうぶ。……』など言ふに、人々みなほころびて笑ひぬれば、……」(一八頁)等、世間離れのした博士の無骨な振舞も、上達部殿上人たちの笑いの的となっている。「老い」、貧しげな無骨さといったものが、貴族的な美意識の側から批判され、嘲笑される構図である。こうした笑いは、実は女性に関する噂話、情事の暴露等の箇所に、また大きく姿を現すものでもあった。

「さるは、いといたく世を憚り、まめだちたまひけるほど、なよびかにをかしきことはなくて、交野の少将には、笑はれたまひけむかし」の周知の草子地が、名高い好色の男主人公交野の少将に嘲笑されるほどの源氏の「まめ」ぶりを語って開始される帚木の巻、四人の貴公子たちの雨夜の品定めの場には笑いが溢れている。

A「いづかたにつけても、人わるくはしたなかりけるみ物語かな」とて、うち笑ひおはさうず。(帚木㈠　一五七頁)

B「……吉祥天女を思ひかけむとすれば、法気づき、霊しからむこそ、またわびしかりぬべけれ」とて、みな笑

ひぬ。（二六〇頁）

C「……さすがに口疾くなどははべりき」と、しづしづと申せば、君達、あさましと思ひて、「そらごと」とて、笑ひたまふ。（二六四頁）

A左馬頭の浮気な女との体験談、B頭中将の内気な女との体験、さらにAの挿話をも含めての慨嘆、C式部丞の博士の娘との話の、各々をめぐり、聞く光源氏、また君達が共々に笑っている。嘲笑というほどの意地悪さは薄いにしても、関わりを持った女たちの噂話に対して、それを茶化す笑いのさざめきが一つの集団の中に息衝いている。女たちの側からみれば、まさしく「人笑へ」とは、こうした噂、談笑の場に絡め取られ、連鎖する笑いに結ぶ状況ではなかったか。

……この西面にぞ、人のけはひする。衣の音なひはらはらとして、若き声ども憎からず。さすがに忍びて笑ひなどするけはひ、ことさらびたり。……しばし聞きたまふに、この近き母屋に集ひゐたるなるべし、うちささめき言ふことどもを聞きたまへば、わが御上なるべし。「いといたうまめだちて、まだきにやむごとなきよすが定まりたまへるこそ、さうざうしかむめれ」「されど、さるべき隈にはよくこそ隠れ歩きたまふなれ」など言ふにも、思すことのみ心にかかりたまへば、まづ胸つぶれて、かやうのついでにも、人の言ひ漏らさむを聞きつけたらむ時など、おぼえたまふ。……

式部卿宮の姫君に、朝顔奉りたまひし歌などを、すこし頬ゆがめて語るも聞こゆ。

（帚木　一七〇―一七一頁）

やがて方違えに赴いた紀伊守邸で、品定めの折話題となった中の品はこうした所に、……と心を掻き立てられた源氏が耳を澄ますと、若い女房たちの忍び笑いが聞こえてくるのだった。近付いてさらに聞き耳を立てると、「うちささめ」く声が耳に入る。若くして正妻葵の上が既に存在することのもの足りなさを言う声、また「さるべき隈」の忍び歩きを指摘する声、或いは式部卿宮姫君に「朝顔奉りたまひし」歌を語る声……、と源氏その人にまつわる女君たちの噂、情報が笑いとさざめきの中に伝えられている。女房集団の中に、男女の仲、或いは恋の情報が噂となり、笑いさざめく集団から次々に伝播される構造が浮かびあがる。「かやうのついでにも、人の言ひ漏らさむを聞きつけたらむ時」と胸もつぶれる思いに駆られるのは、もとより藤壺との秘事の故だが、「人笑へ」とは、まさしくこのような女房たちのさざめき、笑いの中に取り沙汰される恥を指し示すものではなかったか。『源氏物語』には、「人笑へ」の事態に鏡のように相応じる人々の笑い、嘲笑が底流していると言えよう。

似つかはしからぬあはひかなと、いとをかしう思されて、「すき心なしと、常にもてなやむめるを、さはいへど、すぐさざりけるは」とて、笑はせたまへば、……（紅葉賀㈠　四一〇頁）

源氏に戯れかかる源典侍の姿を思いがけず垣間見た帝は、意外な組み合わせの発覚、暴露に「笑はせたま」うたのだった。この笑いには、もとよりある種の明かるさが漂うが、たとえば、「波こゆるころとも知らず末の松待つらむとのみ思ひけるかな」（浮舟㈥一六八頁）の歌と共に記された、「人に笑はせたまふな」との薫の言葉は、密事、情事の暴露に伴う人々の笑いの暗い重さを感じさせる。「人笑へ」は、こうした笑いの在り方とまさしく響き合うものだった。

ちなみに『蜻蛉日記』の五例の笑いは、たとえば「「さらに、身には、『三十日三十夜は我がもとに』といはむ」といへば、前なる人々笑ひて、……」（中・安和二年一月）等、女房たちが作者の言葉や心情に温かな共感を示す表現としておおむね括られそうである。[14]こうした温かな笑いには距離のある笑いが、『源氏物語』の笑いの多くを占めていることは、今おおよそ顧みたところである。それ以前の作品においては、殆ど会話にのみ用いられていた「人笑へ」を内話に大きく取り込むことで、登場人物の主体的内省を象り、或いは現実に裏付けられた「人笑へ」が、地、移り詞の中に語られる、といった態に、固有に突出する『源氏物語』の「人笑へ」とは、このような笑いそのものの在り方と呼応するものにほかならなかったと述べることが許されるであろう。

注

(1) 香内三郎「メディアとは何か」『現代メディア論』(昭62　新曜社)
(2) 『ベルグソン全集』㈢(昭40　白水社)一八頁。
(3) 柳田国男「笑の本願」『定本柳田国男集』㈦(昭37　筑摩書房)
(4) 「うつり詞」は、『中島広足全集』㈡(昭8　大岡山書店)に、「……又おのづから、うつりゆきて、地の詞より、人の心のうちを、いふ詞になり、或は、心のうちをいふ詞より、地にうつり、其間に、人の詞まじりなど、なほさまぐ〲に、はたらかし、かきたるところあり」と説かれる。要するに、「会話・心内語から地の文へ、地の文から会話・心内語への自然な移行のダイナミズム」(池田節子「移り詞」『源氏物語事典』(平元　学燈社))をいう。
(5) 大森純子「源氏物語「人笑へ」考」『名古屋大学国語国文学』(平3・12)は、「人笑へ」を、「人笑はれ」よりも重く位置付けている。
(6) 鈴木日出男「人笑はれ・人笑へ」『源氏物語事典』(平1　学燈社)
(7) (6)、及び鈴木日出男「光源氏の女君たち」『源氏物語とその影響』(昭53　武蔵野書院)。又、佐久間啓子「源氏物語の女性像―藤壺―」『平安朝文学研究』(昭44・6)も、藤壺に関して同様の指摘を提示している。
(8) 本文は角川文庫に拠る。
(9) 本文は小学館日本古典文学全集に拠る。

(10) 本文は角川文庫に拠る。
(11) 柿本奨『蜻蛉日記全注釈』、又最近の岩波新日本古典文学大系も「人わらへ」とする。
(12) 竹内一雄「『源氏物語』における〈人笑はれ・人笑へ〉」『季刊 iichiko』(平3・4)
(13) 三田村雅子「源氏物語の世語り」『源氏物語講座』(六)(平4 勉誠社)、のち『源氏物語 感覚の論理』(平8 有精堂)所収。
(14) 平5・二月三日の東京学芸大学河添ゼミ「古典文学作品研究」における加藤咲子、川越真紀子氏の発表を踏まえての、河添房江氏の御教示に拠る。

2 『源氏物語』の「祭」をめぐって

はじめに

平安朝の作品に、最も数多く登場する「祭」が、いわゆる葵祭、即ち賀茂祭であることは今更言うまでもない。「祭近くなりて、青朽葉、二藍のものどもおしまきて、紙などにけしきばかりおしつつみて、行きちがひもてありくこそをかしけれ」(『枕草子』[1]「正月一日は」)と述べられるような、賀茂神社の祭礼を前にしての季節感溢れる心の弾みに始まる、この祭への親近は、さまざまな作品に姿を垣間見せ、また、単に「祭」の語で指し示されるのは、石清水祭でも春日祭でもなく、ほかならぬ葵祭であるという原則の認められるのも、王朝の人々にとってのこの祭の近しさを物語ろう。

本章では、『源氏物語』における葵祭の様相を概観し、多様な広がりの中で王権と結ぶ祭、或いはまた祭と恋の出逢いといった問題からひとまず分け入り、さらに、とりわけ六条御息所とそれとの関わりに向けて、物語の「祭」の意味を問うこととする。周知の通り、葵の巻において、六条御息所の生霊の発動する契機は、「祭」の御禊の折の車争いという事件であった。爾後遙か二十五年を隔ててその人の死霊が再び「祭」の時間に重ねて跳梁し、姿を現すのは、周到に仕組まれた物語の呼応の構造にほかなるまい。「祭」が、単なる年中行事として物語にみずみずしい季節の彩《いろどり》を添えるのに留まらず、「祭」の核となるものがむしろ登場人物に憑くことによって、「もののけ」という現象を固有に深々と刻み上げていく機構をめぐって、考察を試みたい。

一　葵祭をめぐって

賀茂縁起譚、丹塗矢伝説と葵祭

『源氏物語』における葵祭を考察するに先立って、まず葵祭とその起源をめぐるおおよそを顧みておく。『釋日本紀』の伝える山城国風土記逸文は、賀茂上下社の縁起に関して次のように述べる。周知の丹塗矢伝説である。

山城国風土記曰。可茂《カモ》社。称二可茂一者。日向会之峯天降坐神。賀茂建角身命也。……賀茂建角身命娶二丹波国神野神伊可古夜日女一生レ子。名二玉依日子一。次曰二玉依日売一。玉依日売於二石川瀬見小川一々遊為時。丹塗矢自二川上一流下。乃取挿二置床辺一。遂孕厚生二男子一。至二成レ人時一。外祖父建角身命造二八尋屋一。●堅二八戸扉一。醸二八腹酒一。而神集々而。七日七夜楽遊。然与レ子語言。汝父将レ思人令レ飲二此酒一。即挙二酒坏一。向レ天為レ祭。分二穿屋甍一而升二於天一。乃因二外祖父之名一。号二可茂別雷命一。所謂丹塗矢者。乙訓郡社坐火雷命。在二可茂一建角身也。丹波神伊可古夜依日売也。玉依日売也。三柱神者。蓼倉里三井社坐。

（『釋日本紀』[2]巻九）

賀茂建角身命の女、玉依日売が、石川瀬見小川で川遊びをしていた時、上流から流れてきた丹塗矢を拾い持ち帰り、床のべに置いておいたところ、懐妊し男児が生まれた。男児成長後に、外祖父建角身命は宴を七日七夜催し、この子に「汝が父と思はむ人にこの酒を飲ましめよ」と語ったところ、子供は酒杯を上げて天を仰ぎ、昇天したという。このいわゆる丹塗矢伝説、丹塗矢神婚譚は、賀茂縁起譚として名高いが、この伝説こそが葵祭、就中御阿礼神事と繋がるものにほかならないと既にさまざまに述べられる[3]ところであった。

古代の神話と祭祀との関連の深さについて、たとえば武田祐吉氏は、「（古事記の）上巻における本辞の中枢をなすものは、祭祀の思想を含み、祭祀に関して伝承されたと考えられるものであって、ここにそれらの説話の重要性は、祭祀に関して成立するということができる」[4]「祭祀性は本辞の性格の中心をなす」等と、繰り返し言及されているが、賀茂祭の場合、その中心とも言うべき御阿礼神事に奉仕する巫女、「御阿礼乎止売」の奉仕内容が、玉依比売を中心とする伝説にはほぼ重なる[5]と説かれている。「御阿礼」を、「出現」「再生」「再現」「復活」の意に捉える座田司氏氏[6]の見解をさらに進め、その神事内容の詳細な検証を裏付けに、坂本和子氏は、「阿礼」をむしろ「生誕」と解すべきことを指摘[7]された。『源氏物語』自体の中でも、「対の上、御阿礼に詣でたまふとて、例の御方々いざなひきこえたまへど、なかなかさしもひきつづきて、心やましきを思して、誰も誰もとまりたまひて、……」（藤裏葉㈢四三八頁）と、賀茂祭に関わって「御阿礼」[8]の語が使われる例がみえるが、別名「御阿礼祭」の名でも呼ばれるこの祭が、いわゆる神婚譚と深く結ぶかたちで成立したものであることは想像に難くない。

さらに、鎌倉初期成立の『年中行事秘抄』は、前述の伝説に添えるかたちで、次の記述を加え、なぜ賀茂祭に走馬（競馬）が行われたり、葵が用いられることになったりしたかを説き明かしている。

于時御祖神等恋慕哀思。夜夢二天津御子一云。各将レ逢レ吾。造二天羽衣天羽裳一。炬レ火祭レ鉾待レ之。又餝二走馬一取二奥山賢木一立二阿礼一。悉二種々絲色一。又造二葵楓蔓一厳飾待レ之。吾将レ来也。御祖神即随二夢教一。令三彼神祭用二走馬幷葵蔓楓蔓一此之縁。(9)

昇天した男児に、当然のことながら母親たちは悲しむほかなかったが、その男児が夢に現れ、「私に逢いたければ、天羽衣や鉾を作り、火を焚いて迎えるように。また走馬を飾り、あれを立て葵をつけるように」と語ったことによって、「走馬」や、「葵蔓楓蔓」を用いることが始められたとするこの記事は、賀茂祭が葵祭であることの由来を説き明かす、その意味での葵祭の起源譚(10)となっている。

一方、若菜下の巻において、柏木が女三の宮の許に忍び入ったのは、御禊を明日に控えた「四月十余日ばかり」(四二一四頁)のことであった。この折の契りで、女三の宮は懐妊する。即ち、ほかならぬ賀茂祭への時の刻みを裏側にしたこの密通事件によって、女三の宮が懐妊したのは、丹塗矢伝説、一夜孕みの神婚を象る「祭」の機構を、さながらに負ってのことであったと既に土方洋一氏が説かれている。(11)或いはまた、一夜孕み、神婚のモチーフと遠く繋がるものとも言ってよかろうが、さらに葵(あふひ)と「逢ふ日」との掛詞をも踏まえ、祭の場が男女の自由に出会うことのできる日であるとする古代習俗を、女三の宮との密会、懐妊の背後に見取る読み(12)も想起される。

即ち、丹塗矢型の神婚譚という、山城国風土記逸文等の説く賀茂縁起譚を象るところに発した神事、との葵祭の一面は、こうしてそれを背景とする女三の宮の懐妊を裏側から支え、或いはまた、葵の巻の祭当日の、浮き立つ源典侍と光源氏との歌の贈答、「はかなしや人のかざせるあふひゆゑ神のゆるしのけふを待ちける」「かざしける心ぞあだに思ほゆる八十氏人になべてあふひを」(二二三頁)の、官能の華やぎを支えるものとして機能することを、確認しておいてよかろう。但し、葵祭の核となるべきものは、この神婚譚にのみ覆われるものであったろうか。さらに、今一方の葵祭の起源譚を浮上させねばなるまい。

葵祭の起源、祟りの系譜

妋玉依日子者。今賀茂県主等遠祖也。其祭祀日乗レ馬矣。志貴嶋宮御宇天皇之御世。天下挙国。風吹雨零。爾時勅二卜部伊吉若日子一令レト。乃賀茂神祟也。撰二四月吉日一馬繋レ鈴。人蒙二猪影一而駈馳。以為二祭祀一。能令二禱祀一。因レ之五穀成熟。天下豊年。乗馬始二於此一也。（『本朝月令』四月中酉賀茂祭）[13]

平安中期成立の『本朝月令』は、賀茂の競馬の起源について、右のように述べている。志貴嶋宮御宇天皇、つまり欽明天皇の御代、「天下挙国」の暴風雨をおさめるために「卜部伊吉若日子」に卜させたところ、「賀茂神祟」であると奏上したという。その祟りをおさめるべく、「四月吉日」賀茂神の前に競馬を行い祭ったところ、「五穀成熟」し、めでたく「天下豊年」となったという。賀茂神の祟りをおさめ、五穀豊穣を祈っての農業祭[14]として、賀茂祭が始発したことを語る記事である。

こうした起源譚から既に端的に窺われるように、実は賀茂神とは、わけてもしばしば祟りをなす神としてその姿を現すものであった。『日本紀略』は、桓武天皇崩御後の、ある出来事を次のように伝える。

丁亥。是日。日赤无レ光。大井比叡小野栗栖野等山共焼。煙灰四満。京中昼昏。上以為。所レ定山陵地近二賀茂神一。疑是神社致二災火一乎。即決二卜筮一。果有二其祟一。即自禱祈。火災立滅。（『日本紀略』大同元年）[15]

大同元年（八〇六）三月一七日、桓武天皇が崩御され、一九日、宇太野に山陵地が定められた[16]。右の記事は、これに続く二三日の事件を述べるものであった。「日赤无レ光」とある。北山一帯の火事の煙灰が、京中を覆い都一帯は昼なお昏いありさまであった。この異変についての卜筮の結果は、賀茂神の祟りを指摘するものであった。賀茂神の近くに山陵地を定めたことが、神の怒りを呼んだとおぼしい。この条においても、賀茂神は、死穢の禁忌に触れたことに怒り、山火事を引き起こすという、祟りの激しい力を示す存在としての姿を留めている。

或いはまた、『大鏡』の伝える賀茂臨時祭の起源譚も想起されよう。

また、七ばかりにや、元慶二年許にや侍けん、式部卿の宮の侍従と申しぞ寛平天皇、つねに狩をこのませおはしまして、しも月の廿余日ほどにや、鷹狩に、式部卿の宮よりいでおはしましゝ御ともにはしりまいりて侍りし。賀茂◦《の》堤のそこ〳〵なる所に、侍従殿鷹つかはせ給て、いみじう興にいらせ給へるほどに、俄に霧たち、世間もかいくらがりて侍りしに、東西もおぼえず、「くれのいぬるにや」とおぼえて、藪のなかにたふれふして、わなゝきまどひ候ほど、時なかや侍りけん。後にうけ給はれば、賀茂の明神のあらはれをはしまして、侍従殿にもの申させおはしますほどなりけり。その事はみな世に申をかれて侍なれば、中〳〵申さじ、しろしめしたらむ。あはそかに申べきに侍らず。さて後六年ばかりありてや、賀茂臨時の祭はじまり侍りけん。くらゐにつかせをはしましゝとしとぞおぼえ侍る。その日酉日にて侍れば、やがて霜月のはての酉日にて◦《は》侍るぞ。

（『大鏡』[17]第六巻二五二―二五三頁）

元慶二年（八七八）王侍従と称された若き日の宇多天皇の、鷹狩の折のこの挿話は、元慶八年一旦臣籍に降下し、源姓を賜ったものの、やがて仁和三年（八八七）、二一歳で皇位を継承した宇多天皇の、即位にまつわる賀茂神の霊験譚としての意味を併せ持っている。実際には、賀茂臨時の祭の開始は、寛平元年（八八九）一一月で、宇多帝即位後さらに二年を経てのことであったが、『大鏡』には「さて後六年ばかりありてや、賀茂臨時の祭はじまり侍りけん。くらゐにつかせおはしましゝとしとぞおぼえ侍る」とあって、その霊験による即位と臨時の祭の開始とを緊密に結び押さえている。

宇多天皇の御代に賀茂臨時の祭が始まったことについては、同じく『大鏡』第一巻宇多天皇の条にも記述があって、さらに岩瀬本本文は、その記事に引き続き、臨時の祭の起源をめぐって「はるはまつり（多）侍り、ふゆのいみしくつれ〳〵なるに、まつり給はらむと申給へは」との賀茂明神の託宣を伝えている。祭の行われぬ冬の淋しさに満たされぬ気持を抱く神が、臨時の祭を求めて示現したとするこの記述は、第六巻の当該箇所に立ち現れた明神の意向を、自ずから証し立てる構図を持つとも言えようか。

ともあれ、ここにおいて、「俄に霧たち、世間もかいくらがりて侍りしに、東西もおぼえず、『くれのいぬるにや』とおぼえて、藪のなかにたふれふして、わなゝきまどひ候ほど、時なかや侍りけん」と、賀茂神が、霧を立ち込めさせ、一面の闇をにわかにもたらし、王侍従その人を震え上らせる、激しく恐ろしい威力を持ったものとして立ち現れていることは認めてよかろう。冬の祭を求めて、或いはまた、冬に祭のないことに満たされぬ思いを抱いて、賀茂神は闇をもたらす祟りを、この挿話においても示すのであった。

賀茂の競馬の起源をめぐって、肥後和男氏が、「古代の神は愛であるよりも、寧ろ恐怖であり、薄気味のわるいものであった。祟りをなすことが、従ってその存在を示す最も顕著なる特徴であり、天変地異、疾疫、戦争等が、多くは神の祟りとして理解された。殊に農業を主とする生活に於ては、気候の違和が、最も恐るべきものとされ、あらゆる手段を盡して、神の心を和ぐべく努力されたのである」(18)と述べられたことが想起される。そもそも「タタリ」とは、「本来たゞ示現といふ意味でしか無かった」と、その語源を説明する柳田国男は、「小さな神々ほど、盛んに人に憑りもしくは憤りを示される」(19)と説いており、「祟り」とはむしろ、神々そのものの本来的な属性を意味するものであるという一面も無視し得まい。けれども、賀茂神の場合、桓武天皇崩御後の事件はもとより、葵祭の競馬の起源、また、臨時の祭の起源にまつわって、繰り返し祟りをなし、或いは猛威を振るって示現する姿の留められたことを、ほぼ固有の現象として捉えてよかろう。賀茂神は、猛威を示す菅原道真の怨霊、雷神を祀る天神信仰の在り方にも窺われるような、大きな祟りをなす神たる「雷神」[20]であったことも、併せて顧みられる。そして葵祭は、こうした祟りをなす神を鎮めるべく行われる祭としての起源譚を、一夜孕みの説話の一方に抱え込むものにほかならなかった。

葵祭の日程

ここで、葵祭の日程について触れておきたい。葵祭は、まず四月午、または未の日に行われる斎院の御禊に始まり、この御禊見物のために、いわゆる物見の車が立ち並ぶ。御禊の後、斎院は紫野に籠り、やがての酉の日が祭当日である。当日の祭儀は、宮中の儀、路頭の儀、社頭の儀から成るが、中で『源氏物語』等の作品に大きく取り上げられる場面は、もとより華やかな行列の繰り出される路頭の儀にほかならない。さらに、祭翌日の斎院の帰還が、「かへさ」と呼ばれ、なおその美しい行列は、物見の人々の目を楽しませるものであった。こうして四〜五日に及ぶ葵祭の日程は終了する。後述するように、御禊、祭当日の路頭の儀、そして「かへさ」は、共々に『源氏物語』の中に大きく姿を現すものであった。

但し、もとより『源氏物語』には、御禊から祭当日へという日程の中で、斎院がどのような奉仕をするか、といった神事の内容に関する記述はみられない。しばらく、現在の葵祭の日程、構造を顧みることによって、往時の葵祭の構造を推し測ってみよう。現在の賀茂神の祭の日程は次の通りである。

五月一二日午後二時　御禊
　　　　　　　　　　神御衣奉献祭

同日夜　　　　御阿礼神事
一五日午後一時　本殿祭
　　　　　　　勅祭賀茂祭
　　　　　　　走馬

神山におられる賀茂神は、一二日夜の御阿礼神事によって、御生所《みあれしょ》を通して本殿に迎えられ、勅祭賀茂祭の終了する一五日の夕刻まで本殿に留まられることになると説かれている。[21] 玉依日売の行為を身に負って御阿礼乎止売の奉仕する御阿礼神事により、神霊が招き降ろされ、やがて新たな神が示現するという祭の構造である。となると、御禊から、その夜の御阿礼神事は、神霊を招き寄せ、霊を活性化させる時間であったことが認められよう。神が招かれるのは、祭の当日ではなくて、それに先立っての御禊の夜の御阿礼神事の折なのであった。式子内親王の「斎院に侍りける時、神館にて　182忘れめやあふひを草に引き結びかりねの野べの露のあけぼの」[22]（『新古今集』）の歌にも証し立てられるように、斎院こそがこの神事に奉仕する御阿礼乎止売にほかならなかったのだが、斎院、御阿礼乎止売の奉仕するこの時間の意味は、祭の中でもとりわけ重かろう。御禊と祭との間を流れる時間は、身を清めた斎院が神を迎え、神霊を留める時間なのであった。こうした御禊から祭へという時間の在り方が、六条御息所の憑霊現象と響き合うものとなってくるものと思われるが、改めて後述したい。

二　『源氏物語』における葵祭

さまざまの葵祭

①　王権と葵祭

まず、『源氏物語』における葵祭に関する用例を辿りみよう。「祭」の語のうち、葵祭を意味するものは、葵の巻に三例、花散里、蓬生、少女、藤裏葉、若菜下、幻の各巻に各々一例ずつあって、合わせて九例、さらに「御禊」(ごけい・みそぎ)が葵の巻に三例、須磨、蓬生、少女、若菜下の各巻が各々一例ずつで合計七例である。次に「御阿礼」が藤裏葉の巻に一例、「賀茂の祭」が宿木の巻に一例、また「かへさ」は、藤裏葉・若菜下の各巻に一例ずつ見え、これらの語例をすべて合わせると二〇例の語が、葵祭に関わって用いられていることになる。

月待ちいでて出でたまふ。御供にただ五六人ばかり、下人も睦ましきかぎりして、御馬にてぞおはする。さらなることとなれど、ありし世の御歩きに異なり。みないと悲しう思ふ。中に、かの御禊の日仮りの御随身にて仕うまつりし右近将監の蔵人、得べき叙位もほど過ぎつるを、ついに御簡削られ、官もとられてはしたなければ、御供に参る中なり。賀茂の下の御社を、かれと見わたすほど、ふと思ひ出でられて、下りて御馬の口を取る。

ひき連れて葵かざししそのかみを思へばつらし賀茂のみづがき

といふを、げにいかに思ふらむ、人よりけに華やかなりしものを、と思すも心苦し。君も御馬より下りたまひて、御社の方拝みたまふ。神に罷り申したまふ。

うき世をば今ぞ別るるとどまらむ名をばただすの神にまかせて
とのたまふさま、ものめでする若き人にて、身にしみてあはれにめでたしと見たてまつる。
(須磨(二)　一七二―一七三頁)

右に掲げた箇所は、須磨への出立を明日に控え、藤壺の許に参上、別れの歌を交した後、桐壺院の御陵参拝の道すがら、賀茂の社を遙拝する場面である。ここで、物語に賀茂神を導くきっかけとなったのが、五六人の供人の中に交じる、「かの御禊の日」(葵の巻の、車争いのあったその御禊の日)に「仮りの御随身」として勤めた、「右近将監の蔵人」の祭の日の思い出なのであった。桐壺院の御陵が「北山」に位置すると述べられる以上、その道すがらに賀茂神社の周辺を通るのは極めて当然のことではあるのだが、葵の巻の御禊に、まばゆい活躍の華やぎをみせた随身の、打って変わった「得べき叙位もほど過ぎつるを、ついに御簡削られ、官もとられ」た沈淪に、かの日を恨めしくも懐かしく思い起こすことを契機に、賀茂神が想起される構図を注目したい。

葵祭に関わることが、一族の栄華を切り開く礎となると考えられていたことは、たとえば『大鏡』において、敦成、敦良の二人の親王を祭の物見に伴った道長の、「このみやたち、みたてまつらせたまへ」(二二四頁)の言葉によって、斎院選子が祝福を返した挿話を、「げに賀茂明神などのうけたてまつりたまへればこそ、二代までうちつゞきさかへさせたまふらめな」と結んでいることにも窺われよう。『栄花物語』によれば、寛弘七年のこととされているこの賀茂祭に関与したことが、後一条、後朱雀と二代続く、彰子腹の親王の皇位継承をもたらしたと評されているのである。

こうした葵祭に結ぶ栄華の論理を踏まえて、源氏の随身として葵祭に参与しつつも、今官職さえ召し上げられてしまった我が身を神に恨み、併せてほかならぬ華やかな中心人物としてその折の祭に関わりつつも、こうして窮地にある源氏の現状をも恨みつつ神に訴える歌なるものと、右近将監の「ひき連れて葵かざししそのかみを思へばつらし賀茂のみづがき」の一首を読み取ることができるであろう。源氏自らの「うき世をば今ぞ別るるとどまらむ名をばただすの神にまかせて」の詠は、その将監の「恨み」に対し、「紅の神に信頼をよせて、心の余裕をみせ、主従、おのずから品格の相違のあることを示す」[24]ものとなっていると述べられる。だからこそ源氏の余裕に満ちた風格というものを、将監は「身にしみてあはれにめでたし」と拝することにもなったのだろう。

葵祭を媒介として物語に導かれた賀茂神への信仰について、一方思いを致さねばなるまい。賀茂神は、もともと賀茂氏族の氏神だったものが、伊勢斎宮に対置される斎院の制度の実施により、皇室の守護神としての性格を重く担うようになった。それ故にも、光源氏をめぐる危機的な状況、即ち王権成就への道の一つの危機[25]、須磨行きを前に、葵祭、そして賀茂神の現れることは偶然とは言えまい。と言うよりは、むしろ北山の桐壺院の御陵参拝への道に、賀茂神の社の示されることは、御陵を含めての北山空間に、賀茂信仰を軸とした皇城鎮護の思想を導き、さらに御陵参拝の源氏の姿の背後に、賀茂祭の「社頭の儀」が透き見えるのだとも述べられている[26]。葵祭は、ひとまずこうして王権に関わる重い霊威を担うものとして姿を見せるのであった。

光源氏の王権の物語の成就の危機に織り込められた葵祭、賀茂信仰に呼応するかたちで、一方藤裏葉の巻に立ち現れる祭の記述がある。

かくて六条院の御いそぎは、二十余日のほどなりけり。

対の上、御阿礼に詣うでたまふとて、例の御方々いざなひきこえたまへど、なかなかさしもひきつづきて、心やましきを思して、誰も誰もとまりたまひて、ことごとしきほどにもあらず、御車二十ばかりして、御前などもくだくだしき人数多くもあらず、事そぎたるしもけはひことなり。

祭の日の暁に詣うでたまひて、帰さには、物御覧ずべき御桟敷におはします。御方々の女房、おのおの車ひきつづきて、御前、所しめたるほどいかめしう、かれはそれと、遠目よりおどろおどろしき御勢なり。

（藤裏葉㈢　四三八頁）

明石の姫君の東宮入内が、いよいよ四月「二十余日」に迫っての折の、「御阿礼」詣では、対の上、即ち紫の上を中心に行われたものであった。「御阿礼」とは、葵祭全体を称するものとも受け取られるが、(27)近時下鴨神社の御蔭祭をむしろ比定すべきであるとの見解も出された。(28)上賀茂神社の、午日真夜中の御阿礼祭ではなく、四月中午日昼に行われるこの御蔭祭こそが、紫の上の詣でるのにふさわしいものであるという。御阿礼祭も御蔭祭も、共に神を迎えおろし賀茂社に導く祭祀にほかならず、もとよりこの祭祀が先に述べた一夜孕みの伝説を象るものであることは言うまでもない。

その「御阿礼」に紫の上がこの折に詣でていることは、何を意味しようか。ほかならぬ明石の姫君の母代として、入内目前に迫る姫君の行く末を祈り、就中将来皇子の誕生を祈願したと考えられるのではなかったか。(29)「御阿礼」とは、誕生を示す言葉であった。同時に、光源氏の栄華、王権の物語のさらなる完遂が、明石の姫君の入内、皇子の誕生によって拓かれようとする、その折の祈りを王権の霊威を担う賀茂神に託すものとして、藤裏葉の巻の御阿礼詣では刻まれた、と捉えられる。葵祭、そして賀茂神信仰が、王権をめぐる物語の危機、また達成といった要々《かなめ》に立ち現れていることを確認したいと思う。

一方、紫の上と葵祭との繫がりは、これに留まるものではない。そもそも葵の巻において、紫の上がはじめて大勢の人々の前に源氏と共に姿を現すのは、祭当日、源氏自らの手で髪を削ぎ整えられた後、物見に出掛けた一条大路でのことだった。(30)源典侍の呼びかけに、「かざしける心ぞあだに思ほゆる八十氏人になべてあふひを」と応じつつも、一方「人とあひ乗りて簾をだに上げたまはぬ」(二四頁)源氏の態度を「心やまし」とみる人々も多かったという。同車の人が幼い紫の上であるとも知らず、「誰ならむ、乗り並ぶ人けしうはあらじはや」と推し測り、また同車の人に気を兼ねて源氏との間の気楽なやりとりも自ずから憚られるのであった。帥宮と和泉式部との挿話を踏まえたとおぼしいこの場面で、紫の上が人々の前にはじめて大きく登場していることと併せて思い起こされるのは、若菜下の巻の祭の「かへさ」の、紫の上絶命の報のもたらした人々の衝撃を語る部分であろうか。

かく、亡せたまひにけりといふこと世の中に満ちて、御とぶらひに聞こえたまふ人々あるを、いとゆゆしく思す。今日のかへさ見に出でたまひける上達部など、帰りたまふ道に、かく人の申せば、「いといみじき事にもあるかな。生けるかひありつる幸ひ人の光うしなふ日にて、雨はそぼ降るなりけり」と、うちつけ言したまふ人もあり。(若菜下(四) 二二九頁)

「祭」の一条大路で衆目を集めた姫君は、やがてその晩年三九歳(本文では三七歳)の祭の「かへさ」に、「亡せたまひにけり」との報で、またしても集まった人々の半ば好奇的な関心を呼んでいる。この折に一旦絶命するものの蘇生し、その後四年ほど経って亡くなるのだから、これはもとより紫の上終焉の場面そのものではない。けれども、紫の上をめぐって、多くの人々の前への登場と、そこからの退場とが、共に「祭」を背景にしていることは認めておいてよかろう。

こうした三度に亙る葵祭との繋がりに加え、さらに初登場が、北山に設定されていることも併せ、紫の上は賀茂神にゆかりの深い聖女であるとも述べられている。(31) 賀茂神に仕える聖女として、光源氏の王権成就に参与するために、とりわけ藤裏葉の巻の御阿礼詣での女君は、紫の上その人以外には考えられないということなのでもあろうか。そのことを認めた上で、藤裏葉の巻で、紫の上が既に「対の上」の呼称で登場することの意味は無視し得まい。光

源氏の栄華が全きものとして完成されようとする時、賀茂神の聖女紫の上が、それらを磐石のものとすべく葵祭に

参与したとみえ、そしてまたそれはその通りなのだが、栄華の完成を前に、聖女として源氏の王権を裏から支えて

きた紫の上は、既に「北の方」の位置を微妙にずれる「対の上」(32)の呼称で呼ばれているというアイロニーを見逃す

べきではない。この意味でも藤裏葉の巻は、源氏の大きな栄華の達成と共に、その先に来るべき凋落をも既に潜め

ているということになろう。

やがて若菜下の巻、その人の絶命の報が祭の「かへさ」に走るのも、物語世界の行方を暗示するかのようである。調和に満ちた六条院世界を支え続けてきた賀茂神の聖女が、今消えようとしている。後に述べるように、まさにその「時」は、ほかならぬ女三の宮密通事件の直後でもあった。ほころびの目立ち出した六条院の調和は、やがて音もなく崩れようとしている。超人間的な主人公光源氏の大きな凋落は、すぐそこまで迫っているのだった。

② 「逢ふ日」、「祭」の日の寂寥

ひとまず、王権に関わる霊威を証し立てるものとしての葵祭、賀茂神信仰の叙述を顧み、とりわけそれが紫の上と深く繋がることをみてきたが、一方、恋や逢瀬の場の背景に「祭」が置かれている例も少なからず見受けられる。(33)先に触れた葵の巻の祭当日の源典侍との応酬はもとより、「御耳とまりて、門近なる所なれば、すこしさし出でて見入れたまへば、大きなる桂の樹の追風に祭のころ思し出でられて、そこはかとなくけはひをかしきを、ただ一目見たまひし宿なり、と見たまふ。ただならず」(花散里(二)一四六頁)との箇所で、「祭のころ」が想起されるのは、季節の情感を漂わせるものであると同時に、「葵」＝「逢ふ日」の歌ことばの喚起力によって、「ただ一目見たまひし」中川の女を呼び導くための構図であろうか。いっそう端的に、逢瀬と祭とを繋ぐ構図をみせるのが、幻の巻の用例である。

祭の日、いとつれづれにて、「今日は物見るとて、人々心地よげならむかし」とて、御社のありさまなど思しやる。「女房などいかにさうざうしからむ。里に忍びて出でて見よかし」などのたまふ。

中将の君の東面にうたた寝したるを、歩みおはして見たまへば、いとささやかにをかしきさまして起き上りたり。頬つきはなやかに、にほひたる顔をもて隠して、すこしふくだみたる髪のかかりなど、いとをかしげなり。……葵をかたはらに置きたりけるをとりたまひて、「いかにとかや、この名こそ忘れにけれ」とのたまへば、

さもこそはよるべの水に水草ゐめけふのかざしよ名さへ忘るる

と恥ぢらひて聞こゆ。げに、といとほしくて、

おほかたは思ひすててし世なれどもあふひはなほやつみをかすべき

など、一人ばかりは思し放たぬ気色なり。（幻四　五二三―五二四頁）

紫の上を失っての追慕の涙に暮れる日々にあって、もはや源氏と女君たちとの交情は断たれた。ここにただ「一人ばかり」の、いわゆる召人、中将の君への「思し放たぬ」関心が記されるのは、ほかならぬ葵祭の日故の例外的な源氏の心の動きを示すもの(34)と言える。「かたはらに置」かれた葵を手に、源氏は「いかにとかや、この名こそ忘れにけれ」と、「葵」＝「逢ふ日」の連想を踏まえ語りかけ、さらに二人の贈答は「けふのかざしよ名さへ忘るる」「あふひはなほやつみをかすべき」と、その連想の糸をなお互いに手繰り投げ掛けるものとなっている。

同時に、当該箇所における二人の交渉は、葵祭の華やぎをよそに、いかにもひっそりと持たれるものであったことも顧みられよう。光源氏は、賀茂の「御社のありさま」の活気に静かに思いを馳せつつ、「つれづれ」を噛み締めながら、ふと中将の君に目を止めたのであった。もとより賀茂祭の一つの核とも言うべき一夜孕みを象る御阿礼

の神事を背景に、男女の出逢いを容認する心性と、「逢ふ日」の掛詞とが重なって、はじめて紫の上追慕の日々の中での異例とも言うべきほのかな交情が語られるのだとしても、その男女の出逢いは、祭の活気に満ちた華やぎとは裏腹な、ひそやかな雰囲気に包まれている。その意味で、恋や逢瀬の場の背景に祭が置かれているということと同時に、物語においては豊穣を祈る祭の沸き立つエネルギーと共に逢瀬が導かれるのではなく、むしろその華やぎや活気と裏腹な静謐、「つれづれ」という寂寥の中での出逢いが浮き彫られていることに気付かされるのである。(35)

年かはりて、宮の御はても過ぎぬれば、世の中色あらたまりて、更衣のほどなども今めかしきを、まして祭のころは、おほかたの空のけしき心地よげなるに、前斎院はつれづれとながめたまふを、前なる桂の下風なつかしきにつけても、若き人々は思ひ出づることどもあるに、大殿より、「御禊の日はいかにのどやかに思さるらむ」と、とぶらひきこえさせたまへり。「今日は、

かけきやは川瀬の浪もたちかへり君がみそぎのふぢのやつれを」

紫の紙、立文すくよかにて藤の花につけたまへり。をりのあはれなれば、御返りあり。

「ふぢごろも着しはきのふと思ふまにけふはみそぎの瀬にかはる世を

はかなく」とばかりあるを、例の御目とどめたまひて見おはす。　（少女㊂　一一―一二頁）

右の箇所は、朝顔の巻で大きな展開をみせた、源氏の朝顔の姫君への恋の後日譚といった趣の場面である。ここでは「つれづれ」に加えてさらに「ながめ」の語も使われ、祭の華やぎの一方での寂寥を際立たせる。もとより朝顔の姫君は、ほかならぬ斎院の位置にあった人なのだから、自身奉仕した御禊が祭の季節に懐かしく想起されることは当然とも言える。父宮の服喪の日々でもあり、斎院時代とは打って変わった「つれづれ」を、「心地よげ」な祭の季節の雰囲気とは裏腹に抱え込む様が記され、そこに源氏からの「立文」が届けられるという設定は、僅かに

恋の名残りの情趣を湛えつつも、祭の華やぎがかえって寂寥と感慨とを際立たせる構図を、自ずから留めるものと言えよう。朝顔の巻で終始源氏を拒み通した姫君に、なおかすかな恋を滲ませる源氏の篤志が伝えられるのは、「逢ふ日」に因んでのことと受け止められると同時に、ここでは祭の華やぎの一方での「つれづれ」がいかにも際やかに印象付けられることを認めねばなるまい。

「逢ふ日」の掛詞の機能も、実は·「逢ふ日」であるのにもかかわらず、逢わない、もしくは逢えない、とのかたちで取り込まれていることも目に付く。紫の上の御阿礼詣でのあった折の祭の使いは、夕霧の忍びの妻藤典侍であったが、折から雲居雁との幼い日からの恋を実らせたばかりの夕霧は、「ただならず」思い悩む藤典侍に「なにとかや今日のかざしよかつ見つつおぼめくまでもなりにけるかな」(藤裏葉㈢四四〇頁)と、慰める歌を贈っている。祭の使いとして慌しく車に乗り込む彼女から「かざしてもかつたどらるる草の名はかつらを折りし人や知るらん」の歌が返されるのであった。逢えずに日の経った嘆きを、「逢ふ日」、祭の日に実際には詠み交していることになる。例の源典侍との応酬とても、もとより現実に逢瀬の持たれたわけではなかったことも併せて付け加えておく。

こうした祭の晴れやかな賑わいの一方での、登場人物の寂寥という描き方は、実は既に『蜻蛉日記』の中に跡付けられるものであった。

このごろは四月。祭、見に出でたれば、かの所にも出でたりけり。さなめりと見て、向かひに立ちぬ。待つ程のさう〴〵しければ、橘の実などあるに、葵を掛けて、

あふひとか聞けどもよそにたちばなの

といひやる。やゝ久しうありて、

きみがつらさをけふこそは見れ

とぞある。……　（上・康保三年四月）[36]

「かの所」とは、言うまでもなく時姫のことにほかならず、続く結末の兼家の「『食ひつぶしつべき心ちこそすれ』とやいはざりし」（時姫がこの橘の実をあなたにして食いつぶしてやりたいとは、返してこなかったか）との諧謔が深刻さをやや軽く転じる印象はあるものの、「橘の実」に「葵を掛けて」の応酬は、表のみやびの裏側に二人の妻の葛藤をはっきりと滲ませている。祭の華やぎを背景に、そこに「同化しきれない」[37]、むしろ裏腹な内面の翳りを掘り起こす方法が既にほの見える。

ここにも物忌しげくて、四月は、十余日になりにたれば、世には、祭とて、のゝしるなり。人、「忍びて」とさそへば、禊よりはじめて見る。

わたくしの御てぐら奉らむとて詣でたれば、一条の太政大臣、詣であひ給へり。いといかめしうのゝしるなどいへばさらなり。さしあゆみなどし給へるさま、いたう似給へるかな、と思ふに、大方の儀式も、これに劣ることあらじかし。これを、「あなめでた、いかなる人」など、思ふ人も聞く人もいふを聞くぞ、いとゞ物はおぼえけむかし。　（下・天禄三年四月）

道綱母が祭の折の賀茂詣でに出会った一条太政大臣、伊尹は、もとより兼家の兄に当たる人物である。厳かに盛大な参詣をするその人を、わが夫の面影に「いたう似給へるかな」と見るにつけ、伊尹と並ぶ兼家の妻でありながら、顧みられることのない立場に今は置かれていることに、改めて「いとゞ物はおぼえけむかし」と思いを致さずにいられない。祭の華やかな活気が、一方に対置されることによりかえって触発される内面の悲哀、寂寥を象る場面として典型的なものであろう。『源氏物語』の祭の取り込みの方法は、こうして多くのものを日記文学の中から得ていると言っておいてよい。

『宇津保物語』の三箇所、また『落窪物語』の同じく三箇所など、『源氏物語』に先行する物語における葵祭の用例はそれなりに見出され、またとりわけ年中行事の記述を殆ど持たぬ『落窪物語』が、葵祭を女君救出等の物語の重要な山場に三度に亙り引いているのは注目されるものの、これらの用例は季節の彩を添えるとか、或いはまた祭の喧騒のただ中での争いを描くといった程度の意味しか、文脈の中で担い得ていない。ほととぎすに関心の深い『枕草子』は、それと関わらせてしばしば「祭のかへさ」の興趣に言及しており（「鳥は」「見るものは」など）、また一方、「祭近くな」った時の期待に胸弾む思い（「正月一日は」）にも筆を割いている。祭そのものを言うよりは、それを待つ思い、そしてまた「かへさ」の情趣に感慨を寄せる、作者の固有の関心の在り方が思われる。以上、『源氏物語』以前の作品の祭に関する記述について、あらあら辿りみたことを付け加えておく。(38)

葵の巻の「祭」

さて、いよいよ物語に最も大きく姿を現す葵祭、葵の巻のそれを辿らねばならない。

そのころ、斎院もおりゐたまひて、后腹の女三の宮ゐたまひぬ。帝后いとことに思ひきこえたまへる宮なれば、筋異になりたまふをいと苦しう思したれど、他宮たちのさるべきおはせず。儀式など、常の神事なれど、厳しうののしる。祭のほど、限りある公事に添ふこと多く、見どころこよなし。人柄と見えたり。御禊の日、上達部など数定まりて仕うまつりたまふわざなれど、おぼえことに、容貌あるかぎり、下襲の色、表袴の紋、馬、鞍までみなととのへたり。とりわきたる宣旨にて、大将の君も仕うまつりたまふ。かねてより物見車心づかひしけり。一条の大路所なくむくつけきまで騒ぎたり。所どころの御桟敷、心々にし尽くしたるしつらひ、人の袖口さへいみじき見物なり。

（葵(二)　一四―一五頁）

新たに斎院に卜定された弘徽殿皇太后腹の女三の宮の、格別の威勢によって、「限りある公事に添ふこと多く、見どころこよな」い葵祭が行われることになったことを記すのは、六条御息所が源氏のつれなさを思い悩み、折から斎宮に卜定された娘と共に、伊勢に下ろうか下るまいかと迷いを深める箇所に引き続いてのことである。世間の噂にさえなった源氏の「深うしもあらぬ御心のほどを、いみじう思し嘆」く御息所の姿と、正妻葵の上のはじめての懐妊の喜びまで加わっていっそう「御心の暇」もなく、御息所の許には途絶えがちな源氏の姿とが記された後に、盛大な葵祭の就中御禊の叙述の幕が切って落とされる。

この御禊の場面において、周知の如く来合わせた葵の上の供人たちから御息所の車は、したたかに押し退けられ、この屈辱がきっかけとなって、憑霊現象が導かれることになるのであった。「つひに御車ども立てつづけつれば、副車の奥に押しやられてものも見えず。心やましきをばさるものにて、かかるやつれをそれと知られぬるが、いみじうねたきこと限りなし。榻などもみな押し折られて、すずろなる車の筒にうちかけたれば、またなう人わろく、悔しう何に来つらん、と思ふにかひなし」（一七頁）とある如く、人目に立たぬようさりげなく風雅に装われた車を、「さばかりにてはさな言はせそ」の嘲罵と共に無残にも押し退けられ、榻さえ折られた屈辱は、誇り高い前坊の未亡人にとっていかばかりのものであったろうか。「かかるやつれをそれと知られ」たことが、刃となって六条御息所の誇りを無残に切り裂く展開となる。

物見の車の立ち並ぶ葵祭の一条大路は、確かに二人の妻の葛藤を背景にした車争いの格好の場ではあったろう。そしてまた、『落窪物語』の賀茂祭の折の車争いの場面が踏まえられていることも、もとより言うまでもない。けれども、六条御息所の生霊発動の契機となるこの車争いは、もっと根深く葵祭を背景にしなければならない必然的な理由を負っていたのではあるまいか。既に、西郷信綱氏は次のように述べられている。

御息所が悪しき憑霊の女になるためには、たんに辱かしめをうけるということ以上に、もっと必然的な条件が要るはずであった。事実彼女は、……神事の世界、当時の概念からすればいわば異教の世界に棲む、罪せらるべき宿世を負った女として、ずっと描かれているのである。

（『詩の発生』三〇二―三〇三頁）(39)

祭の御禊の折の車争いから生霊が発動し、やがて二五年を隔てて、若菜下の巻の祭の「かへさ」の時間にほぼ重なるようにして死霊が立ち現れる。この間、斎宮の母として伊勢に下っていることをも併せ、六条御息所と神事、神の世界との繋がりの深さには言うまでもないものがある。生霊発動と、葵祭との必然的な結び付きは、こうして神事の世界と繋がることの罪、という視点からひとまず見取られているのだが、改めて物語の表現に即して御息所と葵祭との繋がり方を今一度顧みたいと思う。あらかじめ見通しを述べるなら、祭が、登場人物六条御息所の外側に、離れた背景として置かれているのではなく、祭の核となるものが六条御息所に憑くことにより、固有の憑霊現象が定位されたということではなかったか。しばらく表現を追ってみよう。

ものも見で帰らんとしたまへど、通り出でん隙もなきに、「事なりぬ」と言へば、さすがにつらき人の御前渡りの待たるるも心弱しや。笹の隈にだにあらねばにや、つれなく過ぎたまふにつけても、なかなか御心づくしなり。げに、常よりも好みととのへたる車どもの、我も我もと乗りこぼれたる下簾の隙間どもも、さらぬ顔なれど、ほほゑみつつ後目にとどめたまふもあり。大殿のはしるければ、まめだちて渡りたまふ。御供の人々うちかしこまり、心ばへありつつ渡るを、おし消たれたるありさまこよなう思さる。

影をのみみたらし川のつれなきに身のうきほどぞいとど知らるる

と、涙のこぼるるを人の見るもはしたなけれど、目もあやなる御さま、容貌のいとどしう、出でばえを見ざらましかば、と思さる。

（葵　一七―一八頁）

副車の奥にまで車を押し退けられた屈辱の中で、にもかかわらず「つらき人の御前渡り」をなお待たずにはいられない御息所の愛執の悲哀は、「心弱しや」と評され、さらにその哀切な御息所の視線は、「笹の隈にだにあらねばにや」と引歌を踏まえて刻まれた。「笹の隈」とはもとより、「1080ささのくま檜隈川に駒とめてしばし水かへ影をだに見む」（『古今集』神遊びの歌）[40]を踏まえるものであった。この詠歌は「ひるめの歌」、即ち天照大神を祭る歌と記されているが、その内容は「ひのくま川のほとりに馬を止めしばらく水を飲ませてやって下さい。その間、私はせめてあなたの姿だけでもみておりましょう」といったものである。高い矜持をしたたかに傷付けられつつも、やまれぬ愛執の思いが、密かに男君の姿に視線を凝らさせる[41]という御息所の固有の内面の、神遊び歌によって掘り起こされる構図は鮮やかである。もっとも「ひるめ」、天照大神という「伊勢神」を意味する語が示されることは、むしろ後の伊勢下向にも響き合う、御息所の伊勢神との結びつきの深さを表す[42]ともいう。けれどもここでは伊勢神賀茂神の差異を越えて、神、祭の霊威、呪力と御息所との繫がりにひとまず注目したいと思う。

さらに、「影をのみみたらし川のつれなきに身のうきほどぞいとど知らるる」の御息所の詠歌に関して、たとえば『岷江入楚』には次のような注記がある。

> 秘けふの祭の縁あり……河みたらし川は神山よりなかれ出て賀茂社貴布禰片岡社の中よりとをれる小川也　御手洗ともかけり　余社の前になかるゝ河をもみたらし川とよめる哥あり　松尾社にもみたらし川とよめり　但松尾は賀茂一躰の神なる故歟　能因哥枕には神の御前なる水をみたらしといふと云々……
>
> （『岷江入楚』九　葵四六三頁）[43]

「みたらし川」の「み」には「見る」が掛けられており、つかの間の影を宿し流れ去る御手洗川にも似た、光君のつれなさに、その姿を密かに見送ったわが身の拙さをいよいよ思い知る、との愛執の視線の悲哀を、際やかに詠み込むこの歌が、「けふの祭の縁あ」る「みたらし川」の語を軸に刻まれるのであった。「神拝をする前、手・口を清める川」としての「みたらし川」を取り込むことにより、今日の斎院の「御禊」を、自らの心象の浮刻の中に織り込めた、という述べ方が許されるであろうが、六条御息所はこうして、「みたらし川」を引く歌を詠み、或いはまた、「笹の隈」の神遊び歌の引歌で心象を刻まれることにより、葵祭の御禊を自身の中に深々と取り込んだのであった。

さて、源氏自ら紫の上と同車しての物見、その中での源典侍との応酬と、のどかな華やぎに満ちた酉の日の祭当日は、「大殿には物見たまはず」（葵二〇頁）とあった。この華やかな祭当日の雰囲気の一方で、ほかならぬ御禊の日に、車争いと六条御息所の愛執の悲哀が語られるのは、どのような意味があるだろうか。ここに、先に触れた賀茂祭の日程を想起したい。御禊によって身を清めた斎院は、同日夜御阿礼神事を取り行う。そして、御禊から御阿礼神事という時間は、神霊を招き降ろす時間にほかならない。この神事によって招き降ろされた神は、これ以後本殿に留まり続け、酉の日、宮中、路頭、社頭の儀を含む勅祭が厳かに執り行われる。つまり御禊から御阿礼神事という時間は、その意味で神霊の活動する時間なのであった。この神事に先立つ御禊の時間を、六条御息所の中に、「みたらし川」、また「笹の隈」によって取り込めることにより、祭の神霊活動の時間が御息所に寄り添い、遊離魂、「もののけ」のさまようきっかけが作られていくという構図が認められるのではなかったか。

同時に、賀茂神が大きく祟りをなす神であり、葵祭とは、一夜孕みの神婚譚と共に、祟りをなす神を祭ることによって祟りから逃れようとするという起源譚を持っていたことも、ここに改めて確認したい。雷神として大きな霊威を振るい、祟りをなす神への祭が、六条御息所の内面に憑く時、「この御生霊、故父大臣の御霊など言ふものあり…」（葵二九頁）の記述の背後に浮かび上がる、おそらくかつて東宮妃として入内した娘に賭けた野望さえ潰えた父大臣の恨みをも背負ってのものという、御霊信仰(44)に根差した生霊発動の促される構造が、ここに浮上する。しかも御禊とは、まさにその祟りをなす神霊を招き降ろそうとする時間に先立つものであった。葵祭の御禊とはその意味で恣意的に選ばれた、車争いの格好の場としての大勢の人々の喧騒の日、といった性質のものではあり得ない。極めて周到に祭の核となるものが、六条御息所の内面に憑くことにより、はじめて憑霊現象が実現される構図なのである。

……定めかねたまへる御心もや慰む、と立ち出でたまへりし御禊河の荒かりし瀬に、いとどよろづいとうく思し入れたり。

大殿には、御物の怪めきていたうわづらひたまへば、誰も誰も思し嘆くに、御歩きなど便なきころなれば、二条院にも時々ぞ渡りたまふ。（葵　二五頁）

「御息所は、ものを思し乱るること年ごろよりも多く添ひにけり」に続いての右の一節は、娘と共に伊勢に下ろうか下るまいかと源氏への未練執着の中に迷う心情を余すところなく表現するが、その中で、車争いの一件が「御禊河の荒かりし瀬」との言葉で示され、それ故のもの思いの深まりの浮刻の後に、葵の上の許での「もののけ」出現がさりげなく記されている。車争いをきっかけとしての「もののけ」発動という構造を暗示する部分で、この車争いがほかならぬ御禊の日のそれであったことを、さらに確認する表現が取られたと言い得る。

年ごろ、よろづに思ひ残すことなく過ぐしつれどかうしも砕けぬを、はかなき事のをりに、人の思ひ消ち、無きものにもてなすさまなりし御禊の後、一ふしに思し浮かれにし心鎮まりがたう思さるるけにや、すこしうちまどろみたまふ夢には、かの姫君と思しき人のいときよらにてある所に行きて、とかく引きまさぐり、現にも似ず、猛くいかきひたぶる心出で来て、うちかなぐるなど見えたまふこと度重なりにけり。（葵　三〇頁）

先の箇所では、車争いを契機としたもの思いに沈む六条御息所に引き続いて、左大臣家の「もののけ」の噂の記述が置かれることにより、無気味に二つのものの繋がりが暗示されるというかたちであったが、ここにおいてさらに端的にその繋がりの様相が明かされた。この時、やはり「人の思ひ消ち、無きものにもてなすさまなりし御禊の後」との表現が選び取られるのであった。「御禊」の後のもの思いが、御息所の中に思いよらぬ猛々しい夢を導くのだという。これに先立っての「年ごろはいとかくしもあらざりし御いどみ心を、はかなかりし所の車争ひに人の御心の動きにけるを、かの殿には、さまでも思し寄らざりけり」（葵二七頁）と、御息所の生霊化現象を、客観的に語り手の側から触れる箇所では、「車争ひ」の語が使われている。それに対し、「うちまどろみたまふ夢」に、美しい姫君を荒々しく「引きまさぐ」るなど、あたかも御息所その人の心情に憑かれるかのように、語り手が生《なま》のままのかたちで御息所の内面を掘り起こすかにも似て、敬語なしに刻む部分では、それがほかならぬ御禊の後の出来事であったと述べられるのである。神霊の活動の時である御禊が、六条御息所の中に取り込まれることで、生霊のさまようきっかけの作られる構図をはっきりと示す表現と言えよう。葵祭は、その意味で六条御息所の外側に在るのではない。まさに内側に祭が憑くことによって、御霊信仰と相俟つ憑霊現象が現実化されたのであった。

こうした六条御息所と葵祭との結び付きの深さの故にも、やがての死霊跳梁の時間として、祭の時が選ばれねばならなかったと考えるものであるが、第二部の死霊の考察に先立って、御息所と神事との繋がりの深さをさらに一瞥しておきたい。「はるけき野辺を分け入りたまふよりいとものあはれなり」（賢木(二)七七頁）に始まる名文の誉れ高い源氏と御息所との別れの場面は、もとより斎宮の潔斎の場、嵯峨野宮を背景にしており、その意味では「黒木の鳥居ども、さすがに神々しう見わたされて、わづらはしきけしきなるに、神官の者ども、ここかしこにうちしはぶきて、おのがどちものうち言ひたるけはひなども、ほかにはさま変りて見ゆ」（七八頁）といった神域を象る表現が示されるのは当然とも言えるが、むしろ逆にこうした場を背景に、哀切にも高雅な別れが画定されねばならなかったことを固有の現象と考えたい。

「もののけ」事件を中に置いて、もはやどう埋めようもない溝を抱え込んでしまった二人が、この野宮において最後の光を放つ心の通い合いを持ち得たのは、大きく歌、そして歌ことばの機能に負っていると説かれるが、その歌の贈答をめぐって、次のようにさまざまな神事に関わる言葉が置かれるのに注目せざるを得ない。(45)

月ごろのつもりを、つきづきしう聞こえたまはむもまばゆきほどになりにければ、榊をいささか折りて持たまへりけるをさし入れて、「変らぬ色をしるべにてこそ、斎垣も越えはべりにけれ。さも心うく」と、聞こえたまへば、

神垣はしるしの杉もなきものをいかにまがへて折れるさかきぞ

と聞こえたまへば、

少女子があたりと思へば榊葉の香をなつかしみとめてこそ折れ　（賢木　七九―八〇頁）

おびただしい引歌を踏まえる表現の中に、かろうじて心が交され、やがて「思ほし残すことなき御なからひに、聞こえかはしたまふことども、まねびやらむ方なし」（八一頁）と、場面は頂点に導かれていく。その二人の心情は、野宮の神事に関わる語をちりばめることによって織り上げられたものであった。御禊をきっかけに生霊の発動する機構が、葵祭と関わる言葉を織り込め象られる構図を先に顧みたが、ここでは斎院ならぬ斎宮をめぐる神事に関わる語が、抜き差しならぬ切実さで、二人の心の動きを織り上げるのであった。「榊」の変わらぬ色に、自らの変わらぬ思いを託す光源氏、「982わが庵は三輪の山もと恋しくはとぶらひ来ませ杉立てる門」（『古今集』）を踏まえ、その三輪明神ゆかりの「しるしの杉」もないのにどうしてお出でになったのかと切り返す御息所……、という具合に(46)

六条御息所をめぐる場面でのその人と神事との関連の深さが実感される。
一方、神と関わること、より端的には娘の斎宮と共に過ごした伊勢の地での生活を、六条御息所自身が「罪深き所」（澪標(二)三〇〇頁）での日々と捉え、それ故にも帰京後出家の道を選び取っていることも顧みられる。即ち、伊勢で暮したこと、神事に関わる生活は、仏教の側からみれば罪障にほかならず、その意味で六条御息所はまことに罪障の深い存在として、終始一貫物語の中に定位されているのである。葵祭の核とも言うべき「祟り」の系譜を内面に取り込むことで、「もののけ」となった六条御息所の在り方は、こうしたさまざまな神の世界との繋がりの深さ、その意味での「罪」の深さを裏腹にすることによって、さらに確固としたものとなったという述べ方が可能であろうか。ともあれ、祭の機能を根深く負っての六条御息所の憑霊であることを確認しておく。

若菜下の巻の「祭」

第二部の大きな中心をなす女三の宮密通事件が、実際に描かれるのは、若菜下の巻において、華やかな春の女楽の後、一転して紫の上の病が語られ、やがて「まことや、衛門督は中納言になりにきかし」（二〇八頁）と、久方ぶりに柏木その人の消息を述べた後、話題が一気に柏木方に引き絞られていく中でのことだった。

四月十余日ばかりのことなり。御禊、明日とて、斎院に奉りたまふ女房十二人、ことに上臈にはあらぬ若き人わらべなど、おのがじし物縫ひ化粧などしつつ、物見むと思ひまうくるも、とりどりに暇なげにて、御前の方しめやかにて、人しげからぬをりなりけり。近くさぶらふ按察の君も、時々通ふ源中将せめて呼び出ださせければ、下りたる間に、ただ、この侍従ばかり近くはさぶらふなりけり。よきをりと思ひて、やをら御帳の東面の御座の端に据ゑつ。さまでもあるべき事なりやは。

（若菜下(四)　二一四頁）

女三の宮の許に密かに忍び入ったのは、「四月十余日」と述べられた。さらにそれは、葵祭の御禊前夜のことであったと限定される。即ち祭の時間の流れの中で、密事が成就されようとしている、との設定である。ここに一つには、先に触れた一夜孕みの神婚譚の取り込みの問題が浮上することは言うまでもない。そしてまた、既に述べた祭の華やぎの一方での登場人物の寂寥の浮刻といった表現機構の面でも、ここでは祭の取り込みの効果が押さえられる。御禊を明日に控え、祭の奉仕に、或いは物見にと、女房たちは心弾む準備に余念もなく、それ故にも、いつになく人少なな寂寥と静謐とが女三の宮その人の周辺に漂っていた。その隙に乗ずるかたちで、柏木は思いよらず近々と女三の宮と逢うことができたのであった。この一夜、二人は結ばれ、やがて女三の宮は懐妊する。

　督の君は、まして、なかなかなる心地のみまさりて、起き臥し明かし暮らしわびたまふ。祭の日などは、物見にあらそひ行く君達かき連れ来て言ひそそのかせど、悩ましげにもてなして、ながめ臥したまへり。女宮をば、かしこまりおきたるさまにもてなしきこえて、をさをさうちとけても見えたてまつりたまはず、わが方に離れゐて、いとつれづれに心細くながめゐたまへるに、童べの持たる葵を見たまひて、

　　くやしくぞつみをかしけるあふひ草神のゆるせるかざしならぬに

と思ふもいとなかなかなり。世の中静かならぬ車の音などをよそのことに聞きて、人やりならぬつれづれに、暮らしがたくおぼゆ。　　　　　　　　　　　　（若菜下　二二二―二二三頁）

物語の背後に、祭の時間は流れ続け、女三の宮の許から戻った柏木の、大きな過ちを犯したことへの後悔と、尽きぬ慕情との狭間での嘆きの中での「なかなかなる」もの思いが浮刻される時、それは「祭の日」、即ち葵祭当日のことであったと、さりげなく時の刻みが挟まれる。御禊前夜の逢瀬から御禊当日へ、さらにそれより三日後の祭当日へという時の流れの中で、女三の宮の自失と、柏木の執着愁嘆が述べられてきたことが、ここに明かされた。

そして、また、まさに祭の華やぎと対置されるが故に、いっそう際やかな「つれづれ」「ながめ」に彩られる内面の寂寥という構図は、この場面で最も陰翳深く取り込まれたと述べることが許されようか。物見に出掛ける人々の活気に満ちた「車の音」と喧騒を遙かに遠く聞きながら、君達の誘いもよそに鬱屈を抱える柏木の心は、繰り返される「ながめ」「つれづれ」の語によって重く織り上げられる。祭の華やぎに対置される内面を象る「つれづれ」「ながめ」の語の組み合わせについては、既に少女の巻冒頭の朝顔斎院をめぐる用例を、また、「つれづれ」については幻の巻の例を既に指摘した。祭の喧騒をよそにする、ひっそりとした孤独の中で、ふと葵に目を止めて歌を詠むという型は、幻の巻の源氏と中将の君とのはかない逢瀬を導く叙述の中にも立ち現れるが、一人、女童の持つ葵を前に「くやしくぞつみをかしけるあふひ草神のゆるせるかざしならぬに」と自らの過ちの重さを嚙み締める柏木の詠歌には、祭の華やぎの裏側で立ち尽すその人の内部を暗々と証し立てるものがある。

ここに一貫して、柏木の密会への歩み、その後の苦悩の背景として、華やぎをよそにする人気《ひとけ》の少なさ、嘆きといった意味で、極めて効果的に祭が取り込まれる様をみてきたが、今一方祭と関わって大きく浮上する六条御息所の死霊の存在を問題にしなければならない。思いもかけぬ密会を体験した後の苦悩は、女三の宮の心身を蝕み、「悩ましげになむ」（二二一頁）との報告を受けて、源氏が二条院に病む紫の上の許から女三の宮その人の許へ見舞に赴いたのが、折からの御禊より祭への時の刻みの中であったことは言うまでもない。この叙述に引き続いて先の「祭の日」の柏木のもの思いが記されているのである。そしてさらに、源氏方に視点が戻り、紫の上危篤の報がもたらされ、やがて「亡せたまひにけり」との報が、上達部などの間に一斉に伝えられるのが「かへさ」（二二九頁）の見物の賑わいの中でのことと述べられる以上、紫の上危篤は、おそらく祭当日から翌日の「かへさ」の暁にかけての時間の流れの中での状況と考えざるを得ない。果たして「かへさ」の折の情報にとりあえず駆け付けた柏木を前に、夕霧は、「…この暁より絶え入りたまへりつるを。物の怪のしたるになむありける」（二三〇頁）と答えている。そしてまさしくこの時、懸命の加持祈禱にようやく蘇生した紫の上と引き替えに、ほかならぬ六条御息所の死霊が、大きく姿を現すのであった。

いみじく調ぜられて、「人はみな去りね。院一ところの御耳に聞こえむ。おのれを、月ごろ、調じわびさせたまふが情なくつらければ、同じくは思し知らせむと思ひつれど、さすがに命もたふまじく身をくだきて思しまどふを見たてまつれば、今こそ、かくいみじき身を受けたれ、いにしへの心の残りてこそかくまでも参り来たるなれば、ものの心苦しさをえ見過ぐさでつひに現はれぬること。さらに知られじ、と思ひつるものを」とて、髪を振りかけて泣くけはひ、ただ、昔見たまひし物の怪のさまと見えたり。（若菜下　二二六頁）

死霊と化した六条御息所の出現は、うとましく恐ろしげであると同時に、いかにも愛執の哀しみを切実に背負ったその人の人生と響き合うものとして重い。「同じくは思し知らせむ」との思いから、紫の上を取り殺そうとしたのだが、源氏の心痛を見兼ねて姿を現してしまったと語る「もののけ」は、確かに「いにしへの」愛執をさながらに担い続けている。こうした死霊の在り方故にも、「『わが身こそあらぬさまなれそれながらそらおぼれする君はきみなり　いとつらし、つらし』と泣き叫ぶものから、さすがにもの恥ぢしたるけはひ変らず」と、源氏への執着と恥じらいさえ記し続けられるのでもあった。

若菜下の巻における六条御息所の死霊登場の必然性は、このように担わされた愛執の問題が、ほかならぬ取り憑かれる側の紫の上の愛執故の、沈黙の苦悩の深さを代弁し、突き出すものとなるところに押さえられると、既にさまざまに説かれる[47]ところであった。そしてまた、六条御息所その人の「過去から引きずって来た自らの因果を語るのに、葵巻への連想を可能にする〝祭〟をその背後に置き、符合対照させる効果をねらった」とも述べられている[48]。

さらに一歩進めて、ここでの葵祭と六条御息所との結び付きの意味を問うことはできまいか。即ち、御禊前夜から祭の「かへさ」にかけて、まさしく祟りをなす賀茂神の霊の招き降ろされ神殿に留まる時間は、それと響き合って六条御息所の霊が浮遊し、活性化される時間にほかならなかった。祭はその意味で、葵の巻と同じように、六条御息所の背景、外側に置かれたものではなく、御息所の内側に憑いたものと言うべきであろう。御禊への時間の中で、活性化された「もののけ」は、紫の上をやがて死に追い詰める。力弱って、「かへさ」を目前に死霊が姿を現すのは、葵祭の神霊の戻りゆく状況と重なり合う(49)。

同時に、柏木女三の宮の密事もまた、この祭に憑かれた六条御息所の死霊の浮遊する空間の中での出来事であった。御禊から「かへさ」へという時の刻みが、周到に物語の中に取り込まれたのは、葵の巻と響き合いつつ、祭と共振することにより憑霊する六条御息所が、密事、紫の上の仮死という悲劇の頂点を導くものであることを証し立てるものであったと言える。既に、「御息所は源氏に直接祟ることはできなかったけれども、紫上にとりつく事によって彼女を死ぬ目にあわせ、光源氏をも苦しめた。同時に、柏木が女三の宮に近づく機会を作り出し、結果として他人の子をわが子として抱かねばならぬ屈辱を与えた」との見解(50)も出されている。祭に憑かれた六条御息所の死霊が、六条院の調和と静謐とを突風のようにあっけなく突き崩し、暗々と空しい空間が残った。一方、祭の核に潜むものは、柏木にも憑いたとみてよかろう。

はかなげにのたまふ声の、若くをかしげなるを、聞きさすやうにて出でぬる魂は、まことに身を離れてとまりぬる心地す。（若菜下　二二〇頁）

右の記述は、祭への時の刻みの中で、柏木その人の中にも遊離魂の現象に重なるものが起こりかけていることさえ示しているのか。まことに、ものに取り憑かれるように女三の宮と契りを結ぶ柏木であった。それは、六条御息所の死霊の支配を潜める現象であると同時に、祭の始原に在る一夜孕みの神婚譚をもとより取り込んでのことと言える。祭が、登場人物の内面を生きている。外側に無関係な背景として在るのではなく、まさに登場人物の内面に取り憑くという『源氏物語』固有の表現の方法を、この若菜下の巻の叙述は最も端的に示すものと考えられる。

藤本勝義氏の詳しく検証された(51)、神事の際には仏事―加持、祈禱―が忌まれることから「もののけ」が跳梁し易い、という事情の指摘は重いが、同時に、その神事として葵祭が二度に亙って選び取られた上での、ほかならぬ「六条御息所」の「もののけ」の跳梁という現象の意味を、ここでは今一度顧みたいと願った。そのことを、登場人物の内面に憑く祭という視点から、試みに辿りみたのである。柏木の巻に再度登場する御息所の死霊が、「『かうぞあるよ。いとかしこう取り返しつと、一人をば思したりしが、いと妬かりしかば、このわたりにさりげなくてなん日ごろさぶらひつる。今は帰りなん』とてうち笑ふ」(四三〇〇頁)との哄笑の中に姿を留め、もはやその人に固有の愛執のまなざしを負っていないのは、ここに葵祭の背景が選び取られなかったこととも或いは関わろうか。祭に憑かれることによって、六条御息所の「もののけ」は、その固有の姿を刻み上げている、という述べ方がむしろ許されよう。

おわりに

祭の華やかさ、喧騒に浮き立つ雰囲気も、確かに一方に語られはするものの、『蜻蛉日記』等の系譜の中に、祭の華やぎと裏腹な内面を際立たせることがむしろ多いという表現の在り方は、『源氏物語』の祭の叙述の基底に流れるものであろう。さらに、立ち現れる祭は、物語の恣意的背景に留まるものではなかった。王権と根深く結んで描かれる祭の画定の一方で、祟りや一夜孕みという祭の核となるべきものを、さながらに登場人物の内面に負わせた、葵、若菜下の巻の祭の取り込みがある。王権の問題、そしてまた、人間の心情、内面が祭を媒介として掘り起こされてくるという表現の方法を確認しておきたいと思う。

注

（1）本文は、朝日日本古典全書に拠る。
（2）本文は、国史大系に拠る。但し、以下史料等の漢字表記に関しては、原則として新字体に改めた。
（3）坂本和子「賀茂社御阿礼祭の構造——阿礼乎止売の奉仕を中心として——」『国学院大学大学院紀要』（昭46）
（4）『古事記説話群の研究　武田祐吉著作集㈢　古事記篇II』（昭48　角川書店）五〇頁、一三〇頁。
（5）（3）に同じ。
（6）「御阿礼神事」『神道史研究』（昭35・3）
（7）（3）に同じ。
（8）「賀茂祭の前に行なわれる神招きの神事」（岩波古語辞典）をさす。
（9）本文は、群書類従に拠る。
（10）鈴木日出男「葵」『源氏物語歳時記』（平元　筑摩書房）は、葵祭の「起源」として、『年中行事秘抄』の当該箇所を引く。
（11）「女三の宮の懐妊——源氏物語における一夜孕みと夢の機能——」『日本文学』（昭55・12）、のち『源氏物語のテクスト生成論』（平12　笠間書院）所収。
（12）林田孝和「源氏物語にみる祭りの場」『源氏物語の発想』（昭55　桜楓社）
（13）本文は、群書類従に拠る。

(14) (12)に同じ。
(15) 本文は、国史大系に拠る。
(16) 鈴木宏昌『源氏物語と賀茂信仰（その二）――紫の上の賀茂社参をめぐって――』『大東学園専門学校紀要』（昭62・3）は、この挿話を、「朝廷は山城の京の地主神として賀茂神を厚遇した」ことの証とみる。
(17) 本文は、岩波日本古典文学大系に拠る。
(18) 「賀茂伝説考」『日本神話研究』（昭13　河出書房）
(19) 「日本の祭」『定本柳田国男集』㈩（昭44　筑摩書房）
(20) 倉林正次「祭りの本質と形態」『饗宴の研究（祭祀編）』（昭62　桜楓社）
(21) (3)に同じ。
(22) 本文は、新潮日本古典集成に拠る。
(23) 鈴木宏昌「源氏物語と賀茂信仰――王権を守護するもの――」『大東学園専門学校紀要』（昭60・3）
(24) 小学館日本古典文学全集頭注。
(25) (23)に同じ。
(26) 松井健児「光源氏の御陵参拝」『王朝歴史物語の世界』（平3　吉川弘文館）、のち『源氏物語の生活世界』（平12　翰林書房）所収。
(27) (16)に同じ。
(28) 小山利彦「紫上と朝顔斎院――賀茂神に関わる聖女として――」『源氏物語の探究』㈢（昭62　風間書房）、のち『源氏物語　宮廷行事の展開』（平3　桜楓社）所収。
(29) 小山利彦「藤裏葉の巻にみる賀茂神の信仰」『日本文学』（昭58・3）、(28)の書所収。
(30) (29)に同じ。
(31) (28)・(29)に同じ。

(32) 但し、近時「対の上」の呼称を、むしろ語り手の視点に関わるものと捉える見解（胡潔「紫の上の呼称「上」と「対の上」」『平安貴族の婚姻慣習と源氏物語』（平13　風間書房））が出されている。
(33) (12)の論参照。
(34) (12)に同じ。
(35) こうした問題について、倉林正次氏は、「源氏が歳事に直面し、それによって源氏の心情が、歳事の本来具有する意義や性格に対して、それに即応する形で進展するのではなく、それとはむしろ相反する逆の方向に発展し、深化する傾向が見られる」（「源氏物語『幻巻』の歳事構想」上『国学院雑誌』（昭63・12））と述べられている。
(36) 本文は、角川文庫に拠る。
(37) 高田祐彦「祭」『王朝女流日記必携』（平元　学燈社）
(38) 野口元大「物語文学」『年中行事の文芸学』（昭56　弘文堂）
(39) 昭39　未来社
(40) 本文は、旺文社文庫に拠る。
(41) (1) 6「六条御息所考——「見る」ことを起点として——」参照。
(42) 久富木原玲「天照大神の巫女たち」『源氏物語——歌と呪性』（平9　若草書房）
(43) 昭59　武蔵野書院
(44) 三谷栄一「源氏物語における民間信仰」『源氏物語講座』(五)（昭46　有精堂）
(45) 室伏信助「源氏物語の構造と表現」『源氏物語研究と資料　古代文学論叢』(一)（昭44　武蔵野書院）、のち『王朝物語史の研究』（平7　角川書店）所収。
(46) 小学館日本古典文学全集本頭注参照。
(47) 深沢三千男「六条御息所悪霊事件の主題性について」『源氏物語とその影響　古代文学論叢』(六)（昭53　武蔵野書院）など。

(48) 奥出文子「六条御息所の死霊をめぐる再検討――第二部における紫上と関連して――」『中古文学』(昭51・9)
(49) 「現はれそめては、をりをり悲しげなることどもを言へど、さらにこの物の怪去りはてず」(若菜下二三三頁)とあって、月が変わり五月になっても、なお死霊の離れ去らぬ状況が語られるが、紫の上を死に追い詰めるほどの力をもはや持ち得ないことは明らかであろう。
(50) 三苫浩輔「六条御息所と柏木事件」『源氏物語の民俗学的研究』(昭55　桜楓社)
(51) 「六条御息所の死霊と賀茂祭――物の怪跳梁と神事――」『論集源氏物語とその前後』(二)(平3　新典社)、のち『源氏物語の物の怪』(平6　笠間書院)所収。

付　祝祭と遊宴

『源氏物語』には、華やかな祝祭や遊宴が数多く描かれるが、その中で光源氏の若い日の一齣をめぐる祝祭の代表として、まず葵の巻、賀茂祭(葵祭)の御禊を取り上げたい。その折の物見の車争いが、正妻葵の上と、前皇太子妃という高貴な身分の恋人六条御息所との間に引き起こされ、やがてそれがきっかけとなって、六条御息所のもののけが葵の上を取り殺すこととなる。その意味での物語の大きな展開の一つの山場が、葵祭の車争いであり、その展開の妙味の故にも謡曲『葵上』においてシテ六条御息所の生霊が「破れ車」と共に登場することとなり、また『車争図屏風』といった絵画にもしばしば描かれることともなったのである。

引き裂かれたプライド

「そのころ、斎院(賀茂神社に奉仕する未婚の皇女・女王)も下りゐたまひて、后腹の女三宮ゐたまひぬ」(葵(二)一四頁)

とある。新斎院は、桐壺帝と弘徽殿大后の鍾愛の姫君とあって、常にもまして盛大な儀式が準備された。御禊当日も、選りすぐった供奉の上達部の華やかな支度はまことに見事なもので、あの光源氏さえ、御禊の供奉に加わるとのこと、物見車で一条大路は立錐の余地もないありさまだった。胸もときめく華やかなざわめきと喧噪に溢れる、一条大路の祝祭空間を鮮やかに浮かび上がらせる一連の文章が続く。格別の威勢の揺るぎもない斎院が新たに定められたことにより、この年の御禊は常にない高揚を見せたのである。

折から懐妊し、つわりに悩む葵の上も、この高揚の渦に自ずから引き寄せられるかのように物見に赴く。ときめきを抑えかねる若い侍女たちの意向にむしろ押され、日が高くなってから出向いた時には、既に大路には車が溢れていた。緊張と興奮との坩堝の中で、他の車をさし退けさせようとする葵の上方の格好の餌食となったのが、目立たぬしつらいながら高雅に洒落た雰囲気を漂わせる御息所の車である。正妻の初めての懐妊ということも加わり、一入足も遠のきがちな源氏の冷たさに、折しも斎宮に卜定された娘と共にいっそ伊勢に下ってしまおうかとまで思い悩む御息所が、いささかの慰めにもと、物見にやって来ていたのだった。双方の若い供人たち共々、祭の酒にしたたかに酔った状態では、年配の者たちも止めようがない。「これは、さらにさやうにさし退けなどすべき御車にもあらず」（葵一六頁）との、前皇太子妃の矜持を背景にした供人の抵抗も、逆に「さばかりにては、さな言はせそ」との、葵の上方の強い反発を招くこととなって、ろくろくものも見えないずっと奥までその人の車は押しやられる仕儀となった。

屈辱に勝る愛執

「かかるやつれをそれと知られぬるが、いみじうねたきこと限りなし」（葵一七頁）とある。正妻との車争いに敗れた御息所が、いきなりもの狂おしい嫉妬に駆られるというほど、ことは単純には運ばない。心弱くも冷たい恋人へのやまれぬ思いに引かれて、物見にやって来てしまったことを人に知られ、傷つく誇りに胸を痛めるのだ。だからこそ、無慙な屈辱の中で、にもかかわらず光君の供奉の姿をなお待たずにいられない、という続く場面の展開となる。葵の上方には敬意の表される一方で、奥に押しやられた御息所は全く無視される体となり、ひとしおの屈辱は身を苛むものの、この見事な光源氏の姿を遠く拝さなかったらどんなに残念だったかと、嘆息するその人の愛執の深さはいかにも切ない。

「影をのみみたらし川のつれなきに身のうきほどぞいとど知らるる」（葵一八頁）とは、そうした切なさを詠む御息所の詠歌だが、その直前「ひるめ」（天照大神）の歌を踏まえる「笹の隈」なる言葉でその苦衷が表現されていることと併せて、六条御息所には神事、とりわけ天照大神（伊勢神）ゆかりの語がつきまとう。やがて娘と共にほかならぬ伊勢に下るその人は、わけても伊勢神に関わりの深い存在だったのか。伊勢神ゆかりの女君が、血筋から言って賀茂神ゆかりの女君葵の上に祟りをなす構図を読み取り得るのだともいう。(1)

祭りの明暗

それにしても、なぜ祟りをなすきっかけに、祭の御禊という場が選び取られたのか。祭の喧噪の中での車争い自体は『宇津保物語』、『落窪物語』にも先例があり、また『蜻蛉日記』には祭見物の道綱母と時姫との間の屈折した歌の贈答が記される。しかし、「御禊の後、一ふしに思し浮かれにし心鎮まりがたう思さるるけにや」（葵三〇頁）と、当の車争いをきっかけに、夢の中で葵の上を「うちかなぐる」という無気味なもののけ発動の展開となるのは、もとより『源氏物語』に固有の現象である。車争いより、もののけ発動へ、という機構に密接に関わるのが、祝祭の高揚の、六条御息所の孤独な愛執の襞への浸潤ということではなかったか。

いささか突飛な連想ながら、浄瑠璃・歌舞伎の名作『夏祭浪花鑑』において主人公団七が思い余って舅を殺し、戦きながら井戸の水で身を清める背後を、高津神社（大阪）の祭の囃子と共に山車（本来大阪では台額と言われるもの）(2)が通り過ぎる場面がふと想起される。祭囃子はこの場合、主人公の興奮、動揺、恐怖に分かち難く結び付いていよう。(3)祭は無作為の背景ではなく、彼の心象に深く取り込まれた風景というほかない。祝祭の高揚は、一方でそこに身を浸し、場を持つことのできない人の心の寂寥や孤独を逆に際立たせる。喧噪の中で嚙み締められた孤独な愛執が、翻って無気味な高揚を意識の底深く滲ませる結果となった。

愛執の底に取り込まれた祭は、やがてもののけを発動させる展開となる。実は遙か後年若菜下の巻において、ほかならぬ六条御息所の死霊が立ち現れるのが、奇しくも葵祭の時間に重なっていることを含めて、伊勢神ゆかりの六条御息所が、賀茂神の祭の時間に出会う時、それが賀茂神ゆかりの女君への祟りを触発する、という構図を確認したい。霊の威力の発動のエネルギーとして、祝祭という場が選び取られたのであった。

禁じられた恋の至福

遊宴に触れておこう。源氏絵の格好の素材となった、光源氏青春の日の紅葉賀と花宴とは、それぞれが物語の巻名ともなっている。光源氏一八歳、桐壺帝の朱雀院への行幸が一〇月に予定され、その賀の試楽に彼は見事な青海波の舞を披露する。輝く舞い姿を前に藤壺は夢のような感慨を深め、翌朝二人は、『飛燕外伝』(4)の趙后飛燕の故事（歌舞たけなわの時、登仙しそうになった后を、若い恋人憑無方が押さえ止《とど》める）を踏まえ、歌を交わし合う。華麗極まりない遊宴の場には、密かに嘆息を交わし合う禁じられた恋の至福の一瞬が煌めくのである。

二〇歳の源氏が春鶯囀を舞う南殿の桜の宴（花宴）においても、藤壺は賛嘆の中に密かな思いの重さを再確認せずにはいられない。同時にこの巻の主要な展開は、宴果てた夜更け、藤壺の殿舎辺りをさ迷う源氏が、ゆくりなく朧月夜と契る場面にある。東宮の許に入内予定の、しかも源氏の政敵右大臣家の姫とのこの出会いは、やがての須磨流離を導くものともなる、禁断の恋である。後年光源氏が幾度も回想することとなる、この若い日の花宴には、藤壺・朧月夜という禁忌の恋の物語が二重に潜められているのだった。

華やかな喧噪に満ちた祝祭・葵祭、そして優雅な遊宴を代表する紅葉賀と花宴、それらが物語の単なる美的な背景に止まるものでないことは、もはや明らかであろう。『源氏物語』の祝祭や遊宴は、むしろ物語の核をなす主題、その展開、密かな人の心の襞や人との関わりと不可分に結ばれ、物語を突き動かすものとなっている。『源氏物語』の祝祭や遊宴は、まさにそのことによって固有の冥い輝きを放つのである。

注

（1）久富木原玲「天照大神の巫女たち」『源氏物語——歌と呪性』（平9　若草書房）
（2）折口信夫「だいがくの研究」『折口信夫全集』㈡（昭40　中央公論社）
（3）渡辺保『歌舞伎』（平元　新曜社）
（4）藤井貞和「源氏物語と中国文学」『講座日本文学　源氏物語上』（昭53　至文堂）、のち『源氏物語論』（平12　岩波書店）所収。

3 『源氏物語』の子ども・性・文化——紫の上と明石の姫君——

『源氏物語』の子ども、とりわけ女の子の在り方に本章では目を向けてみたい。

子どもとは、そもそもどのような存在であろうか。子どもの像、その存在を考える時、捉え方の系譜に二つの視座があるように思われる。第一には、カール・ケレーニイ カール・グスタフ・ユング『神話学入門』[1]に説かれる立場に代表される、子どもの中に始原の神、神話的な力を見取る視座である。たとえば、伝説・民話の色彩を濃く湛えるフィンランドの叙事詩『カレワラ』の怪童クッレルヴォが火攻め水攻めにめげることなく復讐を遂げるように、多くの場合母親に捨てられた孤独な童児神は、極めて厳しい困難に晒されながら、一方で途方もない荒ぶる魔力を備えるものとしてしばしば立ち現れる。孤独で弱々しくありながら、同時に魔力や荒々しい無敵さを持つものという童児神像は、泣きわめき抗う幼児、子どもそのものの属性を始原的に証し立てるものにほかならない。この荒々しい力を負う存在故に、「子どもとは、いまだ秩序の中に組み込まれていない者として、その存在自体から、そもそもが反秩序性をしるしづけられている[2]」と説かれることになるのである。

さらに他方、「子供期という観念は従属、依存の観念に結びつけられていた」との、主として一七〜一八世紀以降の子どもをめぐる、アリエス『〈子供〉の誕生』(3)の発言は、その幼い弱さの故にも「見えない制度」(4)によって縛り上げられ、親をはじめさまざまなものに依存せざるを得ない子どもの在り方を明らかにする視座だった。こうした子どもの側面は、もとより結果的に弱さ故にも重く担わされた制度、秩序の矛盾をアイロニカルに突き出すものとなるほかあるまい。溢れるエネルギーを湛え躍動する子どもと、また親や社会に従属し依存する子どもと、共々に子どもの生を両義的に証し立てるこの二つの視座は、『源氏物語』の中に息衝く子どもの姿を捉え辿る際にも極めて有効であるように思われる。

一方、子ども、或いは老人はおおむね性を越えた、もしくは性的役割から解き放たれた存在といって良かろう。けれども「女」の子、「男」の子のそれぞれに将来のあるべき生に向けての規範が自ずから担われるものであることは、なお見逃せまい。反秩序性と規範或いは制度とが相反するものであることは言うまでもないが、二つの視座から捉えられる子ども―女の子―の姿の中に、性をめぐる文化の規範がどのように浮刻され、固有の生涯とどう響き合うことになるのか、具体的には紫の上と明石の姫君の子どもの時期をめぐってしばらく考えたい。

一 『眉のわたりうちけぶ』る「女子《をんなご》」

きよげなる大人二人ばかり、さては童べぞ出で入り遊ぶ。中に、十ばかりにやあらむと見えて、白き衣、山吹などのなえたる着て、走り来たる女子《をんなご》、あまた見えつる子どもに似るべうもあらず、いみじく生ひ先見えてうつくしげなる容貌なり。髪は扇をひろげたるやうにゆらゆらとして、顔はいと赤くすりなして立てり。

「何ごとぞや。童べと腹だちたまへるか」とて、尼君の見上げたるに、すこしおぼえたるところあれば、子なめりと見たまふ。「雀の子を犬君が逃がしつる。伏籠の中に籠めたりつるものを」とて、いと口惜しと思へり。……

尼君、「いで、あな幼や。言ふかひなうものしたまふかな。おのがかく今日明日におぼゆる命をば、何とも思したらで、雀慕ひたまふほどよ。罪得ることぞと常に聞こゆるを、心憂く」とて、「こちや」と言へば、ついゐたり。

つらつきいとらうたげにて、眉のわたりうちけぶり、いはけなくかいやりたる額つき、髪ざし、いみじううつくし。ねびゆかむさまゆかしき人かな、と目とまりたまふ。（若紫㈠ 二八〇—二八一頁）

後に紫の上と呼ばれる可憐な姫君のはじめて登場する名高い垣間見の場面を右に掲げた。天真爛漫、純粋無垢な姫の美質の描写、或いはまた髪のゆらめきに透き見られる「生ひ先」の美の幻の一瞬の浮刻等、繰り返し愛で続けられた当該場面の魅力は、さまざまな表現で言い尽されたかにみえる。「十ばかり」の少女の無垢とは、続く箇所に尼君その人が「かばかりになれば、いとかからぬ人もあるものを」（二八二頁）と述べることに既に明らかなように、実年齢よりも幼い、いわゆる「おくて」の少女の汚れを知らぬ輝きとして象られるものなのだった。この、紫の上の成長の遅れ、「おくて」の在り方こそは、またその人が〈神の子〉たることを証すものとの民俗学の視点よりの指摘が既にある。紫の上は、唯一の養育者尼君さえもやがて失い孤児《みなしご》同然の身の上となることと併せ、幼く弱い劣った属性を担い立ち現れる〈神の子〉の系譜に連なるという。

先に挙げた『神話学入門』のギリシア神話等をめぐる考察から浮上する、多くの場合母親に捨てられた「孤児」の童児神との構図もまた、幼時に母を失った孤独な孤児紫の上の境涯にぴたりと重ねられる。まさに光源氏の視界に飛び込んだ童女の比類ない輝きは、童児神の無垢の輝きであったのだ。とすれば、無垢を裏腹にする、荒ぶる力、或いは秩序に組み込まれることのない原初の力もまた、紫の姫君をめぐって探り辿ることができるのではあるまいか。

本文に立ち戻ろう。現れた若紫は、「眉のわたりうちけぶ」る童女であった。もとよりこれは、「にほひやかなる心か」（『河海抄』）の意ではなく、「眉墨でかいた引き眉ではなく、生えたままの眉のさまを言ったもの。眉の輪郭がうぶ毛と区別できず初々しい感じ」（『小学館新編日本古典文学全集』頭注）を述べたものであろう。「眉のわたりうちけぶり」は、末摘花の巻の、改めて引き眉に整えられた二条院での姿を「眉のけざやかになりたるもうつくしうきよらなり」（三七九頁）と写し取る叙述と響き合いつつ、まだ成年に向かって秩序化されていない童女のけぶるような混沌を鮮烈に刻印する。それは、『堤中納言物語』「虫めづる姫君」の「眉さらに抜きたまはず」といった、意識して貴族的な美の常識に抵抗する行為とは趣を異にするが、童女であることそれ自体の柔らかな反秩序とでも言うべきものを潜める身体の主張と言い得る。

さらに、「扇をひろげたるやうにゆらゆらとして」とある少女の髪は、短さ故に揺れる愛らしさという魅力もさることながら、「扇をひろげたる」の比喩により、ゆらめく豊かさの刻まれる点が、他の子どもの髪をめぐるそれにない固有の叙述となっている。豊かな髪をめぐっては、続く箇所に祖母により「梳ることをうるさがりたま」う頑是なさを嘆息され、また乳母によって「御髪まゐるほどをだに、ものうくせさせたま」（紅葉賀㈠三九四頁）う幼さをたしなめられる記述がみえ、梳ることを厭う紫の上の固有の属性を浮上させる。本田和子氏[7]の説かれる、文化的秩序に挑む自然の生命力の証としてのエンデの『モモ』のくしゃくしゃ髪、「もじゃもじゃ」さながらに、紫の上のある種の「もじゃもじゃ」の髪にもまた、秩序に抗ってはばたくまぎれもない生命の輝きが託されているのではなかったか。もとより王朝の極めて行き届いた美意識は、乱れ逆立つ髪の叙述を許さない。それ故まことに洗練された表現の中に、微かに、けれどもはっきりと原初の力を滲ませるのであった。やがてその豊かな「もじゃもじゃ」は、葵の巻冒頭近く、祭の物見を前に、源氏によって削ぎ整えられることとなる。新枕が、目前に控えられているのは偶然であるまい。紅葉賀でなお「御髪まゐる」のを厭うたその人が髪を源氏に委ねて静かな当該場面からは、無心の童女が結婚という性をめぐる秩序の中に組み込まれる過程がいかにも鮮やかに照らし出される。髪を削ぐことが新枕に先立つ行事であるとの指摘(8)も自ずから想起される。

或いはまた、「青山は枯山の如く泣き枯らし」たという須佐之男命の涕泣の示すように、本来極めて反秩序的な「泣く」行為の跡を留める「赤くすりなした」顔、そして「雀の子を犬君が逃がしつる。伏籠の中に籠めたりつるものを」と倒置表現の中に託された憤懣のエネルギー等、おおよそ荒ぶる力、秩序に組み込まれる以前の原初の力を滲み湛えるものはなお幾つも張り巡らされている。「山吹などのなえたる着て、走り来たる女子」紫の上は、無垢と反秩序と、二つの属性をなさがらに負った、その意味での「神の子」として立ち現れる故に、見事に鮮烈な印象を刻印するのであった。

二 「走る」子どもたち

一方、この場面の若紫の身につけた汗衫の色目として選び取られた「山吹」が、たとえば「細やかなる男の、末濃だちたる袴、二藍かなにぞ、かみはいかにもいかにも、掻練、山吹など着たるが、沓のいとつややかなる、筒のもと近う走りたるは、なかなか心にくく見ゆ」(『枕草子』(9)一九二「心にくきもの」)と、軽やかに走る従者にふさわしいものと見取られることに窺われるように、くっきりと鮮やかに目立つ動的イメージに結ぶものであることについては、既に述べた[10]ことがある。同じ春の色目ながら、物柔らかな情感の滲む桜襲ならぬ「山吹」の、「なえたる」、との普段着の雰囲気さえ濃い衣裳に弾む命を重ねて、「女子」は「走り来た」のであった。

しばらくここで「走る」ことに目を転じたい。既に検証されているように、道成寺伝承の女主人公「走る女」は、恋故の力を身体一杯に漲らせ[11]、またたとえば絵巻の中の「遊走する子ども[12]」たちの姿は、戯れざわめく自在な魂の力に充ちて迫る、という具合に「走る」行為とは、何にも増してその身体と魂とに湛えられたむしろ荒々しげな力を端的に証し立てるものと言える。

このエネルギーに充ちた行為は、『源氏物語』の中にどのように刻まれているのだろうか。走る姿をしばしば記されるのは、「御供に走り歩く」(夕顔㈠二二六頁)惟光等の供人、従者、或いは「ちひさきは童げてよろこび走るに、扇なども落として、うちとけ顔をかしげなり」(朝顔㈡四八一頁)等の、女童―仕える童女―、さらに「ちご[13]」の範疇にある男の子である。原則として女君そして幼い姫君、また貴公子も走ることがない。

冠などうちゆがめて走らむ後手思ふに、いとをこなるべしと思しやすらふ。(紅葉賀　四一四頁)

一九歳の光源氏は、源典侍との逢瀬の折頭中将よりからかい半分に脅され驚くが、慌てて逃げ走る姿の滑稽さを憚り、結局走ることを思い留まる[14]。雨夜の品定めの藤式部丞の「極熱の草薬」の臭気に慌て博士の女の許より走り出た、との一件をめぐる用例をも併せ、『源氏物語』は、男君の走ることに、ある種の滑稽さ、貴公子たるものの美意識からの逸脱を見ているようである。

藤侍従の一条の大路走りつる、語るにぞ、皆笑ひぬる。(『枕草子』九五「五月の御精進のほど」)

事情は『枕草子』の場合も共通する。清少納言たちの乗る、戯れに挿した卯の花に埋もれた車を追って、「ただ遅れじと思ひつるに人目も知らず走られつる」太政大臣為光の六男藤侍従公信二二歳の姿は、その行為の異様さの故に笑いを誘うのである。人目も弁えず走らずにはいられなかったと語る彼自身の言葉が、自ずとしかるべき貴公子は人前で走らぬものという美意識を証し立てている。『枕草子』においてもまた、走るのは供人、侍、童、御厠人といった人々なのであった。もとよりこの現象は、既に王朝文学全体に亙り言及される原則(15)に重なるのだが、『宇津保物語』にとりわけ琴の演奏に感動して走る貴公子たちの姿が滑稽味を伴わずに留められること、或いは『蜻蛉日記』において鳴滝よりの下山を促す兼家の「立ち走る」様の刻まれることなどを顧みれば、走らぬ男君、との美意識はむしろ一条朝の洗練に結ぶものだったとさらに限定し得ようか。

三の宮三つばかりにて中にうつくしくおはするを、こなたにぞ、またとりわきておはしまさせたまひける、走り出でたまひて、「大将こそ、宮抱きたてまつりて、あなたへ率ておはせ」と、みづからかしこまりて、いとしどけなげにのたまへば、……

大将は、この君をまだえよくも見ぬかなと思して、御簾の隙よりさし出でたまへるに、花の枝の枯れて落ちたるをとりて、見せたてまつりて招きたまへば、走りおはしたり。二藍の直衣のかぎりを着て、いみじう白う光りうつくしきこと、皇子たちよりもこまかにをかしげにて、つぶつぶときよらなり。

（横笛(四)　三五〇―三五二頁）

こうした『源氏物語』の中にあって、小さな男の子たちの駆け回る姿はしばしば目につく。右の箇所は、それぞれ三歳の匂宮、二歳の薫の走り戯れる姿を夕霧の目からいかにも生き生きと見取るものである。大将夕霧を見つけるやいなや駆け寄り「宮抱きたてまつりて、…」としどけなくも命ずる匂宮のやんちゃぶり、花の枝の招きに走り寄る薫の白い身体の生命力、…やがての宇治の物語の主人公たちはさながらその将来の恋に関わる逸脱の力を潜めるかのように躍動する。

「入道の宮の御方に渡りたまふに、若宮も人に抱かれておはしまして、こなたの若君と走り遊び、花惜しみたまふ心ばへども深からず、いといはけなし」(幻四五一七頁)など、再び六歳と五歳となったこの二人の姿が源氏の目を通して刻まれるのは、彼の老いとやがての死とを前にしての、もはや自身の宰領し得ぬ世代のまぎれもない生命の輝きへのまぶしさを語っていようか。それ故にも、源氏の二人に向かうまなざしには、実はそれぞれ微妙な差がある。「若宮の、「儺やらはんに、音高かるべきこと、何わざをせさせん」と、走り歩きたまふも、をかしき御ありさまを見ざらんこと、とよろづに忍びがたし」(幻五三六頁)との、匂宮に向けたいかにも名残惜しげないとおしみの視線の一方に、「わづかに歩みなどしたまふほど」―満一歳―の薫に向けた複雑な視線が絡め取られている。「筍の櫑子に何とも知らず立ち寄りて、いとあわたたしう取り散らして食ひかなぐ」る薫を、「かき抱き」愛しむものの、さらに執拗にも涎まみれの赤児の姿が見取り続けられる。

御歯の生ひ出づるに食ひ当てむとて、筍をつと握り持ちて、雫もよよと食ひ濡らしたまへば、「いとねぢけたる色ごのみかな」とて、

うきふしも忘れずながらくれ竹のこは棄てがたきものにぞありける

と、ゐて放ちてのたまひかくれど、うち笑ひて、何とも思ひたらずいとそそかしう這ひ下り騒ぎたまふ。

(横笛　三三八―三三九頁)

およそこれまで『源氏物語』の書こうとしなかった、この露な赤ん坊の身体的行為がここに留められるのは、眼前の子の愛らしさをまぎれもなく認めつつも、なお「いとそそかしう這ひ下り騒」ぐといった表現に託された、柏木の血に連なるものの、むしろ荒々しげな無心さでの源氏世界への侵食を噛み締める苦さを語るものにほかならな

い。「ねぢけたる色ごのみ」とは、その複雑な源氏の目のはしなくも予知する第三部での薫の生のありようを表す言葉と言えようか。

ともあれ、須磨の巻での五歳の夕霧の例[16]などをもさらに含めてこうして走る男の子たちの姿がそこここに潑剌と刻まれる一方で、後述するようにその二・三歳の時期を活写される明石の姫君をはじめ、少女期の「碁打ち、偏つぎ」(橋姫㈤一一四頁)といった遊びをめぐる記述のみえる八の宮の姫君たち、或いは雲居雁など、女童ならぬ姫君と呼ばれる女の子たちは、決して走ることがない。男君でさえ走ることを避ける美意識の流れる物語にあって、走る行為を姫君らしからぬものとする規範はむしろ必然と言うべきか。こうした状況を顧みる時、一〇歳の紫の姫君の走る姿、就中「来たる」の語との組み合わせにより鮮烈に源氏の視界に導かれる動きを伝える表現が、極めて異例のものであることに思い至らざるを得ない。

「けらを、かしこに出で見て来」とのたまへば、立ち走りていきて、「まことに、侍るなりけり」と申せば、立ち走り、鳥毛虫は袖に拾ひ入れて、走り入りたまひぬ。(「虫めづる姫君」四五二頁)[17]

今一人、走る姿を極めて具象的に写し取られるのが[18]、あの「眉さらに抜きたまは」ぬ「虫めづる姫君」であることも、若紫の例の王朝の文化の中での特殊な在り方を際立てていようか。引き眉、「歯黒め」を整えるべき成年に達しながら、「人は、すべて、つくろふところあるはわろし」といった固有の主張で規範に抗う姫故にも、その反秩序性と規範よりの逸脱をはしなくも担って、走るのである。

「走り来た」紫の姫君は、先に述べた神話と響き合う荒ぶる原初の力を負った、まことに固有の輝く生命体として物語に出現したのだった。同時に、まさにその荒ぶる反秩序は、一条朝の文化の中で男の子さながらの「走る」姿を浮刻することで、性にまつわる文化的規範よりの逸脱を一瞬垣間見せた、との構図なのではなかったか。「走る」行為が示す、一瞬の性的越境と述べることが許されようか。もとより「こぼれかかりたる髪」のゆらめき、或いは「いはけなくかいやりたる額つき」にさえ魅力溢れる美少女が、何よりも藤壺その人との相似故に源氏の心を掻き立てる[19]という設定は、この姫君の比類ない「女」の美質を端的に証すものと言える。けれども、この光源氏のまなざしに絡め取られたいかにも愛らしい「女」の子が、にもかかわらず走ることにより一瞬の「男」の子の煌めきを放つのであった。放たれた「両性具有」の瞬間とも言うべきか。

「偉大な精神は男女両性を備えている」とのコールリッジの言葉を踏まえ、「両性を備えた精神は共鳴を引き起こし、浸透性があるということ、また、情緒を支障なく伝え、本来創造性に富み、白熱し、統合されている」との、両性具有の精神の在り方を説くヴァージニア・ウルフ『私ひとりの部屋』[20]がここにはしなくも想起される。若紫の姫君は、もとより「二形《ふたなり》」といった、肉体的、身体的な意味を離れむしろ精神の領域での両性具有をここに一瞬画定したのであった。走る行為により、あるべき「女」の子の規範からの自在な逸脱を指し示したという意味においてである。

この紫の上の初登場に刻印された性的越境、両性具有の在り方が、その人の固有の生涯と奇妙に響き合うのは偶然だろうか。紫の上は「不生女《うまずめ》」であった。産むという性的役割が政治に露に結び付く平安朝のおおよその女性の生き方と、その人は別の途を歩まざるを得ない。産むことと切り離された、その意味での性の欠損の中に自ずから孕まれようとする「女性」の枠を越えた精神の在り様《よう》を、走る若紫の奇妙に暗示する構図が浮上する。

　みづからの御心地には、この世に飽かぬことなく、うしろめたき絆だにまじらぬ御身なれば、あながちにかけとどめまほしき御命とも思されぬを、年ごろの御契りかけ離れ、思ひ嘆かせたてまつらむことのみぞ、人知れぬ御心の中にもものあはれに思されける。（御法四　四七九頁）

晩年、愛妻出家後の孤独に耐え得ぬ愛執を訴える源氏故に、出家を志しながらも紫の上はそれを諦める。不出家のまま死を迎えようとする時、彼女の心を横切るのは、源氏に「年ごろの御契りかけ離れ、思ひ嘆かせ」る悲しみであった。我が命のことはさて措き、源氏を嘆かせることのみが心残りだとする思惟は、夫の愛執をさながらに受け止め、なお愛執故の悲しみを思いやる豊かさに溢れている。この豊かに静かな心は、けれども何という力強さを湛えていることだろう。「菩薩的理想像」と説かれる(21)この紫の上の到達点は、身も世もない執着を愛妻に寄せ続ける源氏の一方で、不屈の諦念(22)の爽やかさを覗かせつつ、こう言って良ければ、ある種男性的な力に充ちている。不思議にも産まぬことによって、「絆」―残される子や孫―から解き放たれた生に育まれた、遠い昔の「走る」子どもに垣間見られた両性具有の「偉大な精神」の結実をここに認めることは、余りに穿ち過ぎと言うべきなのか。無論これは、もっぱら紫の上の生が反秩序的であったとか、常に両性具有の在り様を示したと説くものではない。さまざまに秩序と反秩序とを滲ませた時間を辿りながら、けれども初登場の鮮烈な刻印と、むしろある種性的役割から解き放たれた紫の上の生の結実との響き合いには、自ずからその符合の重さを語りかけて止まないものがあろう。

三　薄雲の母と子

この春より生ほす御髪、尼そぎのほどにてゆらゆらとめでたく、つらつき、まみのかほれるほどなど、いへばさらなり。よそのものに思ひやらむほどの心の闇、推しはかりたまふにいと心苦しければ、うち返しのたまひ明かす。……(中略)……

姫君は、何心もなく、御車に乗らむことを急ぎたまふ。寄せたる所に、母君みづから抱きて出でたまへり。

片言の、声はいとうつくしうて、袖をとらへて、乗りたまへと引くも、いみじうおぼえて、

末遠きふたばの松にひきわかれいつか木だかきかげを見るべき

えも言ひやらずいみじう泣けば、さりや、あな苦しと思して、……

（薄雲(二)　四二三―四二四頁）

大堰の山荘に深く降り積もった雪も少し溶けた一日、源氏は終に明石の姫君を自邸二条院に引き取るために、山荘を訪ねる。姫君は三歳、光源氏はこの鍾愛の一人娘を「后がね」として育てるべく、実母明石の君から引き離し紫の上の膝下に置かねばならない。もとより明石の地に育まれた受領の女、明石の君という母に代わる格式の高い母が「后がね」には求められるからである。この雪の日に別れて以後八年というもの、生母は姫にただ一度の対面すら許されぬ日々を送る。「尼そぎのほど」に伸びた髪のゆらめく様、ふっくらとした頬、目許のけぶるような柔らかさ、……と姫君の愛らしさが強調されればされるほど、別れを前にした明石の君の心情の重さが伝わってくる。容姿の可憐さもさることながら、外出の嬉しさに「御車に乗らむことを急ぎ」、自ら抱いて見送りに赴いた母の袖を捉え「乗りたまへ」と無心に促す声の愛らしさには胸に迫るものがある。そのような姫を前に、込み上げる涙と共に母の万感の思いを込めて歌が詠まれるのだった。三歳の姫君のまさにあるべき愛らしさ、あどけなさをその無心の身体に過不足なく具現して、明石の姫君は厳冬の子別れの場面の哀しみをいやが上にも深く刻印する。

このようにして実母から引き離された姫は、やがて車中の無心の眠りの後、二条院に到着し抱き下ろされるが「泣きなど」することもなく、「御くだもの」の供されるにつけ、「やうやう」辺りを見回し母の姿を求めて「らうたげ」にべそをかくのだった。いじらしくも可憐な子どもの姿が浮かび上がる。二条院での新たな暮らしが始まり、「しばしは（大堰の）人々求めて泣きなど」なさったものの、間もなく紫の上にすっかり懐き、その人もまた「いみじううつくしきもの」を得ての喜びに充たされ、周知の理想的な継母子関係が揺るぎもなく築かれていくことになる。

それにしても何というこの姫君の「心やすくをかしき心ざま」―素直な愛らしさ―なのであろうか。泣き騒いで実母の姿を追い求め続けたり、かたくなな人見知りを続けたりすることは決してしない。と言って、もとよりすぐさま実母のことをすっかり忘れ去るほどの頼りない愚かしさでもない。まことにほどの良い悲しみを愛らしい泣きべそに封じ込め、今は失われた母の姿を深追いすることはしない。そしてまた、慈しみの手を差し伸べる紫の上に馴れ親しむようになるのにもさほど時間はかからなかった。鷹揚で温かな紫の上とは言え、いつまでも泣いて、懐いてこようとしない継娘に対しても同様に理想的な継母となり得たかどうかは、必ずしも自明ではない。

明石の姫君は、あるべきあどけない愛らしさという、子どもをめぐって、張り巡らされた「見えない制度」にどこまでも素直に従順であり続ける。それは「后がね」として育まれるためには、身分の劣る実母から離れねばならない、との往時の制度・掟に従って、明石の君のいたわしさを、「いかに罪や得らむ」と思いやりつつも、敢然と姫を迎え取る父光源氏の具現する秩序に、従属し依存するいとけない子どもの愛らしさにほかならない。素直に従順であることと差し替えに、父と継母とに厚く護られ、まさに女性の性的役割と政治との直結する后への途が見事に切り拓かれていくのである。この雪の日の別れの姫君のいかにもあるべき素直さといとけない愛らしさが、一入《ひとしお》のものとして刻まれれば刻まれるほど、その身体の発するいじらしさは、「后がね」故に身分の卑しい実母から離されるという往時の酷薄な社会制度、秩序の枠組みと、最も原初的な母子の情愛との矛盾、相克を照らし出してやまないと述べることが許されるであろう。

若紫の巻において紫の上は「十ばかり」だった。薄雲の明石の姫君は、三歳である。(23) 闊達に駆け回る紫の君と、素直にいじらしい明石の姫君との相違をめぐっては、もとより年齢差も無関係とは言い切れまい。けれどもこの差異は、おそらくそれ以上にもっと本質的なものに根差すとおぼしい。祖母尼君をたった一人の身内のようにして育ち、間もなくその唯一の庇護者をさえ失おうとしている紫の上は、孤児さながら周囲の風に晒されている。孤独な童児神は、保護者を持たぬことと裏腹に、また管理し導くものも持たない。制度に従属し依存する子どもとは、およそそれを譲り或いは管理する者を与えられたものと言ってよかろう。孤児にも似た境涯にあった紫の姫君とは異なり、明石の姫君には、父光源氏と継母紫の上という揺るぎもない護り手が用意されていたのである。

四　姫君と物語

「姫君の御前にて、この世馴れたる物語など、な読み聞かせたまひそ。みそか心つきたるもののむすめなどは、をかしとにはあらねど、かかる事世にはありけり、と見馴れたまはむぞゆゆしきや」とのたまふも、こよなし、と対の御方聞きたまはば、心おきたまひつべくなむ。（蛍(三)　二〇七頁）

右の箇所では、明石の姫君は既に八歳である。長雨のつれづれに六条院の女君たちも絵や物語の収集に余念がない。明石の姫君の許にも、実母明石の君より趣向を凝らして整えられた物語が届く。養女玉鬘の許では、物語に熱中するその人を相手に、長々と物語論を開陳した源氏だが、この后がねの姫に対しては、物語に関してさえ極めて慎重である。色恋の物語などゆめゆめ読み聞かせてはならぬと語るのは、もとよりそれらを読むことで恋への関心の湧くことさえ避けねばならぬとする周到な配慮である。后がねは、色恋沙汰などとは無縁に育まねばならないという思惑、教育の方針なのだ。このようにしてたった一人の娘を周到に護り后への途をまっすぐに切り拓かねばならない。このやや滑稽なまでの過剰な配慮を、語り手は玉鬘が聞いたらさぞかし「心お」かずにはいられまいと揶揄する。養女には言い寄り、また物語を礼讃してみせながら、明石の姫君をめぐるこの物堅さは何であろう。身勝手な、と言うほかない源氏の、けれどもまことに真剣な姫への教育的配慮、性をめぐる規範が、やや皮肉な揶揄の中に浮かび上がる。

源氏は教育し、管理する。続く箇所に、なかなか「よきほどに」ふるまうことのできないのが人の常と嘆息しつつも、どうかして「この姫君の点つかれたまふまじくと」心を砕き、思いをめぐらすことが述べられる。この嘆息を裏返せば、源氏の姫君教育の基本は、何事に関しても「よきほど」、つまりほどの良い態度を身につけるということになろうか。ともあれ、継母の膝下にあることを顧みて、色恋の物語のみならず、「継母の腹きたなき昔物語」さえ目に触れないようにと、「いみじく選り」整える配慮をなお物語は記し続ける。稀有に麗しい紫の上との関係の中で、后がねとして見事に成長したのは、こうした周到な配慮の賜物とも言うべきであろう。ほど良くふるまい、恋とは無縁の無垢を貫き、そして継母を慕うように、との教育方針は、一筋に后への途を目指すものにほかならない。后がねの娘の教育なるものが、当の娘の思いよらぬ恋、性的逸脱によりそのコースを踏み外した時の父の嘆きを、たとえば雲居雁をめぐる父内大臣の「若き人といひながら、心幼くものしたまひけるを知らで、いとかく人並々にと思ひける我こそ、まさりてはかなかりけれ」(少女㊂三八頁)といった言葉に辿り見るなら、こうした教育なるものが、本人の心の働き、方向とともすればずれてやまない管理にほかならぬ実態が浮かび上がる。

もっとも父光源氏の配慮に関して、物語は内大臣の場合のように、あからさまな管理の硬直を無論覗かせたりはしない。夕霧を「姫君の御方には、さしもさし放ちきこえたまはず馴らはしたまふ」(蛍二〇八頁)のは、自らの「なからむ世」に姫君の後ろ盾となるのは、この兄を措いてほかにない、との遙かな将来までも慮っての措置だという。娘の資質を后というかたちに最大に花開かせ、なお兄の保護までも確保しておく。破れ目もなく、この目論見の見事な成功を語る物語の展開からは、表向き父の教育的配慮の確かな厚さ、行き届いた温かさが主として立ち上《のぼ》る。

太政大臣の后がねの姫君ならはしたまふなる教へは、よろづの事に通はしなだらめて、かどかどしきゆゑもつけじ、たどたどしくおぼめく事もあらじと、ぬるらかにこそ掟てたまふなれ。げにさもあることなれど、人として、心にも、するわざにも、立ててなびく方は方とあるものなれば、生ひ出でたまふさまあらむかし。……（常夏㈢　二三一頁）

けれどもたとえば右の箇所で内大臣は、源氏の姫君への教育を批判する。「よろづの事に通はしなだらめて、…」以下の教育方針とは、おそらく先の「よきほど」に重なるものであろう。当の源氏の長男夕霧によって、后がねたるべき雲居雁を傷物にされたうっぷんの八つ当たりめいた趣の中にも、内大臣が「よきほど」の思想をめぐって、自ずから人には「立ててなびく方」―個性―というものの備わるはずだから、と疑問を差し挟む時、物語の複雑なまなざしが再浮上する。本人の心の働きとは必ずしも重ならぬ方向への指導や、教育の裏に潜められた管理への疑問はライバルの視線故にも痛烈である。先の「対の御方聞きたまはば、心おきたまひつべくなむ」の揶揄の視線と共に、教育、管理し、またそれに従属する子どもへの複雑な思惑をここに押さえておきたいと思う。

どこまでも愛らしくあどけなく素直であることによって、そのいじらしさの中に秩序、制度にまつわる矛盾、非情を照らし出す子どもであった明石の姫君は、見事なその制度への従順を貫き、やがての光源氏の教育、とりわけ性をめぐる管理にも順応し、中宮という揺るぎもない地位を自らのものとすることになる。その中宮が、東宮、匂宮、また女一の宮といった子どもたちを次々に産み育み、性的役割を見事に全うし世俗の秩序を代表するもののように物語世界に君臨するのは偶然だろうか。匂宮が、宇治の姫君の許に通うにつけても、母中宮はその身分にふさわしからぬ「軽々し」さを嘆き、「御心につきて思す人あらば、ここに参らせて、例ざまにのどやかにもてなしたまへ」（総角㈤二九三頁）など、中の君の召人処遇を勧めている。息子の逸脱に眉を顰める常識と秩序の側のその人の論理が浮かび上がる。この姿は、「見えない制度」にかくも従順であった子どもの姿と、一筋の糸で繋がれていると述べることが許されようか。

反秩序的な子どもの力と、従属し依存する子どもの姿とは、個々の子どもの生の在り様を、二つながら本来証立てるものであろう。明石の姫君にも若紫にも、本章で主として述べて来たものとは逆の側面もそれぞれ潜められていることは言を俟たない。但しそれぞれの側面のより端的な浮刻の在り方が、その生涯と響き合い符合することにはまことに興味の尽きないものがある。

注

（1）杉浦忠夫訳（昭50　晶文社）。
（2）本田和子『子どもの領野から』（昭58　人文書院）九八頁。
（3）杉山光信・杉山恵美子訳（昭55　みすず書房）二九頁。
（4）中村雄二郎『パトスの知』（昭57　筑摩書房）一一八頁。
（5）藤井貞和「少女と結婚」『物語の結婚』（昭60　創樹社）、本田和子「『振り分け髪』の章」『少女浮遊』（昭61　青土社）。なお、この辺りの叙述は、(1) 9「紫の上の登場」に重複する部分がある。
（6）林田孝和「源氏物語主人公造型の方法」『源氏物語の精神史研究』（平5　桜楓社）
（7）「『もじゃもじゃ』の系譜」『異文化としての子ども』（昭57　紀伊国屋書店）
（8）柳井滋「紫の上の結婚」『平安時代の歴史と文学』（昭56　吉川弘文館）
（9）本文の引用は、角川文庫に拠る。

(10) 拙稿「『源氏物語』の子どもをめぐって」『むらさき』(平7・12)
(11) 馬場光子『走る女』(平4　筑摩書房)。
(12) 森下みさ子「遊走する子ども」『子ども』(平3　岩波書店)
(13) 六歳までを「ちご」、七歳から成年礼挙行までを「わらは」と呼ぶのだという。(加藤理『「ちご」と「わらは」の生活史』(平6　慶応通信)。
(14) 稲田利徳「人が走るとき—王朝文学と中世文学の一面—」『文学・語学』(平元・8)には、「紫式部が、この時、源氏を走らせる直前で制御させたのは、けだし賢明であった」との指摘がある。
(15) (14)の論に同じ。
(16) 「若君はいとうつくしうて、ざれ走りおはしたり」(須磨(二)一五六頁)とある。
(17) 本文の引用は、小学館日本古典文学全集に拠る。
(18) 走ること自体について言えば、『宇津保物語』藤原の君の巻における、一〇余歳のあて宮の「立ち走」る姿や、『蜻蛉日記』道綱母の激情に駆られての石山詣の折の「出で走りて」といった姿が留められていることを付け加えなければならない。但しこれらはいずれも具象的であるよりは、むしろ比喩的表現とも見なされよう。
(19) 「…若紫を、光源氏は明らかに性愛の対象として眺めている」と、伊藤守幸「子どものまなざし」『更級日記研究』(平7　新典社)には、指摘される。
(20) 村松加代子訳(昭59　松香堂)、また、こうした両性具有の考え方は、ユング『内なる異性—アニムスとアニマ—』(笠原嘉訳　昭51　海鳴社)にも主張されている。
(21) 深沢三千男「紫の上—悲劇的理想像の形成—」『源氏物語の形成』(昭47　桜楓社)
(22) 安岡章太郎「虫の声」『夕陽の河岸』(平3　新潮社)に、「不屈の諦念」という言葉がある。
(23) 性愛の対象となり得る境界領域にある「わらは」紫の上と、「ちご」明石の姫君との差、という意味もさらに加わる。

4 『源氏物語』の物語論・美意識——『蜻蛉日記』『枕草子』受容をめぐって——

『源氏物語』が、それ以前のさまざまな物語、日記文学、記録等を織物のように受容、引用することで、固有の大きな達成をみた作品であることは言うまでもない。『竹取物語』以来の伝奇物語、また『伊勢物語』などの歌物語の系譜、さらにとりわけ女流日記文学の系譜を、それぞれに受け止めることで成立した中古散文文学の頂点、『源氏物語』をめぐって、その物語論、そして美意識の問題を軸に、とりわけ『蜻蛉日記』と『枕草子』の受容の問題を考えたい。『蜻蛉日記』は、『源氏物語』への文学史的展開を特に問題にされてきた作品である。これに対し、『枕草子』はどちらかと言えば、『源氏物語』とは異質な作品として、いわば文学史に孤高の存在を位置付けられてきたものであった。その意味で対比的な、二人の女性の手に成る作品に改めて注目することで、受容、引用の複雑な相が、新たに拓けてきはすまいか。『蜻蛉日記』から受け継ぐ虚構への取り組みの姿勢、表現の問題とともに、『源氏物語』は実は案外大きなものを、『枕草子』から受け止めているように思われる。反発することで逆にそこから新たなものを練り上げる契機を得る構図を含め、『枕草子』の存在の大きさを顧み、女性作家の二つの系譜から

『源氏物語』の作品形成について考えてみたいと思う。

一　物語論――『蜻蛉日記』から『源氏物語』へ――

それまでの虚構の物語が、男性官人の余暇のすさび事として創られたと考えられるのに対し、紫式部という女性の手に成る『源氏物語』が、女性たちの文学の伝統を大きく受け継ぐかたちで成立したことは、言を俟たない。秋山虔氏によって説かれた「王朝女流文学の形成」[1]は、その嚆矢を、まず小町に見取り、さらに『伊勢集』の冒頭の伊勢日記とも呼ばれる部分の、男との交信によってかえってその断絶に向き合う女の「そのような歌を、よみあげなければならない状況をもかたどっていこうとする精神運動の方向」に、女流の散文文学の発生を見出すものであった。「いづれの御時にかありけむ、大御息所と聞ゆる御局に、大和に親ある人侍ひけり」（定家自筆本）の、『伊勢集』冒頭には「寛平みかどの御時大宮す所と……」（西本願寺本）の異文があり、どちらが原型なのか論の分かれるところだが、たとえば清水好子氏は[2]、「寛平みかどの御時」を女房の日記の型に外れるものと見、少なくとも『源氏物語』作者の見た歌日記の部分は、西本願寺本の表現ではない可能性が高いとされる。とすれば、既に詳細に説かれるように、桐壺の巻の名高い冒頭「いづれの御時にか、女御更衣あまたさぶらひたまひける中に、いとやむごとなき際にはあらぬが、すぐれて時めきたまふありけり」（㈠九三頁）は、『伊勢集』冒頭を踏まえるものということになる。自身の心の在り方を、見据え刻む女性の手に成る散文の方法を、もとより大きく受け継ぎつつ、『源氏物語』はまた極めて斬新な冒頭の時を刻む表現に、『伊勢集』を大きく受容したとおぼしい。

やがて兼家との厳しい結婚生活の現実を、つぶさに語る『蜻蛉日記』が、本格的な女性の手に成る日記文学として誕生したのは、こうした伊勢日記の系譜を継いでのことでもあったろうが、この『蜻蛉日記』こそさまざまなかたちで『源氏物語』に大きな影響を与えた作品であることが、秋山虔(3)、木村正中(4)、上村悦子(5)、品川和子(6)、坂本共展(7)、石原昭平(8)等の諸氏によって説かれている。自身の内面の苦悩、生の問題と正面から向き合い、その苦闘の軌跡を綴る女流日記文学の系譜が、大きく『源氏物語』に流れ込み、一つの達成をみた、というこれまで説かれて来た文学史の見取り図は、まことに分かりやすく、またおおむね首肯されるものでもあろう。改めてここでは、『蜻蛉日記』から『源氏物語』への流れを、螢の巻の物語論を軸に考察したい。

螢の巻の「物語論」へ

その人の上とて、ありのままに言ひ出づることこそなけれ、よきもあしきも、世に経る人のありさまの、見るにも飽かず、聞くにもあまることを、後の世にも言ひ伝へさせまほしき節ぶしを、心に籠めがたくて、言ひおきはじめたるなり。よきさまに言ふとては、よき事のかぎり選り出でて、人に従はむとては、またあしきさまのめづらしき事をとり集めたる、みなかたがたにつけたるこの世の外の事ならずかし。人の朝廷のさへ作りやうかはる、同じやまとの国の事なれば、昔今のに変るべし、深きこと浅きことのけぢめこそあらめ、ひたぶるにそらごとと言ひはてむも、事の心違ひてなむあける。（螢(三)　二〇四―二〇五頁）

螢の巻の物語論の中核をなす、けれどもやや難解な箇所をまず掲げた。今解釈上の問題はさておくが、これを「紫式部此源氏の物語を作れる本意を、まさしくのべたるもの」（『源氏物語玉の小櫛』一の巻）と捉える宣長が、その「本意」を「もののあはれ」にみる論を展開させ、あるいはまた中村真一郎が、虚構による現実再現の中に、事実を記述する歴史以上の真実を認める一一世紀の「小説家」の言葉と認め、その斬新さを称揚するように(9)、この光源氏の言葉にほかならぬ作者自身の文学論を見出そうとする視座は、一方に連綿たる一つの論の系譜を生み出した。この長い文学談義こそは、近代の虚構論と響き合う紫式部その人の創作の意識を明かすものだとする、感嘆を込めたまなざしには、もとより首肯すべき側面も拭えないのだが、ここでひとまず立ち止まざるを得ないのは、この物語論がたとえば『紫式部日記』に自身の見解として披瀝されたものではなく、あくまでも『源氏物語』の登場人物の一人、光源氏の玉鬘への戯れの言葉の中に立ち現れるという構図の故である。

降り続く五月雨の日々、六条院の女君たちは、絵や物語に所在なさを慰めるが、とりわけ玉鬘は『住吉物語』の主計頭に、かつての筑紫での強引な求婚者、大夫監を重ねるなどしつつ、これまでの鄙の暮らしでは触れ得なかった物語の魅力の虜となる。「まこと」ならぬ「いつはりども」（作り事）にほかならぬ物語ごときに、この暑苦しい季節に夢中になるとは何ともご苦労な……、と源氏は思いを寄せるこの美しい養女玉鬘を「笑」い、戯れる。「いつはり馴れたる人」が、そんなことを思うのでしょう、私は物語を「まことの事」とばかり思っておりますのに……とは、源氏のからかいにいささかむっとしての玉鬘の反発であった。「いつはり馴れたる人」には、道ならぬ思いを寄せる養父の在り方へのあてこすりさえ立ち上り、あわてた源氏は、「いつはり」「そらごと」との物語をめぐる前言を翻し、彼女のご機嫌を取るのに躍起となる。

「骨なくも聞こえおとしてけるかな。神代より世にある事を記しおきけるななり。日本紀などはただかたそばぞかし。これらにこそ道々しく詳しきことはあらめ」とて、笑ひたまふ」（二〇四頁）と、『日本書紀』以下の六国史、正史よりむしろ物語にこそ、委細を尽した真実が描き込まれるのだという、思い寄らぬ言葉がはしなくもこぼれ落ちたのは、好き心を潜め玉鬘の意を迎えようとするこの文脈の中であって、その大仰な表現を自嘲するかのように源氏は笑うのだった。『三宝絵』の、物語とは「女ノ御心ヲヤル物也」、つまり婦女子の慰み物という捉え方に示される往時の物語観を顧みれば、正史をさえ凌駕する物語という発言は、あっけにとられる価値の転倒の主張と言い得る。だからこそこの論理は、機嫌を損ねた玉鬘への大慌てのくどきの中で、はじめて落ち着きを取り戻す。そしてまた、やむなく口を突いた誇張をはにかむかのように、光源氏は笑うのである。

先に挙げた「その人の上とて」に始まる物語論の中核は、この笑いに導かれて姿を現すものであった。中で、「見るにも飽かず、……心に籠めがたくて、言ひおきはじめたるなり」には、『古今集』仮名序の「心に思ふことを、見るもの聞くものにつけて、言い出せるなり」といった発想を踏まえつつ、なお語り、伝えたいという固有の意志をも担うものとしての物語の発生が説かれるという。或いは、近代の虚構論にとりわけ密接に結ぶ「よきさまに……」以下は、続く部分で結局その善悪の隔たりを、仏説の煩悩と菩提との隔たりに収斂する結論に導かれていくのだった。その上で、この長談義は、「物語をいとわざとのことにのたまひなし」たと、語り手の揶揄を揺曳させつつ閉じられ、さらにこうした昔物語の中にもあなたのように冷たい人を、律義に大切にする「痴者の物語」はよもやありますまいと、改めてくどきの文脈に戻される。[10]

即ち、近代の虚構論に重なるかにみえる物語論は、実のところ『古今集』、仏説というまぎれもない古代的な根に発し、しかも養父として分別盛りの年齢（三六歳）にふさわしい自制を繰り返しながらも、逸脱する欲望から逃れられない光源氏の、玉鬘へのくどきの中に現れるものなのだった。五月雨の季節の物語への熱中は、さらに長い射程で同じ季節の帚木の巻の雨夜の品定めの物語評とも響き合うものであろうか。[11]こうしてさまざまな意味において物語論は、近代の文学論に直結する驚嘆すべき作者の意見の開陳というより、作品そのものの中に豊かな古代性を湛えつつ、文脈の展開の必然を負って定位されていることを、まず認めざるを得ないのである。

となると、ここに作家の創作の方法を読み取ることは、全く見当はずれなのかどうか。おそらくそうではあるまい。光源氏の発言の中に、滲み出る作者の思いがどう辿られるのか、以下顧みたい。「日本紀などはただかたそばぞかし」が、まず注目される。『紫式部日記』に一条天皇が、「この人は日本紀をこそ読みたるべけれ。まことに才あるべし」と語る条と無関係とは言えまい。一条天皇の評自体はそれとして、この評に触発された左衛門の内侍という女房の、ひどく学問を鼻にかけた人、との中傷が著しく作者の反発を招く展開となっていることを顧みれば、この体験をバネにした強固な主張を、源氏の戯れの言葉の中に巧妙に滑り込ませた手腕がむしろ確認されよう。くどきの中の冗談という仕掛けは、大胆極まりないこの反論を紛れ込ませるのには格好の場にほかならない。作者はこうして幾重にも重なる幕の向こう側に周到に身を隠すこととなる。そしてまた、正史など一面的なもの、との見解が、歴史を踏まえつつ、そこから離脱する『源氏物語』の、いわゆる「准拠」をめぐる方法を鮮やかに浮かび上がらせるのは、既に説かれる(12)通りである。醍醐帝の後宮を准拠としつつ、史実にはあり得ぬ一更衣への寵愛の集中を描くことで、引き裂かれる思いの中に愛を貫き、やがて更衣の死に終わる、人の心の「道々しくくはし」い襞が、豊かに像を結ぶのであった。

述べ来った物語論、及びそれの語り出される経緯の中に、「まこと」「いつはり」、そして「そらごと」の語が繰り返されることに、改めて注目したい。これらの語こそ、この物語論を最も大きく触発した『蜻蛉日記』の存在を明かすものにほかならない。

かくありし時過ぎて、世の中にいとものはかなく、とにもかくにもつかで、世に経る人ありけり。かたちとても人にも似ず、心魂もあるにもあらで、かうものの要にもあらであるも、ことわりと、思ひつつ、ただ臥し起き明かし暮らすままに、世の中に多かる古物語の端などを見れば、世に多かるそらごとだにあり、人にもあらぬ身の上まで書き日記して、珍しきさまにもありなむ、天下の人の品高きやと問はむためしにもせよかし、とおぼゆるも、過ぎにし年月ごろのこともおぼつかなかりければ、さてもありぬべきことなむ多かりける。

（『蜻蛉日記』序文[13]）

『蜻蛉日記』の序文は、「品高き」人・兼家の妻として、「はかなく」生きて来た半生を顧み、日記執筆の動機、意図などを訴えるもので、上巻末の「かく年月はつもれど、思ふやうにもあらぬ身をし歎けば、声あらたまるもよろこぼしからず。なほものはかなきを思へば、あるかなきかのここちするかげろふの日記といふべし」（二五七頁）と呼応して、「かげろふ」さながらの身の上の告白という、当該日記の主題を、鮮明に語るものである。「古物語」とあるのは、たとえば『三宝絵』などに「大荒木ノ森ノ下草ヨリモ繁ク、荒磯海ノ浜ノ真砂ヨリモ多カレド」と語られる、往時数多く存在した荒唐無稽な伝奇物語、恋愛譚、あるいは『竹取物語』、また『伊勢物語』などの歌物語までも含めるものであるともいう[14]。男性の手に成るそうした作品に対して、道綱母はそれを「そらごと」（根拠のない作り事）と断じた。木村正中氏の述べられるように[15]、彼女の「古物語」否定は、単純にその不毛を告発する体のものであるよりは、むしろ「臥し起き明かし暮らすままに」物語に親しみ、それによって生の行方をまさぐろうとした「時」の積み重ねを踏まえるものであるからこそ、かえってその虚妄に思い至らずにはいられなかったところに生まれたものであろう。その意味で、先の玉鬘の、物語を「まことの事」と考える、という言葉がなお逆に想起される。

物語に「まこと」を求め、にもかかわらずそれに出会うことができなかった道綱母は、ここに自らの実人生に即した苦悩を、ありのままに描く「日記」という方法を選び取ることで、真実性を確保された表現の実現を試みた。物語、虚構を「そらごと」として退け、「自己の生活史そのものの創造的再現」[16]に、伊勢日記以来の散文精神を結実させたのが、『蜻蛉日記』の営みと言える。螢の巻の物語論は、この『蜻蛉日記』の序文を中に置くことで、逆にはじめて成立した虚構論にほかならない。「心に籠めがた」い、「この世」の出来事をめぐる感動を語るのが、物語であって、それは一概に「そらごと」と片付けられないものであると主張する。

「そらごと」の語は、「そらごとと言ひはてむも」の条以外に、「そらごとをよくし馴れたる口つき」からの出まかせだろうと、物語をめぐり玉鬘を挑発する光源氏の言葉にも現れている。またその言葉を、先にも触れたように、玉鬘が「げに、いつはり馴れたる人や、さまざまにさも酌みはべらむ。ただいとまことの事とこそ思うたまへられけれ」と受けることで、「そらごと」に関連する「いつはり」という、物語の虚構性に結ぶ語を今一つ導き、さらに対比される「まこと」の概念を浮かび上がらせる構図が浮かび上がる。少なくとも玉鬘へのくどきの中で、ここまで「そらごと」にこだわり、さらに「まこと」に言い及ぶ必然性は必ずしもあるまい。『蜻蛉日記』を媒体とする虚構論であることを、「そらごと」の繰り返しや、「いつはり」「まこと」など関連する語をちりばめた文脈に、さりげなく封じ込めたと言うべきであろう。

実人生に即した日記というものの真実性を主張した『蜻蛉日記』を、内的に継承することで、『源氏物語』は逆に歴史をさえ凌駕する真実性を「そらごと」、虚構に託した、新たな物語を創造した。「日本紀などはただかたそばぞかし」の源氏の発言を、「笑ひたまふ」と、冗談の文脈に紛れ込ませることで、逆に作者は、『蜻蛉日記』によって触発された、自身の物語をめぐる並ならぬ矜持のほどを、さりげなく披瀝したのではなかったか。それはいわゆる草子地の韜晦の方法にも似て、作者自身の姿を彼方にくらます仕掛けであった。(17)

『蜻蛉日記』の内的真実の表現の方法を受け継ぎ、虚構としての豊饒な人間関係の中に、内なるさまざまな問題を転位させた『源氏物語』は、その根源の姿勢を光源氏の戯れに語る物語論に、自ずから明かしている。やがてこの物語論から、さらに逆転して歴史を文学的に語るという、歴史物語、具体的には『栄花物語』が誕生することとなったのを顧みれば、『蜻蛉日記』の「そらごと」、古物語への懐疑のもたらしたものの大きさに、改めて思いを致さざるを得ない。

引歌表現をめぐって

『蜻蛉日記』の内的真実の表現の方法は、『源氏物語』の中にそれでは具体的にどのように受け継がれることとなったのか。『蜻蛉日記』と『源氏物語』とを結ぶ表現の方法として最も重い、「引歌」の問題に触れておきたい。『蜻蛉日記』の引歌六六を精査された上村悦子氏(18)は、「みちのくのしのぶもぢずり誰ゆゑにみだれそめにし我ならなくに　といふ歌の心ばへなり」(『伊勢物語』(19))など、極めて素朴に古歌を回顧、伝聞的に取り上げる『伊勢物語』や『土佐日記』などの発生期の引歌に対して、散文の中に作者の心情と深く切り結ぶ表現としての引歌の成立を、『蜻蛉日記』に見取られる。『蜻蛉日記』の引歌は、何らかの人生の悲哀、人間の苦悩の表現されている歌が極めて多く、それ故その引歌は、単なる和歌的情趣の添加を意味するものであるより、作者の心情表現に直結し、その内面世界を客観視する一分子となっているという。

また、この袈裟のこのかみも法師にてあれば、祈りなどもつけてたのもしかりつるを、にはかになくなりぬと聞くにも、このはらからのここちいかならむ、われもいと口惜し、頼みつる人のかうのみ、など思ひ乱るれば、しばしばとぶらふ。

さるべきやうありて、雲林院にさぶらひし人なり。四十九日など果てて、かく言ひやる。

思ひきや雲の林をうちすてて空の煙に立たむものとは

などなむ、おのがここちのわびしきままに、野にも山にもかかりける。

(『蜻蛉日記』上　康保元年)

上巻の引歌表現は、上村氏の調査によれば九例、またその中から会話、消息文、独語などの例を除き、地の文に融合するものはわずかに四例となるが、右はその中の母の死後間もない時期の一場面の用例である。母の生前の祈禱僧、雲林院の法師の急死を耳にするにつけ、その弟の大徳に弔問歌を贈る一方、作者の心情が「947いづくにか世をば厭はむ心こそ野にも山にもまどふべらなれ」（『古今集』素性）を踏まえ、「野にも山にもかかりける」に「凝縮」[20]された。馴染みの僧の急死への傷みは、自ずからまだほどない母の死をめぐる悲しみと惑いを手繰り寄せ、「野にも山にも」心ばかりはさまよい出るばかりの、「おのがここち」の寂寥が深々と胸に迫る。地の文に流れ込む『古今集』の歌により、あてどない惑乱と悲哀が鮮やかに象られた。こうした地の文に融合する引歌表現は、『蜻蛉日記』の創始した方法であるという。

この引歌表現の方法を『源氏物語』は受け継ぎ、さらに大きな達成を固有の文脈に拓いたと言える。たとえば桐壺の巻の娘、更衣の死を嘆く母の胸中を象る「闇にくれて臥ししづみたまへるほどに、草も高くなり、野分にいとど荒れたる心地して、……」（二〇三頁）に踏まえられる、「1102人の親の心は闇にあらねども子を思ふ道にまどひぬるかな」（『後撰集』藤原兼輔）の歌など、登場人物の心象を巧みにあぶり出す『源氏物語』の引歌表現は、枚挙に暇がない。中で今試みに、『蜻蛉日記』と『源氏物語』の蛍をめぐる引歌表現に目を向けてみよう。

> さて、昼は日一日、例の行なひをし、夜は主の仏を念じたてまつる。……簾巻き上げてなどあるに、この時過ぎたる鶯の、鳴き鳴きて、木の立ち枯れに、「ひとくひとく」とのみ、いちはやくいふにぞ、簾下ろしつべくおぼゆる。……中略……
>
> 木陰いとあはれなり。山陰の暗がりたる所を見れば、螢は驚くまで照らすめり。（『蜻蛉日記』中　天禄二年）

鳴滝籠りの一節、六月の深い闇を照らす螢の光に、作者が兼家の迎えの松明を連想してはっとする、切ない胸の揺らぎが、「4014さよふけて我がまつ人やいまくるとおどろくまでもてらすほたるか」(『古今和歌六帖』六)[21]を踏まえ、鮮やかに切り取られる。「螢は驚くまで照らすめり」の引歌表現は、鳴滝の実在の自然、風景と重く響き合いつつ、作者の心象を剔抉する構図である。鈴木日出男氏によって「和歌の物象叙述が実在の自然景物と相乗的に作用しあって、作者の意識されない深層を照らし出してみせる」と説かれる、[22]『蜻蛉日記』の引歌の新たな創造の様相が実感されよう。「我がまつ人」兼家の存在は、京を離れ鳴滝に籠る今も、彼女の胸を離れることがない。「1011梅の花見にこそ来つれ鶯のひとくひとくと厭ひしもをる」(『古今集』よみ人知らず)を本歌とする、「ひとくひとく」(人来人来)に滲む兼家を待ちわびる思いと共に、兼家にどうしようもなく囚われ、だからこそなお意地のように参籠を続けるその人の、引き裂かれた愛執の切なさが、目前の螢の光の明滅に揺れる。

『源氏物語』の螢をめぐる引歌表現は、たとえば夕顔の巻「隙々より見ゆる灯の光、螢よりけにほのかにあはれなり」(二一五―二一六頁)と、「562夕されば螢よりけに燃ゆれども光見ねばや人のつれなき」(『古今集』紀友則)を踏まえ、ゆくりなく誘われたその人への思いを胸に、光源氏の行き過ぎる夕顔の宿を刻む箇所に現れる。螢火に恋の思いを重ねる表現は、平安の和歌の定型だが、その一つ「夕されば」を踏まえることで、夕顔との恋の成就への道筋を拓く機能を果たす結果となっている。

小野には、いと深く茂りたる青葉の山に向ひて、紛るることなく、遣水の螢ばかりを昔おぼゆる慰めにてながめゐたまへるに、例の、遙かに見やらるる谷の軒端より、前駆心ことに追ひて、いと多うともしたる灯ののどかならぬ光を見るとて、尼君たちも端に出でゐたり。……(夢浮橋(六)三六八―三六九頁)

一方、尼となった浮舟が、もの思いにふける小野の山里で、「昔おぼゆる」心の慰めにぼんやりと目を止めるのは、「遣水の螢ばかり」だったとある。「前駆心ことに追」う様の遠く遙かに見えるのは、薫の一行の由、浮舟は

「昔の」二人の恋人への思いを密かに反芻しつつ、なお「阿弥陀仏」に寄り縋ろうとしている。「螢」はここでは、引歌の特定されるものであるより、恋に結ぶ歌ことばとしての情趣を漂わせるものとみるべきか。眺めるのは「遣水の螢ばかり」との表現に、出家した今も昔の恋を忘れ得ない浮舟の心中が滲む。と同時に「いと深く茂りたる青葉の山」に向かい、ただ螢を眺めるばかり……、と語られる浮舟の姿に、「木陰」さえ趣深い「山陰」の螢に目を止め、兼家を密かに思う道綱母がふと重なるのは偶然か。鳴滝で、彼女もまた出家することを考えていたのではなかったか。「我がまつ人やいまくると」の歌句さえ浮かぶように、また薫一行の灯が浮舟の目を射る。となると、この箇所は「遣水の螢ばかり」との表現に止まるものの、『蜻蛉日記』の鳴滝の引歌の場面を中に置くことで、恋人への密かな執心を照らし出す喩としての「螢」が、自ずと浮舟の心の揺らぎを明かす構図、とみることができよう。『蜻蛉日記』から『源氏物語』へと流れ込み、達成された引歌文脈は、こうして時に『蜻蛉日記』の引歌、場面そのものをさらに踏まえ、登場人物の心象を画定する構図をも確認することができる。「さよふけて……」の歌、また『蜻蛉日記』の当該場面を中に置く時、尼・浮舟の悟りや静けさには遠い、惑いと揺らぎがほの見えてくる。

二　美意識――『枕草子』から『源氏物語』へ――

清少納言こそ、したり顔にいみじうはべりける人。さばかりさかしだち、まな書きちらしてはべるほども、よく見れば、まだいとたらぬことおほかり。かく、人にことならむと思ひこのめる人は、かならず見劣りし、行くするうたてのみはべれば、艶になりぬる人は、いとすごうすずろなるをりも、もののあはれにすすみ、をかしきことも見過ぐさぬほどに、おのづから、さるまじくあだなるさまにもなるにはべるべし。そのあだになるぬる人の果て、いかでかはよくはべらむ。

（『紫式部日記』九〇頁）

名高い紫式部の、痛烈極まりない清少納言評である。「さかしだち、まな書きちらし」と、『枕草子』において、漢学の才を闊達に示して男性官人たちと渡り合った清少納言を、その実、学問や知識はさほどでもないのに、ただ才をひけらかした人物にすぎないと、酷評した上で、その人の美意識を「艶になりぬる人」の、見当違いなわざとらしさに満ちたもので、そうした人の身の果ては、さぞかし惨めなものとなるに違いないとまで、言い切る。和泉式部や赤染衛門には、それなりに相手を評価する批評を残したことを顧みる時、一見、この清少納言評は、全くその人の文学の価値を認め得ない紫式部の立場の表明のようにもみえる。しかしおそらく、事態はむしろ逆で紫式部は、実は『枕草子』、中でもとりわけその美意識に囚われ、魅了されていたことが、『源氏物語』の『枕草子』受容の様相に浮かび上がってくる。定子サロンのつかの間の高貴な華やぎを、『枕草子』という作品に永遠に封じ込めた清少納言の存在を強く意識し、密かに評価せざるを得ない思いの中で、強い対抗心に駆られての言葉と、この酷評を考える方が正鵠を射ていよう。

『枕草子』から『源氏物語』への流れの問題に関しては、たとえば小林美和子「『枕草子』から『源氏物語』へ―表現方法と個性」に「バック叙法」の相関が説かれる(23)など、表現自体をめぐる切り口も有効だが、ここでは主として、美意識をめぐる問題に関わって、『源氏物語』が『枕草子』から得たものについて辿りみることとしたい。

野分をめぐって

ひとまず野分をめぐる描写に、目を向けてみよう。夕霧が野分の風の見舞いに六条院を訪れ、とりわけ紫の上の類い稀な風姿に心を奪われる『源氏物語』野分の巻は、『枕草子』から「野分のまたの日」の風景の美しさを中心に、固有の美意識を受け継ぐことではじめて成立したものではなかったか。[24] 秋・八月、例年にない激しい野分の襲来に、紫の上の春の庭の小萩もたわみ撓って、露の滴さえ少しも残らぬ様子、花を心遣う紫の上が、常にない端近なところで外を眺めやるのも無理からぬところだった。折から六条院に参上した夕霧は、強風に屏風さえたたみ寄せられ、奥までの見通しも露な廂の間に姿を見せた、「気高くきよらに、さとにほふ心地して、春の曙の霞の間より、おもしろき樺桜の咲き乱れたる」（野分㊂二五七頁）様にも似た、紫の上に息を呑む。父がこの人に息子を近付けぬよう周到に配慮していたのは、こうした類い稀な美しさ故のことだったのかと、さらに紫の上の許に渡りともに何事か語らう光源氏の姿を見取った上で、彼は茫然と場を退くものの、刻印されたその人の面影は胸を去らない。

「いりもみする風」に吹かれながら、律義にも六条院から祖母の邸・三条宮へと風見舞いの訪問を繰り返す、いつもながらの「まめ人」の心には、けれども大きな嵐が吹き荒れている。「いりもみする風」は、そのまま夕霧の情念の嵐に繋がろう。さらに夜もすがら続く「荒き風の音」に、彼は紫の上の風姿を反芻し、叛乱する自らの情念を見つめている。やがて明け方の村雨に「あくがれたる心地」のまま、野分の翌朝の六条院に赴いた夕霧は、秋好中宮をはじめ女君たちを次々と見舞い、八重山吹の花にも似た美しさで、光源氏に寄り添う玉鬘を垣間見てさらに衝撃を重ねる展開となった。

a′……南の殿に参りたまへれば、まだ御格子も参らず。おはしますに当れる高欄に押しかかりて見わたせば、①′山の木どもも吹きなびかして、枝ども多く折れ伏したり。草むらはさらにも言はず、檜皮瓦、所どころの②′立蔀透垣などやうのもの乱りがはし。（野分　二六二―二六三頁）

花散里をまず見舞ってから、南の殿・紫の上の御殿に参上した夕霧の目を通して捉えられる、野分の翌朝の六条院の光景である。ようやく風も治まり、と、激しかった風に折られ、枝を横たえる木々、屋根の檜皮や瓦、また立蔀、透垣の散らばる様…、野分はさまざまな乱れ、揺らぎの跡を残す。

a　野分のまたの日こそ、いみじうあはれにをかしけれ。②立蔀、透垣などの乱れたるに、前栽ども、いと心苦しげなり。①大きなる木どもも倒れ、枝など吹き折られたるが、萩、女郎花などの上に①よころばひ伏せる、いと思はずなり。格子のつぼなどに、木の葉をことさらにしたらむやうに、こまごまと吹き入れたるこそ、荒かりつる風のしわざとはおぼえね。　（『枕草子』一九一「野分のまたの日こそ」(25)）

①—①′、②—②′の対応が、それぞれ確認されよう。既に神尾暢子氏(26)、木村正中氏(27)によって説かれるように、「野分」は、和歌的抒情と必ずしも関わらぬ日常語であった。『六百番歌合』など平安後期の和歌には、「野分」の用例を多数辿ることができるのに対して、前期のそれは用例自体極めて少なく、しかもそれらの殆どは男性の贈答歌に見出されるという。つまり『枕草子』、『源氏物語』を境に「野分」は、歌ことばとしての定着をみた、ということであろう。「野分のまたの日」の乱れと揺らぎの美を、新たに鋭く見出した『枕草子』を踏まえ、野分の巻が描かれることになった、と述べることができようか。

さらに、a′に続く箇所に目を向けてみよう。

b′　①′日のわづかにさし出でたるに、愁へ顔なる②′庭の露きらきらとして、空はいとすごく霧りわたれるに、そこはかとなく涙の落つるをおし拭ひ隠して、うちしはぶきたまへれば、……　（野分　二六三頁）

b　九月ばかり、①夜一夜降り明しつる雨の、今朝は止みて、朝日いとけざやかにさし出でたるに、②前栽の露はこぼるばかり濡れかかりたるも、いとをかし。透垣の羅紋、軒の上などにかいたる蜘蛛の巣のこぼれ残りたるに、②雨のかかりたるが、白き玉をつらぬきたるやうなるこそ、いみじうあはれに、をかしけれ。

すこし日たけぬれば、萩などのいと重げなるに、②露の落つるに、枝うち動きて、人も手触れぬにふと上様へあがりたるも、いみじうをかし、……

（『枕草子』一二六「九月ばかり」）

暁方の「むら雨」、そして六条院への道すがら、夕霧の車には「横さま雨いと冷やかに」吹き入ってくる、と語られた上で、院到着後間をおいて「日のわづかにさし出」た様を述べるのだから、もとより『源氏物語』当該場面では、雨上がりの朝の陽射しに煌めく露の美しさが賞美されていると言ってよい。『枕草子』一二六段は、野分ならぬ九月の雨の翌朝、という設定であるが、ここには和歌的抒情の伝統を負ったはかなさの象徴としての「露」を離れ、雨の翌朝の日の光に煌めく一瞬のその光芒が、新たに、そして極めて印象深く捉えられている。①―①′、②―②′の対応に、『枕草子』受容の跡が確認されよう。即ち『源氏物語』は、この同時代の作品の「野分のまたの日」、あるいは雨上がりの陽射しの下での露の煌めきに向ける、鋭い美的感覚をおおよそ意識しながら、物語の中に野分の翌朝の場面を刻んでいる。吹き折られた枝、倒れた木、立蔀、透垣の乱れ、そして雨上がりの陽射しに煌めく露、など記述の対応とともに、細部にそれぞれの作者らしいまなざしの息衝くことも押さえられるべきだろう。『枕草子』があくまで対象の隅々を見ることにこだわり、木の葉の吹き寄せたささやかな格子の壺に息を凝らすのに対し、『源氏物語』は、「さらにも言はず」「もの乱りがはし」と、あたかもおぼろな照明の許でのまなざしを感じさせる言葉に止めている。そのことは『源氏物語』が、「けざやかにさし出でたる」朝日ではなく、霧の中のわずかな光に煌めく露を見つめていることとも関わろう。

『源氏物語』は、その意味で『枕草子』の美の発見を受容しつつ、新たな世界を創り上げようとしている。微細なものまでもありありと、明るい照明の下で見取るかのような『枕草子』に引き比べ、薄い紗幕を通してものを見るかのような『源氏物語』の在り方に、固有のものを確認する一方、ここに今一つ大きく浮かび上がるのが、夕霧の心中と風景との相関の問題である。「愁へ顔なる庭の露」とある。もとよりそれは、昨日端近なところで野分の庭を案じ、眺めていた紫の上を垣間見ることでもたらされた、夕霧の情念の嵐、「暗い情熱」を踏まえる「愁へ顔」にほかならない。露は、夕霧の外の風景であるより、彼の心象の風景である。同様に野分もまた、単なる夕霧の外部の風に止まらず、内に吹き荒れる密かに不逞な情念の嵐と響き合う。「まめ人」という彼の属性故にも、紫の上との密通といった事態の展開は不発に終わり、その「可能態の物語」(28)は柏木の女三の宮思慕に置き換えられるものの、彼の密かな憧れは紫の上の死まで尾を引く結果となった。『源氏物語』の描く野分の翌朝は、その情念の嵐の時間を背後にする一時《ひととき》だった。作中人物の中に流れた時間と深く関わる美こそ、(29)『源氏物語』が『枕草子』を踏まえつつ、新しく生み出した野分の翌朝の場面の輝きにほかなるまい。

『枕草子』の瞬間の断面の切り取り方は、ある種無機的である。「いと濃き衣のうはぐもりたるに、黄朽葉の織物、薄物などの小袿着て、まことしうきよげなる人」の風に髪を乱しながら、外を眺める風情、また「十七、八ばかり」の若い「薄色の宿直物」姿の人の、簾に身を寄せて植え込みなどの手入れの様をうらやましげに見入る様子など、一九一段の二人の登場人物は、あくまでも「野分のまたの日」の情趣をいっそうのものにするための美しい点景である。登場人物の心中の嵐といった問題とは無縁であって、その人の中に吹き荒れた野分から、その「またの日」への時間の流れが美を成り立たせる展開とは異なる。むしろ『枕草子』は、「文字による絵画」(30)さながら、一瞬の断面を鋭利に切り取る。切り取られた断面は、「野分の前の日」でも「野分の日」でもなく、「野分のまたの日」であることによって、「いみじうあはれにをかし」とされる。その移ろいやすい一瞬を、時間の流れの中の人事、人の心情を断ち切って鋭く捉えるところに、一つの世界を一瞬に封じ込めた『枕草子』の深い緊張の相が浮かび上がる。

雨夜の品定めをめぐって

鮮やかに断ち切られた時間の断面、また微細なものまでもくっきりと見取る姿勢に、『枕草子』の美意識の特色があるとすれば、鋭利な鮮やかさよりむしろ、紗幕を通してものを透かし見る立場を選び、また時間の流れの中の人の心の在り方と不可分な美意識を、『源氏物語』固有のものと位置付けることができるだろう。この差異に、おそらく紫式部が『枕草子』に密かに吸引されながら、同時に激しい反発、抵抗を覚えた理由が潜められているのではなかったか。帚木の巻、雨夜の品定めの、左馬頭の理想の主婦の像を説く件に続く、芸能の譬えがはからずも想起される。

よろづの事によそへて思せ。木の道の匠の、よろづの物を心にまかせて作り出だすも、臨時のもてあそび物の、その物と跡も定まらぬは、そばつきざればみたるも、げにかうもしつべかりけりと、時につけつつさまを変へて、今めかしきに目移りて、をかしきもあり。大事として、まことにうるはしき人の調度の飾りとする、定まれる様ある物を、難なくし出づることなん、なほまことの物の上手はさまことに見え分かれはべる。また絵所に上手多かれど、墨書きに選ばれて、つぎつぎにさらに劣りまさるけぢめふとしも見え分かれず。かかれど、人の見及ばぬ蓬莱の山、荒海の怒れる魚のすがた、唐国のはげしき獣の形、目に見えぬ鬼の顔などのおどろおどろしく作りたる物は、心にまかせてひときは目驚かして、実には似ざらめど、さてありぬべし。世の常の山のたたずまひ、水の流れ、目に近き人の家居ありさま、げにと見え、なつかしく柔いだる形などを静かに描きまぜて、すくよかならぬ山の気色、木深く世離れて畳みなし、け近き籬の内をば、その心しらひおきてなどをなん、上手はいと勢ことに、わろ者は及ばぬところ多かめる。

手を書きたるにも、深きことはなくて、ここかしこの、点長に走り書き、そこはかとなく気色ばめるは、うち見るにかどかどしく気色だちたれど、なほまことの筋をこまやかに書き得たるは、うはべの筆消えて見ゆれど、いまひとたびとり並べて見れば、なほ実になんよりける。はかなき事だにかくこそはべれ。まして人の心の、時にあたりて気色ばめらむ見る目の情をば、え頼むまじく思うたまへてはべる。

（帚木(一)　一四五―一四六頁）

左馬頭の第一の技芸の譬えは、木工職人をめぐるもので、「その物と跡も定まらぬ」その場限りの遊び道具に関しては、誰が作っても一見しゃれてさえいればそれで済む一方、「定まれる様」、つまり型の決まった格式ある調度品については、「まことの」名人とそうでない人との差がはっきり出てしまうと、語る。絵画についても論旨は同様で、画材の珍しさにごまかされない、どこにでもある風景をさりげなく静かに描くものにこそ、「上手」の真価が自ずから現れるという。

最後の筆跡についての言及は、一見気の利いたものにみえる「そこはかとなく気色ばめる」書き方に対して、表面の筆勢はどこか足りないようにみえても、「まことの」筆法を会得したものの真価を強調する主張である。仰々しさ、わざとらしさを避ける、さりげない本物志向という美意識が、木工、絵画、書、と言及されるに従って、次第に鮮明に提示される展開と言えよう。その上で、左馬頭はそうした技芸同様、「人の心」についても、「時にあたりて」気取ってみせる見せかけの風情は信じるに足らぬもの、との結論を導く。理想の女性、主婦像をめぐって、「ただひとへにものまめやかに、静かなる心のおもむきならむよるべをぞ、つひの頼みどころには思ひおくべかりける」（二四一頁）と、一見凡庸に見えかねない人物の、むしろ非凡な真価を見定める左馬頭の主張は、こうして技芸論を経由することで再確認された。

注目されるのは、彼の主張が一貫してわざとらしく仰山な美しさではなく、さりげなく静かな美に価値を見出すものであり、同時にその美意識の主張が、人事、人の心の問題と深く繫がる構図にある、という点であろう。左馬頭という、物語の一登場人物の志向を、作者のそれと短絡させることは慎むべきだが、彼の主張と、『紫式部日記』の清少納言評の「かく、人にことならむと思ひこのめる人」、「艶になりぬる人」への厳しさとの間に、裏返しの響き合いが見取られるのもまた事実だろう。明かるい光の中で、ありありと個性鮮やかに、くっきりと新たな美を見据えた『枕草子』に対し、『源氏物語』はその対極のさりげなさ、朧な光の中での美しさに価値を見出した。同時にその美意識は、人の心情、人事と不可分に絡む仕組みだった。もとよりそれは『蜻蛉日記』の引歌表現にみる、自然、風景と響き合う心象の剔抉、という在り方の系譜を継ぐ。同時にその仕組みは、『枕草子』が人の心情、そこに流れる時間を無機的に切り取り、瞬間の断面に永遠を封じ込めたのと、ちょうど対比的である。『源氏物語』は一方で、『枕草子』の発見した美の新鮮さに魅せられつつ、『蜻蛉日記』の系譜を踏まえ、今一方に固有の美意識を強固に主張する。先の「野分のまたの日」の美が、紗幕をかけたような光の中にさりげなく、そしてまた夕霧の心の嵐ともつれ戯れながら、新たに刻まれたように、と述べることができようか。

『紫式部日記』の清少納言評の厳しさは、この美意識の差異故にもたらされたもの、という一面を持つのではなかったか。同時に『源氏物語』作者は、理想の主婦像の補強としては、ややくど過ぎる趣の、左馬頭の技芸の譬えに、さりげない本物志向の固有の美意識をそっと封じ込めている。『蜻蛉日記』に触発される物語論の在り方にも重なるように、その意味で『枕草子』を通過することで、逆に練り上げられ、達成された『源氏物語』の美をめぐる端的な主張を、左馬頭の言葉に確認しておきたい。

『枕草子』の断片

朝顔の巻の「月さし出でて、薄らかに積れる雪の光りあひて、なかなかいとおもしろき夜のさまなり。ありつる老いらくの心げさうも、よからぬものの世のたとひとか聞きし、と思し出でられてをかしくなむ」(㈡四七五頁)、「……冬の夜の澄める月に雪の光りあひたる空こそ、あやしう色なきものの、身にしみて、この世の外のことまで思ひ流され、おもしろさもあはれさも残らぬをりなれ。すさまじき例に言ひおきけむ人の心浅さよ」(同四八〇頁)の二箇所に関連して、『紫明抄』が「清小納言枕草子云　すさまじき物しはすの月よ　おうな《嫗》のけしやう　女也《としよりたる》」と注記し、『花鳥余情』がさらに紫式部の清少納言に対する「いどみあらそふ心」をここに読み取るのは、『紫式部日記』の清少納言評に逆に引かれてのことでもあるのか。少なくとも現存の『枕草子』本文には、「すさまじきもの」の例に、「しはすの月夜」や「嫗のけそう」を挙げるものはみえない。事実は、むしろ「十列冷物十二月々夜……老女仮借」と『河海抄』の記す、「十列」との関わりから出た記述ということでもあったろうか。

ともあれ古注釈が、『源氏物語』の中に、『枕草子』に反発、対抗する美意識を読み取ったのは確かだが、そうした反『枕草子』の姿勢が、逆に『源氏物語』に固有の美への取り組みを促した可能性については、先の帚木の巻の一節に確認した。その一方で、しかし『源氏物語』は、野分をめぐって辿りみたように『枕草子』の美へのまなざしを、さりげなく受容し、ちりばめることで新しい世界を確かに創り上げている。最後にここでは、意外な部分に垣間見られる、「うつくしきもの」の章段の断片の受容について付け加えたい。

瓜に描きたるちごの顔。雀の子の、ねず鳴きするに、躍り来る。二つ三つばかりなるちごの、急ぎて這ひ来る道に、いと小さき塵のありけるを目ざとに見つけて、いとをかしげなる指にとらへて、大人などに見せたる、いとうつくし。頭は尼そぎなるちごの、目に髪のおほへるを、かきはやらで、うち傾きて、ものなど見たるも、うつくし。大きにはあらぬ殿上童の、装束きたてられてありくも、うつくし。をかしげなるちごの、あからさまに抱きて遊ばしうつくしむほどに、かいつきて寝たる、いとらうたし。
雛の調度。……なにもなにも、小さきものは、皆うつくし。
いみじう白く肥えたるちごの二つばかりなるが、二藍の薄物など、衣長にて、襷結ひたるが這ひ出でたるも、また、短きが袖がちなる着てありくも、皆うつくし。……

（一四六「うつくしきもの」）

「なにもなにも、小さきものは、皆うつくし」とあるのだから、「うつくしきもの」の段に小さな子どもの生動する点描が繰り返されるのは、当然でもあろう。この「うつくしきもの」としての子どもの描写が、『源氏物語』の幾つかの子どもの浮刻と響き合うのは偶然だろうか。まず三歳の明石の姫君の可憐さが、「この春より生ほす御髪、尼そぎのほどにてゆらゆらとめでたく、……」（薄雲(二)四二三頁）と語られ、さらにこのいとけない姫君を実母、明石の君の許から生木を裂くように、二条院に引き取った光源氏のほどなく行った袴着をめぐり、「ただ、姫君の襷ひき結ひたまへる胸つきぞ、うつくしげさ添ひて見えたまひつる」（四二六頁）の描写がみえる。襷を引き結んだ子どもの姿自体は、『宇津保物語』にも「一宮、あからかなるあやかいねりのひとかさね、をり物のなをし、たすきがけの御はかま、いま宮、こもんのしろきあやの御ぞひとかさねたてまつりて、たすきかけて、いとをかしく く《こカ》えて、はひありき給ふ」（國ゆづりの下一六一三頁）[31] などとあり、ありふれた光景の点描ともみえるが、それを「うつくしげさ添ひて」と捉えるまなざしは、『枕草子』の「うつくし」に重なるものであろう。「尼そぎ」の髪の可憐さと、襷を結んだ胸の愛らしさを重層させる筆法に、当該章段の影が揺曳する。

白き羅に唐の小紋の紅梅の御衣の裾、いと長くしどけなげに引きやられて、御身はいとあらはにて背後のかぎりに着なしたまへるさまは、例のことなれど、いとらうたげに、白くそびやかに柳を削りて作りたらむやうな

り。　（横笛㈣　三三七頁）

満一歳一箇月、つまり数え年二歳の薫の、無心に光源氏の袖にまつわるように這い回る姿が、源氏のまなざしを通して、複雑な感慨の中にも愛らしく見取られる箇所である。「羅」（薄物）に重ねた、「紅梅の御衣の裾」を長くしどけなく引きずり、剝き出しになったすんなりとした身体の白さが、まるで「柳を削」ってこしらえた人形さながら、いかにも肌理《きめ》細やかな愛らしさだという。これより先、薫五十日の祝の場面には、「つぶつぶと肥えて白ううつくし」（柏木㈣三一二頁）とある。だから「そびやか」とはあるものの、それは「ほっそり」というよりは、むしろすんなりとのびやかな薫の身体の様を語っていよう。薫の、ふっくらと肌理細やかに白く、すんなりとした四肢がいかにものびやかな像が浮かび上がる。「いみじう白く肥えたるちごの二つばかりなるが、二藍の薄物など、衣長にて、襷結ひたるが這ひ出でたるも」のイメージが彷彿するのは偶然だろうか。なお能因本には「たすきがけに結ひたる腰のかみの、白うをかしげなるも、見るにうつくし」とあって、「白うをかしげ」の解釈について、袴の白い紐の目立つ様を指すとの説と共に、肌の白さを意味するとの指摘(32)も示されている。となると、「白くそびやか」な肌も露な、薫の描写にもさらに繫がることにもなろう。

一方、「雀の子の、ねず鳴きするに、躍り来る」とあるのは、二六「心ときめきするもの」に挙げられる「雀の子飼」にみえる、当時の流行とおぼしい子雀の飼育をめぐる情景であろう。能因本ではさらに「また綜になど付けて据ゑたれば、親の雀の虫など持て来てくくむるもいとらうたし」と続き、そのことがいっそう明確に示される。「雀の子飼」の連想の糸は、もとより若紫の巻の垣間見の場面に結ばれる。「雀の子を犬君が逃がしつる。伏籠の中に籠めたりつるものを」（若紫㈠二八〇頁）と、駆け込んで来たのは、一〇歳ほどの美しい少女、後の紫の上その人であった。『枕草子』も『源氏物語』も共々、往時の流行を巧みに作品に織り込んだに過ぎない、とも考えられる。

けれども『枕草子』が「うつくしきもの」の一つにそれを掲げ、しかも続けて子どもの「うつくし」さが刻み重ねられていることを顧みる時、雀の子と、「いみじう生ひ先見えてうつくしげ」な少女の登場との組み合わせに、当該章段の流れとの重なりを認めざるを得まい。さらに垣間見の場面で、紫の上の祖母尼君の髪は、「うつくしげに」切り揃えられたもの、と述べられる。「四十余ばかり」の尼の髪型を「うつくし」の語で表現する不審が、言及されて来たところだが、「頭は尼そぎなるちごの」の『枕草子』の一文を中に置けば、その鮮やかな愛らしさの浮刻に思わず魅了された、『枕草子』読者としてのまなざしが、『源氏物語』にはからずもこぼれ出たものとして自ずと了解される。その意味で、このやや不審な語の使い方は、逆に『枕草子』の捉えた美なるものに、根深く絡め取られていた『源氏物語』作者の在り方を密かに照らし出していよう。

美へのまなざしをめぐる、『枕草子』への密かな根深い共鳴と、にもかかわらぬ強固な反発とのあわいに、まぎれもなく『源氏物語』は一つの新しい世界を構築している。『蜻蛉日記』序文の「そらごと」への思いを逆手に取っての、「そらごと」「虚構」に真実を託す新たな物語の創造、また引歌表現にみられる、自然と人事との相関の系譜に築かれる、物語の心象風景の画定など、『蜻蛉日記』から『源氏物語』への流れは、作品の核を支える。『源氏物語』は、その核の姿勢故の反発に、『枕草子』を跳ね返しつつ、同時に密かに魅了された『枕草子』の美意識を、その核に濾過させることで新たに再生させたと述べることができよう。

注

(1) 『王朝女流文学の形成』(昭42　塙書房)
(2) 「伊勢集冒頭「歌日記」の性格」『論集　日記文学』(平3　笠間書院)

(3) 「王朝女流文学における散文精神と虚構について」『文学研究　法政大学』(昭40・11)
(4) 「源氏物語が蜻蛉日記から得たもの」『解釈と鑑賞』(昭43・5)
(5) 「源氏物語と蜻蛉日記」『源氏物語と女流日記―研究と資料』(昭51　武蔵野書院)
(6) 「『蜻蛉日記』の歌と『源氏物語』の歌についての覚え書」『王朝文学論考』(平12　武蔵野書院)
(7) 「紫上構想とその主題」『源氏物語構成論』(平7　笠間書院)
(8) 「蜻蛉日記から源氏物語へ」『平安日記文学の研究』(平9　勉誠社)、「蜻蛉日記と源氏物語の思惟」『源氏物語の思惟と表現』(平9　新典社)
(9) 『源氏物語の世界』(昭43　新潮社)
(10) 『古今集』本文は、旺文社文庫に拠る。なお、『古今集』仮名序と螢の巻の物語論との関わりについては、(11)参照。
(11) 藤井貞和「雨夜のしな定めと螢の巻の〝物語論〟」『源氏物語論』(平12　岩波書店)
(12) 秋山虔「源氏物語と『紫式部日記』」『王朝女流文学の世界』(昭47　東京大学出版会)
(13) 『蜻蛉日記』本文は、講談社学術文庫に拠る。
(14) (8)参照。
(15) (4)参照。
(16) (3)参照。
(17) 藤井貞和『源氏物語の始原と現在』――定本(昭55　冬樹社)
(18) (5)参照。
(19) 『伊勢物語』本文は、新潮日本古典集成に拠る。
(20) 秋山虔「蜻蛉日記の文体形成」『王朝の文学空間』(昭59　東京大学出版会)
(21) 『古今和歌六帖』本文は、新編国歌大観に拠る。

(22)「引歌の成立」『古代和歌史論』（平2　東京大学出版会）
(23)『王朝の表現と文化』（平11　笠間書院）
(24)この辺りの記述はII 2「『枕草子』の美意識」と重なるところが多い。
(25)『枕草子』本文は、角川文庫に拠る。
(26)「王朝語『野分』の多元的考察」『王朝』（昭47・5）
(27)「清少納言と日記文学」『枕草子講座』㈠（昭50　有精堂）
(28)高橋亨「可能態の物語の構造」『源氏物語の対位法』（昭57　東京大学出版会）
(29)沢田正子「源氏物語の時間と美意識」『枕草子の美意識』（昭60　笠間書院）
(30)藤本宗利「枕草子と源氏物語」『語り・表現・ことば』（『源氏物語講座』㈥（平4　勉誠社）、のち『枕草子研究』（平14　風間書房）所収。
(31)『宇津保物語』本文は、笠間書院『宇津保物語本文編』に拠る。
(32)小学館日本古典文学全集『枕草子』頭注参照。

5 『源氏物語』の「桜」考

はじめに

王朝和歌の世界に最も多く登場する花が「桜」であることは言うまでもない。『源氏物語』の中に、その「桜」はどう取り込まれ、どのように描かれているだろうか。「桜」の用例は、襲の色目の名を示すものを除き、「樺桜」「山桜」「深山桜」を含めて五一例あって、「梅」(紅梅を含む)の四四例、「藤」三三例、「菊」二一例等に比べても用例数は多く、さらに「花」の語で桜を意味する用例を加えると、『源氏物語』の中にも他の花々を圧して「桜」が大きく姿を現していることは言を俟たない。[1]

桜花の下で宴が催され、絢爛たる空間が物語の一場面に浮き彫られる。或いはまた、目も醒めるばかりの女君の美しさは、「桜」に喩え刻まれる。『源氏物語』の桜が、王朝和歌の伝統を担いつつ、鮮やかに華麗な美を物語内に取り加えるものとして機能していることは、比較的たやすく予想される。と同時に、密事、或いは禁忌の恋と呼ぶべきものの背景場面に、なぜか桜の影が揺曳するのを、いったいどう読み解いたらよいのであろうか。

本章は、『源氏物語』の中に「桜」が、どのように取り込まれ、それが作品世界の構築にどう関わっているのかを探ることを目指したささやかな試みである。古代の人々が「桜」をどう捉えていたのか、というそれをめぐる心性の源流をあらあら辿ることから始めて、禁忌の恋と桜とが最も深い結合の相をみせる柏木の物語に向けて、美と罪、或いは美とただならぬ恐ろしさ、という背反する二つの属性を担わされていると思われる『源氏物語』の「桜」について考察を進めたい。

一　桜――『源氏物語』以前――

古代人と桜

見事な美しさで春の一時を彩る桜の花をめぐって、「花祭り」「鎮花祭」(2)という民俗行事がある。花の散るのを惜しみ、鎮める祈りを込めてのこの祭の基盤には、桜の花は、稲の花の予兆であるという民俗的発想が在る。「サクラ」とは、「サ（穀霊）＋クラ（座）」であると、民俗学は穀霊憑り代説を提示する。(3)それ故にも、一年の生産の前触れとして重んぜられる桜が散るのは、前兆の悪いものと捉えられ、そこから桜の花の散るのを惜しむ発想が生まれたのだと、折口信夫は述べる。(4)或いはまた、「花のちりかふ春の比は、疫神分散して人なやます故に、此祭ありといへり」（『古事類苑』神祇部二）という「鎮花祭」(5)の説明に既に予測されるように、この祭は、平安時代になって盛んになった御霊信仰と結び付いて定着することになったのであった。

「サ＋クラ」語源説に関しては、花の咲くという属性を名に持つ「咲く＋ら（接尾辞）」と考えるべきだという中西進氏の異論(6)もあるのだが、いずれにしても桜は、花が咲き、散るという生命の実りと滅びとに密着したものと考えられていたということを承認することはできよう。ほんの一時の春、夢のようにたわわに花を付け、と思う間さえないように慌しく散り過ぎてゆく桜が、実りと滅びとを、まぎれもなく表象するものとして捉えられ易かったことは想像に難くない。

ひとまずここで『古事記』に目を転じてみると、浮かび上がってくるのが周知の「木花之佐久夜毘売」（『日本書紀』には木花開耶姫とある）の挿話である。天津日高日子番能邇邇芸能命の求婚を喜び、父大山津見神が、姉石長比売と共に木花之佐久夜毘売を奉ったところ、命は「甚凶醜《いとみにく》き」姉を退けて、美しい妹の姫とのみ結婚する。その時、大山津見神は次のように語ったという。

「我が女二たり並べて立奉りし由は、石長比売を使はさば、天つ神の御子の命は、雪零り風吹くとも、恒に石《いは》の如くに、常はに堅はに動かず坐《ま》さむ。亦木花之佐久夜毘売を使はさば、木の花の栄ゆるが如栄え坐さむと宇《う》気比弖《けひて》宇より下の四字は音を以ゐよ。貢進りき。此くて石長比売を返さしめて、独木花之佐久夜毘売を留めたまひき。故、天つ神の御子の御寿は、木の花の阿摩比能微《あまひのみ》此の五字は音を以ゐよ。坐さむ。」（『古事記』(7)上　一三三頁）

「石の如く」いつまでも変わらぬ命をもたらすようにとの願いを込めて奉った石長比売が退けられたため、木の花の咲き盛る繁栄は一方の姫によってもたらされるものの、「天つ神の御子の御寿」ははかない一時のものとなってしまったと語られるこの挿話においては、木花之佐久夜毘売と石長比売との二人は、明らかに対照的な存在として立ち現れてくる。即ち、美と醜との対比であり、またはかないもの(8)と、「常はに」不変のものとの対比である。木の花とは、咲き栄え輝く美しさに照り映えるイメージを担うものであると同時に、命のはかなさを象る記号でもあった。この場合の「木の花」は但し「桜と限らず何の木の花でもよい[9]」と述べられることもあるが、桜が「咲く＋ら」から来ているのだとすれば無論のこと、「さ＋くら」のかたちで古代人の生活の基盤に深く関わるものであったとしても、「木の花」には桜のイメージの、最も近い可能性が高いとみるのに差し支えはあるまい。

一方、『日本書紀』において、衣通郎姫の美貌を喩える言葉として、はっきりと「桜」の語が選び取られている。允恭天皇の時代に、現在桜と呼ばれるバラ科の植物が知られていたかどうかは断定し切れないと説かれる[10]こともあるのだが、ともあれ、少なくとも言葉としての「桜」が美女の比喩表現に用いられていることに注目したい。

明旦に、天皇、井の傍の桜の華を見して、歌して曰はく、

花ぐはし桜の愛で同愛でば早くは愛でず我が愛づる子ら

（『日本書紀[11]』允恭天皇八年　四四四頁）

衣通郎姫の名の由来は、姫が「容姿絶妙れて比無」く、「其の艶しき色、衣より徹りて晃」り輝くところから来たものだという。春二月、折から咲き匂う桜花を目にする時、天皇はその美しい恋人のことを、眼前の見事な花に重ねて思い浮かべ、もっと早く愛すればよかったのにと嘆息している。「美人を花にたとへ桜にたぐふるはこれより後屢みえたり[12]」とあるように、美しい女性の比喩としての桜の用例の始発をここに確認したい。

『万葉集』から『古今集』へ

『万葉集』にも、もとより美しい少女の姿を桜花に重ねて詠む歌が幾つか見える。

3305 物思はず　道行く行くも　青山を　振り放け見れば　つつじ花　にほえ娘子　桜花　栄え娘子　汝をぞも　我に寄すといふ　我をもぞ　汝に寄すといふ　荒山も　人し寄すれば　寄そるとぞいふ　汝が心ゆめ[13]

桜とつつじとの愛好は、古風な伝統であると述べられる[14]ところだが、「振り放け見」た実景の中に浮かび上がるつ

つじの花や桜の花そのもののように照り輝く少女への思いが歌い上げられるこの一首には、3309に異伝歌があって、「柿本朝臣人麻呂の集の歌」と記されている。桜が少女を喩える記号として用いられたのは、『万葉集』の中でも相当に古い時期からのことであったとみてよい。

昔娘子あり、字を桜児といふ。ここに二の壮士あり、共にこの娘を誂ひて、生を捐てて格競《あらそ》ひ、死を貪りて相敵る。ここに娘子歔欷《なげ》きて曰く、「古より今までに、未だ聞かず未だ見ず、一の女の身の二つの門に往適《ゆ》くといふことを。方今壮士の意、和平し難きことあり。如かじ、妾《あ》が死にて相害すこと永く息まむには」といふ。すなわち林の中に尋ね入り、樹に懸りて経《わな》き死ぬ。その両の壮士、哀慟に敢へず、血の涙襟に漣る。各心緒を陳べて作る歌二首

3786 春さらばかざしにせむと我が思ひし桜の花は散り行けるかも　その一

3787 妹が名にかけたる桜花咲かば常にや恋ひむいや年のはに　その二

真間手児名や菟原処女の物語と同じく、周知の妻争い説話の一つ、桜児の物語である。二人の若者から求婚され進退谷まって縊死した桜児を偲んで、二人が共々に詠んだ歌の中で、桜は美しい桜児その人を喩えるものとして示された。と言うより、「桜児」という女主人公の命名から、そもそも桜花のイメージに重ねて美しい少女が登場したと考えるべきなのか。

同時に、「桜の花は散り行けるかも」と、桜が散る現象を、美しい少女の死と重ね視る捉え方に注目したい。「桜」と「散る」ことの結び付き、さらに命の滅びへとの連想がここにはっきりと立ち現れている。二人の男性からの求婚を受けて、結局は滅び消えていかねばならなかった女主人公の名が、「桜の子」即ち「桜児」と命名され、さらにその滅びが桜の散りゆく姿に透き視られているのであった。「木花之佐久夜毘売」挿話において、「木の花」

のかたちで、美とはかなさとを裏腹に担っていたものは、ここに「桜」の語で、妻争いと滅びとに関わるただならぬ気配を負って定位されたと読むべきか。

さて、『万葉集』の時代には、桜よりも梅が愛好され[15]、桜が第一の花になったのは平安朝に入ってからであるという従来の見解には修正の余地があろう。梅一一九首に対して、桜四二首であり、また、「花」の用例のうち明らかに梅を意味するもの約一九首と、確かに多いが、「花」の語で桜を意味すると思われる用例も二〇首以上みえ、梅花の宴二二首など特殊な一部貴族の嗜好を示す梅の歌群を差し引くと、桜の姿は『万葉集』の中にも大きな位置を占めている[16]ことに気付かされる。

そしてまた、先に触れた3305番歌の如く輝くような少女の美しさを喩える桜や、1429「娘子らが　かざしのためにみやびをの　縵のためと　敷きませる　国のはたてに　咲きにける　桜の花の　にほひはもあなに」とはなやかな美しさを放つ桜が刻まれていると同時に、「散る」という言葉との組み合わせの中に桜がしばしば姿を現すことがさらに目に付く。実例を、幾つか試みに挙げておこう。

1212足代過ぎて糸鹿の山の桜花散らずあらなむ帰り来るまで
1747白雲の　竜田の山の　滝の上の　小桜の嶺に　咲きををる　桜の花は　山高み　風し止まねば　春雨の　継ぎてし降れば　ほつ枝は　散り過ぎにけり　下枝に　残れる花は　しましくは　散りなまがひそ　草枕　旅行く君が　帰り来るまで
1748我が行きは七日は過ぎじ竜田彦ゆめこの花を風にな散らし
1749白雲の　竜田の山を　夕暮に　うち越え行けば　滝の上の　桜の花は　咲きたるは　散り過ぎにけり　含めるは　咲き継ぎぬべし　こちごちの　花の盛りに　見さずとも　かにもかくにも　君がみ行きは　今にしあるべ

し

1751島山を　い行き巡れる　川沿ひの　岡辺の道ゆ　昨日こそ　我が越え来しか　一夜のみ　寝たりしからに　峰の上の　桜の花は　滝の瀬ゆ　散らひて流る　君が見む　その日までには　山おろしの　風な吹きそと　うち越えて　名に負へる社に　風祭りせな

滝の瀬を散り流れる花の美しさや、また、散ることを惜しむ祈りにも似た心が、桜にまつわって刻み上げられるのは、既に『万葉集』に始まっていた。たとえば、「1856我がかざす柳の糸を吹き乱る風にか妹が梅の散るらむ」のように梅の花の散ることを詠み、或いは「4446我がやどに咲けるなでしこ賂はせむゆめ花散るないやをちに咲け」の如くなでしこの花の散ることを詠むという風に、他の花と散ることを結び付ける歌がないわけではないが、桜とそれとの結び付きは、他の花々を圧して強く浮かび上がる。

1425あしひきの山桜花日並べてかく咲きたらばいた恋ひめやも

と、それはまた、「花期が短いからこそこんなに恋い慕うのだ」というふうに、花のはかなさへの連想と密着するかたちで詠まれることもあった。

或いはまた、

1459世の中も常にしあらねばやどにある桜の花の散れるころかも

の如く、「他の男になびいて心変わりしたのではないか」と、散る花に心変わりというイメージを重ねて詠まれる場合もある。顧みれば、桜児の物語の桜が、妻争いと滅びとに関わるただならぬ気配を負って定位されたことは偶然とは言い難い。散る桜、不安定なものを潜める桜というイメージは、さまざまの万葉歌の中に揺曳しつつ桜児の物語を支えている。

『古今集』の桜の歌の半分が散る桜で占められていること[17]は、既に指摘されている通りである。「美が消滅する時点そのものに感動の焦点が置かれたり、あるいは明確に見えない、または眼前に全く存在しない花に強い興味がひかれる[18]」といった状況を詠む桜の歌の数々は、想像上の美によってより深い美しさを感じる感性が育ってきていることを証し立てるものだという。

47散ると見てあるべきものを梅の花うたてにほひの袖に留まれる[19]

48散りぬとも香をだに残せ梅の花恋しき時の思ひ出にせむ

49今年より春知りそむる桜花散るといふことは習はざらなむ

53世の中にたえて桜のなかりせば春の心はのどけからまし

63今日来ずは明日は雪とぞ降りなまし消えずはありとも花と見ましや

64散りぬれば恋ふれどしるしなきものを今日こそ桜折らば折りてめ

65折り取らば惜しげにもあるか桜花いざ宿借りて散るまでは見む

66桜色に衣は深く染めて着む花の散りなむ後の形見に

67わが宿の花見がてらに来る人は散りなむ後ぞ恋しかるべき

68見る人もなき山里の桜花ほかの散りなむのちぞ咲かまし

試みに、散る桜を詠む歌の数々の一端を確認するために、春歌上巻の一部を掲げたが、中で、49番歌は、最初に置かれた桜と「散る」こととを結び付ける歌である。当該歌は、咲き初めたばかりの桜を前にしてのものであり、それが「散る」ことを持ち出したのは、直前の梅の主題の最終歌「48散りぬとも香をだに残せ梅の花」との接続を円滑にしようとしたためのものである[20]と指摘されるところであった。この桜花の散ることを詠む歌の直前に置かれた、梅花の散ることを詠む歌を顧みることによって、逆に散る桜の歌群の固有の在り方が浮かび上がってくるように思われる。即ち、梅の花は、散ることの美しさやはかなさを眼目にして詠まれるものであるより、散り過ぎた後に残る香への愛着を中心として詠まれるものであった。対して、桜の歌の場合は散ることそのものに中心が置かれていく。

72この里に旅寝しぬべし桜花散りのまがひに家路忘れて

散ることを惜しみ戦く心の一方で、「散りのまがひに」家路を忘れるほど、土に帰っていく桜花の華麗な終焉に心を浸される姿を詠む歌がある。或いはまた、

62あだなりと名にこそ立てれ桜花年にまれなる人も待ちけり

の歌のように、早々と散り過ぎるという桜花の属性を、頼みにならぬ浮気な性と結び付けて詠む歌もある。

『古今集』の桜は、「散る」現象そのものをめぐって、実にさまざまな角度から見取られ詠じられているという述べ方が許されよう。こうした桜と「散る」こととの深い密着の様相は、『後撰集』『拾遺集』以上に際やかに『古今集』に辿られる現象であるようだが、それは『万葉集』の桜の捉え方と、はしなくも一筋深く繋がるものであったことを改めて確認したい。散る桜、滅びる花のイメージは、先にみたように『万葉集』に既に大きく姿を現すものではあった。おそらくそれは、桜の花を稲の花の予兆とみて散ることを惜しむ、古代の人々の発想をなべて担っての表現にほかなるまい。そしてまた、滅びる花のイメージの延長に、たとえば『枕草子』「清涼殿の丑寅の隅の」の章段における大きな青い瓶に挿された「桜のいみじうおもしろき枝の五尺ばかりなる」花材が、帰らぬ中関白家の盛時への痛惜の象徴として置かれていると考えられるという事例なども、或いは付け加えてよいのかもしれない。(21)

二 『源氏物語』の桜

桜――美しいものの比喩として――

684春霞たなびく山の桜花見れども飽かぬ君にもあるかな　（友則『古今集』恋四）

右の『古今集』の歌において、「春霞たなびく山の桜花」が、「見れども飽かぬ君」、即ち美しい恋人を喩える言葉として機能していることは言うまでもない。衣通郎姫を詠む歌や、「桜花栄え娘子……」の万葉歌等の系譜にある、こうしたはなばなと美しいもの、美しい人の比喩としての桜の用例は、『源氏物語』の中にも多々辿ることができる。ひとまず、そのケースから検討を始めたい。

……見通しあらはなる廂の御座にゐたまへる人、ものに紛るべくもあらず、気高くきように、さとにほふ心地して、春の曙の霞の間より、おもしろき樺桜の咲き乱れたるを見る心地す。　（野分(三)　二五七頁）

花の「精妙無比な喩」[22]の代表として、しばしば指摘される野分の巻の右の一節は、言うまでもなく『源氏物語』の第一の女主人公紫の上その人を、直喩的に象るものである。曙の光と霞という、時間と空間との精妙な組み合わせの中に嵌め込まれた樺桜の息を呑む美しさは、折しも風に煽られた御簾の間からの垣間見という、夕霧の視点の状況そのものをも的確に具象化し、しかも、完璧な、と言ってよい紫の上の比類ない美しさと人柄とを刻印するものとして捉えられる。「樺桜」とは、今でいう「紅山桜」であって、「桜」よりも一際艶な華やかさを湛えたものである[23]という。折から二八歳、源氏の許での成熟と充足とに輝く紫の上の華やかな風姿が思い浮かべられよう。「これは藤の花とやいふべからむ」（野分二七六頁）と藤によそえられる明石の姫君、また、「八重山吹の咲き乱れたる盛りに露のかかれる夕映えぞ、ふと思ひ出でらるる」（野分二七二頁）と山吹に喩えられる玉鬘など、『源氏物語』の女君たちは、その美しさや人柄の各々の個性、或いは各々に置かれた主題的位相を、さまざまの花の喩によって見事に描き分けられているのだが、(25)中で終始一貫して「桜」に見立てられるのが紫の上であった。ことは既に若紫の巻に始発している。

 やや深う入る所なりけり。三月のつごもりなれば、京の花、さかりはみな過ぎにけり。山の桜はまださかりにて、入りもておはするままに、霞のたたずまひもをかしう見ゆれば、かかるありさまもならひたまはず、ところせき御身にて、めづらしう思されけり。（若紫(一) 二七三―二七四頁）

瘧病を患う源氏の分け入る北山は、霞のまぎれに今を盛りと桜が咲き匂う空間であった。その地でゆくりなく垣間見た少女は、眼前の実景と重ね合わせられつつ、たとえば源氏と尼君との贈答の中に、

「面影は身をも離れず山ざくら心のかぎりとめて来しかど

夜の間の風もうしろめたくなむ」とあり。……

嵐吹く尾上の桜散らぬ間を心とめけるほどのはかなさ（若紫 三〇二―三〇三頁）

などと山桜、桜に喩えて詠まれている。或いはまた、「夕まぐれほのかに花の色を見てけさは霞の立ちぞわづらふ」「まことにや花のあたりは立ちうきとかすむる空のけしきをも見む」（若紫二九六頁）の、二人の贈答も、紫の上を「花」に喩える同様の構造を持っている。一方で、「若草」「初草」「紫のねにかよひける」など、紫のゆかりの若草、若紫であることが繰り返し刻まれると同時に、紫の上が、繰り返し桜であり花であると詠まれるのは何を意味するものであろうか。

注意したいのは、「宮人に行きて語らむ山桜風よりさきに来ても見るべく」（若紫二九五頁）の歌を含めて、まず源

氏その人の目が、紫の上を桜に見立てているという点である。尼君の歌はそれに和するものにすぎない。つまり、咲き盛る桜の空間を眼前に、桜そのものに見立てられるのは、その対象が視る人にとって比類ない卓越に輝く存在であることを意味するものではなかろうか。かけがえないものとして、吸い寄せられるように対象を賛仰することを意味する記号として、桜の比喩を捉えておくことができよう。

先に述べた樺桜の比喩が、夕霧の視点から刻まれたものであったことも偶然ではあるまい。樺桜のそれは、瞬時に垣間見た義母の風姿に茫然と吸い寄せられ、密かな、けれども限りなく深い思慕を寄せる卓越した対象としての印象が刻まれたことを、若紫の巻の歌の見立てより数段高度に洗練され複雑化された[26]構造の中に語るものである。或いはまた、後に述べる若菜上の巻における柏木の女三の宮垣間見の場面で、柏木の目から女三の宮その人が「桜」と捉えられていることとも関わってこよう。「宮の御方をのぞきたまへれば、……にほひやかなる方は後れて、ただいとあてやかにをかしく、二月の中の十日ばかりの青柳の、わづかにしだりはじめたらむ心地して、鶯の羽風にも乱れぬべくあえかに見えたまふ」（若菜下㈣一八三頁）と、女三の宮のあえかで繊細な、けれどもどこかに未熟な不安定さを潜める風姿を捉えるのは、「宮の御方をのぞきたま」う源氏の目なのであった。その女三の宮が、柏木の目から桜と捉えられるのは、彼にとっての宮の存在の重さ、憧れの深さを物語るものにほかなるまい。

やがて紫の上は、六条院春の御殿の女主人として位置付けられていく。胡蝶の巻では、行く春を惜しむ春の殿の爛漫たる桜花の中での船楽が描かれるが、その中で、女主人紫の上は、

花ぞののこてふをさへや下草に秋まつむしはうとく見るらむ　（胡蝶㈢一六四頁）

と詠み、秋好中宮との春秋競べに見事に勝ちを制するのであった。こうした紫の上の、春の殿の主宰者としての在り方を紡ぎ出す源は若紫の巻の桜の比喩であろう。と同時に、花の庭、春の殿を司る者としての立場は、源氏にと

ってその人がかけがえのない第一の女君であることを意味するものにほかなるまい。それ故にこそ、もはや季節や眼前の風景とは独立した、純粋な比喩として「これも、あまたうつろはぬほど、目とまるにやあらむ。花の盛りに並べて見ばや」（若菜上六五頁）と、源氏自らの言葉の中に、紫の上は「花」（桜）と捉えられ、「花といはば桜にたとへても、なほ物よりすぐれたるけはひことにものしたまふ」（若菜下一八四頁）と、源氏の目と重なる語り手によって「桜」に見立てられるのであった。

こよなう痩せ細りたまへれど、かくてこそ、あてになまめかしきことの限りなさもまさりてめでたかりけれと、来し方あまりにほひ多くあざあざとおはせしさかりは、なかなかこの世の花のかをりにもよそへられたまひしを、限りもなくらうたげにをかしげなる御さまにて、いとかりそめに世を思ひたまへる気色、似るものなく心苦しく、すずろにもの悲し。（御法四　四九〇頁）

明石の中宮の目から捉えられた末期の紫の上の姿は但し、「この世の花のかをり」――桜の鮮やかな美しさ――をもう一段越えた、さらに「らうたげ」な優艶さの極まったものであった。物語の求めた最終的な美の在り方をここに読むべきなのか、また、源氏視点と中宮視点とのずれを視るべきなのか、或いはまた、既に病気療養のため六条院春の町を離れて二条院に移り住んでいる紫の上の位置と重ね視るべきなのか、さまざまに浮上する読みの可能性を指摘するに留めておく。

ともあれ、『万葉集』等にみられる古代人の桜の比喩の系譜を受け止めながら、『源氏物語』は、終に紫の上をめぐって、そのはなばなとした桜の如き風姿を潜り抜け、それを越えたところにある美を見出すところにまで行き着いてしまっている。

宴と桜

むかし、惟喬の親王と申す親王おはしましけり。山崎のあなたに、水無瀬といふ所ありけり。年ごとの桜の花ざかりには、その宮へなむおはしましける。その時右の馬頭なりける人を、常に率ておはしましけり。時世へて久しくなりにければ、その人の名忘れにけり。狩はねむごろにもせで酒をのみ飲みつつ、やまと歌にかかれりけり。いま狩する交野の渚の家、その院の桜ことにおもしろし。その木の下におり居て、枝を折りてかざしにさして、上中下みな歌よみけり。馬頭なりける人のよめる。

世の中に絶えて桜のなかりせば春の心はのどけからまし……

（『伊勢物語』[27]八二段）

交野の渚の院の桜の下、酒が汲み交され、馬頭をはじめ人々は桜花の歌を詠む。右に掲げた周知の『伊勢物語』の章段に語られるように、桜はまた、しばしば宴と結び付いて登場するものでもあった。『宇津保物語』にも、吹上の上の巻の林の院の花盛りの宴が、「花さそふ風もすごく吹き」[28]わたる中、君達の楽の演奏と共に「ゆく船の花にまがふは春風の吹上の浜をこげばなりけり」以下の桜の歌群を以て刻まれる件《くだり》など、桜花の下での宴の場面がそこここに見える。桜の下では、人々は散ることを恐れ惜しむあまりにか、あたかも何かに憑かれたように一時の宴を催さずにはいられないのでもあろうか。

『源氏物語』の桜の用例も、当然、華やかな宴の場面にしばしば登場する。花宴の巻の、巻名の由来はそもそも「二月の二十日あまり、南殿の桜の宴せさせたまふ」（花宴㈠四二三頁）とあるのに因っている。咲き盛る桜花の下、光源氏の舞姿が「入日」に一入美しく映え、心密かに藤壺は次の歌を呟くのだった。

おほかたに花の姿をみましかば露も心のおかれましやは

（花宴　四二五頁）

「御心の中なりけんこと、いかで漏りにけむ」との語り手のコメントが付されることからも明らかなように、花に重ね視られる源氏の輝く風姿を、「世間一通りの思いで見ることができたら……」と「おほかた」ならぬ我が心の密かな思いを藤壺は詠んでいる。藤壺の視点から、眼前の桜花に重ねて「花」と喩えられるのは、ほかならぬ源氏その人なのでもあった。

或いは、少女の巻の朱雀院の行幸には、二月二十日過ぎ、花盛りには間がある頃とはいえ、「とくひらけたる桜の色も」美しい一日が選び取られ、夜を徹しての歌と音楽との遊宴が描かれた。また、先にも触れた胡蝶の巻を顧みれば、

　こなたかなた霞みあひたる梢ども、錦を引きわたせるに、御前の方ははるばると見やられて、色を増したる柳枝を垂れたる、花もえもいはぬ匂ひを散らしたり。他所には盛り過ぎたる桜も、今盛りにほほ笑み、廊を繞れる藤の色も、こまやかにひらけゆきにけり。まして池の水に影をうつしたる山吹、岸よりこぼれていみじき盛りなり。（胡蝶　一五八―一五九頁）

と、藤、桜、山吹などの春の花々の華麗なハーモニーの中で、船楽が催され目もあやな宴の一日が過ぎていくのであった。いわゆる宴とはややずれるものの、続く盛大な中宮の季の御読経の場面にも、「銀の花瓶に桜を」挿した鳥と、「黄金の瓶に山吹を」挿した蝶との各々に装った女の童が彩を添え、舟が中宮方の庭に漕ぎ出される折しも、「風吹きて、瓶の桜すこしうち散り紛」う、うららかな春日が刻まれている。藤裏葉の巻の大宮の一周忌も、「花はみな散り乱れ、霞たどたどしき」三月二十日に取り行われた幾多の人々の集う盛大な仏事であった。「三月二十日あまり」の宴、胡蝶や花宴の巻の藤花の宴などの背景には、陰暦三月の落花の時期に催される、先にも触れた御霊信仰に基づく「鎮花祭」が潜められているという。[29]

宇治十帖に至ると「二月二十日のほど」の初瀬詣の帰途、宇治に中宿りをした匂宮の一行は、夕霧の伝領する別

業で酒を汲み詩歌管絃に心を遊ばせる宴の一時を過ごしている。折から、その空間は、

はるばると霞みわたたれる空に、散る桜あれば今開けそむるなどいろいろ見わたさるるに、川ぞひ柳の起き臥しなびく水影などおろかならずをかしきを、見ならひたまはぬ人は、いとめづらしく見棄てがたし、と思さる。
（椎本(五)　一六四頁）

と提示される花盛りのそれであった。宇治十帖の風景は、荒々しい宇治川の川音や風の音を伴って荒涼たる像を結ぶケースが多いが、この場合の、桜咲く宴の空間はいかにものどかな華やかさに満ちている。それは或いは、「見ならひたまはぬ人」、即ち匂宮の視点から捉えられた風景であることと無縁ではあるまい。薫と対照される匂宮の華やぐ明かるい心と目とが捉えた風景なのである。その宴の最中《さなか》、匂宮はまた、「山桜にほふあたりにたづねきておなじかざしを折りてけるかな」と眼前の桜花に八の宮の姫君たちの美しい風姿を重ね、歌を詠み贈るのであった。

後述する第二部のそれを含め、こうして、桜の下では、まことに華麗な宴の時が過ごされるものであることを、物語は繰り返し綴っている。

禁忌の恋と桜

これまで辿ってきた女君をめぐる桜の比喩や、桜花の宴の描写に関しては、但し、華麗な美を描くことに留まらぬ奥行きが、今一つの方向に用意されている場合が意外に多い。それらを含めて、禁忌の恋と桜との関わりについて、以下考察を試みる。

先に触れた花宴の巻、「二月の二十日あまり、南殿の桜の宴せさせたまふ」に再び立ち戻りたい。「日いとよく晴れて、空の気色、鳥の声も心地よげ」な春の一日、探韻を賜わっての詩作、得も言われぬ楽の調べに乗せての源氏、

頭中将をはじめとする上達部の舞など、華やかな宴も夜更けてようやく果てた。「月いと明かうさし出で」た風情のおもしろさに、酔い心地の源氏は、藤壺の辺りを「もしさりぬべき隙もやある」と心ときめかせて窺う。ぴたりと閉ざされた殿舎の戸口にやむなく弘徽殿の細殿に足を向けたところ、ゆくりなくそこで出逢ったのが右大臣家の六の君、朧月夜なのであった。

いと若うをかしげなる声の、なべての人とは聞こえぬ、「朧月夜に似るものぞなき」と、うち誦じて、こなたざまには来るものか。いとうれしくて、ふと袖をとらへたまふ。女、恐ろしと思へる気色にて、「あなむくつけ。こは誰そ」とのたまへど、「何かうとましき」とて、

深き夜のあはれを知るも入る月のおぼろけならぬ契りとぞ思ふ

とて、やをら抱き降ろして、戸は押し立てつ。あさましきにあきれたるさま、いとなつかしうをかしげなり。

(花宴　四二六—四二七頁)

既に東宮の許にこの四月入内を予定されている右大臣家の大切な姫君は、あたかも、「桜姫」[30]のように花の宴果てての夜、二〇歳の青年光源氏の前に姿を現したと言うべきか。「朧月夜に似るものぞなき」と口ずさみながら源氏の視界に入ってくる女君の後ろには、春の月と花との醸し出す駘蕩たる艶な夢が立ち上るかのようである。「源氏見ざる歌よみは遺恨のことなり」と俊成が『六百番歌合』の中で述べたのは、この巻をめぐってであった。

間もなく入内を予定された右大臣家の六の君との出逢いを、いわゆる禁忌の恋と呼ぶことに差し支えはあるまい。やがて入内後までも続く逢瀬が右大臣の知るところとなり、光源氏の須磨流謫は直接にはこの事件を契機に引き出された。この恋の発端が、紅葉賀や菊の宴を背景にしてではなく、ほかならぬ桜花の宴の夜の出来事として選び取られていることに注目したいと思う。

……三月の二十余日、右大殿の弓の結に、上達部親王たち多くつどへたまひて、やがて藤の宴したまふ。花ざかりは過ぎにたるを、「ほかの散りなむ」とやをしへられたりけむ、おくれて咲く桜二木ぞいとおもしろき。（花宴　四三三頁）

しかも、朧月夜との再会は、三月二〇日過ぎ、南殿の桜の花の宴に競うかのように催された右大臣家の私宴、藤花の宴の夜更け方であるのだが、その折藤花の美しさにもまして、中に混じる遅咲きの桜の風情が「いとおもしろき」と讃えられている。つまり「几張ごしに手をとらへて」の再会、歌の贈答の場面にも桜の影が揺曳しているということになる。但し、ここでわざわざ「おくれて咲く桜二木」の美しさに言及するのは、ほかならぬ藤家の私宴において、家の栄えの象徴のように咲き誇る藤花の美を「わが宿の花しなべての色ならば何かはさらに君を待たまし」と讃えるのは右大臣ばかりで、語り手はかえって源氏の魅力の前に「花のにほひもけおされ」るばかりだと述べる箇所などとも響き合う問題を孕んでいよう。右大臣家の今をときめく盛儀を見取る物語のまなざしは相当に皮肉なのである。

ともあれ、朧月夜との恋が、くっきりと桜の影に彩られながら紡ぎ出されたことが改めて確認される。さらに、この花の宴の場面は、後になって幾度か回想されている。

朝ぼらけのただならぬ空に、百千鳥の声もいとうららかなり。花はみな散りすぎて、なごりかすめる梢の浅緑なる木立、昔、藤の宴したまひし、このころのことなりけんかし、と思し出づる。（若菜上(四)　七五頁）

第二部、女三の宮降嫁後の紫の上、女三の宮を中にしての息詰まる緊張状況からの解放を求めるかのように、源氏は交渉の途絶えていた朧月夜の許にあえて忍んでいく。既に四〇の齢を迎えた光源氏が、朧月夜との逢瀬の後、「朝ぼらけのただならぬ空」に思い起こすのは、桜の散り過ぎた季節を重ね視ての二〇年前の藤花の宴であった。

或いはまた、須磨の巻には、次の記述がある。

須磨には、年かへりて日長くつれづれなるに、植ゑし若木の桜ほのかに咲きそめて、空のけしきうららかなるに、よろづのこと思し出でられて、うち泣きたまふをり多かり。二月二十日あまり、去にし年、京を別れし時、心苦しかりし人々の御ありさまなどいと恋しく、南殿の桜盛りになりぬらん、一年の花の宴に、院の御気色、内裏の上のいときよらになまめいて、わが作れる句を誦じたまひしも、思ひ出できこえたまふ。

いつとなく大宮人の恋しきに桜かざししけふも来にけり　（須磨(二)　二〇四頁）

須磨の寓居にも春がめぐってきて、桜の咲き初めるうららかな二月二〇日過ぎ、源氏は眼前の桜の景に、ほかならぬ「二月二十日あまり」に催された七年前の例の花の宴を思い起こし涙する。

春鶯囀舞ふほどに、昔の花の宴のほど思し出でて、院の帝も、「またさばかりのこと見てんや」とのたまはするにつけて、その世のことあはれに思しつづけらる。……

鶯のさへづる声はむかしにてむつれし花のかげぞかはれる　（少女(三)　六六頁）

少女の巻の朱雀院の行幸もまた、「とくひらけたる桜の色」も美しい「二月の二十日あまり」になされたものである以上、「花の宴」が思い起こされるのは必然でもあろうか。春鶯囀の舞につけても源氏は昔の南殿の花の宴に思いを馳せずにはいられない。桜の背後に、源氏はこうして繰り返し二〇歳の日の花の宴を透き視ている。『源氏物語』においては、桜はしばしばほかならぬその花の宴を呼び起こす鍵となっており、一方、その花の宴こそは朧月夜との禁忌の恋の始発なのであった。

をさめたてまつるにも、世の中響きて悲しと思はぬ人なし。殿上人などなべて一つ色に黒みわたりて、ものの栄なき春の暮なり。二条院の御前の桜を御覧じても、花の宴のをりなど思し出づ。「今年ばかりは」と独りごちたまひて、人の見とがめつべければ、御念誦堂にこもりゐたまひて、日一日泣き暮らしたまふ。夕日はなやかにさして、山際の梢あらはなるに、雲の薄くわたれるが鈍色なるを、何ごとも御目とどまらぬころなれど、いとものあはれに思さる。（薄雲(二)　四三八頁）

さて、源氏が例によって桜を前に「花の宴」を思い起こす右の箇所は、実は三月藤壺崩御後間もない日の密かな彼の追慕の涙を語る場面である。藤壺の死が、春に選び取られたのは偶然であろうか。桐壺更衣の死は暑熱の夏の出来事として描かれ（但し帝の追慕は秋を背景に描かれる）、夕顔、葵の上、六条御息所、そして紫の上の死はいずれも秋のものとして刻まれた。また、宇治の大君の死は風雪激しい冬に置かれている。死、或いは追慕は、物語の中ではむしろ秋から冬への季節を背景に語られることが圧倒的に多い。藤壺の死を春のものとしたのはおそらく物語の意図的選択であるとみてよかろう。源氏の痛惜を桜と結び付けて述べるべく選び取られた季節にほかなるまい。ひとかたならぬ悲しみの深さを「人の見とがめ」ることがあってはと慮って、一人念誦堂に籠り泣き暮らす源氏の前には桜の花がある。「832深草の野辺の桜し心あらば今年ばかりは墨染めに咲け」の古今歌を踏まえ、「今年ばかりは」と呟く源氏の思いに導かれたかのように、夕日の中で薄雲が鈍色にたなびいているのであった。

さらに、ここで重ねて思い起こされた「花の宴」に立ち戻ろう。先に朧月夜との禁忌の恋の発端に花の宴が置かれていることを顧みたが、この女君との出逢いは、そもそも藤壺その人の面影を求めて殿舎を徘徊するという源氏の行為によって、ゆくりなくももたらされたものなのであった。須磨流謫が、底に藤壺との密事の重さとその罪をもとより踏まえながら、直接には朧月夜との事件により引き出されたものとして描かれているのと同様の構造を、花の宴の巻もそもそも負っている。最も根深い禁忌を担わされた藤壺との恋や出逢いの代替として与えられたのが、藤壺とのそれに比べれば、何ほどか深さを欠く朧月夜との禁忌の恋にほかならない。

「おほかたに花の姿をみましかば……」と密かに呟きつつ花の宴の折の源氏の舞姿に嘆息する藤壺の在り方をも併せ、花の宴、そして桜は『源氏物語』の二つの禁忌の恋を二重に負いながら映像化されたと言い得る。それ故にこそ、藤壺の死はほかならぬ春のものとして刻まれねばならなかったし、また、桜を前に密かな、けれども激しい悲しみに暮れる源氏の姿が描かれねばならなかったのである。須磨への源氏の出立が、春の出来事とされているのは、おそらく源高明の事件を踏まえてのことでもあろうが、その折東宮への別れの挨拶を「桜の散りすぎたる枝」（須磨一七四頁）に付け、「いつかまた春のみやこの花を見ん時うしなへる山がつにして」と、ほかならぬ藤壺との恋の媒であった王命婦を通じて届けている件に関してまで、桜と密事との関わりの深さを見取るのは余りに穿ち過ぎというものではあろうけれども。一方、思い起こされるのが、先に顧みた桜児の物語である。二人の男からの求愛を受け止めかねて死を選ぶ桜児の物語は、二人の男と一人の女という人間関係そのものが、禁忌恋に展開し得る可能性を孕んでいる。その人間関係の中での滅びのイメージと桜との結び付きが、禁忌恋と桜との密着を遠く深く支えるものの一つではなかったか。

また、ここに今一度紫の上をめぐる樺桜の比喩を考えたい。「春の曙の霞の間より、おもしろき樺桜の咲き乱れたるを見る心地す」と紫の上を捉えたのは、まさしく「音もせで見る」夕霧の目であった。折からの野分に吹き上げられた御簾の中に瞬時垣間見た父の妻の艶姿は、激しく彼の心を揺さぶる。夜もすがら吹き荒れる風の音につけても、「さやうならむ人をこそ、同じくは見て明かし暮らさめ」（野分二六一頁）との思いは密かに彼の心を浸す。「人柄のいとまめやかなれば、似げなさを思ひ寄らねど」と断られるものの、「さやうならむ人……」の一文は、桐壺の巻末尾「思ふやうならむ人を据ゑて住まばや」（桐壺㈠一二六頁）の藤壺を意識した源氏の言葉を思い出させなくもない。物語の中では終に実現されなかった夕霧と紫の上との密通は、いわば「可能態の物語」[31]として、ここにはっきりと影を定位した。その意味で、桜は再び密事、禁忌の恋と背中合わせに姿を見せていると述べることが許されよう。既に指摘されるように、『問はず語り』や『増鏡』が、この樺桜の比喩を踏まえる叙述により後深草院と前斎宮という異母兄妹間の恋を象るのは、中世の作者たちが樺桜をめぐる場面の中に禁忌の恋のイメージを読み取っ(32)ていることを証し立てるものであった。

さらに、先に触れた若紫の巻冒頭部の「三月のつごもりなれば、京の花、さかりはみな過ぎにけり。山の桜はまださかりにて、入りもておはするままに、霞のたたずまひもをかしう見ゆれば、かかるありさまもならひたまはず、ところせき御身にて、めづらしう思されけり」に遡ってみれば、これは紫の上をめぐる桜の比喩を導くものであると同時に、密事の暗示、予感を潜めたものとしても読み得るのではないか。夙《つと》に若紫の巻の前半に繰り返し登場する桜と「瘧病」との結び付きが、夜須礼御霊会の信仰を基盤にするものとして読み解かれている(33)。疫病の流行を鎮めるべく寛弘五年五月執り行われた紫野御霊会等を背景に置く時、京の花の盛りを過ぎた頃の、源氏の病（瘧病）という設定が、はじめて必然的なものとなると同時に、桜の精とも言うべき紫の上を発見することを機に病癒えるという構造も読み解けるのだという。瘧病と響き合っての「桜」が、若紫の巻の本質に深く関わるものであるとすれば、ほかならぬ当該巻の今一つのクライマックスである藤壺との逢瀬もまた、「桜」に導かれたものとみられまいか。桜咲き乱れる空間こそは、密事の暗示、予感を潜めたものであった。「わが罪のほど恐ろしう、あぢきなきことに心をしめて、生けるかぎりこれを思ひなやむべきなめり、……」（若紫二八六頁）と、源氏の顧みた藤壺との最初の逢瀬の時は、或いは冒頭部直前、「京の花」の盛りの季節に持たれたものではなかったか。果たして源氏帰京後の、初夏五月「藤壺の宮、なやみたまふことありて、まかでたまへり」（三〇五頁）という、藤壺の心痛故の病は時期的に平仄が合ってくるのではあった。

春の宴の華やかさを彩る背景に桜が浮かび上がり、美しい人を喩えるのに桜が用いられることと、一方で桜と禁忌の恋とが深く結び付くこととの裏側には、記紀、万葉以来の桜をめぐる古代人の心性の系譜が根を下ろしている。即ち木花之佐久夜毘売の挿話のような美とはかなさとを裏腹にするものの構造化、そしてまた桜児の物語における滅びを象る桜の定位、また、御霊信仰と結び付く、桜の花の散る頃には悪霊がはびこるとの発想等の、桜をめぐっての心性が、危うくもまた滅びを予感させる禁忌の恋との結合を根深く支えるものにほかならない。

柏木の恋と桜

夕霧の、義母紫の上への恋は、彼の「まめ人」たる属性の故にも不発に終わった。代わって若い日の光源氏の犯しの陰画を刻む役割を負わされたのが柏木である。第二部の新たな主題は、降嫁した源氏の若い妻、女三の宮と柏木との密事をめぐって展開される。柏木の禁忌の恋が、晩年の光源氏の前にものの見事に陰画を浮かび上がらせ深い衝撃を与える。禁忌の恋と桜とが最も根深い密着の相をみせるとおぼしき柏木の物語を考察せねばならない。

柏木の女三の宮への憧れは、「皇女たちならずは得じ」（若菜上三〇頁）との彼の高い志に根差すものとして若菜上の巻の開始以来述べられるのだが、降嫁から既に一年を経た春、六条院での蹴鞠遊びの折の垣間見が、その憧れを異様なまでに高め、さらに六年の歳月を経て密通へと突き進む大きな契機として位置付けられている。それは、「三月ばかりの空うららかなる日」、夕霧や柏木をはじめとする太政大臣の子息らが六条院に集まっての華やかな蹴鞠遊びの一日であった。細井貞雄『空物語玉琴』(34)によれば、この件は、『宇津保物語』の国譲の中の巻と楼の上の上の巻の二箇所を踏まえて描かれたものだという。

A　かくて、[a]左の大殿・左衛門の督の君・[b]蔵人の少将・宮あこの侍従など参り給へり。宮たち・おとどたち「いざ、かかる所にて脚病いたはらむ」とのたまひて、「をかしき鞠のかかりかな」と、興あるまで[c]鞠遊ばす。皆上手なり。人々装束し給へり。宮たち・おとどたちは直衣たてまつれり。大将のおとど・蔵人の少将、鞠も上手、さまもよく見ゆ。宮たち「あやしのわざや」とて御覧ず。

暮れぬれば皆入り給ひぬ。宮たちは二の宮の御方に入り給ひぬ。……

（国ゆづりの中　一三四頁）

A′　三月ばかりの空うららかなる日、六条院に、[a′]兵部卿宮[b′]衛門督など参りたまへり。……大将の君は丑寅の町に、人々あまたして鞠もてあそばして見たまふ、と聞こしめして、「乱れがはしきことの、さすがに目さめてかどかどしきぞかし。いづら、こなたに」とて御消息あれば、参りたまへり。若君達めく人々多かりけり。「[c′]鞠持たせたまへりや。誰々かものしつる」とのたまふ。「これかれはべりつ」「こなたへまかでんや」とのたまひて、……

（若菜上　一二八―一二九頁）

B　……入日のいと赤くさし入りたるに、いぬ宮、白い薄物の[a]細長に、二藍の小袿を着給ひて、たけは三尺の[b]几帳にこえぬほどなり。[c]御髪は糸を縒りかけたるやうにて、細脛にはづれたり。扇の小さきささげ給ひて、ちご・おとなども三四人そひてあれど、「ころよころよ」とて、簾のもとに何心なく[d]立ち給へるに、風の簾を吹きあげたる、立てたる几帳の側より、[e]かたはら顔の透きて見え給へる様体、顔いと花やかに愛しげに、「あな、めでたのものや」と見え給ふを、え念じ給はで、笑みて見やり給ふに、大将、あやしと見おこせ給ひ、あらはなれば、「いと不便なりや」とて立ち給へば、「何の不便なるぞ。若き時は、うちはづれてほのかに人に見え給へるこそ愛しけれ。世の中にののしり給ふ人も、むげに見ぬは、心地むつかしき時は、『いでや、いかがありけむ』と見ゆるものなり。いみじう、世に物思ひは出で来ぬべき世なめり」とて、飽かず愛しうおぼえ給ふ。

（楼の上の上　三〇〇―三〇一頁）

B′　几帳[b′]の際すこし入りたるほどに、袿姿にて立ちたまへる人[d′]あり。階より西の二の間の東のそばなれば、紛れどころもなくあらはに見入れらる。紅梅にやあらむ、濃き薄きすぎすぎにあまた重なりたるけぢめ華やかに、草子のつまのやうに見えて、桜の織物の細長[a′]なるべし。御髪の裾までけざやかに見ゆるは、糸をよりかけたるやうになびきて、裾のふさやかにそがれたる、いとうつくしげにて、七八寸ばかりぞあまりたまへる[c′]。御衣の裾がちに、いと細くささやかにて、姿つき、髪のかかりたまへるそばめ、いひ知らずあてにらうたげなり[e′]。

（若菜上　一三二―一三三頁）

Aは、酷暑の頃の桂殿での遊びの一日、左の大殿以下の貴人達が参集して蹴鞠を描く箇所である。A′はもとより六条院に貴公子達を集えての場面であり、中でも特に「督の君」[b]「衛門督」[b′]などAA′の表現の対応する箇所を傍線で示した。（但し、女二の宮に特に深い関心を持つという意味で「衛門督」柏木に対応するのは、蔵人の少将近澄の方である。）Aにおける左衛門の督の君以下の君達、正頼の子弟は、折から桂殿に静養に赴いた仲忠夫妻に同行する女二の宮の懸想人としてここに集まっている。A′の、とりわけ女三の宮への憧れを密かに温める柏木をはじめとする君達が参集しての蹴鞠遊びの源泉を、ここに確実に押さえることができよう。

Bは、七歳ほどの犬宮の可憐な容姿を、風に吹き上げられた御簾の間から源涼が、垣間見て感動する場面である。八月十三日の楼への移転を前にしての出来事で、犬宮は「白い薄物の細長に、二藍の小袿」を着ているのだから、おそらく季節は夏であろう。B′の、柏木の女三の宮垣間見場面は、御簾を巻き上げたのが風のしわざならぬ、小さな「唐猫」のいたずらとなっているといった状況設定の違いはあるものの、各々の傍線部に示したように、几帳を小道具に、立ち姿の人の着ているもの、髪の「糸をよりかけたるやう」な美しさ、その長さ、容姿の美しさ……と、垣間見の対象を刻み上げていく方法など細部にBの受容の跡を辿り得る。

即ち、柏木の悲恋の大きな転換点となった蹴鞠の日の垣間見は、まさしく『宇津保物語』の二箇所を汲み上げつつ成立したものにほかならない。一方、その照応の跡を辿れば辿るほど、ここに一つの相違点が大きく浮かび上がってくる。それは、背景となる季節の問題である。『宇津保』の各々の場面が、共に夏を背景にしているのに対して『源語』のそれは三月晩春の設定である。だからこそ次のような記述が立ち現れる。

やうやう暮れかかるに、風吹かずかしこき日なり、と興じて、弁の君もえしづめず立ちまじれば、……大将も督の君も、みな下りたまひて、えならぬ花の蔭にさまよひたまふ。夕映えいときよげなり。をさをさ、さまよく静かならぬ乱れ事なめれど、所がら人柄なりけり。……御階の間に当れる桜の蔭によりて、人々、花の上も忘れて心に入れたるを、大殿も宮も隅の高欄に出でて御覧ず。（若菜上　一三〇―一三一頁）

六条院は、まさしく桜咲き、そして桜散り乱れる空間である。A「暮れぬれば」B「入日のいと赤くさし入りたるに」と、『宇津保』の各場面がおおよそ暮れ方にかけての時刻を設定したのを踏まえてか、『源語』も「やうやう暮れかかるに」と時間を定める。時刻までも『宇津保』を意識しているのだとしたら、なぜ六条院の蹴鞠は、初夏の出来事と記されなかったのか。当該巻のこの辺りの叙述の時間を点検してみると、「三月十余日」の明石の女御の出産、明石一族の物語の総決算に引き続いて、おそらく三月下旬の蹴鞠の遊びという流れを見取り得る。宮を垣間見ての柏木の惑乱と異様な執心が、続く下巻にさらに描かれ、その後四年間の空白が置かれていることをみれば、わざわざ蹴鞠を女御出産の三月十余日に接近するものとして書かねばならぬ年立上の理由も見当たらない。『宇津保』に引かれて、初夏の一日の出来事とするのに何ら時間的な不都合はなかったはずである。

にもかかわらず、三月を選び取ったのは、ここに大きく桜の影を求めるためではなかったか。そう考えるのは、この蹴鞠と垣間見との場面に、くどいほど繰り返し桜、花が立ち現れることに大きく因っている。鞠に夢中の時が過ぎ、やがてふと息を入れる夕霧の「うちとけ姿」に、花は「雪のやうに降りかか」り、「しをれたる枝」を手折った彼は、御階の中程に坐り休む。その夕霧に続いて、柏木その人が、「花乱りがはしく散るめりや。桜は避きてこそ」と呟き、散り溢れる花に導かれるかのように「宮の御前の方」に目を遣る折から、唐猫が御簾の端より走り出て宮の姿が露《あらわ》に見出されるのであった。桜は、ここではとりわけ、散り乱れるそれにほかならない。

夕影なれば、さやかならず奥暗き心地するも、いと飽かず口惜し。鞠に身をなぐる若君達の、花の散るを惜しみもあへぬけしきどもを見るとて、人々、あらはをふともえ見つけぬなるべし。猫のいたくなけば、見返りたまへる面もちもてなしなど、いとおいらかにて、若くうつくしの人や、とふと見えたり。（若菜上　一三三頁）

六条院の庭に佇む柏木の上には、絶え間もなく花が散りかかり、その散る花の向こう側に柏木は女三の宮の姿を視ている。「夕影」、つまり夕暮れの光の中におぼろに浮かび上がった女三の宮のあえかな姿は、花の向こう側の一瞬の陰画さながらに柏木の目の底に焼き付いた。「鞠に身をなぐる若君達の、花の散るを惜しみもあへぬけしきどもを見るとて、人々、あらはをふともえ見つけぬなるべし」と、語り手は柏木の側から、女三の宮の女房側の視線の状況を説明する。花の散るのを惜しむのさえ忘れて蹴鞠に熱中する若い君達を見るのに夢中で、こちらからまる見えになったことにも気付かなかったのである、と。侍女側の視線のここでの導入によって、六条院の花の庭の構図が「花の散るを惜しみもあへぬ」と一瞬逆照射され、散る花の中での柏木の垣間見という状況が鮮やかに結像する。

散り乱れる桜の中で、一種の狂気とも呼ぶべき、恋の熱が柏木に取り憑いたとみるべきか。(35)それはまた、花の散る頃にはびこる悪霊の仕業だったのか。垣間見の引き起こした彼の惑乱は、さらに次のように象られるのであった。「いといたく思ひしめりて、ややもすれば、花の木に目をつけてながめやる」（若菜上一三五頁）と。また、蹴鞠の後の宴果てて、夕霧は柏木に、「今日のやうならん暇の隙待ちつけて、花のをり過ぐさず参れ、とのたまひつるを、春惜しみがてら、月の中に、小弓持たせて参りたまへ」(同一三七頁) と語り、それを受けて、三月晦日の「そのあたりの花の色をも見てや慰む」(若菜下一四五頁) との、柏木の再度の六条院訪問が描かれるのであった。

一方、柏木は蹴鞠の日の帰途、夕霧に対し源氏への不満を滲ませながら宮に寄せる同情を語り、歌を詠む。

「いかなれば花に木づたふ鶯のさくらをわきてねぐらとはせぬ
春の鳥の、桜ひとつにとまらぬ心よ。あやしとおぼゆることぞかし」(若菜上　一三八頁)

柏木の独り善がりな思い込みを夕霧は受け止めかねて、不吉な不安さえ胸を過《よぎ》るのではあったが、柏木がこの時女三の宮を「桜」に見立てたことを改めて確認せねばなるまい。散る桜の向こう側の画像は、柏木の中で桜そのものと重なって刻まれた。

「一日、風にさそはれて御垣の原(36)を分け入りてはべりしに、いとどいかに見おとしたまひけん。その夕より乱り心地かきくらし、あやなく今日はながめ暮らしはべる」など書きて、

よそに見て折らぬなげきはしげれどもなごり恋しき花の夕かげ　(若菜上　一四〇頁)

小侍従に書き送った手紙の中で、女三の宮が再び「花」と捉えられていることと共に、「夕」「夕かげ」という時間に注目したい。柏木の目と心とには、夕暮れの光の中に見た散り乱れる花と女三の宮の姿という三つの組み合わせが、鮮やかに焼き付けられている。それ故にこそ再度の彼の六条院訪問の場面も、「暮れゆくままに、今日にとぢむる霞のけしきもあわたたしく、乱るる夕風に、花の蔭、いとど立つことやすからで、……」(若菜下一四六頁) と、夕暮れと花――桜――との組み合わせの中に繰り返し記されることになったのではなかったか。夕暮れという時間そのものは、先にも触れたように『宇津保物語』に引かれての設定であるにもせよ、柏木の心に焼き付いた夕暮れと桜との結び付きは、『源氏物語』の切り開いた新たな世界とみることができる。一方、ここでの桜は、ほか

ならぬ散る桜であった。桜の花の散る頃に跋扈するという悪霊に、柏木もまた、魅入られてしまったのであろうか。ともあれ、『古今集』の中に、夥しく鏤められた散る桜花の歌の美意識を負いつつ、さらにその散る花と「夕べ」という時間とが切り結んで、ただならぬ不安を揺曳させるという、『源氏物語』固有の在り方が定位された。

けだしたとえば『古今集』を繙いても、「95いざ今日は春の山辺にまじりなむ暮れなばなげの花の陰かは」の如く「夜桜の花明かり」[37]の美を詠む歌はみえるが、夕暮れの桜を愛でる発想は見当たらない。むしろ『万葉集』にかえって「1749白雲の　竜田の山を　夕暮に　うち越え行けば　滝の上の　桜の花は　咲きたるは　散り過ぎにけり……」の如き、夕暮れと散る桜との組み合わせが見えるのであるが。ところが後に状況は一変する。

　　山里にまかりてよみ侍りける　能因法師

116山里の春のゆふぐれきてみればいりあひの鐘に花ぞ散りける　（『新古今集』[38]）

謡曲「道成寺」の引歌ともなったこの周知の能因の歌以降、「259のどかなるいりあひのかねはひびきくれておとせぬ風に花ぞちりける」（『玉葉集』）、「203花のうへのくれゆく空にひびききて声に色ある入逢のかね」、「247ちりのこる花おちすさぶ夕ぐれの山のはうすきはるさめの空」（『風雅和歌集』）等、夕暮れととりわけ散る桜とを結び、或いはさらに無常観に繋ぐ歌がしばしば目に付くようになる。つまり、歌の世界で、夕暮れと散る桜との組み合わせが盛んに辿られるようになるのは、『源氏物語』の後の時代になってのことではあった。

但し、たとえば『宇津保物語』には、「花誘ふ風ゆるに吹ける夕暮に、花雪のごとくふれるに、……」（国ゆづりの下二四九頁）「夕暮に花をさそふ風はげしくて、おほん幕吹き上げたるより見入るれば、……」（かすが詣一七〇頁）といった叙述がみられ、夕暮れと散る桜とを組み合わせる美意識を窺うことができる。『源氏物語』は、不安を大きく孕む場面のただ中に、こうした美意識を取り込んだと言ってよい。夕べの消えようとする薄い光の中に浮かび上がり散る桜は、『源氏物語』の禁忌の恋の滅びの図柄を、陰翳深く彩るものであった。だからこそ、それを潜り抜けて能因の歌のような無常観に繋がる世界が開かれてくるということなのだろうか。

禁忌の恋と桜とが、柏木の物語において最も深い結合の相をみせていることはもはや言を俟たない。柏木が、やがて悲恋・密通の果て、源氏への恐懼を改めて深く実感させられたのは、源氏と目を「見あはせたてまつりし夕のほど」(柏木二八五頁)であったと自ら語っていること、また死を前に「行く方なき空のけぶりとなりぬとも思ふあたりを立ちははなれじ　夕はわきてながめさせたまへ」(同二八六―二八七頁)と、女三の宮に消息していることなどを顧みる時、柏木と「夕べ」という時間の因縁の深さを確認せざるを得ない。或いは、「夕べ」という時間もまた、滅びや死と濃く関わるものだった(39)のだろうか。「夕べ」という時間、そして「散る」という属性と組み合わせられることにより、「木花之佐久夜毘売」以来の伝統を負う桜の脆さ、はかなさ、滅びへの予感といった、美の一方での属性が一入際やかに浮上し、柏木の滅びへ向かう禁忌の恋を深く象り導くのであった。無常は、ついそこに見えている。

おわりに

桜の下で、華麗な宴がさまざまに催され、同時に桜の下で、暗い滅びの予感を潜める禁忌の恋が密かに育まれる。『源氏物語』の「桜」は、作品そのものの、たとえば栄華と罪という背反する二つのものを綯い合わせての構造化という固有の在り方を、そのままに負って映像化されている。或いは、桜もまた、と言うべきなのだろうか。

同時に、それは美しさとはかなさとの両義を見取る古代人の、「桜」をめぐる心性をさながらに負っての映像なのでもあった。最も美しく、そして最も深く暗い禁忌の恋のイメージと結んで、「桜」を物語の中に定位した時、その古代人の心性は見事に艶やかな一つの結実を得たという述べ方も、むしろ許されるのではあろうか。

注

（1）花の用例については、広川勝美編『源氏物語の植物』（昭53　笠間書院）を参照した。

（2）西角井正慶「花祭り」『村の遊び』（昭41　岩崎美術社）、武井正弘「花祭の世界」『日本祭祀研究集成』㈣（昭52　名著出版）

（3）斎藤正二「桜」『植物と日本文化』（昭54　八坂書房）、牧野和春『桜の精神史』（昭53　牧野出版）など参照。

（4）「花の話」『古代研究民俗学篇1』折口信夫全集㈡（昭40　中央公論社）

（5）浅野建二「京紫野今宮鎮花祭歌について」『山形大学紀要』（昭28・3）、室伏信助「源氏物語の発端とその周辺」『国学院雑誌』（昭32・6）、のち『王朝物語史の研究』（平7　角川書店）所収。三谷栄一「源氏物語と鎮華祭（はなしずめまつり）」『武蔵野文学』（昭44）

（6）『旅に棲む』（昭60　角川書店）一三頁。又、「神が依り憑く」状態を示す「サカ」という接頭語と、「咲く」「咲か」は関係付けられるのではないか、という御教示を多田一臣氏より得た。

（7）本文は、岩波日本古典文学大系に拠る。

（8）「阿摩比能微」は、「難解の語でまだ確説はない」（倉野憲司『古事記全註釈』㈣）とされるが、一応『古事記伝』等の「脆く不堅固《はかな》き意」に拠り解釈しておく。

（9）（8）倉野氏前掲書二〇九頁。

（10）（3）斎藤氏前掲書四一頁。

（11）本文は、岩波日本古典文学大系に拠る。

(12) 山田孝雄『桜史』(昭16　桜書房)一三頁。
(13) 本文は、小学館古典文学全集に拠る。
(14) (6)の書に同じ。
(15) 各々の歌数については、松田修『植物世相史』(昭46　社会思想社)を参照した。ちなみに『万葉集』の中で最も多いのは、萩の歌一三七首である。
(16) (6)の書に同じ。
(17) 松田武夫『古今集の構造に関する研究』(昭40　風間書房)
(18) 平沢竜介「古今集における想像力――桜の歌群の分析を通して――」『日本文学』(昭59・9)
(19) 本文は、旺文社文庫に拠る。
(20) (17)に同じ。
(21) (3)斎藤氏前掲書には、「今は帰らぬ〝ユートピア〟への讃歌であった」とある。氏は、桜を神仙思想を表すシンボルであるとし、また「ユートピア」の象徴そのものであるとされる。(「サクラと日本文学」『花材別いけばな芸術全集』㈣(昭49　主婦の友社))
(22) 河添房江「花の喩の系譜」(『日本の美学』昭59・10)、のち『源氏物語表現史』(平10　翰林書房)所収。
(23) 山口仲美「源氏物語の比喩表現」『平安文学の文体の研究』(昭59　明治書院)
(24) 風巻景次郎「続桜桃攷――カニハサクラ・カハサクラ・カニハ・カハ考――」『風巻景次郎全集』㈣(昭44　桜楓社)
(25) (22)(23)参照。
(26) (22)に同じ。
(27) 本文は新潮日本古典集成に拠る。
(28) 本文は角川文庫に拠る。
(29) (5)三谷氏前掲論文、及び三谷栄一「源氏物語における民間信仰」『源氏物語講座』㈤(昭46　有精堂)

(30) 三苫浩輔「朧月夜をめぐる光源氏と朱雀帝」『国学院雑誌』(昭59・6)
(31) 高橋亨「可能態の物語の構造――六条院物語の反世界」『源氏物語の対位法』(昭57　東京大学出版会)
(32) (22)に同じ。
(33) (5)室伏氏前掲論文。なお、若紫の巻の桜については、(1)5「若紫の巻をめぐって――藤壺の影――」にも触れるところがある。
(34) 「空物語玉琴(一)」中野幸一編『うつほ物語資料』(昭56　武蔵野書院)
(35) 柏木の女三の宮垣間見の場面をめぐり、野口武彦氏に、官能の象徴としての桜という視点からの言及があることを付け加えたい。(「桜の官能」『花の詩学』(昭53　朝日新聞社))
(36) 「御垣の原」については、『河海抄』に「千世までも咲そはしむる桜花みかきかはらにほりうへしより」「百敷やみかきかはらの桜花春したえすはにほはさらめや」の歌(但し、年時的には『源氏物語』以後の歌ではある)が示されており、『花鳥余情』には「よしの《(よしのゝ)》名所也三宮の御かたにたとふ」とあって、いずれにしても「花―女三の宮」の読みを間接に響かせる語であるとおぼしい。
(37) 中西進「雲林院〈花の象〉」『短歌』(昭61・4)
(38) 本文は、新潮日本古典集成に拠る。
(39) 河添房江「源氏物語における夕べ――その表現史的累層――」『むらさき』(昭57・7)、のち(22)の書に所収。

I

『源氏物語』の人物と表現——その両義的展開

(3) 宇治十帖の人物と表現

1　宇治の阿闍梨と八の宮——道心の糸——

はじめに

『源氏物語』第三部、とりわけ「宇治十帖」とよばれる巻々の世界が、物語の中に仏道——宗教の問題——を重く抱え込んでいることは知られる通りである。新たに選び取られた男性主人公薫をめぐって、「道心」と「恋」との物語が霧流れる宇治の地を背景に展開されようとする、その開始の原点に宇治の阿闍梨の姿はあった。僧侶の「世語り」（具体的には冷泉院の許での）を、物語の場に持ちこむことによって薫と八の宮、即ち都と宇治という二つの隔絶した世界が結び付けられようとする。第三部の世界の問題、とりわけ道心にまつわる問題は、それ故阿闍梨と八の宮をめぐってのそれから解きほぐされるべきだろう。以下、考察を試みたいと思う。

一　宇治の阿闍梨と八の宮、そして薫

峰の朝霧晴るるをりなくて明かし暮らしたまふに、この宇治山に、聖だちたる阿闍梨住みけり。才いとかしこくて、世のおぼえも軽からねど、をさをさ公事にも出で仕へず籠りゐたるに、この宮のかく近きほどに住みたまひて、さびしき御さまに、尊きわざをせさせたまひつつ、法文を読みならひたまへば、尊がりきこえて常に参る。

（橋姫㈤　一一九頁）

北の方も、邸さえも失い、「世に数まへられたまはぬ古宮」は宇治の地に移ろい住む。「峰の朝霧晴るるをりな」い、その八の宮の日々に現れたのが「聖だちたる阿闍梨」であった。「阿闍梨」という僧位を与えられ、(1)しかも「聖だちたる」(2)という具合に半ば既成の教団から離れた修行の在り方を意味する言葉を担う阿闍梨が、八の宮の法の師として与えられた人物であったと言えるだろう。彼の導きの下に、いよいよこの世の「あぢきな」さを思い知り、「心ばかりは蓮の上に思ひのぼり」と、八の宮の観想の果ての思いはいっそう深まってゆく。(3)それは、しかしながら、言うまでもなく「峰の朝霧晴るるをりなくて」と記された八の宮をめぐっての内的外的状況のもたらす思いであったと、逆に述べることが許されよう。八の宮自身にその様相を明かす言葉がある。

ここには、さべきにや、ただ、厭ひ離れよと、ことさらに仏などの勧めおもむけたまふやうなるありさまにて、おのづからこそ、静かなる思ひかなひゆけど、……

（橋姫　一二四頁）

『往生要集』の中心思想、「厭離穢土欣求浄土」がそのままの形で用いられている(4)八の宮の述懐の中に、如何とも し難い過酷な零落の運命が、そのまま八の宮の道心を育んでいったことが明らかにされる。「わが身に愁へある時」

にこそ道心も起こるのだと、道心が、実は運命の無慙と密接な関わりを持つことを知る八の宮故に、かの薫の求道の思いを知らされた時の賛嘆の念は深い。

八の宮の過酷な落魄の日常は、一方「宇治」という物語の選び取った「場」に極めて深く結び付いたかたちで象られ、その道心の様相も語られる。「いと荒ましき水の音波の響きに、もの忘れうちし、夜など心とけて夢をだに見るべきほどもなげに、すごく吹きはらひたり。『聖だちたる御ためには、かかるしもこそ心とまらぬもよほしならめ、女君たち、何心地して過ぐしたまふらむ。世の常の女しくなよびたる方は遠くや』と推しはからるる御ありさまなり」（橋姫一二四―一二五頁）といった具合に、宇治にまつわる和歌的イメージの中心としての「川」[5]さえも、物語においては、時に荒々しく轟き、「心とけて」みる夢さえも破り、いきおい修道を要請するものとして描かれる。川にまつわる和歌的イメージは、道心の反措定[6]として置かれるが、物語は今一つ異なる川のイメージを創造し、その響きを轟かせることによって、与えられた「場」における八の宮の日々、それと道心との関わり方を自ずから証し立てているのであった。阿闍梨の指導の下に、そういう宇治において、世俗から疎外されたが故にその失われた矜恃を仏道と結ぶことにより、取り戻そうとするはかない試みが重ねられていくのであった。世俗への執心を裏返しにした、零落に対するはかなく主観的な対処[7]としての八の宮の道心の様相ではあった。

ところが、その八の宮のことが、冷泉院の許に伺候する阿闍梨の口から、折しも冷泉院と共にあった薫に、「八の宮の、いとかしこく、内教の御才悟深くものしたまひけるかな。さるべきにて生まれたまへる人にやものしたまふらむ。心深く思ひすましたまへるほど、まことの聖の掟になむ見えたまふ」（橋姫一二〇頁）と伝えられる時、零落と結び付いたその道心の構図は抜け落ち、心深く「思ひすまし」ているという外形だけが伝わっていることに注意しなければならない。

我こそ、世の中をばいとすさまじう思ひ知りながら、行ひなど人に目とどめらるばかりは勤めず、口惜しくて過ぐし来れと人知れず思ひつつ、俗ながら聖になりたまふ心の掟やいかにと、耳とどめて聞きたまふ。
（橋姫　一二〇頁）

出生の秘密を負い、ほかならぬその秘密の上に華やかな世俗の栄華が構築されるのをじっと見守る薫が、自ら道心を育んでいったことは匂宮の巻に明らかにされていた。「世の中をばいとすさまじ」と知りながらも、ともすればはかない日常に埋もれがちのその道心に比べて、阿闍梨の言葉を通しての八の宮の在り方の、如何ばかり魅力的だったことか。憧れに満たされ、彼は阿闍梨に仲介を頼むのであった。

一方、八の宮の驚きと、「かへりては心恥づかしげなる法の友にこそはものしたまふなれ」という反応は当然だ。自らの、零落のはかない慰めとしての道心を顧みる時、「年若く、世の中思ふにかな」い、世俗の栄華のただ中に時めくとみえる薫の道心は、不可思議にも類い稀に「あり難」く思われる。秘密を知るよしもない者にとって、薫にこそかえって心恥ずかしい法の友を見出す反応は、ほぼ当然だろう。こうして、阿闍梨の仲介によって二人の親交は開始された。それは共々に、得がたい規範を相手の中に見出したと信じる、一つの錯誤の上に築かれた空中楼閣であったと言うほかはない。道心という、極めて精神的な共通の問題をめぐっての交わりでありながら、既にそこに一つの空しさが秘められていたことを見逃すわけにはいくまい。宇治の阿闍梨はその原点にあったことになる。(8)物語は皮肉を帯びている。

その親交に潜む空しさが、薫の法の師としての八の宮のあやにくな役割――薫と姫君とを結び付け、かつ引き裂くという――を導き出し、限りなく近付きながら永遠に結び合わぬ恋の物語を切り開いていったことを付け加えておくべきだろう。落魄の八の宮にとって、姫君達の行く末を心遣い、薫を「近きゆかり」とみることができたら……と切実に願う気持を抱くことは必然だ。それを、「さしも思ひ寄るまじかめり」と諦めさせてしまうのが、例の薫の道心一途のあり方――得がたき法の友と八の宮の見なす――である。かろうじて自分の死後のとりとめもない後見を依頼する八の宮に、薫とてもまた、姫君への関心は充分持ちながら、あくまで「道の交わり」という枠を崩すわけにはいかず、「世の中に心をとどめじとはぶきはべる身にて、何ごとも頼もしげなき生ひ先の少なさになむはべれど、さる方にてもめぐらひはべらむ限りは、変らぬ心ざしを御覧じ知らせんとなむ、思ひたまふる」などと、匂宮が聞いたら噴き出すばかりの畏まりようだ。後見依頼というかたちで、八の宮が姫君を薫に結び付け、薫の側でもまた、その受諾というかたちで姫君と関わりつつも、なお決定的な結び付きからはどこかずれてしまっている。

さらに、薫に対する後見依頼の一方で、その依頼の曖昧さの故に、「おぼろけのよすがならで、人の言にうちなびき、この山里をあくがれたまふな」と姫君達に非情な遺戒――姫君達には実質的に結婚否定と受け止められる――を与えることによって、八の宮の役割のあやにくさは根深く機能し始める。後見依頼を楯に、姫君に近付こうとし、しかも強硬に懸想人としての在り方を貫き得ない薫。遺戒を押し立て拒む姫君。あやにくな恋の展開を支える要因が、一つここにあったと言えるであろう。

二　『往生要集』をめぐって

さて、一方阿闍梨が八の宮と結んだかたちで、どのような思想を物語に現し、それが如何なる問題を孕んでくるかを具体的に辿ってみたい。『往生要集』との関わり方が、まず顧みられる。既に八の宮をめぐって、要集の説く

「尋常の念仏」、「別時の念仏」、「臨終の念仏」が各々そのまま物語に影を落としていることが、岩瀬法雲氏などによって指摘されている。阿闍梨をその導き手とする八の宮の精神生活が、『往生要集』に根深く繫がるものであったことは知られる通りである。(9)

往生こそがその目的なのであるから、『往生要集』の最も重視するのは、言うまでもなく臨終の念仏である。そこで、ここでは八の宮の臨終をめぐって、阿闍梨と八の宮との取った態度を、今一度、顧みることにしたい。

○秋ふかくなりゆくままに、宮は、いみじうもの心細くおぼえたまひければ、例の、静かなる所にて念仏をも紛れなうせむと思して、君たちにもさるべきこと聞こえたまふ。「世の事として、つひの別れをのがれぬわざなめれど、……」などのたまふ。（椎本　一七六頁）

○阿闍梨つとさぶらひて、仕うまつりけり。「はかなき御悩みと見ゆれど、限りのたびにもおはしますらん。君たちの御こと、何か思し嘆くべき。人はみな御宿世といふもの異々なれば、御心にかかるべきにもおはしまさず」と、いよいよ思し離るべきことを聞こえ知らせつつ、「いまさらにな出でたまひそ」と、諫め申すなりけり。（椎本　一七九―一八〇頁）

八の宮は、はっきりとその死を自覚して山荘を離れ、別所――宇治の阿闍梨の寺――に赴くようである。寺へ入ろうとする日、彼は懐かしいかりそめの住居の見納めとばかりに、山荘をあちこちたたずみ歩き涙ぐんでいる。姫君達に、「この山里をあくがれたまふな」という例の厳しい遺言を与え、懐かしい山荘を後に、八の宮は寺に入る。この寺、別所は従ってこの場合殆どいわゆる「往生院」とよばれるものと同質のものと見なされるであろう。

『往生要集』をその結衆の具体的な念仏の指針としたと言われる二十五三昧会の起請に、次のような規定があることをここで思い起こさねばならない。

一、可下建二立房舎一宇一。号二往生院一。移中置病者上事。
右人非二金石一。遂皆有レ憂。将造二一房一。其時可レ用レ願。……
（『横川首楞厳院二十五三昧起請』[10] 定起請）

一、可下建二立別処一号二往生院一。結衆病時令中移住上事。
右案二旧典一云。人受病時。仏勧二移処一。衆生貪着至レ死不レ捨恐在二旧所一恋二愛資財一染二著眷属一故。避二住処一令レ生二厭離一。知二無常之将一レ至。使二正念而易一レ興也。云云
（同起請八箇条）

一、可二結衆病間結番瞻視一事。
……命若瞋風燭相集而念仏。或随二平年所行一讃嘆如二十誦律之説一。或問二病眼所見一。而記録如二道和尚之誡一。夫趣二善悪之二道一。唯在二臨終之一念一。善知識縁専為二此時一也。
（起請八箇条）

結衆の中に病人が出たら、往生院と名付ける別処を建て、そこに移し、そのことによって資財やゆかりの人々に対する執着を捨て易くすることがまず勧められる。さらに説かれるのが、その往生院での臨終の際、念仏を勧めるための善知識の存在の重さであった。

おそらく源信その人の思想と同一視することのできる臨終をめぐってのこれらの思想、作法は、物語の阿闍梨と八の宮のあり方に実はそのまま重ねられる。死を覚悟して別所——阿闍梨の寺——に赴く八の宮に「つとさぶらひて」仕える阿闍梨は、「すこしもよろしくならば」山を降り姫君達にひと目会おうとする八の宮を引きとめる。姫君達のことはお気になさいますな、「御宿世」というもの、人各々なのだからと。肉親の情、心掛り——執着——を捨て往生を遂げることができるようにと、法の師、つまり善知識である阿闍梨は懸命に力を尽す。殆ど起請に示されるあり方の具象化そのものである。さらに、「阿闍梨、年ごろ契りおきたまひけるままに、後の御事もよろづに仕うまつる」との一文が、『往生要集』の臨終行儀に説かれる、「病人、もし前境を見れば、則ち看病人に向ひて

説け。既に説くを聞き已らば、即ち説に依りて録記せよ。[11]……」という在り方を含めた「後の御事」を勧める阿闍梨の姿を現すものであると見得ることと合わせて、臨終をめぐっての二人の行為は、源信の説く作法にそのまま則ったかたちで写されていると言える。源信の影は、しばしば指摘されるように横川の僧都に関わるもののみではなかった。

「亡き人になりたまへらむ御さま容貌をだに、いま一たび見たてまつらむ」と思しのたまへど、「いまさらに、なでふさることとかはべるべき。日ごろも、またあひたまふまじきことを聞こえ知らせつれば、今はまして、かたみに御心とどめたまふまじき御心づかひをならひたまふべきなり」とのみ聞こゆ。おはしましける御ありさまを聞きたまふにも、阿闍梨のあまりさかしき聖心を憎くつらしとなむ思しける。（椎本　一八一頁）

八の宮の遺骸をその娘に見せないというこの阿闍梨の非情な冷徹さが、「阿闍梨のあまりさかしき聖心を憎くつらしとなむ思しける」と姫君達に言わせることによって、作者の批判の対象となっているという見方がある。[12]こうした見方は、たとえば橋姫の巻において、「聖だつ人才ある法師などは世に多かれど、あまりこはごはしうけ遠げなる宿徳の僧都僧正の際は、世に暇なくきすくにて、ものの心を問ひあらはさむもことごとしくおぼえたまふ、また、その人ならぬ仏の御弟子の、忌むことを保つばかりの尊さはあれど、けはひ卑しく言葉たみて、……」（橋姫一二六頁）という僧侶観を述べ、それに見事に対比される如き八の宮の道心の在り方を讃えている箇所を捉えて、八の宮に作者のうべなう仏道の受けとめ方が託されているというふうに結論する[13]のと同様の構造に支えられていよう。見落としてならないのは、八の宮を良しとする出家観を持つのが薫であり、また阿闍梨の行為を「憎くつらし」と感じるのは姫君であって、それは必ずしも作者その人の考え方には繋がらないということではないか。作中人物の言葉の背後に、生のかたちで作者の考え方を窺うのは避けるべきであろう。阿闍梨は、確かにここで姫君達に非情と思われ批判されているけれども、必ずしもそれは作者自身の批判を意味しないだろう。むしろ、既に述べてきたことから、『往生要集』――浄土思想――が、究極的には往生を目指すものなるが故に、臨終行儀、念仏を重視していることが知られる時、そういう思想を担って登場する阿闍梨が、八の宮の臨終正念、往生を重んじるが故に、姫君達の願いを斥ける態度を取ることは、その意味からすれば殆ど当然のように思われる。作者自身は、それに対してここで何ら批判を下しているわけではないことを押さえておこう。事実と、姫君達の感情とを語るのみではある。作者の批判意識はここでは透明だと言わねばならない。

宣長は、法師は「もののあはれ知らぬもの」と見なされることが多いけれども、実はそのようにみえる行為こそ、「長きよの闇にまどはむことを、あはれみてのをしへなれば、其道よりいへば、まことは物のあはれを深くしれる」ものなのだと説いている。(14) 宇治の阿闍梨のつれなさ、心強さも結局は表面的な「あはれ」を超えて救いをもたらそうとする、より深い「あはれ」に満ちた配慮であると考えられもするのである。物語に書き進められてきた八の宮の仏道の在り方は、色濃く『往生要集』の影を帯びていた。往生、臨終を重視するそのような教理に立つ時、宇治の阿闍梨の取る行為は、まさしく八の宮の救いのためのものにほかならず、その意味で宣長の言う、より深い「あはれ」を、教理的な文脈の上に示しているものと言える。

三　阿闍梨へのまなざし

作者が、阿闍梨について、少なくとも八の宮の臨終をめぐる場合においては、批判も否定もしていないことを述べてきたのだが、彼をめぐってはまた、宮に次いで大君も世を去り中の君ただ一人になったところにも、「君にとてあまたの春をつみしかば常を忘れぬ初わらびなり」（早蕨㈤三三六頁）などと、昔に変わらず山の蕨などを贈る場面が物語の中には置かれている。そうしたことから、花も実もある僧(15)、博愛の奥深くに潜在する僧(16)などと肯定的にのみ評価することにも問題は残るのだけれども、少なくともすべて否定的なかたちで阿闍梨が描かれているとは言えないことだけは確かである。そのことを確認した上で、さて阿闍梨をめぐる作者のまなざし、その描かれ方ということを今一度追ってみることにする。

　出家の心ざしはもとよりものしたまへるを、はかなきことに思ひとどこほり、今となりては、心苦しき女子どもの御上をえ思ひ棄てぬとなん、嘆きはべりたうぶ(17)。（橋姫　二二〇―二二一頁）

既に岩瀬法雲氏も指摘されることだが(18)、「はべりたうぶ」という語は、『源氏物語』に四例現れる。各々、博士（少女）、近江の君（常夏）、阿闍梨、仲信（蜻蛉）という人々をめぐって使われている。身分の低いもの、或いは博士や近江の君などその感覚のずれを笑いの対象にされる体の人々に、「はべりたうぶ」という語が用いられているのは特徴的なことだろう。阿闍梨にもまた、そういう言葉を使わせることによって、その感覚のずれを予想させるべく作者は意図したと考えてよい。すぐその後に続く部分で、姫君達の琴の音を「『いとおもしろく、極楽思ひやられはべるや』と、古代にめづ」ると聞いた冷泉院が、「ほほ笑みたまひて」とある。阿闍梨は、貴人達にそういうほほ笑みを誘うような感覚のずれを担う、やや無骨な像として、意識的に作者の目に晒され、刻まれているのではあった。

　年かはりぬれば、空のけしきうららかなるに、汀の氷とけたるを、あり難くも、とながめたまふ。聖の坊より、「雪消えに摘みてはべるなり」とて、沢の芹、蕨など奉りたり。斎《いもひ》の御台にまゐれる、「所につけては、かかる草木のけしきに従ひて、行きかふ月日のしるしも見ゆるこそをかしけれ」など、人々の言ふを、何のをかしき

ならむ、と聞きたまふ。（椎本　二〇四頁）

ここでの阿闍梨の扱われ方はさらに複雑だ。父君の死によって残された姫君達は深い悲嘆の中に閉ざされている。にもかかわらず春はめぐってきた。その悲しみと裏腹な春の明かるい晴れやかさ。姫君達にとっては、その明かるささえもどこかちぐはぐで、「あり難くも」という感懐に沈みこんでしまう。そっとしておいてほしい……、明かるくうららかな空の気色の裏側に、それ故なお深く姫君達の嘆息が聞こえるようだ。そういう折も折、阿闍梨の許から、みずみずしい芹や蕨が届く。こんなはかない草木《もの》からも、季節の変化が辿られるのが「をかし」いと、侍女達はさざめく。春なのだ。姫君達は、そういう春の中での、下から萌え出すような人々の胸を横切る陽気さに、目を塞ぐ思いである。「何のをかしきならむ」と、唇を噛み締めている。

ところで、新春の挨拶にと送られてきたのは、阿闍梨の芹や蕨ばかりではない。都の薫からも、匂宮からも、「をり過ぐさず」文が通う。

うるさく何となきこと多かるやうなれば、例の、書き漏らしたるなめり。（椎本　二〇五頁）

その「をり過ぐさ」ぬ「とぶらひ」については、何の経緯も記されることなく、語り手の「例の、書き漏らしたるなめり」という言葉の中に、作者は姿を消してしまっている。逆に言えば、ほかならぬ阿闍梨の贈った芹や蕨をめぐって、侍女達の反応を描き、それに対する姫君達の側のちぐはぐな思いを胸にした抵抗を浮き彫りにすることによって、はじめて匂・薫の新春の挨拶が抵抗なく物語に描かれ得た、ということになる。先ほどからみてきた感覚のずれたものとしての阿闍梨を捉える作者の視点は、こうしたかたちで物語に参与し、それを推し進めることになるのでもあった。

作者は、阿闍梨の道心の在り方を、かたくなだとして批判しているのでもない。かと言って、手放しで花も実もある僧と讃えて見つめているわけでもない。彼をめぐる作者の目は単純ではないことを、とも角もここでは押さえておこう。

四 「常不軽」へ

阿闍梨をめぐる作者のそのような複眼が、文脈の上で具体的に一つの像を結び、救いをめぐっての矛盾を思想的に浮き彫りにしてくるのが、総角の巻の大君の重い病の床である。

不断経の、暁方のゐかはりたる声のいと尊きに、阿闍梨も夜居にさぶらひてねぶりたる、うちおどろきて陀羅尼読む。老いかれにたれど、いと功づきて頼もしう聞こゆ。「いかが今宵はおはしましつらむ」など聞こゆるついでに、故宮の御ことなど申し出でて、鼻しばしばうちかみて、「いかなる所におはしますらむ。さりとも涼しき方にぞ、と思ひやりたてまつるを、先つころ夢になむ見えおはしましし。……」（総角 ㈤三一〇頁）

阿闍梨は、また「いと功づきて」陀羅尼をよむ密教系の僧でもあった。大君のいよいよ重い病に、薫の懸命な看護の意を汲んで、阿闍梨は、一心に修法につとめる。ところが、その折も折、彼は思いがけぬことを語り始めた。八の宮が救いを得られずに、迷っておられるらしい、私の夢に現れたと。

世の中を深う厭ひ離れしかば、心とまることなかりしを、いささかうち思ひしことに乱れてなん、ただしばし願ひの所を隔たれるを思ふなん、いと悔しき、……（同右）

「いささかうち思ひしこと」とは、八の宮が繰り返し「げに世を離れん際の絆《ほだし》なりけれ」（橋姫一五〇頁）と語っていた姫君達への執着、父性愛故のその将来への不安だろう。八の宮の担っていた問題は、やはりその意味で、道心と

「あはれ」との相剋、葛藤にほかならなかった。一方、八の宮の道心は、世俗の栄誉から疎外され弾き出された故に、捨て難いその矜恃を仏道の世界にはかなくとり結ぶものであったことは先にも触れた通りである。だとすれば、現在の姫君達に対する執着もまた、その意味で、彼女たちの矜恃の行く末を見定めるべく根深いと言い得る。現世への執着を、蓮の花香る極楽浄土を夢見、仏を観想するという、いささか美的享楽臭を帯びたはかない行為の中に紛らわすという道心の在り方には救いはなかった。その行為は、結局は現世への執着を超えたところにあるのではなく、その裏返しであるが故に、終にそういう執着に足を掬われてしまうのではある。

とも角、先に辿ってきたように、阿闍梨の導きの下になされてきた天台浄土教的な修道、特に『往生要集』の色濃い影のみえる八の宮の道心生活は、このようなかたちで八の宮が、実は中有に迷っている[19]（「宮の夢に見えたまひけむさま思しあはするに、かう心苦しき御ありさまどもを、天翔りてもいかに見たまふらむ」（総角三一二頁）という薫の言葉からみても、八の宮は中有に迷っていると考えられる）ことが明らかにされることによって、疑問をうち出されたとみることができる。はかない観想をめぐる修道で、如何に身も細ろうとも、救いはもたらされなかったのである。『往生要集』の世界は、このようなかたちで作者の批判に晒された。肉親の愛、現世への執着、そういう「あはれ」をも包み込み、なお超えたかたちで救いを求めることはできないか。横川の僧都の担わされた問題はその辺りにも問われよう。

ところで、当の阿闍梨が、八の宮の往生、その行方を心遣い、遺された姫君達にそれを語っていることは、また教理的な視座からすれば、殆ど当然のあり方なのであった。

……往生の想、花台の聖衆の来りて迎接するの想を作せ。病人、もし前境を見れば、則ち看病人に向ひて説け。既に説くを聞き已らば、即ち説に依りて録記せよ。また病人、もし語ることあたはずは、看病して、必ずすべからくしばしば病人に問ふべし、いかなる境界を見たると。もし罪相を説かば、傍の人、即ち為に念仏して、助けて同じく懺悔し、必ず罪をして滅せしめよ。もし罪を滅することを得て、花台の聖衆、念に応じて現前せば、前に准じて抄記せよ。

（『往生要素』二〇七頁）

臨終の病人の傍にある「法の友」の役割は重い。「法の友」は、病人から何を見たかを聞き出し、往生の有無を判別し、その折病人が「罪相」を語るなら、彼は念仏し懺悔してその罪を消すべく勧めねばならないのだ。『往生要集』に説かれる「法の友」の重さが、実はこうしたところにあったことに注目したい。

また、『二十五三昧式　表白』には、次のような記述がある。

……若《シ》適《ヒ》有《ハ》下往二生《スル》極楽《ニ》二者《ノ》上。依《リ》二自《ノ》願力《ニ》一。依《テ》二仏《ノ》神力《ニ》一。若《ハ》夢《ニ》若覚《ニモ》。示《シ》二結縁《ノ》人一。若堕《ナハ》二悪道一。亦以示《シ》レ此《ヲ》。……(20)

結縁衆に対し、往生し得たか否かを、「夢」もしくは「覚」に知らせることは、命終えた人の一つのつとめとして規定されている。『往生要集』の表すところに、そのことを加えて考えてみると、阿闍梨の夢に八の宮が姿を現し、一方阿闍梨が八の宮の行方を心遣うのは当然と言わねばならない。各々、最も大切な、命終えた者の、或いは法の友・法の師のつとめなのだから。そして、八の宮の往生がどうやら叶わなかったことが知らされる時、阿闍梨は法の師、法の友としてできる限りのことをして、その罪を拭おうとする。

たちまちに仕うまつるべきことのおぼえはべらねば、たへたるに従ひて、行ひしはべる法師ばら五六人して、なにがしの念仏なん仕うまつらせはべる。さては思ひたまへ得たることはべりて、常不軽をなむつかせはべる。

（総角　三一〇―三一一頁）

「なにがしの念仏」、即ち追善供養のための称名念仏(21)と、常不軽と。阿闍梨の思い付いた供養方法はそのようなものであった。常不軽について、いささか考察を加えてみよう。

『われ深く汝等を敬う。敢えて軽め慢らず。所以は何ん。汝等は皆菩薩の道を行じて、当に仏と作ることを得べければなり』と。しかも、この比丘は専ら経典を読誦するにはあらずして、但、礼拝を行ずるのみなり。乃至、遠くに四衆を見ても、亦復、故らに往きて礼拝し讃歎して、この言を作せり。『われ敢えて汝等を軽しめず。汝等は皆当に仏と作るべきが故なり』と。……　（『法華経』常不軽品　一三二―一三四頁）(22)

打たれ、石を投げられながら、あらゆる人々の前にぬかずき、「われ敢えて汝等を軽しめず。汝等は皆当に仏と作るべきが故なり」と語る行為を繰り返すのが常不軽菩薩だったという記述は続く。前世の釈尊その人の姿だという。「常不軽をつく」という行為は、この常不軽品に由来するのである。

さて、丸山キヨ子氏は、紫式部の宗教的教養は、園城寺系の天台のそれであるとされるが、その園城寺に深い関係を持つ無動寺の回峯行と言われるものが、慈覚大師五台山巡礼に示唆を得た『法華経』第二十常不軽菩薩品に基づく行法だという。(23)園城寺阿闍梨である兄（弟）定暹を通して紫式部の仏教的教養が培われたのだとすれば、中でその回峯行に心惹かれ、それが物語にこういうかたちで生かされたとみることがおそらく可能だろう。

この常不軽、そのわたりの里里、京まで歩きけるを、暁の嵐にわびて、阿闍梨のさぶらふあたりを尋ねて、中門のもとにゐて、いと尊くつく。回向の末つ方の心ばへいとあはれなり。　（総角　三一一頁）

物語には、かなり具体的なかたちで常不軽が語られ、ことに「回向の末つ方の心ばへいとあはれなり」という辺りに、作者の関心のありか、回峯行に身近く触れての感動が窺えそうに思われるのである。

一方、平安朝における常不軽品の受け止め方は、如何なるものであったか。『法華経』に材をとっての釈教の歌などを辿ってみると、特に不軽品についての歌が多いということもないようである。或いは、それらの歌の中に何か共通の受け止め方、反応の仕方をみようとすることも殆ど無理のようにも思われる。けれどもあえてここで次の二つの資料を上げておきたいと思う。とも角、その二つの中には少なくとも常不軽品に対する共通した反応の仕様が見られ、僅かに——二つに共通しているという意味で——その受け止め方の一面を知ることができると考えられるからである。

○……何必剃ㇾ髪入二山林一、経生新二讃歎之徳一耶、不ㇾ知下出二此和歌之道一入中彼阿字之門上矣、唯願若有二見聞者一、生々世々、與ㇾ妾値遇(仰カ)□二多宝如来之願一、定有二誹謗一者、在々所々與ㇾ妾結縁、同二不軽菩薩之行一、一心至宝三宝捨ㇾ諸、……（『発心和歌集』序）[24]

○不軽大士の構へには、逃るゝ人こそ無かりけれ、誹る縁をも縁として、終には仏に成したまふ（『梁塵秘抄』）[25]

寛弘九年八月、選子内親王の手に成った『発心和歌集』の序において、仏道に非常に造詣深いとされる内親王は、「定て誹謗するものあらば」云々ということから常不軽を出している。そのことについては、仏道の普遍的な慈悲の姿を本質的に捉えているという意味で、その深い理解は評価されると、筑土鈴寛によって既に指摘されるところでもある。[26]また、少し時代は下るけれども、『梁塵秘抄』に載せられた不軽品をめぐる四首の中の一首にも、「誹る」という言葉が含まれている。共々、誹る、とか誹謗するとかいうことが問題として受け止められているのは、何を意味しようか。侮り、誹るという否定的な行為をものともせず、かえってそれを乗り超えて救いに導くという、仏道の慈悲の一つの積極的なあり方を、否、常不軽品の本来担う一つの積極性を、当時の人々もまた、そこに見出していたと考えられるのではないか。

確かに、応和宗論の際も、良源に天台の教理の支えとして持ち出され、或いはしばしば和歌等にもそれに因んだ作品を見出すことができるという方便品による「若有聞法者　無一不成仏」という言葉にも増して、[27]「我不敢軽於汝等。汝等皆當作仏故」と唱えつつ、侮り打つ人々のために救いを説く常不軽菩薩の姿とその言葉は、救いへの積極的な営みを思わせる。先に触れた二つの資料にみる受け止め方は、決して偶然ではあるまい。『源氏物語』の作者もまた、そのような受け止め方の流れの中には在った。しかも、何らかのかたちでほかならぬ常不軽品にその源を発した回峯行に触れていたとすれば、作者紫式部にとっての不軽品——その担い持つ積極性——には、修行としての一つの生き生きとした具体的なかたちが与えられたことになる。

作者がここに常不軽を持ち出したことの意味は自ずから明らかだろう。それはおそらくは、最も無難な供養方法(28)として選ばれたのでもなければ、八の宮の増上慢の対応策(29)として選ばれたのでもない。『往生要集』的な修道によって終に救いを得られなかった八の宮に対して、法の師たる阿闍梨が、その反省、対策を常不軽に選び取ることによって、常不軽をめぐるその信仰の在り方の積極性が評価されているという構図なのである。このようなかたちで、天台浄土教の観想業に対する懐疑が、——一方に、より積極的な信仰の在り方を対置することにより——示されているとみることができるのである。

「さては思ひたまへ得たることはべりて、……」というふうに、その行を具体的に思いついたのは、ほかならぬ阿闍梨であった。つまり、阿闍梨は要集的な八の宮の修道の世界の精神的背景としてありつつも、なお時にそれを超える考え方さえなし得る僧として、ここに在る。また、一方、八の宮の中有に迷う姿をここに明かしたのも、教理から推して必然であることは先にも触れた。聞いた薫が、「いみじう泣き」、また常不軽をつく「あはれ」な様に感銘を受けていることからも、それは裏付けられるだろう。

にもかかわらず、大君は、そういう阿闍梨の語る父君の救いを得られなかった姿に、今一歩死へ近付くことになる。ただささえ重い病の床に、語られる父君の悲しい姿。

かの世にさへ妨げきこゆらん罪のほどを、苦しき心地にも、いとど消え入りぬばかりおぼえたまふ。いかで、

かのまだ定まりたまはざらむさきに参でて、同じ所にも、と聞き臥したまへり。（総角　三一一頁）

ほかならぬこの自分が父君の「ほだし」となって往生も叶わないという。わが罪の恐ろしさ、少しも早く死んで迷っておられるうちにそのそばに行きたいと願う。大君のそういう願望の上に、死は刻々と迫ることになる。顧みれば、阿闍梨がここに八の宮の行方を語るべく登場させられたのは、文脈の上からみれば、もともと「やうのものと、人わらへなる事をそふるありさまにて、亡き御影をさへ悩ましたてまつらむがいみじさ」（総角二九〇頁）と、心配していた大君がその少し前に、中の君の昼寝の夢に現れた八の宮の姿に、「『いかで、おはすらむ所に尋ね参らむ。罪深げなる身どもにて』と後の世をさへ思ひやりたまふ」と不安感を掻き立てられるという箇所に端を発している。つまり、姫君の不安感が阿闍梨の述懐をたぐり寄せるという物語の構図なのである。そしてそのことによって大君は死に今一歩近付けられる。しかも阿闍梨側からみると、それを語るという行為は当然のものでしかない。構図は自ずからアイロニーに満ちている。作者は、一言も直接に批判をさしはさもうとはしていない。構図のアイロニーが淡々と静かに私どもに語りかけるのみではある。作者の複眼は、阿闍梨をめぐって静かだ。当然の行為、しかもそのことによって導かれようとする死。仏道と「こころ」の隔絶は際立っている。救いなど、どうして与えられようはずもないのだ。八の宮と薫との親交の開始される、その錯誤の原点に阿闍梨の在ったことと併せて、感覚のずれを担った宗教人、宇治の阿闍梨をめぐって、結び合わずちぐはぐに絶望にむかって展開する人間関係が語られたと言わねばならない。作者は静かにそれを見つめ続ける。

けれども、物語を絶望に追いこみ徒らに崩壊させてしまうことはなお許されない。暁の嵐をわび、中門の許にぬかずく常不軽の僧達の尊さ。その暁の中に浮かび上がる光景の清々しい「あはれ」さ。そこから「あはれしのばれぬ」薫の心情が語られ、「霜さゆる汀の千鳥うちわびてなく音かなしきあさぼらけかな」と歌が詠まれることによって、場面はゆるやかに転換されていくのであった。問題は、常に「あはれ」の蔭に潜められている。

おわりに

八の宮は、宇治の阿闍梨にその精神を支えられ、薫はまた、そういう八の宮によって仏道を求めようとした。その構図そのものから、既にあやにくな恋が紡ぎ出される。それ自体ひどく皮肉な様相である。物語の、驚くほど複雑で緻密な構図の中に、さまざまなかたちで宗教の問題や宗教人が関わってくる。宇治十帖は、はじめの辺りを読み解こうとしただけでも、もはや宗教による救いを求めた物語、などと単純に言うことができないものであることがはっきりしてくる。宗教――仏道――によっても、或いは仏道に関わりながらも、なぜ人と人とは結び合わず、救いはもたらされようがないのか。むしろ、そういう問題が縷々と書き続けられるような予感さえある。宇治十帖の根深い絶望の色調は、そういう仏道との関わり方、仏道の汲み上げ方の構造によっているのではないかと考えるものである。

注

（1）「阿闍梨は、今は律師なりけり」と蜻蛉の巻に言われていることから、僧職の名、僧の位としてのそれであることがはっきりする。

〈アジャリ〉①弟子の行為を矯正しその軌則師範となるべき高僧の敬称。

②我国に於ける僧職の一。慈覚大師の奏に依り、仁寿四年八五七安慧等を三部大法阿闍梨に補せら

れたるが、是を公職とするの始にて、貞観十八年八七六には常済が両部大法阿闍梨に任ぜられ、爾後天台真言の大徳是に補せらる。（宇井伯寿『仏教辞典』）

宇治の阿闍梨の場合は②による。

（2）「聖」とは、本来教団の外で民衆の布教に携わっている僧のことを指す。（井上光貞『日本浄土教成立史の研究』昭31 山川出版社、新訂版昭50）二二二頁。

（3）淵江文也「源氏物語に現れたる浄土教思想雑攷」『国語国文』（昭14・7）、のち『源氏物語の思想攷説』（昭30文教書院）所収。

（4）丸山キヨ子「源氏物語と往生要集」『むらさき』（昭41・11）、のち『源氏物語の仏教』（昭60 創文社）所収。

（5）三代集、『古今六帖』又『万葉集』も含め（或いは『蜻蛉日記』・『更級日記』等の記述も考えられる）宇治を詠んだ歌は圧倒的に「川」（宇治川）のイメージを中心としたものが多い。

（6）作者が道心の反措定としたものは、小西甚一氏（「源氏物語のイメジェリ」『日本文学研究資料叢書 源氏物語Ⅰ』昭41 有精堂）の述べられるような「川」そのものではなく、「川」にまつわる和歌的イメージであるということを押さえておかねばならない。この問題について詳述することは今避けるけれども、「網代、氷魚、舟」といったさまざまな歌に詠みこまれ、或いは道綱母の「すべてあはれにをかし」と記した宇治の風物が、『源氏物語』においてはたとえば「何か、その蜉蝣にあらそふ心にて、網代にも寄らむ」などと薫に見取られることによって色を失っていることを指摘しておきたい。その場合薫が己が身の無常に思い至るのは、和歌的イメージによって構築された宇治の風物、「川」であることに注意しておきたい。

（7）秋山虔「八宮と薫君」『日本文学』（昭31・9）

（8）（7）に同じ。

（9）「源氏物語と往生要集」『国語と国文学』（昭40・2）、のち『源氏物語と仏教思想』（昭47 笠間書院）所収。

（10）本文は、『恵心僧都全集』㈠（昭2 思文閣）に拠る。

(11) 本文は『源信』(岩波日本思想大系)に拠る。
(12) 上坂信男「源氏物語の作中人物像一」『解釈と鑑賞』(昭44・6)
(13) 清水好子「源氏物語の作風――遠景の薫――」関西大学『国文学』(昭43・2)
(14) 「玉の小櫛」二の巻『本居宣長全集』㈣(昭44　筑摩書房)二〇六頁。
(15) 岩瀬法雲「僧侶」『国文学』(昭46・6)
(16) 重松信弘『源氏物語の思想』(昭46　風間書房)三八四頁。
(17) 全集本「嘆きはべりたまふ」を諸本によって、私に校訂した。
(18) (9)に同じ。
(19) (4)に同じ。
(20) 『恵心僧都全集』㈠に拠る。
(21) 重松信弘『源氏物語の仏教思想』(昭42　平楽寺書店)一三九頁、玉上琢弥『源氏物語評釈』㈩(昭42　角川書店)四九四頁。
(22) 本文は岩波文庫『法華経』下に拠る。
(23) 「源氏物語における仏教的要素――紫式部と定暹――」『東京女子大学比較文化研究所紀要』(昭39・11)、のち(4)の書に所収。
(24) 本文は、『釈教歌詠全集』㈠(昭53　東方出版)に拠る。
(25) 本文は、岩波日本古典文学大系に拠る。
(26) 『宗教芸文の研究』(昭24　中央公論社)二六〇頁。
(27) 名畑崇「平安朝時代の法華経信仰――その一視点――」『大谷学報』(昭39・11)
(28) 深沢三千男「宇治大君像形成の核心」『源氏物語の形成』(昭47　桜楓社)
(29) 玉上琢弥『源氏物語評釈』⑽四九五頁。

2 「道心」と「恋」との物語——宇治十帖の一方法——

『源氏物語』宇治十帖における、いわゆる大君物語——薫と大君との物語——と呼ばれる部分については、大きく分けて二つの見方が取られているようである。一方は、薫の側から光を当てることによって、その道心の停滞と頽廃の過程をそこに見るものであり、また、今一方は大君の側からの照射により、結婚拒否の倫理の展開の跡を見出すものである。(1)

薫と大君とが、そのように各々独自の問題を担って登場させられることは確かであっても、各々が一つの「関係」を形作ることによってのみ物語が展開されているという自明の事柄を忘れてはならない。本章の視点は、まず「関係」という物語そのものの構図に目を向けることにある。限りなく近付きながら、しかも永遠に結び合うことのない、世にもあやにくな物語の構図を具象化し領導するのは、ほかならぬ宇治十帖をめぐっての二筋の糸、「道心」と「恋」とが相携えて一本の縄を綯うという方法なのではないだろうか。「恋」と「道心」という背反する二つのものの関わり方から、私は今物語の複雑さを（大君物語に関して）読み解こうとしている。

一 「道心」から「恋」へ

薫は、匂宮の巻に「おぼつかな誰に問はましいかにしてはじめもはても知らぬわが身ぞ」と、自ら詠んでいる出生をめぐっての〈おぼつかなさ〉の中に道心を育み、阿闍梨の仲介によって法の友（或いは師）八の宮を得たのであった。それ故、宇治の姫君達への青年らしい興味も、自ずから「さる方を思ひ離るる願ひに山深く尋ねきこえたる本意なく、すきずきしきなほざり言をうち出であざればまむも事に違ひてやなど思ひ返して、……」（橋姫㈤一二五頁）と打ち消され、三年の月日が道の交わりの中に流れ去っている。そのような薫が、恋物語の主人公としての道を歩み始めたのはいつのことだったろう。出生の秘密「道心」をめぐっての〈おぼつかなさ〉から、「恋」をめぐってのそれへ、〈おぼつかなさ〉の質の転換点を見定めておく必要がある。

入りもてゆくままに霧りふたがりて、道も見えぬしげ木の中を分けたまふに、いと荒ましき風の競ひに、ほろほろと落ち乱るる木の葉の露の散りかかるもいと冷やかに、人やりならずいたく濡れたまひぬ。

（橋姫㈤　一二八頁）

もの淋しい晩秋の一日、辺り一面霧が立ち込める「しげ木の中」を、薫はただ一人宇治へ歩みを進める。山と川とに囲まれた「宇治」という自然状況の故に自ずから場面に引き出される「霧」は、ここで薫の心象そのものを二重写しにするかのようである。(2)出生をめぐってのいぶかしさから、すがることのできる何ものか――仏道――を求めて、八の宮の許へ急ぎながらも、胸一杯に広がる〈おぼつかなさ〉は立ち込める霧そのものだ。

ここでの流れる霧が、単なる自然の背景としてではなく、薫の心象を担い持つものとして表されたものであることは、「霧」がこの道行に始まる一連の場面にまつわって、極めて意識的に使われていることからも逆に確認することができる。山荘に辿りついた薫は、折からの四季の念仏のための八の宮不在に、「月をかしきほどに霧りわたれるをながめて、簾を短く捲き上げ」た女房達の奥にはじめて姫君達を垣間見たのだった。「霧の深ければ、さやかに見ゆべくも」ないが、つかの間浮かび上がった姉妹の月を招く撥をめぐっての戯れは、「げにあはれなるものの限ありぬべき世なりけり」と、薫に吐息をつかせる。流れる霧の深さの中で見た類いなく美しくはかない夢にも似た姫君達の姿は、印象深く彼の心に刻まれた。それ故、

まだ霧の紛れなれば、ありつる御簾の前に歩み出でて、ついゐたまふ。（橋姫　一三三頁）

と、やがて薫は、姫君達の御簾の前にひざまずき、懸想人さながらの姿を晒すことになる。薫の言葉、「かつ知りながら、うきを知らず顔なるも世のさがと思うたまへ知るを、一ところしもあまりおぼめかせたまふらんこそ、口惜しかるべけれ」とは、あたかも懸想人のそれである。

恋の物語がようやく描かれたとみえる時、物語は意外な方向に転じる。応対のために物語に引き出された老女房、弁——柏木の乳母子であった——の問わず語りが、薫にその出生の秘密を明かすことになるのだ。わななきながらも、「あはれなる昔の御物語」を聞かすべき折を長い間祈り待っていたのだと語り出す弁の話のあやしさ、ゆかしさに、薫は自らのいぶかしさ、〈おぼつかなさ〉を残るところなく晴らしたいと願う。人目をはばかってそれも叶わず、やがて座を立つ時、物語には次の一文が来ている。

かのおはします寺の鐘の声、かすかに聞こえて、霧いと深くたちわたれり。（橋姫　一三九頁）

何かが僅かに分ってきたようだ。その時、「おはします寺の鐘の声」は、仄かに響く。けれども、再びそれを覆うかのように霧は深々と立ち込める。薫の〈おぼつかなさ〉は、ほんの少し晴れたかのようにもみえて、実はなお深

い霧の中に閉ざされる。それ故薫は歌を詠む。

あさぼらけ家路も見えずたづねこし槇の尾山は霧こめてけり　（橋姫　一四〇頁）

「いぶせかりし霧のまよひ」というふうに、後になって回想される一連の場面は、姫君の垣間見と、弁の問わず語りによる出生の秘密の解明とが重なることによって、実は物語の一つの大きな転換点となっており、場面に流れる霧こそは、その転換に重く関わるイメージを担ってここに機能している。言ってみれば、霧は二重の意味を帯びて、ここに深い。一つは、無論出生の秘密をめぐって胸に湧き上がる〈おぼつかなさ〉を意味するものであり、それは自ずから求道の思いを導くものとして捉え得る。その〈おぼつかなさ〉を胸に、八の宮の許を訪れ、弁の物語によってその〈おぼつかなさ〉が晴らされるかにみえた時、寺の鐘の響きがしんと胸を打つ。道心とそれとの関わり方を、その辺りに窺うことも可能だろう。

一方の〈おぼつかなさ〉は、姫君をめぐっての恋に関わっている。道心の深まりを求めていたはずの薫の八の宮訪問に、霧流れる夜半の姫君垣間見は、思いよらぬかたちで関わってきた。漂う霧さながら、姫君へのゆかしさ、〈おぼつかなさ〉に薫の心はひたひたと充たされる。道心を担う彼にとっての恋の出会いとは、その生の〈おぼつかなさ〉、不安をいっそう掻き立てられるものにほかならなかった。

弁の物語に、その幼い日から抱き続けてきた一つの問題の仄かな解決のきざしをみた時、薫には既に別のかたちでの〈おぼつかなさ〉が担わされていたとみることができる。弁のこの物語をきっかけに、やがて柏木の遺書さえ手渡され出生の秘密が残りなく晴らされる時、「いかなる事、といぶせく思ひわたりし年ごろよりも、心苦しうて過ぎたまひにけむいにしへざまの思ひやらるるに、罪軽くなりたまふばかり、行ひもせまほしくなむ」（椎本㈤一七〇頁）と、以前よりもその道心の深まったことが記されようとも、もはや出生をめぐる問題は新たな筋の動的展開を導くエネルギーを失う。〈おぼつかなさ〉こそが、新たな物語を紡ぎ出す原動力である。新しい〈おぼつかなさ〉は、ほかならぬ弁との邂逅に重なる垣間見を通して準備され、据えられた。そして、道心を担う人物なるが故の、〈おぼつかなさ〉と捉えられる恋のあやにくな意味をこそ、「かのおはします寺の鐘の声、かすかに聞こえて、霧いと深くたちわたれり」というかたちで、物語は表すのであった。

姫君の面影が心に宿ったことが確かに記されながらも、一方で弁の物語への心掛りが述べられる時、薫の中での恋の位置は、同時にやや曖昧なものとなる。その文脈の間隙に、匂宮に宇治の姫君のことを語ってやきもきさせる挿話が入りこむことによって、匂宮をも巻き込んでの宇治をめぐっての恋物語の展開は必然化されたと、一方補足的に付け加えておくことができるだろう。(3)

物語は螺旋状に進む。出生の秘密をめぐっての物語が、薫の心にわだかまり、それが道心をいっそう高揚させていることを、弁の君を場面に引き出してくることによって語りながら(椎本一七〇・一七四・一九一頁など)、同時に表向き「残り多かる物語」が関心の対象であるが故の、「世の常の懸想びてはあら」ぬ姫君たちとの交渉の深まりが綴られていく。八の宮の後見を託す遺言とも相俟って、薫は彼女らを「領じたる心地」になっていくのだった。恋の糸がそのようなかたちで延長され、雪を冒しての年の暮れの訪問で、大君に対し、匂宮の求婚に託しての薫の屈折した恋の告白がはじめてなされると、もはや出生の秘密をめぐる物語は用済みになる。総角の巻に大君への恋の物語が堰を切ったように語られ始める時、弁が物語の場面に加担するのは、もはや後見役の女房として、大君を薫に結び付けようとすることにおいてなのであった。

二　薫と大君と

薫は道心を求めての旅からゆくりなく恋にめぐり合った。恋は、無論男君の側からまず説き起こされるという物語の定法に、薫の恋と言えども則ってはいるのだ。物語に記される薫は、めぐり合った姫君を見つめ続けている。薫に関して、二度の姫君垣間見が物語に置かれた後に、はじめて恋物語が具象化されるという方法は、特徴的である。物語は、やはり野分の巻における夕霧[4]と同様に、「目の人」、認識者として薫という人物を設定しようとしていると述べることが許されよう。「……さしもあらざりけむ、と憎く推しはからるるを、げにあはれなるものの限ありぬべき世なりけりと、心移りぬべし。霧の深ければ、さやかに見ゆべくもあらず」（橋姫一三二頁）など、第一回の垣間見をめぐっても既に、薫に関する敬語の消失は目立つが、二回目の垣間見においても、ひとまず目に入った中の君のはなやかな美貌が、「濃き鈍色の単衣に萱草の袴のもてはやしたる、なかなかさまかはりて……」（椎本二〇八頁）と薫を通して読者の前に引き据えられるが故に、「にほひやかにやはらかにおほどきたるけはひ、女一の宮もかうざまにぞおはすべきと、ほの見たてまつりしも思ひくらべられて、うち嘆かる」と、敬語表現は消失してしまっているのである。語り手が、限りなく、薫に近く寄り添っているとも言い換えられる。やがて「ゐざり出」る大君の、僅かに翳を帯びたなまめかしさをも、ほかならぬ薫の目が大写しにする故に、「……これはなつかしうなまめきて、あはれげに心苦しうおぼゆ」と物語は表現するのだ。わが恋をめぐってさえも、「かやうにてのみは、え過ぐしはつまじ、と思ひなりたまふも、いとうちつけなる心かな、なほ移りぬべき世なりけり」（椎本㈤一九八頁）といった感懐を、いつも一歩離れたところから、自分自身がもう一人の自分を見つめるように抱き続けるという在り方とも併せて、薫が「目の人」として物語を生きていることは動かし難い。

そのような「目の人」として在る薫の側から、大君は照らし出され、徐々にその姿を露にしてくる。ところが、読者の前に大君の姿が顕れ大写しになった時、既にその心情の内面は薫には窺い知ることのできないものとして象られていた。結婚拒否の倫理という孤絶した観念をひたすら温める大君の内面に、語り手は無遠慮に侵入していく。その限りで、作者の問題が、結婚をめぐっての女性の側の不信というところにあったことも確かだろう。ところが一方、薫が「目の人」であり続けるが故に、彼はそういう大君の拒否をあるがままに受け入れるほかすべもなく、二人の男と女とは永遠に結び合うことがない。問題はむしろ、そのような人間関係のただ中にこそ存するのだ。

この世にもあやにくな、不可思議な恋の物語の展開を可能ならしめているものこそが、仏道との関わりなのではなかろうか。出生の秘密にまつわる〈おぼつかなさ〉が、霧のまぎれの垣間見を機に、恋をめぐってのそれへ螺旋状に変化していくことは認められても、或いはまた、屈折したかたちでの姫君と薫との仲介の役を果たした法の友八の宮の死を物語に迎えても、仏道との関わりは、それで終わったわけではない。それどころか恋物語が進められていく、その場面場面に実はぬきさしならぬかたちで、仏道が絡み合っていることを知らされる時、薫における道心の問題とは、むしろそういう恋物語のただ中に置かれることにこそ意味があるのではないかと考えられてこよう。以下、総角の巻を辿ることにしたい。

あまた年耳馴れたまひにし川風も、この秋はいとはしたなくもの悲しくて、御はての事いそがせたまふ。おほかたのあるべかしき事どもは、中納言殿、阿闍梨などぞ仕うまつりたまひける。ここには法服のこと、経の飾、こまかなる御あつかひを、人の聞こゆるに従ひて営みたまふもいとものはかなくあはれに、かかるよその御後見なからましかば、と見えたり。

（総角(五)　二一三頁）

場面は、八の宮一周忌の準備が進められる秋に据えられた。薫のさまざまな配慮の下で法事は着々と準備されていく。その時、姫君たちの許での「ものはかな」げな細々とした用意は、「名香の糸ひき乱りて、『かくても経ぬる』など、うち語らひたまふほどなりけり」と具象化され、仏に奉る香の包みに結びかける糸の「乱れ」に、語り合う二人の姫君たちの父の死によってもたらされた悲しみ故の心の乱れが、重ね呼び起こされるのであった。

一周忌の仏事が持ち出され、それ故に仏教的語彙の中から紡ぎ出されるのは、姫君たちの心情ばかりではない。

○結びあげたるたたりの、簾のつまより几帳の綻びに透きて見えければ、その事と心得て、「わが涙をば玉にぬかなん」とうち誦じたまへる、伊勢の御もかくこそありけめ、とをかしく聞こゆるも、内の人は、聞き知り顔にさし答へたまはむもつつましくて、……（総角　二一三―二一四頁）

○御願文つくり、経仏供養せらるべき心ばへなど書き出でたまへる硯のついでに、客人、

あげまきに長き契りをむすびこめおなじ所によりもあはなむ

と書きて、見せたてまつりたまへれば、例の、とうるさけれど、

ぬきもあへずもろき涙のたまのをに長き契りをいかがむすばん（総角　二一四頁）

仄かに透けて見えた「結びあげたるたたり」を、名香の糸を作るのだと心得る薫故に、「わが涙をば……」という伊勢の歌に託しての心情表現は導かれる。その時、御簾の中の姫君たちが、古歌こそが、心を晴らす便りであったと思いを潜めることによって、薫の心情と結び合った故、催馬楽「あげまき」を踏まえての薫の恋情が引き出される展開となる。「あげまき」とは、一方では、総角結び、つまりこの部分では名香の糸の結び方を指す言葉である。それ故、追善供養の文章起稿のついでに、薫は「あげまき」に託しての呼びかけを試みるのである。薫の心情もまた、姫君たちのそれと同様、仏教的語彙を通してその表現のきっかけをつかみ、そしてそれがさらに恋の場面へと

繋がれていく。総角の巻の開始に当って、作者が八の宮一周忌の準備の日々という舞台設定をなし、否応なしに仏教的色彩を持ち込んだことは興味深い。そういうものを背景にしたところでの恋であり、また、そういうものを背景にしたところでなければ存在し得ぬ恋であった。

今宵はとまりたまひて、物語などのどやかに聞こえまほしくて、やすらひ暮らしたまひつ。あざやかならず、もの恨みがちなる御気色やうやうわりなくなりゆけば、わづらはしくて、うちとけて聞こえたまはむこともいよいよ苦しけれど、おほかたにてはあり難くあはれなる人の御心なれば、こよなくもてなしがたくて対面したまふ。仏のおはする中の戸を開けて、御燈明《みあかし》の灯けざやかにかかげさせて、簾に屛風をそへてぞおはする。

（総角　二二二頁）

やがて、仏教的語彙の中から、姫君達、そして薫の心情が紡ぎ出されるという構図が、薫の仏教的傾斜に意識的に向き合うものであることが、徐々に明らかにされてくる。その晩、薫は宇治に泊った。「物語などのどやかに聞こえまほし」く思う故である。対する大君は、しかし、彼の恋心を薄々感じ取って心迷いつつも、さまざまな薫の精神的物質的好意を「あはれ」と思う心から、その対面を拒むことができない。その時、彼女は、「仏のおはする中の戸」をあけ、「御燈明の灯」をけざやかに明かるく掲げさせる。椎本の巻の、「宮のおはせし西の廂に宿直人召し出でておはす。そなたの母屋の仏の御前に君たちものしたまひけるを、け近からじとて、わが御方に渡りたまふ御けはひ、……」（椎本二〇七頁）などの記事からも明らかなように、仏間の東隣が姫君達の居間になっているらしい。(5)そういう宇治の山荘という特殊な背景の故に、彼女の行為は可能だったのであり、同時に、宗教的人間である八の宮の膝下に育った、しかも心深い姫君なるが故に、その行為は必然化されるのでもあった。

うちとくべくもあらぬものから、なつかしげに愛敬づきてもののたまへるさまの、なのめならず心に入りて、

思ひ焦らるるもはかなし。（総角　二二二―二二三頁）

薫と、大君と。語り合うその場面には、侍女達さえ遠く、ただ「御燈明の灯」ばかりがけざやかだ。その灯の下で、大君のもの言う気配に薫は思いを焦がす。「思ひ焦らるるもはかなし」とは、語り手の言葉なのだろうか、それとも薫その人の内省とみるべきものなのだろうか。「心に入りて、思ひ焦らるるも」というふうに、敬語表現の含まれぬことから、一文は一種曖昧な響きを持ち始める。客観的な語り手の批評そのものであるよりは、薫の独白を語り手がそのまま口移しにしたとでも言うべき在り方だろう。

先ほどから述べてきた仏教的語彙、仏道との関わり方の問題が、おそらくここで顧みられるべきだろう。「仏のおはする中の戸」はうち開かれ、「御燈明の灯」はけざやかだ。そういう御燈明の輝きの下で女君と語らい、我知らず募る思いを抱きしめ対座している。薫の仏教的傾斜がこの時こそ意味を持ってこよう。仏を求め、信仰を求めていたはずのその身が、ほかならぬ仏の御燈明の前でどうしようもなく高まってゆく恋情を見つめる、そういう時、「はかなし」(6)という以外のどんな言葉が、薫の内省としてあり得ようか。文脈の上からそれを読み解いていくと、そのような読み方以外に「はかなし」を説明するすべはないように思う。仏道と、恋とその狭間に洩らされる吐息が、「はかなし」であるとしたら、その場合これは宇治十帖の世界そのものに、かなり根深く結び付いた言葉だと言うことができる。道心故に、恋を「はかなし」と内省する者の「恋」が、なおそれでいながらめんめんと書き続けられていく。『源氏物語』宇治十帖の世界における仏道とは、その問題のただ中にこそ存在し得るのであった。

内には、人々近くなどのたまひおきつれど、さしもて離れたまはざらなむと思ふべかめれば、いとしもまもりきこえず、さし退きつつ、みな寄り臥して、仏の御燈火もかかぐる人もなし。ものむつかしくて、忍びて人召せどおどろかず。（総角　二二三頁）

夜は更けていく。侍女達は皆、薫の恋に好意的なのだ。「さしももて離れたまはざらなむ」と、女主人公の意向をよそに、眠ってしまったらしい。今は仏の燈火すら掲げる者とてなく、頼りのその灯さえ危うい。奥に入ってしまおうとする気配をみて薫は姫君を捉える。「隔てなきとはかかるをや言ふらむ」と、憂わしくたしなめる大君に、薫はその美しい髪をかきやりながらも、「仏の御前にて誓言も立てはべらむ」――御心は決して破りませんよ――と語りかける。さらに、薫はその意中を訴え続けるのだが、

御かたはらなる短き几帳を、仏の御方にさし隔てて、かりそめに添ひ臥したまへり。名香のいとかうばしく匂ひて、樒のいとはなやかに薫れるけはひも、人よりはけに仏をも思ひきこえたまへる御心にてわづらはしく、墨染のいまさらに、をりふし心焦られしたるやうにあはあはしく、思ひそめしに違ふべければ、かかる忌なからむほどに、この御心にも、さりともすこしたわみたまひなむなど、せめてのどかに思ひなしたまふ。

（総角　二二六頁）

という具合に、一夜は明けていく。仏間を背に、仄かな「御燈明」の灯影に、男と女との恋の典型的な語らいの場が設定されたことは、そうでなくては展開し得ない二人の特殊な関係の在り方を物語ると同時に、結局こうした結果のもたらされることをも意味していた。名香の芳しさ、樒のはなやかな香りさえ辺りに漂う中に、「人よりはけに仏をも思ひきこえたまへる御心」の薫が、自身の情念を貫くことを許されようはずがあろうか。それどころか、辺りに立ち込めるその香から、大君の墨染の衣服さえ気にかかってくる。内省は、またもや心に広がり出し、「この御心にも、さりともすこしたわみたまひなむ」時もあろうかと、「思ひなし」て薫は心淋しく行きなずむのである。

その時、物語には、「秋の夜のけはひは、かからぬ所だに、おのづからあはれ多かるを、まして峰の嵐も籬の虫

も、心細げにのみ聞きわたさる」と記される。それは、薫の心を一時吹きぬけていった秋風の音であろうか。一方の大君は、「宮ののたまひしさま」、即ち遺戒のことなどを思い起こすにつけ、疎ましさと悲しさは募り、各々の感懐の中に、二人はやがて暁を迎えるのではあった。

いったい薫の如き権門の青年にとって、「世に数まへられ給はぬ」古宮の娘とは何だっただろうか。世間並の物指しで測れば、そういう結婚は、官位昇進のひきにもならぬ、経済的な助けにもならぬ、重荷というほかはなく、薫の心の尺度は、明らかにそういう世間並の物指しを越えているという。(7)その物指しを越えた独特の在り方なればこそ、薫は、落ちぶれた八の宮の許し――「御心もて、ゆるいたまふこと」(椎本一七五頁)――を重んじたのだし、大君の心に添うべくのどやかに待ったのであった。その独特なあり方、特殊なあり方を、物語の中で必然的に具象化するのが、ほかならぬ仏道との関わりなのであった。仏間のほの暗い御燈明の下で、男が女の髪をかきやりつつ、語らうという場面は、それ自体宇治十帖の世界の発掘した極めて危うい独自な美に妖しく輝いていると言うほかはない。永遠に結び合うことのないその関係は、そういう場面のただ中に形象化され、息吹きを与えられたのであった。

吉岡曠氏が、大君の結婚拒否の決意のきっかけとなったものを、仏の御燈明の前での一夜に指摘されるの(8)は示唆深い。大君が拒否を固める一方で、さまざまな動きが導かれ、物語が複雑に絡み合ったちぐはぐな世界へと導かれるのは、まさしくこの一夜をきっかけとしている。一夜の恋の不成立を見て取った侍女達の強硬手段――姉妹の室に薫を導く――の失敗は、大君の咄嗟に取った逃避行の故に、中の君にも薫にも、不信と誤解とを与えてしまう。薫の、匂宮を中の君の相手として宇治へ導き入れる行為は、かくして必然化された。……各々の心情は、全く別の方向に現実に動き出し、決定的に齟齬する物語が、極めて緻密に構築されようとしている。仏間を背にした、それ故の危うい恋の場面の緊張と、そのことからくる結婚の不成立が、かかる事態を順次紡ぎ出すことになる。その意味でも、まことに仏教的要素、仏教的語彙は、極めてアイロニカルに物語の中に取り込まれているとみなければなるまい、ということを付け加えておこう。

三　「鐘の音」をめぐって

ところで、仏の御燈明を背景にしての、薫と大君との対面の翌朝、つまり一種の後朝の場面に、「鐘の音」がしじまを破って置かれていることに私どもは気付かされる。薫と大君をめぐっての一種の「後朝」の場に「鐘の音」が響くのは、この箇所を含めて二箇所ある。いわゆる後朝の場に「鐘の音」が興を添えるというあり方が、物語の他の部分には見出すことができないものである以上、これはかなり独自なものだと言わねばならない。

「鐘の声」、或いは「鐘の音」、「鐘」などの語は、『大成』索引篇によると、正篇には僅か三例しか見出すことができない語であり、しかもそれらは歌の中での比喩的表現として用いられたり（末摘花㈠三五七頁）、或いは明石邸の、三昧堂に近く淋しい趣のある立地状況を語るのに用いられたり（明石㈡二四五頁）、また落葉の宮の小野の山荘の様を写す一文に使われたり（夕霧㈣三九〇頁）して、場面によって任意に用いられ、一つの情趣をそこに添える語という以上のものではないものと考えられる。都の中では、実際に寺の鐘の音を耳にしにくいという、地理的な状況を考慮に入れても、宇治十帖に鐘の音が繰り返し取り込まれる現象には、見逃し得ないものがあるのではなかろうか。用いられる七例は、すべて宇治の寺、つまり宇治の阿闍梨の寺の鐘の音に関わっている。物語に根源的に結び付いた一つのイメージをそこに予想することはおそらく不可能ではあるまい。中の君が、その孤愁に耐えかね、薫に宇治への同行を望む時、彼女の宇治への憧れが、「かの近き寺の鐘の声も聞きわたさまほしくおぼえはべる」（宿木三八七頁）と表現されていることは、阿闍梨の寺の鐘の響きが、いかに根強く中の君にとっての宇治そのもののイメージと結び付いているかということを物語る。と言うよりは、そのように深く宇治の世界そのものに結び付くものとして、「鐘の声」のイメージが形象されていると言った方がよい。或いは、霧の深さの中で薫の耳に響く鐘の音の意味については、第一節で既に述べた。また、入水を前にしての浮舟の耳に、「誦経の鐘の風につけて聞こえ来るを、……」（浮舟㈥一八七頁）と、阿闍梨の寺の鐘の音が届くという場面も、物語は設定している。阿闍梨の寺の鐘の響きが場面に加えられることによって、特有の精神的世界の存在が一方に具象化され、その響きを聞く側の人物の心情が対比的に浮き彫りにされるという構図は、既にそれらの例から明らかであろう。

　長々と廻り道をしたようだが、仏の御燈明を背景にしての、薫の大君への第一回接近の翌朝の場面に立ち戻ろう。

明かくなりゆき、むら鳥の立ちさまよふ羽風近く聞こゆ。夜深き朝の鐘の音かすかに響く。「今だに。いと見苦しきを」と、いとわりなく恥づかしげに思したり。「事あり顔に朝露もえ分けはべるまじ。また、人はいかが推しはかりきこゆべき。例のやうになだらかにもてなさせたまひて、ただ世に違ひたることにて、今より後も、ただ、かやうにしなさせたまひてよ。よにうしろめたき心はあらじと思せ。かばかりあながちなる心のほども、あはれと思し知らぬこそかひなけれ」とて、出でたまはむの気色もなし。（総角　二二八頁）

前節で述べてきた場面にちょうど繋がる部分である。共々別の思いを胸にしながら、夜ははかなく明けたのだった。供の人々の声や、馬の朝のいなきさえも、薫の耳にはもの珍しい。暁の空を、二人は共に仰ぐ。「しのぶの露もやうやう光見えもてゆく」情趣に、何ということはなしに、「かやうに月をも花をも」共にながめて語らい、心を慰め合いたいのだと薫はしみじみと語る。大君もようやく、心なごみ、一時二人の心はそれでも通うかにみえる。

その時、時の移ろいが確かめられる。空は次第に明かるくなり、その中に「むら鳥の立ちさまよふ羽風」が耳近く聞こえるのであった。今、朝を迎えようとする一瞬の、暁そのものの底から湧き上る仄かな音の力強さが、「むら鳥の立ちさまよふ羽風」に潜められている。

その時、「夜深き朝の鐘の音」が仄かに響いてくるのだった。それは、現実に「時」を告げ知らせるものであったろう。だからこそ、大君は「今だに」お帰り下さいと促し、一方薫はそれに対して、「事あり顔に朝露もえ分けはべるまじ」と、悠然と構えるのである。けれどもおそらく「鐘の音」をそれだけのものとして片付けることはできまい。匂宮と中の君とが迎える朝には、「鐘の音」は響かず、大君が薫との直接の対面を避け得、物越しのそれに終始した場合は、やはり「鐘の音」は朝を告げることがない。とすれば、ここでの「鐘の音」は、何らかの意識的な効果を担うものと捉えざるを得まい。

おおよそ、「鐘の音」がその耳に響いた時の、二人の言葉のやりとりの屈折した特殊性には固有のものがある。平安朝にあっては、極めて異常と言ってよいほどに近しく出会いながら、しかも結ばれずに終わるというその特殊な関係と、「鐘の音」とはここに密接な関わりを持つことが押さえられてくる。「鐘の音」が取りこまれ、場面にその音を響かせることによって、はじめて二人の間には「時」をめぐっての別れの言葉がかろうじて交され、場面は収束する。しかも、この「鐘の音」は、先に述べたように、一貫して宇治の阿闍梨の寺のそれであることによって、一つの精神的世界の存在を、場面の背後に浮かび上がらせるものではあった。そのような「鐘の音」によって場面が収束されるのは、極めて暗示的である。仏教的要素に加担されることによってのみ、決して結ばれることのない男と女との関係は、その極限状況を刻まれることができたのだと述べることが許されよう。同時にまた、宇治の阿闍梨の寺の遙かな鐘の声が耳に近く響いてくる時、道心への傾斜を担いつつも恋に揺れ、しかもその恋を成就することのできぬ薫をめぐる固有のはかなさが滲み出すと言えるのではなかったろうか。

そのような「鐘の音」の仏教的な意味は、薫の第二回接近の翌朝の場面において、よりはっきりしたかたちに現れてくる。

「さらば、隔てながらも聞こえさせむ。ひたぶるになうち棄てさせたまひそ」とて、ゆるしたてまつりたまへれば、這ひ入りて、さすがに入りもはてたまはぬを、いとあはれと思ひて、「かばかりの御けはひを慰めにて明かしはべらむ。ゆめゆめ」と聞こえて、うちもまどろまず、いとどしき水の音に目も覚めて、夜半の嵐に、山鳥の心地して明かしかねたまふ。

例の、明けゆくけはひに、鐘の声など聞こゆ、いぎたなくて出でたまふべき気色もなきよ、と心やましく、声づくりたまふも、げにあやしきわざなり。

「しるべせしわれやかへりてまどふべき心もゆかぬあけぐれの道

かかる例、世にありけむや」とのたまへば、

かたがたにくらす心を思ひやれ人やりならぬ道にまどはば　（総角　二五七―二五八頁）

これより先、侍女達の計略で姉妹の室に送りこまれた薫は、そこにただ一人取り残された中の君を見出した。もの音に思わず取った大君の咄嗟の逃避行とも知らず、「身を分けてなど譲りたまふ気色はたびたび見えしかど、承け引かぬにわびて構へたまへるなめり」（総角二四八頁）と、それを意図的なものと受け取ったために、薫の恨みと憤りとは根深い。「をこがましき身の上」、「人わらへ」と、薫はその体面をさえ恥じ、やがてその思いが、匂宮を中の君に結び付けようとする行為を導き出すのであった。

彼岸の果ての良き日を選んで、薫は匂宮を「いみじく忍びて」宇治へ導く。事情の分らぬ弁にその手引を依頼し

ておいて、薫は自らの意中の人の許に赴く。大君は大君で、薫の訪れを、妹の方に「思ひ移」ったのだと受け止める故に、障子を固く閉ざしつつも、対面の機会を待つ。薫はその時、「かばかりも出でたまへるに、障子の中より御袖をとらへて、ひき寄せていみじく」恨み訴える。大君の側の、中の君を「他人と思ひわきたまふまじきさまにかすめつつ」よろしく頼むと語ろうとするその僅かな隙に乗じたかたちで、薫の第二回目の接近は必然化された。何とかして、中の君の許へ「こしらへ入れてむ」とする大君の様子のいとおしさに、弁が匂宮を既に導き入れたと思われる頃、薫は終に事情を明かす。大君の怒りと悲しみとは、先の逃避行が必ずしも意図的なものでなかっただけに、薫の予想を遙かに越えて痛ましく深かった。「かく、よろづにめづらかなりける御心のほど」も知らずにいた、そんな幼稚さを侮られてのことでしょうかと、大君は恨み「この障子の固めばかりいと強きも、まことにもの清く推しはかりきこゆる人もはべらじ」などと強引に迫る薫を、「心地もさらにかきくらすやう」で辛いと、道理を説いてなだめた揚句避けて奥に入ろうとする。これほどまでも近付き、大君とて、「さすがに入りもはてたまはぬ」状態にありながら、二人は結ばれない。大君の決意の固さを、或いは薫の心ののどやかさを云々することはたやすい。問題は、しかしながら、そのような危うい関係が如何ように現実化され、必然化されているかということにあろう。

薫が、大君の逃避を意図的なものと見なしたという錯誤の上の心理の空転が、それを必然化すると言うべきだろうか。と同時になお空しく明けた空に、「鐘の音」が響いてくる、そのイメージの使い方に今一度注目せねばなるまい。「例の明けゆくけはひに、鐘の声など聞こゆ」と、仏の御燈明の下での対面の翌朝と同じように、二人共々に迎えた暁には、鐘の音が響きわたる。その時、薫は詠む、「しるべせしわれやかへりてまどふべき心もゆかぬあけぐれの道」と。匂宮の恋の案内役、「しるべ」であった自分が、かえってままならぬ我が恋に心惑うのだ。辿り帰る夜明けの道の小暗さそのもののように薫の心は淋しく閉ざされている。薫の歌の暗澹たる色調は何故《なにゆえ》であろうか。単に、恋のままならぬことを嘆く歌であると言うよりは、この歌が何故にか恋する人と結ばれ得ない自分の魂のあり方そのものを、ひたと見据えているかのようにみえるのは、「惑ふ」とか「あけぐれの道」とかいう言葉の持つ深い暗さの故であろう。「鐘の声」から、まさしくそのような歌が引き出されていることは興味深い。言い換えれば、独特な朝の別れの心情は、「鐘の声」を取りこむことによって、物語に引き出され得たのだった。そして、その仏教的イメージの故に、薫の道心と絡んだところでの複雑な暗澹は描かれ得るのでもあった。

決して結ばれてはならぬという物語の文脈の規定の中で、極めて危うい恋の接近の場面が成立し、しかも破綻なく収束するためには、そういう仏教的イメージの加担が必要であった。鐘の声の響きは、宗教的な救いを喚起するものとして、そのイメージを与えられているのではなく、かえってほかならぬ仏教的なイメージであるが故に、いっそう人と人との関係のはかなさ、いのちの暗さ、空しさを呼び起こすものとして物語に機能する。物語の仏教的イメージとは、そのようなものであった。

四　大君の死

やがて物語が大君の死を迎えようとする時、総角の巻には次のような一文がくる。

豊明は今日ぞかしと、京思ひやりたまふ。風いたう吹きて、雪の降るさまあわたたしう荒れまどふ。都にはいとかうしもあらじかしと、人やりならず心細うて、うとくてやみぬべきにや、と思ふ契りはつらけれど、恨むべうもあらず、なつかしうらうたげなる御もてなしを、ただ、しばしにても例になして、思ひつる事ども語らはばや、と思ひつづけてながめたまふ。光もなくて暮れはてぬ。

かきくもり日かげも見えぬ奥山に心をくらすころにもあるかな　（総角　三一四—三一五頁）

豊明に用いる日かげの葛にちなみ、「日かげ」なる語が引き出されるという方法は、一つのありふれた和歌的修辞と言ってしまえばそれまでだが、幻の巻において紫の上追慕に明け暮れる光源氏の四季の中に、豊明節会の折、「みや人は豊の明にいそぐ今日ひかげもしらで暮らしつるかな」（幻㈣五三一頁）という源氏の歌が置かれていることを私どもは今思い起こすことができる。豊明に用いられる日かげの葛から、「日かげ」なる語が呼び起こされ、逆に日の光も知らず悲しみに沈んでいるという心情が写されるといった方法は、既に幻の巻において源氏をめぐって使われていることを確認しておきたいのである。源氏にとっての紫の上の意味を考える時、大君の死を迎えようとする薫の心情が、同様の方法によって象られていることは、薫にとっての大君の意味を辿るべく極めて暗示的である。

今そのことはさて措き、総角の巻のこの場面では、宇治の自然の、風に吹雪く荒れに荒れた状況が薫を取り巻き、それが豊明の節会という実りの喜びを込めた言葉と対置されることによって、幻の巻よりもいっそうの心情の荒涼を物語ることになっていることに注意せねばなるまい。なお続く、「光もなくて暮れはてぬ」とは、薫の心の根深い暗さを端的に表わす一文であると言えそうだ。

ところで、「光」なる語は、神話の時代から日本のアーキタイプの一つとして、卓越した美質を表すのに用いられるとさまざまに説かれているのだが、(9)『源氏物語』における光のイメージには、必ずしもその範疇にのみ押さえられないものがあるように思われる。自然現象としての『源氏物語』における光の用例を分類してみても、雪の光六例、螢の光六例、露の光五例、星の光四例、明け行く光三例などという風に、強烈な輝かしさを持った日や月の光などであるよりも、蛍や星などのように微妙に点滅する場合や、明けゆく光など、薄明の場合が、非常に多いことが指摘されている。(10)『源氏物語』の光が、古代的な直観による美の類型では覆うことのできないものを持っていることはこうしたことからも明らかである。

一方、たとえば大智度論の一条が踏まえられることによって、匂宮が「阿難が光」に準えられているといったこと(11)を考え合わせると、ここに光の仏教的なイメージが物語の中に取りこまれた可能性を窺うことは許されないだろうか。否、とりわけ観無量寿経などにまばゆくちりばめられた光の仏教的イメージを念頭におくことによって、物語の読みは一つの方向性を示唆されないであろうか。「光もなくて暮れはてぬ」という一文の持つ、暗澹と荒涼との根深さを、そのような観点から探りたいと思う。

何故に、薫の心の荒涼が根深いのか。一つには、大君の拒否と、その死とが、薫の好意と誠実とを全く裏切るかたちで齟齬していく状況設定そのものの中で成就していくことが上げられる。『源氏物語』第一部、第二部、第三部には、各々「思ひなす」という語が、二四・一三・二七例用いられており、第三部のその使用頻度は比較的高いとみなければならないが、いわゆる大君物語の中でその言葉が果たしている役割はかなり重い。

へだてなき心ばかりは通ふともなれし袖とはかけじとぞ思ふ

心あわたたしく思ひ乱れたまへるなごりにいとどなほなほしきを、思しけるままと待ち見たまふ人は、ただあはれにぞ思ひなされたまふ。(総角　二六五頁)

たとえば、右の例について顧みれば、薫の策略により匂宮と中の君との結婚が成った後、その三日夜の衣料に添えて送られた薫の文に対する大君の返歌、「へだてなき……」を、薫はさまざまの状況に追い詰められた大君の拒否がよりいっそう固められていくその現れとも知らず、「ただあはれに」思ひなすというのであった。薫が、大君の孤絶した心情に関与することをどこまでも許されぬものであり、それ故に二人の関係は平行線を辿るという状況の展開が、この「思ひなされたまふ」に託されていると言える。

一方、大君の側に目を転じるならば、

……今は限りにこそあなれ、やむごとなき方に定まりたまはぬほどの、なほざりの御すさびにかくまで思しけむを、さすがに中納言などの思はんところを思して、言の葉のかぎり深きなりけり、と思ひなしたまふに、ともかくも人の御つらさは思ひ知られず、いとど身の置き所なき心地して、しをれ臥したまへり。

（総角　二九九―三〇〇頁）

という具合に、匂宮と夕霧の六の君との結婚の噂から、大君は匂宮の心情をどこまでも不誠実なものと、「思ひな」すことによって、身の置き所もなく悩ましさを募らせる。高貴な姫君と結婚なさるまでの慰みでしかなかった、それでも薫の手前言葉だけが深切だったのだと、大君の思いは、その孤絶した心情の内部で自己増殖を繰り返し、それと共に、徐々に死に追い詰められていく。

「思ひなす」という一語を取り上げることによっても、そういう大君物語の緻密に構築された空しい齟齬の中の悲劇の増殖作用は明らかであろう。根深い薫の絶望は、その辺りにも理由を問うことができる。

今一つは、薫にとって、大君との恋だけが、道心との危うい緊張関係の中で紡ぎ出され得る、その意味で密度の高い精神性を帯びた恋であったということである。これまで述べてきた、仏の御燈明ゆらめく仏間を背景にした恋の場面、「鐘の声」が朝を告げる恋の場面といったものは、すべて道心を付与された薫の、ただ一度の恋としてのみその存在が可能であった。そして、そういう緊張関係のただ中に、その恋が高められ、一方女君の側から死を賭しての拒否に出会うならば、結果は一つしかないはずだった。「つひにうち棄てたまひてば、世にしばしもとまるべきにもあらず。命もし限りありてとまるべうとも、深き山にさすらへなむとす」（総角三一七頁）、死か出家かと、薫自らその結論を明かしている。

けれども、なお薫は、物語の主人公の一人としてその世界を導いていかねばならない。否、導き続けさせられた。その時、薫の道心と恋との緊張関係は奪われ、輝きを喪失した道心の下で、恋だけがめんめんと描き続けられることになる。（というよりも、描き続けられねばならない、と言うべきだろうか。）そして、ほかならぬその恋が描き続けられるための、その始発に位置したのが大君への尽きることない慕情であった。大君の死を通して、薫にもたらされた深々とした喪失感は、その意味で物語を終えるためではなく、始めるためにこそ必要だったのである。大君への恋と、大君の死とは、薫にとってあらゆるものを包み込んでいた。その恋自体の高い精神性と、そしてそのことからくる死に出会った時の喪失感と。

薫にとっての大君は、源氏にとっての藤壺と同質のものではあり得ない。藤壺は、源氏の恋の原点にあったが、源氏の恋はそこに発しながらも、新たなゆかりを育んでいく開かれた明るさを担っていた。若紫は、藤壺との二重写しの映像の中から、徐々に自身の生命を得、やがて六条院の中に紫の上として揺るぎなく存在した。その過程を支えるものは、光源氏の恋の開かれた力である。源氏の恋は、藤壺に始まるが、あくまでそこに閉ざされ終わっているのではない。一方、薫にとっての大君とは、原点であると同時に、ある意味での終点でもあるのだった。薫の恋は、大君に始まり、大君に終わる。ここに、先に触れた豊明をめぐっての薫の歌が、幻の巻の光源氏のそれに重なることの意味はあるのだと言えよう。今、詳述は避けるが、浮舟が、薫と結び付いたかたちでのその像を成就し得ないのは、まさしく薫の側のそういう内的事情に、一つは起因するのだった。

廻り道をくり返したが、大君の死を前にして示される、「光もなくて暮れはてぬ」との一文は、その間のすべての事情を端的に暗示しているかのようである。齟齬に齟齬を重ねた状況の細密な構築は、暗い巨大な影を思わせる。その細密に組み立てられた悲劇的構造が、今、大君の死によって幕を閉じようとする。まさしくそれは、「光もなくて暮れはて」ゆく、一つの物語の光景であった。

一方、道心とのせめぎ合いの中で、一つの緊張を保持していた薫の唯一の恋の対象が、今世を去ろうとしている。その緊張した関係故の精神性が失われる時、薫の道心は無慙なものと化すのではあった。

「世の中をことさらに厭ひはなれねとすすめたまふ仏などの、いとかく、いみじきものは思はせたまふにやあらむ」（総角三一八頁）というふうに、当面する憂悲苦悩を仏の道心への勧めと受け取るという、光源氏的な宿世の了解[12]――「いはけなきほどより、悲しく常なき世を思ひ知るべく仏などのすすめたまひける身を、心強く過ぐして、つひに来し方行く先も例あらじとおぼゆる悲しさを見つるかな。今は、この世にうしろめたきこと残らずなりぬ。……」（御法㈣四九九頁）等の箇所に現れる――に一見するところ通うかのような薫の感懐も描かれてはいるけれども、それでいながら、現実には、「三条宮の思さむこと」と、中の君の「御ことの心苦しさ」というしがらみの間に、この世に留まることにこそ、薫の場合意味がある。述べられた言葉は光源氏のそれに通うかとみえ、否、通うが故に、現実に照らされての言葉の響きの空しさは覆うことができないのだ。

まことに世の中を思ひ棄てはつるしるべならば、恐ろしげにうきことの、悲しさもさめぬべきふしをだに見つけさせたまへ、と仏を念じたまへど、いとど思ひのどめむ方なくのみあれば、……　（総角　三一九頁）

大君の美しい遺骸を前にする時、薫の思いは如何に無慙に受け身的であることか。これが、「まことに世の中を思ひ棄てはつるしるべ[13]」であるなら、それによって悲しさも醒まされるような恐ろしいことを見せてほしいと念じる。不浄観の行使といわれる、無慙に受け身的な道心のあり方を描きこむことによって、物語はなおその展開をはかろうとしている。

彼の思いはまた、次のようにも述べられる。

　恋ひわびて死ぬるくすりのゆかしきに雪の山にや跡を消なまし

半なる偈教へむ鬼もがな、ことつけて身も投げむ、と思すぞ、心きたなき聖心なりける。（総角　三二三頁）

「雪の山にや跡を消なまし」とか、「半なる偈教へむ鬼もがな」とかいう表現には、例の薫の道心、宗教的志向が強く込められているようなのだが、結局、そうした表現により恋人の死故の身も世もない嘆きが表されているというところに、皮肉な構図はある。この時、そのいかにも宗教的な口ぶりは、それ故に、いっそう鮮やかに無慙に薫の心情の荒涼と、道心との乖離とを照らし出しているものになる。

「光もなくて暮れはてぬ」とは、そういう薫と大君との特殊な関係の在り方故の緊張——道心と恋とのせめぎ合い——、その精神の光輝が失われようとする状況を先取りする一文であった。「光もなくて」とは、単に、恋人の死にゆこうとする状況を暗示的に表現する言葉ではない。同時に失われようとする精神の光輝、道心の光輝をも意味するものにほかならない。一文のもつ、一種特有な絶望の色調は、実はそういうところからくるのであった。『源氏物語』における光のイメージの最も複雑な意味深い使われ方の一つを、この部分に認めることが許されよう。

注

（1）前者の立場に属する論としては、たとえば斎藤清衛「薫の性格描写の解剖とその批判」『国語国文』（大正14・10）、阿部秋生「薫」『源氏物語とその人々』（昭24　紫乃故郷舎）、小穴規矩子「源氏物語第三部の創造」『国語国文』（昭33・4）、小沢富貴子「源氏物語第三部主題把握への試論」『東京女子大学日本文学』（昭44・3）などがある。また、後者において代表的なものとしては藤村潔「源氏物語第三部の世界とその構造」『源氏物語の構造』(昭41　桜楓社)を上げることができる。

(2)　上坂信男「小野の霧・宇治の霧」『源氏物語——その心象序説——』(昭49　笠間書院)

(3)　神田龍身「薫/匂宮——差異への欲望」『源氏物語——性の迷宮へ』(平13　講談社)は、互いの欲望の模倣などの問題を詳述する。

(4)　伊藤博「『野分』の後——源氏物語第二部への胎動——」『文学』(昭42・8)、のち『源氏物語の原点』(昭55　明治書院)所収。河内山清彦「光源氏の変貌——『野分』の巻を起点とした源氏物語試論——」『青山学院女子短期大学紀要』(昭42・11)などの論が、野分の巻における夕霧の視点の問題について既に述べている。

(5)　増田繁夫「源氏物語宇治八宮の山荘——その間どり等について——」『梅花女子大学文学部紀要』(昭41・12)、のち『源氏物語と貴族社会』(平14　吉川弘文館)所収。

(6)　石田穣二氏は「はかなし」について「男が女に惹かれるその惹かれ方は埒もないものだというそのことがはかなしの一語に含まれ、その埒もない要素だけではない、より精神的な傾倒が薫の場合にはあることが、却ってそう書くことによって暗示され」るとする。(「大い君の死について」『源氏物語論集』(昭46　桜楓社))また、「思ひ焦らるるもはかなし」の表現の型に関しては、「話主の姿が隠れてしまい作中場面もよみがえってこない」「源氏物語」固有のものとして、根来司「源氏物語の文章」『平安女流文学の文章の研究』(昭44　笠間書院)が詳述する。

(7)　清水好子「薫創造」『文学』(昭32・2)

(8)　吉岡氏の場合は、薫との決定的な一夜の大君に与えた傷の性質というものが大君の結婚拒否を固めるきっかけとして機能していると考えられている。(「薫論補遺」『源氏物語論』(昭47　笠間書院))

(9)　小西甚一「源氏物語のイメジェリ」『解釈と鑑賞』(昭40・6)など。

(10)　赤羽淑「源氏物語における呼名の象徴的意義——「光」「匂」「薫」について——」『文芸研究』(昭33・3)

(11)　いかがはせん。昔の恋しき御形見にはこの宮ばかりこそは。仏の隠れたまひけむ御なごりには、阿難が光放ちけ

んを……（紅梅㈤　四三頁）

（12）小野村洋子『源氏物語の精神的基底』（昭45　創文社）二八七頁。

（13）「源氏物語第三部の創造」（1）の書に同じ。

3　幸い人中の君

はじめに

『源氏物語』の中には、さまざまに引き裂かれ、相矛盾するものを裏腹に抱え込む言葉、或いは、人物たちが息衝いているように思われる。それは、『源氏物語』の骨格が、光源氏と藤壺との密事によって大きく支えられており、物語がほかならぬ「栄華」と「罪」という引き裂かれた二つのものの綯い合わせの構造を基底にしているということとも関わろう。この基底を踏まえつつ、『源氏物語』は、引き裂かれたものの裂け目の煌めき、結合の火花の美しさを幾重にも交錯させ、姿を横たえている。

本章においては、その引き裂かれたものの逆説の論理を、「幸い人」をめぐって考えたい。『源氏物語』には、まさしく、幸福で不幸な、としか言いようのない、固有の「幸い人」たちが生きている。中で、その相反するものの裂け目をめぐる構造のとりわけ露《あらわ》に示されるのが、宇治中の君の場合であった。以下、『源氏物語』固有の幸い人の構造を最もよく語る、中の君の物語を読み解くこととする。

一　「幸ひ」「幸ひ人」、幸い人中の君の物語

幸福とか、幸運とかという言葉の指し示す実体は茫漠として摑みにくいが、少なくともそれ自体暗いイメージのまつわる言葉ではない。けれども、『源氏物語』の「幸ひ人」（しあわせな人。幸運な人）[1]という言葉をめぐって目を凝らす時、左近少将のただ一人の妻落窪の姫君にほぼ集中して語られる『落窪物語』の「幸ひ」の「明かるさ、健康さ」[2]とはやや異質の、ある翳りが透き見えてくる。

『源氏物語』における「幸ひ」「幸ひ人」とは、どのように捉えられる言葉なのか。この世の栄華を極めた主人公光源氏をはじめとして男君をめぐってこの言葉が用いられることは原則的にはないと言える。唯一の例外は「才学といふもの、世にいと重くするものなればにやあらむ、いたう進みぬる人の、命幸ひと並びぬるは、いと難きものになん」（絵合㈡三七八頁）との、男性に関する一般論の用例であるが、『河海抄』以来の指摘の通り、この考え方の背後に『論語』を典拠として認め得るなら出典を持つという意味で別箇の処理が許されるであろう。『宇津保物語』『栄花物語』『大鏡』が各々、仲忠や師輔・道長などについてこれらの語を用いていることからすれば、「幸ひ人」光源氏、或いは光源氏の「幸ひ」という言い方があってもよさそうであるが、実際には無論見当たらず女君にのみその用例は集中している。

さらに、七例の「幸ひ人」の人物内訳は、明石の君、明石の尼君、紫の上、浮舟（各一例）そして中の君（二例）、他一般論（一例）である。女君の中でも、たとえば然るべき身分を背景に光源氏の正妻として導入された葵の上や

女三の宮に関してこの語は一度も用いられることがない。明石の君や紫の上、そして今問題にしようとする中の君など、「本来そうなるはずがない」(3)女君の稀有な生の状態を表す言葉としてそれを見得るなら、『源氏物語』における「幸ひ」とは、幸福と置き換えられるよりは幸運と置き換えられるのにむしろよりふさわしい。「幸ひ」「幸ひ人」をめぐる翳りとは、外側の目が意外な幸運と捉えるものと、その意味で危うい幸運を支える「幸ひ人」の内実との乖離に関わっている。

さて、結婚を拒んだまま宇治の地で若い命を終えた大君、また二人の男君の狭間で入水を計らねばならなかった浮舟に比べれば、宇治の三姉妹の中での中の君の生は最も穏やかなものといえる。父と姉との死後宇治から都の二条院に匂宮の妻として迎えられ、やがて子が生まれる。こうした「幸ひ人」中の君の物語は、それ故悲劇的な女主人公大君と浮舟との物語の中継ぎとして、さしたる意味を持たぬかのように読まれてもきた。中の君の固有の生の解明に取り組むいわゆる人物論も、二人の女君に比べれば圧倒的に少ない。「当初中君に割り当てられていた役割」(4)を浮舟に「担当させ」たための中の君物語の淡さ短さだともいう。

異母妹浮舟を形代として自ら手繰り寄せ女主人公の座を退くまでの、宿木の巻を中心とする中の君のそのささやかな生には、先にあらあら見渡した『源氏物語』の「幸ひ人」の問題が最も際やかに影を落としているのではないだろうか。明石の君や紫の上の物語を負いつつ、外側の目と「幸ひ人」の内なる苦悩という問題が語り手の批評の取り込みによって鮮やかに浮き彫りにされる構造を、以下顧みることとする。

二　中の君の嘆き――匂宮と六の君との結婚をめぐって――

有力な婿がね薫に女二の宮降嫁が決定してしまったことから、夕霧は六の君を匂宮へという意向を固める。「親王たちは、御後見からこそともかくもあれ」（宿木㈤三七〇頁）と六の君との結婚を勧める明石の中宮の言葉は、東宮候補の貴公子匂宮には、夕霧のような力のある人の後見が必須であることを物語る。「やうやう思し弱りにたるなるべし」と必ずしも積極的な匂宮自身の意思がみえるわけではないが、六の君との婚儀はやがての八月と決まり、その報は中の君の耳にも入る。

数ならぬありさまなめれば、必ず人わらへにうき事出で来んものぞとは、思ふ思ふ過ぐしつる世ぞかし。あだなる御心と聞きわたりしを、頼もしげなく思ひながら、目に近くては、ことにつらげなることも見えず、あはれに深き契りをのみしたまへるを、にはかに変りたまはんほど、いかがは安き心地はすべからむ。ただ人の仲らひなどのやうに、いとしもなごりなくなどはあらずとも、いかに安げなき事多からん。なほいとうき身なめれば、つひには山住みに還るべきなめり。（宿木　三七三頁）

「数ならぬありさま」を嘆く中の君の煩悶は、物語にかなり詳細に辿られているといってよい。にわかに現実化した不安と悲しみとは宇治回帰をさえ思わざるを得ない深刻なものとして述べられ、やがて父の遺戒に背いて「草のもとを離れにける心軽さ」を恥じる思いから、大君の決然たる悲愴な生き方が逆に想起されてくる。

中納言の君の、今に忘るべき世なく嘆きわたりたまふめれど、もし世におはせましかば、またかやうに思すことはありもやせまし。（同　三七四頁）

中の君の思惟は自らの嘆きを敷衍して、「反常識的」(5)な異様さをさえ感じさせる側面を負っていた大君の生の真実を、裏から証し立てる構造を持つ。落魄の親王の娘を愛する稀有な情熱にどのように溢れていたとしても、都の貴公子を取り巻く現実は所詮別な動きを負わざるを得ない。先の中宮の言葉を待つまでもなく、六の君との結婚は匂宮固有のあだ心のせいというよりは、より深く第一級の宮廷貴公子をめぐる世俗の秩序の問題に関わっている。それならば、薫とて何の変わりのあろうことか。中の君の嘆きは、その意味で大君物語の「だめ押し」(6)としての機能を大きく負うことになる。

「よろづに思ふこと多」い日を重ね、さりげない自制の中にもの思いを包みながらも、六の君の許に赴く匂宮を見送って「枕の浮きぬべき心地」に沈むほかない中の君の姿は、宿木の巻に繰り返し述べられる。今なお姉大君への追慕の情篤い薫に、知らず知らず心を寄せていくのもこの嘆きと憂愁の故であった。「幸ひおはしける」（宿木四〇〇頁）と評される中の君の内側の苦悩はこのように形象されている。

三　朝顔の花——大君から中の君へ——

よそへてぞ見るべかりけるしら露のちぎりかおきしあさがほの花　（宿木　三八四頁）

右の薫の歌の中で中の君は「朝顔の花」に喩えられている。三条宮の霧の籬に朝顔の花を手折っての薫の早朝の二条院訪問の場面には、はかなさと無常とに彩られるその花と露とが繰り返しまつわっている。朝顔と露との類型的な発想に因るものである以上に、或いは榎本正純氏の説かれるように(7)、中の君の「消えぬまにかれぬる花のはかなさにおくるる露はなほぞまされる」の歌などの背後には、『紫式部集』53番歌「消えぬ間の身をもしる〳〵朝顔の露と争ふ世を歎くかな」が読み取られるのかも知れない。

ところで、この朝顔の花に、薫がふと心を留めたのは、どのような場面だったろうか。物語の叙述を辿りみると、「かの人をむなしく見なしきこえたまうてし後思ふには、帝の御むすめを賜はんと思ほしおきつるもうれしくもあらず」（三七八頁）等、「人やりならぬ独り寝」の夜な夜なに、一入募る亡き大君への思慕を嚙み締める思いが記された直後、眠られぬ一夜を過ごした薫のまなざしが、「常ならぬ世」の表徴とも言うべき朝顔に向かうのであった。それ故にも、たとえば『岷江入楚』には、「私かくはかなくきえやすきものとみるみるもなほめてつへきなり大君の事なり」とあって、朝顔のはかなさに大君の生命のはかなさが透き見られていることを確認することができるのである。

その上で「よそへてぞ……」の詠歌が置かれていることを顧みる時、この「あさがほの花」は、大君の影を二重写しにしての中の君の存在を浮かび上がらせるものと受け止められるのではないか。匂宮の妻、中の君に、薫はこの場で一入の思慕を抑えかねるが、もとよりそれは大君のゆかり故の、その人への熱い思いではあった。眠られぬ一夜の述懐が、そのことをここでとりわけ深く証し立てる構造となっている。

ことさらびてしもてなさぬに、露を落さで持たまへりけるよ、とをかしく見ゆるに、置きながら枯るるけしきなれば、

「消えぬまにかれぬる花のはかなさにおくるる露はなほぞまされる

何にかかれる」と、いと忍びて、言もつづかず。（三八四頁）

一方、自身をその花に喩える歌を詠みかけられた中の君は、露にしとどに濡れたまま、はや枯れようとする朝顔に、姉大君を重ね見るのであった。「かれぬる花」とは、大君その人の喩にほかならない。「しら露」＝大君という

薫の詠歌の発想を逆転して、中の君は、「おくるる露」のはかなさこそが我が身の上と述べるのであった。同時に、「枯る」の語がここに二度繰り返されることを顧みる時、自ずと思い起こされる一つの表現がある。それはほかならぬ大君その人の死が、「見るままにものの枯れゆくやうにて、消えはてたまひぬるはいみじきわざかな」（総角㈤三一八頁）と浮刻される条である。

冬という季節の中で、大君は罹病し、やがて死を迎える。それ故、すべてのものが枯れ尽くす季節と響き合う死の表現とも言い得る。と同時に、むしろほかならぬ選び取られた冬の季節の中での、「ものの枯れゆくやうにて」の表現の定位の意味するものをこそ問わねばなるまい。それは、薫への思いを確かに潜めながら、にもかかわらず愛情の永続を信じることができぬままに、自らの思いを実らせることなく枯れさせ、その痛ましい自滅と引き換えに永遠の憧れを薫に刻印した大君の生そのものと繋がる表現なのではなかったか。「ものの枯れゆくやうにて」とは、こうしたある種の悲しい自己愛《ナルシズム》（8）と結ぶ滅びを象る言葉として機能する。

思えば、大君の結婚拒否は、心を惹かれながらも、「あはれと思ふ人の御心も、必ずつらしと思ひぬべきわざにこそあめれ。我も人も見おとさず、心違はでやみにしがな」（総角二七八頁）との思いの中に拒み続けるという意味において、正篇の朝顔の姫君の系譜に（9）あるものであった。それ故にも、宿木の巻において、ほかならぬ朝顔の姫君と遙かに結ぶ「朝顔」の花が導かれたということでもあろう。しかも「枯るる」「かれぬる」の語を繰り返すことで、大君の死に連想の糸を結ぶ図式が示されたのは、周到な物語の意図を負ってのことと言える。正篇の朝顔の姫君の形象を負いつつ、思いをさながらに枯れさせ自滅した大君その人の生き方が、さりげなく置かれた朝顔の花をめぐる贈答の中に滲み漂う。先に触れた自らを枯れ死させた大君物語の「だめ押し」としての中の君の生、その境涯のはかなさは、こうして「かれぬる花」大君より、さらにはかない「露」（中の君）、との感懐の中に確認されている。

四　中の君の境涯

つまりここでの朝顔の花は、もとより無常観の象徴であると同時に、大君の生を負いつつ、大君その人の痛ましい危惧が、今中の君の上に現実化したという意味での、いかにもはかない中の君の境涯を証し立てている。「朝顔の花」は、だから大君であり、また中の君でもあるのだった。匂宮と六の君との婚約の報に発する同情から、中の君その人への思慕を漸く募らせていく中での薫のこの訪問・対座の場面に繰り返しまつわる朝顔の花の意味は、そこにこそ見出されねばならない。朝顔の花にも似て、「母と父と姉と、身寄りをすべて失ってはかなく生きる」[10]境涯は、「幼きほどより、心細くあはれなる身どもにて」（宿木三九二頁）に始まって、中の君自身の思いの中に辿り直されている。母の命と引き換えの誕生、落魄の親王一人を頼みとしての山里での成長、そして相継いでの父と姉との死は、ただ「あさましき御事ども」と捉えられるほかないものであった。たとえば、総角の巻での匂宮の夜離れにも「さばかりところせきまで契りおきたまひしを、さりとも、いとかくてはやまじ」（㈤三〇三―三〇四頁）と、「思ひなほす心」を失わない中の君の明るい現実性故にその悲劇的印象は比較的薄いが、ただ一人この世に残された中の君の客観的状況には、実のところ極めて厳しいものがあると言わねばなるまい。

ながむれば山よりいでて行く月も世にすみわびて山にこそ入れ

さま変りて、つひにいかならむ、とのみ、あやふく行く末うしろめたきに、年ごろ何ごとをか思ひけんとぞ、とり返さまほしきや。　（早蕨㈤　三五四頁）

匂宮に従って都に向かう折のこの不安と心配とは当然だった。大きな身分の隔たりを負って源氏と結ばれた「幸ひ人」明石の君でさえ、行く先に何の保証もなく都に上ったのではなかった。すでに姫君が誕生している。その上、明石入道の受領としての豊かな財力は、大堰の山荘というとりあえずの落ち着き場所を用意させた。明石の君の六条院入りに至る手続きの慎重さは、その強力な経済的背景を抜きにしては考えられない。中の君はそうしたものと無縁であった。頼るべきものは匂宮の誠実と、僅かな縁に繋がる薫の細々とした日常生活への配慮だけである。そして今、匂宮には別の結婚が進められている。「朝顔の花」、或いは中の君自らの歌の告げるように花にもましてはかない「露」にも似た境涯と言わざるを得ない。中の君の苦悩はこの意味からも必然化されている。

五　幸い人の嘆き——明石の君と紫の上——

「幸ひ人」の苦悩という逆説的な命題は、既に正篇に語られている。しばらく明石の君と紫の上とに目を転じてみたい。明石の君の場合、流謫の地においてさえなお、光源氏から当初「とかく紛らはして、こち参らせよ」(明石㈡二四二—二四三頁)という言い方で求められている。一受領の娘には、その許に通う形式ではなく自邸に参上させての召人(平安時代、貴族の私宅に仕え、主人と情交の関係を持つ女房)[11]処遇がふさわしいとされたのである。一介の女房、召人として終わっても不思議のない境涯の女性が、光源氏の唯一人の姫君(国母)の母となり、六条院に然るべき場を与えられている。こうした身分にまつわる意外性に、明石を「幸ひ人」と捉える視点は発していると推測される。あくまでもそれは「主人公光源氏を中心とし」て用いられる「さかえ」と峻別される「幸ひ」[12]なのであった。阿部秋生氏の詳述される明石の君の「身のほど」意識故の苦悩は[13]、このような「幸ひ」の内側に必然的に孕まれるものにほかならない。「かう言ふ幸ひ人の腹の后がね」（少女㈢二九頁）という表現が内大臣の言葉の中に現れていることからも明らかであるように、身分の論理によって「幸ひ」「幸ひ人」を捉える目は外側にある。一族のめでたき宿世を実現させていく明石の君の、その内側の苦悩と自制とは、時に「いとことわりなり」（明石㈡二五六頁）といった語り手の共感を込めつつ、余すところなく痛切に描かれていると言えよう。

若菜の巻の紫の上の女三の宮降嫁による嘆きには、人生の終わり近く生活を底から揺るがされた人の深い痛ましさがある。それを読み取ってきた者は、次のような表現に出会う時いささかの戸惑いを覚えることでもあろうか。

「いといみじき事にもあるかな。生けるかひありつる幸ひ人の光うしなふ日にて、雨はそぼ降るなりけり」と、うちつけ言したまふ人もあり。　（若菜下㈣　二二九頁）

もの思いを重ねた揚句絶命しかけている人を、世の人々が「幸ひ人」と評するのは、明石の君の場合同様言わば身分にまつわる意外性に因っていると思われる。式部卿の宮の娘とはいえ父に充分顧みられることのなかったその人は、光源氏によって密かに奪い取られるようにして二条院に据えられたのであった。それは葵の上の女房から見れば、「内裏わたりなどにて、はかなく見たまひけむ人を、ものめかしたまひて、人や咎めむと隠したまふなり」（紅葉賀㈠四〇六頁）と噂するほかない結び付きであり、そのような人が妻としての位置を得ていくことに、世間は「御幸ひ」（賢木㈡九五頁）を見ている。正規の手続きを経て栄え栄えしく降嫁した女三の宮に劣らぬ「御勢」の人は、内親王には比ぶべくもない身分、そのような結婚の事情からして意外な「幸ひ人」と見なさざるを得ないということであろう。「今こそ、二品の宮には、もとの御おぼえあらはれたまはめ」など、女三の宮への同情の言葉を併せ顧みる時、紫の上を外側から捉えて「うちつけ言」を発する、冷ややかな目の存在がはっきりと浮かび上がる。

六　中の君の外側

これまで見てきたように、「幸ひ人」をめぐって「外」に視点を求める時と、「内」に視点を求める時との状況的乖離は、明石の君や紫の上をめぐって既に認められる。また内なる苦悩それ自体も、この二人の女君の各々の状況の中で質量共に充分に深められている。「数ならぬ身」の嘆きの中に、身分格式の高い妻を迎える夫の、今一人の妻の苦悩が語られるという意味で、中の君の生は明石の君と紫の上との問題を二つながらに負っている。そして、その苦悩は充分必然的なものとして浮き彫りにされてはいるが、正篇の人々のそれ以上に極められているという体のものではない。それ故中の君の物語は正篇の二人の女君の「二番煎じ」[14]と処理されてもきた。

「二番煎じ」に終わらない中の君物語の新しさがあるとすれば、それはどこに見出されるのであろうか。新たに切り開かれる問題は苦悩自体の質ではなく、それをめぐる物語の語り方に関わるものにほかならない。「数ならぬありさまなめれば、……」に始まる先に触れたもの思いの記された後、「さるは、この五月ばかりより、例ならぬさまに悩ましくしたまふこともありけり」（宿木三七五頁）と、妻の座の定位に大きく関わる懐妊のニュースが告げられる。それまで中の君の苦悩と忍耐とにぴたりと添っていた語り手が、「いかが恨めしからざらん」「ただつらき方にのみぞ思ひおかれたまふべき」という具合に、中の君からそろそろと離れを見せ始めるのは懐妊の事実が述べられての後である。さらに匂宮を夕霧邸に見送っての中の君の煩悶は半生の回顧と共に縷述されるが、その折、次のような表現が挿入されることは何を意味しようか。

○　松風の吹き来る音も、荒ましかりし山おろしに思ひくらぶれば、いとのどかになつかしくめやすき御住まひなれど、今宵はさもおぼえず、椎の葉の音には劣りて思ほゆ。

山里の松のかげにもかくばかり身にしむ秋の風はなかりき

来し方忘れにけるにやあらむ。（宿木　三九三頁）

○　今は、いかにもいかにもかけて言はざらなむ、ただにこそ見め、と思さるるは、人には言はせじ、我独り恨みきこえん、とにやあらむ。（同　三九四頁）

語り手は中の君との間に距離を置き、どこか皮肉な批判的なまなざしで中の君の苦悩に対している。

また二つとなくて、さるべきものに思ひならひたるただ人の仲こそ、かやうなる事の恨めしさなども、見る人苦しくはあれ、思へばこれはいと難し。つひにかかるべき御事なり。宮たちと聞こゆる中にも、筋ことに世人思ひきこえたれば、幾人も幾人もえたまはんことも、もどきあるまじければ、人も、この御方いとほしなども思ひたらぬなるべし。かばかりものものしくかしづき据ゑたまひて、心苦しき方おろかならず思したるをぞ、幸ひおはしける、と聞こゆめる。（同　四〇〇頁）

翌朝の中の君匂宮対座の後の語り手の言葉は、いっそうはっきりと中の君の苦悩に対して批判的な立場を取っている。「思へばこれはいと難し。つひにかかるべき御事なり」と現状を肯定し、「人も、……べし」あるいは「聞こゆめる」など世人の評の推量のかたちで、中の君の苦悩の故なさが殆ど執拗なまでに浮き彫りにされている。

こうした語り手の在り方は、明石の君や紫の上の場合と明らかに異質である。女君の苦悩に対する語り手は、たとえば「三日がほどは、夜離れなく渡りたまふを、年ごろさもならひたまはぬ心地に、忍ぶれどなほものあはれなり」（若菜上㈣五七頁）など、常に全的な共感を込めてその姿を女主人公の心情の中に埋没させている。「光源氏のような人には女三の宮降嫁も当然」という類の批判の入り込む余地はない。

懐妊等の事実の切り開く明るい可能性からみて、「中の君の思いはまだしも余裕がある」[15]ため、その切実度の薄さに語り手が批判を加えているとのみは片付けられまい。匂宮だけが唯一のよるべという朝顔の花にも喩えられる境遇であって、しかも、その頼りとする匂宮との間の生活はまだ何ほどの積み重ねも経ていないという状況は、紫の上とはまた異なる深刻さを備えている。結局、物語は一方に必然化された苦悩を描きつつ、他方、その嘆きを世俗の秩序の側から故ないことと批評する、語り手の目を孕み込んでいるということではないか。なぜ苦悩と憂愁に充ちた人が、「幸ひ人」と呼ばれるのか。その間の論理を中の君物語における語り手は、極めて明快に説き明かしてくれる。先に私は正篇の「幸ひ人」の身分にまつわる意外性ということに触れた。その論理構造が文脈の中で語り手自身の手により解明されるのは、第三部を待たねばならなかった。

中の君をめぐって、語り手は次のような外側の論理の必然を証し立てる。今を時めく東宮候補の貴公子匂宮が、一人の妻を守るなどということのあり得ようはずもない。宇治の八の宮の姫君が、その匂宮に見染められ、さらに中宮の「御心につきて思す人あらば、ここに参らせて、例ざまにのどやかにもてなしたまへ」(総角㈤二九三頁)と勧めた召人処遇を遥かに越えて、二条院に「ものものしくかしづき据ゑ」られ身籠もってさえいる。まして匂宮は、その身分にふさわしい婚儀の具体化の時に至っても、「ここかしこの御夜離れなどもなかりつるを、にはかにいかに思ひたまはんと、心苦しき紛らはしに、このごろは、時々御宿直とて参りなどしたまひつつ、かねてよりならはしきこえたまふ」(宿木三七六頁)など、濃やかな優しさに充ちた心遣いを中の君に対して惜しまない。「いとほし」などと世人が同情するはずもあろうか。「幸ひ人」とはこれを指す以外のどんな言葉でもあり得ない。社会的な秩序の側の論理はそのように語っている。

七　「幸ひ」へ――薫の思慕とその行方――

さて、中の君の憂愁には、今一つ薫の思慕という問題が関わっている。孤立無援の境涯に頼むべき夫も新しい妻を迎えようとしている。この中の君に対する薫は、大君追慕の嘆きの中で次第にその面影を中の君に求め出している。二人の間には共通の追慕の対象としての大君があり、共通のゆかりの地宇治がある。結局は「去勢された密通の構図」[16]に終わるのだが、「かたみにいとあはれと思ひかはしたまふ」（宿木三八七頁）という自ずから相寄る心の必然性は、充分に整えられていると言うべきだろう。

六の君の「盛りの花」の美しさが、予想以上に匂宮の心を捉えたこととも相俟って、結婚成就の後は中の君の案じた通り「二条院に、え心やすく渡りたまはず」（宿木四〇九頁）という状態が続くこととなった。宇治の山里でとも角も心を慰めたいと中の君は薫に消息する。この中の君からの働きかけによる二条院での対座の場面で、「常よりも昔思ひ出でらるる」中の君の思い屈した様に堪えかねた薫は、「寄りゐたまへる柱のもとの簾の下より、やをらおよびて御袖をとらへつ」（宿木四一五頁）と、終にはっきりと懸想人の姿勢を取ったのだった。懐妊のための「腰のしるし」を憚って、思いを遂げることなく終わったものの、「頼もし人」薫の意外な「うとましき心」を知らされた中の君の嘆きは深い。それは、「宮のつらくなりたまはん嘆き」（宿木四三二頁）にも勝る苦しみとも語られている。

「過ぎぬる方よりはすこしまつはしざま」（宿木四二三頁）に中の君が、折から訪れた匂宮に対するのは、薫の思慕故に匂宮の夜離れを「もの恐ろし」と感じる不安に因っている。懐妊の姿に加えてのこの態度は、匂宮を「いとど限りなくあはれ」な感動に誘《いざな》うのだが、この時匂宮はまぎれもない薫の移り香を女君に感じて動揺する。匂宮を中の君の許に留めさせたものは、懐妊の事実もさる事ながら、ここで一挙に強く噴き出した薫との間柄への疑い、嫉妬の情であることに注意せねばなるまい。

やがて薫の思慕を持て扱いかねる中の君は、異母妹浮舟の存在を告げることになる。「外の方をながめ出だしたれば、やうやう暗くなりにたるに、虫の声ばかり紛れなくて、山の方小暗く、何のあやめも見えぬに、……」（宿木四三六頁）とは、おそらく薫と中の君との関係を象徴する風景でもあろう。どう展開しようもないまめ人の道ならぬ恋の中に、新たな展開の力源としての浮舟が導入される。遂げられることのない密通、薫の情念は、こうして「かかるにこそ人もえ思ひ放たざらめ、と疑はしき方ただならで恨めしきなめり」（宿木四五四頁）と、匂宮に中の君の魅力を再確認させ、華やかな新妻六の君との生活の一方に、宇治の姫君との生活を強固に根付かせる方向に結局はもっぱら機能することとなった。

二心おはしますはつらけれど、それもことわりなれば、なほわが御前をば幸ひ人とこそ申さめ。（宿木　四五五頁）

女房達は、こうして落ち着いた生活をめぐって、中の君を「幸ひ人」と再確認する。「幸ひ」とは、何という危ういバランスの上に成り立ったものなのだろうか。まめ人の思慕。中の君の嘆きと、跡絶えを恐れての匂宮への以前にましての親近。匂宮の嫉妬と固まる夫婦の仲。何かが一つ狂えばすべて崩れ出す。中の君の跡絶えへの不安は、浮舟の巻において、宇治に据え置かれた浮舟の淋しい生活の隙に乗ずるような匂宮の密通をみる時、改めて蘇ってくる。薫は一時《ひととき》、秘密に胸を痛める浮舟のもの思う姿を、あたかも薫を恐れる中の君の嘆きと親近を「あはれ」とみた匂宮のようにいとしく眺めるが、崩れ出した状況の中で所詮それは一瞬の空しさに終わるほかない。浮舟をめぐる陰画を併せ見る時、中の君に関して人々の語る「幸ひ」のバランスの危うさは、いっそう際やかにみえてくると言うべきだろう。

八　女房と語り手と

大君物語は、女君の結婚拒否の論理と、それを理解できず対立する女房の思惑との、葛藤の物語として捉えられると篠原昭二氏は説かれる。(17) そしてまた、その女房達とは「ついに貴族社会の現実的次元を離れることができない」存在であるという。中の君物語において、中の君を「幸ひ人」と考える視点は、まさにこの女房達の論理に発するものにほかならない。

非の打ちどころもない薫を拒む大君について、「何か、これは世の人の言ふめる恐ろしき神ぞつきたてまつりたらむ」（総角㈤二四四頁）などと、全く異様な感をもってしか受け止めることができなかった「老人」達であってみれば、中の君の都行きに際して「心ゆきたる気色」（早蕨㈤三五〇頁）に、いそいそと準備に余念のないのも理の当然であろう。

しほたるるあまの衣にことなれや浮きたる波にぬるるわが袖　（同　三五〇―三五一頁）

不安と悲しみとに掻き暮れる中の君の心情を共有し得たのは弁の尼ばかりで、他の女房達は、満足の笑みを浮かべながら、「あり経ればうれしき瀬にも逢ひけるを身をうぢ川に投げてましかば」「過ぎにしが恋しきことも忘れねど今日はたまづもゆく心かな」などと詠み合っている。中の君は「心づきな」くそれを見るばかりだった。中の君物語においても、女房は女君の心情を決して理解し得ず、都での安定した華やかな生活を良しとするといった、極めて世俗的な常識を出ない態度を持つものとして描かれているといってよい。

匂宮の新しい結婚をめぐる嘆きも、また、薫の思いがけぬ思慕への悩みも、結局「思ふ心をも、同じ心になつかしく言ひあはすべき人」(宿木四三二頁)を持たぬまま、故姫君を恋いつつ、一人嚙み締めなければならないものであった。まことに中の君の内面を共有することができないからこそ、「かかる御ありさまにまじらひたまふべくもあらざりし所の御住まひを、また帰りなまほしげに思して、のたまはするこそいと心憂けれ」(宿木四五五―四五六頁)と女房達は現状を肯定しつつ中の君を批判する。「二心おはしますはつらけれど、それもことわりなれば、なほわが御前をば幸ひ人とこそ申さめ」とは、この時出てくる女房の側からみた結論である。

先に顧みた語り手の視座と、世俗・現実の常識を語る女房の視点とは究極において一致する。即ち、宿木の巻においては、語り手と女房とが一体となって現実の秩序の論理を物語内に持ち込んでいるという言い方が許されようか。宿木の巻はそもそも「宇治の世界を相対化(18)」する巻であるという。語り手と女房とがほぼ一致して外側から、中の君の内的な苦悩・憂愁の論理(宇治の姫君の論理)を批判するという構造も、結局その巻の性質に収束される問題といえる。

九　再び「幸ひ」「幸ひ人」

中の君の物語を描き終えた後、物語の「幸ひ」をめぐるまなざしはどのような変化を見せるであろうか。

○　昔も今も、もの念じしてのどかなる人こそ、幸ひは見はてたまふなれ。(浮舟(六)一一三頁)

○　宮の上こそ、いとめでたき御幸ひなれ。右の大殿の、さばかりめでたき御勢にて、いかめしうののしりたまふなれど、若君生まれたまひて後は、こよなくぞおはしますなる。かかるさかしら人どものおはせで、御心のどかにかしこうもてなしておはしますにこそはあめれ。　（同　一一三―一一四頁）

各々侍従と右近と呼ばれる浮舟の侍女達の言葉である。「もの念じ」する人――じっと物事を堪える人――こそが究極の「幸ひ」を得ることができるとか、心の「のどかさ」や賢さが「幸ひ」への道であるとかというこれらの言葉は、物語の「幸ひ」の結論として、中の君に至る「幸ひ人」の系譜を顧みる時、たいそう説得的である。同時に、「幸ひ」は、いかにも軽いものになってしまったという感がある。「幸ひ」とは、とどのつまり賢明な抑制や忍耐の果てにもたらされるものにほかならないと言い切られる時、「幸ひ」を甘い憧れを込めて見取り目指す物語の夢はもはや見当たらない。まことに現実的な醒めた認識がそこに仄見える。

さらに、浮舟の母、中将の君は、「二心おはしますはつらけれど」との条件付きで中の君を「幸ひ人」とする女房の論理を、見事に逆転させている。

宮の上の、かく幸ひ人と申すなれど、もの思はしげに思したるを見れば、いかにもいかにも、二心なからん人のみこそ、めやすく頼もしきことにはあらめ。　（東屋㈥　三〇頁）

自身の八の宮から受けた辛い処遇に裏付けられながら、中将の君の語る言葉は、世間の評する「幸ひ人」よりも「二心なからん人」に護られた生き方に軍配を上げる。「幸ひ人」は、この中将の君の語りの中では何ほどの価値も重さも担っていない。但し、中将の君のこの論理は周知の通り、匂宮や薫を目の当たりに見る時、あっけなく潰える。その揺れは、物語が良しとするものの単純でないことを語るのであろう。何がまことの幸福というものか、物語は殆ど希望を失って複雑なまなざしを投げ出すように示しているとみるべきなのかもしれない。

おわりに

「幸ひ人」の内実は憂愁に覆われている。しかも「幸ひ」とは、諸状況の極めて危ういバランスの上にかろうじて成り立つものにほかならない。「幸ひ人」とは、とどのつまり幸運とか幸福とかのそれ自体に担われた脆さ危うさの陰で、幸運や幸福を支える血の滲む努力を重ねる、幸運で不幸な存在に違いない。中の君の嘆きやもの思いは従って、皇子が誕生し、盛大な産養《うぶやしない》が取り行われた時点で解消するといった性質のものではなく、長い匂宮との生活の中で、ことの軽重の差はあれ終生変わることなく続いていくものであろう。それが「幸ひ」と呼ばれるものの実体である。「幸ひ」は、中の君の物語を潜りぬけて見据えられ、随分軽いものになってしまった。

浮舟の物語は、このような『源氏物語』の「幸ひ」をめぐる道筋を経て、はじめて描かれ得る新しい主題を担っている。幾多の構想の挫折の果てに置かれたのでもあろう「幸ひ人」中の君の物語は、重い必然性をもってその道筋に位置付けられているとみなければならない。

注

（1）『岩波古語辞典』（昭49）五三五頁。

（2）原田芳起「文学的発想における〝さいはひ〟」『樟蔭国文学』（昭52・10）

（3）今西祐一郎発言「共同討議・源氏物語を読む」『国文学』（昭55・5）

（4）藤村潔「宇治十帖の構想成立過程細論」『源氏物語の構造』（昭41　桜楓社）

（5）山上義実「『源氏物語』宇治十帖における中君をめぐって」『北住敏夫教授退官記念 日本文芸論叢』（昭51　笠間書院）

（6）藤村潔「宇治十帖の世界　中君」（（4）の書に同じ。）

（7）「物語と家集――宇治十帖中君の再検討――」『国語と国文学』（昭49・7）

（8）千原美沙子「大君・中君」『源氏物語講座』㈣（昭46　有精堂）

（9）武者小路辰子「朝顔斎院」『源氏物語――生と死と』（昭63　武蔵野書院）、なおこの辺りの記述については(1)8「朝顔の姫君とその系譜――歌語と心象風景――」参照。

（10）上坂信男「源氏物語の心象」『古代物語の研究』（昭46　笠間書院）

（11）『岩波古語辞典』一二六六頁。

（12）今西祐一郎「明石一族の栄華とは何であったのか」『国文学』（昭55・5）

（13）「明石の君の物語の構造」『源氏物語研究序説』（昭34　東京大学出版会）

（14）（8）に同じ。

（15）上坂信男「宇治の姫君たち」（（10）の書に同じ。）

（16）池田和臣「浮舟登場の方法をめぐって――源氏物語による源氏物語取――」『国語と国文学』（昭52・11）、のち『源氏物語　表現構造と水脈』（平13　武蔵野書院）所収。

（17）「大君の周辺――源氏物語女房論――」『国語と国文学』（昭40・9）

（18）篠原昭二「宿木」『源氏物語必携』（昭53　学燈社）

4　浮舟物語と「人笑へ」

常陸介の後妻となった母の許で、東国に生い育った八の宮の三女浮舟が、やや唐突にも宇治の物語に呼び込まれるのは、宇治十帖後半に至ってのことである。むしろ中の君の運命として予定されたともおぼしい、薫、匂宮という二人の男君の間を揺れる女君の悲劇は、ともあれこの遙か東国の地に育った浮舟をめぐって、入水決意、やがての救出と出家へ、とのおおよそ二分される道筋に展開される。本章では、とりわけこの『源氏物語』の最後の女君の前半の物語を中心に、「人笑へ」(1)の語を軸として、浮舟をめぐる物語構造の類型と離脱の問題に分け入りたいと考える。

一　浮舟入水へ

継子という境遇故にも、期待された左近少将との婚約さえ破れ、母中将の君のはからいで姉の許に身を寄せた浮舟の、大君を彷彿させる容姿を前に、「かの人形求めたまふ人に見せたてまつらばや」と感動を新たにする中の君に、折から薫の来訪が告げられる。忘れ得ぬ大君への思いと、それ故の中の君への恋慕を訴える薫に、そのやっかいな思慕を、浮舟に肩代わりさせることで逃れようとする中の君は、「人形《ひとがた》」の話を持ち出す。「見し人のかたしろならば身にそへて恋しき瀬々のなでものにせむ」（東屋(六)四七頁）と「戯れ」る薫。中の君は、「みそぎ河瀬々にいださんなでものを身に添ふかげとたれか頼まん　引く手あまたに、とかや。いとほしくぞはべるや」と応じた。周知の通り、そもそもの浮舟導入は、「昔おぼゆる人形＝生前を思い出させる大君の像」との薫の言葉に拠っている。中の君は、「人形＝像」の表現に、「うたて御手洗川近き心地する人形こそ、思ひやりいとほしく」（宿木(五)四三七頁）と、「人形＝御禊の折の形代」を重ねた上で、浮舟のことを語り出す。二つの相似の構図に、「人形」「形代」「なでもの」の語が繰り返され、やがて一人のあえかな女君、浮舟が姿を現す、との展開にはもとより大きな意味がある。浮舟は、「大祓の罪をひきうけて海底を流離するハヤサスラヒメ」としての属性を負う「贖罪の女君」[2]なのであった。不吉な言葉の暗示を懸念してみせる中の君の、妹の身分への軽侮を実のところ潜めながらの心遣いが、浮舟の贖罪の女君としての運命を暗々と紡ぎ出すことになる。

「なでもの」とあらかじめ与えられた暗示を負いつつ、「心焦られしたまふ」匂宮の激情に自ずと惹かれながらも、薫のもたらす静かな安穏への「頼み」もまた消し難く、引き裂かれる思いの中で浮舟が入水に追い込まれていく過程は、二人の男君の心情はもとより、母、乳母、また女房たちのさまざまな言葉までもがどう動きようもなく絡んで、息も吐かせぬ必然的な成り行きとして浮刻されるのだが、一方その中に、「菟原処女」等の入水に至る伝承の嵌め込まれていることは周知のところである。『万葉集』や、『大和物語』にみえる、二人（以上）の男性からの求婚をめぐり、身の処置に窮して処女が自死するという伝承を踏まえて、浮舟の入水への道は刻まれた。けれども、伝承、類型に枠取られつつ、そこからの離脱もまた自ずから孕まれるものであることは言を俟たない。浮舟が、求婚された処女という立場ではなく、既に二人の男との間に関わりを持ってしまった身であることとおそらく響き合いつつ、「死者がいささかも美化されない」[3]入水悲劇が浮舟物語の固有の様相だという。確かに浮舟自ら、「昔は、懸想する人のありさまのいづれとなきに思ひわづらひてだにこそ、身を投ぐるためしもありけれ」(浮舟(六)一七六頁)と顧みた伝承が、処女のけなげな死を悼む歌の数々に彩られるのに対し、浮舟の死は、蜻蛉の巻に残された人々の悲嘆が語られぬではないものの、むしろ「心憂き」恥、醜聞と捉えられるものだった。この、伝承から離脱する、美化されることのない恥に貫かれる入水譚を支えるものとして、浮舟物語における「人笑へ」の意識の浮上することが予感される。

二 「人笑へ」の系譜

浮舟をめぐる「人笑へ」は、東屋四例、浮舟四例、蜻蛉一例と各々の巻に立ち現れ、入水への道が「人笑へ」への顧慮によって必然化される過程が明らかに辿られるのだが、そもそも「人笑へ」とは『源氏物語』の中にどのように刻まれる語であったのか、しばらく目を転じたい。『源氏物語』には「人笑へ」四二例、「人笑はれ」一六例が辿られるが、これは『蜻蛉日記』三例、『宇津保物語』五例、『落窪物語』二例、『枕草子』一例といった数に比べると圧倒的な量と言うほかなく、『源氏物語』の世界の鍵語《キーワード》の一つとしての機能を当該語が担うことを思わせる。「世間のもの笑いになること」との語義を持つ「人笑へ」「人笑はれ」は、もともと『源氏物語』以前の作品においては、原則として会話文の中に用いられる語であった。『源氏物語』における用例数の増大は、実はこれらの語が会話のみならず、内話や地の文の中に大きく取り込まれたことと密接に関わる現象である。(4)『源氏物語』の「人笑へ」は会話よりむしろ内話に多く現れることに特色があり、「(女の)内面思考の言語」(5)として「人笑へ」が画定されたと言い得る。

さらに正篇において、藤壺、六条御息所、紫の上、明石の君といった主要な女君たちが、各々の運命の危機の中で、「人笑へ」の語により、その深刻な状況を受け止め、もの笑いの種となって身を破滅させることを避けるべく自らの道を切り拓くという構図が指摘されるが、(6)続篇の「人笑へ」は、女君たちを生き蘇らせる方向に導く正篇のそれとは逆に、おおむね死、滅びという負の方向に女君を追い詰める役割を担うように思われる。(7)しかも正篇の女君が各一・二例の限られた場面にのみ「人笑へ」を思うのに対し、大君、浮舟をめぐるそれは各七例、九例という具合に繰り返される点に特色がある。まず大君に目を向けよう。「なかなか人わらへに軽々しき心つかふなどのたまひおきしを、……」(総角(五)二三五頁)とは、大君その人が父の遺言を顧みて中の君に語る言葉だが、「おぼろげのよすがならで、人の言にうちなびき、この山里をあくがれたまふな」(椎本一七六頁)等、刻まれる名高い遺戒には「人笑へ」の語は見当たらず、大君自身が父の思想を当該語に新たに絡め取ったと述べることができよう。(8)

まず会話に示された「人笑へ」は、やがて大君の心中に繰り返し嚙み締められる語となり、とりわけ匂宮の夜離れの故にも妹の「人笑へ」を目の当たりにしたとの悩みから、「やうのものと人わらへなる事をそふるありさま」に生き長らえ亡き父母の名を汚すよりは、むしろ「いかで亡くなりなむ」と、死への思いを深める結果となる。これらの「人笑へ」は、一人大君の心内にのみ示されることで、大君の恥の意識の半ば空しい自己増殖を自ずと物語り、やがてその中から、恥を忌避するための死の選択の論理が紡がれていく仕組みを証し立てる。周囲の女房達の会話や、地の文は大君の「人笑へ」を語ることがない。生き蘇る正篇の女君とは逆に、「人笑へ」の自己増殖により死に導かれる大君の系譜を継いで、浮舟をめぐる「人笑へ」はどう刻まれることになったのか。

三　浮舟物語と「人笑へ」

「……この君の御ことをのみなむ、はかなき世の中を見るにも、うしろめたくいみじきを……もし思はずなる御心ばへも見えば、人わらへに悲しうなんあるべき」と言ひけるを、少将の君に参うでて、「しかじかなん」と申しけるに、気色あしくなりぬ。（東屋　一六―一七頁）

浮舟をめぐる「人笑へ」は、まず右の母、中将の君の言葉に現れる。八の宮の血を受けながら継父の許で不遇を余儀なくされている浮舟への不憫さから、少将との縁談に期待を掛ける母は、仲人にその実情を改めて明かし、破約にでもなればどんなに「人わらへ」な悲しいことかと語る。ところがそれを伝え聞く少将は、もともと介の財力を当て込んでの求婚者だったため、「気色あしくな」り介の実子に乗り換えてしまう。つまり、母の求めた娘の幸福は成就以前に無慙に潰え、浮舟はあらかじめ「人笑へ」の状況を負わされた女君として登場することになる。

この屈辱の中で、但し中将の君と乳母とは嘆きながらもそれを打開すべく、さまざまに「語らふ」のだった。「何か。これも御幸ひにて違ふこととも知らず」（二九頁）――破約がかえって幸運――と、母を慰める乳母は、薫との縁をむしろ勧め、けれども中将の君は八の宮との痛恨の体験故にも、貴人よりは「二心なからん人」との結婚を……、と応じる。いずれにもせよ「いかにして、人わらへならずしたてたてまつらむ」との嘆息が、語らいの決着であった。ゆくりなく負わされた「人わらへ」の状況から、「人わらへなら」ぬ展開へ、運命の逆転を求めることが、浮舟に対する期待でもあり、また周囲の人々の至上命令でもあったと述べられようか。

この語らいが「(母が) こなたに渡りて見るに、(浮舟が) いとらうたげにをかしげにてゐたまへるに」とあって、浮舟の傍らで持たれたものである以上、当然これらの言葉は女君の耳にも届いていることになる。屈辱の痛みの中で、黙って語らいを心に滲ませていく浮舟の姿が浮上する。おおよそ内側から語られることの極度に乏しい女君が、中将の君を中心とする人々のさまざまな「音《こえ》」(9)、情報の中から次第に水のような透明さで浮かび上がる東屋の巻の構図は、ここにもなお確認されるのである。

a　君は、ただ今はともかくも思ひめぐらされず、……うつぶし臥して泣きたまふ。いと苦し、と見あつかひて、「……人のかく侮りざまにのみ思ひきこえたるを、かくもありけり、と思ふばかりの御幸ひおはしませ、とこそ念じはべれ。あが君は人笑はれにてはやみたまひなむや」と、世をやすげに言ひゐたり。

(東屋　六一―六二頁)

b　「……この御ゆかりは、心憂しと思ひきこえしあたりを、睦びきこゆるに、便なきことも出で来なば、いと人わらへなるべし。あぢきなし。異やうなりとも、ここを人にも知らせず、忍びておはせよ。……」と言ひおきて、みづからは帰りなんとす。君は、うち泣きて、世にあらんこととところせげなる身と思ひ屈したまへるさまいとあはれなり。

(同七一頁)

浮舟の「人笑へ」を語る乳母、また母、そしてそれを黙って聞く当の浮舟との構図は、右のabにさらに際やかである。aは中の君邸での思い寄らぬ匂宮の接近の衝撃に、「うつぶし臥して泣」く浮舟への乳母の言葉に示される「人笑はれ」であり、bはこの不祥事に慌てて娘を三条の小家に移した母が、「思ひ屈し」泣く浮舟に語る「人わらへ」である。共に、語ることなく泣くばかりの浮舟に、最も親しい関係に在るものが語り聞かせる文脈に示される「人笑へ」と言える。a、「私の大切な姫がもの笑いの種となったまま終わることなどあるものか」との、やや荒々しくも素朴な真情を伝える乳母の慰めは、「人笑はれ」を「御幸ひ」に対置する。言い換えれば、「人笑へ」の運命を越えての、結婚をめぐる「幸ひ」の成就こそが、浮舟への愛情溢れる周囲の祈りなのであった。先に触れた「いかにして、人わらへならず……」の嘆息もまた、「幸ひ人」と呼ばれる中の君の「もの思はしげ」な実情を踏まえつつ、浮舟の行く末の幸福を念じる文脈に置かれたものである。もとより正篇のそれを含め「人笑へ」が主として恋や愛情にまつわる恥を述べるものである以上、「人笑へ」の対極に「幸ひ」があるのは自明とも言えようが、浮舟の場合「幸ひ」と「人笑へ」の言葉の上での露《あらわ》な対照が興味深い。物語の論理が、次第に幾重もの皮を剝かれ、核を露呈し出したということでもあろうか。一方、bにおいて中将の君は、ほかならぬ姉中の君の夫匂宮との間に「便なきこと」が生じたら、どんなにかもの笑いになることかと浮舟に語り案じる。この匂宮との密事をめぐる「人笑へ」を避けるべく思案されたのが、隠れ家へのひとまずの浮舟移転であった。黙って聞き臥す浮舟の耳に、最も頼みと思う二人の、「人笑へ」を避け「幸ひ」を求めるようにとの願いが、繰り返し滲み入り、やがてあたかも至上命令のように固着する成り行きが予想されよう。

果たしてこのまことに善意な二人の言葉に潜められた至上命令が、逆に刃となって浮舟を刺すことになるのが浮舟の巻であった。東屋の巻に反転し、近々と浮舟に迫る語り手を通して、二人の男君と結ばれた内面の苦悩を濃密に語るのが浮舟の巻の方法と言えるが、当該巻の「人笑へ」はすべて浮舟の心内語に現れるものである。

……母ぞこち渡りたまへる。乳母出で来て、「殿より、人々の装束などもこまかに思しやりてなん。……」など言ひ騒ぐが、心地よげなるを見たまふにも、君は、「けしからぬ事どもの出で来て、人笑へならば、誰も誰もいかに思はん。……」と、心地あしくて臥したまへり。（浮舟㈥ 一五五―一五六頁）

薫の浮舟迎え取りは、四月十日と予定され、折から宇治を訪れた母に、乳母は準備の様を得々と語る。密事を知らぬ二人が、今「幸ひ」の実現も目前とはしゃぐのを目にするにつけ、東屋の巻の「人笑へ」をめぐる二人の言葉は浮舟の心に蘇り、「人笑へ」の事態の露顕が、どんな驚きと恐慌とを人々にもたらすことかと嘆きを深めるのであった。乳母や母の期待と祈りとは、密事の生じた今、大きな津波となって浮舟を襲うのである。さらに、続く弁の尼との語らいに、二条院での匂宮との不祥事が成就していたなら、娘には二度と会うまいと思った、との母の言葉が示されることで浮舟はいっそう追い詰められ、宇治川の高まる水音の響きの中での水難事故の噂に相俟って、「行く方も知ら」ぬ自死の決意が、はじめて胸を横切る。母の嘆きを思わぬではないが、それ以上に「ながらへて人わらへにうきこともあらむは、いつかそのもの思ひの絶えむとする」（二五九頁）との予測が、自死を促す決定的要因であった。「人笑へ」を避けよ、との至上命令が、透明な女君の耳に繰り返し滲み入り、その行方をこうして染め上げる構図が浮刻された。

やがて薫に事態を知られたことで、一入苦しむ浮舟の前に、一人の男が今一人を妬み殺害し、彼も女も所を追われるという無慙な恥に充ちた、右近の姉の三角関係の挿話が語られ、そうした「ありながらもてそこなひ、人わらへになるさまにてさすらへむ」（二七六頁）事態の回避として、死が希求されるのであった。自死そのものの恥も顧みられはするが、「人わらへならんを聞かれたてまつらむよりは」（二八五頁）との思いが浮舟の最終的な決意であった。浮舟をめぐる「人笑へ」は、まず浮舟の外側から語られ、やがてそれが内側を浸蝕するという表現の固有の仕組みを通過することで、その死をまことに巧みに必然化した、と言うべきであろう。

浮舟に滲み入った「人笑へ」の語が、やがて自らの入水決意を導く、との構図は、さらに浮舟失踪後、蜻蛉の巻に、「……母君の、なかなかなることの人笑はれになりはてば、いかに思ひ嘆かんなどおもむけてなん、常に嘆きたまひし」（二二二頁）と、右近の回想に確認されている。浮舟の生は、入水譚の枠組みに拠りながら、そこから離脱する恥に彩られる軌跡として、「人笑へ」の呪縛のまにまに否応なく滅びへ、死へと追い詰められる構造を取るのだった。

「人笑へ」の危惧をバネに生き蘇る正篇の女君に対し、宇治の女君たちは「人笑へ」を鍵語としておおよそ負の方向へ運命を紡いでいく。と同時に、「人笑へ」を避けようとする思いの深まりが、正篇から続篇へ、女君たちの生を細く貫く糸であることも否めない。その意味で、最後に立ち現れる浮舟が、それまでの女君たちの生の系譜を受け継ぎつつ、「幸ひ」を求めること、「人笑へ」を避けることの絶望、或いは空しさを露なかたちで示すことになったと言い得ようか。

滅びへと女君を追い詰める続篇の「人笑へ」は、大君の場合、その心中にのみ繰り返し示されることで、ひたすら自己増殖する思念に潰されていく生を証し立てた。大君の物語は、それ故にも無慙な思い込みの空しさの悲哀がつきまとう。浮舟の「人笑へ」は、より抜き差しならぬ現実を踏まえるものとして、まず周囲の善意の期待の中に現れ、やがてその故にも浮舟を呪縛していくことになるのであった。

手習の巻以降、救出後の浮舟の出家の物語にはもはや「人笑へ」の語はみえない。「人笑へ」を避け、「幸ひ」を求めることという命題故に、皮肉にも「人笑へ」の畏怖による入水が選び取られた時、『源氏物語』を貫く一つの倫理でもあった「人笑へ」は自ずから姿を消す。出家、救済という新しい命題がここに浮上することになった。もとより最終的に救済とは遙かに隔たる尼姿の浮舟が晒される[10]ことになるにせよ、物語が新たな倫理に向け方向を転じたのは意味深いことではあった。

注

（1）「人笑へ」の他に「人笑はれ」（「人笑はれ」の方が、「人笑へ」より、意味が軽いとみる見解もある）をも一まとめのものとして考察する。
（2）林田孝和「贖罪の女君」『源氏物語の発想』（昭55　桜楓社）
（3）鈴木日出男「浮舟物語試論」『文学』（昭51・3）
（4）(2) 1「『源氏物語』の「人笑へ」をめぐって」参照。
（5）大森純子「源氏物語「人笑へ」考」『名古屋大学国語国文学』（平3・12）
（6）鈴木日出男「光源氏の女君たち」『源氏物語とその影響』（昭53　武蔵野書院）
（7）中の君の「人笑へ」は今しばらく措く。
（8）同様の指摘が(5)の論の他、竹内一雄「『源氏物語』における〈人笑はれ・人笑へ〉」『季刊 iichiko』（平3・4）にもある。
（9）三田村雅子「〈音《こえ》〉を聞く人々」『物語研究』㈠（昭61　新時代社）、のち『源氏物語　感覚の論理』（平8　有精堂）所収。
（10）(3) 5「「あはれ」の世界の相対化と浮舟の物語」参照。

5 「あはれ」の世界の相対化と浮舟の物語

漂う浮舟と呼ばれる女君が、たゆたい惑いながらも、出家への途を辿っていくその過程に、風流貴公子中将をめぐっての一挿話は置かれている。作者が、はじめて本格的な姿勢でその造型に取り組んだと思われる僧侶――横川の僧都――の許で、苦悩の果ての出家生活に入った浮舟は、その意味で宗教的救済を担うものとして意義付けられることが多かった。[1] ここに、中将をめぐっての一挿話を顧みる時、そのような読み取り方に覆うことのできない問題が残されていることに、私どもは気付かされる。たゆたう女君を、直接的に出家に導く契機となったものが、中将の懸想であるという読み取り方の可能性も、既に述べられてはいる。[2] 中将の浮舟への関わり方を辿ることによって、浮舟の出家の意味、その道程を辿り、一方、中将そのものの描かれ方を通して打ち出された問題を探っていきたい。出家と、「あはれ」の世界の相対化とが同時に進められる、『源氏物語』の終末部の浮舟の物語をめぐっての一つの試論としてである。

一　浮舟の出家の願いをめぐって

はじめに、浮舟の出家の願いがどのようなものであったか、簡単に見取っておく必要があるだろう。

尼になしたまひてよ。さてのみなん生くやうもあるべき。（手習㈥　二八六頁）

この浮舟の思いは、蘇生後でさえ、弱々しい息の下から、「夜、この川に落し入れたまひてよ」――死なせてほしい――という願いが洩らされ、さらに、「心には、なほいかで死なむ、とぞ思ひわたりたまへど」と記され続けたことに次いで出されたものである。世を逃れるべく死を志向し、そして適えられぬ時に出家を念ずるというパターンに、私どもは既に出会っている。薫出産後の女三の宮をめぐってである。ものはかなくかよわい身で、御産という重い体験を経、にもかかわらぬ源氏の冷ややかさの中に密通の結実を現実に得た女三の宮は、「このついでにも死なばや」（柏木㈣二九〇頁）と念じ、その思いは、やがて「尼にもなりなばやの御心つきぬ」というふうに移っていく。死によるこの世からの逃避が適えられない時に、第二の逃避の場として出家が願われているという意味においてのみ言えば、浮舟の願いは女三の宮のそれと重ね見ることができる。「何ばかり深う思しとれる御道心にもあらざりしかど」（幻㈣五一七頁）と評される女三の宮の道心の構造と、出家の願いというその出発点において、相似している浮舟のそれであることは興味深い。

一つの極限状況において、死と出家志向とが露に結び付いた例として、女三の宮に典型を見たわけだが、当時死と出家とは本来密接な関係を持つものとして捉えられていたはずである。死の床での柏木の回想に突然古くよりの出家の願いが語られるのも、死と出家の関係の緊密さを考えると解決が付く。或いは、死を前にしての、また病故の心細さに出家を遂げる六条御息所や朱雀院の姿は、そのまま大きく、記録に残る、重い病のうちに出家し僅か数日後に死を迎える関白道隆（『小右記』及び『日本紀略』長徳元年四月の条）や、東三条女院（『日本紀略』長保三年閏十二月の条）等々の姿を裏側に想起させる。[3] 平安時代において出家とは、それによって外に境を清め、内に念仏することによって「脱俗の世界」を完成し、往生にむけて備えるという姿勢として捉えられるものだったとすれば、[4] 死と出家とが、一般的にほぼ隣り合わせのようなかたちで存在していたことは必然であろう。[5] 女三の宮や浮舟の出家発願の状況は、だからその意味で決して特殊なものではあり得ない。ただ、ものはかなく弱々しげに造型された、これら二人の女君が、各々、瀬戸際まで追い詰められた状況の中で、死志向に次いで各々出家を願い、それが遂げられていくというかたちにおいて、そうした死と出家との緊密な関係という普遍的な問題を、一つの極限状況に典型化しているとみることはできる。そしてまた、こうした典型化された極限状況の中で、作者は、当時そのような出家の内包する問題を見つめ、そうした出家の、救済との乖離を述べようとしているのだと、予測的に言えるかも知れない。

引き続き、浮舟のその後の生活、心情を辿ってみよう。彼女の蘇生後の言葉が、二人の男君の間をたゆたっての、入水というかつての苦しい体験を経た後の、それ以前の生とは全く別の生き方を希求する重みを持つものであることは、むろん否定できない。けれども、事の重み、経た体験の重みを思う余りに、浮舟の手習の巻における生を、安定に満ちて待っている宗教生活にのみ負わせることは、やはり早計と言うべきだろう。[6]「夜、この川に落し入れたまひてよ」という死の願いが適えられぬとみた時、はじめて「尼になしたまひてよ」と念じた浮舟は、それでいながらほぼ病の癒えた時、必ずしも一筋に仏道のみに心を寄せる人として、その静謐な心境を写されているわけではない。出家を念じながらも、月「明き夜」の浮舟のもの思いは、いつか捨てたはずの現世の縁に戻り、

　ただ、親いかにまどひたまひけん、乳母、よろづに、いかで人並々になさむと思ひ焦られしを、いかにあへなき心地しけん、いづこにあらむ、我世にあるものとはいかでか知らむ、同じ心なる人もなかりしままに、よろづ隔つることなく語らひ見馴れたりし右近などもをりをりは思ひ出でらる。　（手習　二九一頁）

と記されねばならなかった。それ故にこそ、中将の姿を遠くほのかに見る時、「忍びやかにておはせし人の御さまけはひ」は、浮舟の胸に彷彿とし、或いはまた、「はかなくて世にふる川のうき瀬にはたづねもゆかじ二もとの杉」という歌に、妹尼が「二本は、またもあひきこえん、と思ひたまふ人あるべし」と戯れると、浮舟は言い当てられた辛さに胸もつぶれるばかりなのだ。折からの一品の宮の病に下山した横川の僧都の許で、実際に髪を下ろすその直前にさえ、浮舟は、匂宮のこと、薫のことを顧み、「薄きながらものどやかにものしたまひし人」――薫――への懐かしさを、「なほわろの心や、かくだに思はじ、など心ひとつをかへさふ」（手習三二〇頁）と、強いて抑える姿を物語にとどめている。昔の事どもを、決して見果てたとか、捨て去ったとかはなお言い切れない、そのような女君の、にもかかわらぬ強い出家の願望は、次のように論理付けられていた。

　荻の葉に劣らぬほどほどに訪れわたる、いとむつかしうもあるかな、人の心はあながちなるものなりけり、と見知りにしをりをりも、やうやう思ひ出づるままに、「なほかかる筋のこと、人にも思ひ放たすべきさまにとくなしたまひてよ」とて、経習ひて読みたまふ。心の中にも念じたまへり。　（手習　三二〇―三二一頁）

もはやこれは、たとえば彼女にとっての生きることの意味のすべてであった光源氏との関係を底から揺さぶられることによって、「この世はかばかり」と見果ててしまった、紫の上の場合の出家の願いとは異質であると言わねばなるまい。今、ここでその対比を詳述することは、当面の問題から逸れる故避けるけれども、浮舟の出家の願いは、「世」を「かばかり」と見果てたところではなく、「世」をめぐっての生身の人間としての苦悩を抱え、なお揺れ動くただ中に、だからこそすがりつく思いで、そこからの逃避の場を求めるというところにあるようだ。死の願いに次いで出された出家の願いであることにも、そうなると平仄は合ってくる。

「世」を見果て、異なる次元に後の生の証を求めようとした紫の上の出家の願いは適えられずに終わり、(7)死と隣り合わせに逃避の場を求めた女君の出家の願いは二人ながらに適えられている。浮舟は、紫の上の遂に果たさなかった出家を、苦しい体験を潜りぬけることによってなし遂げたのだ(8)と、単純に見切ることはおそらくできまい。紫の上の不出家と、浮舟の出家と、作者の出家観は、明らかに一つのアイロニーを帯びていることを再び付け加えておこう。

二　中将の恋をめぐって

結論的に言えば、こうして蘇生後なお揺れ動きたゆたいながら、しかも一方、出家を念じていた浮舟を、現実に出家に導く大きな契機となったものが、中将の懸想であった。小野の庵室の世界に至って、なお「風のさわがしかりつる紛れ」の垣間見に心をときめかす中将の恋が執念深く記され続ける所以は、一つにはまさしくそこにあると言うことが許されよう。そのことは先にも挙げた、中将の訪れにつけても、「『なほかかる筋のこと、人にも思ひ放たすべきさまにとくなしたまひてよ』とて、経習ひて読みたまふ。……」と、仏道への心寄せを固めていく浮舟の姿勢からも明らかである。

日ごとに募る中将の恋が、妹尼の留守を知っての庵室訪問となって現れた時、浮舟は母尼の部屋に逃れ、やがてその恐怖の一夜を経て、折からの横川の僧都の下山を待って出家を遂げるべく決意を固める。中将の懸想が、遂にそこまで浮舟を追い詰めたのだと、先学もさまざまに説かれるところである。

一方、中将の挿話によって、浮舟の出家が進められると同時に、まさしくその道程に物語は今一つの問題を掘り起こしている。かつて物語に絶対の位置を占めていた「あはれ」の世界を、私どもの目の前に相対化してみせることと、再び結論的に述べるとすれば、そのように言うことができる。即ち、浮舟を出家へと追い詰めていく中将の一挿話が、取りも直さず一方、中将をめぐっての作者の目、中将の描き方において、新たに「あはれ」の世界の相対化を推し進めていく過程そのものとなってくるという、一種奇妙な二重構造なのである。以下考察を進めたい。

浮舟の目に「あてやかなる男」と映じた中将は、秋草咲く小野の庵室で、亡妻の母である妹尼と対面する。昔を忘れない男の誠意を感謝する尼に、彼は「山籠りもうらやましう、常に出で立ちはべるを、おなじくはなど、慕ひまとはさるる人々に、妨げらるるやうにはべりてなん。……」と、弟禅師の山籠りをうらやむ口振りである。

山籠りの御うらやみは、なかなか今様だちたる御ものまねびになむ。　（手習　二九四頁）

対する尼君の答え方は、一瞬ぴしりと極まっている、と言えるだろう。思想的にも芸術的にも美的法悦の浄土教が、つまり極楽の幻想が華やかに繰り広げられたという平安中期にあっては、仏道そのものに対して、一種の風雅、風流、或いは「あはれ」の要素を含めた憧れが息衝いていたであろうことは想像に難くない。『源氏物語』の仏教的要素なるものの多くの部分も、そのような時代的状況の全くないところには描かれようもなかったはずだ。「山籠りもうらやましう、……」との中将の言葉は、まさしくそうした時代状況における、「今様だちたる」インテリ貴公子の、一つの流行の憧れの表明だと、穿って述べることが許されようか。それに対して、軽口程度のたしなめにもせよ、とも角一応の出家者である妹尼がぴしりと極まった答をうち出していることは興味深い。

その夜はとまりて、声尊き人々に経など読ませて、夜一夜遊びたまふ。　（手習　二九九頁）

一方、妹尼との対面を終え、そのまま横川に赴いた中将の行為は右のように記される。ここでも、「声尊き人々」の経に一夜を遊ぶというふうに、中将の仏道に対する関わり方、言わば趣味的色彩を帯びた道心の様相は一貫している。ただ、そういう仏道との関わり方自体を問題にするなら、源氏の場合も薫の場合も同じだと言わねばならない。任意に例を拾うならば、胡蝶の巻の季の御読経でもよかろう。「今日は、中宮の御読経のはじめなりけり。……多くは大臣の御勢にもてなされたまひて、やむごとなくいつくしき御ありさまなり。春の上の御心ざしに、仏に花奉らせたまふ。鳥蝶にさうぞき分けたる童べ八人、容貌などことにととのへさせたまひて、鳥には、銀の花瓶に桜をさし、蝶は、黄金の瓶に山吹を、同じき花の房いかめしう、世になきにほひを尽くさせたまへり。……」(胡蝶㈢一六三―一六四頁)と、贅を尽し美を尽しての御読経をもてはやす様は、「夜一夜遊びたまふ」という中将の行為と何ほどの隔たりもあるまい。或いはまた、薫の場合を言うなら、道心を担った者の恋というテーマ設定自体、一面「道心」そのものを「あはれ」とみる憧れの産物と見なすことが許されよう。

中将をめぐって独自なのは、妹尼の「今様だちたる御ものまねび」という批評が、「……経など読ませて、夜一夜遊びたまふ」に先立っているという、その構図なのである。光源氏をめぐって、或いはなおさら薫その人をめぐって、とり落とされていた道心そのもの、宗教的傾斜そのものにおける問題、その一種の憧れに満ちた趣味的享楽性の問題が、ここに改めて出されてきたと予感的に述べることができるだろう。言ってみれば、薫の雛型とさえ呼ばれる[11]、共通の道心なるものを負った、しかも極めて矮小化された人物としての中将によって、一種の道心の相対化が行われようとしているということになる。妹尼の言葉は、それを先取りするものとして読み取ることができそうである。

三　「あはれ」の世界の相対化

さて、実際に浮舟と中将との関係を辿ってみると、そうした道心の趣味性を相対化する作者の目によって、中将の戯画性が際立ってくる。「あはれ」の世界の相対化とは、まさしくそういう中将が決定的な齟齬を知るすべもなく浮舟に思いをかける、その「あはれ」の行為において辿られるものと言える。

中将と尼君の問わず語りの時を、浮舟は、「我は我、と思ひ出づる方多くて、……」（手習二九五頁）と、孤独な背を向けて一人もの思う。かつての暗く重い体験を背後に引き摺っての、浮舟の心の揺れとその苦悩とは、その孤独な背に、中将との「よき御あはひ」をささめく「御前なる人々」のあるにつけても、「あないみじや。世にありて、いかにもいかにも人に見えむこそ。それにつけてぞ昔のこと思ひ出でらるべき。さやうの筋は、思ひ絶えて忘れなん」という方向に思いを向かわせざるを得ない。そのような浮舟の姿を、ただ美しいとのみ垣間見た中将が、小鷹狩の途、再び小野を訪《おとな》う。

「心苦しきさまにてものしたまふと聞きはべりし人の御上なん、残りゆかしくはべる。何ごとも心にかなはぬ心地のみしはべれば、山住みもしはべらまほしき心ありながら、ゆるいたまふまじき人々に、思ひ障りてなむ過ぐしはべる。世に心地よげなる人の上は、かく屈したる人の心からにや、ふさはしからずなん。もの思ひたまふらん人に、思ふことを聞こえばや」など、いと心とどめたるさまに語らひたまふ。（手習　三〇二頁）

中将の、尼君への訴えは、まことにまじめで真剣だ。いや深刻でさえある。「山住みもしはべらまほしき心」さえあるわが身は、そのほだしとなっている楽天家の私の妻には明かしようもないもの思いに屈している、それ故、

「もの思ひたまふらん」浮舟にこそ、わが思いを語りたいのだと。けれども、物語には依然として、それどころか実は最後まで、何故に彼がもの思い、山住みに憧れるのか語られない。（それが、出生の秘密を負っての道心を担う薫に比べての、中将の矮小性というものだろう）

蘇生後の浮舟の姿勢は、少なくとも外形的には一貫していたと言える。「月など明き夜」、琴を弾き琵琶に遊ぶ尼君が、「かかるわざはしたまふや」と勧めるのを拒否するのは、東国育ちの身の技芸の拙さのせいだとしても、老人たちが「艶に歌よみ」交し、「物語など」する時、浮舟はそのような艶なる交わりにとけこむすべもなく、暗澹たる思いを抱きしめているのだ。おみなえしを手折り、「何にほふらむ」と遍照の歌を口ずさむ中将のあり方とは、鮮やかに対比的である。

死を超えた苦渋に満ちた体験を担う浮舟が、それ故出家を念じ、「かかる御住まひは、すずろなることも、あはれ知るこそ世の常のことなれ」という妹尼の勧めにもかかわらず、

「人にもの聞こゆらん方も知らず、何ごとも言ふかひなくのみこそ」　（手習　三〇三頁）

と、拒否の姿勢を固める時、対する中将が、「『いづら。あな心憂。秋を契れるは、すかしたまふにこそありけれ』など、恨みつつ、松虫のこゑをたづねて来つれどもまた荻原のつゆにまどひぬ」などと歌を詠み、風流であればあるほど、彼の行為は空転の感を免れない。中将の深刻な言葉は、苦しみの中にある浮舟の絶対的な孤独の前に空転し、自ずからその趣味的道心の戯画性は露となり、また道心に結び付くまでの厭世観を担ったはずの男君の、その「あはれ」の行為は何がなし悲壮に滑稽味をさえ帯びてくると考えられる。

……中将は、おほかたもの思はしきことのあるにや、いといたううち嘆きつつ、忍びやかに笛を吹き鳴らして、「鹿の鳴く音に」など独りごつけはひ、まことに心地なくはあるまじ。「過ぎにし方の思ひ出でらるるにも、な

かなか心づくしに、今はじめてあはれと思すべき人、はた、難げなれば、見えぬ山路にも、え思ひなすまじうなん」と、恨めしげにて出でたまひなむとするに、……　（手習　三〇五―三〇六頁）

「鹿の鳴く音に」とか「見えぬ山路」とかいう表現には、各々山里のわびしさを歌い、或いは世の憂いを耐えかね避けて分け入る山路の寂しさを語る古歌が踏まえられている。[12]「ひたぶるに亡きものと人に見聞き棄てられてもやみなばや」と思い臥す浮舟の心情の切実さこそが、「鹿の鳴く音に……」といった中将の言葉、表現にふさわしいものであることは、既に玉上琢弥氏の指摘[13]されるところである。ところが、言葉に訴えるすべもなく沈黙する苦しみの深さの一方で、ほかならぬ中将が、例の気取った言いぶり、道心深げなもの言いの中に懸想を語る時、彼のもの思いの戯画性は際やかだ。もの思いが、いわゆる「あはれ」な心情として中将自身に受け止められ、「あはれ」に満ちた表現で描き出されることによって、現実の苦悩の中に漂う浮舟との断絶は浮かび上がる。そのことによって結果として「あはれ」が色を失い相対化されるという構造を、場面は如実に物語っていると言える。そして同時に「憂き身」を抱きしめ、中将を前に若やぎ浮き立つ尼達の間で不安に戦く浮舟は、「ひたぶるに亡きものと人に見聞き棄てられてもやみなばや」と、出家への途を進まざるを得ないところに追われるのでもあった。

様相は最後まで一貫している。

「山里の秋の夜ふかきあはれをもの思ふ人は思ひこそ知れ
おのづから御心も通ひぬべきを」　（手習　三一六頁）

との中将の歌に対して、浮舟は、

うきものと思ひも知らですぐす身をもの思ふ人と人は知りけり　（同右）

と冷たく突き放している。「もの思ふ人と人は知りけり」という冷たさを、孤独の中の吐息とも知らず、中将はその返歌を「いとあはれ」とありがたがる。余韻は皮肉であろう。

浮舟の出家の苦渋に満ちた厳しさは、次の二首に尽されていると言ってよい。

○　「亡きものに身をも人をも思ひつつ棄ててし世をぞさらに棄てつる

今は、かくて、限りつるぞかし」（手習　三二九頁）

○限りぞと思ひなりにし世の中をかへすがへすもそむきぬるかな（同　三二九頁）

一度棄てた「世」をさらに棄てる行為、「世の中をかへすがへすも」棄て去る行為、その出家の孤絶した厳しさは、そういう二重性にある。その時、浮舟出家の報を耳にした中将は、「岸とほく漕ぎはなるらむあま舟にのりおくれじといそがるるかな」と歌を贈った。浮舟の返歌は、「心こそうき世の岸をはなるれど行く方も知らぬあまのうき木を」である。浮舟の厳しい二重性を担った出家という行為を、中将は例の安易なペシミズムでしか受け止め得ない。「あま舟にのりおくれじ」などといった歌は、現実的苦悩を持たない者のお手軽な宗教的傾斜、道心憧憬の現れ以外の何ものとも思われず、浮舟の返歌の皮肉は際やかである。それ故、浮舟は出家後もなお、「はらからと思しなせ。はかなき世の物語なども聞こえて、慰めむ」（手習三四一頁）と語りかける中将に対し、「心深からむ御物語など、聞きわくべくもあらぬこそ口惜しけれ」と、極めて皮肉な冷たさでしか答え得ない展開となる。

源氏をめぐって、或いは薫をめぐって、美しくはかなく展開されてきた恋の道程、その「あはれ」の行為は、中将の場合何と色褪せて見えることだろうか。色褪せて悲壮な滑稽味をさえ帯びて映るのは、言うまでもなく一方に浮舟の苦しみを担った孤絶が対置されているからである。このような浮舟に対する男君として、光輝ある「あはれ」に満たされた存在が果たして可能であろうか。中将の戯画化は必然である。故知らぬもの思いに心を塞がれて、道心を掻き立てられつつ、美しい姫君への恋を抱くという在り方において、薫をそのまま受け継ぐ中将ではあった。

そして、そのことにこそ物語の文脈の意味がある。即ち、述べてきたような構図の中に、輝きを失い、矮小化され戯画化された中将の、まさしくその描かれ方の故に、薫が物語に再登場し、浮舟に何らかの関わりを持つ、その如何様な仕方があると言えるだろうか。物語は、終極に近付いているというほかはない。そして同時に、「あはれ」の世界の無慙な相対化のなされた今、浮舟には出家以外の道は選び得ない、と言い得る。中将の挿話によって、二重の意味――懸想そのものにより追い詰められるという必然と、「あはれ」の世界の相対化というもう一つの文脈的必然と――で、浮舟の出家は導かれたと考えられる。

四　横川の僧都の母尼をめぐって

さて、中将をめぐって相対化された「あはれ」の世界に、横川の僧都の母尼が老醜の身で加わる時、そこに如何なる変容が遂げられるか。今一方の側からの、「あはれ」の世界の相対化の問題を辿らなければならない。「腰折れ歌」を愛でる尼君達の間に、不安に戦く浮舟の一方で、「鹿の鳴く音に」などと呟いていた中将の吹く笛の音は、母尼の耳にも止まったのだった。

この大尼君、笛の音をほのかに聞きつけたりければ、さすがにめでて出で来たり。（手習　三〇七頁）

こうして、中将と妹尼に母尼を交えての、極めて卑小なかたちに戯画化された「あはれ」の世界の構築は開始されたと言える。「いで、その琴《きん》の琴弾きたまへ」と、母尼の「あさましきわななき声」に導かれて、「よきほどのすき者」と規定される妹尼は琴を弾く。「吹きあはせたる笛の音に、月もかよひて澄める心地」の琴の音が、母尼にはいよいよ好ましく、常の「宵まどひ」も何のその、嬉しげに起き続けるのである。母尼は、まさしく、このような

「あはれ」なる行為、楽を愛でる人として描かれる。

「嫗は、昔、あづま琴をこそは、事もなく弾きはべりしかど、今の世には、変りにたるにやあらむ、この僧都の、聞きにくし、念仏よりほかのあだわざなせそと、はしたなめられしかば、何かは、とて弾きはべらぬなり。さるは、いとよく鳴る琴もはべり」と言ひつづけて、……　（手習　三〇八頁）

娘の琴の音を愛でるのに留まらず、自らも弾きたいと言わんばかりの口ぶりではある。老醜を写し出す作者の筆は非情だ。[14]僧都の、「聞きにくし。念仏よりほかのあだわざなせそ」との言葉も、彼が念仏以外のものは、音楽だけに限らず、すべて「あだわざ」と見なしていた故の言というよりは、母の尼姿の老醜からくる、如何にも不調和な音楽愛好をたしなめた、子としての言葉と受け取りたい。つまり、僧都の言葉は、逆の方向から母尼の老醜を支えるものにほかならないと考えられる。僧都が念仏以外の一切のものを禁じていたという解釈は――対する中将の、「いとあやしきことをも制しきこえたまひける僧都かな。極楽といふなる所には、菩薩などもみなかかることをして、天人なども舞ひ遊ぶこそ尊かなれ」という伝恵心僧都筆二十五菩薩来迎図などを念頭に置いたとされる答の、社交辞令的な性格は割り引かれるにしても――、僧都自身の、碁を楽しむ態度、或いは折に適った詩句、[15]「松門に暁到りて月徘徊す」を尼姿の浮舟の前に口ずさむ趣深げな姿にふさわしくないと思われるのである。

「あさましきわななき声に」、「しはぶき」さえ絶えずに、「あづまとりて」と呼ぶ母尼に妹尼をはじめ囲りの人々は、ただはらはらとするばかりでなすすべもない。人々の思惑をよそに、「たけふ、ちちりちちり、たりたんな」と、調子に乗って古めかしい曲を奏でる母尼、調子が合わず他の楽器の演奏を止めたのさえ、彼女には自分の和琴を愛でた故としか受けとれない。中将のお世辞に嬉しくなって、得意げに笑いながら、

「今様の若き人は、かやうなることをぞ好まれざりける。ここに月ごろものしたまふめる姫君、容貌はいとき

ようにものしたまふめれど、もはら、かかるあだわざなどしたまはず、埋れてなんものしたまふめる」

（手習　三〇九頁）

などとさえ言い出す有様には、さすがに中将さえ興醒める思いで、遊びは果てた。母尼は、どこまでも見事な老醜の中にその愚かしさを、非情な目で抉り出されるべき人として描かれているのだが、注意すべきなのは、母尼自身「今様の若き人は、かやうなることをぞ好まれざりける」という具合に、浮舟の態度との対比においてその在り方を規定していることだ。浮舟の「あはれ」拒否が、先にも触れたような苦渋に満ちた体験を経て出されてきたものであることが知られる時、いっそう生半《なまなか》の「あはれ」の空しさは深まる。ここには、作者がかつて一分の隙もなく描き上げてみせた、音楽をめぐっての「あはれ」なる場面はない。母尼の琴の演奏の囲りには、寒々とした風が吹き抜けていき、取りまく中将、妹尼等々の人々の姿さえもそらぞらしく、場面はどこか荒涼としている。

自身の「わななき声」の醜さを悟ることなく、或いは周囲の人々の思惑を顧みることなく、得意げであり続ける母尼は、その無意識故の愚かしさにおいては、末摘花や近江の君と同質である。また、尼君の自信満々で弾き鳴らす琴の調べとその歌詞の、まぎれもない古めかしさもはっきりと書き留められ、あの古めかしさを笑われて止まない末摘花に通うかとみえる。或いは、年老いた、しかも世俗を離れたはずの尼が、音楽を好むことの不調和は、「……笛の音をほのかに聞きつけたりければ、さすがにめでて出で来たり」と意識され、近江の君の不調和な行為を笑う作者の視点にも重なるかともみえる。けれども、不調和を笑い、古めかしさを軽侮することは、ここでの作者の主たる関心ではなさそうだ。

むしろ、異形の老尼が、その好みの古めかしさにもかかわらず、なお楽を愛で、「あはれ」を志向しているという在り方の皮肉さに、作者の目は向けられる。「吹きあはせたる笛の音に、月もかよひて澄める心地すれば、いよいよめでられて、宵まどひもせず起きゐたり」というふうに、遊びを楽しむ尼の姿がはっきりと語られ、また和琴を、「いと弾かまほし」と訴えかける様が述べられる時、その異形とものの見事な老醜とにもかかわらず、一徹に「あはれ」を志向するアイロニーは際立つ。となると、末摘花や近江の君の場合には、本質的に少しも傷つけられることのなかった「あはれ」の行為そのものが、ここで問題にされていることが明らかだろう。(16)

顧みれば、俗世を捨てて、形を変えた尼というものが、無条件に歌を詠み交し、楽を愛でる行為に埋没し、果てはうら若い中将を迎えて「腰折れ歌好ましげに、若や」ぎ、浮舟との間の「あはれ」なる交渉を待望するという構図そのものが、どこか異様な荒涼を感じさせるものではないのか。小野の里の尼達は、殆ど常にそういう「ものめでのさし過ぎ人」として位置を与えられていると言ってよい。老尼の登場は、そういう軽々しく若やいだ尼達の雰囲気が語られた後の、中将がしのびやかに笛を吹きならしつつ、例の引歌、「鹿の鳴く音に」などを呟き、妹尼と歌を交し合うという場面の果てに置かれた。先にも述べたように、中将の「あはれ」は、浮舟の孤絶とそこからくる二人の齟齬とを対置する時、如何にも戯画の様相を帯びてくるのだった。この場面の構図に、楽を愛でる老醜の母尼が加えられる時、それを持ち出す作者の、「あはれ」の相対化という意図は改めて確認され、一方、事態はさらに新たな局面を切り開く。即ち、戯画は、異形の老醜の人の、古めかしさにもかかわらず「あはれ」に固執する姿のアイロニーを上塗りすることによって、画面に異様にうら悲し気な色彩を加えて、荒涼の図と変貌したのである。かつて物語に表現された、壮大華麗なみやび、「あはれ」の世界はここにはない。中将や尼達によって、その「あはれ」が担われることで、今や輝きを失った極めて矮小なかたちの、しかもほかならぬ「あはれ」の世界が、ここに展開されている。「あはれ」の相対化とは、このようなかたちで示されるものなのであった。

五　浮舟出家へ

妹尼の初瀬詣での留守、訪れた中将を、浮舟は母尼の部屋に隠れることによって避けた。この場合、それが浮舟のなし得るたった一つの中将拒否の方法であったことは、度々の中将の訪問、浮き立つ周囲の状況といったことから明らかだ。言い換えれば浮舟は、そのような隠れ場しか残されていない、一種の極限状況に追い詰められたと述べることができる。

その隠れ場所の驚くほどの異様さが強調されることによって、浮舟の限界状況の厳しさは露に確認される。浮舟の目を通して、「宵まどひは、えもいはずおどろおどろしきいびきしつつ、前にも、うちすがひたる尼ども二人臥して、劣らじといびきあはせたり。……」（手習三一七頁）と、まざまざと描き出される母尼の老醜はすさまじい。浮舟は、その恐ろしさに、「今宵この人々にや食はれなん」とまで、ただ一人戦くのである。

> 夜半ばかりにやなりぬらん、と思ふほどに、尼君咳おぼほれて起きにたり。灯影に、頭つきはいと白きに、黒きものをかづきて、この君の臥したまへるをあやしがりて、鼬とかいふなるものがさるわざする、額に手を当てて、「あやし。これは誰ぞ」と、執念げなる声にて見おこせたる、さらに、ただ今食ひてむとする、とぞおぼゆる。……（手習　三一八頁）

すべての光景は、なお不安に戦く浮舟の目を借りてここでも描かれ続ける。「宵まどひ」の鼾がやっと止んだと思ったら、尼君はむっくり起き上がった。白髪に、何か黒いものを被いた姿が、灯影の下に無気味に照らし出され、「執念げなる声」が自分を訝る様子だ。姫君の目には、その様はさながら夢魔にも似て映り、取って食われるかと生きた心地もない。夜の小暗さと相俟って、そしてまた、それでなくても不安な浮舟の心情に増幅されて、描き出される老醜の恐ろしさは異様だ。その無気味な光景への戦きの中で、浮舟は、「死なましかば、これよりも恐ろしげなるものの中にこそはあらましか」と、かつての入水決意へと思いを馳せるのであった。浮舟をとりまく場面描写は説話の世界のそれにも似て、無気味に生き生きとしている。

さながら地獄の恐ろしさ、無気味さを漂わせる異様な場しか浮舟の逃れ場所があり得なかったことが確認されることによって、自ずから浮舟の取るべき道は必然化されよう。もはや「世」を逃れる道は、ただ一つ出家でしかない。母尼の部屋で自らの悲運の半生を回顧し、「はじめより、薄きながらものどやかにものしたまひし人は、このをりかのをりなど、思ひ出づるぞこよなかりける。……」（手習三二九頁）と薫の姿に思いを致し、或いは「母の御声を聞きたらむは、ましていかならむ、……」と母の面影をなお辿らざるを得ない心弱さを、思い返し思い返しする浮舟の心情でありながら、出家への途が必然化されるのは、そういう物語の文脈によっている。同時に、なおこの場面において再び見据えられた母尼の老醜は、彼女の関わる「あはれ」の世界の相対化、その荒涼を、よりはっきりと裏打ちするものにほかならないことは言うまでもない。

六　浮舟の出家、そして物語の終末

浮舟の出家は、たゆたう女君があらゆる意味で追い詰められたその果てに在ったと言うべきであろう。そうして髪を下ろした浮舟の日々は物語にどう跡付けられるか。

されば、月ごろたゆみなくむすぼほれ、ものをのみ思したりしも、この本意のことしたまひて後より、すこしはればれしうなりて、尼君とはかなく戯れもしかはし、碁打ちなどしてぞ明かし暮らしたまふ。行ひもいとよくして、法華経はさらなり、こと法文なども、いと多く読みたまふ。（手習　三四二頁）

晴れやかに心静かな日々は、浮舟の出家の行く手に、一面確かに照らし出されてはいる。けれども、その一方で次のような記述が、その後の部分に続くことを見逃すわけにはいかない。

○　年も返りぬ。春のしるしも見えず、凍りわたれる水の音せぬさへ心細くて、「君にぞまどふ」とのたまひし人は、心憂しと思ひはてにたれど、なほそのをりなどのことは忘れず、

かきくらす野山の雪をながめてもふりにしことぞ今日も悲しき（手習　三四二頁）

○　閨のつま近き紅梅の色も香も変らぬを、春や昔のと、こと花よりもこれに心寄せのあるは、飽かざりし匂ひのしみにけるにや。……

袖ふれし人こそ見えね花の香のそれかとにほふ春のあけぼの（手習　三四三―三四四頁）

春という季節が導かれ、そこからかつての恋人の姿を忘れることができない浮舟の心情は綴られる。その心情を描いておいて、はじめて都、薫との交渉が開始の動向にあることが辿られ出すのではあった。紀伊守を通しての薫の噂を耳にするにつけても、「忘れたまはぬにこそは」と「あはれ」はとどめ難く、母のことさえ思い出され、また奇しくも浮舟その人の法要のためのものとして、尼君の許に調進を委ねられた装束一そろいを目にして、暗涙は紛らわしようもない。浮舟の心情は、出家が遂げられたその後も、過去を捨て切れない心弱さに揺れ動き、平らかではあり得ない。その揺れを抱き締め、とり鎮めようとする姿勢の故にこそ、浮舟の態度は、一方ではかたくなとみえるまでの現実との繋がり拒否へと動くのでもあった。

月日の過ぎゆくままに、昔のことのかく思ひ忘れぬも、今は何にすべきことぞと心憂ければ、阿弥陀仏に思

ひ紛らはして、いとどものも言はでゐたり。（夢浮橋㈥　三六九頁）

青葉の山に囲まれて、遣水の螢ばかりをはかなくながめわたしていた頃、遙か遠方をゆらゆらと松明の火が下りてくるのを目にして、それが薫の行列らしいとの噂を聞くにつけ、思いは過ぎた日々を辿っていく。それ故にこそ、なおいっそう阿弥陀仏にすがり、その思いを紛らせようとする浮舟の姿を物語は捉えている。また、岩瀬法雲氏は、法要の衣裳の裁ち縫いの手伝いを、余りの衝撃に拒んでいる浮舟の在り方を、彼女の道心の余裕のなさに理由付け、その道心の程も分ると述べられている。本当に出家し、真に世を捨てた者であるなら、自分を突き放して、罪深かった身の罪滅ぼしに、「それでは」と手伝うはずだというわけである。(17)

こうしてみてくると、出家の後も、浮舟の心情の在り方は、必ずしも救い取られた喜びと静けさとに満たされたものとは言えないことがはっきりする。出家は、それへの道程から言っても、またその後の心情から言っても、浮舟にとって宗教的救済を必ずしも意味していないことが理解されるのである。救いは、なお彼方にあるものと考えねばならない。一方、浮舟の置かれた外的状況もまた、極めて不安定な危ういものであることを付け加えておこう。薄鈍色の表着をまとう尼姿の浮舟を垣間見て、はじめてその容貌の美しさを残りなく見取った中将は、たとえ尼であっても、「忍びたるさまに、なほ語らひとりてん」（手習三四〇頁）との思いを固める。妹尼に向かって、浮舟の後見を約束し、さらに浮舟その人に兄弟の交わりを求める中将の姿は、かつての大君物語における薫のそれを彷彿させる。そのことから逆に探知できるのが、浮舟の尼としての境涯の不安定さである。横川の僧都の浮舟出家に際しての、「思ひたちて、心を起こしたまふほどは強く思せど、年月経れば、女の御身といふもの、いとたいだいしきものになん」（手習三二三頁）なるためらいや、「あやしきさまに、容貌ことなる人の中にて、うきことを聞きつけたらんこそいみじかるべけれ」（手習三五六頁）とか、「人の隠しするゐたるにやあらむ」（夢浮橋三八一頁）とかいう薫の疑念も、あながち唐突とは言えない現実を物語は浮舟に負わせている。

実にその境涯は、内的にも外的にも漂う浮舟以外の何ものでもない。入水以前、二人の男君の間をはかなく行きつ戻りつする浮舟であった女君は、手習の巻以後、此岸と彼岸との間をたゆたう浮舟としてなお在る。出家と救済とは、『源氏物語』においてはむしろ遙か距離を隔てたものなのだ。

救済ということを考える時、常に問題にされる自在の人、[18]横川の僧都もまた、救われた人間像として最後まで一貫するのかどうか、やや疑問が残ることを一応つけ加えておこう。横川の僧都を、頭から「権門に仕える人」と「いと尊き人」との二面性[19]を併せ持つと決めつけることはやや早計にもすぎようが、貴顕を前にしての現実的な厳然たる無力は物語にはっきりと見据えられている。詳述は別稿によらねばならないが、それはたとえば、僧都が、浮舟の行方を訪ねる薫を前に、「このしるべにて、必ず罪えはべりなん」（夢浮橋三六六頁）と知りながら、なお薫御自らの立ち寄りに何の咎もありましょうかと語る時の、その無力感をそのまま自らの身に背負いこんだような一種の居直りの姿勢からも窺われよう。今一つ、僧都の担わされた構想上の役割は余りに皮肉である。中宮の許での雨の一夜のほかならぬ僧都自身の世間話によって、浮舟の生存は薫の耳に伝えられることになる。一方の静かな生活が掻き乱され、他方の愛執が掻き立てられるのは、この一夜の世間話に端を発したことである。そしてまた、しばしば問題にされるいわゆる還俗勧奨[20]の消息文の指し示す方向が、菩薩の行にも似た生き方を浮舟に勧める卓越した思想を担っていようとも、匂と薫という二人の男の愛欲の谷間に生きた浮舟の現実を知り得ない[21]ための空転は覆うべくもない。すぐれた自在の人であればあるほど、なお現実の齟齬の要《かなめ》にあるという役割の空しさは深い。横川の僧都もまた、ほかならぬ人間として、救い手としてその無力を、見据えられているという一面を考えざるを得ないのである。

一方、物語の最後の砦を、「あはれ」とみることはもはや不可能だ。歌のやりとり、管絃の遊び、そして男と女との交渉、人と人との思いの交し合いと、その絆、すべては生々しいいのちをめぐっての人の世の「あはれ」と言い得る。物語は、浮舟を出家に導く、ほかならぬその過程において、「あはれ」の世界を相対化してしまったのだ。僧都の手紙を前に泣き臥し、行きなずむ、若い尼姿の浮舟は美しくたおやかに「あはれ」に彩られてはいても、もはや「あはれ」の世界はどう展開しようもない。出家というかたちでの究極的な仏道への関わり方が、にもかかわらず救いを彼方にし、「あはれ」の世界の相対化が、まざまざとその道程の中に具現する時、物語は抜け道のない袋小路に行きついてしまったと述べるほかはない。「夢浮橋」に行きなずむ浮舟の姿は、他にありようのない物語の終末なのである。

注

(1) 古く、関みさを「世を逃れむとする心——源氏物語の永世——」『文学』(昭6・5)、「源氏物語の女性——出離本願の面から見た——」『文学』(昭24・12)、また、青山なを「源氏物語の宗教性」『源氏物語講座』㈢(昭24　紫乃故郷社)などの諸論によって説かれたところがその先駆であろう。

(2) 清水好子「世をうぢ山のをんなぎみ」『日本古典鑑賞講座㈣　源氏物語』(昭32　角川書店)、秋山虔「浮舟をめぐっての試論」『源氏物語の世界』(昭39　東京大学出版会)、広川勝美「浮舟再生と横川の僧都」『仏教文学研究』㈣(昭41　法蔵館)、工藤進思郎「浮舟の出家をめぐって——中将の挿話の持つ構想論的意義——」『文芸研究』(昭44・2)などの諸論が、執拗な求愛で浮舟を出家に追い詰める役割を負わされた人物としての中将に触れている。

(3) 関白薨《出家》事、

六日、壬午、早朝覚縁師・義行《(宮道)》朝臣告送云、関白薨者、仍慥取案内、事既空虚、但今暁出家、其後中宮大夫《(藤原道長)》送書状、
寅剋許出家入道者、又自修理権大夫《(藤原安親)》許、同有此長《告欤》、仍乍ワ《恐》驚参彼殿、依出仮文、乍立相遇人〻退帰、明順《(高階)》朝臣云、
暁更出家了、所被悩昨夕弥重、今夕中宮《(藤原定子)》・東宮《(藤原原子)》御息所出給云〻、
　関白入滅事、
十一日、丁亥、民部丞国幹告送云、入道関白殿去夜亥時許入滅云〻、遠資《(源)》朝臣又告送云、戌時許入滅者、時年卌三、」
(『小右記』一、大日本古記録本、長徳元年四月の条)
同様に、道隆の出家と死とを記すものとして、『日本紀略』に、「六日壬午。関白正二位藤原朝臣道隆依レ病入道。年四十三。……、十一日丁亥。子刻。入道関白藤原朝臣道隆薨二南院一。」とある。

(4)「十六日癸未。天皇行二幸東三条院一。還御乃後。東三条院御出家。依二病悩危急一也。……廿二日己丑。東三条院崩二于行成卿第一。年四十。諸卿参入。右大臣《顕光》召二外記一。令レ進二崩後雑事勘文一。」(『日本紀略』後篇十、国史大系本、長保三年閏十二月の条)。

(5) 丸山キヨ子「浮舟について」『源氏物語の探究』(昭49　風間書房)、のち『源氏物語の仏教』(昭60　創文社)所収。

(6)「手習巻で再び姿を現わした浮舟は、もとの浮舟ではない。あたかも氷の如き静寂さだ。宗教生活だけが安定にみちて待っている。」と、野村精一『源氏物語文体論序説』(昭45　有精堂)にある。

(7) (1) 10「紫の上への視角　片々」の章、ⅱ「仏教をめぐって――紫の上・薫・浮舟――」参照。

(8) (1)に同じ。

(9) 井上光貞『日本浄土教成立史の研究』(昭31　山川出版社)一一八頁。

(10) 妹尼という人物は、たとえば、「情なし。なほいささかにても聞こえたまへ。かかる御住まひは、すずろなることも、あはれ知るこそ世の常のことなれ」(手習三〇三頁)と、浮舟に語りかけたりしていることからも明らかな

ように、必ずしも、「あはれ」を拒否し、切り捨てたかたちでの道心一筋の出家者としてのみ物語に描かれているわけではない。従ってこの部分も、軽口程度のたしなめとして受け取るべきだろうし、また、その軽いたしなめがどの程度の批判を含んでいるかということも問題になってもこようが、とも角も、一応の出家者の言葉ということで、ここは処理しておく。

(11) 小野村洋子「源氏物語における『あはれ』の一課題」『源氏物語の精神的基礎』(昭45 創文社)。他に、上坂信男「源氏物語の作中人物像(一)(覚書)」『解釈と鑑賞』(昭44・6)、工藤進思郎「浮舟の出家をめぐって」(前掲)などの論も、同様のことを指摘している。

(12) 214山里は秋こそことにわびしけれ鹿の鳴く音に目をさましつつ(『古今集』四、秋上)
955世の憂きめ見えぬ山路へ入らむには思ふ人こそ絆なりけれ(『古今集』十八、雑下)
(本文は、旺文社文庫に拠る。)

(13) 『源氏物語評釈』(三)(昭43 角川書店)四三八頁。

(14) 横川の僧都の、山籠りをうちきり、病気の老母の許へ急ぐといった、母へのヒューマンな愛情を、高橋貢氏は、説話などに現れる源信母子の話に重ね合わせ、横川の僧都をめぐっての准拠説の傍証とされる。(「源信僧都の母の話――今昔物語集巻十五第三十九をめぐって――」『仏教文学研究』(五)(昭42 法蔵館))けれども、孝子説話、或いは賢母説話とよばれる類の話の中に辿られる源信の母の姿と、横川僧都の母のこうした在り方とのギャップはさらに問題になってこよう。これをどのように解釈するかは、今後の課題としておく。

(15) 玉上琢弥『源氏物語評釈』(三)四三九頁。

(16) 末摘花の場合も、近江君の場合も、その「をこ」なる行為をめぐって、作者の批判に現実的に晒されているのは、その愚かしさを嘲笑う貴族社会そのものなのであって、(野村精一「源氏物語の人間像II末摘花と近江君」『源氏物語の創造』(昭44 桜楓社))相対化の意図をそこに窺うことができる。

(17) 「浮舟は救われるか――源氏物語の精神その四――」『園田女子大論文集』(昭42・2)、のち『源氏物語と仏教思想』

(昭47　笠間書院) 所収。

(18) 清水好子「横川僧都――自在の人――」『源氏の女君』(昭44　塙新書)

(19) 岩瀬法雲「横川の僧都の二面性――源氏物語における人物の造型について――」『園田女子大論文集』(昭42・11)、のち(17)の書所収。

(20) 多屋頼俊氏、門前真一氏などの還俗勧奨否定説もあるが、本文解釈上、無理のない勧奨説を取りたい。なお、この問題に関しての最新の成果として、三角洋一「横川の僧都小論」『源氏物語と天台浄土教』(平8　若草書房)を加えておく。三角氏は非勧奨説を取った上で、浮舟が薫の許に戻り、出家の事後承諾を得た上で、薫の愛執の罪を晴らし、共に同じ蓮に導かれるよう仏道修行に勤めることを勧めたとされる。

(21) 僧都の構想上の役割については、深沢三千男氏も、同様の指摘をされている。(「横川僧都の役割――浮舟の救いをめぐって――」『源氏物語の形成』(昭47　桜楓社))

6 雨・贖罪、そして出家へ

浮舟の物語は、宿木の巻から蜻蛉の巻までの、二人の男君の間を揺れ動き終に入水を選び取るに至る前半と、小野の地での出家をめぐる経緯を描く後半とに大きく二分されよう。(1) 前半は、浮舟がまず「人形《ひとがた》」の語によって物語に導かれたことに端的に証し立てられるように、「大祓の罪をひきうけて海底を流離するハヤサスラヒメ」としての属性を負った「贖罪の女君」(2) の物語の構造を持つものであることが既にさまざまに言及されている。本章では、この贖罪の女君の物語が、単に「入水」と密接に結ばれるのに留まらず、張り巡らされた「雨」のイメージによって、いっそう深々と具象化される様をひとまず顧みたい。さらに後半、贖罪を負っての入水体験後、浮舟の生の行く手はどこに至るのか。あらかじめ見通しを述べるなら、贖罪はやがての救済を必ずしも導くものではなかった。救済には遠く、出家と「あはれ」の世界の相対化 (3) とが同時に進められる『源氏物語』終末部の語るものをおおよそ顧みることになろう。

一　なでもの、人形

見し人のかたしろならば身にそへて恋しき瀬々のなでものにせむ

と、例の、戯れに言ひなして、紛らはしたまふ。

「みそぎ河瀬々にいださんなでものを身に添ふかげとたれか頼まん

引く手あまたに、とかや。いとほしくぞはべるや」とのたまへば、……　（東屋㈥　四七頁）

継子という境遇故に、期待された少将との婚約さえ破談となり、母中将の君のはからいで姉の許に身を寄せることとなった浮舟の、大君を彷彿させる容姿を前に、「かの人形求めたまふ人に見せたてまつらばや」（四四頁）と思いを新たにする中の君に、折から薫の来訪が告げられる。右の贈答は、こうして対面することとなった薫の、なお変わらぬ思慕の揺曳を浮舟に肩代わりさせることで逃れようとする中の君の申し出をめぐって置かれたものである。

かつて宿木の巻で「人形(4)」の語から浮舟がはじめて導き出されたのは、そもそも「昔おぼゆる人形＝生前を思い出させる大君の像(5)」との薫の言葉に発していた。「人形＝像」の表現に、「うたて御手洗川近き心地する人形こそ、思ひやりいとほしくはべれ」（宿木㈤四三七頁）と、中の君はそれに「人形＝御禊や祈禱の際に使う形代(6)」の意味を重ねた(7)上で、浮舟のことを語り始めている。同様の構図がここにもある。即ち、「恋しき瀬々のなでもの＝恋いしさを移しはらうもの」の意を歌い込めた薫に対し、中の君の歌の「なでもの」は、「罪、けがれ、災いなどを移して水に流すもの(8)」なる本来の意味に仄かにずらされている。不吉な言葉の暗示を懸念してみせる中の君の半ば妹への心遣いが、逆に浮舟の運命を暗々《くらぐら》と紡ぎ出す構図の繰り返しを確認したい。

浮舟の登場は、そもそも中の君、薫の対話の中から導かれ、或いはまた東屋の巻に至り中将の君を中心とする人々のさまざまな「音《こゑ》」[9]の中から次第にその像が浮上するという固有の様相をみせていた。あたかも女三の宮の登場にも似て、と言うべきか。浮舟の巻で薫と匂宮との間を揺れる心の動きをみせるようになる以前、浮舟の内面は殆ど語られることがないと言ってよい。噂話、垣間見、そして中将の君をめぐる動き、という外側の情報の中から水のように透明な、一人のあえかな女君が浮かび上がるのである。そのような浮刻の途上で、はからずも浮舟は姉その人の言葉によって、「人形」「なでもの」という運命を担わされたものであることを露にした。

罪を負って流されるもの、という。浮舟の「罪」とは何か。もとより端的には薫と匂宮との愛執の狭間に生きた罪ではあろう。と同時に、愛執が「関係」に発するものである以上、その罪は薫や匂宮の罪にも繋がるものにほかなるまい。浮舟は、その意味で、正篇以来の光源氏その人の問題に発し、薫や匂宮に受け継がれた「罪」[10]を、逆転して「女の存在感覚」[11]の中に、まさしく「なでもの」、即ち身代わりとして、引き受ける存在となったと言える。それ故にも、繰り返し「人形」「なでもの」のイメージが定位されねばならなかった。既に中の君の物語を通して、物語が憧れを込めて見つめた「幸ひ」「幸ひ人」の在り方は醒めたまなざしに晒された。(3) 3「幸い人中の君」に論じたように、京の貴紳匂宮の妻となった中の君は、幸福で不幸な「幸ひ人」にほかならなかった。こうして、浮舟の物語は、女の幸福、男の罪という問題を語り究めた果てに置かれたものである。外側の情報の中から次第に浮かび上がる透明な像という、浮舟の人物造型の方法は、こうした主題の展開の状況と密接に繋がるものであろう。生身の、一人の女君の中に、すべてを引き受けた贖罪を描き込めようとする時、むしろ物語は状況をさながらに映し出す透明な女君を選び取ったのである。以上「人形」浮舟の形象の見取り図を確認しておく。

二　浮舟物語と「雨」

さて、浮舟物語における雨の役割について考えたい。「雨」の語は、『源氏物語』の正篇に二四例、続篇に一五例数えられ、さらにこの一五例の内総角の巻の一例を除く一四例が、浮舟物語に集中するのに目を引かれる。また、「長雨（ながめ）」「むら雨」の語が、各々浮舟と手習の巻に現れるものの、『源氏物語』においてかなりの用例数を辿り得る「春雨」（三例）、「五月雨」（六例）、「時雨」（一七例）等の季節の情感を滲ませる雨をめぐる語が、浮舟物語には姿を見せていないのも固有の現象と言える。たとえば椎本の巻、父を失った大君・中の君の服喪の日々は、「野山のけしき、まして袖の時雨をもよほしがちに、ともすればあらそひ落つる木の葉の音も、水の響きも、涙の滝もひとつもののやうにくれまど」（一八三頁）うものとして象られ、或いはまた、その姫君たちに匂宮が歌を贈るのは「時雨がちなる夕つ方」（一八四頁）のことと記されるというふうに、やがての総角の巻の姫君の冬の日の逝去に至るまでの物語の展開が、秋から冬への季節の背景を踏まえることと響き合いつつ、大君物語には「時雨」の語が七例まで頻出する。こうした、季節を背後に揺曳させることで、仄かなやさしさを滲ませる雨をめぐる言葉の使い方は、原則として浮舟の物語には現れない。示されるのは、秋、そして春を通じ「雨」の語である。

同時に、私どもは浮舟の運命の変転の、言わば要々《かなめ》とでも言うべき箇所に、なぜか常に「雨」がまつわることにも気付かざるをえない。ひとまず本文を辿りみよう。

雨やや降り来れば、空はいと暗し。……「佐野のわたりに家もあらなくに」など口ずさびて、里びたる簀子の端つ方にゐたまへり。

さしとむるむぐらやしげき東屋のあまりほどふる雨そそきかな　（東屋　八四頁）

雨脚も次第に募る晩秋、浮舟の隠れ家を薫の尋ねる右の場面は、「国宝源氏物語絵巻」にも取られて名高いが、やがて二人の間にはじめての契りが交されるのはまさしくこの雨の一夜のことであった。紛うかたなき薫の芳香が「雨すこしうちそそく」中、冷やかに吹く風に乗ってその来訪を告げた夜、蕭々と降り注ぐ晩秋の冷雨と共に逢瀬の時が持たれた。

九月[12]は結婚を忌む習俗のあったことが物語自体の記述に示されることも併せ、雨の日の男女の出会いを禁忌とする古代的な発想を下敷きに、「雨」を取り込むことで、この結婚の行方の不吉さを暗示したと、もとより一つには読み解かれる。一夜明けて宇治行きの道すがら、雨の名残りを滲ませるかのように「たちわたる」霧[13]が、車外にこぼれる二人の衣裳を濡らし、浮舟の「御衣」の紅が、薫の縹《はなだ》の直衣をみるみる喪服にも似たよどんだ色に染め上げた。なお大君を偲び続ける薫の悲しみは、「むなしき空にも満ち」（八九頁）わたるかに思え、すべての徴証は二人の関係の悲劇的終焉に向けて引き絞られるかのようである。

顧みれば既に宿木の巻における宇治の地での、薫のゆくりない浮舟垣間見の場面の女房の言葉に、「泉川の舟渡りも、まことに、今日は、いと恐ろしくこそありつれ。この二月には、水の少なかりしかばよかりしなりけり」（四七七頁）とあったことも、そもそもの垣間見から、夏の雨に水嵩を増す川の恐ろしさを語るものとして、浮舟と雨との結び付きの深さを証し立てていまいか。さらにこの雨が最も大きく取り込まれるのが、入水へ向かう浮舟物語の頂点《クライマックス》をめぐる展開と言える。「ながめやるそなたの雲も見えぬまで空さへくるるころのわびしさ」（浮舟㈥一四九頁）、「水まさるをちの里人いかならむ晴れぬながめにかきくらすころ」（一五一頁）と、匂宮、薫の各々から浮舟に歌が贈られたのは折しも春三月、「雨降りやまで、日ごろ多くなるころ」のことであった。各々に対応する浮舟詠にも「晴れせぬ峰の雨雲」「身を知る雨」の語がある。「雨降りし日、来あひたりし御使ども」（一六一頁）の再びの出会いに、薫方《がた》の随身が不審を抱いたことがきっかけとなり、匂宮との密事露顕に至ることを思う時、春の長雨の中にもたらされた二人の男君からの使いの意味は極めて重いと言わねばなるまい。露顕、運命の破綻のただ中に雨が降り注ぐ。

同時に、密事露顕の痛みと、二人の男君の間に引き裂かれる心を抱き締めつつ、母や女房たちの語らいを「聞き臥す」浮舟の耳に、「この水の音の恐ろしげに響」（一五九頁）くのは、先頃の長雨にいっそう水嵩を増した宇治川の流れを想起させるものにほかなるまい。「先つころ、渡守が孫の童、棹さしはづして」川に落ちたと女房が語る出来事は、長雨のさなかのことでもあったろうか。滔々たる宇治川の水音の傍らで、「さてもわが身行く方も知らずなりなば、……」「御手洗川に禊せまほしげなる」と、浮舟は自ら「なでもの」としての運命を引き受ける言葉を紡いでいく。

入水決意に震える浮舟の姿を最後に、浮舟の巻が閉じられると、蜻蛉の巻が、女君失踪に慌てる宇治の動静を伝えることで開始され、一方手習の巻が蜻蛉の巻に重なる浮舟その人の時間を語ることは周知のところである。この「所」を隔てての「時」の照応を明かすものがまたしても「雨」であった。失踪当日に届いた「今日は雨降りはべりぬべければ」（蜻蛉㈥一九二頁）の母の手紙はもとより、匂宮の意を負う時方は「雨すこし降りやみたれど、わりなき道」（二九四頁）を宇治へ急ぎ、或いは「雨のいみじかりつる紛れ」（二九八頁）に母自身宇治を訪れる慌しさの中で、折から水嵩を増した川の「響きののしる水の音」は、入水をめぐる人々の危惧が事実にほかならないことを証し立てるかのようだ。一方、手習の巻、「白き物のひろごりたる」（二六九頁）姿となった浮舟が宇治院で横川の僧都一行に見出された時、「すぐにも『雨いたく降』（二七二頁）ってくるに違いないから……」と、その人の雨中の放置が危ぶまれているのである。

三　「雨」の力

もはや贅言は要しまい。罪を負って川に流される「人形」浮舟の在り方は、もとより直接には宇治川入水体験によって完遂される。「水」の清めの力が、浮舟の罪を洗い流す。と同時に浮舟物語に執拗にまつわる「雨」もまた、「水」に繋がるイメージを負って、薫との出逢いの当初より「なでもの」の運命を暗示し、やがて川と共にすべてを押し流す滔々たる力となって、その入水、贖罪を導いたと言えるのではないか。露顕、苦悩、そして失踪のすべての背後には、晩春の長雨が降り注いでいる。

『源氏物語』それ自体の中を顧みても、たとえば須磨流離の契機となった朧月夜との逢瀬露顕が雷の夜の出来事とされていること、或いは須磨の暴風雨が源氏を明石に導く結果をもたらすこと等、「雨」が、神秘的超越的な力(14)をもって運命の変転に関わるものと捉えられていたことはほぼ自明と言える。そしてまた、神霊出現の場であった須磨の雨は、禊ぎの機能を負う「清めの雨」(15)でもあった。おおよその見通しを述べるに留まるが、浮舟の物語はこうした重層する「雨」のイメージをさながらに取り込むことで、宇治川の力と併せて、超越的な力をもって運命を導き、また流し清める水の力を呼び込み、そのことによって贖罪の女君の生を深く刻み上げたのではなかったか。それ故にも、季節の情感に揺れる「時雨」「春雨」ではなく、より端的にその力を証し立てる「雨」の語が選び取られたのでもあった。手習の巻終末部近く、横川の僧都から明石の中宮、さらに薫へと浮舟の生存の伝えられるのが「雨など降りてしめやかなる夜」(三三二・三五〇頁)の出来事として二度に亙り語られていること、また総角の巻での匂宮、中の君の逢瀬の背景に「雨冷やかにうちそそ」（二七六頁）く夕べが選び取られたことに、或いは浮舟の運命が当初中の君その人のものであったとされる痕跡を僅かに窺うことができるのではないか、といった問題など、「雨」をめぐる問題はなお多岐に亘るが、今は詳述を避けることとする。(16)

四　浮舟の出家

外側の情報の中から次第に透明な像を浮かび上がらせ、「浮舟」さながらに、二人の男君の間を漂っていたあえかな女君が、苦悩、そして入水の果てに出家することで、新たに自己を取り戻し、「水」の清め、そして贖罪から救済への道を辿る、との読みがこれまでしばしば説かれてきた図式である。水、そして雨の清めの力によって、罪を贖った浮舟。けれども僧都に命を助けられた女君の小野の地での出家生活は、本当に救済に結び付くのだろうか。その出家の様相を改めて顧みることにしたい。

尼になしたまひてよ。さてのみなん生くやうもあるべき。（手習(六)　二八六頁）

というのが、看護に余念のない横川僧都の妹尼に、浮舟が弱々しい息の下から漏らした「夜、この川に落し入れたまひてよ（死なせてほしい）」との願いに次いで、ようやく快方に向かった時示された訴えであった。つまり浮舟は、まず死を志向し、それが適えられぬ時に、次いで出家を願う、という道筋が辿られる。「世」を逃れるために死を求め、第二の段階として出家を志向する図式である。確かに平安時代、死と出家とは隣り合わせのものだった。重い病のうちに出家し、僅か数日後に死を迎える関白・道隆（『小右記』、『日本紀略』長徳元年四月の条）や、東三条女院（『日本紀略』長保三年閏十二月の条）などの姿を、記録に辿ることができる。その意味での往時の死と出家との緊密な関係を負って発願した浮舟は、それでいながら病の癒えた時、必ずしも仏道のみに心を寄せる人として、その静謐な心情を刻まれているわけではない。

月「明き夜」のもの思いは、いつか捨てたはずの現世の縁に戻り、「ただ、親いかにまどひたまひけん、乳母、よろづに、いかで人並々になさむと思ひ焦られしを、いかにあへなき心地しけん、……」（手習二九一頁）などと、母や乳母に思いを致し、あるいは乳母子右近を懐かしむ、世俗への未練が描き込まれている。一方、失った娘の身代わりに浮舟を慈しむ妹尼の許に、折しも訪れたのは、亡き娘の婿中将という風流貴公子だったが、その姿を遠くほのかに見た時、「忍びやかにておはせし人」（薫か）の気配は浮舟の胸にふと蘇る思いでもあった。また「はかなくて世にふる川のうき瀬にはたづねもゆかじ二もとの杉」（三一二頁）の浮舟詠に、「『二本《もと》』とは、きっと忘れ得ぬ恋のお相手がおいでなのでしょうね」と妹尼が戯れると、言い当てられた辛さは胸に痛い。こうして過去を見果て、捨て去ったとはなお言い切れぬ状況にあった女君を、さらに直接出家に導く契機となったものが、中将その人の懸想にほかならない。

尼君訪問の折、「風の騒がしかりつる紛れ」にふと垣間見た浮舟の美しい姿は、中将の目に滲み、以後彼は折にふれ小野を訪れ、女君に歌を贈る展開となる。「荻の葉に劣らぬほどほど」に、頻繁となった彼の訪れ、便りを目にするにつけ、思い出されるのは「人の心はあながちなるものなりけり」と、男心の一途さを否応無く思い知らされた、匂宮との恋の苦渋であって、浮舟はとても中将の思いを受け入れる気にはなれない。その時、「なほかかる筋（恋、懸想といった方面）のこと、人にも思ひ放たすべきさまにとくなしたまひてよ」と、愛憎を脱する境涯、出家への切願が、反芻されるのである。もはやこれは、たとえば彼女にとって生きることの意味のすべてであった光源氏との関係を、女三の宮降嫁により底から揺るがされることで、「この世はかばかり」と見果ててしまった、紫の上の場合の出家願望とは異質だと言わねばなるまい。浮舟の出家の願いは、「世」を「かばかり」と見果てたところに発するものであるより、「世」をめぐっての生身の人間の苦悩を抱え、なお揺れ動くただ中に、だからこそすがりつく思いで、そこからの逃避を希求するところに根差すものにほかならない。死の願いに次いでの出家願望、という在り方にも自ずから整合しよう。

「世」を見果て、異なる次元に後の生の証しを求める紫の上の出家願望は、結局源氏の同意を得られぬままに成就されず、死と隣り合わせに出家を求めた浮舟の願いは適えられた。浮舟は、紫の上の終《つい》に果たさなかった出家を、苦しい体験をくぐり抜けることで成し遂げたのだと、単純に見切ることはおそらくできまい。紫の上の不出家と、浮舟の出家と、作者の出家観は明らかに一つのアイロニーを帯びていることが確認される。

蘇生後のたゆたいの中で、一方出家を念じさらに中将の懸想によりその意思を固めた浮舟に、やがてその成就の日がやってくる。日ごとに慕情を募らせた中将が、妹尼の留守を知って庵室を訪問、浮舟はようやく老いた僧都の母尼の部屋に逃れ、そこでの恐怖の一夜を経て、折からの横川僧都の下山を待って出家を遂げることを決意、その懇願に僧都もやむなく若い浮舟の髪を下ろす仕儀となった。中将の懸想が、終にそこまで浮舟を追い詰めたというほかない。

五　「あはれ」の世界の相対化

一方、中将の挿話により、浮舟の出家が進められるまさしくその道程に、物語は今一つの問題を掘り起こしている。かつて物語に絶対の位置を占めていた「あはれ」の世界を、私どもの目の前に相対化してみせることと結論的に述べておこう。浮舟を出家へと追い詰める中将の一挿話が、取りも直さず一方、中将をめぐる作者の目、中将の描き方において、新たに「あはれ」の世界の相対化を推し進める過程そのものとなる、この二重構造についてしばらく辿りみたい。

そもそも亡妻の母である妹尼に「山籠もり」の生活をうらやんでみせた時、妹尼は、おそらく当時の美的法悦の浄土教憧憬を背後にしたとおぼしい、中将の趣味的色彩を帯びた道心を「今様だちたる御ものまねび」（二九四頁）と、一瞬ぴしりと相対化してみせたのだった。道心の趣味性を相対化する作者の目がさらに浮舟との関係を辿り出す時、中将の戯画性はいっそう際立ったものになる。苦渋に満ちた体験を抱えて沈黙する浮舟の姿を、ただ美しいとのみ垣間見た中将は、尼君に次のように訴える。

「心苦しきさまにてものしたまふと聞きはべりし人の御上なん、残りゆかしくはべる。何ごとも心にかなはぬ心地のみしはべれば、山住みもしはべらまほしき心ありながら、ゆるいたまふまじき人々に、思ひ障りてなむ過ぐしはべる。世に心地よげなる人の上は、かく屈したる人の心からにや、ふさはしからずなん。もの思ひたまふらん人に、思ふことを聞こえばや」など、いと心とどめたるさまに語らひたまふ。（手習　三〇二頁）

訴えは、まことにまじめで真剣である。いや深刻でさえあるのだ。「山住みもしはべらまほしき心」さえある我が身は、その「ほだし」となっている楽天家の妻には明かしようもないもの思いに屈している。それ故、「もの思ひたまふらん」浮舟にこそ、我が思いを語りたいのだと。けれども、物語には依然として、それどころか実は最後まで、何故に彼がもの思い、山住みに憧れるのか語られない。道心を負う、という意味での薫の雛型、中将の矮小性は、この点に関わってこようか。

死を超えての苦しみを胸に、浮舟が出家を念じ、男君に返歌を勧める妹尼に対し、「人にもの聞こゆらん方も知らず、何ごとも言ふかひなくのみこそ」(三〇三頁)と、拒否の姿勢を固める時、対する中将が、「『いづら。あな心憂。秋を契れるは、すかしたまふにこそありけれ』など、恨みつつ、松虫のこゑをたづねて来つれどもまた荻原のつゆにまどひぬ」などと歌を詠み、風流であればあるほど、その行為は空転の感を免れない。中将の深刻な言葉は、苦悩の中にある浮舟のひたすらな孤独の前に空転し、自ずからその趣味的道心の戯画性は露となり、また道心に結び付くまでの厭世観を担ったはずの男性の、「あはれ」の行為ははかとなく悲壮に滑稽味をさえ帯びてくると考えられる。

……中将は、おほかたもの思はしきことのあるにや、いといたううち嘆きつつ、忍びやかに笛を吹き鳴らして、「鹿の鳴く音に」など独りごつけはひ、まことに心地なくはあるまじ。「過ぎにし方の思ひ出でらるるにも、なかなか心づくしに、今はじめてあはれと思すべき人、はた、難げなれば、見えぬ山路にも、え思ひなすまじうなん」と恨めしげにて……　(手習　三〇五―三〇六頁)

「鹿の鳴く音に」とか「見えぬ山路」とかいう表現には、各々山里の侘しさを歌い、あるいは世の憂いを耐えかね避けて分け入る山路の寂しさを語る古歌(17)が踏まえられている。「ひたぶるに亡きものと人に見聞き棄てられてもやみなばや」と思い臥す浮舟の心情の切実さこそが、「鹿の鳴く音に」等の中将の言葉にふさわしいものであることは、既に玉上琢弥氏の指摘にもみえる(18)。ところが、言葉に訴えるすべもなく沈黙する苦しみの深さの一方で、ほかならぬ中将が、例の気取った言いぶり、道心深げなもの言いの中に懸想を語る時、彼のもの思いの戯画性は際やかだ。もの思いが、いわゆる「あはれ」な心情として中将自身に受け止められ、「あはれ」に満ちた表現で描出されることにより、現実の苦悩の中に漂う浮舟との断絶は浮かび上がる。そのことにより結果として「あはれ」が色を失い相対化されるという構造を、場面は如実に物語っていると言える。そして同時に「憂き身」を抱き締め、中将を前に若やぎ浮き立つ尼達の間で不安に戦く浮舟が、「ひたぶるに亡きものと人に見聞き棄てられてもやみなばや」と、出家への途を進まざるをえないところに追われるのでもあった。こうした状況は、さらに「山里の秋の夜ふかきあはれをもの思ふ人は思ひこそ知れ」と心の「通ひ」を呼びかける中将への、「うきものと思ひも知らですぐす身をもの思ふ人と人は知りけり」と突き放す浮舟の返歌の皮肉、あるいはまた出家後もなお「はらからと思しなせ。はかなき世の物語なども聞こえて、慰めむ」と親しみを求める中将に対し、「心深からむ御物語など、聞きわくべくもあらぬこそ口惜しけれ」とにべもなく答える浮舟、といった具合に最後まで一貫し、「棄ててし世をぞさらに棄て」た、つまり一度棄てた世をさらに棄てる行為としての浮舟出家の孤絶した厳しさの一方で、現実的苦悩を持たぬもののお手軽な宗教的傾斜ともいうべきものが、徹底的な戯画化の波に晒される。

光源氏をめぐって、或いは薫をめぐって、美しくはかなく展開されてきた恋の道程、その「あはれ」の行為は、中将の場合何と色褪せてみえることか。色褪せて悲壮な滑稽味をさえ帯びて映るのは、言うまでもなく一方に浮舟の苦しみを担った孤絶が対置されているからである。このような浮舟に対する男君として、光輝ある「あはれ」に満たされた存在が果たして可能であろうか。中将の戯画化は必然である。故知らぬもの思いに心を塞がれて、道心を掻き立てられつつ、美しい姫君への恋を抱くという在り方において、薫をそのまま受け継ぐ中将ではあった。そのことにこそ物語の文脈の意味がある。即ち、述べてきたような構図の中に、輝きを失い、矮小化され戯画化された中将の、まさしくその「描かれ方」の故に、薫が物語に再登場し、浮舟に何らかの関わりを持つ、その如何ような仕方があると言えるだろうか。物語は、終極に近付いているというほかはない。そして同時に、「あはれ」の世界の無慙な相対化のなされた今、浮舟には出家以外の道は選び得ない、と言い得る。中将の挿話によって、二重の意味——懸想そのものにより追い詰められるという必然と、「あはれ」の世界の相対化というもう一つの文脈的必然と――で、浮舟の出家は導かれたと考えられる。

出家後の浮舟は、「すこしはれぱれしうなりて、尼君とはかなく戯れもしかはし、碁打ちなどしてぞ明かし暮らしたまふ」（三四二頁）と、確かに一面心静かな日々を照らし出されている。けれども、一方でなお「『君にぞまどふ』とのたまひし人は、心憂しと思ひはてにたれど、なほそのをりなどのことは忘れず、……」、或いは、「袖ふれし人こそ見えね花の香のそれかとにほふ春のあけぼの」と、かつての恋人達の面影、とりわけ匂宮を忘れ得ぬ心情の揺れがなお記され続けるのであった。だからこそ、

月日の過ぎゆくままに、昔のことのかく思ひ忘れぬも、今は何にすべきことぞと心憂ければ、阿弥陀仏に思ひ紛らはして、いとどものも言はでゐたり。（夢浮橋㈥　三六九頁）

と、なおいっそう阿弥陀仏にすがり、過去への思いを紛らせようとする浮舟の姿が捉えられるのでもあった。出家は、それへの道程からも、またその後の心情からも、浮舟の宗教的救済を必ずしも意味していないことがもはや自明であろう。二人の男君の間をはかなく行きつ戻りつした「浮舟」は、「人形」としての贖罪の入水後、なお此岸と彼岸との間をたゆたい続ける。罪を贖いながら、けれども浮舟は救済に抱き取られることなく、なお宙吊りになっている、と言うべきだろうか。出家と救済とは、『源氏物語』においてはむしろ遙かに距離を隔てたものにほかなるまい。

一方、物語の最後の砦としての「あはれ」は既に相対化された。出家というかたちでの究極的な仏道への関わり方が、にもかかわらず救いを彼方にし、「あはれ」の世界の相対化が、その道程にまざまざ具現する時、物語は抜け道のない袋小路に行き着いてしまったと述べるほかはない。既にさまざまにそれをめぐって述べられているような、「かぐや姫を見つけたりけん竹取の翁よりもめづらしき心地するに、……」（手習二八八頁）等の浮舟をめぐる

『竹取物語』引用⒆もまた、この場合象徴的であるように思われる。贖罪、出家（昇天）という枠取りの相似を、幾度も『竹取物語』を引くことにより、余りにも露に晒したことは、かえって『源氏物語』における、かぐや姫、浮舟の、かぐや姫ならぬ在り方、即ち昇天、救済の世界に抱き取られる事なく、混沌の闇の中に行きなずむ姿をこそ重く画定する趣を、むしろ窺わせてはいまいか。「物語の出で来はじめの親」（絵合㈡三七〇頁）である『竹取物語』を、他にありようのない物語の終末に繰り返し呼び込むことで、「物語」の円環を閉ざすかのように、まさしく「物語」の歴史を生きた『源氏物語』は終焉を迎えた。浮舟の生存をはからずも知ってなお執心する薫と、その薫からの手紙を前に泣き臥す浮舟と、切り取られた生の断片の語る闇は深々と冥い。

いかに、いまは言忌みしはべらじ。人、といふともかくいふとも、ただ阿弥陀仏にたゆみなく経をならひはべらむ。世のいとはしきことは、すべて露ばかり心もとまらずなりにてはべれば、聖にならむに、懈怠すべうもはべらず。ただひたみちにそむきても、雲に乗らぬほどのたゆたふべきやうなむはべるべかなる。それにやすらひはべるなり。（『紫式部日記』九八―九九頁）

物語作者の残した日記の語る、求道への思いに最後に触れておこう。ただもう今は、ひたすら阿弥陀仏に帰依し、出家して一心に聖のような生活を送るばかり……、俗世に何の未練もない、と述べておいて、けれど作者は改めてためらいを示す。出家したとしても「雲に乗らぬ」、つまり聖衆来迎の雲に乗るまでに惑いが生じるのではないか、とそのことが気掛かりでなお出家しかねる、と語るのである。このためらいの中にこそ、作者紫式部の、往時の仏教、天台浄土教に対するある種の疑問、問題提起が込められているのではなかったか。たとえ出家したとしても、本当の救済につながるのだろうか、という惑いの中に行きなずみ、けれど阿弥陀仏により頼む作者の姿に重なるように、阿弥陀仏にすがる浮舟のはかない境涯が浮かび上がる。

注

(1) 林田孝和「贖罪の女君」『源氏物語の発想』（昭55　桜楓社）
(2) 高橋亨「存在感覚の思想――〈浮舟〉について」『源氏物語の対位法』（昭57　東京大学出版会）及び(1)の書など参照。
(3) 本章後半は⑶5「あはれ」の世界の相対化と浮舟の物語」と重なるところが多い。
(4) 「人形」「形代」に関しては、三田村雅子「源氏物語における形代の問題」『平安朝文学研究』（昭45・12）、のち『源氏物語　感覚の論理』（平8　有精堂）所収、宮崎荘平「源氏物語の「人形」「形代」そして浮舟」『むらさき』（昭61・7）等参照。
(5) 小学館日本古典文学全集本頭注による。
(6)・(8) 岩波古語辞典による。
(7) (2)に同じ。
(9) 三田村雅子「〈音《こえ》〉を聞く人々」『物語研究』㈠（昭61　新時代社）、のち(4)の同氏の書に所収。
(10) (1)に同じ。
(11) (2)に同じ。
(12) 林田孝和「「ながめ」文学の展開」(1)の書に同じ。
(13) 玉上琢弥『源氏物語評釈』㈡（昭43　角川書店）四五八頁。
(14) 鈴木日出男「雨」『源氏物語歳時記』（平元　筑摩書房）
(15) (12)に同じ。
(16) 藤村潔『源氏物語の構造』（昭41　桜楓社）

(17)「山里は秋こそことにわびしけれ鹿の鳴く音に目をさましつつ」(『古今集』壬生忠岑)、「世の憂きめ見えぬ山路へ入らむには思ふ人こそほだしなりけれ」(同、物部吉名)。

(18)『源氏物語評釈』(二)(昭43　角川書店)四三八頁。

(19)伊藤博「死なぬ薬、死ぬる薬——竹取と源氏——」『国語と国文学』(昭62・3)、のち『源氏物語の基底と創造』(平6　明治書院)所収。久富木原玲「天界を恋うる姫君たち——大君、浮舟物語と竹取物語」『国語と国文学』(昭62・10)、のち『歌と呪性』(平9　若草書房)所収。

7　境界の女君——浮舟——

貴種八の宮の血を受けながら東国に生い育った女君が、薫と匂宮との狭間での苦悩の果てに入水を選び取り、けれども救われて出家するという浮舟の物語は、薫からの手紙を前にした女君の涙と沈黙に終わり、それは同時に『源氏物語』そのものの終焉でもあった。

深い苦悩を経て入水を図り、ともあれ出家を遂げた浮舟は、俗世を超えた世界に手探りでにじり寄りつつ、なお惑いを抱えたまま泣き伏し、行きなずむ。死、そして出家への願いとは、現実の生からの離脱を願うという意味で、この世ならぬ世界への志向にほかならない。この世ならぬ世界、「異郷」と深く関わり繫がる浮舟を、その意味で「境界の女君」と呼ぶことができようか。境界に在ることによって、最も物語的な生を刻まれた、最後の女君浮舟をめぐっては、死、出家という異郷との関わりに向けて、なおさまざまな境界性が作品の中に編み込まれているように思われる。二つの世界のあわい、境界を揺れ動く女君という視点からひとまず本章では浮舟の物語を顧みたい。

境界には、物語が発生するという(1)。境界は、物語の根源に関わる。『源氏物語』の終焉、沈黙が、最も境界性を帯び、境界の生を生きる女君の手で、招き寄せられたのはおそらく偶然であるまい。

一　「橋」を渡って

賀茂の祭など騒がしきほど過ぐして、二十日あまりのほどに、例の、宇治へおはしたり。造らせたまふ御堂見たまひて、すべき事どもおきてのたまひ、さて、例の、朽木のもとを見たまへ過ぎんがなほあはれなれば、そなたざまにおはするに、女車のことごとしきさまにはあらぬ一つ、荒ましき東男の腰に物負へるあまた具して、下人も数多く頼もしげなるけしきにて、橋より今渡り来る見ゆ。田舎びたるものかな、と見たまひつつ、殿はまづ入りたまひて、御前どもはまだたち騒ぎたるほどに、この車も、この宮をさして来るなりけり、と見ゆ。

（宿木㈤　四七四―四七五頁）

祭も過ぎての四月二十余日、宇治を訪れた薫は、かねてよりの「御堂」造営の進行状況の視察を終えて、その「廊」に住む弁の尼の許に立ち寄ろうとした折から、「橋より今渡り来る」車を目にする。それは、同様に弁の尼の許を目指してやって来た、ほかならぬ浮舟一行の車であった。いかにも富裕な受領層の一行らしい、荒々しげな供の下人の数多く付き従う女車の様子を、薫は「田舎びたるものかな」と見取る。先に「人形」（宿木四三七頁）の語に導かれるように、異母姉中の君の口よりその存在の明かされて以来、弁を通じて素姓が語られるなど、薫の許には既にさまざまの浮舟に関する情報が届いていたものの、浮舟その人の姿を目の当たりにするのは、これがはじめてである。もとより物語における浮舟初登場の場面であった。

浮舟一行は、初瀬参詣の帰途にあるのだから、宇治川の対岸から、宇治橋を渡って八の宮ゆかりの邸を目指していることになる。「橋」とは、たとえば『今昔物語集』巻第二十七・十四「従東国《トウゴクヨリ》上《リシ》人、値鬼語《オニニアヘルコト》」に、東国より上り「瀬田橋」の近くに宿を取ったものの、夜鬼に追われて、「橋ノ下面《オモテ》ノ柱ノ許《モト》ニ」(2)に身を隠す男の体験が語られることにも窺われるように、鬼や異類との交渉の挿話の溢れる聖なる場、水辺の境界である。二つの異なる世界の出会う水辺の境界ということに加え、宇治橋の場合、その対岸は、平等院建立の地であることが端的に明かすように、西方浄土を感取させる地(3)であったという。西方浄土という異郷から、橋を渡って姿を現す女君として、浮舟が生身の姿をはじめて物語に刻まれるのは偶然であるまい。北山で走る少女として光源氏の視界に飛び込んだ紫の上、或いは琴の合奏の場を薫に垣間見られる宇治の大君、中の君など、都以外の空間での、ある動きを持った女君の登場は幾つか数えられるものの、橋を渡る女君は浮舟以外にない。異郷の彼方から、橋という異郷と現実の生とを結ぶ境界を渡って現れることで、入水、そして出家へと導かれるその人の、この世ならぬ世界、異郷との抜き差しならぬ関わりが見事に暗示された(4)と言うべきであろう。境界としての宇治橋を、まさに「今渡り来る」のが、浮舟であった。

　やがて車は邸内に引き入れられ、車から降りるその人の優美な姿を、薫は大君の面影に重ねて胸をときめかせる。降車の様も苦しげにみえた浮舟は、そのまま邸内で「添ひ臥し」てしまった。以下、なお薫の視線に絡め取られた浮舟の姿が刻み続けられる。

　「さも苦しげに思したりつるかな。泉川の舟渡りも、まことに、今日は、いと恐ろしくこそありつれ。この二月には、水の少なかりしかばよかりしなりけり。いでや、歩くは、東国路を思へば、いづこか恐ろしからん」など、二人して、苦しとも思ひたらず言ひゐたるに、主は音もせでひれ臥したり。（宿木　四七七頁）

音もなく臥したままの浮舟の傍らで、老若二人の女房が、おそらく五月雨の季節にややさし掛かってのことであろう、去る二月の初瀬詣の折より格段に水嵩を増した「泉川の舟渡り」の恐ろしさを語り合う。「その泉川も渡らで橋寺といふところに泊まりぬ」[5](『蜻蛉日記』上巻安和元年九月)などとあるように、「泉川」(現在の木津川)の渡し場は、都より初瀬への旅の通過地点であった。

この泉川の渡し場については、弁の尼の、予定より遅い一行の到着への疑問に対して、老女房が浮舟のすぐれぬ気分を労って、「昨日はこの泉川のわたりにて、今朝も無期に御心地ためらひて」(四八〇頁)いたための遅れと説明する条に、再度言及がある。今朝までその渡し場で女主人の休んでいたことが明かされてみれば、先の女房二人の会話における「泉川」の言及も、今なお気分のすぐれぬその人を前にしての、まことに自然な思考の連鎖だったことさえ確認されると言うべきだろう。

ところが、実はこの極めてありきたりの状況説明に登場したありきたりな語、渡し場を意味する「渡り」が、『源氏物語』においてはこの宿木の巻の当該例一例のみ、という現象を顧みる時、ことはそう単純でないことに気付かされる。たまたま登場人物たちが、さまざまな「渡り」にさしかかる空間移動を行わなかったということのみではおそらく説明しきれまい。筑紫への流離を経て初瀬参詣に向かう玉鬘、須磨を目指し淀川を下る光源氏など、それなりの移動を描きながら、「渡り」には触れることがない。となると、むしろこの生身の浮舟初登場の場面において、「わたり」「舟渡り」とのかたちでの、泉川の渡し場の二度に亙っての浮刻に固有の重さを考えざるを得ないことになろう。

「渡り」とは、「橋」に代わって、川のこちら側と向こう側とを結ぶものであった。大化改新の詔により、橋、道は国営となり、律令制度の下、民部省がその造営に当たったが、やがて律令制度の崩壊、荘園の発達による財政事情から、国は次第に橋の経営より身を引くようになったという。増水、洪水などで流され、また朽ちた橋は、掛け替えられることなく、より簡便な渡船に後退することともなる。(6) また、ともすれば壊れがちな往時の橋の在り方故にも、二つが併存したケースも少なくない。「宇治橋」を渡る浮舟の一方で、薫や匂宮は舟を利用する。(7) 道綱母や孝標女も同様に初瀬詣の途、もっぱら舟を使っている。大和と北陸とを結ぶ古北街道（後の奈良街道）の、宇治川を渡る地点に、宇治橋と、そして「宇治の渡り」とがあったという。(8) ともあれ、橋と相互補完的な機能を担う「渡り」は、その意味で向こう岸へ、異なる世界へと向かい接する、水辺の境界であったと述べることが許されよう。

宇治橋を渡る車中の人として現れる浮舟は、さらに『源氏物語』の中でただ一人、水嵩を増した「泉川のわたり」に難渋し、そこで気分のすぐれぬまま休んだことをさえ浮刻された。浮舟をめぐる「橋」と、二度に亙る「わたり」の言及は、一つの方向を指し示しているとみるほかあるまい。水辺の境界、「わたり」を前に難渋する浮舟の身体の苦しみは、二人の男君のあわいを揺れ、やがて入水を選び取るその人の生の在り様に大きく重なる。そしてまた、異郷、浄土への思い、出家が、入水の果てにともかくも遂げられる過程は、橋を渡る姿と二重写しになる。そもそもの登場から繰り返しまつわる「橋」「渡り」という水辺の境界を意味する言葉によって、浮舟の境界性、境界との深い関わりが既に手繰り寄せられたのであった。

「橋」に立ち戻ろう。橋を渡り登場する女君の、その後の橋との関わりになお触れておく。

山の方は霞隔てて、寒き洲崎に立てる鵲の姿も、所がらはいとをかしう見ゆるに、宇治橋のはるばると見わたさるるに、柴積み舟の所どころに行きちがひたるなど、……〈中略〉……

「宇治橋の長きちぎりは朽ちせじをあやぶむかたに心さわぐな

いま見たまひてん」とのたまふ。

絶え間のみ世にはあやふき宇治橋を朽ちせぬものとなほたのめとや

（浮舟(六)　一三六―一三七頁）

ゆくりなく匂宮と関わった浮舟は、その後乱れる心を抑えかねるままに薫を迎えるが、その浮舟の憂悶を逆に「ものの心知りねびまさ」った証《あかし》と受け止める薫の側に、改めて皮肉にも浮舟への思いの一入掻き立てられる状況の中で、右の贈答が交されるのである。遙かに望む宇治橋を前に、その橋のように、朽ちることのない「長きちぎり」を誓い慰める薫と、むしろ「絶え間」さえ危うい橋を、より頼むことの不安を訴える浮舟、という具合に宇治橋をめぐる二人の思いは、全く逆の方向にあって向き合うことがない。総角の巻において、「中絶えむものならなくにはし姫のかたしく袖や夜半にぬらさん」「絶えせじのわがたのみにや宇治橋のはるけき中を待ちわたるべき」(二七四頁)と、霧の晴れ間に立ち現れた「宇治橋のいとも古り」た姿を前にしての、匂宮、中の君の同じ橋をめぐる贈答が、相互に同質のいとおしみと、別れの悲しみとを湛えるのとは対照的である。

『源氏物語』の「宇治橋」の用例は、五例であって、総角の巻の二例を除くと、こうして三例は、浮舟に関わって、その行く末の不穏を滲ませるかのような、逆方向を向いた薫との対面に繰り返されるものであった。また、『源氏物語』の「橋」の語例は、三例だが、[9]邸内のそれを除いて、川に掛かるものを意味する例は、先の宿木の巻の一例のみである。浮舟と「橋」との結び付きの深さを思わざるを得まい。さらに付け加えるなら、「一つ橋危がりて帰り来たりけん者のやうに、わびしくおぼゆ」(手習(六)三一七頁)とは、小野の地で老齢の母尼の傍らに休んだものの、その鼾のおどろおどろしさに脅える浮舟の心中を語る比喩であった。浮舟の物語は、「橋」と交錯し続ける。「夢浮橋」で浮舟の物語が閉ざされるのも偶然であるまい。「橋」と、そして「渡り」との深い関わりによって、浮舟の物語は、物語の発生の根源に繋がる境界に結ばれるものであることを、露《あらわ》にするのだった。もとよりそれが、「水辺」の境界であるのは、人形《ひとがた》としての入水の運命に連なることを意味する。

二　境界の女君

境界——空虚なるもの

さて、二つの世界を繋ぐ、橋、渡り、坂、峠といった境界は、それ自体どちらの世界にも属することのない、曖昧で空虚な場[10]であるという。この漂う空虚さが、異形のもの、魔性のものを吸引する磁場を形成することになるのでもあろうか。向こう岸にも、こちらの岸にも帰属しない「泉川のわたり」ですぐれぬ気分のまま行きなずみ、再び浮遊する空間、橋を渡って登場した浮舟が、噂話、薫による垣間見、そして中将の君をめぐる動き、という外側の情報や状況をさながらに映し出す、水のように透明な存在としてまず浮刻されるのは偶然であろうか。浮舟その人の境界性が、自身空虚なるものとして、周囲の思惑、状況をそのまま照らし出す描かれ方の中に、ともあれ最初に露になることを指摘したい。

見し人のかたしろならば身にそへて恋しき瀬々のなでものにせむ

と、例の、戯れに言ひなして、紛らわしたまふ。

「みそぎ河瀬々にいださんなでものを身に添ふかげとたれか頼まん

引く手あまたに、とかや。いとほしくぞはべるや」とのたまへば、……　（東屋㈥　四七頁）

継子という境涯の故にも、期待された少将との縁談さえ破談となり、母中将の君のはからいで姉の許に身を寄せることとなった浮舟の、大君を彷彿させる容姿を前に、「かの人形求めたまふ人に見せたてまつらばや」（四四頁）と、思いを新たにする中の君に、折しも告げられる薫の来訪。右の贈答は、こうして対面することとなった薫の、なお変わらぬ思慕の揺曳を浮舟に肩代わりさせることで逃れようとする中の君の申し出をめぐって置かれたものだった。

そもそも浮舟が物語に導かれたのは、宿木の巻での薫の言葉「昔おぼゆる人形＝生前を思い出させる大君の像(11)」に呼応しつつ、それに「人形＝禊や祈禱の際に使う形代(12)」の意味をずらし重ねた上での中の君の言葉に因っている。「人形のついでに」思い起こされたのが、浮舟その人なのであった。「人形」「なでもの」の語の不吉な暗示を懸念しつつ、妹を話題にする共通の構図の中で、二度に亙り逆に浮舟その人の与り知らぬ運命が暗々と紡ぎ出される仕組みを確認したい。それはまた同時に、薫の懸想の肩代わりを求める「さりげなくて、かくうるさき心をいかで言ひ放つわざもがな」といった、中の君の思惑の担う、紛れも無い異母妹へのある種の酷薄な向き合い方を照らし出す構図でもあった。「いとほしくぞはべるや」など、「なでもの」の語のもたらす暗示のまがまがしさを、しきりに懸念する姉としての心遣いを示すようでありながら、逆に不吉さを承知でその語によってほかならぬ妹を話題にする、無意識の距離の取り方にまつわるある種の酷薄さが拭いようもない。中の君の、その意味で身勝手な思惑を負いつつ、浮舟が手繰り寄せられようとしている。一方それは、中の君以上の非情なエゴによって、ともあれ大君の身代わりを求める薫の思惑にぴたりと呼応することで、やがて浮舟を表に引き出す力となるのであった。空虚な中心、浮舟の与り知らぬところで、しかもその人自身への情愛よりは、むしろそれぞれのエゴの向き合いの中に、一つの動きが開始された。(宿木四四〇頁)

さらに、大きくそれを加速させたのが、浮舟の母中将の君の、自ら八の宮の召人として生きた悲痛な体験を踏まえての、娘の幸福を遮二無二願う思いにほかならない。もっとも、婿と思い定めた左近少将が、常陸介の財力目当てにその実子に乗り換えてしまった直後、薫との縁を勧める乳母の意見に中将の君は、むしろ反対している。「宮の上の、かく幸ひ人と申すなれど、もの思はしげに思したるを見れば、いかにもいかにも、二心なからん人のみこそ、めやすく頼もしきことにはあらめ」(東屋三〇頁)というのが、その理由であった。高貴な人よりも、むしろ「二心なからん人」を、と願う彼女の深奥には、もとより「わが身」に思い知らされた、八の宮その人の、中将の君を「人数にも思」うことのなかった辛い仕打ちが、重く横たわる。

けれども、実子の結婚準備におおわらわの介の邸にはいかにも居辛く、窮余の策として取られたのが、二条院の中の君の許に浮舟を預けることだった。女主人の承諾を得た中将の君は、「いとうれし、と思ほして、人知れず出で立つ」(三四頁)のだが、引き続いて「御方も、かの御わたりをば睦びきこえまほし、と思ふ心なれば、なかなかかかる事どもの出で来たるをうれしと思ふ」とあって、僅かにこの辺りに浮舟その人の心情が掠め取られたかにみえる。しかし「御方も」とは、「うれし」の語の繰り返しとも響き合って、むしろ母娘一体の感情の強調(13)であろう。つまり、空虚な中心、浮舟を動かす力は、なお外側にあるのだった。

浮舟のとりあえずの落ち着き場所となった二条院で、中将の君は匂宮、薫の姿を目の当たりにすることにより、「二心なからん人」との縁こそが「幸ひ」とみる価値観を見事に反転させることとなる。乳母の度々の勧めを「あるまじきこと」と退けたのは誤りだった、「この御ありさまを見るには、天の川を渡りても、かかる彦星の光をこそ待ちつけさせ」(東屋四八頁)るべきなのだと、かつての論理はあっけなく潰え(14)、たとえ七夕のような年に一度の逢瀬であっても、むしろそれを望むことの幸福を礼讃するのである。何がまことの幸福というものなのか、物語は極めて複雑なまなざしを投げ出している、とみる以外にないが、この中将の君の論理の逆転が、薫と浮舟とを結び付ける大きなエネルギーとなる。遮二無二浮舟の幸福を求める母の情熱は、今度はたとえ「下仕のほど」なりとも、薫のような貴人のそばに……と、折から中の君の勧める縁を一気に積極的に進展させる方向に突き進む。

薫との縁を進める前提で「高きも短きも、女といふものはかかる筋にてこそ、この世、後の世まで苦しき身になりはべるなれ、と思ひたまへはべればなむ、いとほしく思ひたまへはべる。それもただ御心になん。ともかくも、思し棄てずものせさせたまへ」（東屋五〇頁）と、中将の君が中の君に、浮舟の将来をめぐる責任を半ば押し付けるように言い募る時、中の君は「いとわづらはしくなりて」行く先のことは分からないと、溜め息まじりにお茶を濁す。既に初対面の中の君に、「『この君はただまかせきこえさせて、知りはべらじ』など、かこちきこえかくれば」（四三—四四頁）との迫り様で、相手を辟易させる中将の君の在り方が示されていたが、共々にがむしゃらなまでの母としての情熱故の、半ば身勝手な独り善がりの前に、困惑する中の君という構図は一貫する。滑稽でさえある、ひたむきな母の愛情故のやりきれない押し付けがましさと、一方中の君の浮舟への思いのその実の希薄さが、期せずして浮かび上がる条と言える。ともあれ、こうした周囲の動きの中で、事態は進展していく。

二条院で匂宮がゆくりなく見出した浮舟に迫ったことさえ、中将の君にはその性急さに引き比べての薫ののどやかな態度への再評価を促す機縁ともなって、弁の尼の仲介を経ての三条の隠れ家での逢瀬の実現となるのだが、この二条院での思わぬ体験が、実は浮舟の側に微妙にずれた感覚をもたらしたことは見逃せまい。[15]

うちあばれて、はればれしからで明かし暮らすに、宮の上の御ありさま思ひ出づるに、若い心地に恋しかりけり。あやにくだちたまへりし人の御けはひも、さすがに思ひ出でられて、何ごとにかありけむ、いと多くあはれげにのたまひしかな、なごりをかしかりし御移り香も、まだ残りたる心地して、恐ろしかりしも思ひ出でらる。（東屋　七六頁）

中の君への懐かしさの一方で、匂宮との「恐ろしかりし」一件もまた、隠れ家での無聊な暮らしの中で自然と思い起こされる。浮舟はもとより、それを恐怖の体験と受け止めているのだが、中に「あはれげ」な匂宮の言葉、また移り香さえ懐かしむ無意識の官能の目覚めが確かに潜められている。先に僅かに語られた浮舟の内面は、むしろ中将の君の意向に寄り添うかたちで、二条院に赴くことを「うれし」く思う、母娘一体のものとして語られていた。空虚な中心、浮舟は今密かに、母の思惑と別方向に揺らめく官能の目覚めを探り当てかけている。「いかにして、人わらへならずしたてたてまつらむ」（三一頁）との、浮舟の幸福をめぐる母の一途な思いが、薫との結び付きを手繰り寄せる一方で、その母の思いから逸脱する情念が浮舟の身に滲み始めた時、既に悲劇は予感されていると言うべきであろう。やがて、「雨すこしうちそそく」一夜、隠れ家を訪れた薫と結ばれ、宇治に移される浮舟は、大君追慕の思いに染め上げられた薫の側からもっぱら「をかしきほどにさし隠して、つつましげに見出だしたるまみなどは、いとよく思ひ出でらるれど、おいらかに、あまりおほどき過ぎたるぞ、心もとなかめる」（八九頁）などと評されるのみで、相変わらずその内面は殆ど語られることがない。むしろたとえば、宇治への道すがら、「いとあさましきにものもおぼえで、うつぶし臥」す、といった生身の身体の在り様に、その人の違和の思いを嗅ぎ当てることができるのでもあろうか。官能の揺らぎを、無意識の闇に抱えたまま、浮舟は流され運ばれていく。(16)

こうして浮舟が、外側の情報、動きをさながらに映し出す水のように透明な存在として浮刻されたのは、おそらくその人の主体性の欠如といった、人物の像に関わる問題であることを越えて、境界性も露な空虚な存在として、物語の最も重い命題を担ったことと結ばれよう。罪を負って流されるもの、という。浮舟の「罪」とは何か。もとより端的には、薫と匂宮との愛執の狭間に生きた罪と言える。と同時に、愛執が「関係」に発するものである以上、その罪は薫や匂宮の罪にも繋がるものにほかなるまい。浮舟は、その意味で、正篇以来の光源氏その人の問題に発し、薫や匂宮に受け継がれた「罪」を、逆転して「女の存在感覚」(17)の中に、まさしく「なでもの」、即ち身代わりとして引き受けるものとなった。身代わりとして流され、やがて異郷と関わり彼岸を志向する存在を、物語の時間のすべてを負って普遍化するために、自身空虚な在り方が求められる。身代わり、境界、異郷との関わり、それらの命題を負って、浮舟は自身空虚なるものとしてまず姿を現すのであった。境界を渡って現れた、境界の女君浮舟の担う命題は重い。

浮舟と褶

さて、「女の御装束など、色々によくと思ひてし重ねたれど、すこし田舎びたることもうちまじりてぞ」（東屋九〇—九一頁）など、色とりどりに重ねたやや野暮ったい衣裳の様から、「なつかしきほどなる白きかぎりを五つばかり、袖口裾のほどまでなまめかしく、色々にあまた重ねたらんよりもをかしう着なしたり」（浮舟一四三—一四四頁）と、袿を取った白い下着姿のかえって洗練された印象、或いはさらに、出家後の「白き単衣の、いと情なくあざやぎたるに、袴も檜皮色にならひたるにや、光も見えず黒きを着」（手習㈥二九五頁）ることで、なお匂い立つ風姿の「をかし」さなど、浮舟をめぐっては、既に指摘されるように[18]その衣裳の細やかな浮刻が目を引く。たとえば、「袿」の用例、八例中の五例までがその人に集中することにも窺われるように、『源氏物語』において、今一人、まことに細密な服飾描写の印象深いのが、実は意外にも末摘花であることを顧みる時、浮舟のそれもまた、女君の美の強調といった方向のみには止まらぬ側面を持つことに気付かされる。

たおやかな身体を覆う衣裳の色合いや形を、たとえば名高い女楽の折の「紫の上は、葡萄染にやあらむ、色濃き小袿、薄蘇芳の細長に御髪のたまれるほど、こちたくゆるるかに、……」（若菜下㈣一八四頁）などのように刻むことで、増し加わる女君の魅力と美はもとより大きいが、一方、服飾に微細に立ち入ろうとする視線は、一種無遠慮な力で、その対象を暴き立てる場合がある。異形の女君末摘花をめぐっては、痩せた身体に「ゆるし色のわりなう上白みたる一かさね、なごりなう黒き袿かさねて、表着には黒貂の皮衣」（末摘花㈠三六七頁）をまとい、或いは「光もなく黒き掻練の、さゐさゐしく張りたる一襲、さる織物の袿を着」た（初音㈢一四七頁）寒々しい姿の繰り返し刻まれることで、むしろその身体を暴き晒す容赦のない視線が実感される。果たして、現にその末摘花をめぐる条には、「着たまへる物どもをさへ言ひたつるも、もの言ひさがなきやうなれど」との、語り手の断りさえも記されている。微細な部分まで視線に晒される身体は、異形のものであって、賛嘆の対象ではない。ときめく思いで仰ぎ見る優美な女君の身体を覆う衣裳の描写は、先の紫の上をめぐる条が、結局「花といはば桜にたとへても、なほ物よりすぐれたるけはひことにものしたまふ」と、花の比喩に収斂するように、紗幕を通しての映像を印象付けるかたちで閉じられることが多いのである。

浮舟をめぐる服飾描写もまた、ある方向を指し示すと言うべきであろう。浮舟は、無遠慮で、容赦のない視線に否応無く晒される位置を与えられた。召人、中将の君の子、そして常陸介の継子としての東国育ちという、素姓、経歴に基づく位置である。たおやかにも美しい浮舟は、『源氏物語』の中に一人、異形の女君さながらに、殆ど容赦のない視線を受け止めねばならない固有の場を与えられた。おそらくそれは、限りなく召人に近い存在と、言い換えることができるであろう。そのことを端的に象るものとして、次の場面を挙げたい。

> 右近は、よろづに例の言ひ紛らはして、御衣など奉りたり。今日は乱れたる髪すこし梳らせて、濃き衣に紅梅の織物など、あはひをかしく着かへてゐたまへり。侍従も、あやしき褶着たりしを、あざやぎたれば、その裳をとりたまひて、君に着せたまひて、御手水まゐらせたまふ。姫宮にこれを奉りたらば、いみじきものにしたまひてむかし、いとやむごとなき際の人多かれど、かばかりのさましたるは難くや、と見たまふ。かたはなるまで遊び戯れつつ暮らしたまふ。（浮舟　一四六―一四七頁）

薫を装い浮舟の許に忍んで以来、匂宮はなお思いを抑え難く、雪の一夜の再訪となって、対岸の家に濃密な愛の一時を過ごしての二日目の朝の場面の一節である。髪の乱れを整え、右近より届けられた濃紫の単衣、紅梅の袿に着替えた浮舟の一方で、付き添う侍従もまた「あやしき褶」を取り替え、新しいものを身に着ける。身繕いの暇もなく慌しく邸を出たなりであったのを、右近の手配により、主従共々に衣服を整えることができたのである。その時、匂宮は、侍従の新たに着けた「裳」を取って、浮舟に着けさせ御手水の世話をさせた。

「裳」とは、唐衣と共に、奉仕の女房に必須のものであって、とりわけ裳は、決して着用を省略することのできないものであった。つまり、女房であることを端的に示す装いにほかならない。この場面で「裳」と言い換えられたのは、実は、身分の低い女房の身に纏う、略儀の際の「裳」の代用品として、「上裳」の名もある「褶」[19]である。その褶を、侍従から浮舟に着け替えさせ、「御手水」の世話をさせる匂宮の対応を刻むことで、物語はあざといまでに女房と等し並みの扱いを受ける浮舟の位相を浮かび上がらせるのであった。物語の視線は、身に纏う「褶」を無遠慮に辿ることで、浮舟の位相、立場を暴き立てていく。

実はじめての逢瀬の折、「御手水などまゐりたるさまは、例のやうなれど、まかなひめざましう思され」（二二一頁）た匂宮は、「そこに洗はせたまはば」と浮舟に勧める姿を刻まれた。「例のやう」とは、もとより薫の洗面の世話をするのが常のことであったことを意味する。当初それを心外に思った[20]匂宮も、薫同様再訪の折には、褶さえ着けさせ奉仕させたのである。薫にとっても、匂宮にとっても、浮舟は限りなく召人に近い存在であることを、「御手水」をめぐる叙述ははしなくも証し立てる。とりわけ、侍従の褶を着けさせ、「姫宮にこれを奉りたらば、いみじきものにしたまひてむかし、……」と、浮舟の処遇を思い巡らす匂宮にとって、浮舟はもはや女房、召人にほぼ重なると言ってよい。

たとえば正篇の明石の君、そしてまた続篇の大君、中の君といった女君たちは、もとより召人めいた存在に遠くない不安定さを負っていた。けれども、それらの女君の場合事態はあくまで可能性に終始し、具体的な像を結ぶことがない。浮舟その人をめぐっては、高揚する恋の場面のさなかに、恋人その人の手で、褶を着せられ、奉仕する女君の姿を刻むことで、一瞬まぎれもない女房、召人という、男君との関係の在り様が結像するのであった。(21)「褶」とは、通常「裳」よりさらに身分の低い女房の表象でさえあるのだ。ひたぶるな思いを相互に抱いていたかにみえる関係が、浮舟にとっては、まさに母中将の君の悲痛な体験に連なる境涯に重なるものでしかないことを、非情にも照らし出す叙述と言える。と同時に、ほかならぬ浮舟が、かつての女主人公の置かれたことのない固有の位相に在ることを、鮮やかに浮上させる叙述でもあった。かつてないほど、召人に限りなく近付いた女主人公浮舟は、その意味で女君と、女房との境界を生きる存在と言い得る。浮舟の今一つの境界性をここに確認しておく。

三　入水、出家へ

水辺の境界より姿を現した女君は、自身空虚な存在として象られることで、境界そのものをまずその身に露に具現する。一方、その人は、召人・女房と、女君との境界に、生きる場を与えられた、固有の女主人公なのでもあった。境界の女君、浮舟は、彼方の世界、異郷と結ぶ最後の境界の物語を生きねばならない。

密事露見の痛みと、二人の男君の間に引き裂かれる心を抱き締めつつ、母や女房たちの語らいを「聞き臥」す浮舟の耳に、「この水の音の恐ろしげに響」(浮舟一五九頁)くのは、先頃の長雨にいっそう水嵩を増した宇治川の流れを想起させるものだろう。「先つころ、渡守が孫の童、棹さしはづして」川に落ちたと女房の語る出来事は、長雨のさなかのことでもあったろうか。滔々たる宇治川の水音の傍らで、「さてもわが身行く方も知らずなりなば、……」「御手洗川に禊せまほしげなる」と、浮舟は自ら「なでもの」としての運命を引き受ける言葉を紡いでいく。とりわけ、入水へ向かう浮舟物語の頂点に大きく取り込まれる「雨」の力とも相俟って、[22]「水」の清めの力が浮舟の罪を洗い流す。自らこの世の生を捨て、「橋」を渡って向こう側の死の世界に赴こうとする、その意味での境界の物語が、ほかならぬ境界の女君によって拓かれた。水辺の境界「橋」「渡り」のまつわりの繰り返しは、入水を選ぶことでまさにこの滔々たる水の清めの力が、その罪を洗い流すという最後の構図に収斂するものだった。同時に、この紛れも無い自死を選び取る、負の果敢さこそは、東国の地に生い育っての、召人に限りなく近いその人の位相を拠り所にするものであることも確認したい。境界の女君は、境界の物語を生きる。

罪を負って入水した浮舟は、さらに横川の僧都により命を助けられ、やがて小野の地で出家生活に入る。しかしそのことは、おそらく贖罪から救済へという道筋を単純には意味しない。たゆたう浮舟を、直接的に出家に導く契機となったものは、風流貴公子中将の懸想なのであった。しかも薫の雛型と言われる中将を、極めて戯画的に描くことにより、その恋の物語の道程に、かつて物語に絶対の位置を占めていた「あはれ」の世界を相対化するという、今一つの重い命題を掘り起こしつつ、あらゆる意味での物語の終焉が導かれる機構については、(3) 5「「あはれ」の世界の相対化と浮舟の物語」に述べたところである。

あらあら確認するなら、まず「夜、この川に落し入れたまひてよ」との死の願いの適えられぬとみた時、はじめて「尼になしたまひてよ」と念じた浮舟は、それでいながらほぼ病の癒えた時必ずしも一筋に仏道にのみ心を寄せる人として、静謐な心情を写されているわけではない。月「明き夜」の浮舟の思いは、いつか捨てたはずの現世の縁に戻り、母や乳母などに思いを馳せる。中将の姿を遠く仄かに見る時、「忍びやかにておはせし人の御さまけはひ」は彷彿とし、さらに髪を下ろすその直前にさえ、匂宮や薫のことを顧み、「薄きながらものどやかにものしたまひし」薫への懐かしさを、「なほわろの心や」と、強いて抑えようとする姿を刻まれる。そうした、昔のことを見果てたとか、捨て去ったとかはなお言い切れぬ女君の、にもかかわらぬ強い出家願望は、次のように論理付けられるものだった。

荻の葉に劣らぬほどほどに訪れわたる、いとむつかしうもあるかな、人の心はあながちなるものなりけり、と見知りにしをりをりも、やうやう思ひ出づるままに、「なほかかる筋のこと、人にも思ひ放たすべきさまにとくなしたまひてよ」とて、経習ひて読みたまふ。心の中にも念じたまへり。（手習　三一〇―三一一頁）

頻りに届く中将の便りを前にしての浮舟の出家の願いは、「世」を見捨てたところではなく、「世」をめぐっての生身の人間としての苦悩を抱え、だからこそすがりつく思いで、そこからの逃避の場を求めるところに始発する。楽天家の妻には明かしようもない「山住みもしはべらまほしき心」さえ持つ身として、「もの思ひたまふらん」浮舟にこそ、その憂愁を語りたいのだと、気取った物言いで迫る中将を厭う気持ちが、結局大きく浮舟を出家に追い詰めることになる。

出家後の浮舟は、一面確かに心穏やかな晴れやかさを取り戻すのだが、なお「月日の過ぎゆくままに、昔のことのかく思ひ忘れぬも、今は何にすべきことぞと心憂ければ、阿弥陀仏に思ひ紛らはして、いとどものも言はでゐたり」（夢浮橋㈥三六九頁）と、なおかつての恋人たちの面影を忘れかねる心の揺れを刻まれている。出家は、それへの道程からも、またその後の心情からも、浮舟の宗教的救済を必ずしも意味しないことが浮かび上がろう。二人の男君の間をはかなく行きつ戻りつした浮舟は、入水後、なお彼岸と此岸との間をたゆたい続ける。出家を遂げたという意味で、この世ならぬ世界と確かに繋がり、にもかかわらずたゆたいと惑いの中に在り続ける浮舟は、まさに境界の女君を生き貫いたと述べるほかあるまい。物語の根源に結ぶ境界を、幾重にもその身に負い、またそれに関わった浮舟によって、『源氏物語』はその幕を閉ざされるのであった。

注

（1）赤坂憲雄「物語の境界／境界の物語」『方法としての境界』（平3　新曜社）など。
（2）平林章仁『橋と遊びの文化史』（平6　白水社）
（3）藤井貞和『日本〈小説〉原始』（平7　大修館書店）一一二頁。また玉蟲敏子「宇治の黄金の橋」『日本の美学』（平4・4）には、「宇治の地は、神話の時代から一種のアジールのような場所」で、そこに平等院が建立された、との指摘がある。
（4）安藤徹「橋・峠・川・水」『物語とメディア』（平5　有精堂）、また（3）の書など。
（5）本文の引用は、講談社学術文庫による。
（6）新城常三「中世の橋と渡」『文化史研究』（昭23　北隆館）
（7）吉海直人「宇治橋の史的考察――『源氏物語』背景論として――」『源氏物語と古代世界』（平9　新典社）は、「『源氏物語』の中においても、宇治橋を渡っているのは雅びから程遠い浮舟一行のみであり、貴族達はすべて舟で宇治川を渡っている」とし、橋を渡った浮舟一行に意図的に付与された非貴族性をみる。けれども、もっぱら舟を使った孝標女などが、むしろ浮舟に重なる身分である以上、再考の余地があるまいか。
（8）『源氏物語　宇治十帖の風土』（昭61　宇治市文化財愛護協会）
（9）「浮橋」、「をだえの橋」、「かけ橋」等の語例はひとまず除く。また橋の問題をめぐっては、葛綿正一「階と橋」『源氏物語のテマティスム』（平10　笠間書院）に、大君から浮舟に「橋の主題」が引き継がれていく、との指摘がある。

(10) 赤坂憲雄『境界の発生』（平九　砂子屋書房）一四〇頁。
(11) 小学館日本古典文学全集本頭注による。
(12) 岩波古語辞典による。
(13) 平林優子「浮舟の入水について」『源氏物語試論集』（平9　勉誠社）
(14) (3)3「幸い人中の君」参照。
(15) 鈴木裕子「〈母と娘を考える〉——中将の君と浮舟の場合——」『伝統と創造』（平8　勉誠社）に、既に指摘がある。なお同論は、浮舟の世俗的な幸福をがむしゃらに望むあまりに、娘の思いと乖離しかえって入水に追い込むことになる母の負性を読み取る。
(16) 橋本ゆかり「抗う浮舟物語——抱かれ、臥すしぐさと身体から——」『源氏研究』（平9・4）
(17) 高橋亨「存在感覚の思想——〈浮舟〉について」『源氏物語の対位法』（昭57　東京大学出版会）
(18) 三田村雅子「浮舟物語の〈衣〉——贈与と放棄——」『源氏物語　感覚の論理』（平8　有精堂）など。
(19) 『源氏物語図典』（平9　小学館）九八頁。
(20) 小学館日本古典文学全集本頭注による。
(21) 明石の君をめぐり、「柳の織物の細長、萌黄にやあらむ、小袿着て、羅の裳のはかなげなるひきかけて、ことさら卑下したれど、……」（若菜下㈣一八四頁）とあるのは、女楽という公の場での自らの配慮として、別に考えたい。
(22) (3)6「雨・贖罪、そして出家へ」参照。

II 『枕草子』の展開

1『枕草子』日記的章段の「笑い」をめぐって

はじめに

平安女流文学の諸作品の中にあって、『枕草子』は笑いに関わる叙述をかなり多く含み込む作品[1]であると言えるが、中でもいわゆる日記的章段に笑いに関する叙述が頻出している。「わらふ」の独立用法の他「うちわらふ」「わらひさわぐ」「わらひ興ず」などをも含めて一四五例中、一一七例[2]までが日記的章段[3]に見える。

笑いとは日常の生活の中での極めてありふれた行為であるが、さまざまの学問的分析をなお越える複雑で微妙な種々相をもって現れるものと考えられる。たとえば一分析として、「笑は一つの攻撃方法である」という柳田国男の言葉[4]がある。『枕草子』日記的章段の笑いを見る時、中関白家衰退凋落の時期に取材していると思われる章段に、どちらかと言えばかえって多くの笑いの現れることに気付かされるのだが、柳田説はこのことを解明するのに役立つのかも知れない。即ち、笑いを一つの攻撃方法或いは武器として、凋落の現実の中にあってささやかな戦いを挑んだその軌跡を、『枕草子』日記的章段の笑いをめぐっての叙述の中に辿ることができないだろうか、ということである。

けれども、笑いは分析を越えてなお複雑多様であろう。各々の章段の叙述に従って、先の仮定を一応踏まえながら、虚心にその種々相を見つめたい。『枕草子』は言われてきたように「をかし」の文学であろう。「をかし」の文学として一つの美意識を主張するためには、日記的章段にあってもある種の現実の再構成が必要だったはずである。再構成とは、また虚構化と置き換えられる言葉でもあろうか。「をかし」の世界の構築のための現実の再構成、虚構化ということに大きく関わる問題を孕むものとして笑いをめぐる叙述の考察を進めたい。

一　「笑ふ」と「をかし」と

清涼殿の丑寅の隅の、北の隔なる御障子は、荒海の絵、生きたるものどものおそろしげなる、手長足長などをぞかきたる、上の御局の戸をおしあけたれば、つねに目に見ゆるを、にくみなどして笑ふ。[5]
（『枕草子』二一「清涼殿の丑寅の隅の」）

右に挙げたのは二一段において、唯一現れる「笑ふ」という語例である。この章段は、池田亀鑑などによって、正暦五年（九九四）春のいわゆる中関白家盛時の出来事を語るものと考証されているが、[6]全書本で六頁にわたる長い章段に「笑ふ」という言葉がただ一例であること、そしてまた、それが「にくみなどして笑ふ」という表現を取っていることなどに注目したいと思う。

「にくみなどして笑ふ」は、「いやがったりなどして笑ふ」と池田亀鑑[7]によって置き換えられるが、醜くまた恐ろしげなものをいやがりながら笑うというところに、逆に笑いというものの一つの側面をみることができそうである。「荒海の絵」、また「生きたるものどものおそろしげなる、手長足長などをぞかきたる」御障子は、女房達がふと目にする時、何とはなしに軽い恐怖を交えた嫌悪感を催させるものであった。そういう何となく「いやがる」気持を、その対象を逆に笑うことによって吹き飛ばそうという感覚が、「にくみなどして笑ふ」という表現の中に窺える。

> ワラフは、恐らく割るといふ語から岐れて出たもので、同じく口を開くにしても大きくあけ、やさしい気持を伴なはぬもの、結果がどうなるかを考へぬか、又は寧ろ悪い結果を承知したものとも考へられる。
>
> （柳田国男「笑の本願」二三一頁）

という笑いの、必ずしも明るいとは言えない一つの攻撃的な側面を「にくむ」と「笑ふ」という語の結び付きは物語っている。いわばこの笑いは嘲笑であろうか。（『枕草子』には、この他「わらひにくむ」二例（三三段・八三段）、「にくみわらふ」一例（八三段）という二語の結合の例が辿られる。ちなみに『源氏物語』を開いてもこうした例はみることができず、このような結合の様相は『枕草子』の場合の一つの特色であることを思わせる。笑いの担う翳の部分を「にくむ」というある積極的なエネルギーを持つ語と結ぶことにより増幅させたということだろうか。）

先に私は、「女房達がふと目にする時」と述べたが、この「……にくみなどして笑ふ」という記述には主語は明示されていない。「にくみなどして笑ふ」のは、清少納言その人だろうか。仮にそうであるにしても、その清女の笑いの背後にはともに中宮定子を取り巻く女房達の共感の支えがあるはずである。「笑いは、常に一つの集団の笑い」（ベルグソン「笑い――おかしさの意味についての試論――」[8]）なのでもある。

中関白家の文字通りの〈春〉を描くこのかなり長い章段にあって、ただ一例だけ現れる「笑ふ」という語は、ことに「にくみなどして笑ふ」と表現されることにより、明かるい一段の基調の中にむしろ例外的な存在であることをはっきりと感じさせる。二一段の中心は、明かるく華やかな中関白家の人々の織りなす春の光景を描くことであって、それはそのまま清少納言が類聚段随想段をも併せて『枕草子』全体を通じて目指した、「をかし」という美の世界に素直に重ねることのできるものであった。実際に二一段には「をかし」という言葉が六例使われている。

○警蹕など「おし」といふ声聞ゆるも、うらうらとのどかなる日のけしきなど、いみじうをかしきに、はての御盤取りたる蔵人まゐりておもの奏すれば、なかの戸よりわたらせたまふ。

○宮の御前の、御几帳おしやりて、長押のもとに出でさせたまへるなど、なにごととなくただめでたきを、さぶらふ人も、思ふことなきここちするに、「月も日もかはりゆけどもひさにふる三室の山の」といふことを、いとゆるらかにうち出だしたまへる、いとをかしうおぼゆるにぞ、げに千歳もあらまほしき御ありさまなるや。

ここで作者が「をかし」と捉えるのは、警蹕の声の添えられることによっていっそう強調される春のうららかなのどかさ、或いは折にふさわしく長久を願う古歌を口ずさむ伊周の才気に充ちた風姿など、極めて素直な美である。人間的な要素、知的要素といったものはある程度含まれてはいるが、言わば知的なひねりの利いた面白さを「をかし」と捉えるというようなものではなく、その意味で美的な含みが強いと言える。

「をかし」はまた、定子の宣耀殿の女御をめぐる語りの中に、定子の言葉として二例、語りについての感想としての女房の言葉に一例、各々現れている。「『さやはけにくく、おほせごとを、はえなうもてなすべき』とわび、くちをしがるもをかし」と、作者の感想としての「をかし」が、いわば知的なやりとりの面白味をめぐって出されているとみられるのは一例である。

『枕草子』の中関白家盛時の一日を描く章段における基調は、どちらかと言えばその素晴らしさをそのまま美的な意味で「をかし」というふうに捉える素直な明かるさにあること、そこにあっては「笑ふ」がむしろ例外的な言葉と考えられることなど、ひとまず押さえることができる。

二　〈明〉の時期の「笑い」

長徳元年（九九五）四月十日、入道先関白道隆の薨去を一応の境目として、〈定子サロン〉の明暗を時期的に分けることが許されるならば、〈明〉の時期に材を求めた章段には、相対的に「笑ふ」という言葉がやや少ない。（具体的な数については後に述べることにする。）そして、それらの相対的に少ない「笑ふ」という表現は、道隆など中関白家の人々におそらく共通する特色だったと思われる、猿楽言をめぐって用いられることの多いことにも注意したい。

道のほども、殿の御さるがう言にいみじう笑ひて、ほとほとうち橋よりも落ちぬべし。

（一〇〇「淑景舎、春宮にまゐりたまふほどのことなど」）

この段は、長徳元年二月の出来事を描いたものであると言われ、道隆薨去の僅か二箇月前のことではあり、その健康状態も既に思わしいものではなかったらしい[9]が、巨視的にみてなお当時中関白家の栄華が揺るぎなく輝いていたということは言えるだろう。道隆の「御さるがう言」に女房達は危うく橋から落ちそうになるほど「いみじう笑」ったというかたちで、ここに一例「笑ふ」が登場する。

東宮の女御原子と、帝の中宮定子という二人の美しい娘を前にした道隆夫妻、そして兄弟たちの華やかな喜びは、「例のたはぶれ言」、「さるがう言」に充ちたものとして象られてはいる。「いとにくさげなるむすめども持たりともこそ見侍れ」と「したりがほ」に戯れ、「なにがしが見侍れば、書きたまはぬなめり。さらぬをりはこれよりぞ間もなくきこえたまふなる」と東宮からの文を手にする淑景舎の顔を赤らめさせ、或いはまた、「とくきこしめして、翁、嫗に御おろしをだにたまへ」とふざける道隆。「うち笑みつつ例のたはぶれ言せさせたまふ」、「日一日、たださるがう言をのみしたまふ」とその様は描かれている。

　このように描かれている場面には、実際には猿楽言をめぐって笑いが溢れていたはずなのに、表現の上で「笑ふ」という言葉が殆ど出てこないのは何故だろうか。一方で、「うち笑みつつ例のたはぶれ言……」、「御面はすこし赤みてうちほほゑみたまへる」と、道隆や原子の「ほほ笑み」は記されるが、ここに想起されるのが柳田説である。「笑ふ」が「笑はれる相手のある時には不快の感を与へるもの」であるのに対し、「笑む」には「如何なる場合にもさういふことが無い(10)」という。猿楽言をめぐって用いられることの多い「笑ふ」という表現ではあるが、その場合も「笑ふ」という語の担う攻撃的ニュアンスの故にか、実際に溢れていた笑いの割には「笑ふ」という語での表現は少なかったということになろうか。

　華やかな喜びに充ちた一日は、そのまま直線的に「をかし」という美の世界に繋がるものにほかならず、「いとなまめきをかし《なまめかし(能因本諸本)》(11)」、「これはたおほやけしう唐めきてをかし」などと、この場面においても美的なものへの関心の強いあり方で「をかし」が用いられることも多いようである。そういう美の世界をいっそう分厚く盛り上げるための笑いとして、猿楽言をめぐっての一例が用いられていると考えられよう。

　一〇〇段においては、猿楽言を軸に実際に溢れていたはずの笑いが、「笑ふ」という表現に現れることが少なかったが、たとえば一二四段「関白殿、黒戸より出でさせ給ふとて」、一七九段「宮にはじめてまゐりたるころ」、またいわゆる積善寺供養を描く二六二段などでは「笑ふ」という語がかなり出てくる。

「昨日、今日物忌に侍りつれど、雪のいたく降り侍りつれば、おぼつかなさになむ」と申したまふ。「『道もなし』と思ひつるに、いかで」とぞ御いらへある。うち笑ひたまひて、「『あはれと』もや御覧ずるとて」などの

たまふ御ありさまども、これよりなにごとかはまさらむ。（一七九段）

この章段は、正暦四年（九九三）春または冬[12]の清少納言初出仕当時の事実を回想してのものであって、「かかる人こそは世におはしましけれと、おどろかるるまでぞまもりまゐらする」と、美しい中宮を中心とする栄えある環境の中での清少納言の初々しい感動が描かれる。右に挙げた箇所も、「これよりなにごとかはまさらむ」と清少納言の感嘆に充ちたまなざしが、「251山ざとは雪ふりつみて道もなしけふこむ人をあはれとは見む[13]」（『拾遺集』）の平兼盛の歌を下敷きにしての定子・伊周兄妹の気の利いた戯れをくっきりと捉えている。ここでの伊周の笑いは、「雪」ということから定子より思惑通りの返答が返り、それに間髪を入れずうまく答えようとする時の、兄妹の機智をめぐる満足感を示しているものであろうか。必ずしも狭義の猿楽言と置き換えられまい。けれども機智に充ちたやりとりの面白味、戯れの楽しさの中に出てくる笑いとして、この部分もまた考えることができるだろう。

一ところだにあるに、また前駆うち追はせて、おなじ直衣の人まゐりたまひて、これはいますこしはなやぎ、さるがう言などしたまふを、笑ひ興じ《うちしほめわらひけうし(能因本諸本)》、……（一七九段）

この記述では、はっきりと猿楽言である。道隆（或いは隆家）のそれに女房達の笑い興ずる様（能因本によれば「ほめわら」ふのは道隆）を写している。

一二四段における「あないみじのおもとたちや。翁をいかに笑ひたまふらむ《をこり(をこなり(一本))とわらひ給ふらん(能因本諸本)》」という道隆のふざけ方、二六二段に一二例現れる「笑ふ」の中で、たとえば、

「……われは宮の生まれさせたまひしよりいみじうつかうまつれど、まだおろしの御衣一つ賜はらず。なにか、しりう言にはきこえむ」などのたまふがをかしければ、笑ひぬれば、「まことぞ。をこなりと見てかく笑ひいますがはづかし」などのたまはするほどに、……

というふうな、盛運の中での得意と満足故の余裕に充ちた戯れなど、中関白家の栄華の日々の明かるい華やかな雰囲気、極めて緊密な一族の精神的な繋がりを、猿楽言をめぐっての笑いを通して描出しようとしているということであろう。華やかな美に彩られた「をかし」の世界を盛り上げ、いっそう豊かなものとするために、猿楽言を中心とする笑いが描き込まれているのである。

一二四段、一七九段などにおいてちなみに「をかし」と「笑ふ」という語の数を比べてみると、一二四段では「をかし」という直接表現は零、「笑ふ」三例、「ゑむ」一例、また一七九段では「をかし」三例、「笑ふ」四例という結果が出る。「笑ふ」の語数が「をかし」の語数を上まわって多く出てきており、その意味で「をかし」の世界を盛り上げ豊かなものとするための笑いというふうに、すべてを言い切ってしまって良いかどうか、やや問題が残るということも付け加えておく。

「ふせ」といふ釆女は、典薬の頭重雅が知る人なりけり。葡萄染の織物の指貫を着たれば、「重雅は色ゆるされにけり」など山の井の大納言笑ひたまふ。（二六二段）

猿楽言などにまつわらない笑いは、やはりいわば嘲笑の含みを持つ場合が多い。対象を笑う、或いは笑いものにするというかたちの表現も、この時期に取材する章段において見当たらないわけではない。

……つくろひそへたりつる髪も、唐衣のなかにてふくだみ、あやしうなりたらむ。……「まづ後なるこそは」などいふほどに、それもおなじ心にや、「しぞかせたまへ。かたじけなし」などいふ。「はぢたまふかな」と笑ひて、からうじて下りぬれば、よりおはして、……（二六二段）

ここでは清少納言は自分をその笑われ者の位置においている。勿論ごく軽い意味での笑われ者であり、ここでの笑いは嘲笑というほどの強い攻撃性は帯びてはいない。けれども、笑われ者の設定、或いは自らをそれに定位しての笑いなど、暗い時期に取材しての章段に頻発する笑いをめぐっての在り方は、既にここにも幾つかその例を見ることができるということを押さえておきたい。

定子の笑いは、中で「ゑむ」とも「笑ふ」とも表現されるが、どちらの場合も常に春の陽のような鷹揚な温かさで人を包んでいる。

中納言の君の、忌日とてくすしがりおこなひたまひしを、「たまへ、その数珠しばし。おこなひしてめでたき身にならむ」と借るとて集まりて笑へど、なほいとこそめでたけれ。御前にきこしめして、「仏になりたらむこそはこれよりはまさらめ」(14)とてうち笑ませたまへるを、まためでたくなりてぞ見たてまつる。（一二四段）

数珠を借りた人が道隆であるとすれば、彼の例の猿楽言をめぐっての女房達の笑いは賑やかだが、道隆の自信に充ちた戯れを、中宮は「仏になりたらむこそは」とさりげなく謙虚に受け躱しつつも、温かく見守りほほ笑んでいる。清女の道長への傾倒ぶりがほほ笑ましく、「『例の思ひ人』と笑はせたま」う中宮の姿も章段の末尾に書き留められている。散見される常に温かな定子の笑いもまた、後の時期に取材する章段の笑いにあって、より大きな意味を持ってくるものであることを付け加えておく。

三　六「大進生昌が家に」の「笑い」をめぐって——現実の再構成——

道隆薨去を一つの大きな転機として、中関白家の運命は暗転していく。六段「大進生昌が家に」は『日本紀略』『権記』『小右記』等によって、長保元年（九九九）八月の出来事に取材していることが明らかであるが、中宮職の三等官生昌第への淋しい行啓は、如何ばかりのものであったろうか。

（長保元年八月）九日《己未》……藤宰相《懐平》示送云、今日中宮可出御里第、而無上卿、只今不《衍カ》召仰供奉行啓之所司者、左府払暁引率人々、向宇治家、《自六条左府後家手、買領所也、》今夜可渡彼家云々、似妨行啓事、上達部有所憚、不参内歟、申剋許有急速召、仍参入、頭弁仰云、依中宮可出里第事、所召之《也カ》、而助所労早参、最有勤、但中納言藤原朝臣《時光》参入、仍仰事由先了者、歟《依カ》退出、

十日、《庚申》大外記善言朝臣云、去夕中宮出御前但馬守生昌宅、御輿、一宮乗糸毛車、件宅板門屋、人々云、未聞御與《興カ》出入板門屋云々、

（『小右記』[15]）

道隆の死、伊周・隆家の左遷、定子の剃髪という相次ぐ不幸な出来事を経て、定子の再度の懐妊はいささかの明かるい光を帯びてもいたろうが、里下りを前にしての道長のいやがらせめいた宇治行き、そして生昌第の板門屋（『枕草子』によれば四脚門）からの入御というみすぼらしさは、中関白家の一転した不運をくっきりと浮かび上がらせるものにほかならない。

六段に関してはさまざまの論考があるが、中で林和比古氏[16]、萩谷朴氏[17]などは、『小右記』長徳二年十月八日の条に「又帥京上告実既有其人、近則中宮大進生昌、是左府所被談説也、……入夜勘解由長官来云、被召問生昌云々、……」とあるところから、かつての伊周潜入を道長に告げた生昌その人への筆誅的意図をこの章段に読み取られる。筆誅的意図があるかどうかはとも角、六段において生昌が徹底的に嬲られ、揶揄されていることは確かだ。定子の非運の晩年近く、笑われ者生昌の定位と、それをめぐる笑いの様相を辿ってみよう。

実際に六段をみると、先に顧みた暗い歴史的現実の背景は全く読み取られず、背景を知る者にとっては不思議なほどの明かるさが漂っている。この現実と、表現されたものとの落差のただ中に〈笑い〉がある。全書本で四頁余の章段には「笑ふ」が一一例数えられるが、一〇例まで生昌をめぐっての笑いである。「さぶらはむはいかに」と

わざわざ問いかけながら、無骨者が夜清女の部屋を訪う滑稽を、女房達は「頭もたげて見やりていみじう笑」っている。「引きたてて往ぬる後に、笑ふことといみじう」とさらに重ねての笑いが示される。或いはまた、

　姫宮の御方の童の装束つかうまつるべきよしおほせらるるに、「この袙のうはおそひはなにの色にかつかうまつらすべき」と申すを、またわらふもことわりなり。

などと、汗衫と言えばこと足りるはずの生昌のまわりくどい言い方、表現の拙さも常に笑いの対象となるものではあった。

　このような生昌をめぐる笑いというものは、「さても、かばかりの家に車入らぬ門やはある。見えば笑はむ」との清女の言葉が端的に語っているように、門の狭さなどに現れた「いとにくく腹立たし」い現実を逆手に取っての嘲笑の姿勢であるが故に、底意地悪くも生き生きとしている。徹底的に生昌の無骨を揶揄し嘲笑う女房達は、言わば外の世界の異分子としての生昌を笑うことにおいて、生き生きとした相互の仲間意識を象られることになる。

　つとめて、御前にまゐりて啓すれば、「さる事もきこえざりつるものを。昨夜のことにめでて行きたりけるなり。あはれ、彼をはしたなういひけむこそいとほしけれ《をかしけれ(三巻本諸本)》[18]」とて笑はせたまふ。

けれども、六段はただそのような揶揄嘲笑の意地悪さを描くことに終わっているわけではない。右に挙げたのは、女房達に嬲られ揶揄された昨夜の生昌の話を聞いての中宮の笑いである。「いとほしけれ[19]」と温かく生昌の無骨な素朴さをかばいながら、にもかかわらず笑っている。生昌の無骨を面白がり笑うということにおいて、確かに清女を含めての女房達と感情を共有していながら、「いとほし」という温かな視線が加わることによって、その笑いが攻撃的な嘲笑からより豊かな広がりを持ったことに注意したいのである。

「なほ、例の人のやうにこれなかくないひ笑ひそ。いと謹厚なるものを」と、いとほしがらせたまふもをかし。

中間なるをりに、「大進『まづものきこえむ』とあり」といふをきこしめして、「またなでふことといひて、笑はれむとならむ」とおほせらるるもまたをかし。

定子は、笑われ者の生昌を常にいとおしがり、また女房達を軽くたしなめもする。そういう定子の行為は、但し「またなでふことといひて、笑はれむとならむ」というふうな、女房達の笑いを一面確かに肯定し半ば面白がる、その意味での感情の一体化に裏打ちされている。と同時に、その温かさによって、女房達の笑いの次元を豊かに越えている。それが、ここで「をかし」と捉えられているものの内容であろう。生昌をめぐる話に対する反応の温かな適確さを、清女は「をかし」と捉えているということである。

「さらにかやうのすきずきしきわざゆめにせぬものを、わが家におはしましたりとて、むげに心にまかするなめりと思ふも、いとをかし」という具合に、六段に現れる今三例の「をかし」は、すべてまた生昌の「をこ話」の面白さ、おかしさに関わって用いられたものである。六段において作者の目指した「をかし」の世界とは、笑いということに極めて深く関わるものであったと言えるだろう。「笑い」という屈折作用を経て、はじめて得られた「をかし」の世界なのであると換言することができる。

『小右記』等の記録の類によって、私どもは中宮をめぐる当時の状況を客観的にかなり詳しく知ることができる。その状況は、決してそのまま「をかし」と置き換えられるようなものではなかった。その時、「笑い」が場を得始める。無論、これは現実の中宮定子サロンの空気、就中逆境にあってなお自分を持する定子の類い稀な美質と深く関わる問題である。記録の物語る、言わば暗い現実の中にあっても、定子のサロンには実際にある種の明るさが漂ってはいたはずである。

清少納言は、それ故その現実の一面と不可分に結び付いたかたちで『枕草子』を書いたのであろうが、他を切り落としてその一面を取り上げ、「をかし」という視点で現実を再構成しているという意味において、それは決して実際の中宮定子サロンそのものの状況ではあり得ない。そしてそれは、清少納言が「陽性の人間であったため、陽性の事件記述に材料の選択なり表現が集中してしま」[20]ったということにも単純に繫がっていかないはずである。「笑われ者」を見出し、「笑い」によって強固な精神的繫がりのある共同体意識を回復し、その「笑い」の屈折作用によって「をかし」の世界を構築していくという在り方は、現実の一面を踏まえていると同時に、「枕草子」の表現の過程、方法でもあった。言い換えれば「をかし」の世界の構築のための一方法として、「笑い」をめぐる様相を位置付けることができるのである。

「わざと消息し、呼び出づべきことにはあらぬや。おのづから端つ方、局などにゐたらむときもいへかし」と
て笑へば、「おのがここちにかしこしと思ふ人の誉めたる、うれしとや思ふと告げ聞かするならむ」とのたま
はする御けしきも、いとめでたし[をかし(能因本諸本)]。

また、攻撃方法としての笑いを越えて、たとえば「大黒さまの笑いや、仏さまの笑い」[21]に繫がるような、定子の極めて東洋的な深い笑いをも描く六段は、そのような定子のおおどかなめでたさを讃美してしめくくられる。「笑い」による現実の屈折と、定子による「笑い」そのものの昇華、それを「をかし」と捉える清少納言の強固な美意識を覚えておきたい。

四　「笑われ者」としての清少納言

今見て来た六段は、定子の不遇の晩年期に取材し、「笑い」の屈折作用と「をかし」の世界の構築という在り方

を、典型的に表している章段だと言える。六段においては、「笑われ者」として定子サロンの人々の外に生昌が定位されてくるが、同様の「笑われ者」を描く章段として、一〇四段「方弘はいみじう人に」などを挙げることができる。となると、一〇四段は萩谷説[22]によって長徳二年（九九六）正月～長保元年（九九九）正月という道隆の死以後のことを描いたものと取りたくなるのだが、なお時期は確定的ではない。また九九段「雨のうちはへ降るころ」の信経に対する笑いなども、同種のものと考えることができる。

さて、「笑われ者」は外の世界にばかり置かれているのではない。清少納言は時に自分自身を「笑われ者」の位置に据えることによって、「をかし」を回復しようとすることがある。今、八三段「職の御曹司におはしますころ」によってその様相を辿ることにしたい。これは、長徳四年（九九八）十二月から長保元年（九九九）正月までのことを描いた章段だと言われる。長保元年二月の彰子の着裳の儀を考えても、この時期後見のない定子の前にそろそろ彰子の登場が問題となり始め、それは中関白家の凋落をなお徹底的にするものでもあったろう。

「『男山の峰のもみぢ葉、さぞ名は立つや、さぞ名は立つや』と頭をまろばし振る。いみじうにくければ、笑ひにくみて『往ね、往ね』といふに」等、乞食尼をめぐる三例の笑いを除き（乞食尼、常陸介をめぐるそれは、生昌の場合と同質と言える）、後半の雪山に関する箇所に六例出てくる笑いのうち、五例までは清女をめぐってのそれである。

また晝も夜も遣るに、十四日夜さり、雨いみじう降れば、これにぞ消えぬらむといみじう、いま一日二日も待ちつけでと、夜も起きゐていひ歎けば、聞く人も「ものぐるほし」と笑ふ。

正月十余日まで、師走に作った雪山が残っていようという清女の、自らいささか突飛に思われもした見通しを、「いま一日二日」のことと必死に現実のものにしようとするもの狂おしさが笑いの対象となるのである。その懸命な意気込みにもかかわらず、何故かその夕暮れまであった雪が消えてしまい、がっかりした清女は定子の御前にそれを報告する。

「身は投げつ」とて、蓋のかぎり持て来たりけむ法師のやうに、すなはち持て来しがあさましかりしこと、ものの蓋に小山つくりて、白き紙に歌いみじう書きてまゐらせむとせしことなど啓すれば、いみじく笑はせたまふ。御前なる人人も笑ふに、……

中宮も、そして御前の女房達も清女の話を笑うのには理由があった。夜、ひそかに侍達を遣わし雪を取り棄てさせたのはほかならぬ中宮だったのである。中宮の笑いは、「かう心に入れて思ひたることをたがへつれば罪得らむ」とか「いまはかくいひあらはしつれば、同じこと勝ちたるなり」など、清女の一途さに対する思いやりに充ちた言葉がその後に続く故、ここでもまた温かなものを感じさせはする。しかしそれでも、雪山に関しての清女の異様なまでの執心、中宮の計らいを知らずに悄気返る様など、清女が自らを中宮や女房達の滑稽な笑いの対象として位置付けていることに変わりはない。清女はそういう自分の滑稽さを、「まめやかにうんじ、心憂が」る様も付け加える。そして、主上さえその様をなお「笑はせたまふ」たのだった。

同様の、清少納言が自身を「笑われ者」とする在り方は、たとえば四七段「職の御曹司の西面の立蔀のもとにて」、七九段「かへる年の二月二十余日」などに辿ることのできるものである。清少納言が自らを道化めいた位置に据え、定子サロンの中に笑いを回復したのは、現実に果たした健気な彼女の、暗くなりがちなサロンにおける役割そのものだったのだろうか。清女の健気さ、もしくは自己顕示的な道化ぶりを云々することは今は問題でない。問題は、それを描くことによって「をかし」の世界に現実を再構成しようとした、『枕草子』の表現の方法なのである。

「はやくうせ侍りにけり」といふに、いとあさましく、をかしうよみ出でて、人にも語り伝へさせむとうめき誦じつる歌も、あさましうかひなくなりぬ。

八三段における「をかし」は四例あるが、純粋に美的な意味で用いられるのは一例で、右に挙げたような雪山に対するもの狂おしさ、それをめぐる笑いと深く関わるかたちで用いられることの方が多い。八三段においても、「をかし」が密接に人間関係と関わり、笑いを裏腹にするかたちで登場してくることを押さえておきたいと思う。(23)

五 「笑い」、定子の満足

「ところにつけては、かかることをなむ見るべき」とて、稲といふものを取り出でて、若き下衆どものきたなげならぬ、そのわたりの家のむすめなどひきゐて来て、五六人してこかせ、また見も知らぬくるべくもの二人して引かせて歌うたはせなどするを、めづらしくて笑ふ。（九五「五月の御精進のほど」）

中宮が職御曹司に住まれた長徳四年（九九八）の五月を描くこの章段にも、また「笑ふ」が一二例現れているが、右に挙げた笑いは、『枕草子』の笑いのある一面を端的に語るものであろう。清女らが「めづらしくて笑」う対象は、稲扱きをしながら歌う卑しい女達である。五月の田園に遊んでの笑いは明かるく陽性で、この場合嘲笑というほどの悪気もない。けれども明らかな優越感を下敷にしていることは、「にげなきもの　下衆の家に雪のふりたる。また、月のさし入りたるも、いとくちをし」（四三「にげなきもの」）と断じる清女における場合、相手の身分からはっきりとしていよう。相手に対する優越感を前提とし、それ故に笑うことによって自己回復をはかるという構造が、清女自身を含めての「笑われ者」の定位ということに深く関わっていることを確認しておく。

清女が自分をめぐる笑いを書き留めるのは、しかしながらそういう種類の「笑われ者」としての自己確認の場合だけではない。たとえば二八二段「雪のいと高う降りたるを」において、「少納言よ、香炉峯の雪いかならむ」との定子の言葉に間髪を入れず格子を上げ御簾を掲げることによって、「笑はせたまふ」と、定子に満足の笑みをもたらす様が描かれている。いわゆる「我ぼめ」にまつわる笑いである。定子の問いかけに対して、『白氏文集』の詩句を踏まえた適切で素早い反応をみせる自分を描き、それに対する定子の満足を笑いによって表すのである。この場合の定子の笑いは、やはり一面優越感を前提にするものでもあろうか。それ故にかえって清女の「我ぼめ」を和らげる効果も果たしているようだ。同様の構造は、二二四段「ほそ殿に便なき人」などにおいても辿ることができる。

おわりに

さて、中関白家凋落の時期に取材する章段が、すべて「笑ふ」を「をかし」にも上廻って多く含み持つということでは無論ない。一五六段「故殿の御服のころ」、二六一段「御前にて人人ともまたものおほせらるるついでなどにも」など、「笑ふ」よりも「をかし」が多発する章段もかなり見られ、その意味でとりあえず〈明〉と〈暗〉との時期に分けて考察してきたことへの疑問も残らないではない。

	〈明〉	〈暗〉
章段数（森本説による）	16	35
ヲカシ系	46	77
ワラフ系	33	84
エム系	6	4

上記の表は、全書本をもとに出したおおよその数値を記すものであるが、傾向として〈暗〉の時期に「笑ふ」という語が相対的に増えているということは読み取れると思う。おおよその傾向値の指し示すものを踏まえ、しかも実際に「笑い」をめぐって、生昌の章段に典型として現れるようなあり方をみる時、少なくとも凋落期における「をかし」の世界構築のための一方法として「笑い」の軌跡を捉えることの妥当性は諾われよう。

定子サロンにおいて、実際に笑いに関して〈暗〉の時期も〈明〉の時期と変わらなかったということはあり得ても、〈暗〉の時期の方により多くの笑いが溢れていたということは考えにくい。清少納言は中関白家の栄華の日々を描く章段にあって、ことに道隆等の人々の猿楽言に焦点を当て、その笑いの様相をいくらでも辿ることができたはずである。描かれた猿楽言をめぐる笑いは数の上からも多くないし、全体の中に占める位置としても重くはない。比べて確かに〈暗〉の時期の方に笑いは多く描かれ、そのことは「をかし」の世界の構築ということに密接に関わってくる。『枕草子』の強い美意識故の、この現実の再構成、一種の虚構化をめぐっての一方法を、「笑い」の関わる表現を通して垣間見ることができるのである。

注

（1）『枕草子』は『源氏物語』の約六倍の「わらふ」等の語を持つという。（田中重太郎「枕冊子における笑い」『清少納言枕冊子研究』（昭46　笠間書院）による）

（2）三巻本による数字である。

（3）萩谷朴氏の実録的章段という考え方もあるが（「三巻本枕草子実録的章段の史実年時と執筆年時の考証」『源氏物語・枕草子研究と資料』（昭48　武蔵野書院））、森本元子氏の日記的章段の分類に従って（『枕草子必携』昭42　学燈社）ここでは考察を進める。

（4）「笑の本願」『定本柳田国男集』㈦（昭37　筑摩書房）一六七頁。

（5）本文は、朝日日本古典全書に拠る。ただし問題とする「笑ふ」「をかし」などについては、『校本枕草子』（昭28～32　古典文庫）を参照し、能因本系統の本文との異同も適宜記す。

（6）『随筆文学』（昭43　至文堂）など。

(7)　(6)に同じ。
(8)　『ベルグソン全集』㊂（昭40　白水社）一八頁。
(9)　池田利夫「枕草子鑑賞一〇〇段〜一〇六段」『枕草子講座』㊁（昭50　有精堂）
(10)　前掲書二三一頁。なお「ほほゑむ」の場合は、微笑と苦笑いの両方があるという。（『岩波古語辞典』）
(11)　能因本（三条西家旧蔵本他諸本）においては「なまめかし」とだけある。この本文ではいっそうはっきりと美的関心のみであることが分る。
(12)　岩波日本古典文学大系『枕草子』補注参照。
(13)　本文は、新編国歌大観に拠る。
(14)　そのように解釈するためには「……と借る」までを「　」に入れなければならない。（小学館日本古典文学全集『枕草子』参照。）
(15)　本文は、増補史料大成に拠る。
(16)　「『生昌』の鑑賞」『枕草子の研究』（昭39　右文書院）
(17)　(3)参照。
(18)　古典全書の頭注に、能因本によりいとほしけれと改めたとある。
(19)　いとをかしければであるとすると、定子の、女房達との感情の共有の度合がなお強まることになる。
(20)　岸上慎二「枕草子の日記的文章について――『大進生昌が家に』の場合――」『語文』（昭44・12）
(21)　梅原猛氏はベルグソン等のヨーロッパの笑いに関する理論では、大黒さまや仏さまの笑いは説明できないとする。（『笑いの構造』（昭47　角川選書）一九六頁）
(22)　(3)参照。
(23)　勿論すべての〈暗〉の時期に取材する章段についてこのように言えるわけではない。

2 『枕草子』の美意識

はじめに

『枕草子』が「をかし」の文学として、その美意識を強固に主張する作品であることは今更言うまでもあるまい。「をかし」と評されるのは、うららかな春の陽射しの中に咲きこぼれる青い瓶に挿された桜の花々を前に「月も日もかはりゆけどもひさにふる三室の山の」（二一「清涼殿の丑寅の隅の」）[1]と長久を願う古歌を口ずさむ伊周の才気に充ちた風姿であり、また「月のいと明かきに、川を渡れば、牛のあゆむままに、水晶などの割れたるやうに水の散りたる」（二一八「月のいと明かきに」）という息を呑むような瞬間のきらめきである。さまざまな美の在り様《よう》が、日記的章段、随想的章段のそこここに鏤められ、一方「心ときめきするもの」に始まる類聚的章段に最も端的な形で示される。さらに美的類聚章段の裏側には、逆に醜・不快感を表す醜的類聚章段が「すさまじきもの」以下多数浮き彫られている。美の逆の状態である醜を象ることをも含めて、『枕草子』ほど美しさというものに終始こだわり続けた作品はあるまい。その意味で『枕草子』の美意識を問う作業は、自ずから『枕草子』の世界の本質、或いは表現の目指すものを探ることと表裏の関係にあると言ってよい。類聚・随想・日記の各章段を貫いて透き見える作品の美意識とは、外側から瞬間の断面を切り取る姿勢によってもたらされたものであり、『枕草子』の表現の本質、その論理もまたそこに垣間見られるのではないか、という見通しを持って以下考察を試みたい。

一　和歌的素材――「まつ」と「あかつき」と――

かならず来なむと思ふ人を夜一夜起き明かし待ちて、暁がたにいささかうち忘れて寝入りにけるに、烏のいと近く「かか」と鳴くに、うち見あげたれば昼になりにける、いみじうあさまし。　（九三「あさましきもの」）

右の件《くだり》は、まことに鮮やかに『枕草子』の姿勢というものを垣間見せてくれるものの一つである。男の訪れを寝もやらず待つ女の心情は『古今六帖』に「人をまつ」なる項目が立てられていることからも明らかなように、歌の世界で『万葉集』以来繰り返し詠まれ、また王朝文学にとりわけ深められた命題だった。『蜻蛉日記』には、かの「なげきつつひとり寝る夜のあくるまはいかに久しきものとかは知る」の歌はもとより、「うちとけたる寝もねられず、夜長うして眠ることなければ」（上巻天暦十年秋）[2] 等、来ぬ人への嘆きが散文の中にひたぶるに脈打つように形象化されている。道綱母の問題を受け継ぐとおぼしき六条御息所をめぐって、『源氏物語』は「いとどかくつらき御夜離れの寝ざめ寝ざめ、思ししをるること、いとさまざまなり」（夕顔㈠一三二頁）と記す。

九三段には、「かならず来なむと思ふ人」とある。それ故先の『蜻蛉日記』の例、また「774今は来じと思ふものから忘れつつ待たるることのまだもやまぬか」の『古今集』[3]歌の如く、来ぬ人を諦めつつなお待つといったいっそう深刻な心情にはやや距離がある。けれどもともあれ「いま来む」といった男の言葉を頼みに待つ女もまた、「771いま来むと言ひて別れし朝より思ひくらしの音をのみぞ泣く」(『古今集』)、「1259今こむといひしばかりをいのちにてまつにけぬべしさくさめのとじ」(『後撰集』(4))等、痛切にその心情を象られている。或いは『蜻蛉日記』の「待つほどの昨日すぎにし花の枝は今日折ることぞかひなかりける」(上巻天暦十年三月)の歌は、あてにしていた桃の節句の兼家の訪れの思い通りでなかった失望を詠んだものであった。

即ち、「かならず来なむと思ふ人」を待ち明かすという九三段の一節の素材そのものは、深い諦めの中にしかしなお待たずにいられぬという状態ほどの深刻さは持たぬにしても、和歌的伝統の中で嘆きと結び付いて詠まれ続けたものと同質であると言い得る。ところが『蜻蛉日記』にせよ『源氏物語』にせよ、「待つ嘆き」という和歌の視座をそのまま散文の中に深め刻んでいるのに対し、『枕草子』は「嘆き」を言葉の表層に片鱗も留めることをしていない。男の言葉を頼んで、どんなに一心に懸命に待つ女とても、一睡もしないというわけではなかろう。暁方のまどろみがふと訪れる。と、鳥の鳴き声に気付いてみれば昼になっていた、という叙述には一種の乾いた皮肉な滑稽味が漂っている。そこには、「かならず来なむと思ふ人」を待ち明かした女の心中の深み、嘆きを詠嘆的に共有する姿勢は欠落している。それを一歩離れたところから、「いみじうあさまし」と極めて客観的に見つめる時、涙を裏側に一杯に湛えているはずの光景、それ故に繰り返し詠み重ねられた和歌の恰好の素材は、新たな角度からの照明により不思議な滑稽味を放ち始める。

恋をめぐって「人をまつ」に対置される『古今六帖』の項目に「あかつきにをく」がある。いわゆる後朝、暁の別れに纏わる恋の情趣もまた、待つ嘆きと並んで、さまざま詠まれ続けたものであった。『枕草子』六〇段「暁に帰らむ人は」にもまた、女にとっての理想的な後朝の男の在り方が纏綿たる情趣漂う場面の中に形象化されている。

けれども、「人はなほ暁のありさまこそをかしうもあるべけれ」との視点からあるべき暁の別れが述べられる時、作者の位置は、後朝の男女の詠嘆から一歩離れたところに在ると言い得る。「……げにあかずもの憂くもあらむかしと見ゆ」「……なにわざすともなきやうなれど、帯などゆふやうなり」など、作者はあくまでも理想の後朝の男女を一歩離れた視座から客観的に見、窺っている。

それ故にこそ、あるべからざる後朝の男の振舞いがいっそうの鮮やかさをもって続き述べられるのであろう。「いときはやかに起きてひろめきたちて」、そそくさと身繕いを済ませ、扇や畳紙のありかを小暗さの中で慌しく探しまわり、揚句の果て吹き出た汗を「ふたふたと」煽ぎおさめ帰っていく男の姿は、見事に戯画的である。男が慌しく女の許を去るのが、「思ひ出どころありて」という具合に別の恋人への、より強い関心からであってみれば、この戯画化された場面の裏側には、実は深刻な女の涙が潜められているはずである。その哀婉な涙に詠嘆する視座からではなく、和歌的素材を新しい角度から照らし見る『枕草子』の叙述には際やかに乾いた滑稽味が漂っている。

『枕草子』が「山は」等の歌枕の存在と密接に結び付く類聚的章段はもとより、和歌の世界と深い関わりを持つものであることは言うまでもない。しかしその美意識が和歌のそれに覆われていると言い切ることには異論がある。『枕草子』の美の新しさは、言わばほかならぬ和歌的素材への切り込み、再構成の姿勢の新鮮さによってもたらされるはずのものではなかったか。

二　「をかし」の視座

「をかし」とは「動詞ヲキ（招）の形容詞形。好感をもって招き寄せたい気がするの意[5]」であるという。「招き寄せたい」＝「をかし」という感覚においては、その対象は外側にある。根来司氏は「主体と対象とが生活的行為的な持続的関係を持たないところに現われる(6)」のが「をかし」の感覚であって、『枕草子』の「をかし」の美意識を支える理知的な技巧が、「見立て」であると説かれる。「見立て」のみにその美意識の基盤を求め得るかどうかはさて措き、「をかし」が客観的に知的に対象を見る時にもたらされる感覚であることの指摘は重要であろう。

先に触れた九三・六〇各章段の一節は、こうした『枕草子』の「をかし」の視座を支える固有の姿勢を際やかに示すものにほかならない。常に対象を客観的に、知的に見取る視座から発せられた『枕草子』の美を捉える方法によって、「をかし」は形作られる。その故にも、作者の筆は美の裏側の醜に目を転じる時、いっそう知的に躍動を始めるのであろう。『枕草子』には、実は美を表す言葉よりもはるかに多様で豊富な醜を表す言葉が使用されているのだという(7)。ほかならぬ和歌的素材への、この外側からの新しい姿勢による取り組み方こそが、『枕草子』の切り開いた固有の世界であった。これを言い換えれば、「『をかし』をそえるだけで清少納言は和歌の世界を大きく越えた(8)」ということになる。

三　一瞬の組み合わせ

『枕草子』の美が、「諸種の条件がある一定の事情のもとに結合されたる短少なる時間の截断面(9)」に現れていることは、繰り返し説かれてきたところでもある。周知の第一段、各々の季節は各々の時間と組み合わせられることにより、はじめて美を主張し始める。そしてまた、冬の早朝の凛冽な美の定位に続き、「昼になりてぬるくゆるびもていけば、火桶の火も白き灰がちになりてわろし」とあることにより、その組み合わせの一時、或いは一瞬が、ほんの少しの時の移ろいにも変化してしまう危うい緊張を孕んだものであることが証し立てられる。『枕草子』が、しばしば「ひろごりたる」柳（三「正月一日は」）や、「秋のはて」の薄（六四「草の花は」）などを、「うたて」「見どころな」しと評するのは、「をかし」と評価される状況が、僅かな時の移ろい、仄かな条件の変化によって崩れ去る、一瞬の緊張の上に打ち立てられたものであることを逆に窺わせるのである。

四　野分をめぐって

1　野分のまたの日こそ、いみじうあはれにをかしけれ。立蔀、透垣などの乱れたるに、前栽どもいと心苦しげなり。おほきなる木どもも倒れ、枝など吹き折られたるが、萩・女郎花などの上によころばひ臥せる、いと思はずなり。格子の壺などに木の葉をことさらにしたらむやうにこまごまと吹き入れたるこそ、荒かりつる風のしわざとはおぼえね。（一九一「野分のまたの日こそ」）

2　九月ばかり、夜一夜降り明かしつる雨の、今朝はやみて朝日いとけざやかにさし出でたるに、前栽の露はこぼるばかり濡れかかりたるも、いとをかし。（一二五「九月ばかり」）

2の例は、ここでは野分ならぬ九月の夜の雨の翌朝という設定であるが、あたかもこの二カ所を意識しつつ刻まれたかに見える『源氏物語』の野分の翌朝の叙述がある。野分をめぐり『源氏物語』と比較することにより、瞬間を截断する『枕草子』の美の特質を顧みたい。

a　おはしますに当れる高欄に押しかかりて見わたせば、山の木どもも吹きなびかして、枝ども多く折れ伏したり。草むらはさらにも言はず、檜皮瓦、所どころの立蔀透垣などやうのもの乱りがはし。

b　日のわづかにさし出でたるに、愁へ顔なる庭の露きらきらとして、空はいとすごく霧りわたれるに、そこはかとなく涙の落つるをおし拭ひ隠して、うちしはぶきたまへれば、……　（野分(三)　二六二―二六三頁）

吹き荒れた野分が暁方に少し収まって、と、むら雨が降り出した。a―bは野分の翌朝の六条院の光景を、夕霧の目から捉えたものである。1―a、2―bという具合に対応を見ることができるように思う。既に神尾暢子氏(10)、木村正中氏(11)の説かれるように、「野分」は和歌的抒情と必ずしも関わらぬ日常語であった。「野分のまたの日」の美を発見したのは、おそらく『枕草子』だった。一方、和歌的抒情の伝統を負ったはかなさの象徴としての「露」を離れて、雨の翌朝の陽射しの中でのその煌めきは、とりわけ『枕草子』の捉えた一瞬の光芒であった。その意味で『源氏物語』は、この同時代の女流の「野分のまたの日」、或いは雨上がりの朝の陽射しの下での露に向ける鋭い美的感覚を、おおよそ意識しながら、物語の中に野分の翌朝の場面を刻んだと言ってよい。吹き折られた枝、倒れた木、立蔀、透垣の乱れた様、そして陽射しに煌めく露など、記述の対応を指摘し得ると同時に、細部に各々の作者らしいまなざしが息衝いていることも言を俟たない。『枕草子』があくまでも対象の隅々を見ることにこだわり、木の葉の吹き寄せたささやかな格子の壺に息を凝らすのに対し、『源氏物語』は、「さらにも言はず」「もの乱りがはし」と、あたかもおぼろな照明の許でのまなざしを感じさせる言葉に留めている。そのことは、『源氏物語』が「けざやかにさし出でたる」朝日ではなく、霧の中の僅かな光の中で、煌めく露を見つめていることとも関わろう。

薄い紗幕を通してものを見るかのような『源氏物語』の在り方に対し、微細なものまでもありありと明かるい照明の下で見取るかのような『枕草子』の在り方の特質を細部に確認する一方、ここに今一つ大きく押さえておかねばならぬのは、夕霧の心中の「暗い情熱(12)」の表象である「愁へ顔なる庭の露」なる語の『源氏物語』における存在である。それは、昨日、端近な所で野分吹き荒れる萩の庭を心配げに見ていた紫の上を垣間見ることによって、沸き起こった夕霧の情念の嵐に裏打ちされるが故に、「愁へ顔なる」露なのであった。『源氏物語』における野分とは、夕霧の心の密かに不逞な情念の嵐の象徴であり、その嵐の時間を引き摺りながら形象される野分の翌朝の場面なのであった。『源氏物語』の美は、作中人物の中に流れた時間と深い関わりがあるのだという。(13)

比べる時、『枕草子』の瞬間の断面の切り取り方の、一種無機的な特色が浮かび上がる。「いと濃き衣のうはぐもりたるに、黄朽葉の織物、薄物などの小袿着てまことしう清げなる人」なる登場人物は、あくまでも「野分のまたの日」の情趣をいっそうのものにするための美しい点景であって、その人の心中の嵐といった問題と、野分とは無縁である。また、それ故にもその人の中に吹き荒れた野分から、その「またの日」への時間の流れが美を成り立たせているわけではない。切り取られた断面は、「野分の前の日」でも「野分の日」でもなく、「野分のまたの日」であることによって、「いみじうあはれにをかし」とされるものである。その移ろいやすい一瞬を、時間の流れの中の人事、人の心情を断ち切って鋭利に捉えるところに、一つの世界を一瞬に封じ込めた『枕草子』の深い緊張の相が浮かび上がってくる。

五　笑いをめぐって

『枕草子』の世界は、中宮定子の存在を抜きにしては考えられない。『枕草子』の美意識を支えるものは、定子後宮・中関白家につちかわれた風儀であると説かれ、(14)さらに『枕草子』全体を定子後宮の文明の記録と読むべきことが説かれる。(15)

こうした立場から、日記的章段に現実にあったはずの中関白家の凋落の日々が影さえ見せていないことを、定子への絶対的帰依の故とみることには必ずしも従えないが、清少納言の美意識が定子のそれと緊密な関係を持つものであることは認めるべきだろう。そして定子その人の美意識と深く結び付いた作者の美意識の、強固な主張による現実の再構成をこそ、華やかに明かるい日記的章段に見取るべきではないか。その現実の意図的再構成、一種の虚構化の方法が、とりわけ「笑い」をめぐる叙述の中に浮かび上がってくるように思われる。

長徳元年（九九五）四月十日、入道前関白道隆の薨去を一応の境目として、定子サロンの明暗を時期的に分けることが許されるならば、「明」の時期に材を求めた章段には次に見るように相対的に「笑ふ」という言葉がやや少ない。

	〈章段数〉	〈ワラフ系〉
「明」	一六	三三
「暗」	三五	八四

『日本古典全書』本をもとに出した右の表のおおよその数値を顧みるならば、傾向として「暗」の時期に「笑ふ」という語が相対的に増えているということは読み取られると思う。これは何を意味するものであろうか。

正暦五年（九九四）春のいわゆる中関白家盛時の出来事を語るものと考証されている、二一「清涼殿の丑寅の隅の」なる章段は、『日本古典全書』本で六頁に亙る長いものであるが、一例のみ「笑ふ」の語が登場する。

　清涼殿の丑寅の隅の、北の隔なる御障子は、荒海の絵《かた》、生きたるものどものおそろしげなる、手長足長などをぞかきたる、上の御局の戸をおしあけたれば、つねに目に見ゆるを、にくみなどして笑ふ。

「笑は一つの攻撃方法である」[16]と説かれるが、その笑いの攻撃性というものが、「にくむ」という積極的なエネルギーを持つ語と結ぶことにより増幅されていると言うべきだろう。おそろしげな絵のもたらす恐怖を交えた嫌悪感を、その対象を逆に笑うことによって吹き飛ばし乗り越えようという感覚である。『枕草子』にはこの他「笑ひにくむ」（三三・八三段）、「にくみ笑ふ」（八三段）という二語の結合の例が辿られ、この固有の結合の様相は『枕草子』の笑いの本質と密接に結び付いてくるように思われる。

中関白家の文字通りの「春」を描くこの章段には当然のことながら、「警蹕など『おし』といふ声聞ゆるも、うらうらとのどかなる日のけしきなど、いみじうをかしきに、はての御盤取りたる蔵人まゐりておもの奏すれば、なかの戸よりわたらせたまふ」などありのまま眼前にするだけでうっとりとする素直な美しさが、「をかし」の語によって取り押さえられ溢れている。その「明」の時期には一例しか必要でなかった「笑ふ」が「暗」の時期、その攻撃性の故にも呼び込まれてくることになる。

道隆薨去を一つの大きな転機として、中関白家の運命は暗転していく。「大進生昌が家に」（六段）は、長保元年（九九九）八月の出来事に取材していることが明らかだが、中宮職の三等官生昌第への淋しい行啓は、如何ばかりのものであったろうか。『権記』『小右記』等の史料によれば、道隆の死、伊周・隆家の左遷、定子の落飾という相次いでの不幸な出来事を経て、中で仄かな明かるさを帯びてもいたであろう定子再度の懐妊をめぐってさえ、実は里下りを前にしての道長のいやがらせめいた宇治行き、そして生昌第の板門屋（『枕草子』によれば四脚門）からの入御という惨めさに彩られていた中関白家の非運がくっきりと浮かび上がる。ところが実際に六段をみると、その暗い歴史的現実の背景は全く読み取られず、背景を知る者にとっては不思議なほどの明かるさが漂っていることに気付かされる。この現実と、表現されたものとの落差のただ中に「笑い」がある。

『日本古典全書』本四百余の章段に数えられる一一例の笑いは、内一〇例まで「姫宮の御方の童の装束つかうまつるべきよしおほせらるるに、『この衵のうはおそひはなにの色にかつかうまつらすべき』と申すを、またわらふもことわりなり」等、無骨な生昌を揶揄し嬲ることをめぐって使われているものである。惨めな現実を「笑ふ」ことによって逆手に取った時、はじめて「中間なるをりに、『大進、まづものきこえむ、とあり』といふをきこしめして、『またなでふことといひて、笑はれむとならむ』とおほせらるるもまたをかし」など、女房達の嘲笑を半ば肯定しつつもたしなめる温かな定子の在り方を、「をかし」と評することができたのだった。

逆境にあって、なお自分を持する定子の類い稀な美質が、ある種の明かるさをそのサロンにもたらしていたことも事実であろう。清少納言は、それ故定子の矜恃の支える美意識、現実の一面と不可分に結び付いたかたちで『枕草子』を書いたのではあろうが「暗」の時期により多くの笑いが溢れていたということも考えにくい。中関白家の栄華の日々を描く章段にあっては、ことに道隆等の人々の猿楽言に焦点を当て、その笑いの様相をいくらでも辿ることができたはずであるが、その用例は必ずしも多くなく、また全体の中に占める位置も重くない。「暗」の時期に、かえって「笑い」が増すのは、その屈折作用により「をかし」の世界を構築するための『枕草子』の表現の方法と考えざるを得ない(17)。

六　定子の美

言い換えれば『枕草子』のはなばなと明かるい日記的章段は、作者の強固な意図によって、極めて意識的に表現を選び取られ、再構成された現実を描くものだということになろう。二一段の「げに千歳もあらまほしき御ありさまなるや」という嘆息は、瞬時のうちに移ろう中関白家の春へのそれ故のいとおしみをほの見せる。或いは「うちとくまじきもの」(二八八段)に挙げられる「船の路」が、うららかな海の一転して嵐となる表裏を持つことの描写など、「一見平穏と安定に満ちた世界が、裏側に暗い不安に満ちた世界を秘めている」[18]ことを示唆する叙述が散見される。そしてまた、「ただ過ぎに過ぐるもの」（二四四段）とは、海の彼方に遠ざかりゆく「帆かけたる舟」にも似た「人の齢」なのだった。併せ顧みれば、まさに『枕草子』日記的章段は、移ろい変化するものへの涙を裏側に一杯に潜め湛えながら、それ故にすべての政治状況を切り捨て、瞬間の断面を限りなく美しく意識的に構築したものであることが浮かび上がる。

紅の御衣どものいふもよのつねなる袿、また張りたるどもなどをあまた奉りて、いと黒うつややかなる琵琶に、御袖をうちかけてとらへさせたまへるだにめでたきに、……（九〇「上の御局の御簾の前にて」）

定子の美しさは、常に華麗な衣裳の色に映えるものとして捉えられる。現実にあったはずの尼姿・喪服姿、また『紫式部日記』に刻まれた産褥の彰子の白一色の衣裳に対応する色の無い定子の姿は、一度も描かれることがない。[19]紫式部が鈍色や黒、白などの衣裳に清澄な美を見出しているのに対し、「宮は、白き御衣どもに紅の唐綾をぞ上にたてまつりたる。御髪のかからせたまへるなど、絵にかきたるをこそかかることは見しに、うつつにはまだ知らぬを、夢のここちぞする」（二七九「宮にはじめてまゐりたるころ」）など、清少納言がくっきりと対照的に鮮やかな配色、色とりどりの衣裳を好んで書いていることは自明である。

けれども、清少納言とて色のない世界に無関心なのではない。

男も、女も、若く清げなるが、いと黒き衣着たるこそあはれなれ。（一一五「あはれなるもの」）

若く美しい男女の喪服姿に鮮烈な美を感じている叙述がある。にもかかわらず『枕草子』は限りない憧憬の対象であった、若く輝くばかりに美しい定子の喪服姿に目を向けることをしていない。この乖離の中から作者の強い意識が立ち上ってくる。即ち、瞬時の後には崩れ去るものなればこそ、自らの美意識による至上の組み合わせ——色とりどりの衣裳に包まれ、陽射しの下華やかにほほ笑む定子の姿——のみを選び取り、瞬時を封じ込めなければならなかったのである。喪服姿の定子は、作者のその組み合わせの美意識においては、おそらく「すさまじきもの」に繋がる故に排除されることになるのだった。

七　見ること——結びに代えて——

かく、人にことならむと思ひこのめる人は、かならず見劣りし、行くすゑうたてのみはべれば、艶になりぬる人は、いとすごうすずろなるをりも、もののあはれにすすみ、をかしきことも見過ぐさぬほどに、おのづから、さるまじくあだなるさまにもなるにはべるべし。

（『紫式部日記』九〇頁）

周知の、紫式部の清少納言評の一節に、興あることを「見過ぐさぬ」とあるのは注目してよいことだろう。対象を、外側から無機的客観的に見、瞬間の断面を切り取り、美醜にこだわり見続けること、繰り返し述べてきた『枕草子』の世界はそこにある。紫式部は、その意味で深く清少納言の本質を知っていたと言い得る。同時に、たとえば童女御覧に際し「われもわれもと、さばかり人の思ひてさし出でたることとなればにや、目うつりつつ、劣りまさりけざやかにも見え分かず。今めかしき人の目にこそ、ふとものけぢめも見とるべかめれ」（六五頁）など、現代的センスを身に付けた人なら童女の優劣も判別できようが、自分には見分けられないと、感じ述べる人故に、あくまでもけざやかに美の組み合わせを見取り主張する清少納言への反発は、大きくならざるを得なかったということであろう。

紫式部が「見え分かず」と述べるほかなかったのは、またしばしば指摘される、対象を見る目が反転して自分に立ち戻っていくという固有の思考構造と無縁でない。昼日中、扇で満足に顔を隠すこともできず人前を歩かせられる童女の姿に、作者は宮仕え人としての自身を重ねる故に「胸つぶれ」優劣を見分ける姿勢を取り得なかった。清少納言の視覚はこの対極にある。「二つ三つばかりなるちごのいそぎてはひ来る道に、いとちひさき塵のありけるを、目ざとに見つけて、いとをかしげなる指にとらへて大人などに見せたる」「蓮の浮葉のいとちひさきを池より取りあげたる」（一四六「うつくしきもの」）等、清少納言の視覚が如何にも細かな小さなものにまで鮮明であり得たのは、対象の内面に入り込む一歩手前で踏み留まるという意味での、対象への客観性、無機性に因る。

『枕草子』は、おおよそ和歌の世界に生き続けた素材に、無機的な視覚をもって切り込み、瞬間の断面に永遠を封じ込めるという方法で固有の世界を構築した。流れる時間への詠嘆を担ったという意味での和歌的美意識は、『源氏物語』の方に流れ込んでいる。鮮やかに瞬間を截断する『枕草子』の美意識は、一方移りゆくものへの涙を裏側に湛えるが故に、見事に無機的に瞬間を定位させる。時間への取り組み方のこの二つの方法は、各々に固有の美の世界を深め刻んでいる。

注

（1）本文は、朝日日本古典全書に拠る。
（2）本文は、小学館日本古典文学全集に拠る。
（3）本文は、旺文社文庫に拠る。
（4）本文は、新編国歌大観に拠る。
（5）『岩波古語辞典』（昭49）一四一三頁。

（6）『平安女流文学の文章の研究　続編』（昭48　笠間書院）一〇五頁。
（7）三田村雅子「枕草子の美」『図説日本の古典6　蜻蛉日記・枕草子』（昭54　集英社）
（8）杉山康彦「枕草子の美意識(二)」『枕草子講座』(一)（昭50　有精堂）
（9）風巻景次郎「自然観照における新傾向の発生——『枕草紙』における自然観照の性質——」『風巻景次郎全集』(六)（昭45　桜楓社）
（10）「王朝語『野分』の多元的考察」（『王朝』昭47・5）、なおこの辺りの問題については、I(2)4「『源氏物語』の物語論・美意識」にも触れている。
（11）「清少納言と日記文学」『枕草子講座』(一)（昭50　有精堂）
（12）小学館日本古典文学全集頭注。
（13）沢田正子「源氏物語の時間と美意識」『平安時代の物語と和歌』（昭58　桜楓社）、のち『枕草子の美意識』（昭60　笠間書院）所収。
（14）秋山虔「美意識——それを支えるもの——」『枕草子必携』（昭42　学燈社）
（15）石田穣二「枕草子」『講座日本文学3　中古編1』（昭43　三省堂）
（16）柳田国男「笑の本願」『定本柳田国男集』(七)（昭37　筑摩書房）
（17）この辺りの問題については、II1「『枕草子』日記的章段の「笑い」をめぐって」に詳述した。
（18）三田村雅子「枕草子の表現構造——日ざしと宮仕え讃美と——」『中古文学』（昭55・4）、のち『枕草子　表現の論理』（平7　有精堂）所収。
（19）伊原昭「枕草子の回想段について——定子の美をとおして——」『日本文学研究』（昭53・11）

III 『更級日記』の展開

1　更級日記の始発――少女のまなざしをめぐって――

はじめに

『更級日記』は、おそらく康平元年（一〇五八）十月の夫橘俊通の死を何らかの契機として、作者の晩年に回想執筆されたものとみてよかろう。東国から都への旅の記のみを、上京後間もない時期に別箇に成立したものとする見方もあるものの、(1)原郷としての東国回帰を語る旅の記を冒頭に据えることで、作者の人生を遙かに見通し、その現在の意味を問おうとする、との『日記』全体の構造の中での旅の記の位置付けはおおむね動かせまい。(2)となると、いかにもみずみずしい魅力を湛える旅の記を中心とする少女の日々は、(3)もとより詠草、覚書といった資料を手掛かりにしつつも、四十年に近い歳月を中にして、晩年の作者によって刻まれたことになる。

取り込まれた少女のまなざしは、現実の少女の時間そのものと結ぶものであるより、歳月の濾過作用を経て再構築されたものであった。東国と都とに架橋し、自らの生の始発を問うという意味で、王朝女流文学の中に珍しく立ち現れる少女の日々の浮刻は必然なのだろうが、内省の始発として、恋や結婚、或いはまた宮仕えに対した時《とき》ではなく、ほかならぬ少女、子どもという時期が選び取られたことの意味を、今一度思い深めることができまいか。『更級日記』の刻む少女の日々は確かにこの上なく懐かしい温もりを湛えるが、少女、子どもとは、無垢、あるいは純潔な存在として限りない郷愁をそそるものに留まるわけではもとよりなかった。輝く無垢を担うと同時に実は、「いまだ秩序の中に組み込まれていない者として、その存在自体から、そもそもが反秩序性をしるしづけられている」のが、子ども、少女というものであるという。

作者は、極めて意図的に少女の日々、少女のまなざしを『日記』の始発に据えることで、既成の美意識や秩序の枠をおおよそ越える自在な視座をはじめて得ることができたのではなかったか。歳月の濾過作用をなお突き破って立ち現れる、少女のまなざしの奔放な自在さの掘り起こしたものをひとまず辿りみたい。それはまた『更級日記』全篇を底流し貫くものとも繋がるはずである。

（4）（5）（6）

一　「宵居」の時空

あづま路の道の果てよりも、なほ奥つ方に生ひ出でたる人、いかばかりかはあやしかりけむを、いかに思ひはじめけることにか、世の中に物語といふもののあんなるを、いかで見ばやと思ひつつ、つれづれなる昼間宵居などに、姉継母などやうの人々の、その物語、かの物語、光源氏のあるやうなど、ところどころ語るを聞くに、いとどゆかしさまされど、わが思ふままにそらにいかでかおぼえ語らむ、いみじく心もとなきままに、等身に薬師仏を造りて、手洗ひなどして、人まにみそかに入りつつ、「京にとく上げたまひて、物語の多くさぶらふなる、あるかぎり見せたまへ」と、身を捨てて額をつき祈り申すほどに、十三になる年、のぼらむとて、九月三日門出して、いまたちといふ所にうつる。

（『更級日記』一三―一四頁）

東国の地にあっての、物語への渇くような憧れから説き起こされる、周知の『更級日記』冒頭を右に掲げた。「つれづれなる昼間宵居」の時間は、作者にとっては物語の時間であった。姉と継母上総大輔が、『源氏物語』をはじめとする物語についてあれこれ語るのに、胸をときめかせながら耳を傾ける一〇余歳の少女がいる。何をするでもない昼間、あるいはまた夕食後の一時《ひととき》、物語をめぐる話題に花を咲かせる一つの温もりに充ちた受領の家族の風景が浮かび上がる。温もりに包まれながら、にもかかわらず渇くような憧れと、さらに、思うように物語に触れることのできないもどかしさとに身を苛まれる少女の姿には、この時期に固有の、護られた中でのひそやかな魂の孤独と、それ故のエネルギーとが見事に鮮やかに託されていると読み得よう。

さて、ここにみえる「宵居」の語にしばらく注目したい。「宵居」とは、「宵に起きていること。また、その時」（小学館『古語大辞典』）と説明され、また、古代においては、「よひ」「よなか」「あかとき・あかつき」と夜を三分する発想がみえることから、「宵」の時間の幅は自ずから広がり、かなり遅い時刻までを含めるものとなるという。「宵居」なる語は、実は『源氏物語』に四例みえるものの、『竹取物語』『宇津保物語』『伊勢物語』『大和物語』『枕草子』『和泉式部日記』『紫式部日記』といった作品には見当たらず、(7)ある程度特殊な語であることを窺わせる。『源氏物語』以前の作品に唯一みえるのは『蜻蛉日記』の語例である。

大夫、柧棱《そば》の紅葉のうち混《まじ》りたる枝につけて、例の所にやる。

夏山の木の下露の深ければかつぞなげきの色もえにける

返りごと、

露にのみ色もえぬればことのはをいくしほとかは知るべかるらむ

などいふほどに、宵居になりて、めづらしき文こまやかにてあり。二十余日いとたまさかなりけり。あさましきことと目慣れにたれば、いふかひなくて、なに心なきさまにもてなすも、わびぬればなめりかしと、かつ思へば、いみじうなむ、あはれに、ありしよりけに急ぐ。

（下巻・天禄三年六月）(8)

一八歳となった道綱（大夫）は、「大和だつ女」（例の所）と歌を交し合う。そうした息子の成長ぶりを見守る母としての道綱母の日常を、珍しく兼家からの「こまやか」な文が驚かした。その文が届けられたのが、ほかならぬ、とある「宵居」のことであったという。夜半まで起き居てのつれづれに届いた兼家の手紙は、いつになく道綱母の気持ちを和らげ、夫もまたそれなりに心を労しているのだろうと、「ありしよりけに」返事を急ぐのだった。実は、この唯一の「宵居」の語例は、底本である宮内庁書陵部本では、もともと「よにゐ」とあるのを校訂したものであり、『全注釈』の提言以来、『全集』『講談社学術文庫』『集成』『新大系』等、近年の注釈書のおおむねはこれを採用している。

校訂本文という意味で疑問は残るのだが、ここにみられる夫から顧みられぬつれづれの夜半までの時間、或いはその折に届くある情報との、「宵居」をめぐる設定は、次に述べる『源氏物語』の四例とおおよそ符合するものを既に担っている。『蜻蛉日記』から『源氏物語』へ、という当該語をめぐる流れを認めたいところだが、どうだろうか。ともあれ、『源氏物語』の用例に目を向けたい。

A　おのがじしうち語らひ嘆かしげなるを、つゆも見知らぬやうに、いとけはひをかしく物語などしたまひつつ、夜更くるまでおはす。……

あまり久しき宵居も例ならず、人やとがめん、と心の鬼に思して入りたまひぬれば、御衾まゐりぬれど、げにかたはらさびしき夜な夜な経にけるも、なほただならぬ心地すれど、かの須磨の御別れのをりなどを思し出づれば、「今は、とかけ離れたまひても、……」と思しなほす。

（若菜上四　五九―六一頁）

B　対には、例のおはしまさぬ夜は、宵居したまひて、人々に物語など読ませて聞きたまふ。「かく、世のたとひに言ひ集めたる昔語どもにも、あだなる男、色好み、二心ある人にかかづらひたる女、かやうなる事を言ひ集めたるにも、つひによる方ありてこそあめれ、あやしく浮きても過ぐしつるありさまかな。げに、のたまひつるやうに、人よりことなる宿世もありける身ながら、人の忍びがたく飽かぬことにするもの思ひ離れぬ身にてややみなむとすらん。あぢきなくもあるかな」など、思ひつづけて、夜更けて大殿籠りぬる暁方より御胸を悩みたまふ。

（若菜下四　二〇三頁）

Aは、女三の宮が降嫁して三日目の夜の紫の上の思いを述べる条である。内心のやりきれなさを抑え、紫の上は「けはひをかしく」女房達と話を交しながら夜更けまで起きていたものの、「あまり久しき宵居」も常にないことと憚って床に入り、眠れぬままに過往を顧みるのだった。即ち、ここでの「宵居」とは、源氏を新妻の許に送り出した後、その欠落感を女房達とのなにげない会話に紛らわす夜更けまでの時間を担うものであった。

さらに六年の歳月の流れたBにおける紫の上の状況はどうか。源氏が女三の宮の許に赴いた夜は、女房達に「物語など読ませて」「宵居」の時を過ごすのが常のこととなっている。「物語」を聞くにつけても、自身の「あやしく浮きても過ぐしつる」境涯のはかなさが一入身に滲み、やがてその暁方に発病するのであった。Aよりもいっそう重い「宵居」の空しい時間の浮刻といえる。結局AB共々に、紫の上をめぐる「宵居」の時間とは、夫の不在の空虚、欠落感を一方にしながら、それを紛らわそうと世間話や物語鑑賞に費やされる時として括ることができる。兼家に顧みられぬ道綱母の宵居の時空と、その意味で確かに響き合おう。

末摘花の巻の二例に目を転じると、まず「なほ、世にある人のありさまを、おほかたなるやうにて聞きあつめ、耳とどめたまふ癖のつきたまへるを、さうざうしき宵居など、はかなきついでに、さる人こそとばかり聞こえ出でたりしに、かくわざとがましうのたまひわたれば、なまわづらはしく、……」(㈠三五二頁)とあり、巻頭近く源氏の乳母子大輔命婦が亡き常陸宮の姫君末摘花の噂を伝えた「もののついで」(同三四一頁)の時が、「宵居」の折と据え直される。女性をめぐる世間話にさりげなく耳を傾けては「耳とどめたまふ」気性の源氏が、ある「宵居」の問わず語りに洩らした末摘花の噂にいたく興味をそそられた様に、命婦はかえって困惑の態である。女君に関する情報のもたらされる「宵居」の一時は、「さうざうしき」との、ある種のもの寂しい欠落感を滲ませて刻まれる。特定の異性を念頭にしての欠落の思いとは異なるものの、この「宵居」にもまた、異性をめぐるはかとない寂しさがつきまとう。心急《せ》く思いで恋人の許に赴く「宵」には、こうした時の過ごし方はあり得ない。

さらに、契りを結んだものの何となく合点のいかぬ末摘花の姿を、残りなく見届けたいと密かに邸を訪れた源氏の透き見がなされるのが、「うちとけたる宵居のほど」(同三六三頁)なのであった。結局この時はその人は見当たらず、その醜貌に驚くのは翌朝のこととなるものの、「宵居」の時が、女君への関心と情報収集とに結ばれていることは一貫する。即ち『源氏物語』における「宵居」とは、おそらく『蜻蛉日記』の系譜の中に在って、異性へのある欠落感を抱えながら情報を求めまた手にする一時、あるいはその思いを物語や世間話に紛らわす一時と括ることができる。夜、宵は、和歌や物語の世界にあって、何よりも恋と結ぶ時間であることと、もとより響き合う定位と言えようか。

物語の話に胸をときめかせる『更級日記』の「宵居」は、侍女に物語を読ませるといった紫の上の「宵居」の時間に一筋繋がる。と言うよりはむしろ『源氏物語』愛読者孝標女が、Bの条をある程度意識していたということなのか。けれども一方で、『更級日記』の「宵居」には、恋、異性をめぐるもの思いや欠落感の文脈が認められない。恋故の嘆きの文脈を一旦切り離して、物語そのものへの溢れる憧れを包む小さな温もりの一時が、ここにまさしく新たに刻まれた。顧みれば、「つれづれなる昼間」の、「つれづれ」もまた、「つれづれのながめにまさる涙川袖のみひぢて逢ふよしもなし」(『伊勢物語』一〇七段)など、「ながめ」とともに用いられることで、恋の不如意としばしば結ばれる語ではあった。「つれづれなる昼間」に、なお恋の不如意を色濃く滲ませつつ、さらに「宵居」を重ねることで、物語に向ける思いの、恋さながらのひたむきな熱さが一瞬鮮やかに浮上する。同時にその熱は、異性への恋そのものとは異質の、溢れる物語への思いにほかならず、少女の固有の時間は、その渇きを抱えつつ、周囲の温もりに育まれるものとして刻まれたのだった。恋やもの思いの「宵居」は、『更級日記』において、物語への憧れと団欒の温もりの一時として再生している。新たな魅力を湛える宵居の時空は、語の負う伝統に必ずしもなずまない自在な少女のまなざしの故に切り拓かれたものと言える。[9]

二　「夜ひとよ」「落ちかか」る柿

「歎きつつひとり寝る夜のあくるまはいかに久しきものとかは知る」(『蜻蛉日記』上巻・天暦九年九月)等の歌を挙げるまでもなく、夕暮れや夜とは何よりも、恋、そしてそれ故のもの思いの時空である。恋という生の深みに封じ込められていく以前の、もっと多様で自在な好奇心、混沌とした憧れの中に在る少女の夜、「宵居」をまず画定した『更級日記』には、「夜」の語が五二例現れる。この数は同様の小品『紫式部日記』の二五例に比べる時、際立つ量という以外になく、『更級日記』が、恋の嘆きの夜でも、或いは宮仕えの中での儀式や宴の夜でもない、固有の夜の風景を、相応の力を籠めて描き出そうとしていることを思わせる。実際には資通への仄かな恋を語る場面に「夜」の語が際立って目に付く、といった現象はあるのだが、和歌的美意識の枠を越える少女の夜の風景が、鮮やかに突き出される側面もまた見逃せまい。そして、それはたとえば『日記』の末尾近く、「いと暗い夜」の思いがけぬ甥の訪れに、「月も出でで闇にくれたる姨捨になにとて今宵たづね来つらむ」（二一〇頁）と老残の孤独の闇を見据える歌の詠まれることとも響き合って、「夜」をめぐる新たな精神史の浮刻を予感させる。ともあれ、とりわけ和歌の美意識から解き放たれた、自在な少女のまなざしを取り込むことで拓かれた新たな夜の風景を、さらに辿りみよう。

　二村の山の中にとまりたる夜、大きなる柿の木の下に庵を造りたれば、夜ひとよ、庵の上に柿の落ちかかりたるを、人々ひろひなどす。（二八頁）

旅の記は、歌枕の連綴によって進む部分が多いのだが、「高師の浜」「八橋」に続いて登場する「二村の山」もまた、「712くれはとりあやに恋しく有しかばふたむら山も越えずなりにき」（『後撰集』[10]巻十一）、「131いくらともみえぬもみぢの錦かな誰ふたむらの山といひけむ」（『詞花集』[11]巻三）等々詠歌の多い尾張国の歌枕[12]であった。『和歌初学抄』に「ふたむら山　アヤニソフ」とあるように、「二疋《ふたむら》」と掛けて、「綾」「錦」「織る」等の縁語として用いるほか、紅葉、また、ほととぎす、霰を詠む歌が多い。

ところが、作者は二村の山をめぐって、紅葉、或いは綾・錦といった和歌的連想を一切導くことをしていない。言われるように[13]旅の記のこの部分には道順の記憶違いがあり、「十月つごもりなるに、紅葉散らで盛りなり」（二八頁）と述べられる「宮路の山」よりも「二村の山」の方が、実際にはさらに西方の通過地点であるらしい。それ故、紅葉に言及されないのは、季節が冬の気配も濃く実景に見当たらなかったということも見逃せまい。しかし、少なくとも「綾」「織る」といった言葉の連想を持ち込むことをしなかった作者は、ここに「夜ひとよ、庵の上に」「落ちかか」る柿との、まことに印象深い風物を記し留めることとなった。[14]

「柿」は、原則として和歌に詠まれることがない、と述べてよかろう。『古今集』[15]に「やまがきの木」を詠む物名歌「432秋は来ぬ今や籬のきりぎりす夜な夜な鳴かむ風の寒さに」（巻一〇）が登場し、あるいは『伊勢集』[16]において「この女のおやは、五てうわたりなりける所にきてかきの紅葉にうたをなむかきたりける。『人すますあれたる宿をきてみればいまぞ紅葉の錦をりける』……」と、詞書の部分に「柿の紅葉」のみえるのが、わずかに和歌の世界と結ぶ柿の用例と言える。

……この猿六七匹ひきつれて、さまざまの物の葉をくぼてにさして、椎・栗・柿・梨・いも・ところなどを入れて持て来るを見給ふに、いとあはれに、さはこれに養はれてあるなりけりと、珍らかにおぼさる。
（『宇津保物語』[17]上・俊蔭五九頁）

散文を見渡しても『伊勢物語』『大和物語』『蜻蛉日記』『落窪物語』『源氏物語』以下、『狭衣物語』等の後期物語にも見出されず、右の『宇津保物語』の、兼雅仲忠父子対面の場に登場する猿の運ぶ食物の中に、メルヘンの趣も色濃く「柿」が現れるのが目を引くほかは、『今昔物語集』の七例が浮上するだけで、どちらかと言えば「柿」の語は、説話文脈と結ぶものであることを思わせる。

即ち、作者は、歌枕を拠り所としつつも、和歌的美意識から離れた「柿」に目を向けることで、固有の温もりを湛える少女の夜の風景を、新たに定位させたと述べることができようか。初冬の二村山での仮庵は、大きな柿の木の下に設けられた。「紅葉」でも、「綾」「織る」等の連想でもなく、その実景にひたと向けられた少女のまなざしを掬い取ることで、一晩中、静かな闇の中に落ちかかってくる柿の実が捉えられる。「落ちかかり」の語は、闇の中を落下する赤い実の静かな動きを伝えて鮮やかだ。一瞬の後に、闇の深さを一際のものとする落下の音さえ潜められている。

さらに、たとえば『宇津保物語』の猿の運ぶ実といったメルヘンの趣を背後にする「柿」を、「人々ひろひなどす」と書き留めることで、少女のみずみずしい好奇心の掬い上げたものが、孤独の闇の風景ではなく、温もりを湛える人々の風景であったことを印象付ける。少女であることによってはじめて得られた、既成の美意識や、和歌的連想という秩序の中に収まらないまなざしが、新しい夜の時空の温かさを浮上させた。柿を拾う「人々」とともに在って、その行為に闊達な好奇のまなざしを投げ掛ける少女は、恋の嘆きやもの思いとは無縁の、固有の夜の温かさをみずみずしく刻み上げたのである。

宵居、そして柿をめぐる叙述、……と作者は少女のまなざしによって、それ以前の表現の枠組、和歌的美意識から解き放たれた新しい世界を映し出す。歌枕をはじめとする和歌的表現の横溢の中に垣間見られるその新しい側面は、『更級日記』のテーマが、恋故のもの思いや嘆き、或いは親の死といった実人生の苦悩等の問題を、一旦切り離す物語と宗教とのあわいに据えられたものであることと関わろう。新しく掘り起こされるテーマは、新たな世界を見出す自在なまなざしを得ることで、次第にその姿を露《あらわ》にしようとしている。

三　「木ぞ三つ立てる」

夕霧たちわたりていみじうをかしければ、浅寝などもせず、かたがた見つつ、ここを立ちなむこともあはれに悲しきに、同じ月の十五日、雨かきくらし降るに、境を出でて、下総の国のいかだといふ所にとまりぬ。庵なつ立てる。その日は雨に濡れたる物ども干し、国に立ちおくれたる人々待つとて、そこに日を暮らしつ。

（一四―一五頁）

九月三日に上総を出立した作者の一行は、やがて一五日、下総「いかだ」に泊まっている。ここに、「野中に、丘だちたる所に、ただ、木ぞ三つ立てる」との、鮮烈な夜の風景が浮刻されるのに注目したい。今、「夜の風景」と述べたが、実は、この条をめぐり、これを一五日、豪雨当夜の風景とみる説と、翌朝の光景とする説との二つに見解が割れていることに、まず触れなければなるまい。

A　仮屋なども浮いてしまいそうに雨が降ったりなどするので、恐ろしくて寝るに寝られないで（外を眺めると）、野中にある岡のようになっている所に、木がたった三本立っている（のが見える）。

（旺文社文庫本、一五頁）

B　夜が明けてみると、野中の小高い丘のような所に、ほんの三本だけ木が生えていた。

（小学館日本古典文学全集本、二八五頁）

Aは、「寝も寝られず、野中に……」と読点で「野中に」に続ける読みを示すことで、これが豪雨当夜の光景であることをさらに明瞭に打ち出している。『新潮日本古典集成』もまた、句点で切るものの、「野中の丘の豪雨の中の三本の木の印象」との頭注が、Aと同様の見解を示す。対するBは、翌朝の、雨も治まった明るい光の中に見取られた風景、との受け止め方で、たとえば『講談社学術文庫』も同様の説を取っている。往時の東国の夜の闇の深さを考えれば、明かるい光の中でこそ「木ぞ三つ立てる」といった鮮やかな風景がはっきり見取られるのではないかとの思いも残るのだが、「おそろしくて寝も寝られず」の一文に直続して「野中に……」の一文がくることを、やはりここでは重視したい。眠れぬままに、外に目をやり闇の中に浮かび上がる丘の上の三本の木をおぼろに認める。闇の中だからこそ、他の細々とした風物は消え、妙にぶっきらぼうな三本の木だけが浮かび上がった、ということなのではあるまいか。或いは、実際には翌朝の確認によって、闇の中におぼろに見た光景を記憶の中に画定し得た[18]、ということでもあろうか。ともあれ、豪雨の、野中の小高い丘に三本の木が立つ、固有の風景の荒涼を確認したい。

さて、この「ただ、木ぞ三つ立てる」の条については、王朝文学には異例のある種の荒々しさが、既にさまざまなかたちで注目され論及の対象となっている。「眺める対象の箇数を明記する」固有の描き方の中に、高橋文二氏は「作者が幼いある時期に垣間見た観念の向う側の一つの世界を原光景として想定する」[19]視座を見出し、或いはまた「かけがえのない人生の断片」[20]の輝き出す様を述べる吉岡曠氏の見解もある。たとえば『古今和歌六帖』[21]の「木」の項を顧みれば、「4026かれはてぬむもれ木あるを春はなほ花のたよりによくなとぞ思ふ」(第六紀貫之)「4027桜ばなにほふともなくはるくればなどかなげきのしげりのみする」(同伊勢)等、歌語、掛詞の中に「木」が姿を現すことが認められるが、その意味で「ただ、木ぞ三つ立てる」の条が、和歌的美意識や修辞から解き放たれた自在なまなざしを示すことは首肯されよう。もとより歌枕を連綴し記憶の中に東国よりの旅を織り込んだ作者である以上、少女期になお和歌的教養を相応に積んでいたことは疑えない。けれども一方、和歌の伝統に収まりきらない対象を、自らの目で見取り得た姿勢は、少女の輝く自在さ故のものだったと述べる以外ない。

史実を顧みるとき、往時の東国は、荘園制の発展、律令国家の崩壊という流れの中で、受領と武士・農民との間の争いの頻発する不穏な空気の孕まれていたことが確認される[22]。孝標一行の旅立ちの八年後、長元元年(一〇二八)には、平忠常の乱が引き起こされ、安房守は焼き殺されて上総国の国衙は忠常の手中に帰したという。周知の平将門の乱が平定されたのは天慶三年(九四〇)のことだが、この乱を記す『将門記』に登場する「むさし武芝」なる人物は、無論『更級日記』の竹芝伝説に直接に重なりはせぬものの、伝説との間に遙かな繋がりの根を残すとの指摘[23]も既にある。血の匂いのする争乱を直截に記す筆は、もとより『日記』に影も見せないが、雨中の闇に「ただ、木ぞ三つ立てる」との、荒々しくぶっきらぼうな自然描写は、その背後にそうした不穏を立体的に浮かび上がらせるものを孕むかにみえる。[24]少女の直感の掬い上げた時代の不穏・闇が風景の画定を支えるものとなった。

それにしても、この不穏な風景の湛える、不思議な力は何であろう。さらに、一方で生の根源に繋がるその力の意味を問うことはできまいか。ここに、聖なるものへのまなざし、という視点を浮上させたい。エリアーデは、「木はついにそれだけで、表面は静的な形をとって、宇宙の『力』、その生命、その周期的再生能力を抱合した『宇宙』を表現するようになる」[25]と述べる。さらに、さまざまな神話や伝説に登場する、宇宙を象徴する「宇宙木」は、世界の中心を意味する聖なるものとして捉えられるという。「ただ、木ぞ三つ立てる」との条は、少女の鋭敏なアンテナが、ふと世界の中心を貫く聖なるものに触れて戦《おのの》く一瞬を垣間見せる故に、原初の風景としての重さを担うのではなかったか。

三本の木は、「庵なども浮きぬばかりに」激しく降り注ぐ豪雨の闇の中の、小高く「丘だちたる所」に立つものであった。雨、暴風雨、水等に浄めの力を担う神威をみる古代心性がさらに想起される。『源氏物語』須磨の巻の、端的に神威を負う暴風雨はもとより、ほかならぬ作者の憧れの浮舟の女君もまた、水の浄めの力によって罪を祓う形代として登場したのだった。さらに、「丘だちたる所」との空間の提示は、その高さの故に、天と地とが出会う聖なる場の在り方と、奇妙に符合する。聖なる場における天との交流は、柱、梯子、山、樹、蔓などの形象によって表現されると説かれるもの[26]であった。

深い闇を撃つ豪雨は、幼い作者に故知らぬ畏怖をもたらし、眠らせない。豪雨の闇を貫く、小高い丘の上の三本の木に我知らず吸引される少女の目は、世界の中心を貫く聖なるもの、聖なる場への無意識のこだわりを語るものにほかならない。

和歌的美意識と接点を持たない、豪雨の夜の丘の上の三本の木の風景は、少女の自在なまなざしの故に切り取られた斬新な夜の一齣であった。それは同時に、聖なる始原に自ずから惹かれていく、幼い魂の在り方を語るものともなっている。実は、『更級日記』の旅の記には、こうした聖なるもの、場への関心が、他にも幾つか潜められているように思われる。

昔の門の柱のまだ残りたるとて、大きなる柱、川の中に四つ立てり。人々歌よむを聞きて、心のうちに、
朽ちもせぬこの川柱残らずは昔の跡をいかで知らまし　（一五頁）

「まののてう」と呼ばれる長者の伝説を書き留める作者の筆は、その館の名残りを留める川の中の柱に言及する。「昔の門の柱」、「大きなる柱」、「川柱」と、畳み掛けるように、「柱」の語を繰り返し、しかも「木ぞ、三つ立てる」の表現と同様に、「四つ立てり」と、数のみを直截に記すことで、柱四本が鮮やかに空間を貫く風景が喚起される。天空と地とを結び[27]、或いは過往の時間と現在とを結ぶものとして「柱」が屹立する様を、少女のまなざしは掬い上げている。聖なるものは、自ずから作者の関心をそそり立てると述べることが許されようか。

○その渡りして浜名の橋に着いたり。浜名の橋、下りし時は黒木をわたしたりし、このたびは、跡だに見えねば舟にて渡る。入江にわたりし橋なり。　（二七頁）

○八橋は名のみして、橋のかたもなく、なにの見どころもなし。　（二八頁）

「浜名の橋」も、「八橋」も、もとより歌枕である。その意味で作者がこれに触れるのは当然ともいえるが、「跡だに見えねば」「橋のかたもなく」と、共々に既に失われた橋の姿にこだわり続ける作者の姿勢は固有である。と

りわけ「浜名の橋」に関しては執拗とも言える叙述である。「下りし時は黒木をわたしたりし」橋があったのだと述べ、さらにそれは「入江にわたりし」[28]橋なのだと、東国下向の折に目にし、帰路にあっては失われた橋の姿に言及する。歌枕としての橋が、その実物自体の失われた現在に在ってなお作者の興味を喚起するということ以上に、失われた橋そのものへのこだわりを強く窺わせる表現と言える。

顧みれば、『更級日記』の中には、既に印象深い崩壊した橋の姿が刻まれていた。竹芝伝説において、衛士は、「瀬田の橋のもとにこの宮を据ゑたてまつりて、瀬田の橋を一間ばかりこほちて、それを飛び越えて、この宮をかき負ひたてまつりて、七日七夜といふに、武蔵の国に行き着」（二九頁）いたという。朝廷から遣わされた追手は、「瀬田の橋こほれて、え行きやら」ぬため、ようよう三箇月目に武蔵の国に到着したのであった。壊した橋を衛士は飛び越えたのに、追手がそれに阻まれたとするのは明らかに矛盾だが、ここに橋の一つの象徴的な意味が託されているとみることができはすまいか。

橋は、聖なる境界の象徴として、神が立ち現れ、或いはまたさまざまな霊威の現出する場であることが証し立てられている。[29]二つの世界を結ぶものとしての橋を、一旦「一間ばかり」壊して、さらにその欠損部分をさえ乗り越えて、異界としての東国へ輝かしい逃亡[30]を成就した衛士に対して、追手は壊された橋の手前で別の世界に容易に赴くことができず、いたずらに日を過ごしたということではないか。即ち、既にこの伝説において作者は、二つの世界を結ぶもの、聖なる境界としての橋を浮上させているのだった。

「浜名の橋」も、「八橋」も、すでに跡形もないと語り続ける作者は、失われた聖なる境界への哀惜をそこに封じ込めたのではなかったか。それは或いは、都とは遠く、境界を越える世界である東国との別離の悲しみともどこかで通底していようか。歌枕の美への共感を越えて、失われた橋の姿にこだわり続ける少女のまなざしを取り込むことで、述べ来った、木や柱をめぐる叙述と同様に、作者は我知らず聖なる始原に吸引されていく意識を浮かび上がらせているのである。

四　闇の中の「遊女三人」

少女のまなざしが、新しい「夜」を発見し、また、豪雨の夜の三本の木の条のように聖なるものに引き寄せられる意識のさらに象られる機構を辿りみたが、ここになお端的にその志向と結ぶ「夜」を語るものとして、足柄山での遊女との出会いの場面に目を向けたい。

麓に宿りたるに、月もなく暗き夜の、闇にまどふやうなるに、遊女三人、いづくよりともなく出で来たり。五十ばかりなる一人、二十ばかりなる、十四五なるとあり。庵の前にからかさをささせて据ゑたり。をのこども、火をともして見れば、昔、こはたと言ひけむが孫といふ、髪いと長く、額いとよくかかりて、色白くきたなげなくて、「さてもありぬべき下仕へなどにてもありぬべし」など、人々あはれがるに、声すべて似るものなく、空に澄みのぼりてめでたく歌をうたふ。……見る目のいときたなげなきに、声さへ似るものなくうたひて、さばかりおそろしげなる山中に立ちてゆくを、人々あかず思ひてみな泣くを、幼き心地には、ましてこのやどりを立たむことさへあかずおぼゆ。（二二―二三頁）

東国よりの旅の途上、足柄山中の闇の中から現れ、やがてまた闇に帰って行った三人の美しい遊女たちの姿は、作者の幼い心に強い印象を刻んだ。「やどりを立たむことさへ」心残りに思われるほど遊女との別れを惜しむ作者の筆は、たとえば「昼は簦《おほかさ》を荷うて身を上下の倫《ともがら》に任せ、夜は舷《ふなばた》を叩いて心を往還の客に懸けたり」（『新猿楽記(31)』）

といった、遊女の卑賤を語る文脈とはむしろ異質である。闇の中に、どこからともなく立ち現れ、灯《とも》された光の中に見事な髪と白い面《おもて》を浮かび上がらせながら、三人の遊女は「空に澄みのぼ」る声で歌い、やがて山中の闇に再び姿を消す。光と闇とのあわいに据えられた遊女は、さながら一時の美しい幻であるかのようだ。『源氏物語』にさえ「遊女どもの集ひ参れる、上達部と聞こゆれど、若やかに事好ましげなるは、みな目とどめたまふべかめり。されど、いでや、をかしきことももののあはれも人柄こそあべけれ、なのめなることをだに、すこしあはき方に寄りぬるは、心とどむるたよりもなきものを、と思すに、おのが心をやりてよしめきあへるも、うとましう思しけり」(澪標(二)二九七―二九八頁)と記されるように、おおよその存在を半ば卑しむ遊女観が一般的だったとおぼしいが、少女のまなざしはその中にかえって聖なるものを認めたかのようである。

顧みれば、遊女とは巫女の系譜に繋がるものであった。巫娼が売笑の先駆者だったとする見方が、たとえば『和名抄』乞盗部に、「巫覡《げき》」と「遊女」とが同列に載せられているといった根拠を挙げつつ、柳田国男[32]・中山太郎[33]等により出されており、漂泊の巫女がそのまま遊女に転じる可能性の大きさも容易に想像される。また、さらに根源的に折口信夫[34]は、「とつぎの教へ」を授ける聖なる役割を巫女が負っていたことを、巫女と遊女とを繋ぐ回路とみている。遊女の根源に潜む聖性が、少女の直感によって鮮やかに照らし出された場面として、『日記』のこの条を読み取ることができるのではあるまいか。

それは、闇の中に一点灯された光の中に浮かび上がるという、光と闇[35]との交錯に遊女を据えることで自ずから刻まれた聖性であった。作者は、実はさらに二箇所遊女について語る。旅の記の終わり近く野上の地で「そこに遊女ども出て来て、夜ひとよ歌うたふにも、足柄なりし思ひ出でられて、……」(二九頁)と記し、さらに既に四〇歳を越えて赴いた高浜での遊女との出会いは、「遠き火の光に、単衣の袖長やかに、扇さし隠して、歌うたひたる、いとあはれに見ゆ」（一〇二頁）と刻まれるのだった。光と闇との交錯の中に遊女が立ち現れ、歌をうたうとのパターンが繰り返されることは、作者にとっての足柄の遊女との出会いの鮮烈さと、少女のまなざしに絡め取られた聖なるイメージの画定を物語るものであろうか。はかないさすらいの中で、一瞬の聖なる光芒を放つ遊女の姿が、『更級日記』の少女の「夜」を一入鮮やかに染め上げている。

おわりに

原初の聖性を帯びるものに吸引されるまなざしは、作者の宗教的なものへの関心が、その少女の日から意識する以上に強いものであったことを窺わせる。晩年になって作者は、「昔より、よしなき物語歌のことをのみ心にしめで、夜昼思ひておこなひをせましかば、いとかかる夢の世をば見ずもやあらまし」（一〇七頁）と、物語等に夢中になり信心を怠った半生を悔恨するのだが、実はむしろ作者の魂には既に幼い日から混沌とした信仰の核ともいうべきものが抱え込まれていたのではなかったか。既にさまざまに論じられている[36]、旅の記の冒頭に別れを惜しんだ薬師仏、またその末尾に照応するかのように姿を留める関寺の弥勒仏といった仏像への関心もさることながら、さらに広く超越的なものへの思いが作者の中にはっきりと脈打っていることを見逃すべきでない。和歌的美意識や伝統、秩序にのみ埋もれることのない少女のまなざしの自在さを導くことで、「木」「遊女」等をめぐる「夜」の世界に、聖なるものへと自ずから吸引される機構がはじめて絡め取られたのであった。

一方、温もりの中に物語への渇仰を潜める「宵居」の時空がすでに指し示すように、少女の「夜」はさらに物語の時空として根を下ろした。さすらいの遊女との夜の出会いの場面は、聖なるものへの関心を表すと同時に、流離する女君、夕顔や浮舟その人への関心に遙かに通底する[37]という意味で、場面そのものの幻想的な美しさと併せて、物語の世界と結ばれている。やがて京に戻り憧れの物語を入手した作者は、「夜更くるまで物語を読みて起きゐ」（三八頁）ることとなり、そんなとある五月の夜更け迷い込んだ猫に、行成女の転生をみる作者姉妹の姿さえ浮刻された。少女の「夜」はいよいよ深く物語に染め上げられる。聖なるものと、物語とは、むしろ少女の魂の中で世俗を越えたものに対する憧憬の混沌《カオス》として括ることができるかのようにみえる。

晩年の作者が、「霧ひとへ」を隔てて「金色に光り輝や」く、「阿弥陀仏」の立ち姿をありありと見取ったのは、「天喜三年十月十三日の夜の夢」（二〇八頁）であった。或いはまた、「月も出でで闇にくれたる姨捨になにとて今宵たづね来つらむ」（二一〇頁）の歌が口ずさまれたのは、もとより「いと暗い夜」の甥の訪れによるものだった。自在な少女のまなざしの切り拓いた豊饒な「夜」と、見事に響き合う風景と言えようか。温もりの「宵居」から、老残の孤独の「闇」へ、流れる歳月の中で、聖なるもの、そして物語への憧憬が一筋貫かれ、自己凝視の深みに導かれる固有の精神史が浮刻される。その意味で、『更級日記』の少女のまなざしは、極めて重い意識をもって画定されたものというほかあるまい。

注

（1）宮崎荘平「更級日記の構成とその成立」『平安女流日記文学の研究』（昭47　笠間書院）、犬養廉「作品の構造　更級日記」『国文学』（昭56・1）など。

（2）秋山虔「更級日記の世界」新潮日本古典集成『更級日記』（昭55）

（3）『更級日記』の少女の視点に言及する好論に、深沢徹「『更級日記』における〈ミヤコ〉と〈ヒナ〉」『日記文学研究』㈠（平5　新典社）がある。なお、「十三歳の少女」という捉え方に関して、これをより成熟した年齢とみ、少女から既に脱した大人とみる関根賢司「十三になる年　更級日記を読む」『物語表現　時間とトポス』（平6　おうふう）の異論もある。

（4）自身の少女の日々を記すものとしては、『紫式部集』と『更級日記』のみである。

（5）本田和子『子どもの領野から』（昭58　人文書院）九八頁。

（6）たとえば土方洋一「体験と意味――『更級日記』の上洛の記と結末――」『国語と国文学』（平6・12）は、上洛の旅の内容や表現は、日記全体の中で「極めて構成的なものである」と述べている。

（7）『狭衣物語』以下、後期物語にも見えない。

（8）本文の引用は講談社学術文庫に拠る。

（9）西村亨「ながむ」『王朝恋詞の研究』（昭47　慶応義塾大学言語文化研究所）。なお、『伊勢物語』本文は新潮日本古典集成に拠る。

（10）本文の引用は岩波新日本古典文学大系に拠る。

（11）本文の引用は岩波新日本古典文学大系に拠る。

（12）従来、三河国の歌枕とされてきたが、豊明市沓掛町の辺とみ、尾張国の歌枕とする見解に従う。この説をめぐっては、樋口芳麻呂『新編岡崎市史　別編Ⅰ　古代・中世の三河の文学』（平4）に詳しい。

（13）新潮日本古典集成の頭注にも説明が付される。

（14）高橋文二「描かれない風景――『更級日記』小見――」『王朝まどろみ論』（平7　笠間書院）には、「月並の王朝人はそもそも『柿』などというものを描こうとはしなかった」との指摘がある。また小谷野純一『更級日記全評釈』（平8　風間書房）は、「少女の独特の視点」を指摘する。

（15）本文の引用は旺文社文庫に拠る。

（16）本文の引用は私家集大成（伊勢Ⅲ伊勢集）に拠る。

(17) 本文の引用は角川文庫に拠る。
(18) 樋口芳麻呂氏の御教示による。
(19) 「原光景と自然　『更級日記』の世界」(二)『風景と共感覚』(昭60　春秋社)
(20) 岩波新日本古典文学大系『更級日記』解説。
(21) 本文の引用は新編国歌大観に拠る。
(22) 坂本賞三『藤原頼通の時代』(平3　平凡社) 等による。
(23) 後藤祥子「更級日記の作者と東国」『論集日記文学』(平3　笠間書院)
(24) 高橋文二「喪失感と自然　『更級日記』の世界(一)」((19)の書に同じ。)
(25) 久米博訳、堀一郎監修『豊饒と再生　宗教学概論2』(エリアーデ著作集(二)、昭49　せりか書房) 一八四頁。
(26) エリアーデ、風間敏夫訳『聖と俗』(昭44　法政大学出版局) 二九頁。
(27) (26)に同じ。
(28) 「入江にわたしたりし」とあるべき表現か。
(29) 平林章仁『橋と遊びの文化史』(平6　白水社) なおこの辺りの問題に関しては、Ⅲ 3 「『更級日記』の「橋」「渡り」をめぐって」に詳述する。
(30) 益田勝実「かがやかしい逃亡」『説話文学と絵巻』(昭55　三一書房)
(31) 本文の引用は岩波日本思想大系による。なお遊女の問題に関しては、Ⅲ 2 「『更級日記』の物語と人生」参照。
(32) 「巫女考」『定本柳田国男集』(九)(昭37　筑摩書房)
(33) 『日本巫女史』(昭59　パルトス社)
(34) 「巫女と遊女と」『折口信夫全集』(七)(昭31　中央公論社)。但し、近時たとえば服藤早苗「遊行女婦から遊女へ」『日本女性生活史』(一)(平2　東京大学出版会) など、むしろ女性官人に遊女の起源をみる見解が、新たに出されている。

（35） 伊藤守幸「『更級日記』の多元的視点をめぐって」『弘前大学文経論叢』（昭60・3）、のち『更級日記研究』（平7 新典社）所収。
（36） 関根慶子『更級日記』（昭52 講談社学術文庫）など。
（37） III 2「『更級日記』の物語と人生」参照。

2　『更級日記』の物語と人生

はじめに

四〇年に亙る孝標女の生の流れを、四〇〇字詰原稿用紙一〇〇枚にも充たない小さな器に封じ込めた『更級日記』という作品は、一見まことに美しくもたわいない夢と憧憬とを織り綴るものとして容易に読み解くことができるように思われるのだが、意外にその世界の核となるべきものに近付くのは困難であるらしい。「物語と人生」というテーマに即して顧みるなら、物語を「よしなし事」と捉え、阿弥陀仏来迎の夢を胸に宗教的救済への希求を深める晩年の心境と、その回想執筆時の心境にもかかわらず、物語に注ぐまなざしのみずみずしさを実感させずにはおかない、それをめぐる叙述の数々とを、どう読み解くべきなのかという問いかけ、或いは『源氏物語』のさまざまな女君の中で、とりわけ夕顔や浮舟を憧憬し続けるのはなぜなのかという問題、そしてまた貴顕の乳母となって栄えることを密かに願ったとおぼしい現実的な生活感覚と、物語をめぐる夢想とをどう結ぶべきなのかという問いなど、さまざまな謎が立ちはだかり、その解明に向けて諸説は入り乱れ、核心は容易に見えてこない。改めて今述べた三つの矛盾、謎を中心に（特に第一、第二の問題を軸に、第三の問題も最後に併せ考えることになろう）、「物語と人生」という『更級日記』の大きな柱の一つを顧みることによって、本日記の核となるべきものに僅かなりとも近付くことを目論みたいと思う。

一　物語と宗教と

来迎の夢へ

さすがに命は憂きにも絶えず長らふめれど、後の世も思ふに叶はずぞあらむかしとぞうしろめたきに、頼むこと一つぞありける。天喜三年十月十三日の夜の夢に、居たる所の家のつまの庭に、阿弥陀仏立ちたまへり。さだかには見えたまはず、霧ひとへ隔たれるやうに透きて見えたまふを、せめて絶え間に見たてまつれば、蓮華の座の土をあがりたる高さ三四尺、仏の御たけ六尺ばかりにて、金色に光り輝きたまひて、……仏、「さは、このたびは帰りて、のちに迎へに来む」とのたまふ声、わが耳一つに聞こえて、人はえ聞きつけずと見るに、うちおどろきたれば、十四日なり。この夢ばかりぞ後の頼みとしける。

（『更級日記』一〇八―一〇九頁）

周知の弥陀来迎の夢の記述の条において、「さすがに命は憂きにも絶えず長らへ」えてはいるものの、夫橘俊通を失っての晩年の傷心の中で、唯一の「頼み」「頼むこと」がこの夢であると述べる。しかも「昔より、よしなき物語　歌のことをのみ心にしめで、夜昼思ひておこなひをせましかば、いとかかる夢の世をば見ずもあらまし」と、物語に耽溺し仏道修行に専心することのなかった生涯への深い悔恨を滲ませる条に続いて、この夢への熱い思いが語られる時、自ずから招き寄せられる次の図式がある。即ち、少女期の物語耽溺、中年期の宮仕えや結婚を契機としての実人生の覚醒を経て、晩年弥陀来迎を遙かにのぞむ信仰への絶対的帰依に到達したとする、回心の過程を作品に読み取る見解である。(1)

一方で「月も出でで闇にくれたる姨捨になにとて今宵たづね来つらむ」の歌に示される如き、老残の荒涼たる心象もなお記し続けられるものの、作者自らの表向きの標榜におおむね添って導き出されたこの見解は、大きな枠組として一通り承認される見取り図であるかに思われるのだが、ここに一つの大きな問題がある。本日記執筆が、晩年夫没後の傷心の中での営為と捉え得るなら、既に物語を「よしなし事」と捉え、信仰のみの世界に入った作者であるはずなのに、その作者が冒頭より「あづま路の道の果てよりも、なほ奥つ方に生ひ出でたる人」と、ほかならぬ『源氏物語』の浮舟を想起させる表現を透かせる中に自らをまず規定し、「世の中に物語といふもののあんなるを、いかで見ばやと思ひつつ、……」と、物語への息詰まる憧れをいかにも初々しく筆にしているという点である。(2)東国よりの旅の記のみを若い日に執筆されたものとみることで、その違和感を解消しようとする試みもある。(3)けれども、実は作者の物語へのみずみずしいときめきは、旅の記を中心とする叙述のみに収まるものではなかった。

無期にえ渡らで、つくづくと見るに、紫の物語に宇治の宮のむすめどものことあるを、いかなる所なればそこにしも住ませたるならむとゆかしく思ひし所ぞかし、げにをかしき所かなと思ひつつ、からうじて渡りて、殿の御領所の宇治殿を入りて見るにも、浮舟の女君のかかる所にやありけむなと、まづ思ひ出でらる。

（九一頁）

永承元年（一〇四六）一二月、三九歳の作者は大嘗会の御禊に沸き立つ折も折、都を出て初瀬に赴く道すがら、宇治を通りかかる。宮仕え、結婚等の体験を経てなお、作者がことに宇治に心惹かれるのは、「宇治の宮のむすめども」のゆかりの地故であり、「宇治殿」に入るにつけ思い馳せるのは「浮舟の女君」の住居なのであった。既に、「光源氏ばかりの人はこの世におはしけりやは、薫大将の宇治に隠し据ゑたまふべきもなき世なり、あなものぐるほし、いかによしなかりける心なり、と思ひしみはてて、…」（七五頁）、「いとよしなかりけるすずろ心」（七四頁）、「よしなし事」（六三頁）等、物語にうつつをぬかす状況を、狂言綺語の文学観を滲ませつつ、繰り返し「よしなき」ことと述べざるを得ない作者が、にもかかわらずその表向きの標榜を裏切って、宇治に赴くや八の宮の三姉妹に、就中浮舟に思いを致す姿をみずみずしく垣間見せるのである。(4)

どうやら、作者の表向きの標榜にのみ寄り掛かることには疑問が残りそうである。作者はおそらく晩年の日記執筆時に至るまで、物語或いは歌に寄せる深い関心を断ち得ぬもののようである。先に触れた「月も出でで…」の詠歌をはじめ、来迎の夢の後にも刻まれ続ける「ひまもなき涙にくもる心にも明かしと見ゆる月の影かな」等の作者の孤絶の心象を重くみる時、作者の救済とは、宗教的帰依によってもたらされるものであるよりは、「過去のありうべからざる生の軌跡を時間の流れの中に定位する」ほかならぬ本日記執筆という営為の中にこそ見取られる、との読み(5)も一方に示されるのではあった。

物語と宗教

『更級日記』における物語と宗教との関わりを、今一度改めて顧みることにしたい。

いみじく心もとなきままに、等身に薬師仏を造りて、手洗ひなどして、人まにみそかに入りつつ、「京にとく上げたまひて、物語の多くさぶらふなる、あるかぎり見せたまへ」と、身を捨てて額をつき祈り申すほどに、十三になる年、のぼらむとて、九月三日門出して、いまたちといふ所にうつる。

年ごろあそび馴れつる所を、あらはにこほち散らして、たちさわぎて、日の入り際のいとすごく霧りわたりたるに、車に乗るとてうち見やりたれば、人まには参りつつ額をつきし薬師仏の立ちたまへるを、見捨てたてまつる悲しくて、人知れずうち泣かれぬ。

（一三―一四頁）

遙かな東国上総の国において、物語への憧れに深く囚われた少女は、等身の薬師仏を造り、上京と「あるかぎり」の物語取得を密かに祈り続けた。念願叶っての一三の歳の旅立ちを見送るのが、「日の入り際のいとすごく霧りわた」る中に立つ、ほかならぬその薬師仏だったという、周知の旅の記の冒頭箇所である。物語取得という極めて現世的な願望を託す対象とは言え、少女の日の作者が既に薬師仏に「身を捨てて額をつ」く真率な祈りを捧げていることは無視し得まい。しかも旅立ちの折に、「見捨てたてまつる」悲しみに涙するまでの思いを残すものとして、薬師仏が浮刻されているのである。作者の宗教への関心もまた、物語への憧憬と共に、少女の日から潜められていたことを証し立てる表現として捉えることが許されよう。

さらに「日の入り際のいとすごく霧りわたりたる」中に浮かび上がる薬師仏の像という図柄が、後年の弥陀来迎の夢の「さだかには見えたまはず、霧ひとへ隔たれるやうに透きて見えたまふ」の条の、霧の向こう側の阿弥陀仏、との構図に奇妙に重なるのは偶然であろうか。(6) しかも二つの仏像は、「等身」（五尺か）と「六尺ばかり」、と共に大きさが示され、夢の阿弥陀仏は霧中に薬師仏をだぶらせるかのように、やや姿を大きくしたかたちで刻まれる。既に述べられるように、車を止めた戸外から屋内の薬師仏が霧深い中に浮かび上がるというのは、状況として不自然の感も否めない。(7) 或いは、これは一種の心象風景に近いものでもあったろうか。とすれば、少女の日の心の底深く刻まれ潜められた霧の中の薬師仏の像が、晩年の夢の阿弥陀仏に重なり蘇ったとみることも、あながち穿ち過ぎとは言えまい。

一方、旅の記の終結にもまた仏像が立ち現れる。「関近くなりて、山づらにかりそめなる切懸といふものしたる上より、丈六の仏の、いまだ荒造りにおはするが、顔ばかり見やられたり。あはれに、人はなれていづこともなくておはする仏かなと、うち見やりて過ぎぬ」（三〇頁）と、逢坂の関近く関寺の「荒造り」の弥勒仏を心に留めつつ、暗くなって京のわが家に到着したとある。旅の記は、京に近付くにつれ、たとえば「犬上、神崎、野洲、栗太などいふ所々、なにとなく過ぎぬ」のように、記事の粗くなることが指摘される(8)が、にもかかわらず作者は荒造りの仏像に一入の感慨をそそられる思いをわざわざ記すのである。何ほどの深さもない思いではあろうが、少なくとも作者は憧れの京への旅の終わりに近付きつつも、ふと垣間見た仏の姿に目と思いとを凝らすという意味での宗教的関心を、その幼い日より既に担う人であったと認めざるを得まい。

このようにして実は旅の記は、その始発と終結とをほかならぬ仏の像に縁取られるかたちで刻まれているのだった(9)。旅の記は京の「あるかぎり」の物語への熱いまなざしに導かれるものにほかならない。だからこそ京に落ち着く間もなく、「物語もとめて見せよ、見せよ」と母を急き立てる姿が刻まれることにもなる。と同時に、作者の宗教への抜き難い関心もまた、はっきりとこの縁取りの中に織り込められたとみられる。或いはまた、旅の記は、「空間的時間的に茫々の彼方に遠ざかった、その原郷へと還帰したい作者が、言葉を織り紡ぐ作業によって、その通路を敷設した(10)」ものと捉えられるという。作者の原郷とは、東国であり、また物語への幼い憧れであり、と同時にその底に潜流する仏道への一筋の関心であったことを、この縁取りの構図の中になお確認したい。

物語耽溺から現実覚醒を経て回心へ、という単一の図式のみでは解けなかったものが、少女の日の宗教的関心の萌芽の定位を認めることによって見えてこよう。即ち、自らの人生を顧み、四十年の来し方を物語と宗教への関心のあわい、その戯れの中に見据えようとしたのが、本日記の試みなのであった。回心が晩年に突如現れるといった体のものでないことは言うまでもなく、さまざまな体験を越えやがてもたらされたものと捉えられるのはもとよりだが、それ以上に本日記の場合は、一見物語耽溺にのみ覆われたかにみえる幼い日の叙述にも、一筋の宗教への傾斜が明らかに息衝いていることを意図的に記していると言うべきであろう。同時に、晩年の執筆時にもなお表向きの標榜を裏切って、物語や歌への熱いまなざしが生き続けていることも認めねばなるまい。『更級日記』のテーマは、物語と宗教への関心のあわいを揺れ戯れている。その意味でも旅の記は、作品の中に重く画定されるのである。

二　『源氏物語』受容——夕顔と浮舟と——

『源氏物語』愛読

はしるはしる、わづかに見つつ心も得ず心もとなく思ふ源氏を、一の巻よりして、人もまじらず几帳の内にうち臥して、引き出でつつ見るここち、后の位も何にかはせむ。昼は日ぐらし、夜は目の覚めたるかぎり、灯を近くともして、これを見るよりほかのことなければ、おのづからなどは、そらにおぼえ浮ぶを、いみじきことに思ふに、夢に、いと清げなる僧の黄なる地の袈裟着たるが来て、「法華経五の巻をとく習へ」と言ふと見れど、人にも語らず、習はむとも思ひかけず、物語のことをのみ心にしめて、われはこのごろわろきぞかし、さかりにならば、かたちもかぎりなくよく、髪もいみじく長くなりなむ、光の源氏の夕顔、宇治の大将の浮舟の女君のやうにこそあらめと思ひける心、まづいとはかなくあさまし。（三五—三六頁）

僧の夢告を無視し物語に熱中した日々を、「まづいとはかなくあさまし」と捉え直すものの、昼夜を分かたぬ

『源氏物語』への耽溺ぶりを刻む作者の筆は、息を呑む当時の感動をさながら伝えてみずみずしい。感動に全身を浸され「そらにおぼえ浮ぶ」物語を反芻しながら作者の願ったのは、年頃になって美しくなり夕顔や浮舟のように生きたいということだった。孝標女が『源氏物語』の愛読者であることはまぎれもないが、その愛読ぶりは、物語の女君を我が身に重ね見るという意味において、物語に書かれた事実と現実とを混同することにより、夢を育む素朴な幼さ(11)に覆われている。それは、まさしく『源氏物語』の螢の巻の物語論の条で、「あなむつかし。女こそものうるさがらず、人に欺かれむと生れたるものなれ。ここらの中にまことはいと少なからむを、かつ知る知る、かかるすずろごとに心を移し、はかられたまひて、暑かはしきさみだれの、髪の乱るるも知らで書きたまふよ」(三二〇二―二〇三頁)と源氏から揶揄される玉鬘さながら、物語に描かれた人生に自らの人生を侵蝕されようとする、女性固有の享受の在り方以外の何ものでもない。この愛読の在り方の幼い限界を云々するのは容易だが、「物語」とは或いは本来むしろ「もの」に憑かれる如き感動の中から誕生し、そしてその「もの」の熱が読者の人生を侵蝕していくという属性を多分に負っているのかもしれない。

ともあれ、作者はあたかも物語の熱に侵されたかのように、自身の人生を物語の延長に思い描き、就中夕顔と浮舟とを身近く引き寄せている。「あづま路の…」の冒頭表現が浮舟を透き見せる表現に始まり、「いみじくやむごとなく、かたち有様、物語にある光源氏などのやうにおはせむ人を、年に一たびにても通はしたてまつりて、浮舟の女君のやうに山里に隠し据ゑられて、花紅葉月雪をながめて、いと心ぼそげにて、めでたからむ御文などを時々待ち見などこそせめ」(五六頁)等、とりわけ浮舟を引く叙述が繰り返されるのは改めて言うまでもない。或いはまた、「東は野のはるばるとあるに、東の山際は、比叡の山よりして、稲荷などいふ山まであらはに見えわたり、南は、双の丘の松風いと耳近う心ぼそく聞こえて、内には、いただきのもとまで、田といふものの、引板ひき鳴らす音など、田舎のここちして、いとをかしきに、月の明かき夜などは、いとおもしろきをながめ明かし暮らすに、知りたりし人、里遠くなりて音もせず…」（六八頁）は、「引板ひき鳴らす音もをかしく、見しあづま路のことなども思い出でられて」（㊅二八九頁）「月の明き夜な夜な」（二九一頁）の、『源氏物語』手習の巻の表現を敷く[12]ものであろう。移り住んだ西山の地での二九歳を越えた未婚の身を、あたかも手習で東路に思い馳せつつ引板の音に耳を澄ませ、「月の明き夜」にもの思いつつ、「われかくてうき世の中にめぐるとも誰かは知らむ月のみやこに」と詠む、ほかならぬ浮舟の姿に重ねているのである。都からの便りに、「思ひ出でて人こそ訪はね山里のまがきの荻に秋風は吹く」と詠むのも、浮舟の詠歌の「誰かは知らむ月のみやこに[13]」に響き合うものであろう。試みに挙げたこの箇所以外にも指摘される浮舟叙述との重なりは幾つかあり、浮舟と作者とはさまざまな意味で密接に結ばれているのであった。

夕顔・浮舟

なぜ、夕顔と浮舟、また中でもとりわけ浮舟なのか。もとより第一に、二人の女君に共通する身分、出自の問題が挙げられるのは言うまでもない。遙かに身分の隔たる藤壺や紫の上ではない「中の品」の女君の上に、作者は受領の女としての夢を慎ましやかに紡いだのである。また、とりわけ浮舟を選び取ることの背後に、同じ東国育ちという親近、宗教志向への共感があったことも否めまい。こうした女君の中に等身大の夢を紡ぐところに、作者の慎ましやかな現実主義とも言うべきものを、一方読み取り得るのであろうか。

さらに、「夕顔や浮舟のように思いがけない運命に遭遇して、社会的な制約や常識をとび超える僥幸」を夢見たとする見解[14]もあるのだが、ここにこうした作者の等身大のものへの親近、現実志向だけではいかにも読み解きかねる一つの問題がある。なぜ作者はたとえば、空蟬、明石の君、玉鬘といった同じく身分的に近い女君たちに一度も夢を託すことがなかったのだろうか。否、実は明石の君に関連して、一つの気になる叙述が指摘される。

年ごろは、いつしか思ふやうに近き所になりたらば、まづ胸あくばかりかしづきたてて、率て下りて、海山のけしきも見せ、それをばさるものにて、わが身よりも高うもてなしかしづきてみむとこそ思ひつれ、われも人も宿世のつたなかりければ、ありありてかくはるかなる国になりにたり。（五七頁）

父孝標が不本意な再度の東国赴任に際し述べた言葉である。『源氏物語』若紫の巻で、「人の国などにはべる海山のありさま」(一)二七六頁）の風光美が話題となり、「近き所」には、播磨の明石の浦」と、明石の君の噂が伝えられる箇所の表現が、「海山のけしき」「近き所」に各々照応する。また、娘の高い「宿世」を信じ、国司風情の求婚を歯牙にもかけぬ入道のあり方が、孝標の「わが身よりも高うもてなしかしづきてみむ」との思いに共通する(15)のは言うまでもない。

孝標が現実にこのように語ったのかどうかは問題でない。作者のまとめ上げた表現の背後に、明石の物語に関わる表現が透き見られることに今、注目したい。父にこう語らせることで、作者は出自において近い明石の君と自分とを密かに一瞬重ね、にもかかわらずその大きな栄華には遙かに及ぶべくもない我が身の嘆息を、それ故にもそっと洩らしているのではなかったか。密かに重ねるところに、作者の世俗的願望が滲む。そしてまた密かな文脈の中に封じ込めるところに、作者の慎ましくはあるが揺るがぬ矜持も窺えそうである。父孝標の言葉の直前には、先に触れた浮舟のように「隠し据ゑられ」て、「花紅葉月雪をながめて」暮らしたいとの願いが置かれ、また父の述懐の直後には「花紅葉の思ひもみな忘れて、悲しく、…」との嘆息が置かれている。「花紅葉の思ひもみな忘れて、…」と記すところに、浮舟志向を一旦忘れての、世俗の栄華を得られぬ嘆きをかすめ綴り、けれどもあくまでも父の言葉の中に世俗的栄華への関心は封じ込められたのだった。

空蟬、玉鬘に関してはもとより一片の記事もなく、少なくとも自身の関心として反芻されるのはもっぱら夕顔、浮舟なのであった。出自以外に、二人の女君に共通するものは何か。まさしく彼らが悲劇的な女主人公[16]であったことを見逃すわけにはいくまい。一時の夢にも似た若い日の源氏の恋の対象としてあえかに生き、もののけに取り殺されて命を終えた夕顔と、そして二人の男君の狭間で苦悩し、やがて自ら入水を選んだ浮舟と。作者がこれらの女君に惹かれるのは、何にもまして劇的な運命の展開、非日常的な漂う浪漫的な生を負っていることに因るのではなかったか。それは、同じ出自の明石の君の栄華や空蟬等の安穏の触発し得ぬ胸のときめきを作者に喚起した。

もっとも作者が実際に述べるのは、「光源氏などのやうにおはせむ人を」、「年に一たびにても通はしたてまつり」、「山里に隠し据ゑられ」、「花紅葉月雪をながめ」る、「心ぼそ」い生活への願望である。物語の熱に侵された作者の夢見た生活とは、貴公子のたまさかの訪れを淋しい山里に待ち、雪月花紅葉を傍らにもの思いの限りを尽すというものであった。「いと心ぼそげ」な生活のイメージに最もふさわしいのは、安穏や栄華の女君ではない。さすらい、漂う生を負ったはかなげな女君たちこそが、作者の夢を大きく搔き立て得るのである。もとより、これらの女君の悲劇的な死、或いは入水、出家といった運命の展開までも志向したのではあるまい。けれども、漂うはかなげなこれらの女君たちの運命の浪漫こそが、作者の心を捉えたとは言い得るであろう。

遊女をめぐって

作者は、その宗教的志向を含め、日常を越えたものに強く心惹かれる一面を持っていたということであり、この非日常を求める浪漫的志向は、たとえば竹芝伝説を長々と書き留める在り方からも裏付けられよう。今一つ、遊女をめぐる記述を顧みたい。

麓に宿りたるに、月もなく暗き夜の、闇にまどふやうなるに、遊女三人、いづくよりともなく出で来たり。五十ばかりなる一人、二十ばかりなる、十四五なるとあり。庵の前にからかさをささせて据ゑたり。をのこども、火をともして見れば、昔、こはたと言ひけむが孫といふ、髪いと長く、額いとよくかかりて、色白くきたなげなくて、「さてもありぬべき下仕へなどにてもありぬべし」など、人々あはれがるに、声すべて似るものなく、空に澄みのぼりてめでたく歌をうたふ。……見る目のいときたなげなきに、声さへ似るものなくうたひて、さばかりおそろしげなる山中に立ちてゆくを、人人あかず思ひてみな泣くを、幼き心地には、ましてこのやどりを立たむことさへあかずおぼゆ。（二二―二三頁）

東国よりの旅の途上、足柄山中の闇の中から現れ、やがてまた闇に帰っていった三人の美しい遊女たちの姿は、作者の幼い心に強い印象を刻んだ。以降旅の記の終わり近く野上の地で、「そこに遊女ども出で来て、夜ひとよ歌うたふにも、足柄なりし思ひ出でられて、あはれに恋しきことかぎりなし」（二九頁）と、再度の遊女との出会いに足柄の遊女を懐かしんだことが述べられ、さらに既に四〇を越え赴いた高浜での遊女との出会いが刻まれる。この三箇所に繰り返される遊女の描写には、夜の闇の中から立ち現れ、美しい声で歌うという一つの共通の型が認められる。或いはまた、比較的叙述の詳しい足柄と高浜に限って言えば、「火をともして見れば」（足柄）、「遠き火の光に、単衣の袖長やかに、扇さし隠して、歌うたひたる、いとあはれに見ゆ」（高浜）と、闇の中に一点灯された光の中に浮かび上がる遊女の姿が繰り返し述べられている。「昼は簦《おほかさ》を荷うて身を上下の倫《ともがら》に任せ、夜は舷《ふなばた》を叩いて心を往還の客に懸けたり」（『新猿楽記』）とはあるものの、遊女がとりわけ夜を活躍の場としていたことは言うまでもなく、現に『宇津保物語』に「うかれ女」（遊女）の二例の示されるのも、七夕の夜（藤原の君）、また「夜ひとよ」（まつりの使）の遊びの席の場面である。『源氏物語』の一例の「遊女」も、澪標の巻「夕潮満ち来」る日暮れ方に姿を現したものとおぼしい。

それ故『更級日記』の遊女が繰り返し夜立ち現れること自体に、際立って問題にすべきことは何もないのだが、『宇津保物語』『源氏物語』の場合、ただその前後の時間設定を顧みれば夜であったというだけのことであるのに対し、『更級日記』の場合は光と闇との交錯の中に現れる遊女の姿が、いずれの場合も浮刻されているという点が固有の現象である。「あはれに恋しきこと」「いとあはれに見ゆ」と繰り返し記されるその姿は、光と闇との交錯の中に据えられることで、この世ならぬ幻想的な美を獲得した。本日記の浮刻した遊女の固有の在り方は、まさしくこの、この世ならぬ美しさというところにかかっている。[17]

三度この型の繰り返される点に、作者の心象の原郷としての風景を認め得るのだとすれば、相似形の繰り返しという意味で先に述べた霧の中の薬師仏の姿もまた、弥陀来迎の夢に繋がる原郷風景として同様に捉えられることを再び確認したい。一方、こうして三度捉えられた遊女の像は、そのはかない流浪の生を背後に、光と闇とのあわいに日常を越えあえかに捉えられているという意味において、まさしく夕顔や浮舟と結ぶ側面を負っている。顧みれば、自ら源氏に歌を詠みかけるという行為に遊女性を滲ませ、なお巫女の面影をも宿すことで聖なる遊女たり得た夕顔[18]と、匂宮、薫という複数の男性と関わるという意味で遊女性を担った浮舟との二人を憧憬することと、三度の遊女浮刻とは偶然の符合であろうか。否、光と闇とのあわいに据えることでもたらされた、この世ならぬ聖なる面影の遊女への関心と、あえかなはかなさで流離し、この世ならぬ運命の変転にもて遊ばれる遊女性を担った女君たちへの関心は、まさしく日常を越えたあえかな夢、浪漫への共感という意味で通底する。なぜ、夕顔、浮舟なのかという問いかけへの解答を、日常を越えた浪漫への共感という一点に、最も大きく見取る所以である。

物語憧憬にのみ覆われた少女時代であったわけではなく、一筋の宗教的関心が当初より息衝いていたこと、また浮舟志向という問題を通して、作者には宗教、物語共々に関わって世俗、日常を越えるものに憧れをゆらめかせる資質のあったことを述べてきた。ここで再び来迎の夢に立ち戻ろう。「頼み」「頼む」の語のあったことが想起される。夢告の与えられた天喜三年（一〇五五）とは、実は夫の死を遡ること三年の以前ではあった。それが唯一の「頼み」とはじめて自覚されたのが、夫の死を契機とする「かかる夢の世」、との自らの人生の認識の後であったということになる。ところで、『更級日記』の「頼む」「頼もし」等の語例は一七を数えるが、中で夫橘俊通をめぐり「頼もし人」「頼もしう」の語が四例使われていることに注目したい。『蜻蛉日記』の場合「頼む人」等の語で示されるのが、父、姉、道綱といった肉親のみに限られることを辿る時、孝標女の夫への感情の在処は自ずから透けてみえよう。「光源氏ばかりの人は、この世におはしけりやは」等の嘆息に結婚をめぐる挫折感を標榜しつつ、にもかかわらず晩年に至るまで、日常を越えるものに誘《いざな》われる作者の、現実の生活の根を支えていたのは、ほかならぬ夫であったことが、はしなくも「頼む」の語の使い方によって浮かび上がるのであった。(19)

三　物語と現実と——結びに代えて——

一方、俊通をめぐり使われていた「頼む」が、来迎の夢に関わって用いられていることは、作者の最終的に見せる信仰の在り方を示唆するもののようでもある。即ち、生活の根を支えていた夫が亡くなった時、その寄り頼む場をもっぱら宗教の側にスライドさせた、という構図を、「頼む」の語の使い方から見取り得るのだとすれば、やはり夢の記述は作者の回心の深さを示すものであるとは殆ど読めないことになる。ちなみに『紫式部日記』の同じ阿弥陀仏への帰依を語る部分には、「人、といふともかくいふとも、ただ阿弥陀仏にたゆみなく、経をならひはべらん」とあって、もとより「頼む」の語はない。「たゆみなく、経をならら」うといった積極的な営みには遠く、最後まで作者は物語と宗教とのあわいを生き続けているからこそ、本日記執筆もまたあり得たとも言えるのである。

ところで、日常を越えるものへの憧れに誘われる一方、作者の折にふれて垣間見せる極めて現実的な生活感覚を押さえねばなるまい。しばしばなされた物詣に神仏に願ったのは、「今はひとへに豊かなる勢ひになりて、双葉の人をも思ふさまにかしづきおほしたて、わが身もみくらの山に積み余るばかりにて、…」（八七頁）、「ただ幼き人々を、いつしか思ふさまにしたてて見むと思ふに、年月の過ぎゆくを、心もとなく、頼む人だに人のやうなるよろこびしてはとのみ思ひわたるここち、頼もしかし」（九八頁）等、蓄財、そして子供の成長と夫の昇進という、現世利益が中心であったことが繰り返し述べられる。そしてまた、「なにごとも心にかなはぬこともなきに」と、受領の妻としての充足を語る作者は誇らかでもある。物語に誘われつつ、一方に作者はこうした揺るぎのない生活感覚を確かめていた。

さらに、「年ごろ『天照御神を念じたてまつれ』と見ゆる夢は、人の御乳母して、内裏わたりにあり、みかど后の御かげにかくるべきさまをのみ、夢解きもあはせしかども、そのことは一つ叶はでやみぬ」（一〇八頁）と、天照御神に寄り頼み、貴顕の乳母となるべき運命を成就させ得なかったことへの苦い悔恨が洩らされるのは、先に触れた夫没後の「夢の世」の自覚の後である。夢告に従い貴顕の乳母となって、帝后の厚遇の下での繁栄を得る生を選び取ることをしなかった人生への悔恨は、逆に極めて現実的世俗的な願望の在り様《よう》を恨みがましく滲ませ、それ故にも作者の物語への執着は、貴顕の乳母となる途以外の、物語作者としての栄達を夢見たものであって、その野望の空しく潰えた後の喪失の思いがここに在るのだと読み解かれてもいる[20]のである。

ともあれ、縷々述べ来ったように、作者の日常を越えたものに対する志向は一方に明らかに刻まれている。今一方に仄見せる現実志向の生活感覚と、それとは、むしろあくまでも相反する、引き裂かれた資質、感情としてみるに留めたい。父、孝標の膝下での安穏な少女時代はもとより、俊通を「頼む」結婚生活の安穏・充足こそが、実は一方で現実を越えるもの——宗教、或いは物語の女君の浪漫的な生——への傾斜を、かえって支えるものだったのではなかろうか。だからこそ作者は、夫没後、「よしなき物語、歌」にうつつをぬかし、貴顕の乳母となるという方途での、今一つの安穏を成就させなかったことを悔いるのだし、また来迎の夢のみが「頼み」であると述べるのでもあった。現実志向の生活感覚と、そして物語憧憬と、作者の人生は二重の構造を負ったまま最後まで引き裂かれている。その美しい裂け目が、幾重にも交錯してさまざまなものを語りかけるところに、『更級日記』の魅力と謎の深さが潜められている。

注

（1）家永三郎「更級日記に見たる古代末期の廻心」『上代仏教思想史』（昭17　畝傍書房）、関根慶子「更級日記における阿弥陀仏の夢をめぐって」『平安文学人と作品とこころどころ』（昭63　風間書房）など。

（2）犬養廉「源氏物語と更級日記」『解釈と鑑賞』（昭43・5）

（3）宮崎荘平「更級日記の構造」『平安女流日記文学の研究』（昭47　笠間書院）

（4）菊田茂男「『更級日記』の精神的基底」『日本文芸論叢』（昭60・3）

（5）多田一臣「『更級日記』試論」（『千葉大学人文研究』昭56・3）

（6）高橋文二氏は、二つが「相応じて、この日記の始めと終りとを審美的に際立たせ、そこに象徴的な意味あいをさえ感じさせるものとなっているのではないか」と述べられる。（「『更級日記』小見」『国語と国文学』昭62・11）また、久保朝孝氏も照応の構図の意味について論じられている。(「『更級日記』の薬師仏」『源氏物語と平安文学』(一)(昭63　早稲田大学出版部))
(7) 津本信博「『更級日記』の表現」『更級日記の研究』(昭57　早稲田大学出版部)
(8) 関根慶子『更級日記』(上)(昭52　講談社学術文庫)八二頁。
(9) 関根慶子氏はこの二つの仏像の印象と、後年の来迎の夢との結びつきを示唆される。((8)の書参照。)
(10) 秋山虔「解説」『更級日記』(昭55　新潮日本古典集成)
(11) 野口元大「更級日記と源氏物語」『上智大学国文学科紀要』(昭60・1)
(12) 藤田彰子「更級日記における浮舟」『中古文学論攷』(昭61・10)
(13) 大倉比呂志「孝標女における「源氏」享受のありよう」『文学研究』(昭60・6)、深沢三千男「更級日記の源氏物語受容の一面」『語文』(昭62・2)
(14) 加納重文「孝標の女の心象」『古代文学叢論』(昭58　角田文衛先生古稀記念事業会)、寺本直彦「更級日記宇治の渡りの段試解」『青山語文』(昭61・3)
(15) おおよその枠組の照応について既に木村正中氏の指摘がある。(「受領の女、明石の君」『講座源氏物語の世界』(昭56　有斐閣))
(16) 悲劇性、浪漫性に関連して(4)・(13)の論参照。
(17) 『更級日記』の光と闇の問題に関しては、伊藤守幸氏の言及がある。(『更級日記』の多元的視点をめぐって」『弘前大学文経論叢』(昭60・3)
(18) Ⅰ(1)4「遊女・巫女・夕顔──夕顔の巻をめぐって──」参照。
(19) 但し、滝沢貞夫「平安時代散文作品における「頼む」「頼もし」」『中古文学』(平14・11)は、『更級日記』の夫をめぐる「頼む人」の用例を、「子供の立場で子供達が使っている呼称をなぞっている」ものとする。
(20) 後藤祥子「更級日記の陰画」『むらさき』(昭60・7)

3 『更級日記』の「橋」「渡り」をめぐって――境界へのまなざし――

はじめに

『更級日記』は、周知のように全体の三分の一を占める京への旅の記が、まず冒頭に置かれる作品である。旅の記が大きな比重を占める以上、そこを通過しなければ進むことのできない「橋」「渡り」（渡し場）に目が向き、書き留めることになるのは必然の成り行きというものでもあろうか。事実たとえば『伊勢物語』九段東下りの条にも、「八橋」、また「これなむ都鳥」と答える「渡守」の姿を刻む隅田川の渡し場などの、「橋」や「渡り」をめぐる記述が認められる。けれども、ちなみに『蜻蛉日記』の「橋」六例、「渡り」零、『源氏物語』「橋」一五例（浮橋・打橋・宇治橋・懸橋・反橋・一つ橋・緒絶橋を含む。ただし川に架けられたもの以外の邸内のそれを合わせての数である）、「渡り」一例といった用例分布状況を顧みるなら、『更級日記』の「橋」（瀬田の橋・浜名の橋・八橋を含む）九例、「渡り」八例、との在り方には、地理的な必然のみに留まらぬ、これらの語をめぐる当該作品固有のこだわりをむしろ想起すべきではあるまいか。

　大化改新の詔により、橋、道は国営となり、律令制度の下、民部省がその造営に当たったが、やがて律令制度の崩壊、荘園の発達による財政事情から、国は次第に橋の経営より身を引くようになったという。増水、洪水などで流され、また朽ちた橋は、架け替えられることなく、より簡便な渡船に後退することともなる。(1) また、ともすれば壊れがちな往時の橋の在り方故にも、「宇治橋」と「宇治の渡り」のように二つが併存したケース(2)も少なくない。「橋」「渡り」は、無論要するに向こう側に渡ることを目的とした相互補完的な場にほかならない。既にさまざまに説かれるように、異類との交歓を豊かに湛える水辺の境界(3)、向こう岸へ、異なる世界へと向かい接する場としての、「橋」「渡り」という述べ方が許されよう。

　一見「頭の中にあることをさらさらと書いているだけの日記(4)」とみえる『更級日記』には、実は細いこだわりの糸が幾重にもめぐらされているように思われるのだが、ひとまず本章では、その仕組みを「橋」「渡り」という境界へのまなざしから辿りみたい。作者の憧れてやまない『源氏物語』の女主人公浮舟その人が、唯一「宇治橋」の彼方から薫の前に姿を現す女君として刻まれたことを併せ顧みるなら、『更級日記』の「橋」「渡り」へのこだわりは、物語と宗教とのあわいを揺れる作者の生の在りようとむしろ根深く関わるものなのではあるまいか。その意味で、境界へのこだわりは、『更級日記』作者の『源氏物語』を読む体験、言ってみれば「女」の、「物語」を読む体験とも遙かに架橋されることにもなろう。

一　失われた橋の風景

①その渡りして浜名の橋に着いたり。浜名の橋、下りし時は黒木をわたしたりし、このたびは、跡だに見えねば舟にて渡る。入江にわたりし橋なり。（『更級日記』二七頁）
②八橋は名のみして、橋のかたもなく、なにの見どころもなし。（二八頁）
③湖のおもてはるばるとして、なで島、竹生島などいふ所の見えたる、いとおもしろし。瀬田の橋みなくづれて渡りわづらふ。（二九〜三〇頁）

遠江の「浜名の橋」から、やがて三河の「八橋」を通り、近江の「瀬田の橋」を渡れば、もはや都は目前で、三箇月の上洛の旅はようやく終わろうとしている。『更級日記』の旅の記には、右のように三箇所の通過地点の「橋」が言及されており、後述する竹芝伝説の条に現れる「瀬田の橋」を含め、全用例は旅の記に集中し、後の部分に語例はない。「跡だに見えねば」「橋のかたもなく」「みなくづれて」と、跡形もなく失われ、或いは崩壊した「橋」の風景が繰り返されるのは偶然であろうか。失われた「浜名の橋」や「八橋」になお言及するのは、もとよりこれらが名高い歌枕であることと密接に関わる。旅の記は、「基本的には歌枕の地名を連綴するもの[5]」だったという。けれども、失われ崩壊した「橋」のみを、繰り返すことで、一通りの歌枕への言及から逸脱する意味をむしろ奇妙に漂わせ始める印象を拭い得ない。

ひとまず後代の作品ではあるが、たとえば同様の道筋の旅を記す『東関紀行[6]』に目を転じよう。「瀬田の長橋打渡るほどに、湖はるかにあらはれて……」（一三〇頁）、「湖に渡せる橋を浜名となづく。古き名所也」（一三八頁）と、それぞれ「瀬田の橋」、「浜名の橋」が示され、「八橋」では「ゆき〳〵て三河国八橋のわたりを見れば、在原の業平が杜若の歌よみたりけるに、みな人かれいゐの上に涙おとしける所よと思出られて、そのあたりを見れども、かの草とおぼしき物はなくて、稲のみぞ多く見ゆる」（一三五頁）と、『伊勢物語』が回顧されており、同じ三つの橋をめぐる記述の中に、失われた橋、という視座はない。

『十六夜日記』においても、「八橋にとゞまらんといふ。暗きに、橋も見えずなりぬ」（一八九頁）、「浜名の橋より見渡せば、鷗といふ鳥いと多く飛かひて、水の底へも入る」（一九〇頁）などとあって、これらの作品の旅の時点では、もとより幾度となく重ねられた架け替えの後、少なくとも現存する橋の風景を見ていた、ということなのだろう。ただし『海道記』には、「八橋」をめぐり「橋モ同ジ橋ナレバ、イクタビ造カヘツラム」（八四頁）とあって、現存の橋を目の当たりにしながらも、むしろ「朽」ちては造り替えられたもの、といった思いの向き方もあり得ることが浮かび上がる。『海道記』は、「八橋」に続き「宮橋」についても、柱のみを残す朽ちた橋、という叙述を残している。

つまり、『海道記』の「八橋」などの例外はあるものの、こうした紀行文の中では、少なくとも朽ち、失われる橋、という執拗な風景の切り口の繰り返しは必ずしもみえないのである。現実の風景を踏まえるものではあるにもせよ、『更級日記』のやや奇妙な執拗さに思いを致さざるを得ない。まず①の「浜名の橋」をめぐる叙述のこだわりは、わけても執拗である。三年前の上総下向の折には、「黒木をわたし」た橋を渡ったのに、……と喪失感を露にし、それは「入江」に架かる橋だったのだと、失われた橋を幻視するかのように再度念を押すのであった。何の見所もなく失われた②の「八橋」に続きやがて現れるのが、③の崩れた「瀬田の橋」である。「渡りわづらふ」とあって、旅の終わり近くの難儀な体験が、極めて鮮やかな印象を留めたのは確かだろうが、同時にこの崩壊した橋の記述は、竹芝伝説の一つの風景を蘇らせる装置ともなっている。

……さるべきにやありけむ、負ひたてまつりて下るに、ろんなく人追ひて来らむと思ひて、その夜、瀬田の橋のもとにこの宮を据ゑたてまつりて、瀬田の橋を一間ばかりこほちて、それを飛び越えて、この宮をかき負ひたてまつりて、七日七夜といふに、武蔵の国に行き着きにけり。（一九頁）

竹芝伝説の衛士は、皇女を背負って故郷武蔵の国に下向する途中、追っ手を予想して「一間ばかり」瀬田の橋を壊し、それを飛び越えて逃亡を続けたのであった。やがての東国派遣の勅使が「瀬田の橋こほれて、え行きやらず」とあるところをみれば、衛士の破壊工作はそれなりに功を奏したようで、勅使はようやく三箇月を経て武蔵に到着したと記される。衛士が容易に飛び越えた箇所を、勅使が越えられないというのは矛盾だが、ともあれ瀬田の橋の破損により行く手を妨害された勅使の在り方を、ここではひとまず確認したい。

「橋」とは、その境界性について、たとえば「たんにふたつの分断されている土地をつなぐ眼にみえる境界であったばかりか、この世ならぬ異界の住人たちと遭遇しやすい、不可思議な境界領域でもあった」[7]と説かれる場にほかならない。「瀬田の橋」に関わっても『今昔物語集』巻第二七・一四「従東国《トウゴクヨリ》上《リシ》人、値鬼語《オニニアヘルコト》」に、東国より上り「瀬田橋」の近くに宿を取ったものの、夜鬼に追われて、「橋ノ下面《オモテ》ノ柱ノ許《モト》ニ」に身を隠す男の体験が語られ、鬼や異類との交渉の挿話の溢れる聖なる場、水辺の境界であることを露にする。[8]こうした聖なる空間の一つであると同時に、この説話の中でも「瀬田の橋」は「東ノ方ヨリ上ケル人」の、そこを渡って都に入る場として示されることに今一方注目したい。たとえば『日本書紀』に、「辛亥に、男依等瀬田に到る。時に大友皇子及び群臣等、共に橋の西に営りて、大きに陣を成せり」（巻第二八天武天皇上　元年七月）[9]と、「瀬田の橋」をめぐって壬申の乱の大きな攻防があったことが記されるように、この橋はまさに西日本と東日本とを結ぶ要に位置しており、以来近世初頭に至るまで戦乱のたびにこの交通の要衝での攻防のあったことが確認されるのである。さらに少なくとも平安朝において、「瀬田の橋」とは、そこを渡って畿内、山城の国に入る、その意味での都と東国との境界であった。「従東国《トウゴクヨリ》上《リシ》人」が、「瀬田の橋」の上で怪異に出会う説話の残されたのは、聖なる境界の中でもとりわけこの橋が、東国と京との境界を象徴するものであることを証し立てていよう。

竹芝伝説の、壊された「瀬田の橋」をめぐる叙述はこのことと響きあって意味深い。「一間ばかりこほ」たれた箇所さえ飛び越える衛士の力は、故郷東国への渇望の情熱に支えられており、自由溢れる地での新しい可能性を切り拓く。一方、東国という異界に切り結び、拓く力を持たぬ追っ手は、壊された橋の許に行きなずむほかあるまい。

旅の終わり近く、壊れた「瀬田の橋」が現実の風景となって現れるのは、竹芝伝説の事実性を保証する(10)機能を持つのだとも言われるが、事実なのかどうかはさておくとしても、伝説と呼応するものであることは認められよう。「瀬田の橋」は、京と東国との境界である。京より東国へ、境界を越えて、輝く新天地に逃亡を果たした(11)衛士とは逆に、作者は今、憧れの京に、境界を渡り越え、辿り着こうとして難渋している。渡ればもう都、という場にあって、にもかかわらず壊れた橋を渡りかねて行きなずむ作者の姿には、都に憧れつつも、一方で魂の原郷とも言うべき東国への哀惜に引き裂かれる思いの深さが、託されていると読むべきではないか。

物語への渇望を祈り願った薬師仏を「見捨て」出立することへの悲しみをはじめ、竹芝伝説の東国での幸福な生を成就した衛士、そして姫君への共感の匂いなど、『更級日記』は物語の豊かに溢れる京への憧憬の一方で、東国に惹かれてやまぬ引き裂かれる思念を晒す。「くづれ」た橋を「渡りわづらふ」姿は、その東国という異界を後にする境界での引き裂かれる思い、逡巡を立ち上らせる装置にほかならない。

旅の記において、橋、とりわけ失われた橋に執拗なこだわりをみせる作者は、たとえば後年初瀬詣の途、立ち寄った宇治で、おそらく目にしたはずの「宇治橋」についてはもはや言及しない。代わって迫り出すのは、後に述べる「渡り」であった。或いはまた、同様の中年期に入ってからの和泉への舟旅の折など、かつて貫之が「山崎の橋見ゆ。うれしきことかぎりなし」と『土佐日記』に記し、やがて長徳元年（九九五）の辺りには既に失われた「山崎の橋」近くにさしかかることもあったはずだが、もはや失われた橋への思いは影さえみえない。さらに和歌との関わりから言えば、『古今集』仮名序「長柄の橋も、つくるなりと聞く人は、……」以来古いもの、朽ちはてるもののイメージの強い、「長柄の橋」にも言及はない。『更級日記』の失われた橋への関心は、東国へのまなざしと響きあってのみ意味を持つものなのであった。

旅の記の中で、『更級日記』がとりわけ失われた橋へのこだわりをみせることによって、東国と都との自在な往還のもはやあり得ぬ悲しみ、就中東国という異郷を喪失した悲哀を封じ込めているとみるほかあるまい。下向の折の「黒木をわたしたりし」浜名の橋は、もはや失われ、往還し得ない。[12]そしてまた、『更級日記』が物語と現実、また物語と宗教といった二つの異なる世界に引き裂かれ、その狭間に喪失の悲しみを抱き締める構造を持つことを顧みる時、境界としての橋、その失われた姿へのこだわりは、東国と京という二つの世界をめぐる喪失の思いを突き抜け、はからずも作品の根底のそれをも照らし出す仕組みとなっていることに気付かされる。旅の記は、その意味でも作品全体のモチーフと響きあって揺るぎない。

二　「渡り」、境界

失われた橋に代わり、対岸と此岸とを結ぶものが「渡り」である。「濟　爾雅注云濟子禮反和名和太利渡處也」（『倭名類聚抄』[13]）とある、「渡し場・渡船場」の意の「渡り」は、『更級日記』に八例みえる。『土佐日記』『蜻蛉日記』『和泉式部日記』『紫式部日記』には現れず、『源氏物語』では「泉川の渡り」（宿木）一例、『枕草子』は「渡りは」の章段に限られる四例、といった他の作品の状況を顧みれば、『更級日記』の八例は確かに突出しており、鍵語《キーワード》の一つという趣さえ湛える。ひとまず、用例を辿りみよう。

①下総の国と武蔵との境にてある太井川といふが上の瀬、まつさとの渡りの津にとまりて、夜ひとよ、舟にてかつがつ物など渡す。（一六頁）

②その春、世の中いみじうさわがしうて、まつさとの渡りの月かげあはれに見し乳母も、三月ついたちに亡くなりぬ。（三三頁）

③野山蘆荻の中を分くるよりほかのことなくて、武蔵と相模との中にゐて、あすだ川といふ、在五中将の「いざ言問はむ」と詠みける渡りなり、中将の集には隅田川とあり、舟にて渡りぬれば、相模の国になりぬ。（二一頁）

④大井川といふ渡りあり。水の、世のつねならず、すり粉などを濃くして流したらむやうに、白き水はやく流れたり。（二五頁）

⑤小夜の中山など越えけむほどもおぼえず、いみじく苦しければ、天ちうといふ川のつらに、仮屋造り設けたりければ、そこにて日ごろ過ぐるほどにぞ、やうやうおこたる。冬深くなりたれば、川風けはしく吹き上げつつ、堪えがたくおぼえけり。

その渡りして浜名の橋に着いたり。（二七頁）

⑥三河と尾張となるしかすがの渡り、げに思ひわづらひぬべくをかし。（二八頁）

⑦美濃の国になる境に、墨俣といふ渡りして、野上といふ所に着きぬ。（二九頁）

まず旅の記に現れる七例を右に掲げた。八例中七例までが、旅の記に記されるのは、もとより地理的な必然に関わる。先に対照した作品は、『土佐日記』を除き、長い紀行の叙述を含まないのだから、『更級日記』の突出した用例数は、確かに上洛の記という内容と密接に関わるものではあろう。そしてまた、「まつさとの渡り」（下総と武蔵との境を流れる「太井川」の渡し場）、「あすだ川」の渡り（武蔵と相模との境）、「大井川といふ渡り」（駿河と遠江との境）、「墨俣といふ渡り」（尾張と美濃との境）と、触れられる「渡り」の殆どは国境に位置しており、『更級日記』は国越えを、「渡り」を目印に次々に記し置いたという側面も浮かび上がる。宮路山の東南の三河の名高い歌枕だった「しかすがの渡り」を、自ら「三河と尾張となる」と誤認して刻んだことを併せ顧みれば、実際には少女の日の旅を脳裏に留めるために、川により分断されることの多いそれぞれの国の位置を踏まえ、「渡り」と国の境とを連関させる記憶の仕掛けが働いていたのでもあったろうか。そうなると、単に旅の道筋の通過ポイントを「渡り」によって記したに過ぎないことになる。

しかし、一方逆に「しかすがの渡り」を、「三河と尾張」との境とする事実誤認の記述にこそ、実は『更級日記』の「渡り」への固有のまなざしが揺曳することを見逃すべきでない。『更級日記』の旅の記において、「渡り」は国の境と分かち難く結び付いている。そのことにより、「渡り」とは、境、境界そのものにほかならないことを、この作品は繰り返し語るのである。しかも、境界、「渡り」には、極めて物語的な風景があった(14)。まず、①の「まつさとの渡り」において、作者は、夫さえ亡くし「境」で出産したばかりの乳母を見舞っている。

……紅の衣上に着て、うちなやみて臥したる月かげ、さやうの人にはこよなくすぎて、いと白く清げにて、めづらしと思ひてかきなでつつうち泣くを、いとあはれに見捨てがたく思へど、いそぎ率て行かるるここち、い

とあかずわりなし。おもかげにおぼえて悲しければ、月の興もおぼえず、くんじ臥しぬ。（一七頁）

粗末な仮屋の苫の隙間から射し込む、月光に浮かび上がる乳母の顔はぞっと身に滲みる美しさで、瞬く間に別れを余儀なくされた悲しみと相俟って作者の脳裏に深い印象を刻んだ。葎の宿、月影、横たわる女という設定が、「物語的定番」だったことは、『枕草子』二一四「九月二十日あまりのほど」に、「はかなき家」で「月の、窓よりもりたりしに、人の臥したりしどもが衣の上に白うてうつりなどしたりし」[15]様を目にしたとあるのをはじめ、『宇津保物語』俊蔭の巻や『源氏物語』の末摘花をめぐる場面に明らかであると既に指摘[16]されている。やがて翌年、寛仁五年（一〇二一）三月、この乳母は疫病のため死去、このことを記すのが、②の記事である。その時、『更級日記』は「まつさとの渡りの月かげあはれに見し乳母」と、今一度、乳母を見舞ったあの場の名を繰り返すのである。もとより、その地での出会いと別れとをめぐる深い衝撃の故ではあろう。後年作者は、姉の死後間もなく、忘れ形見の幼子達の顔に「月のもり来」る「ゆゆし」さに、思わず子供達の顔を袖で覆う姿を書き留めているが、月に照らし出される顔と、死のイメージとの連鎖の型は、この乳母をめぐる叙述に発していると考えられる。その意味でも、深い跡を刻んだ体験、「物語」の生まれたのが、「まつさとの渡り」であり、その名を②に再び記すことで、『更級日記』は、ほかならぬ境界と物語的な風景、「物語」との因縁の深さを鮮やかに浮かび上がらせたのであった。

⑤の「その渡り」、即ち天龍（天ちう）の渡し場を前に、作者が病を養う姿の書き留められるのも、①・②の在り方と響き合いつつ、その境界性を露にするものであることを、さらに付け加えたい。病から快癒へ、身体をめぐる境界の通過と、「渡り」を過ぎ越えることとが二重写しとなって、一つの意味を奏でた。

一方、①の「まつさとの渡り」において、「舟にてかつがつ物など渡す」「つとめて、舟に車かき据ゑて渡して」などとあるように、『更級日記』は「渡り」に言及する時、そこを舟で通って荷物を渡す、或いは舟で渡る、という型を繰り返す。③では隅田川の渡し場を「舟にて渡り」、⑤で「その渡りして」浜名の橋に着き、また⑦の「墨俣といふ渡りして」野上に至る、といった具合である。「渡り」の機能、或いは旅の記の性質上、舟でそこを渡る記述の繰り返されるのは理の当然だが、中に「渡り」を行き交う舟を眺める場面が交えられても不都合はあるまい。事実、たとえば『蜻蛉日記』安和元年（九六八）九月の初瀬詣をめぐっても、「破子などものして、舟に車かきすゑて[17]」の記述の一方で、「ゆきかふ舟どもあまた……」など舟を眺める記事がみえる。道綱母は、折にふれ上り下りする「鵜舟ども」（天禄二年七月初瀬詣）に目を留め、「しひて思へば釣舟なるべし」（天禄元年六月唐崎の祓）と、遙かに遠景に点在するものを自身の孤独な心情に引き重ね見やるなど、眺める舟の風景に説き及ぶ。『更級日記』は、眺める舟ではなく、もっぱらそこを渡るという行為にのみ着目するのである。

さて、唯一旅の記以外に「渡り」の語のみえる箇所に、目を転じよう。

⑧物の心知りげもなきあやしの童べまで、ひきよきてゆき過ぐるを、車をおどろきあさみたることかぎりなし。これらを見るに、げにいかに出で立ちし道なりともおぼゆれど、ひたぶるに仏を念じたてまつりて、宇治の渡りに行き着きぬ。そこにも、なほしもこなたざまに渡りする者ども立ちこみたれば、舟の楫とりたるをのこども、舟を待つ人の数も知らぬに心おごりしたるけしきにて、袖をかいまくりて、顔にあてて棹に押しかかりて、とみに舟も寄せず、うそぶいて見まはし、いといみじうすみたるさまなり。無期にえ渡らで、つくづくと見るに、……（九〇―九一頁）

永承元年（一〇四六）一〇月、三九歳の作者は、折からの大嘗会の御禊の騒ぎをよそに、初瀬詣に出掛けた。都を目指す人の流れに逆らっての初瀬詣は、『蜻蛉日記』の、同様の大嘗会を目前にした折のそれにも似て、ある種のもの狂おしさを湛えるが、ここにおいてなお作者は、大きく「渡り」に吸引されるのであった。「宇治の渡り」

に行き着いた作者は、舟を待つ人々の数の多さに「心おごり」した渡し守の姿にまず注目する。待つ人々をわざと苛立たせるかのように、悠然と構えるあり様に、「無期に」渡ることも叶わぬまま、作者は辺りの風景に目をやる。と、思い浮かぶのは、この地にゆかりの『源氏物語』の宇治の姫君達であった。やがて「からうじて」川を渡り、頼通の「宇治殿」に入るにつけても、胸を過《よぎ》るのがあの浮舟である。「宇治の渡り」なる場が、ここでは大きく迫り出し、そこをなかなか「渡る」ことのできないまま、物語に思いを馳せるという構図の中に、「渡り」を「舟」で越え渡る、との馴染みの型の繰り返しが確認される。

旅の記を離れ、なお「渡り」に注目し、そこを「舟」で「渡る」図柄の繰り返しを浮上させ、しかもほかならぬその空間において、三九歳の作者がなお『源氏物語』に思いを馳せたのは、おそらく偶然であるまい。『更級日記』は、「渡り」をめぐる風景の見事な美しさへの感動ではなく、渡り越える空間の境界性への吸引を刻む。そして境界こそは、物語が生まれ、物語と深く関わる場にほかならない。中年期に至ってなお、『源氏物語』に心惹かれる在り方は、「渡り」の場で、「渡る」の語の繰り返しの中にこそ記されなければならなかったのである。二つの世界を繋ぐ「渡り」の境界性が、⑥の「しかすがの渡り」で、もとより「行けばあり行かねば苦ししかすがの渡りに来てぞ思ひわづらふ」(18)の歌を踏まえつつ、「しかすが」の名の通り、渡ろうか渡るまいかと悩んでしまいそうな……、とそれを前にしての逡巡を託す名の由来に興じることで、今一度確認されていることをさらに付け加えておく。

「橋」と「渡り」……と、『更級日記』には、並ならぬ境界へのこだわりが見取られる。と言うより、むしろ自ずから境界に吸引される魂の軌跡が読み取られる、とみるべきなのか。顧みれば、『更級日記』は一三歳の少女の日を始発とし、末尾近く、「更級の姨捨」の連想で書名の由来に関わる、「月も出でで闇にくれたる姨捨になにとて今宵たづね来つらむ」の歌に老残の孤愁を託す作品だった。旅の記を中心とする少女の日、そして老いの孤独の時間が、むしろ結婚とその後の主婦としての生活以上に大きな意味を担って迫り出すところに、固有の特色がある。少女、子ども、そして老人とは、まさしく中心を外れた、生と死との境界に近く生きる存在であった。『更級日記』の境界性は、その意味で作品の本質に自ずから深く関わる問題と言える。

三　浮舟物語へ

さて、『源氏物語』に現れる唯一の「渡り」の語例に、目を転じよう。

「昨日おはしつきなんと待ちきこえさせしを、などか今日も日たけては」と言ふめれば、この老人、「いとあやしく苦しげにのみせさせたまへば、昨日はこの泉川のわたりにて、今朝も無期に御心地ためらひてなん」と答へて、起こせば、今ぞ起きゐたる。（宿木(五)　四八〇頁）

初瀬参詣の帰途、宇治の弁の尼の許に宿を取った浮舟は、折から宇治を訪れた薫に垣間見られることとなる。右の弁と「老人」との対話も、この薫のまなざしに晒されたものである。予定より遅い一行の宇治到着への疑問を口にする弁に対して、老女房が、浮舟の気分のすぐれぬため、昨夜泊まった「泉川のわたり」で今朝も休んでいたことを明かし、改めて休んだままの浮舟を起こすのだった。「その泉川も渡りて橋寺といふところに泊まりぬ」（『蜻蛉日記』安和元年九月）などとあるように、「泉川」（現在の木津川）の渡し場は、初瀬への旅の通過地点であった。

さらに記述をさかのぼれば、この「泉川のわたり」に関連して、次の記事がみえる。

「さも苦しげに思したりつるかな。泉川の舟渡りも、まことに、今日は、いと恐ろしくこそありつれ。この二月には、水の少なかりしかばよかりしなりけり。いでや、歩くは、東国路を思へば、いづこか恐ろしからん」

など、二人して、苦しとも思ひたらず言ひゐたるに、主は音もせでひれ臥したり。（宿木　四七七頁）

音もなくひれ臥す浮舟の傍らで、老若二人の女房が、おそらく五月雨の季節にややさし掛かってのことであろう、去る二月の初瀬詣の折より格段に水嵩を増した「泉川の舟渡り」の恐ろしさを語り合っている。水の流れも激しく恐ろしい泉川を、舟で渡ったのだから疲れたのも無理からぬこと……と、そこでしばらく休み、今なお回復の充分でない女主人のことを述べ合う二人の傍らの浮舟の姿は、「下ろし籠めたる中の二間に立て隔てたる障子の穴」（四七六頁）からの薫の視線によって絡め取られたものである。薫の耳に届く女房たちの会話には、またこうして「泉川のわたり」をめぐる情報が交錯するのだった。

この垣間見場面に、なお先立つものとして、実は浮舟と「橋」との関わる箇所が指摘される。

賀茂の祭など騒がしきほど過ぐして、二十日あまりのほどに、例の、宇治へおはしたり。造らせたまふ御堂見たまひて、すべき事どもおきてのたまひ、さて、例の、朽木のもとを見たまへ過ぎんがなほあはれなれば、そなたざまにおはするに、女車のことごとしきさまにはあらぬ一つ、荒ましき東男の腰に物負へるあまた具して、下人も数多く頼もしげなるけしきにて、橋より今渡り来る見ゆ。田舎びたるものかな、と見たまひつつ、殿はまづ入りたまひて、御前どもはまだたち騒ぎたるほどに、この車も、この宮をさして来るなりけり、と見ゆ。（宿木㈤　四七四―四七五頁）

祭も過ぎての四月二十余日、宇治を訪れた薫は、かねてよりの「御堂」造営の進行状況の視察を終えて、その「廊」に住む弁の尼の許に立ち寄ろうとした折から、「橋より今渡り来る」車を目にする。それは、同様に弁の尼の許を目指してやって来た、ほかならぬ浮舟一行の車であった。いかにも富裕な受領層の一行らしい、荒々しげな供の下人の数多く付き従う女車の様子を、薫は「田舎びたるものかな」と見取る。先に「人形」（宿木四三七頁）の語に導かれるように、異母姉中の君の口よりその存在の明かされて以来、弁を通じて素姓が語られるなど、薫の許には既にさまざまの浮舟に関する情報が届いていたものの、浮舟その人の姿を目の当たりにするのは、これがはじめてである。もとより物語における浮舟初登場の場面であった。

浮舟一行は、初瀬参詣の帰途にあるのだから、宇治川の対岸から、宇治橋を渡って八の宮ゆかりの邸を目指していることになる。二つの異なる世界の出会う水辺の境界ということに加え、宇治橋の場合、その対岸は、平等院建立の地であることが端的に明かすように、西方浄土を感取させる地(19)であったという。西方浄土という異郷から、橋を渡って姿を現す女君として、浮舟が生身の姿をはじめて物語に刻まれるのは偶然であるまい。北山で走る少女として光源氏の視界に飛び込んだ紫の上、或いは琴の合奏の場を薫に垣間見られる宇治の大君、中の君など、都以外の空間での、ある動きを持った女君の登場は幾つか数えられるものの、橋を渡る女君は浮舟以外にない。異郷の彼方から、橋という異郷と現実の生とを結ぶ境界を渡って現れることで、入水、そして出家へと導かれるその人の、この世ならぬ世界、異郷との抜き差しならぬ関わりが見事に暗示された(20)というべきであろう。境界としての宇治橋を、まさに「今渡り来る」のが、浮舟であった。

浮舟と「橋」との結び付きは、実はこれに留まらない。

山の方は霞隔てて、寒き洲崎に立てる鵲の姿も、所がらはいとをかしう見ゆるに、宇治橋のはるばると見わたさるるに、柴積み舟の所どころに行きちがひたるなど、(中略)

「宇治橋の長きちぎりは朽ちせじをあやぶむかたに心さわぐないま見たまひてん」とのたまふ。

絶え間のみ世にはあやふき宇治橋を朽ちせぬものとなほたのめとや

（浮舟㈥　一三六―一三七頁）

ゆくりなく匂宮と関わった浮舟は、その後乱れる心を抑えかねるままに薫を迎えるが、その浮舟の憂悶を逆に「もののの心知りねびまさ」った証しと受け止める薫の側に、改めて皮肉にも浮舟への思いの一入《ひとしお》かき立てられる状況の中で、右の贈答が交されるのである。遙かに望む宇治橋を前に、その橋さながら、朽ちることのない「長きちぎり」を誓い慰める薫と、むしろ「絶え間」さえ危うい橋を、より頼むことの不安を訴える浮舟、という具合に宇治橋をめぐる二人の思いは、全く逆の方向にあって向き合うことがない。総角の巻において、「中絶えむものならなくにはし姫のかたしく袖や夜半にぬらさん」「絶えせじのわがたのみにや宇治橋のはるけき中を待ちわたるべき」(二七四頁)と、霧の晴れ間に立ち現れた「宇治橋のいとも の古り」た姿を前にしての、匂宮、中の君の同じ橋をめぐる贈答が、相互に同質のいとおしみと、別れの悲しみとを湛えるのとは対照的である。

『源氏物語』の「宇治橋」の用例は、五例であって、総角の二例を除くと、こうして三例は、浮舟に関わって、その行く末の不穏を滲ませるかのような、逆方向を向いた薫との対面に繰り返されるものであった。また、『源氏物語』の「浮橋」「打橋」等を除く「橋」(21)そのものの語例は、三例だが、邸内のそれを除いて、川に架かるものを意味する例は、先の宿木の一例のみである。浮舟と「橋」との結び付きの深さを思わざるを得まい。さらに付け加えるなら、「一つ橋危がりて帰り来たりけん者のやうに、わびしくおぼゆ」(手習㈥三一七頁)とは、小野の地で老齢の母尼の傍らに休んだものの、その鼾に脅える浮舟の心中を語る比喩であった。浮舟の物語は、「橋」と交錯し続ける。「夢浮橋」で浮舟の物語が閉ざされるのも偶然であるまい。「橋」と、そして「渡り」との深い関わりによって、浮舟の物語は、物語の発生の根源に繋がる境界に結ばれるものであることを、露にしている。もとよりそれが、「水辺」の境界であるのは、人形としての入水の運命に連なることを意味する。

浮舟をめぐる、「泉川のわたり」の情報は、その境界に結ぶ物語の方向を、なお強固に画定するものにほかなるまい。浮舟は、水辺の境界と繰り返し結び合わされることで、彼岸と此岸とのあわいを揺れる、境界の女君である(22)ことを露にする。思えば、巻名の由来ともなった、「たちばなの小島の色はかはらじをこのうき舟ぞゆくへ知られぬ」(一四二頁)の浮舟詠歌は、匂宮と共に「小さき舟」で「かの岸」に渡り、夢のような一時を過ごす折の道行きでのものだった。境界をたゆたい、揺れつつ浮舟の物語は進行し成就する。

『更級日記』に立ち戻らなければなるまい。辿りみたように、『更級日記』は、「橋」そして「渡り」という水辺の境界に並ならぬこだわりを覗かせる作品であった。一方、『源氏物語』の浮舟は、「わたり」と、とりわけ「橋」との関わりの中に、彼岸と此岸、異郷とこの世俗の世界とを揺れ動く生を象られる女君である。ほかならぬその浮舟を、『更級日記』が最も深い関心を寄せる女君として掬い上げているのは、周知のところであろう。

①……物語のことをのみ心にしめて、われはこのごろわろきぞかし、さかりにならば、かたちもかぎりなくよく、髪もいみじく長くなりなむ、光の源氏の夕顔、宇治の大将の浮舟の女君のやうにこそあらめと思ひける心、まづいとはかなくあさまし。(三五—三六頁)

②かやうに、そこはかなきことを思ひつづくるを役にて、……「いみじくやむごとなく、かたち有様、物語にある光源氏などのやうにおはせむ人を、年に一たびにても通はしたてまつりて、浮舟の女君のやうに山里に隠し据ゑられて、花紅葉月雪をながめて、いと心ぼそげにて、めでたからむ御文などを時々待ち見などこそせめ」とばかり思ひつづけ、……(五六頁)

③……光源氏ばかりの人はこの世におはしけりやは、薫大将の宇治に隠し据ゑたまふべきもなき世なり、あなものぐるほし、いかによしなかりける心なり、と思ひしみはてて、まめまめしく過ぐすとならば、さてもありはてず。(七五頁)

④無期にえ渡らで、つくづくと見るに、紫の物語に宇治の宮のむすめどものことあるを、……からうじて渡りて、殿の御領所の宇治殿を入りて見るにも、浮舟の女君のかかる所にやありけむなど、まづ思ひ出でらる。

（九一頁）

「まづいとはかなくあさまし」「そこはかなきこと」「あなものぐるほし、いかによしなかりける心なり」などと、繰り返し慚愧の思いを語りながら、にもかかわらずかつてのやみ難い憧憬の対象として記すのは、もとより夕顔、浮舟で、中でもとりわけ浮舟に比重がかかるのは言うまでもない。②では、「光源氏などのやうにおはせむ人」を、七夕の如き逢瀬で良いから……、と求めつつ、「浮舟の女君のやうに山里に隠し据ゑられ」と、むしろ光源氏と浮舟とを結ぶ離れ業をさえやってのけている。冒頭の「あづま路の道の果てよりも、なほ奥つ方に生ひ出でたる人」（一三頁）を、浮舟を念頭にする表現[23]と見なし得るなら、『更級日記』の、とりわけ浮舟に自分自身を引き重ね、憧れる思いは、併せて一入強固なものとしてさらに受け止められることとなろう。

おわりに

ようやく入手した『源氏物語』を、昼夜を分かたず読み耽り、あげくのはてに浮舟のようになりたい、とたわいなく憧れ、やがての執筆時の心境は、それを「はかなくあさまし」と悔恨するものである、という『更級日記』の表向きの見取り図は、少女、そして女が物語を読む行為の、ある種の虚妄を確かに証し立てているかにみえる。けれども、『更級日記』のそこここに「橋」「渡り」といった境界へのこだわりを窺い得るという事実の一方で、憧れてやまぬ浮舟が、「橋」「渡り」と抜き差しならぬ関わりを持つ、境界の女君としての位置を与えられていることを顧みる時、『更級日記』の核に潜められた、「読む行為」「読み」をめぐる今一つの構図が透き見えてこよう。自らを浮舟に引き重ね、貴人との稀有な恋への夢想を手繰り寄せる、一人の少女の「読み」は、まさにその自身の人生と物語とを、夢のように結ぶ点において、物語の登場人物の始原に担われたものを、自身の生に深く繋ぐ可能性を拓いたのではなかったか。

たわいもない夢想そのものをテコに、『更級日記』は、浮舟の、二人の男君、そして彼岸と此岸とのあわいを行きなずむ境界の女君としての在り方を、自身の人生を回想し、構築するに際しての核に据えたのだった。境界へのこだわりを繰り返すことで、『更級日記』は、東国と都、そしてまたより大きく物語と宗教という、二つのもののあわいに引き裂かれ、その境界に「月も出でで闇にくれたる姨捨になにとて今宵たづね来つらむ」と行きなずむ自らの生を、浮舟その人と連関させつつ、まとめ上げた、と述べることが許されよう。少女の、物語を読む行為は、たわいない夢想の中に空しく埋もれているかにみえるが、実は、紛れも無いその夢想の中から、一人の女が自身の生のありようを見据え、再構築する見えない糸が紡がれていく機構を見逃すべきではあるまい。浮舟の境界性と、『更級日記』における浮舟への憧れ、境界へのこだわりという連鎖は、まさにその再構成の機構を垣間見せるものにほかならない。『更級日記』は、その意味で、「女」が「読む」、という行為の拓く世界の豊饒を湛える作品なのであった。

「女」の視座から物語を読む、という行為が、今一つ『更級日記』にもたらしたものに、最後に蛇足ながら触れておこう。浮舟のように、山里に隠し据えられ、花紅葉を愛でる美的な生活の中で、まれまれ貴公子の訪れを待ちたい、との願望は、確かに慎ましやかなロマンティシズム、と受け止められる側面を持つのだが、おそらくそれのみでは処理しきれまい。『蜻蛉日記』に刻まれた、夫の訪れを遮二無二望み、またその衣服を誇りを持って整える作者像が、もとより家妻としての喜びを切望する女の欲望を露に指し示すのだとすれば、『更級日記』が、むしろそれを切り捨てた、ある種の愛のかたちへの夢のような欲望を照らし出している一面を見逃すべきでない。果たして、無心に性愛への欲望を表現し、衛士を誘う竹芝伝説の姫君に、作者は並ならぬ関心と共感とをみせていた。[25]併せ顧みれば、『更級日記』は、物語を媒介にすることで、女の欲望の一つのかたちをも露に拓く作品とみることが許されよう。その意味でも、この小品は極めて根源的な作品と言わねばなるまい。

注

（1）新城常三「中世の橋と渡」『文化史研究』（昭23　北隆館）
（2）大和と北陸とを結ぶ古北街道（後の奈良街道）の、宇治川を渡る地点に、「宇治橋」と、「宇治の渡り」とが共にあったという。『源氏物語　宇治十帖の風土』（昭61　宇治市文化財愛護協会）
（3）平林章仁『橋と遊びの文化史』（平6　白水社）
（4）阿部秋生「更級日記の浪漫精神」『国文学』（昭32・10）
（5）新潮日本古典集成本頭注による。
（6）以下、『東関紀行』『十六夜日記』『海道記』の本文の引用は、岩波新日本古典文学大系『中世日記紀行集』に拠る。
（7）赤坂憲雄「物語の境界／境界の物語」『方法としての境界』（平3　新曜社）など。
（8）（3）の書に既に指摘がある。なお『今昔物語集』本文の引用は、岩波日本古典文学大系に拠る。
（9）本文の引用は、岩波日本古典文学大系による。なお、「瀬田」の橋の初出が、『日本書紀』の当該例である。
（10）上野英二「説話の生態の一例――更級日記に見る」『成城国文学論集』（平7・3）
（11）益田勝実「かがやかしい逃亡」『説話文学と絵巻』（昭35　三一書房）

(12)『更級日記』の「喪失感」を述べる論として、高橋文二「喪失感と自然」「原風景と自然」『風景と共感覚』（昭60　春秋社）を挙げる。
(13)本文の引用は『諸本集成倭名類聚抄』（昭43　臨川書店）所収の元和本による。
(14)赤坂憲雄『境界の発生』（平元　砂子屋書房）、また(7)の書などに、境界には物語が発生するといった、境界と物語との関わりの深さが説かれる。
(15)本文の引用は、朝日日本古典全書に拠る。
(16)花井滋春「更級日記」『古記録と日記』下（平5　思文閣出版）
(17)本文の引用は、講談社学術文庫に拠る。
(18)『中務集』二九番歌。
(19)藤井貞和『日本〈小説〉原始』（平7　大修館書店）一二一頁。
(20)安藤徹「橋・峠・川・水」『物語とメディア』（平5　有精堂）、また(19)の書など。
(21)『源氏物語』の「橋」の考察として、葛綿正一「階と橋」『源氏物語のテマティスム』（平10　笠間書院）がある。
(22)Ⅰ(3)7「境界の女君――浮舟」参照。
(23)犬養廉「解説」（小学館日本古典文学全集『更級日記』）
(24)和田律子「『更級日記』終末部に関する試論」『日記文学研究』(二)（平9　新典社）は、『更級日記』末尾に、物語に執着して世間に漂うように生き続けることを望む作者の姿勢をみる。
(25)小嶋菜温子「境界のアマテラス――『更級日記』の〈身体・エロス〉」『アマテラス神話の変身譜』（平8　森話社）

あとがき

本書は、前著『源氏物語　両義の糸　人物・表現をめぐって』（平3　有精堂）所収の一二編の『源氏物語』論と二編の『枕草子』論に、その後執筆した『源氏物語』論一一編と『更級日記』論三編を合わせ、章立てを全面的に再構成した上で、『源氏物語の人物と表現―その両義的展開』と題名を改め、新たな一書としたものである。有精堂の廃業（平8）ということもあり、あえて前著をも含め、これまでの論のおおよそを一つにまとめることとした。拙い歩みをここにまとめ、辿り直すことで、新しい出発をなお期したいと願うばかりである。このようなかたちの書物とすることについては、鈴木日出男先生のお勧めが出発点となっている。そしてまた遙かに時を遡る、藤井貞和氏、河添房江氏のご助言にも支えられ、ようやく一書が誕生する次第となった。改めて感謝の念が込み上げてくる。

前著の書名の一部「両義の糸」を踏まえての、本書の「両義的展開」の言葉には、「はじめに」に既に述べたように、「引き裂かれ、相反しながら、にもかかわらず重なり、或いは、ずれ、幾重にも意味を響かせる」『源氏物語』の人物、関係、表現の展開への関心が託されている。前著の場合は二項対立との差異が必ずしも明確でなかった嫌いがあるが、本書の「両義的」とは、二項対立を超えむしろそれを無化する逆説の機構、という概念であることを確認しておく。さらに「展開」の語は、作品世界の極めて動的な成り立ちを指すのにふさわしい語として選んだものである。結局前著の二倍ほどの分量となった合計二八編の論をめぐり、統一を図り、できるだけ重複を削ろうと試みたものの、作業を進めるうちに、自ずから気付かされた問題があった。それは、以前にまとめた論を確認し、自分なりに納得する中から、はじめて新たな方向を探る機運を摑む、との思考の拙い回路の、しばしばの繰り返しという現象である。愚図、としか言いようのないこうした論の進め方に、今更の自己嫌悪を募らせるうちに、作業は滞り夏の休みにも時は空しく過ぎて、何とかとりあえず最小限の加筆訂正を終えたのは昨秋のことである。そして今、散り急ぐ桜の花弁が土を彩る春となった。やむを得ず残った重複の数々は、牛の歩みにも似た鈍間な思考回路の結果と、お許しいただくほかない。

顧みれば大学院以来変わらぬお導きをいただいている秋山虔先生、そして学部ではじめて『源氏物語』の面白さを教えて下さった丸山キヨ子先生をはじめ、勤務先の同僚、研究会その他の方々等、これまでさまざまな方から賜った学恩には計り知れないものがある。溢れる感謝に、言葉もない思いを嚙み締めるばかりである。さらに『源氏物語』の古注釈以来のとりわけ分厚い研究史を改めて顧みれば、遙かに時を越え『源氏物語』に関わりを持った多くの人々の導きというものに、ふと思いを致さざるを得ない。若い日に心を惹かれた、バートランド・ラッセルの「生命の流れ」(stream of life) という言葉が蘇るのは、そんな時である。「生命の流れと深く本能的に結合しているところに、最も大きな歓喜が見いだされる」(『ラッセル　幸福論』安藤貞雄訳　平3　岩波文庫) という。『源氏物語』に関わる人々の生命の流れ、研究史の系譜に生かされている、という思いは何という不思議な安堵をもたらしてくれることか。研究史の流れの中に在って、もとよりささやかな本書の試みは、幾ばくの時も隔てず忘れ去られ、跡形もなく消え去ろう。けれども乗り越えられ、踏み固められた研究史という地面の底深く本書もまた眠っていると考える時、静かな充足が胸に広がるのを禁じ得ない。

徒に分厚くなった本書の出版をご快諾下さり、数々の細やかなご助言、配慮を惜しまれなかった翰林書房、今井肇・静江夫妻には深謝申し上げるほかない。美しく仕上げていただいた表紙カバーの絵は、東京国立博物館所蔵「白麻地松竹梅菊流水御所車模様帷子」の一部を取ったものである。逃げた雀の痕跡を封じ込め空しく倒れる「伏籠」や、瀧の水の流れなどによって、若紫の巻を象るこの帷子の模様は、I(1)9「紫の上の登場―少女の身体を担って―」をはじめ、本書に論じた物語の場面に縁も深い。その見事な帷子の風趣にかねてから魅了されてきた縁をも加え、東京国立博物館のご厚意により掲載許可をいただいたことは、この上ない喜びである。校正その他で格別のお世話になった石井千絵子氏、米澤公子氏、新谷綾子氏のお名前を、心よりの御礼の思いと共に最後に銘記しておく。

平成一五年春

原岡文子

初出一覧

Ⅰ『源氏物語』の人物と表現―その両義的展開

（1）『源氏物語』正篇の人物たち

光源氏像への視角

1「主人公」光源氏像をめぐる断章　（『源氏物語の探究』第十五輯　平2　風間書房）

2光源氏の御祖母―二条院の出発―　（『共立女子短期大学文科紀要』昭56・2）

3光源氏の邸―二条東院から六条院へ―　（『東京女子大学日本文学』昭59・3）

女君たちをめぐって

4遊女・巫女・夕顔―夕顔の巻をめぐって―　（『共立女子短期大学文科紀要』平元・2）

5若紫の巻をめぐって―藤壺の影―　（『共立女子短期大学文科紀要』昭60・2）

6六条御息所考―「見る」ことを起点として―　（『源氏物語の探究』第八輯　昭58　風間書房）

7朝顔の巻の読みと「視点」　（『共立女子短期大学文科紀要』昭62・2）

8朝顔の姫君とその系譜―歌語と心象風景―

（原題「歌語と心象風景――「朝顔」の花をめぐって――」『国文学』平4・4）

紫の上の物語

9紫の上の登場―少女の身体を担って―　（『日本文学』平6・6）

10紫の上への視角　片々
i読みと視点―初音の巻冒頭部をめぐって―　（『物語研究会会報』昭60・8）
ii仏教をめぐって―紫の上・薫・浮舟―　（原題「仏教的視点など」『解釈と鑑賞』昭50・4）
11紫の上の「祈り」をめぐって　（『国語と国文学』平12・5）

（2）『源氏物語』の表現
1『源氏物語』の「人笑へ」をめぐって
（原題「笑う―『源氏物語』の「人笑へ」をめぐって―」『物語とメディア』平5　有精堂）
2『源氏物語』の「祭」をめぐって
（『源氏物語と日記文学　研究と資料』古代文学論叢第十二輯　平4　武蔵野書院）
付　祝祭と遊宴　（『週刊朝日百科　世界の文学　源氏物語』平11・12　朝日新聞社）
3『源氏物語』の子ども・性・文化―紫の上と明石の姫君―　（『源氏研究』平8・4　翰林書房）
4『源氏物語』の物語論・美意識―『蜻蛉日記』『枕草子』受容をめぐって―
（原題「前代物語とのかかわり―『蜻蛉日記』『枕草子』を中心に―」源氏物語研究集成　第七巻『源氏物語と物語論・物語史』平13　風間書房、但し大幅な削除、訂正などを含め、改稿している）
5『源氏物語』の「桜」考　（『物語研究』第二巻　昭63　新時代社）

（3）宇治十帖の人物と表現
宇治十帖の展開
1宇治の阿闍梨と八の宮―道心の糸―　（『むらさき』昭48・6）

2「道心」と「恋」との物語—宇治十帖の一方法—　　（『東京女子大学日本文学』昭49・3）
3幸い人中の君
（『講座　源氏物語の世界』第八集　昭58　有斐閣、なお「「幸い人」の論理」（『季刊 iichiko』平4・4）により、一部改稿したところがある）

浮舟の物語
4浮舟物語と「人笑へ」　　（『国文学』平5・10）
5「あはれ」の世界の相対化と浮舟の物語　　（『国語と国文学』昭50・3）
6雨・贖罪、そして出家へ
（「浮舟」源氏物語講座第二巻『物語を織りなす人々』平3　勉誠社、及び「『源氏物語』と仏教—浮舟の出家をめぐって—」『宗教文学の可能性』平13　春秋社の二編を元に改稿した）
7境界の女君—浮舟—　　（別冊『解釈と鑑賞』『人物造型からみた『源氏物語』』平10・5）

II『枕草子』の展開
1『枕草子』日記的章段の「笑い」をめぐって
（原題「「枕草子」日記的章段の笑いについての一試論」『平安文学研究』昭52・6）
2『枕草子』の美意識
（原題「枕草子の世界　美意識」『王朝文学史』昭59　東京大学出版会）

III『更級日記』の展開

1『更級日記』の始発―少女のまなざしをめぐって―　（『王朝女流日記を学ぶ人のために』平8　世界思想社）
2『更級日記』の物語と人生
（女流日記文学講座第四巻『更級日記・讃岐典侍日記・成尋阿闍梨母集』平2　勉誠社）
3『更級日記』の「橋」「渡り」をめぐって―境界へのまなざし―　（『女と男のことばと文学』平11　森話社）

＊収めた原稿には、必要に応じて加筆・訂正を加えた。

索引

1 この索引は、『源氏物語』の作中人物を除く主要な人名・事項・書名による索引である。
2 排列は仮名遣いにかかわらず、現代日本語の発音による五十音順である。
3 作品名・書名は『 』、『源氏物語』の巻名は「 」で括った。
4 同一の意味を示す類似表現をまとめたため、本文の表記と若干異なるものがある。

【ア行】

【カ行】

【サ行】

【タ行】

【マ行】

【著者紹介】
原岡文子（はらおか　ふみこ）
1947年、東京都に生まれる。東京女子大学文理学部卒業、東京大学大学院人文科学研究科博士課程（国文学）単位取得退学。共立女子短期大学助教授を経て、現在聖心女子大学教授。著書に『校注叢書源氏物語　若紫』（有精堂 1987）、『源氏物語　両義の糸』（有精堂　1991）、『源氏物語　花の五十四帖』（共著　求龍堂　2001）、『源氏物語事典』（共編著　大和書房　2002）など。

源氏物語の人物と表現
その両義的展開

発行日	2003年5月10日	初版第一刷
著　者	原岡文子	
発行人	今井　肇	
発行所	翰林書房	
	〒101-0051 東京都千代田区神田神保町1-14	
	電　話 (03)3294-0588	
	FAX (03)3294-0278	
	http://village.infoweb.ne.jp/~kanrin/	
	Eメール● Kanrin@mb.infoweb.ne.jp	
印刷・製本	シ　ナ　ノ	

落丁・乱丁本はお取替えいたします

ISBN4-87737-169-9